06. 20. 19

"MJ와 도윤 선생님의 이야기가
여기서 끝이라니, 제가 더 아쉽습니다
부족한 이야기는 독자님들의 마음속에
살아 숨쉬……기능요 ㅠㅠ mj, 도윤쌤
우리 헤어지지 말아요, 사랑해요… 쪽♡"

매리제인

MARY JANE

vol. 2

매리제인

MARY JANE

vol. 2

G바겐 장편소설

BLab

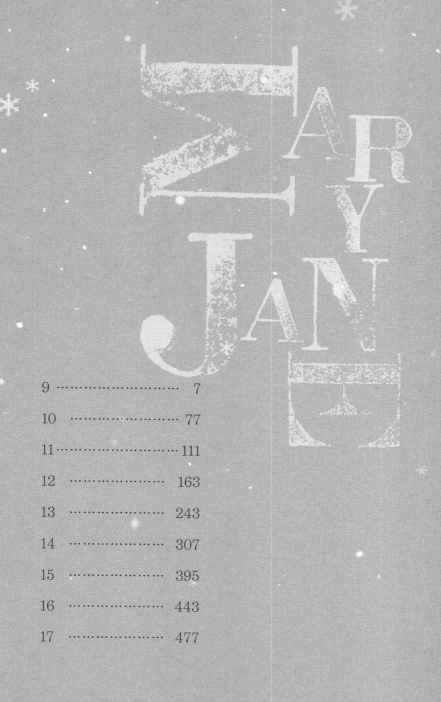

9

9

도원이 MJ의 문제에 치중한 사이에도 세상은 나름대로의 법칙을 따라 빠르게 새로운 사건 사고를 맞이하고 있었다.

마포대교에서 자살한 남성 이야기는 신문 기사 사회면 첫 장을 채웠다.

다리에는 자살을 방지하는 여러 장치가 설치되어 있었기에 한 가정을 책임지는 가장의 선택은 상당히 많은 언론 주목을 받았다.

경찰들이 달려와 잡기도 전에 유서와 구두를 남기고 한강에 투신한 남자는 사람들에게 많은 호기심을 자아냈다.

한강의 상류가 얼어붙은 한파. 그 차가운 강물 속에 거꾸로 떨어진 남자가 심장 마비로 숨을 거둔 사연.

유서에는 아이와 부인을 향한 마지막 목소리가 남아 있었다. 보험금 받으면 밀린 집세 내고, 딸아이가 먹고 싶어 했던 꽃게탕도 많이 사 먹으라고.

사람 목숨을 돈으로 바꾸었다는 기사를 도원은 연구소에 출근하자마자 듣게 되었다. 맹강조 소장이 호출한 직후였다.

"그 부인이 우리 병원으로 오게 된 걸세."

도원은 소장이 타 준 믹스 커피를 받아 들었다. 장갑을 끼고 출근했지만 손톱 끝이 하얗게 질릴 만큼 추웠던지라, 도원은 따뜻한 도자기 컵을 양손으로 감싸 쥐었다.

이가 빠진 테두리를 피해서 한 입 마셔 보았다. 이상하게 커피 맛이 나지 않았다. 쓰고 달다는 감각은 있지만, 그 인공적인 향이나 감미료가 구체적으로 느껴지지 않았다.

미각이 둔해졌다. 피곤할 때의 반응이었다. 이렇게 미각이 둔해진 후에는 울퉁불퉁한 돌기가 혓바늘이라는 이름으로 혀끝에 툭 튀어나오거나, 잇몸 사이가 하얗게 짓물러서 헐어 버리곤 했다.

도원은 멈칫하고 커피 잔을 내려다보아야 했다. 어쩐지 커피 특유의 색이 흐려 보였다.

"여자 직업이 심리상담사야. 남편이 자살하는 징후를 전혀 발견하지 못했었다는군. 쇼크를 받았는지 남들과 이야기도 안 해. 남편이 죽은 충격에다가 본인의 직업적 능력과 가치관에 큰 상처를 입은 게지."

도원은 커피 잔에서 눈을 뗐다. 투박하게 가라앉은 목소리로 얘기하는 소장을 한 번 보다가 머리를 흔들어 털었다.

창밖으로 시선을 돌렸다. 좁은 도로에 사람들이 빼곡하게 서서 연기처럼 입김을 뿜어내고 있었다.

추위에 언 얼굴을 마스크로도 가리지 못한 경찰들이 건물 앞에 즐비했다. 그들은 카메라와 휴대 전화를 들고 있는 사람들을 막아 세우고 있었다. 영상을 찍는 사람들이 연구소에 진입할 수 없도록 입구를 봉쇄했다.

경찰이 누구를 언론으로부터 보호하려는지 도원은 바로 알 수 있었다.

"여자가 약물치료를 거부하고 있어. 항우울제와 신경안정제 처방조차 듣질 않아. 정신과 의사들과의 상담도 원치 않아 하는군. 다른 병원으로 가고 싶은지 물어도 그건 아니라고만 답해. 그냥 자기를 내버려 두라고만 하고 있어."

"……그렇습니까."

"우리도 환자의 의견을 모두 들어 주고는 싶은데 이번 자살이 보험 사기극이 아니냐는 경찰의 의문이 있어서 여자가 가장 유력한 용의자인 상태거든. 치료를 지연시킬 수 없는 상황이야. 환자가 따라오질 않으니 애를 먹고 있고."

도원은 창밖에서 시선을 뗀 후에 눈을 감았다. 커피 맛을 구분 못하던 미각에 이어서 시야도 이상했다. 소장의 얼굴이 노랗게 보였다. 소장이 옆으로 비스듬히 서 있는 것처럼 중심이 맞지 않았다. 현기증이 일어서 눈을 똑바로 뜨고 있기도 버거웠다.

평소에 저혈압이나 빈혈 기운은 없었는데.

생각이 길게 이어지지 못했다. 건물 밖에서 경찰과 대치중인 언론인들의 목소리도, 상황을 설명해 주는 소장의 음성도 모두 뒤죽박죽이 되었다. 눈을 뜨면 발아래가 어둡게 보였다. 발목이 꺾인 것처럼 보이고 신발이 타원형으로 구부러진 착각이 들었다.

도원은 고개를 숙였다. 이마께에서 흔들리던 앞머리가 눈 밑까지 흘러내렸다. 도원과 마주 서 있던 소장은 원래도 하얗지만 유독 희게 보이는 도원의 얼굴을 의아하게 여겼다.

"괜찮나?"

도원은 고개를 숙인 채 곧장 대답을 했다.

"네."

소장은 고개를 갸웃하더니 마저 이야기했다.

"치료를 원치 않으면 바로 경찰의 신문을 받으라 했는데 변호사 오기 전까진 아무 말도 안 하겠다는군. 한마디로 아무 방해 없이 쉬고 싶으니 법률적인 문제는 변호사하고 처리하라, 그거 같아."

도원은 가까스로 이야기를 파악한 뒤 말을 거들었다.

"곤란하네요. 우리만 사이에 낀 모양새네요."

"그렇지. 환자가 완강히 거부한다고 우리가 치료를 먼저 포기할 수도 없고. 약물 치료보다는 상담 치료를 그나마 낫다고 생각하던데 의사에 대한 거부가 심해서 말이지. 심리사들 중에 누구 추천해 줄 사람 없나. 가능하다면 젊은 여자가 좋겠더군. 환자가 남성에 대한 거부감도 보이고 있어. 여러모로 굉장히 신경질적인 반응이야."

"여성 심리사…… 차지영 씨 추천해 드릴게요."

"차지영 씨? 아, 그러고 보니 환자들 중에 여자들이 그 선생을 많이 선호하던데."

"성폭행 피해자들을 많이 대하신 분이라서 여성 환자와 교류를 잘하세요. 여성학이랑 아동심리학도 함께 전공했고요."

"알겠네. 참고하지. 그보다 도 선생."

"네?"

"진짜 어디 아픈 거 아닌가? 안색이 계속 안 좋아지고 있어."

도원은 커피 맛이 안 느껴져요, 라는 대답을 하고 싶었다. 몸이 이상하다는 것을, 도원이 원하는 방향으로 몸이 제어가 되지 않고 자꾸만 흩어지려 한다는 것을 그런 식으로라도 알리고 싶었다.

처음엔 미각과 시각이 제 기능을 잃어 가더니 이젠 평형감각이 무너졌다. 도원은 의식적으로만 숨을 내뱉고 삼키길 반복했다. 고르고 편안한 숨소리가 아니었다. 소장도 그 정도는 알 수 있었다.

"그때 사고 난 후유증인가."

걱정하는 소장을 보면서 도원은 커피 잔을 책상 위에 내려놓았다.

"커피가."

"뭐?"

"커피가……."

정말 죄송한데요, 커피 맛이 안 느껴져요.

도원은 그렇게 대답해야 할 타이밍을 놓쳤다.

휘청, 다리에 힘이 풀렸다. 소장의 책상을 짚자 올려놓았던 커피 잔이 바닥으로 떨어졌다. 도자기가 깨지는 높고 긴 소리가 울려 퍼졌다.

소장이 깜짝 놀라 손을 뻗어 도원을 부축해 주었다. 몸에 힘이 들어가지 않는지 도원은 제 힘으로 일어나질 못하고 책상에 기대어 서 있기만 했다.

도원은 아무 말도 하지 않았다. 아니, 할 수 없었다. 균형을 잃은 몸에 이어서 생각까지 흐려지고 있었다.

"도 선생! 괜찮나? 왜 이러는 거지? 열은 없는데. 아니, 체온이 평소보다 낮은 것도 같고. 괜찮나, 도 선생."

도원은 필사적으로 평소의 목소리를 흉내 내어 말했다.

"당직실에 잠깐 누워 있겠습니다."

"아니, 응급차 불러 줄게. 병원 가 봐."

"괜찮습니다."

"별거 아니면 가서 링거라도 맞고 있어."

"괜찮아야 해요."

"그런 말이 어디 있어!"

"오후에 예약 환자 두 명, 기다리고 있는 그 사람들이."

"박 과장한테 말해서 예약 취소하면 되니까 신경 쓰지 말고."

눈앞이 엿가락처럼 늘어났다가 원을 그리기도 했다. 벽과 땅이 뒤섞이는 현기증이 쉽게 사라지지 않았다. 도원은 더 이상 괜찮다는 말도 하지 못했다. 몸을 가누는 것만으로도 피곤해져서 아무 생각도 할 수 없었다.

소장이 몇 번이나 도원을 일으켜 세우려 했다. 하지만 노인의 힘으로는 자기 몸을 가누지 못하는 젊은 사람을 번쩍 들어 올릴 수가 없었다.

도원의 목과 얼굴을 손으로 만지면서 체온을 확인하다가 전화기를 들었다.

"여기로 사람 하나만 불러 주…… 뭐? 외래 팀?"

소장이 뜻하지 않은 이야기를 듣고 난처한 기색을 보였다. 도원에게 고개를 돌리고 초조하게 바라봤다. 의식이 흐려지는 사람 특유의 증세를 재확인하고 수화기를 반대편 귀로 옮겨 잡았다. 난처한 목소리가 이어졌다.

"말도 없이 다른 연구소 사람들이 오다니. 괜찮긴 한데, 아니 지금은 도 선생이…… 그…… 하게."

소장의 목소리를 도원은 이젠 제대로 구분할 수가 없었다. 힘이 빠진 몸을 책상 면에 기대어 있는 것도 어려워졌다.

전화를 끊은 소장이 도원을 잡았다. 억지로 도원을 일으켜 자신의 목에 팔을 감을 때였다. 문이 열리고 누군가 들어오자 소장이 반색하며 상대를 반겼다.

"아, 지 박사. 방문한 외래 팀이 자네가 있는 곳이군."

인사는 길지 않았다. 소장이 혼자서 끙끙거리며 붙잡고 있던 도원을 다가온 남자가 가볍게 품에 안았다. 도원의 등과 오금 사이를 팔로 받친 채 소장실을 나왔다.

복도에서 마주친 사람들이 놀라서 쳐다보는 시선을 도원은 제대로 인지하지 못했다. 다시 눈을 감았다가 떴다. 정신이 가물가물해져서 손끝에서도 힘이 빠져나갔다.

"가까운 응급실이 어딥니까?"

남자의 목소리는 낮고 듣기 좋았다. 소장이 병원 위치를 알려 주었다. 자리를 비울 수가 없어서 남자를 따라가지 못한다고 말하는 듯했다.

남자는 주차되어 있던 자신의 차 문을 열고 뒷좌석에 도원을 눕혔다. 도원이 입고 있는 셔츠 단추를 목 부근에만 두어 개 풀어 주었다. 벌어진 셔츠 깃에 닿은 남자의 손이 뜨거웠다.

"……인데요, 선생님."

속삭이는 목소리는 다정했다. 한 사람의 건강을 진심으로 걱정해 주는 목소리는 우아하게도 여겨졌다.

도원은 그에게 고맙다는 말을 해야 한다고 생각했다. 그러나 정작 입 밖으로 나온 말은 승용차가 무섭다는 이야기뿐이었다.

자꾸만 차 문을 열고 나가려는 도원을 부드럽게 저지하는 손길이 이어졌다. 도원은 그 손에 매달려 중얼거렸다.

무서워. 검은 구멍이. 죽음이 머무는 이 좁은 공간이.

연결되지 못하는 이야기에도 남자는 도원의 창백한 얼굴을 만져 주었다. 더없이 다정한 손길로 식은땀이 흐르는 도원의 얼굴을 쓰다듬었다.

쉬이, 쉬, 괜찮아요. 귓가에 대고 달래 주는 목소리가 도원도 모르게 딱딱하게 굳은 몸의 긴장을 풀어 주었다.

"자고 있어도 돼요."

도원은 땀방울이 맺힌 속눈썹을 깜빡였다. 가물거리는 시야로 미소 짓고 있는 얼굴이 흐리게 보였다.

"자고 있어요. 편하게."

그 말은 주문과도 같았다. 억지로 눈을 뜨고 있으려는 도원을 어린애처럼 달래 주며 괜찮다고 속삭여 주었다. 부드럽고 커다란 손이 도원의 눈꺼풀을 가려 주었다. 도원의 몸에서 힘이 풀려 나갔다.

좌석 밑으로 팔을 한쪽 떨어트렸다. 뒤죽박죽으로 섞이며 제 기능을 잃었던 감각들이 모두 몸에서 물러났다. 그대로 정신을 잃기 전, 도원은 마지막으로 남자를 바라보았다. 여전히 웃고 있는 미소는 기묘한 열감마저 띠고 있었다.

도원은 지난밤을 MJ와 함께 보냈다.

편안했냐고 물으면 글쎄, 한숨도 자지 못했다고 난처하게 웃지 않을까.

여느 연인들처럼 함께 밥을 먹고, 다운받았다는 영화를 보고, 씻고, 한 이불에 누운 후에도 도원은 정신만은 또렷했다.

MJ는 도원이 자는 줄 알고 오랫동안 만졌다. 향기 나는 머리카락을, 아직 젖어 있는 속눈썹과 볼을, 그다음에는 셔츠 속의 맨살과 엉덩이를.

MJ는 도원의 피부와 숨결, 향기를 온몸으로 음미했다. 눈을 감고 도원을 그려 보라고 하면 고스란히 도원의 형상을 따라 그릴 수 있을 정도로 끈질겼다.

도원의 귀밑에서 작은 점을 발견하거나, 펜을 잡는다고 검지와 중지에 아로새겨진 굳은살을 찾아내기도 했다. 곤란한 일을 당할 때면 아랫입술을 자주 깨무는 도원의 버릇 때문에 껍질이 벗겨진 입술을 만지작거리기도 수차례였다.

이제는 반지를 끼지 않지만, 그 흔적을 찾아보기라도 할 것처럼 왼손의 네 번째 손가락을 매만지며 옅은 한숨을 뱉는 것도 물론이었다.

도원을 만지는 손길은 사랑스러웠다. 오랫동안 도원의 얼굴과 목에 뽀뽀를 해 주었다. 떨쳐 내지 않는 도원의 반응에 만족하면서 줄곧 도원만을 쳐다봤다.

MJ는 새벽이 지나서야 잠이 들었다. 도원은 머리 위에서 들리는 고른 숨소리를 들은 후에야 눈을 떴다. 팔베개를 해 준 MJ를 복잡한 심정으로 쳐다보면서 아직도 살갗에 남아 있는 MJ의 열기를 안타까워했다.

아버지를 찾으면 죽이겠다는 말이 머릿속을 떠나지 않았다. 살인을 위해 살고 있는 MJ를 어떻게 대해야 하는지도 몰랐다.

사람을 죽이는 것은 안 돼요.

교과서처럼 말해 보려 했지만 결국 입에 담지 못한 말이 되었다.

한 사람의 가치관을 도원의 잣대로 규정지을 순 없었다. 윤리적이고 사회적인 관점에서 잘못된 일이라 할지라도, MJ에게 그런 보편적인 가치를 강요할 수 없었다.

MJ는 이미 윤리성과 사회성을 일정 부분 포기한 사람이었다. 스스로 사회적인 동물로서의 인간이 되길 거부했다. 그런 사람에게 살인을 대하는 외부의 시선, 상식, 윤리성, 법률적 가치를 설명할 수가 없었다.

MJ가 그 당연시 되는 인간의 가치들을 포기하면서까지 살아온 원동력을 어떻게 비난할 수 있을까.

그래서는 안 되었다. 그것은 MJ 자체를 부정하게 되는 일이었고, 그런 방식이라면 분명히 MJ는 상처를 받고 말 것이었다.

도원은 MJ에게 함부로 관여할 수 없었다. 설령 MJ가 도원에게 관여할 권리를 준다고 해도 도원은 결코 그러고 싶지 않았다.

MJ가 살인까지 저지른다면 돌이킬 수 없다고 감정에 호소라도 해야 하는 걸까. 그럴 자격이 있을까. 만약 MJ가 도원의 바람대로 살인을 포기한다면, 그는 앞으로 무엇을 위해 살아가게 될까. 살인에 성공한다면, 또 다른 누군가를 죽일 목표를 세우지는 않을까.

복잡했다. 생각이 부풀고 넘쳐서 흘러내릴 것 같았다.

—선생님은 너무 복잡하게 생각해.

어느 날 MJ가 한 말이 떠올랐다. 단순하게 생각해도 된다고 다독여 줄수록 도원은 힘에 부쳤다.

MJ를 끌어안고 제 속에 담고 있는 복잡한 생각과 걱정과 염려와 공포를 모두 털어놓고 싶었다. MJ가 그리했던 것처럼 작은 투정과 어리광을 부리면서 호소하고 싶은 생각이 컸다.

MJ의 말대로 단순하게 생각하자면, 도원은 MJ가 더 이상 고통받지 않길 바랐다. MJ는 지금까지 너무도 험난한 길을 걸어왔다. 더는 홀로 가시밭길을 헤쳐 나가지 않았으면 했다.

조금이라도 편한 길이 있다면 그쪽으로 안내해 주고 싶었다. 앞으로 덜 괴로웠으면 좋겠다. 그 생각 하나뿐이었다.

도원은 MJ의 품으로 파고들었다. 잠결이었던 MJ는 부스스 눈을 뜨고 제 품에 안긴 도원을 내려다보았다. 기분이 좋았는지 소리 내어 웃은 MJ가 도원을 양팔로 다정하게 끌어안았다.

안정적이고 규칙적인 심장 소리를 들으면서도 도원은 잠들 수 없었다. 아무것도 관여하지 말라고 한 MJ의 말이 자꾸만 생각났다. 아무것도 관여하지 않기에는, 도원에게 MJ는 모른 척할 수 없는 존재가 되었다.

안 그래도 요즘 건강이 좋지 않았는데 과포화된 생각과 고민에 젖어 있다 보니 몸에 무리가 간 모양이었다. 설마 쓰러질 정도로 아플 줄은 몰랐다. 정신을 잃을 정도로 몸 상태가 안 좋은 줄도 몰랐다니.

똑, 또옥.

투명한 링거액이 규칙적으로 떨어졌다. 간호사가 옆에 서서 호스에 집게를 꽂아 링거액 투여 속도를 조절하고 있었다. 때마침 회진을 돌던 의사가 도원의 파리한 안색과 충혈된 눈을 살피고는 말했다.

"그동안 음식 섭취가 굉장히 불균형하셨나 봅니다. 철분과 비타민 쪽은 결핍에 가까울 정도로 드시질 않았네요. 스트레스성 위궤양도 발견되었고, 외과적 증상으로는…… 언제 사고라도 당하셨나요? 발목은 염좌에다가 발바닥에는 날카로운 것에 긁힌 자상도 입으셨던데, 제때 치료하지 않으셔서 면역력이 더 떨어지셨네요."

차트를 넘기는 의사가 말을 이었다.

"그리고 저혈압이 심하시더군요. 꾸준히 관리 안 해주시면 잦은 빈혈과 현기증을 느낄 거예요. 근력하고 체지방률이 모두 정상보다 현저하게 낮아요. 무리한 운동은 절대 하지 마시고요. 체력을 정상으로 끌어올리는 식습관 개선부터 집중하셨으면 합니다. 이 상태에서 안 드시면 나중에 심혈관계 질환까지 생깁니다. 아셨죠?"

도원은 엉겁결에 고개를 끄덕였다. 병원이란 곳이 보편적이고 정상적인 수치가 아니면 뭐든 다 알려 주는 곳이라지만, 얼핏 듣기만 해도 지나치게 허약한 증세들이 열거되고 있었다.

무리한 다이어트를 하는 환자들도 이 정도는 아닐 듯 했다. 도원이 주저하다 물었다.

"제 병명은 뭐죠?"

의사가 무덤덤한 목소리로 말했다.

"영양실조입니다."

영양실조. 과거의 유물처럼 현대에는 존재하지 않을 줄 알았던 말. 영양실조. 영양실조라니. 문명화된 현대 사회를 살아가며 그런 말을 듣게 되다니.

영양실조라는 건 꿈에도 생각 못했다. 충격을 받아 굳어 버린 도원을 내버려 둔 채 의사는 차트를 정리했다.

"링거액 다 맞으시면 가져도 됩니다. 보호자께서 상태 확인하시고 비용도 지불하셨거든요."

의사가 응급실을 나가고 나서야 도원은 혼잣말처럼 중얼거렸다.

"보호자요?"

병원에 데려다준 누군가가 있었던 것 같았다. 소장실에서 쓰러지고 정신이 가물가물할 때 처음 보는 남자가 자신을 안아 들었다. 외형은 생각나지 않지만 목소리는 어렴풋이 기억났다.

신사적이었다. 농담조의 이야기를 해도, 진지하고 심각한 이야기를 해도 모두 잘 어울릴 종류의 음색이었다. 목소리만 들어서는 아주 매력적인 사람일 것 같았는데, 병원 사람들 중에 그런 사람을 알지 못했다.

외래 팀원인가. 소장이 전화로 그런 얘기를 했던 것도 같았는데.

나중에 연락처를 물어서 감사 인사를 해야겠다고 생각하면서, 도원은 침대에 바로 누웠다.

손목에 찬 시계를 확인했다. 오후 2시였다. 환자들 상담 예약 시간은 지난 지 오래였다.

소장이 자신의 일정을 잘 취소해 주었길 바라면서 베개에 얼굴을 묻었다. 아무것도 마시지 않았음에도 목이 마르지 않았다. 링거액 덕분이라고 여겼다. 실은 영양실조라는 말이 부끄러워서 베개에 묻은 고개를 들 수가 없었다.

현대 사회에서 멀쩡하게 직장이 있는 30대 남성이 영양실조라니. 배가 불렀지.

사는 게 귀찮아서 얼마나 챙겨 먹질 않으면 이런 식으로 파업 시위하느냐고 주변 사람들로부터 욕먹을 일이었다.

한숨 자고 난 후 다시 눈을 뜬 시간은 오후 네 시였다. 반나절 투여된 링거액 통이 비어 갈 때쯤 맹 소장이 응급실에 들렀다. 성큼 다가와 도원의 얼굴을 양손으로 잡는 바람에 도원은 눈만 휘둥그 레 떴다.

"연락은 받았네! 어디 크게 문제 있는 건 아니라는데, 세상에, 영양실조가 웬 말인가! 부끄럽지도 않나?"

소장의 우렁찬 목소리에 도원은 식은땀만 삐질 흘렸다. 소장은 도원의 눈꺼풀을 일부러 까뒤집어 그 속을 들여다보는가 하면 입을 벌려 혀를 보기도 했다. 내과의도 이렇게 열성적으로 사람을 살피진 않을 것이다.

"부끄러운 사실을 그렇게 동네방네 소문내고 싶은가요."

"부끄러운 걸 알면 자네 몸을 좀 돌보게. 이게 뭔가, 대체."

"제가 보기보다 연약했군요."

"보기만큼 연약하지. 여직원들이 얼마나 난리가 났다고. 대체 이 비실비실한 사내놈을 왜 이렇게 좋아하나 몰라."

설마 응급실까지 찾아와서 시비 거는 걸까.

진지하게 눈빛으로 묻는 도원에게 답변하듯이 소장은 가방에서 종이 하나를 꺼내어 보여 주었다. 도원이 목을 내밀고 종이 내용을 살폈다. 연차 사용 승인서였다.

"내일부터 주말까지 푹 쉬어. 그간 휴가도 못 쓰게 해서 미안하네."

주말까지 포함하면 나흘은 쉴 수 있는 일정이었다. 도원은 기쁨보다 불안함이 앞섰다. 무슨 꿍꿍이냐며 적잖이 정색하고 물었다.

"저한테 무슨 일을 더 시키시려고 이러는 거죠."

"아, 거참, 이 사람이 속고만 살았나."

"이틀 쉬게 하고 2주 더 일하게 하는 소장님을 제가 모를까 봐요."

"직원이 영양실조로 쓰러졌는데 내가 악덕 고용주도 아니고 말이야. 몸조리하고 오라는 뜻도 몰라주다니."

"이럴 분이 아니라는 건 연구소원 전원이 알 겁니다."

"내 평판이 그리도 악랄하단 말인가! 억울하네!"

"입사 1년 차한테 본인이 자리를 비우신다고 연구소 책임을 맡기는 게 정상인가요."

"그야 내 도원 선생의 능력을 높이 평가해서 그렇지."

"그렇다면 앞으로는 여직원들도 걱정하는 병약한 이미지를 밀고 나가겠습니다."

"안 돼, 그러지 마. 도 선생이 우리 연구소 마스코튼데 아프면 나만 욕먹는다고."

칭얼거리는 소장에게 피식 웃어 보인 도원이었다. 말은 그렇게 했지만 걱정시켜서 미안하다고, 연차 승인해 주셔서 고맙다는 인사를 잊지 않았다. 푹 쉬고 돌아오겠다는 말에 소장은 다시 당부했다.

"다음 주에 회식 잡혔네. 술 안 마셔도 되니까 잠깐 밥만 먹다가. 법인 카드 받아서 한도 초과까지 긁을 수 있는 기회가 그렇게 많지 않잖아."

그렇게 돈 쓰면 회계 팀에서 죽이겠다고 달려들지 않을까. 도원은 자신이 책임지지 않아도 된다면야 풍족한 회식을 감사히 즐기겠노라 고개를 끄덕였다. 연초부터 팀 회식이냐고 묻는 말에 소장이 빙글빙글 웃기 시작했다.

"오늘부터 2주 동안 우리 병원에 외래 팀이 상주할 예정이거든. 기간이 더 늘어날 수도 있고. 아침에 말한 여성 환자 사건 말이야. 그거 알고 보니 사회적 문제로 커질 만한 일이었나 봐. 그런데도 경찰은 보험금 사기극이다 뭐다 잘못 말해서 언론에 신나게 두들겨 맞고 있어. 얼마나 재밌는지 한번 봐야 하는데.”

“소장님, 경찰 싫어하셨구나.”

“막무가내잖아. 우리도 일정이 있는데 자꾸 강압적으로 뭐 부탁하기만 하고. 아무튼, 국민 눈치가 보이는지 여성 환자 치료에 갖은 노력을 다 쏟아붓는 생색이라도 낼 참인가 봐. 우리 병원에 온 외래 팀이 그 생색내기 중의 하나인 거지 뭐. 걔네도 짠해서 같이 술이나 한잔하자고 했네. 그게 다음 주 회식일세.”

도원은 그럴 수도 있겠다 싶어서 고개를 끄덕였다. 외래 팀이란 말에 뒤늦게 생각나서 소장에게 물었다.

“저를 병원에 데려와준 분도 그 외래 팀 중 한 명이죠?”

그 말을 하려고 왔다면서, 소장이 신나게 이야기했다.

“잘생겼지?”

도원이 눈을 굴렸다. 밀색 피부에 검은 머리는 생각났다. 동양인이라면 누구든 갖고 있는 전형적인 특징 말이다.

“아뇨, 얼굴은 기억 안 나는데요.”

“그 얼굴이 잊혀?”

“저번에 어떤 사람이 저보고 안면 인식 장애냐고 묻던데 진짜 그럴지도 모르겠네요.”

“하여튼 관심 없는 사람에겐 칼 같은 성격다워.”

“나중에 만나면 제대로 감사 인사하겠습니다. 얼굴은 기억 못하지만.”

“그러지 말고 외래 팀 전부에 인사해 줘.”

“네?”

"자네를 도와준 의사뿐만 아니라, 그 외래 팀 사람들이 도원 선생을 좋아해서 우리 쪽에 상주하는 것도 싫어하지 않았거든. 자기네들 연구실에도 도 선생이 쓴 학술서랑 연구 자료 잔뜩 있다고 얼마나 좋아하던지. 만나면 사인 받겠다던데 아주 신경정신과의 아이돌이셔."

"……소름 돋습니다."

"그중 몇 명이 나랑 유럽 세미나 돌면서 친해진 사람들이라. 지 박사도 그렇고. 아, 그래, 지 박사는 도원 선생을 여기 데려다준 사람이야."

도원은 3주 넘게 유럽에서 세미나를 참여하고 시상식에 섰던 맹소장의 일정을 떠올렸다. 그곳에서 한국 의사들을 많이 사귀었구나 생각할 때였다.

"지 박사는 독일에서 맥주 마시다가 친해졌어. 아주 술독이야, 술독. 끝없이 들어가더라고. 진짜 잘 마셔. 소주 네 병 깐다는 박과장도 그 사람이랑 대작하고 새벽에 뻗었지 뭔가. 아침에도 해장술이라면서 물 대신 술 마시던데 말 다했지. 젊으면 그래서 좋아. 취하지도 않아. 물론, 우리 연약한 도 선생은 젊어도 예외로 치고."

역시 시비를 거는 게 맞구나.

이번 약점은 한두 달은 갈 것 같았다. 도원은 한숨을 폭 내쉬었다.

"알겠습니다. 그 알코올 선생에게 술 사 드리면서 감사하다고 말하겠습니다."

"도 선생 돌아올 땐 병원이 북적북적해서 신나겠구먼. 주말에 정말 몸조리 잘해. 아파서 회식 빼먹는다고 하지 말고. 지 박사 같은 은인한테 두 번 상처 주는 일이야, 그거."

"네네, 휴가 주는 사람이 '건강해져 와.'라는 업무를 맡기는 것처럼 말씀하시는군요."

"속상해서 그래."

"뭘 또 속상할 것까지 있나요."

"속상하지. 도 선생한테 내가 신경 많이 못 써 준 걸 다시 한번 확인받았잖아."

도원은 벌렸던 입을 다물었다. 박 형사 때도 소장을 걱정스럽게 했다. 소장이 도원의 일을 도와줄 정도로 신경을 써주었다. 그런 사람의 마음을 다시금 불편하게 만들었다는 사실에 도원은 자책했다.

혼자서 뭐든 잘하고 싶었지만 나이가 들수록 더 미숙해지고 있었다. 자신만의 전문 분야가 생길수록 필드 밖의 모든 것에 소홀해졌다.

어른이 아닌 아이로 돌아가는 기분이었다. 잘할 수 있는 일과 잘할 수 없는 일이 극단적으로 갈려서 주변 사람들 도움 없이는 살아가기 어렵게 된 것만 같다. 도원은 정중하게 고개를 숙였다.

"앞으론 이런 일 없도록 하겠습니다."

"당연하지. 한 번만 더 약한 모습 보이면 아예 반년 정도 무급 휴가를 강제로 넣어 버리는 수가 있어."

"자른다는 소리가 너무 살벌합니다."

"자네 아프면 내 손해니까 그러는 거야."

"제가 아픈 게 소장님께 실이라니, 이건 기분 좋네요."

"나 참, 마조히스트도 아니고."

"빈유미 씨도 그러던데 저한테 그런 변태 성향이 있나 봐요."

"안면 인식 장애가 있는 마조히스트라니. 거 엄청 도착적인 변태일세."

도원은 결국 웃고 말았다. 소장은 배시시 웃는 볼을 손으로 꼬집어 흔들었다.

"잘 쉬고 다음 주에 보자고."

소장은 도원의 어깨를 가볍게 두드리고는 응급실을 나갔다. 도원은 그가 놓고 간 가방으로 시선을 옮겼다.

결혼할 때 선물 받은 가죽 가방은 손잡이 부분이 해져 색이 바래 있었다. 가방 안에는 지갑과 장갑이 들어 있었다. 오늘 환자와 상담할 종이도 보였다. 꺼내서 보자 공란으로 남아 있는 상담 질문이 제일 먼저 눈에 들었다.

힘들다고 생각하는 게 뭔지. 지금 하고 싶은 말은 뭔지.

특별할 것도 없는 평범하고 뻔한 질문들이었다. 환자들이 그러한 질문을 더 좋아한다는 것을 도원은 수많은 임상을 통해 확인했었다. 일상적인 대화에 가까운 질문만으로 마음이 아픈 사람들에게 위로가 된다는 게 얼마나 신기한 일인가.

일상적인 대화로 위로를 받는 관계라.

그게 상담자와 내담자가 아니어도 가능한 걸까. 가령 MJ와 자신 같은 관계에서 말이다.

MJ는 도원이 제 일에 관여하지 않았으면 좋겠다고 했지만 아무래도 안 될 것 같다. 그와 일상을 나누고 싶기에 그를 구성하는 가장 큰 부분을 함께 알아 갈 필요가 있었다. MJ에게 아버지에 관한 이야기를 다시 묻기로 결심했다.

이번엔 내담자와 상담자의 관계가 아닌 연인 관계로서다. 도원이 불안해하고 신경 쓰지 않을 만한 믿음과 신뢰를 MJ로부터 받길 원하므로 당당하게 요청할 것이다.

알려 달라고, 알고 싶다고 말하리라 마음먹었다. 절대 좁혀질 수 없는 사고방식의 간극을 억지로 좁히려는 것까진 아니더라도 도원이 구체적으로 어떤 것을 힘들어하는지를 MJ에게 말해야겠다는 생각이 들었다.

대화를 해 봐도 도저히 안 되겠다 싶으면 그때 가서 다시 생각해 보면 되지 않을까. 일단 뭐라도 해 봐야지, 안 그러면 결혼에 실패했던 그때와 다를 바가 없을 테니.

MJ에게 휴가도 더 얻었으니 주말이 되기 전에 온천에 갔다 오자고 말할까, 고민할 때였다.

가만히 생각해 보았다. 잘 떠오르지 않아서 미간이 찌푸려졌다. 고개를 갸웃하던 도원이 혼잣말로 중얼거렸다.

"지 박사라고 했나. 그 사람이 무슨 말을 했던 거 같은데."

도원을 차에 태우면서 그가 말했다. 부드럽고 상냥한 목소리여서 도원도 모르게 안심하게 되는 어조였다.

―이런 식으로…… 아닌데요, 선생님.

부정확한 기억을 되짚던 도원이 음, 하고 목 너머를 울렸다.

"뭐가 아니라는 거지."

지 박사는 갑자기 쓰러진 사람을 품에 안아 들고 제 차로 태워 병원에 실어다 주었다. 사람이 쓰러지면 보통 그러던가. 응급차 신고 정도만 할 텐데, 아닌가.

보통 이상으로 배려심이 특별한 사람일 수도 있다. 그러니 그 일련의 행동에 무슨 깊은 뜻이 있진 않았을 것이다. 도의적으로 누구나 다 할 수 있는 행동이라 말하면 충분히 납득할 수 있는 일이었다. 조금 의아하긴 하지만 말이다.

도원은 발목을 감은 붕대를 만졌다. 옆으로 흘러내린 머리카락에서 MJ가 쓰는 샴푸 향기가 나고 있었다. 농도가 짙은 향에 얼굴이 화끈, 붉어졌다. 이 정도면 영양실조보다 더한 중증이었다.

○

집에 돌아온 도원은 양손에 편의점과 약국에서 산 물건을 들고 있었다. 봉지 안에는 철분제와 비타민제를 비롯한 갖가지 영양제가 한가득 담겨 있었다.

냉장고에서 꺼낸 물을 한 모금 마시고 영양제를 종류별로 입에 넣었다. 알약들이 식도를 타고 넘어가는 동안에 편의점 봉지에서 꺼낸 김치 팩과 인스턴트 밥을 냉장고에 쌓았다.

밥을 챙겨 먹으라기에 뭘 사야 하는지 몰라서 조리된 식품과 통조림 음식을 사 왔다. 음식을 해 먹는 버릇이 필요할 것 같아서 간단하게 볶음밥이나 해 먹을까, 생각하며 사 온 것들이었다.

도원은 팩을 뜯어서 김치를 꺼냈다. 집에 프라이팬과 도마는 없었다. 선반 위에는 가격표 라벨을 떼지도 않은 냄비만 덩그러니 놓여 있었다. 가스레인지 위에 냄비를 올리고 김치는 가위로 듬성듬성 잘라 넣었다.

자작하게 익어 가는 김치에서 탄 냄새가 났다. 유리잔에 수돗물을 받아서 한 컵 넣자 찌개처럼 보글보글 끓기 시작했다. 더 이상 볶음밥 재료로 보이지 않았다. 난감해진 도원은 인스턴트 밥을 뜯어서 넣었다.

물이 졸아붙으면 볶음밥처럼 변하지 않을까, 생각했는데 이젠 죽이 되고 말았다. 밥알 사이로 공기 방울이 터졌다.

부글부글 끓는 김치와 물과 밥의 조화에 어찌할 바를 몰라 하던 도원은 이윽고 참치 캔을 털어서 넣었다. 냄새는 이전보다 고소해졌는데 이젠 죽인지 찌갠지 알 수 없게 되었다.

숟가락으로 내용물을 한 입 떠먹어 보았다. 입 안에 김치 냄새와 참치 기름 냄새가 퍼졌다. 김치와 참치의 조합이 식당에서 가끔 사 먹는 찌개와 얼추 비슷한 것도 같았다. 맛있는지는 모르겠다.

원래 몸에 좋은 음식이 맛은 없다는 얘길 들었다. 사 먹는 음식보다는 낫지 않을까 싶었다. 가스 불을 끈 도원은 냄비 안의 음식을 그릇에 옮겨 담았다. 간이 맞지 않는 음식을 한술 뜰 때였다.

도어 록이 열리고 비밀번호를 누르는 소리가 들렸다. 현관 센서 등이 켜지면서 하얗게 서리가 내린 외투 차림을 한 MJ가 들어왔다.

얼굴엔 파란 핏줄이 보였다. 숨소리도 거칠었다. 손에 낀 장갑을 빼내어 파랗게 언 손을 주먹으로 쥐었다 펴면서 손끝의 찬기를 몰아내려 했다. 화상 자국은 파랗게 변한 다른 피부와 대비되어 붉은색으로 꿈틀거렸다.

통각도, 체온도 다른 세포만큼 느끼지 못하는, 어찌 보면 반쯤 죽어 있는 세포가 극명하게 대비되었다.

"선생님."

신발도 벗지 않은 채 집 안으로 들어온 MJ가 도원을 끌어안았다. 숨결이 차가웠다. 폐부까지 찬 공기가 고여 있었다.

온기를 찾듯 포옹한 팔에 힘을 주는 MJ의 분위기가 조금 이상했다. 숨은 거칠고 심장 뛰는 속도는 빨랐다. 어딘가 흥분한 기색처럼 보이는데. 침착하려고 애쓰면서 자신을 억누르고 있었다.

도원은 그에게 안긴 허리가 조금 아팠다. MJ에게 놓으라고 이야기해야 하는데도 MJ의 상태가 신경 쓰여서 그를 밀어내지 못했다. 빙점에서 끓고 있는 듯한 기묘한 분위기를 살피다가 조심스럽게 물었다.

"무슨 일 있었어요?"

턱을 옆으로 비튼 MJ가 도원의 볼에 자신의 입술을 붙였다. 도원의 체온을 빨아먹기라도 할 것처럼 코가 아닌 입으로 숨을 내쉬기 시작했다.

"기분 나쁜 일이 있었어."

"괜찮아요?"

"모르겠어. 크랙이랑 대치했어. 기분 나빠. 굉장히 싫어."

몰아쉬는 숨소리가 도원의 입과 코에 닿았다. 키스하려는 MJ의 고개를 피했다.

"밥을 먹고 있었어요. 입 냄새가 날 겁니다."

"괜찮아."

"MJ."

"괜찮다고."

MJ는 아랑곳하지 않았다. 도원의 체온과 냄새에 매달리듯 몇 번이나 얼굴을 비비면서 숨을 몰아쉬었다.

따뜻한 실내에 MJ가 이끌고 온 한기가 가득 퍼졌다. 서리가 낀 공기에는 냄비 속 쌀알 사이로 터지던 물방울처럼 MJ의 감정이 부풀어 올랐다. 터질 것처럼 팽팽했다. MJ는 자신의 감정을 극도로 참고 있었다.

"예상보다 크게 부딪쳤어. 그 때문에 아이스가 다쳤어. 아이스. 크랙은 걔 크리스탈이라고도 부르는데, 아, 선생님은 모르겠구나. 한 번도 얘기한 적 없지. 전에 내 친구라고 소개한 금발, 걔야. 필로폰을 다루거든. 고체 필로폰이 얼음 결정같이 생겨서 아이스나 크리스털이라고 해. 밑바닥에서는 걔 작대기라고도 부르기도 하고. 아무튼 걔까지 휘말려서."

도원의 허리를 잡고 있는 손이 입고 있는 옷가지를 움켜쥐었다. 온몸을 조이는 힘이었다. 도원은 숨을 쉬기 답답할 정도로 압박당한 몸을 바르작거리면서도 MJ를 자극하지 않으려 노력했다.

침착하게 고개만 들어 MJ를 살펴보았다. 터지기 직전까지 억눌린 감정은 과거에도 한 번 본 적 있었다. MJ가 자신이 살던 집 앞으로 데려가 첫 번째와 두 번째 방화를 저지른 기억을 떠올릴 때와 비슷했다.

MJ는 기억에 잡아먹혔었다. 사건 당시에 느꼈던 것보다 더 짙은 공포심과 불안감을 경험했다. 상상력이 풍부한 어린아이들에게서 볼 수 있는 증상들이었다.

현실적인 감각을 우선시하는 어른과 달리, 비상식적인 일과 환상을 현실과 혼동하는 아이들의 특징.

MJ가 그러했다. 생각의 범위를 제어하지 못했다. MJ의 현실감은 불안정했다. 도원이 그 미숙한 현실감을 다잡아 주었다.

"그 금발 친구분 많이 다쳤어요? 목숨이 위험한가요."

침잠한 눈으로 허공을 응시하던 MJ가 도원과 시선을 마주했다. MJ는 느리게 눈을 깜빡였다. 도원을 한참이나 쳐다보다가 도원의 눈꺼풀에 입술을 내려앉혔다.

"아니. 목숨은 구했어."

목소리는 여전히 낮았다. 수직으로 낙하한 것처럼 섬뜩했다. 도원은 MJ의 얼굴을 조심스럽게 잡았다. 그의 볼과 화상 자국에 입을 맞췄다. 쪽, 쪽, 부드럽게 애무하듯 키스를 해 주자 MJ가 눈을 감았다. 갈비뼈가 울릴 정도로 쿵쿵 뛰는 심장 소리가 선명했다.

"선생님 뺏기기 싫어."

MJ는 도원의 볼을 이로 깨물었다. 피부를 핥고 빨아들이는 행동이 상식선의 애정 표현과 달랐다.

도원은 숨을 몰아쉬는 MJ를 불안한 눈으로 쳐다보았다. 흥분해서 폭발할 것 같으면서도 곧 침착해질 수도 있을 듯한 아슬아슬한 경계선 위에 있었다.

금방 소리를 칠 분위기이면서도 차분하게 숨을 고르고 자리에 앉을 듯한 느낌. 도원은 MJ에게서 눈을 떼지 않았다. 미묘한 변화마저 놓치지 않으려 노력했다.

"누구도 당신 것은 뺏어 가지 않아요."

"아니, 뺏어 가려 해. 그 새끼들은 원래 그랬어. 하나둘씩 다 뺏어 가고 남은 건 절망밖에 없도록 해. 새까만 어둠에 가두는 거야. 엄마 아빠가 날 가두었던 지하 창고를 재현하는 거지. 그 새끼들이 가장 잘하는 짓이야."

MJ의 기억과 감정들이 멋대로 뒤섞이기 시작했다. 어린 시절에 느꼈던 감정들이 증폭되어 다 자란 지금에 닿았다.

과거와 현재를 단절된 공간으로 인식하지 못하고, 과거의 불안이 현재로 범람해 들어왔다. 현재의 고통이 과거에서 연장되어 온 것처럼 느끼고 있었다.

도원은 다급히 MJ의 얼굴을 양손으로 붙잡았다. 도원의 손길을 느끼자 MJ가 키스를 안달 냈다. 과거에는 느끼지 못한 안정을 현재에서 느낄 수 있다면 그것은 오직 도원의 애정뿐이라는 듯이 굴었다.

　이전과 이후가 뒤섞여서 구분하지 못하는 MJ의 세계에서 유일하게 현재성을 가지고 있는 존재가 도원이었던 것이다.

　"선생님, 선생님."

　키스를 하고 싶어서 안달 내는 MJ에게 도원은 선뜻 응해 주었다. 사랑과 애정보다는 도피에 가까운 입맞춤이었다.

　절박하게 매달리는 MJ는 혀를 떨었다. 입술을 떼어 냈을 때 혀끝에서 길게 이어지는 실 같은 침을 MJ는 견딜 수가 없었다. 끊어지는 감각이 싫어서 다시 고개를 틀어 도원의 입 안으로 파고들었다.

　"웃, MJ, 날 봐요."

　키스는 흉포했다. 가지 말라고 도원의 혀뿌리까지 삼켜서 자신 쪽으로 끌어왔다. 도원의 허리를 잡고 있던 양팔이 비벼지면서 도원의 온몸을 끌어안았다. 이렇게 도원을 삼키고 흡수해서 누구에게도 내어 주지 않을 것처럼 굴었다.

　"하아, 하, 이번엔 선생님 차례야. 지난 연말에 그랬어. 사냥을 시작한다고. 선생님이야. 씨팔, 그 빌어먹을 새끼들은 매번 이따위로."

　"괜찮으니까 다른 생각하지 말고 나 봐요."

　"하아, 선생님, 섹스하고 싶어."

　"안 돼요. 진정하기 전엔."

　"안 돼?"

　목소리가 날카로워졌고 한동안 으르렁거리듯이 숨을 몰아쉬었다. 부정적인 단어에 예민한 MJ의 특성이 생각났다. 도원은 아랫입술을 깨물었다. 이럴 땐 연인이 아닌 내담자 MJ로 돌아가 버리는 특성을 상담자로서 기억해 내야 했다.

"해 줄게요. 단, MJ도 내 말을 들어야 해요. 섹스를 해 줄 테니까 그쪽도 진정하는 거예요. 어렵지 않죠?"

MJ는 숨을 몰아쉬었다. 그의 몸이 들썩였다.

"강간은 섹스가 아니야."

"그래요, 잘했어요, MJ."

"강간은 섹스가 아니야."

그 한 문장을 반복적으로 중얼거렸다. 어떻게든 참아 보려 하지만 쉽지 않은 듯했다.

MJ는 한 손을 내려 자신의 바지 위를 문질렀다. 답답한지 도원의 아랫배에 사타구니를 비비다가 바지 버클을 풀어 버렸다.

젖어 있는 속옷이 팽팽하게 위로 당겨져 있었다. 팬티의 격자무늬 섬유가 벌어졌다. 벌어진 섬유 사이로 흘러내린 액체가 도원의 맨살에 문질러졌다. 하얀 속살을 적시는 음란함에 MJ의 자제력이 가늘어졌다.

MJ는 무릎까지 바지를 내리고 도원에게 제 몸을 문질렀다. 움직임이 거칠어서 속옷이 몇 번 뒤집어졌다. 옆으로 삐져나온 젖은 성기가 도원의 사타구니를 찔렀다. 짙어진 남성 특유의 냄새에 도원 또한 입 안이 바싹 말랐다.

MJ가 공포심에서 벗어나고자 현실 감각에 매달릴 때면 제어되지 않는 섹스가 하나의 방편이 되곤 했다. 이번이 그 경우였다.

"크랙이 하아, 하, 크랙이 미국으로 빠져나가는 걸 저지했어. 그거 때문에 화가 많이 났어. 나보다는 아이스를 찾는 게 빠르니까, 걔가 더 동창회에 잘 알려져 있으니까, 걔한테 복수했어. 아이스가 차에 시동을 걸 때 폭발하도록. 주유구에 기름 젖은 수건을 넣어서 불을 붙였어."

MJ가 도원의 셔츠를 벗기려고 했다. 도원이 그 손을 부드럽지만 완강하게 붙잡았다. 사납게 변하는 눈매에 입을 맞춰 주면서 달래는 목소리를 내었다.

"쉬이, 쉬, MJ, 괜찮아요."

MJ는 손에서 힘을 풀었다. 그러나 꿈틀거리는 충동성까지 풀어내진 못했다. 도원의 손을 역으로 잡아 비틀었다.

"아!"

도원이 아파서 짧게 비명을 지르는 소리를 듣고 스스로 흠칫 놀라기도 했다.

"씨, 씨발, 미안해."

스스로에게 욕설을 뱉은 MJ가 도원의 넥타이를 풀어서 내밀었다.

"묶어 줘."

MJ는 스스로 결박되길 원했다. 자신이 앞으로 무슨 짓을 할지 모르기에 도원이 다칠 걱정을 먼저 했다.

"묶어 놓고 불을 꺼 줘. 그러면 괜찮아질 거야."

이런 식으로는 불안한 마음을 고치지 못한다. 억압당한 상태에서 어둠에 갇히면 어린 시절 제 아빠가 한 짓과 뭐가 다를까. 오히려 상태가 나빠질 것이다.

"집에 돌아가서 따뜻한 물에 목욕하세요. 지금보다 나아질 거예요."

MJ는 자신에게서 한 걸음 떨어지는 도원을 재빨리 붙잡았다.

"선생님이 눈앞에 없으면 미칠 것 같아. 그러니까 혼자는 못 돌아가. 차라리 묶어 줘. 얼른. 불 꺼 놓고 같은 공간에만 있어 줘. 아무 짓도 안 할게."

"이런 식으론 나아질 수 없어요."

"나 이제 환자 아니야. 선생님 내담자 안 하기로 했잖아."

"나는 당신을 환자로 대해서 이러는 게 아니에요. 우린 서로 아껴 주기로 약속했잖아요. 난 당신을 지켜 주고 싶어요. 상처 입히기 싫어요. 억압받는 걸 해결책이라고 생각하지 마세요."

"나 또 그때처럼 선생님 붙잡고 막 강간하려 하면 어떡하지. 미움받기 싫어. 그때 선생님 표정이 자꾸 생각나서."

"폭력에 의한 트라우마를 폭력으로 고치는 게 제일 위험해요. 이건 해결법이 아니에요. 나중에 상태가 더 심각해질 수도 있어요."

"몰라! 됐으니까 빨리 묶으라고!"

"안 돼요. 그건 당신을 더 상처 입히는 일이에요."

"젠장, 못하겠단 말이야! 아버지까지 나서기 시작했어. 선생님을 진짜로 나한테서 뺏어 가려 그래. 뺏기고 싶지 않아. 선생님을 뺏길 바에야 그 새끼를 죽이고 나도 죽을 거니까!"

"MJ! 극단적으로 생각하지 말아요!"

"하아, 하, 답답해."

MJ가 도원의 바지 속으로 손을 집어넣어 도원의 속옷 안을 주물렀다. 음모를 손바닥으로 쓸어 만졌다. 귀두를 엄지로 문지르면서 나머지 손가락으로 기둥을 훑고 음낭을 쓰다듬었다.

"MJ……!"

도원은 다리에서 힘이 풀릴 것 같았다. MJ의 손을 잡아 빼려 했다.

그러나 힘의 차이 때문에 MJ는 뒤로 밀려나지 않았다. 그는 더 이상 참지 못하고 한쪽 무릎을 꿇고 앉아 도원의 성기를 입에 물었다.

"아."

MJ가 도원의 기둥을 양손으로 주무르면서 귀두를 입에 넣고 돌리기 시작했다.

비틀거리는 도원을 벽에 기대어 설 수 있게 했다. 침에 젖은 기둥을 입에 머금고 흔드는가 하면 귀두부터 음낭까지 한꺼번에 빨아서 피스톤질을 하듯 흔들기도 했다.

도원은 강렬한 자극에 버틸 수가 없었다. MJ의 머리를 잡았다. 손가락 사이로 까칠하게 느껴지는 짧은 머리카락의 감각이 선명했다.

"MJ, 그만."

아무리 말해도 성기 주변의 음모까지 핥는 MJ는 멈추지 않았다. 힘이 풀린 다리가 벽면을 쳤다. 덜컹, 하고 식탁이 함께 흔들렸다. 네발짐승처럼 몸을 수그린 MJ가 도원의 다리 사이에서 머리를 흔들다가 몸을 바로 세웠다.

"허억, 헉, 헉."

거칠게 숨을 몰아쉬는 그는 풀어 주지도 않은 도원의 엉덩이 사이에 수직으로 선 성기의 머리를 들이밀었다. 도원은 흠칫하면서 MJ의 옷자락을 붙잡았다. 두려워하는 도원의 눈을 간신히 알아본 MJ가 억지로 자신을 밀어 넣기 전에 멈추었다. 도원이 울 것 같은 얼굴로 쳐다보고 있었다.

"아버지란 사람이……."

도원이 갈라진 목소리로 말을 이었다.

"그 사람이 날 뺏어 가려고 한다 해도, 내가 안 뺏기면 그만이잖아요. 날 죽이려는 건지, 뭘 어떻게 하려는 건지 모르겠지만 내가 그 사람 폭력에 굴복하지 않으면 되잖아요. 그런 믿음으로는 부족한 건가요?"

도원은 MJ가 풀었던 넥타이를 그의 손에 들려 주었다. 도원이 그에게 양손을 내밀었다.

"MJ가 묶어 줘요."

MJ의 눈빛이 흔들렸다. 도원이 스스로 결박당하겠다는 말에 극심한 혼란을 느끼기 시작했다.

"내 자유와 의지를 놓고 당신이랑 아버지가 무슨 사냥 놀이를 하는지 모르겠지만 어떻게든 나를 억압하고 싶어 한다면 억압당해 줄게요. 그게 정말로 당신이 원하는 것이었는지 한번 해 보세요."

"선생님, 그게 아니라."

"탓하지 않을 테니까, 본인이 마음이 풀리는 행동을 다 해 봐요. 날 묶고 강간을 하고 싶어 해도 받아 줄게요. 그거밖에 해결책이 없을 것 같으면 해도 좋아요. 미워하지 않을게요."

"……선생님."

"대신에 그게 유일한 해결책이라는 게 밝혀지면 나는 더 이상 당신과 연인 관계를 유지하고 싶지 않을 겁니다. 당신이 충동 조절을 못할 때마다 강간당하고 싶지 않아요."

MJ는 손에 들린 넥타이를 한참이나 바라봤다. 참기 어려운 얼굴로 어금니를 악물었다. 떨리기 시작한 손이 들고 있던 넥타이를 바닥에 내려놓았다.

벽과 자신 사이에 갇힌 도원을 바라보는 눈은 이전처럼 탁한 어둠에 잠식되어 있지 않았다. 대신 상처받은 눈을 하고 있었다. 울고 싶은 건 도원이 아니라 MJ인 듯했다.

본인을 묶어 놓고 어둠에 가둬 달라 말할 때는 멀쩡했으면서, 도원을 묶으라는 말에 오히려 큰 절망을 느끼다니.

이래서 도원은 MJ의 손을 놓을 수가 없었다.

"당신이 그랬잖아요."

도원은 MJ의 차가운 뺨을 쓸어 만져 주었다. 당신은 사랑받아도 되는 존재라고, 끊임없이 만져 주었다.

"나랑 기분 좋게 섹스하는 관계가 되고 싶다고. 기분 좋게 해요. 사랑받는다는 기분으로. 나는 당신이 그런 걸 느끼면 좋겠어요."

한참 후에 MJ가 고개를 끄덕였다. 도원이 MJ의 손가락들을 만져 주고 깍지를 껴 주었다. 도원은 울 것 같은 얼굴을 한 MJ에게 키스를 해 주었다. MJ는 그 키스를 얌전히 받아들였다.

"나쁜 생각이 들 때마다 선생님과의 기분 좋은 섹스로 덮으면 될까."

엉덩이 사이에서 느껴지는 뜨거움이 더 부풀어 올랐다. 도원은 다른 의미로 흥분한 MJ를 난처하게 바라봤다.

"그게 대체가 된다면 좋은 방법이죠. 스스로를 묶거나 나를 힘으로 억압하려는 것보다는 훨씬 나아요."

"내 방으로 갈래? 콘돔이랑 젤이 다 있어."

"따뜻한 물에 씻고 나와서도 원하면 해 줄게요."

"정말?"

"네. 일단 씻고 진정하고요."

MJ는 도원의 다리 사이를 쿡쿡 쑤시던 성기를 젖은 속옷 안에 도로 집어넣었다. 반쯤 벗고 있던 바지도 추슬렀다.

바지 밖으로 팽팽하게 차오른 성기가 그 부피를 고스란히 드러냈다. 크고 뜨거운 것이 팽팽한 섬유 속에 갇혀서 얼마나 답답할지 알 것 같았다. 그럼에도 MJ는 얌전했다.

기다리고 있었다. 멋대로 도원에게 달려들어 돌이킬 수 없는 실수를 하지 않도록. 이성이 본능을 더 억누를 수 있는 때를 얌전히 기다렸다.

"씻는 동안 옆에 있어. 안 보이면 불안해."

MJ를 보아 온 중 가장 불안정한 모습이었다. 크랙과의 대치에서 굉장한 심리적인 압박을 받은 모양이었다. 그게 아니라면 본능을 이성으로 억누르는 작업이 익숙하지 않아서 나타나는 반발 작용일 가능성도 있다.

어느 쪽이든 도원은 MJ가 나쁜 방향으로 보상 심리가 발동하지 않도록 억눌러 주었다. 성행위에도 폭력이 있을 수 있다는 것을 알아낸 것처럼 애정을 가진 사람을 믿고 신뢰하는 방법을 배울 수 있도록 알려 주기로 했다.

"알았어요. 침대에 앉아서 기다려 줄게요."

"문 열어 놓고 씻어도 돼?"

"물론이죠."

MJ가 고개를 내밀었다. 도원이 그 입술에 쪽, 뽀뽀를 해주었다. MJ는 도원의 흐트러진 옷매무새를 정리해 주었고 손목을 부드럽게 잡아끌었다. 도원은 가스레인지 위에 동그마니 올려놓은 냄비를 바라봤다. 냄비 안의 음식물이 식어 가고 있었다.

쉽지 않은 일이다. 이것도 저것도. 왜 나이를 먹어도 세상이 쉬워지는 일이 없는지를 생각하다가 그만두었다.

나이를 먹는다는 것은 절박해지는 모습을 보이지 않는 것이었다.

여유롭고 관조하는 태도로 성숙해지는 일이었다. 그리고 MJ와 관련해서는 아직까진 불가능한 일이었고 말이다.

"좋아한다는 것은 언제나 사람을 어린애로 만드는 모양입니다."

MJ가 욕실에서 돌아봤다. "뭐?" 하고 되묻는 그에게 도원이 웃어 보였다. "아무것도 아니에요. 혼잣말이었어요."라는 대답에 MJ는 한동안 시선을 떼지 않았다.

흥분이 가라앉은 MJ의 시선은 투명했다. 도원은 그 시선을 한참이나 마주 보다가 먼저 부끄러워져 고개를 돌려야 했다.

찰박거리는 물소리가 들렸다. 샤워기 밑에서 비누칠만 하고 나오려는 MJ를 도원이 말린 덕분에 MJ는 욕조에 뜨거운 물을 받고 그 안에 얌전히 들어가 앉았다.

활짝 열어 놓은 욕실 문밖으로 뜨거운 수증기가 몰려나왔다. 욕실 입구에서 돌아가는 환풍기에 일부 수증기가 빨려 들어갔지만 많은 물 입자가 방 안으로 침범했다.

말라 있는 방 안에 젖은 냄새가 풍겼다. MJ의 살 냄새가 묻어 있어서 인공적인 세신 용품 향기와 달랐다. 살아 있는 냄새였다. 냄새는 언제든 꿈틀거리며 도원을 덮을 것 같았다.

도원은 욕조에 앉은 MJ의 시야 안에 들어와 있었다. 침대 위에 얌전히 앉아서 방에서 들고 온 책을 보는 중이었다. 소설책은 오랜만이었다. 주로 학술 서적만 읽어 왔기에 소설적 어법과 표현을 바로 이해하지 못했다.

몇 번 문장을 되돌아가서 읽다가 내용이나 흐름을 놓쳐서 전 페이지를 들추기도 했다. 읽는 속도가 나지 않았다. 은유와 비유와 감성을 모두 파악하면서 내용을 따라가기가 쉽지 않았다.

"선생님은 뭘 읽거나 쓸 때 가장 멋있어. 집중하는 모습이 매력적이거든."

도원이 책에서 눈을 뗐다. MJ는 욕조 밖으로 한쪽 팔을 뺀 상태였다. 여전히 물에 잠겨 있는 손을 들어 세수를 하거나 머리를 쓸어 만지지만 머리카락이 짧아서인지 물기는 그 어디에도 고여 있지 못하고 자꾸만 아래로 떨어졌다.

긴장으로 수축되어 있던 MJ의 표정이 한결 편안해졌다. 따뜻한 물에 언 몸이 풀리고, 눈앞에는 평온해 보이는 도원이 있어서 모든 게 만족스러워 보였다.

"크랙 얘기 하고 싶은데 말해도 돼? 책 보는 데 방해되면 조용히 있을게."

도원은 생소한 눈으로 MJ를 쳐다봤다.

말할 때 허락을 받는 MJ라니.

낯설지만 기분이 나쁘지 않았다.

"음. 이 책 내용이 별로네요. 왜 유명한지 모르겠어요. MJ 얘기가 더 재밌을 것 같아요."

책이 재미없다는 거짓 핑계를 대 주자 MJ가 기뻐했다.

"얘기해도 돼?"

"네, 듣고 싶어요."

"별로 재밌는 내용은 아닌데."

"그럼 무서운 얘긴가요?"

"뭐라고 해야 하나. 기묘한 얘기?"

"좋네요. 저는 스릴러 소설을 제일 좋아하거든요."

도원은 미련 없이 책장을 덮었다. 책을 쥐고 있던 양손으로 베개를 끌어안았다.

MJ가 다시 입을 떼기까지는 시간이 걸렸다. 망설이는 기색이 느껴졌다. 문제가 생겨서 도원을 위협하거나 상처 입히면 어쩌지 하는 걱정을 하고 있었다. 그러나 침대 위에 앉아 있는 도원의 시선은 처음 보았을 때처럼 맑았다.

MJ와 많은 마찰이 있었지만 그때마다 MJ를 새롭게 평가하거나 자신의 생각과 달랐다며 생각을 바꾸지도 않았다. MJ를 있는 그대로 꾸준히 받아들이고 있었다. 이런 사람이 아니라면 누구에게도 말 못할 것이라며, MJ가 물에 젖은 입술을 벌렸다.

"나는 엄마와 아빠가 죽고 나서 줄곧 혼자 살았어. 유산이 많이 남아서 혼자 사는 데에 문제는 없었어."

크랙 얘기보다 더 과거의 말을 꺼내는 MJ를 도원은 가만히 바라보고만 있었다. 그가 말하고 싶어 하는 대로 편안하게 내버려 두기로 했다.

"처음엔 친척들이 날 거두려고 했는데 내가 싫었거든. 나 중학교 들어가면서 학교 때려치웠어. 그거 때문에 고모랑 굉장히 많이 싸웠어. 짜증 나서 집을 나왔고."

"그래도 혼자 남은 MJ를 신경 써 주신 분일 텐데요."

"신경 많이 썼지. 나보다는 내 밑으로 들어 있는 수십억 유산에."

어린 나이에 수십억 재산이 있는 아이를 친척들이 인륜적으로 돌보기는 쉽지 않았던 모양이다.

　MJ의 아버지는 죽은 짐승 머리를 안방에 박제해 두는 사람이었다. 그러한 형제의 성벽과 페티시즘을 알고 있는 고모라는 사람이 MJ를 순수하게 받아들이려면 많은 꺼림칙함을 극복해야 했을 것이다.

　지하실에 개와 함께 가두어 키운 사건과 집에 방화를 저지른 사건을 과연 편견 없이 받아들일 수 있을까. 꺼림칙함을 극복하지 못하고 아이를 거두었다면 친척 눈에는 재산이 조금 더 탐날 수도 있었을 것이다.

　"학교는 안 다니고 따로 살았어. 사람을 좋아하지 않아서 산에 숨어 사는 일도 많았어. 딕이 있었으니까 별로 외롭지 않았어. 앞으로 뭐 해 먹고 살아야겠다는 생각도 별로 안 들었고. 배고프면 통장에 돈 빼서 아무 밥이나 먹으면 되잖아. 뭐 하러 공부하고 일하려 하겠어. 음식점 들어갈 때마다 화상이 심한 나를 좋아하는 눈치가 아니라서 나중엔 뭘 사 먹는 것도 그만뒀어."

　순진하게 살아온 MJ의 유년기를 상상해 보면서, 도원은 그 이야기에 빠져 들어갔다.

　"크랙은 그 와중에 만났어. 갑자기 연락이 왔어. 나에 대한 이야기가 다큐멘터리로 만들어졌대. 그 다큐멘터리를 보고 싶지 않느냐고 정말 뜬금없이 연락이 온 거야."

　MJ는 눈을 깜빡이며 도원을 응시했다. 무슨 다큐멘터리인지는 도원도 직접 봐서 알고 있었다. 어떤 얼굴과 말투로 자신이 녹화되어 있는지 충분히 알고도 남았다.

　"내 얘기라기에 궁금해서 봤어. 처음엔 짜증 나더라. 내가 겪은 이야기가 무슨 사회적 문제가 되는지도 모르겠고, 이걸 180분짜리 기획 다큐로 만들 정도로 대단한 건가도 모르겠고. 씨발, 가장 짜증 나는 건 내 얘긴데 왜 나한테 허락도 안 받고 만드는 거지? 나를 죽은 사람 취급하는 건가 싶었어."

유치원생들을 사냥하던 사건의 생존자가 MJ 혼자는 아니었으니 MJ의 유일한 이야기는 아니었다. MJ도 그 정도는 아는 듯했다. 화가 난 부분은 자신에게 허락을 맡지 않았다는 것보다 그런 식으로 자신의 트라우마를 보도하고 가십화하는 부분이었다.

"그랬는데, 여러 번 돌려 보니까 그때부터 선생님이 보이더라고. 처음엔 별 관심 없었는데 선생님한테 자꾸 눈길이 갔어. 뭐가 달랐지. 정확하게는 기억 안 나. 그냥, 막연히, 선생님은 나를 어린애들 트라우마로 인한 사회적 문제, 이런 커다란 개념으로 보지 않는다는 거였어."

젊은 사내가 꺼낸 이야기들을 MJ는 모두 기억하고 있었다. 눈앞의 도원과 화면 속 도원은 다르지 않았다. 그때의 도원도, 지금의 도원도 자신을 찾아온 사람을 진심으로 대해 주고 있었다.

달라진 점이라면 화면 속 도원은 '상담가'였고, 눈앞의 도원은 'MJ의 연인'이라는 사실이다.

아직 도원은 그 연인 관계를 완전히 받아들이지 못한 채 조금은 시험적으로 도전하고 있었다. 자신이 감당 못할 일이 생기면 이 관계를 포기할 여지도 없지 않았다.

그래도 MJ는 상관없었다. 도원이 상담가로 남아 있지 않고 한 걸음 제게 다가와 준 것만으로도 기뻤다.

아직은 만족할 단계는 아니었지만 조급해하지 않기로 했다. 이대로 천천히 서로에게 익숙해지고 사랑이 깊어지면, 그땐 누구도 부정 못할 완벽한 연인이 될 것이라 믿었다.

"선생님은 피해자 한 명 한 명에게 관심이 있었고, 이런 식으로 다큐멘터리를 만드는 게 합당한가를 묻기까지 했어. 난 그게 되게 이상했어. 선생님은 날 만난 적도 없잖아. 그런데 나를 죽은 사람이 아니라 산 사람 취급하잖아."

산장 벽에 붙여 놓은 지도에 무의식적으로 불을 지른 초록색 표시들을, MJ의 왼쪽 머리를 가르고 지나가는 흉터를, 욕정을 감추지 못하는 페니스를 받아들이는 것과 같은 문제였다.

도원은 원래부터 이런 사람이었다. 아주 작은 것도 놓치지 않고, 상대를 솔직하게 지켜보고 다가가는 사람이었다.

"다른 전문가들은 나를 '피해자들은', '그 문제는', '그 사회는', 이라고 부르는데 선생님은 '그 아이는', '아이가 겪은 아픔은'이라고 딱 하나만 지칭해서 말하더라고. 고모가 날 돌보는 동안에도 그런 표현을 한 적이 없는데 선생님이 하더라."

MJ는 화면을 수백 번 봤다고 했다. 도원이 나오는 부분은 집중해서 봤다고 했다. 어느새 화면을 손으로 만지면서 도원의 이야기만큼이나 도원의 생김새에 집중했다고 했다.

"다큐멘터리를 마음에 들어 하는 날 보고 크랙이 웃었어. 선생님을 만나 볼 생각이 없냐고 묻기도 했어. 자길 도와주면 만나게 해주겠대. 그래서 알았다고 했어. 정체불명의 물건을 옮기는 심부름을 했어. 얼마 안 되는 양이었어. 진짜 적었어. 한 주먹이나 될까. 몇 년 지나니까 전국 곳곳에 그걸 보관하는 집까지 만들고 내가 관리하도록 시키더라고."

크랙의 이야기에는 급속도로 어두워지는 도원의 표정을 살피면서, MJ는 조심스럽게 말을 이었다.

"마약인 건 그때 알았어. 이거랑 선생님을 만나게 해 주는 게 무슨 관련 있냐니까 아버지 얘길 하더라. 아버지가 선생님을 잘 안다고 만나게 해 준대. 자세한 건 그때 얘기하재."

"그럼 그 말만 믿고 마약 보관과 운송을 맡은 거였어요?"

"크랙이 날 만날 때마다 선생님 얘길 해 줬거든. 뭘 좋아하고, 뭘 싫어하고, 결혼을 해서 아이는 하나 있고, 부모와 재산은 어느 정도인지, 구체적으로 알려 줬어. 그 얘길 듣고 싶어서 크랙을 만나는 날만 기다렸어. 다큐멘터리에서는 알지 못했던 선생님의 얘기를 듣는 게 좋았으니까."

크랙이 그 정도로 자신을 알고 있다니. 심층 상담을 한 내담자가 자신의 상담자에게 관심이 가서 뒷조사를 할 수는 있기에 크게 충격을 받지는 않았다.

충격이라면 크랙이 물어다 주는 이야기를 믿고 마약 범죄에 가담한 MJ였다. 선악이 구분되어 있지 않은 아이가 비열한 수법에 이용된 이야기다.

"아버지는 한 번도 본 적 없어. 난 크랙이 다중인격자고, 아버지라는 사람은 그 인격 중 하난 줄만 알았거든. 워낙 이상한 미친놈이기도 해서 충분히 그럴 수 있다 여긴 거지."

"아니었군요."

"응. 아니더라. 크랙이 날 찾을 수 있었던 거. 그리고 갑자기 선생님 다큐멘터리를 보여 준 거. 모두 아버지가 시킨 거였어. 아버지가 날 알고 있었던 거야. 맞아. 선생님한테 말하면서 나도 처음으로 기억해 낸 그거.”

……아버지. MJ가 첫 방화 때 얽혔던, 도원으로선 아직 정체도 모르는 그 사람. MJ는 첫 방화를 얘기하던 때와 달리 침착하게 말을 이어 가고 있었다. 그때처럼 흥분해서 달려들지 않은 것만으로도 장족의 발전이었다.

“아버지가 나랑 같이 사냥당하던 사건을 겪은 새끼인 거지. 나는 충격을 받아서 그 일을 잊고 지냈는데 걔는 그걸 처음부터 끝까지 기억하고 있었던 거야. 그래서 나한테 먼저 크랙을 보내서 접근한 거야. 그 개새끼는 처음부터 그렇게 교묘한 놈이었어. 비열해. 진짜 비열해. 화가 나서 참을 수 없을 정도로.”

MJ가 신경질적으로 세수를 했다. 아버지와 관련된 일엔 극도로 민감해지는 그는 잔잔한 욕조 수면을 거칠게 휘젓기 시작했다. 그는 물속에다 손을 집어넣고 성기를 잡고 훑기 시작했다. 스트레스를 받을 때마다 자위로 해소해 온 습관이 지금까지 이어지고 있었다.

“아버지는 선생님의 능력을 정말 높게 평가하는 거 같아. 부러워하는 것도 같아. 크랙이 말해 줬어. 나랑 선생님은 만난 적도 없는데 일방적으로 내가 집착하는 모습이 흥미롭다고. 어디까지 집착할지 내심 궁금하다고. 내가 선생님한테 발정하니까 그걸 자꾸 이용해 먹으려고도 했는데, 씹새끼, 웃.”

참방거리는 물속 움직임이 빨라졌다. 수증기를 타고 넘어오는 살 냄새가 짙어졌다. 야만적이고 동물적인 냄새가 강렬해졌다.

“하아, 하아.”

자위를 하는데도 전혀 만족스러워 보이지 않았다. MJ는 붉어진 눈으로 도원을 쳐다봤다. 거칠어진 숨결이 수증기와 함께 뒤엉켰다. 땀인지, 물방울인지 잘 알 수 없는 물기에 젖은 얼굴로 MJ가 도원을 원했다.

"선생님을 사냥한다는 말은 나도 잘 몰라. 죽이려는 건지, 아니면 다른 방면으로 이용해 먹으려는 건지. 아버지가 주도적으로 한 사냥은 누군가를 납치하는 거였고, 그 이후에 그 사람들이 어떻게 됐는지는 크랙만 알고 있어."

크랙만 아는 그 사실에 MJ가 몸을 부르르 떨었다. 그의 목소리가 더욱 낮게 가라앉았다.

"내가 무서운 건 그거야. 아버지도 선생님한테 집착해. 그 집착이 어떤 연유에서 발생한 건지 모르겠지만 만약에, 만약에 말이야."

그는 잠시 말을 망설였다. 마치 입에 담기 싫은 말을 해야 하는 사람처럼 눈가를 일그러트렸다.

"……나처럼 선생님한테 발정하는 집착이면 어떡하지. 난 그게 불안해서 미치겠어. 그 새끼가 선생님을 때리는 것도, 강간하는 것도 전부 상상만으로도 끔찍해. 선생님한테 무슨 짓을 하려는 건지, 알아내야 하는데."

도원은 도저히 외면할 수 없었다. MJ의 상태를 지켜볼 수 없기에 그에게 명령조로 말했다.

"MJ, 이리 와요."

성기를 훑던 손이 멈추었다. MJ는 도원을 빤히 쳐다봤다. 도원이 손을 내밀었다.

"과거 얘기 떠올리기 괴로웠을 텐데 잘했어요, 이리 와 보세요."

MJ는 선뜻 다가오지 못하고 도원을 쳐다보기만 했다. 도원이 MJ를 신경 쓰는 일련의 행동이 상담자로서 의무에서 하는 말이 아님을 깨달은 후에야 욕조에서 일어났다. 일어나는 몸을 따라 물이 작은 폭포를 만들었다. 근육 사이로 흘러내린 물줄기들이 욕조에 다시 모여 거품을 만들었다.

MJ는 물살을 가르고 욕조 밖으로 발을 뺴냈다. 수건으로 몸을 닦지도 않고 도원에게 다가왔다. 바닥에는 MJ가 지나온 흔적들이 길을 만들어 냈다.

도원은 젖은 몸에 손을 뻗었다. 입고 있는 옷에 물기가 스며들고 젖어도 신경 쓰지 않았다.

"아버지는 내 환자라고 했어요. 이 사실은 알죠?"

MJ는 도원의 손바닥에 고개를 기울였다. 도원의 손바닥 안쪽 살을 입술로 눌렀다. 도원의 감촉과 냄새가 진정제라도 되는 것처럼 굴었다.

오랫동안 숨을 들이마시고 뱉어 내던 MJ가 고개를 끄덕였다. 잘했다고 한 번 더 말해 준 뒤에 도원이 말을 이었다.

"나는 지금까지 그 어떤 내담자에게도 휘둘린 적 없어요. 나를 휘두르려고 한 내담자들은 몇 있었지만 그들이 원하는 만큼 내가 끌려간 적은 없어요. 그러니까 내가 아버지라는 내 환자에게 휘둘려서 지금의 모습을 잃을 거라고 걱정하지 않아도 돼요."

"어떻게 장담해? 아무에게도 휘둘리지 않았다고."

"상담은 언제나 내 쪽에서 끝냈으니까요. 환자가 원하지 않는 시점이라도 내가 종료시켰어요. 그들의 반발이 있어도 내가 끝이라고 하면 끝인 거예요. 예외는 없었어요."

"……아버지도?"

"아버지도요. 어떤 환잔지는 모르겠지만 그가 정말로 내 내담자였다면 백 프로 확신할 수 있어요. 나는 MJ, 당신 외엔 아무에게도 흔들리지 않았어요."

예외는 오로지 MJ와의 관계뿐이라는 것에 MJ가 설레는 표정을 지어 보였다. 정말이냐고 재차 물어서 확신을 받고 싶으면서도, 그럴 필요가 없기에 도원을 지켜보는 것만으로 만족하기도 했다.

도원은 이런 식으로 자기 마음을 자주 내보였다. 누군가와 사랑을 해 본 적이 없는 MJ일지라도, 이렇게 솔직하고 직설적인 말을 듣게 되면 심장이 크게 뛰어서 갈비뼈 안쪽이 아플 정도였다.

왠지 모르게 눈물이 날 것 같았다. 이제는 도원이 아니면 다른 사람은 의미가 없어지는 지경에 이르렀다.

"섹스하고 싶어."

MJ가 다급하게 이어서 말했다.

"어떤 게 선생님한테 상처가 되는 섹스인지, 둘이 행복해질 수 있는 섹스인지를 분간 못하겠어. 난 선생님한테 매일 넣고 싶은 생각뿐이야. 그걸 선생님이 지금은 안 된다거나 이런 감정으로는 안 된다고 말할 때마다 혼란스러워. 발정에도 종류가 있는 거야?"

도원의 손에 볼을 기대어 얌전히 기다리고 있던 MJ가 양손을 뻗었다. 자신의 몸에서 묻어나온 물기에 셔츠 자락이 축축해진 도원을 끌어안고 한없이 올려다보았다.

"되는 건 어떤 거고, 안 되는 건 어떤 건데?"

MJ의 손은 뜨거웠고, 목소리도 가라앉아 있었다. 속에서 무언가가 들끓고 있었다. 밑바닥을 드러내길 부끄러워하는 보통의 어른들과 달리, MJ는 그 밑바닥을 드러내서라도 도원을 붙잡고 싶어 했다.

수치심이라는 것은 사랑 앞에서 아무 소용이 없어 보였다. 오히려 그 수치심을 내보여서 상대에게 동정이나 관심이라도 받을 수 있다면, 자신을 발가벗기고 무대 위에 세울 의지마저 있는 사람이었다.

도원은 한 번도 받아 본 적 없는 감정 앞에서 길을 잃은 사람처럼 굴었다. MJ의 감정에 응하기 두려우면서도 거절하면 가장 큰 후회로 남을 것이 분명했다.

사랑하는 일이 절박한 사람이다. MJ에게는 도원이 또 하나의 세상이었다. 그 세상이 절실한 사람을 밀어내기가 쉽지 않았다.

도원은 MJ의 목덜미를 매만졌다. 눈 한 번 깜빡이지 않고 쳐다보는 MJ의 집중력에는 도원이 응할 때조차 아주 큰 용기가 필요했다.

"언제 되고, 언제 안 되는지 구분하는 법은 저도 모르겠어요."

"답이 없는 문제야? 그렇다면 선생님이 되는 게 뭔지 말하면 돼. 정답인지 아닌지는 신경 쓰지 말고 선생님 기준에서 말해 줘."

"이기적인 대답이에요. 내 기준에 당신이 맞추라고 말할 수 없어요."

"내가 괜찮아. 선생님이 말해 줬으면 좋겠어."

"그럼 내가 너무 이기적으로 대답하는 게 아닌지, MJ가 가늠해 주세요."

"응. 그럴게."

도원의 손이 MJ의 화상 자국에 닿았다. 두피와 얼굴 일부, 목과 등의 피부 조직이 파괴된 흔적들을 쓸어 만졌다. 상처 위에 또 다른 상처를 입히는 것이 아닌지를 고민했다. 얼른, 하고 보채는 MJ에게 도원은 자신 없는 어조로 대답했다.

"나한테 집중하는 상태에서의 섹스는 괜찮아요. 그땐 어떤 방식으로든 받아 줄 수 있어요."

눈을 휘둥그레 뜨는 MJ에게 도원은 자신도 잘 모르기에 확신할 수 없는 말을 덧붙였다.

"음, 내 말은 당신이 화풀이라든지 자위 방법이라든지, 어떤 감정의 해소나 해결책으로 섹스를 대하는 게 싫어요. 나와의 감정 교류에만 순수하게 집중한다면, 그러니까 뭔가 스트레스를 받는 당신이 나를 도피처로 삼는 게 아니라, 처음부터 나를 원해서 하는 거라면 괜찮은 것 같은, 음, 내가 무슨 말을 하는 거죠."

심각하게 자신 없어 보이는 도원을 보다가 MJ가 얼굴을 붉혔다. 자신을 사랑해 달라는 말을 이렇게 귀엽게 하는 아저씨를 어떻게 받아들여야 할지 모르겠다.

육체적인 사랑을 많이 해 본 적도, 받아 본 적도 없는 사람이다. 어떤 부분에서는 연상의 여유와 지적인 우아함이 느껴지는데 이럴 때는 한없이 사랑스러운 어린아이처럼 보였다.

"순수하게 좋아해 달라는 거. 그걸 기반으로 한 섹스. 나 그거 잘해. 잘할 수 있어. 선생님을 자위 대신이라고 생각한 적 없어. 뭔가에서 도망치고 싶어서 선생님을 이용한 적도 없고. 그렇게 느껴졌다면 미안해. 앞으로는 절대 안 그럴게. 지금은 선생님한테 집중할 수 있어. 섹스해도 돼?"

"그…… 조금만 머릿속을 정리해도 될까요?"

"정리하고 있어. 내일 출근해야 하니까 약하게 하면 될까. 몸 생각해서."

"저 휴가 받아서 내일부터 괜찮……."

반사적으로 대답하던 도원이 입을 다물었다. 곧 말을 바꾸었다.

"네, 약하게 해 주세요."

"다 들었어. 내일부터 휴가란 말이지."

"아니, MJ. 저기. 내일모레부터요. 내가 말을 잘못했어요."

"선생님, 내가 거짓말하는 눈을 잘 알아본다고 말한 적 없던가."

MJ는 물에 젖어 축축해진 시트를 잡아당겼다. 그 위에 앉아 있던 도원의 몸이 기울어졌다.

시트를 도원의 머리끝까지 뒤집어씌운 MJ가 도원을 다리 사이에 앉혔다. 몸이 묶이듯 천에 감싸인 도원에게 MJ가 고개를 숙였다.

시트에 앞머리가 눌려서 평소에는 눈썹께에서 살랑거리던 머리카락이 속눈썹 밑까지 내려왔다.

빛을 받을 때만 붉은 기가 감도는 짙은 머리. 그 아래 자리 잡은 기다란 속눈썹과 당황한 듯 올려다보는 까만 눈동자를 차례로 쳐다봤다. 그러다 눈가에 있는 작은 점을 발견했다. MJ가 도원의 점에 입을 맞췄다.

"눈에 점 있으면 뭐라더라. 눈물점이랬나. 울 일 많다고 하던데."

"네? 제 눈 밑에 점이 있어요?"

"속설이 맞나 봐. 선생님 울 일 많잖아. 내 밑에서 말이지."

눈가가 화끈, 붉어진 도원을 보면서 MJ는 흥분을 참았다. 도원의 아랫입술을 물었다. 혀를 밀어 넣기 전에 그 입술을 맞문 채로 말했다.

"선생님은 키스를 좋아하는 거 같아. 입술만 물고 있어도 되게 안심하는 표정이야. 혀를 섞는 것도 잘하는 편이고. 나보다 경험이 많다, 이거지."

"따, 딱히 그런 건 아닌데요."

"가끔 선생님이랑 키스하는 각도가 어긋나기도 하더라. 내가 주도적으로 하고 싶은데 선생님이 자연스럽게 그 주도권을 가져가려고 해서. 여자랑 할 때의 버릇이야?"

"그런 걸 포착하는 게 더 신기해요. 난 평생 생각도 안 해 본 문제거든요."

"선생님에 대해선 뭐든 알고 싶어서 그래. 그래도 혀를 빨리는 건 처음인 것 같아. 움찔하면서 좋아하더라고. 여자의 힘만으로는 그렇게 빨아들이는 거 어려웠을까? 빨리는 거 좋으면 더 해 줄까?"

"……오늘따라 어째 말이 많은데요."

"집중하는 거야. 선생님의 작은 반응 하나하나까지 다 알려고."

"당신은 수치심이라는 게 뭔지부터 우선 배워야 할 것 같습니다."

"수치심이 뭔지는 알지."

"아는 사람이 이러나요."

"나만 안 느끼면 되지. 난 선생님이 수치스러워하는 게 야해서 좋더라."

말문이 막혀서 당황하는 모습에 MJ가 입꼬리를 올렸다.

지금까지는 흥분이 앞서서 삽입하고 흔드는 것에 중점을 뒀었다. 도원도 정신없이 이끌려 오는 게 전부였다. 아픔과 쾌감이 뒤섞여서 몸을 뒤틀었다. 그렇게 쾌락에 물들어 가는 모습도 예뻤지만 이번에는 도원이 스스로 몰랐던 부분까지 하나씩 짚어 주면서 천천히 쾌감을 느끼게 해 줄 생각이었다.

MJ의 행위에 푹 젖어서 먼저 허리를 흔들며 매달렸으면 좋겠다는, 그런 생각을 하면서.

"나는 인내심과 싸우고 선생님은 자제력과 싸우는 섹스가 될 거야."

그렇게 속삭이는 MJ의 말투가 야했다. 도원이 극한까지 끌어 올린 자제력을 부서뜨리겠다는 선포였고, 어째서인지 도원 역시 그런 MJ를 이길 수 없겠다는 생각을 한 탓이다.

"아, MJ."

하얀 시트에 감긴 도원의 몸을 손으로 더듬었다. 더듬을 때마다 새어 나오는 도원의 신음에 MJ는 무서울 정도로 집중했다.

도원의 옷을 벗기는 일은 익숙했다. 평소와는 다른 방식의 섹스에 적응하지 못하는 도원이 뒤로 물러나려는 것을 붙잡아 세웠다.

MJ는 침대 시트만큼 하얀 도원의 몸을 만졌다. 울혈이 남은 목과 쇄골, 잇자국이 번져 있는 유두와 배를 손끝으로 덧그리듯 따라 내려갔다.

"지금부터 아무 생각도 안 할 거야. 선생님 하나만 생각할 거니까."

MJ는 도원에게 밀착했다. 물에 젖어 있던 몸이 땀으로 젖기 시작했다.

수돗물의 염소 냄새가 지워져 갔다. 소독한 듯 인위적이었던 향은 MJ의 땀샘에서 밀고 올라오는 체취로 물들었다. 도원으로서는 언제 맡아도 긴장하게 되는 체취였다.

사람들은 회사와 학교 등지에서 저마다 다른 사람들과 부대껴 사느라 서로의 옷, 음식, 샴푸, 매연 등의 냄새로 뒤섞였다.

그러나 MJ는 사람들과 교류를 하지 않는다. 교류를 하지 않아 체취가 뒤섞이는 일이 없었고, 그 흔한 음식 냄새나 눅눅한 먼지 냄새도 나지 않았다.

겨울철 불어오는 바람처럼 서늘하면서도 시궁창에서 올라오는 매캐한 액취 같은 것으로 뒤덮여 있는 게 전부였다.

사람보다는 길고양이에게서 맡아질 법한 냄새들. 떠돌이 개, 비

맞은 새 따위가 풍길 것 같은 살갗의 냄새들. 섹스를 원하는 MJ에게서는 그러한 날것의 냄새가 짙게 풍겼다. MJ의 존재감은 대인 관계에서 고려해야 할 그 어떤 것과도 방향이 달랐다.

원초적이었다. 마음에 드는 암컷의 목덜미를 무는 맹수처럼, 그의 행동에는 인간으로서 파악할 수 있는 심리적 기저보다 동물이기에 악의 없이 행할 수 있는 폭력과 위압이 있었다.

"아, 응."

도원은 신음을 억지로 삼켰다. 밀착한 MJ의 행동 하나하나에서 근육이나 핏줄의 움직임이 고스란히 느껴지는 착각이 들었다. 너무 붙어 있어서 이대로 한 몸이 되어 버리진 않을까 덜컥 겁이 날 정도였다.

자신의 목을 빠는 MJ를 마주 안았다. 귀밑의 여린 살을 씹다가도 위아래로 요동치는 결후를 핥기도 했다. 습기가 찬 숨을 귓구멍 안으로 밀어 넣는가 하면 도원의 광대와 눈가를 앞니로 살짝 깨물었다.

그는 자주 도원의 살갗에 코를 묻고 숨을 들이마셨다. 피부 위를 물고 빨고 핥고 냄새를 맡는 일련의 과정이 섹스보다는 영역 표시처럼 느껴졌다.

도원은 붉어진 두 볼을 손바닥으로 문질렀다. MJ와의 성행위는 왜 이렇게 낱낱이 파헤쳐지는 것처럼 낯 뜨거운 것인지, 아무리 해도 적응이 되지 않았다.

"선생님."

도원은 자신의 겨드랑이 사이로 들어오는 MJ의 양손을 내려다 봤다.

밀착해 있는 몸을 더 가깝게 끌어당기는 손이었다. MJ가 허벅다리 위에 도원을 내려 앉혔다. 언제나 MJ를 올려다보기만 했던 도원의 시선이 반대가 되었다.

도원이 고개를 숙여 내려다볼 수 있게 되었다. MJ가 상체만 살짝 들어 도원의 턱을 깨물고는 속삭이며 말했다.

"나는 선생님이랑 하는 섹스 중에서 후배위보다 정상위가 더 좋긴 한데, 그보다 더 흥분되는 다른 게 있는지 몰라서 물어볼게. 조금 더, 선생님한테 깊게 들어갈 수 있는 거 뭐가 있지?"

노골적인 질문이었다. 도원은 두 볼에 이어 눈가까지 새빨갛게 젖었다. 마치 불법 성애 동영상이라도 하나 틀어 놓고 체위를 알려 줘야 할 것 같은 기분이었다.

겨드랑이를 잡고 있는 양손은 그 말랑하고 따뜻한 감촉이 좋은 듯이 움직였다. 양팔 사이에서 손을 빼지 않고 살을 주물렀다. 가슴과 함께, 엄지로 유두 끝을 누르고 손톱으로 긁으면서 도원의 숨을 한결 뜨겁게 만들었다.

"MJ, 그런 걸 물어보면서 섹스했나요."

"아니, 처음이야."

"내가 어떤 대답을 할 거라고 생각하고 그런 걸 묻는 거죠."

"선생님이 흥분해서 자지러지는 체위를 말했으면 하는 거지."

"그, 그런 걸 내가 알 리가……."

"왜 몰라?"

"나도 여자하고만 섹스해 봤어요. 애초에 남근 애호가가 아니라서 내 몸속에 어떤 방식으로 넣으면 좋은지를 연구해 본 적도 없어요."

"남근 애호가? 남근, 남근이라."

MJ는 도원의 턱과 결후, 유두까지 깨문 후에야 도원의 다리를 옆으로 활짝 벌렸다.

"아!"

놀란 도원이 반사적으로 오금을 오므리려 했다. MJ는 좁아지는 무릎을 반대 힘으로 눌러서 허벅지 안쪽 근육이 팽팽하게 잡아당겨질 만큼 벌렸다.

도원의 몸이 얼굴에 이어서 발갛게 상기되기 시작했다. MJ의 허벅지에 앉아서 사타구니를 벌리는 자세를 하니, 몸이 떨릴 만도 했다.

"그, 그, 잠깐."

도원이 어쩔 줄 몰라 하며 다리를 접으려 했지만 소용없었다. MJ는 마른침을 삼키면서 도원의 벌어진 사타구니를 바라보았다. 모양 좋고, 색상도 옅은 도원의 성기가 검은 음모 속에서 움찔거리고 있었다. 수치심만으로 흥분하는 성기 끝도 붉은색이었다.

MJ가 요도 구멍을 엄지로 문지르면서 손톱으로 찌르듯 쑤셨다. 도원은 MJ의 머리를 끌어안으면서 둘 중 누구 하나도 그런 아래의 모습을 보지 못하게 했다.

"오늘따라, 웃, 왜 이렇게 괴롭히는 건데요."

음담패설을 하던 MJ가 이젠 성기를 갖고 놀기 시작하자 원망스러움이 목소리에 한가득 묻어나왔다. MJ는 도원의 양팔에 갇힌 채로도 즐거워서 눈가를 휘듯이 눈웃음을 쳤다. 상기된 도원이 금방이라도 울 것 같았다.

도원은 스스로에게 '금기'를 많이 채워 넣는 예의 바른 사람이라서, 그러한 금기를 하나씩 깰 때마다 혼란을 느끼고 잘 울었다. 특히 성욕에 있어서는 난잡해지는 것을 무엇보다 힘들어했다.

안 그러려고 노력하는데 쾌감과 희열에 물들어서 스스로 허리를 흔들 때면 꼭 흐느끼듯 신음했다. 그 모습이 아슬아슬해 보여서 MJ에게는 더할 나위 없이 큰 자극이 되었다.

"선생님, 선생님도 내 남근을 빨아 주면 안 될까?"

연신 엄지로 문질러 댄 요도 끝이 반질반질하게 젖어 들기 시작했다. 도원은 여느 때보다도 MJ의 머리통을 꽉 끌어안고 허벅지 안쪽을 심하게 떨었다. 타인의 남근을 빨아 본다는 상상은 살면서 단 한 번도 못한 모양이다.

"선생님 몸속에 들어가는 놈이잖아. 애호가까지는 아니더라도, 이 녀석을 싫어하지 않았으면 해서, 응, 응?"

MJ가 보채듯이 몸을 들썩였다. 프리컴에 젖어 버린 도원의 성기를 MJ의 물건이 툭툭 쳤다. 뜨거운 기둥이 닿았다가 떨어졌다. 몇 번 비벼지기도 했다. 흠칫, 하고 어깨가 떨린 도원이 양팔로 끌어안은 MJ를 응시했다.

"부탁할게."

그렇게 말하며 보채는 연인의 바람을 무시하기 어려웠다. MJ의 머리를 끌어안은 팔에서 힘이 풀리면서 국부를 내려다볼 만한 공간적 여유를 만들었다. MJ가 손으로 장난을 쳐서 잔뜩 흥분시킨 도원의 성기를 MJ가 느리게 허릿짓하면서 자신의 성기로 비비고 있었다.

도원은 MJ의 머리 대신 그의 목을 안고서 망설였다. 수북한 음모 사이로 꼿꼿하게 일어서 있는 검붉은 기둥을 바라보다가 시선을 마주했다.

"하아, 선생님."

마른침만 삼키던 MJ가 더는 참지 못하고 입술을 비비며 키스를 했다. 목을 안은 도원이 서서히 손을 풀었다. 어깨와 가슴을 타고 천천히 내려온 손바닥이 MJ의 성기를 잡았다. 키스 도중에 뒤섞이는 MJ의 숨결이 한결 뜨거워졌다.

"저기, 혹시 이상하거나 아프거나 하면 말해요. 이를 세우지 않으려고 노력은 할 텐데, 아, 응, 잠깐, 내 몸에 비비지 말고요."

도원은 MJ의 허벅지 위에서 몸을 일으켰다. 붉어져 있는 하얀 몸을 황홀하게 쳐다보던 MJ가 자신의 다리 사이에 엎드리는 도원에게서 시선을 떼지 못했다.

도원은 양손으로 MJ의 성기를 붙잡았다. 가까이에서 맡은 살 냄새가 짙었다. 몸에서 풍기는 냄새보다 몇 배나 강한 체취가 도원의 입 안을 바싹 말렸다.

음모도 자신보다 훨씬 두껍고 거칠게 꼬아져 있어서 손바닥에 닿는 느낌이 이상했다. 역겨울 수도 있고 당황스러울 수도 있지만 그렇다고 손을 놓기는 힘든 이상한 감정들이 한데 뒤섞였다.

한 손으로는 온전히 쥐기 힘든, 양손으로 쥐어야만 안정적인 기둥을 손으로 훑었다.

도원의 머리 위에서 헐떡이는 숨소리가 떨어졌다. 도원은 눈동자를 들어 앞머리 사이로 올려다보았다. MJ가 흥분한 얼굴로 지켜보고 있었다. 뼈가 들어 있지도 않은데 딱딱하게 심이 서 있는 기둥을 만지는 손길에 금방이라도 몸을 뒤집고 도원의 안으로 파고들 듯한 격렬함을 참았다.

"하아, 하, 선생님, 이쪽으로 몸 돌려 봐."

"아, 응?"

"엉덩이, 만지고 싶어서."

도원이 엎드린 몸을 돌렸다. 옆으로 동그랗게 말고 눕듯이 자세를 잡아 주었다.

도원은 허리가 비틀린 자세가 부담스러웠지만 내색하지 않았다. 손가락으로 문지르던 MJ의 요도 구멍을 혀로 핥았다. 곧바로 꿈틀거리는 성기의 귀두가 도원의 입술 사이로 파고들었다. 매끄러운 귀두를 입 안에 넣고 조심스럽게 혀를 돌렸다.

도원이 귀두를 핥는 동안에 MJ는 팔을 내려 도원의 엉덩이를 만졌다. 손에 감기는 탄력 좋은 감촉을 손바닥으로 음미하면서 손자국이 빨갛게 날 정도로 세게 주물렀다.

도원이 요령 없이 성기를 빠는 데도 왜 이렇게 흥분하는지 스스로도 모를 지경이었다.

"아아, 아, 아, 선생님."

빠르게 신음을 쏟아내던 MJ가 손바닥을 펼쳤다. 도원의 엉덩이를 철썩, 때렸다. 아프지는 않았지만 마찰음이 컸고, 갑작스러웠기에 도원이 깜짝 놀라 고개를 들었다. MJ는 손바닥으로 친 엉덩이를 다시 주무르면서 숨을 몰아쉬었다.

"하아, 학, 선생님, 좀만 더."

도원은 눈꼬리에 매달린 눈물을 닦을 새가 없었다. 고개를 뒤로 빼내려 하면 바로 입 안 깊이 성기를 밀어 넣는 MJ의 허릿짓에 행위를 그만둘 수 없었다.

흥분한 MJ가 다시 손바닥으로 엉덩이를 쳤다. 이번에는 아픔이 동반되었다. 도원이 몸을 뒤트니 붉어진 엉덩이를 다시 한번 손으로 주물렀다.

"허억, 헉, 아파?"

그렇게 묻는 MJ에게 대답할 수가 없었다. 도원은 어쩐지 정신이 없었다. 아프긴 한데 그게 불쾌하지는 않았다. 때리는 건 무조건 폭력이라고 생각했던 도원의 철학과 다른 반응이었다.

도원은 명백하게 흥분한 얼굴로 MJ의 샅에 고개를 묻고 있었다. 엉덩이가 빨갛게 익어도 그만하라고 저지하지 않았다. MJ가 한 번 더 엉덩이를 쳤다. 도원은 만져 주지도 않은 자신의 성기가 기립하는 것을 느꼈다. 이상한 고양감이었다. 맞는 게 불쾌하긴커녕 묘하게 기분이 좋았던 것이다.

"하아, 으, 선생님, 표정, 아, 미치겠어."

도원은 혀를 내밀어 MJ의 기둥을 쓸어 올렸다. 양손으로 음낭을 만져주었다. 프리컴이 찔끔, 도원의 선홍색 혀 위로 흘러내리기 시작했다.

"헉, 헉, 선생님, 어렸을 때, 회초리에 맞아 본 적 없어? 부모님한테나 담임한테나."

도원은 MJ의 질문을 잘 이해하지 못했다. 그의 머릿속은 온통 이상한 흥분으로 휩싸였다. 엉덩이를 화끈 달아오르게 만드는 손바닥의 감촉에만 집중되었다.

"맞으면, 헉, 이상하게 짜릿하지 않았어? 응?"

대답 없는 도원의 엉덩이를 한 번 더 철썩, 쳐올렸다. 도원이 뒤틀린 허리를 꿈틀거리면서 숨을 한꺼번에 토했다.

"하아, 하, MJ."

MJ를 올려다보는 눈은 이미 젖어 있었다. 성기를 어떻게 빨아야 하는지 모르겠다며 부끄러워하던 남자가 지금은 엉덩이에서 느

껴지는 야릇한 쾌감과 날 비린내를 풍기는 MJ의 샅 냄새에 취해서
기묘하게 허릿짓을 하고 있었다.

MJ는 테이블 위에서 젤을 가져와 점성 좋은 액체를 손바닥에 덜었
다. 손자국이 난 엉덩이를 벌리고 그 안으로 손가락을 돌려 넣었다.

평소보다 도원의 몸이 예민하게 반응했다. 녹아내리듯 뜨거웠
고, 감도가 좋았다. 도원이 억지로 쾌감을 이끌어 내는 섹스 방식
이 아닌 상태에서 흥분하기는 처음이었다.

"후으, 음, 선생님, 이제 그만, 쌀 것 같아, 그만해."

도원의 머리를 떼어 낸 MJ가 허리를 말고 숨을 골랐다. 이대로
배출해서 도원의 혀를 하얗게 물들이는 것은 어떨지, 길고 숱 많은
속눈썹에 끈적거리는 하얀 액체를 뿜어내면 좋지 않을지를 상상했
지만, 지금은 사정의 욕구보다 도원의 흥분을 끌어올리고 싶은 욕
심이 컸다.

도원의 엉덩이 안을 손가락으로 비비면서 고개를 숙였다. 팔꿈치
로 상체를 지탱하고 몸을 세우려는 도원을 도로 눕히면서 귀에 대
고 속삭였다.

"아까 맞는 거 괜찮았어?"

도원은 엉덩이를 쑤시고 들어오는 손가락에 몸을 들썩였다. 비좁
은 구멍을 벌리고 안을 긁어내는 것도 이상하게 야하게 느껴졌다.

이전에는 자각한 적 없던 예민한 신경 세포 다발이 엉덩이에 밀
집해 있는 기분이었다. 도원이 MJ의 볼에 뽀뽀를 하며 말했다.

"나, 웃, 변탠가요?"

응, 이라고 말하면 이대로 올 것 같은 얼굴이라 MJ는 사출 직전
의 성기를 붙잡아야만 했다. 이럴 줄 알았으면 한 번 빼고 다시 할

걸, 하는 후회가 들었다. 그 정도로 도원의 모습은 자극적이었다.

"선생님이 자극적인 섹스를 좋아하는 걸 수도 있어. 공격적이고, 주도권을 뺏기는 그런 거 말이야. 여자랑 할 때는 절대 느낄 수 없는 거."

"피지배적인 상황에서의 섹스는 마조히스트…… 아, 나는, 그냥 참는 걸 잘한다고 생각했어요, 그건 일상생활에서 견디는 종류의……."

"쉬이, 쉬, 그러다 울겠어. 선생님이 잘못됐다는 게 아니잖아. 몰랐던 취향일 수 있는 거지."

"나, 나는 수치는 수치로 느껴요. 그걸 희열로 전환하는 마조히즘적인 성향은 없었는데."

"그렇게 말하지만 지금 모습은 아닌걸."

MJ가 세 개로 늘린 손가락을 빼내고 엉덩이를 때렸다. 도톰한 엉덩이를 가르는 손길에 도원이 몸을 떨었다.

"하웃."

신음은 누가 들어도 흥분한 사람의 것이었다. 그것은 공포나 두려움이 아닌 쾌감의 방향이었다. 두 번 더 엉덩이를 찰싹 때린 뒤에 이전보다 거칠게 구멍 사이를 쑤셨다. 도원이 결국 눈가에 매단 눈물을 흘리면서 안절부절못했다.

"그, 아니, 잠깐, MJ, 나는."

도원은 정신을 추스르지 못했다. 상기된 볼로 눈물을 흘리면서 멈칫거렸다. MJ는 미칠 지경이었다.

왜 이렇게 좋지. 아, 좋아서 미칠 것 같아.

입 밖으로 그런 말을 뱉지 않도록 입술을 깨물며 있는 힘껏 참아야 했다. 너무 괴롭히는 인상을 주면 도원 성격에 도망치려 들 테니까, 도망치기 직전까지만 그 수위를 조절해야 했다.

"피학적인 섹스는 해 본 적이 없는데, 아, MJ, 이건."

"피학적인 섹스가 어떤 거야? 묶어 놓고 도구를 쓰는, 그런 거야?"

"그건 그냥 계약일 뿐인데, 아, 읏, 그건 지배자와 피지배자 간의 성향을, 잠깐, 나 머리 아파요. 이러려던 게, 읏."

손가락이 닿는 내부가 지나치게 뜨거웠다. MJ는 흥분해 있는 나긋한 몸을 어디까지 데울 수 있을지 궁금했다. 이미 도원의 발기된 성기에서는 찔끔거리며 하얀 액체가 불규칙적으로 흘러내리고 있었다.

"묶어 줄게."

MJ가 도원이 벗었던 셔츠를 끌고 왔다.

"손만, 하아, 하, 손만 묶어 줄게. 정말 못 참겠으면 안 되겠다고 말해, 바로 그만둘 테니까."

"아읏, 아니, 그런 말 하지 마요."

"왜? 듣는 것만으로도 흥분돼?"

"그게 아니라."

"다치게 안 할게. 정말 지배당하는 게 좋은지만 확인해 봐. 내가 선생님을 통제해 볼 테니까."

우는 얼굴에 쪽쪽, 뽀뽀를 해 준 MJ가 구멍을 부드럽게 넓히던 작업을 마쳤다. 셔츠를 양손에 쥐고 빨래를 하듯 비틀었다. 얇게 꼬아진 끈을 들고 도원의 양손을 가슴 앞에서 묶었다.

묶이기 전에도, 묶이는 동안에도 충분히 거절하고 물러날 수 있음에도 도원은 그러지 않았다. 평소의 현명하고 기민했던 사고가 제대로 작동하지 못하는 표정이었다.

"한 번에 넣을 거야."

귀에 대고 속삭인 MJ가 자신의 선언대로 허리를 강하게 쳐올렸다. MJ의 손아귀에 눌려서 다리를 양쪽으로 활짝 벌리고 있던 도원은 갑작스러운 압박감에 고개를 뒤로 젖혔다.

묶여 있는 손만 움찔거리면서 몸을 떨었다. 아프다는 말을 하지 않았다. 엉덩이에서 느껴진 자극이 한꺼번에 척수를 타고 정수리에서 폭발한 것처럼 힘겨워할 뿐이었다.

도원은 힘이 풀려 젖은 눈으로 헐떡였다. 맙소사, 라는 단어만이 무수하게 떠올랐다. 그건 통탄이었다. 믿을 수 없게도, MJ의 섹스 방식에 자신은 명백히 흥분하고 있었다.

섹스의 주도권을 상대에게 넘기는 것뿐만 아니라, 신체의 자유를 억압당하고 누군가에게 통제받는 것이 짜릿한 쾌감으로 연결되었다.

자신의 몸을 자신의 의지대로 움직일 수 없는 상태에서 쾌감을 받을 수 있다는 것이 믿을 수가 없었다. 수동적으로 섹스하는 것과는 다른 의미였다.

원한다면 언제나 섹스를 멈출 수 있는 사람이 도원이었다. 지배를 당하면서도 실질적으로는 섹스의 시작과 끝을 결정할 수 있는 관계. 그 기묘한 역설과 어우러짐이 도원을 흥분시켰다.

MJ도 한계였다. 단정하게 양복을 입고 스테이크를 썰 때도 우아하기만 하던 남자가 자신의 아래에서 다리를 벌리고 떠는 모습을 보며 견딜 수가 없었다.

MJ는 자신의 섹스가 거친 편이라는 사실을 도원에게 처음부터 말한 바 있었다. 도원이 그러한 섹스 성향을 힘겨워하며 거부하진 않을까, 걱정했는데 그 강도에 맞춰서 흥분해 준다면 더없이 행복한 일이었다.

"흐읏, 으, 읏, MJ."

MJ는 도원의 묶인 손에 뽀뽀를 해 주었다. 끼익거리는 침대 소리에 맞춰서 들썩이는 도원의 모습이 너무 야했다. 시트 위로 까만 머리카락이 잔뜩 흐트러져서는 붉어진 얼굴로 울면서도 MJ를 받아들이며 몸을 떨었다.

기분이 좋아 보였다. 손목을 옥죄어서 몸을 통제할 수 없는 상황을 공포로 여기지 않고 있었다. MJ가 자신을 지배해 주는 것에 흥분한 나머지 멋대로 투둑, MJ의 아랫배에 정액을 묻혔다.

"하응, 아, 아!"

쏟아지는 도원의 신음을 들으면서 MJ는 순식간에 속도를 높였다. 허리를 양손으로 잡고 뿌리 끝까지 도원에게 박아 넣었다. 이전의 섹스에서 전립선에 닿을 때도 신음을 흘리며 흥분하긴 했지만, 지금의 도원은 상상 이상이었다.

"하으, 읏, MJ, 아!"

굳이 몸속 성감대를 쑤셔 주지 않고, 내부 아무 곳이나 헤집듯이 찔러도 온몸을 떨었다.

"아앗, 아!"

신음을 참으려 해도 입이 절로 벌어졌다. 손이 묶여서 이불이나 베개를 잡거나 몸을 지탱할 수도 없는 상황에서 MJ의 움직임대로 끌려가며 흐느끼듯 신음했다.

"으응, 그만, 그만, MJ. 하으……으, 응."

입술 새로 간신히 새어 나오던 신음 소리는 어느새 이성이라곤 바닥에 묻어 둔 것처럼, 본능대로 헐떡였다.

"좋아? 선생님, 좋아? 응? 응?"

표정이 이미 절정에 다다른 상태였다. 그것이 대답을 대신하고 있었다. 억눌렸던 신음 대신 자연스럽게 자신의 흥분을 뱉으면서 MJ의 움직임에 몸을 발갛게 물들였다.

"하아, 하, 선생님, 하, 쌀 것 같아."

"아, 아응, 응, 으응⋯⋯!"

"빨리, 빨리 말해 봐. 응?"

"MJ, 아, 아, 아."

"내가 어떻게 하면 더 흥분할지, 얼른."

퍽퍽, 치고 들어오는 삽입에 허벅지 안쪽을 푸득, 떨면서 흥분한 도원이 양손을 내밀었다. MJ는 묶인 손의 안쪽으로 머리를 집어넣었다. 도원이 손에 힘을 주지 않아도 MJ의 목에 매달린 자세가 되었다. 도원은 가까스로 말을 이었다.

"하아, 아, 아으응, 응! MJ가, 으응, 응!"

"허억, 헉, 선생님, 왜 말도 제대로 못해, 그렇게 좋아?"

"흐으, 응, 마음대로, 아무렇게나, 그냥, 아, 아!"

"마음대로, 하아, 정말이지?"

"으, 하으, 응! 아아! 아!"

MJ는 도원의 몸을 잡아 세웠다. 묶인 손 때문에 자연스럽게 MJ가 일어난 방향으로 도원의 몸이 딸려 왔다.

MJ가 그대로 뒤로 누워 버리자 도원은 다리를 벌린 채 MJ의 몸 위에 앉은 자세가 되었다. 허리를 바로 펴지 못하고, MJ의 목에 양손이 셔츠째로 고정된 채, 엉덩이만 들썩이는 난잡한 자세였다.

"아아, 아! MJ, 아!"

수직으로 곧추선 성기가 너무 깊이 들어와서인지 도원이 정신을 차리지 못했다.

MJ는 누운 상태에서 도원의 허리를 잡고 마구잡이로 흔들었다. 젖은 구멍을 쑤시고 빠져나온 성기는 젤과 정액에 젖어 흥건했다. 다시 쳐올리면 그 습기를 구멍이 벌름거리며 삼켰다.

도원의 손끝이 파르르 떨렸다. 무릎으로 간신히 엉덩이만 세웠다. 위아래로 접합되는 소리가 음란했다. 귀두만 남긴 채 빠져나간 성기가 다시 위로 쳐올리길 반복하는 행위도 야하기 그지없었다.

"하으응, 응, MJ, 아웅…….''

도원은 발갛게 된 얼굴을 MJ의 목과 가슴에 비비며 울었다. 허리를 노곤하게 녹이는 힘은 도원이 겪어 본 적 없는 종류의 쾌감이었다. 조심성을 완전히 잃은 성기가 퍽퍽 쳐올릴 때마다 도원은 삼키지 못한 침을 흘렸다.

오르가슴이 손끝, 발끝까지 번져 나가는 것만 같았다.

발끝으로 침대 시트를 밀어냈다. 어떻게라도 저항하고 싶은데 몸속 신경 세포 다발은 쳐들어오는 성기를 끈질기게 물고 놔주지 않았다.

"하응, 으, 아! 주, 죽을 것 같아, 아!"

MJ가 엉덩이를 때렸다. 훌쩍이던 도원이 짧게 비명을 질렀다.

"아아……!"

터질 듯이 부풀어 있던 성기가 MJ의 배에 비벼졌다. 결국 MJ의 배에 사정을 하고 말았다.

사정 후의 탈력감에 파르르 떨기도 전에 녹진하게 녹은 몸이 다시 흔들렸다. 반대편 엉덩이를 짝, 때린 손이 탈력감에 풀리는 몸에 긴장을 불어넣었다. 도원은 사정 후의 만족감도 느낄 새 없이

MJ의 섹스를 받아 줘야 했다.

도원의 엉덩이를 더 활짝 잡아 벌리고 피스톤질을 하는 MJ에게 도원이 혀를 내밀었다. 키스를 원하는 그 몸짓이 사랑스러워서 MJ는 당장에 그 입을 핥고 싶었다.

하지만 도원이 원하는 것을 주어서는 안 된다는 생각이 들었다. 도원을 애태우고 싶었다. 도원이 원하는 것은 자신이 원할 때 언제든 손아귀에 쥘 수 있는 안정감이 아니라고 본능적으로 알려 주고 싶었다. 원할 때에도 가질 수 없다는 것을 알려 줘야 했다.

이미 한 번 사정한 성기가 키스를 받지 못한 탓에 굳어 가는 것만으로도 MJ는 자신의 방식이 맞다고 확신했다. 참는 것을 잘한다는 도원은 중간 과정의 보상보다 온전한 결과물의 보상을 더 좋아할 것이다.

"MJ, 아, 아, MJ."

키스를 받지 못한 도원은 완전히 멍해진 눈으로 흔들렸다. 이성을 잃고 흔들리는 젖은 몸을 MJ는 몇 번이고 주물렀다. 때려도 가장 안전한, 그리고 수치스러운 쾌감이 밀집되어 있는 엉덩이를 손으로 타격하면서 도원을 울렸다.

우는 모습이 예뻤던 나머지, MJ는 더 이상 사정 욕구를 참을 수가 없었다.

"흐으, 후, 선생님."

MJ가 다시 몸을 뒤집었다. 벗어나고 싶어도 묶인 셔츠 때문에 벗어날 수 없는 도원은 한계까지 쳐올리는 피스톤질에 온몸을 뒤틀었다.

선홍빛 혀를 보이며 헐떡였다. 초점이 맞지 않는 눈을 감고 고개를 옆으로 돌렸다. 도원의 울음이 터진 얼굴에 MJ가 홀린 듯 절정에 달했다.

"하으, 아, 아아! 아!"

소리를 지른 MJ가 도원의 몸속에 페니스를 뿌리까지 밀어 넣었다. 가장 깊은 곳을 찌르는 순간 몸이 부르르 떨렸다.

도원의 몸속에서 폭발적으로 터지는 정액에 도원도 숨을 멈췄다. 오랫동안 참았기 때문에 정액의 양은 많았고 농도 또한 짙었다. 콘돔을 끼지 않고 내벽 가장 깊은 곳이 뜨거운 액체로 젖어 들자 도원은 전기라도 통한 것처럼 온몸을 움찔거렸다.

사정이 없는 오르가슴. 드라이한 오르가슴에 숨을 헐떡였다.

양다리로 MJ의 허리를 꽉 끌어안고 경련하는 내부로 MJ를 붙잡아 두었다. 도원이 드라이 오르가슴에 헐떡이는 모습을 보면서 MJ는 몇 번 더 몸을 흔들었다.

"하아, 하, 아, 젠장, 선생님……."

경련하던 내벽이 차츰 잦아들면서 도원의 숨소리도 평소로 되돌아오기 시작했다. MJ는 두 번의 사정 끝에 성기를 뺐다. 손자국과 피스톤질로 구멍이며 엉덩이 살이며 할 것 없이 붉게 상기되어 있었다.

빠끔거리며 하얀 정액을 흘려보내는 구멍을 보던 MJ가 다시 몸을 묻었다. 멍한 얼굴로 정신을 추스르던 도원이 MJ를 쳐다봤다. MJ는 도원의 손에 묶인 셔츠를 풀어 주었다. 천에 쓸린 손목은 상처를 입을 정도는 아니었다.

안심한 MJ가 이번엔 도원의 팔을 등 뒤에서 묶었다. 도원은 이번에도 저항하지 않았다.

"선생님, 좋지?"

도원은 대답할 수가 없었다. 부끄러워서 시선을 둘 곳이 없었다.

베개에 고개를 묻고 싶었다. 손이 자유롭지 못해서 그마저도 불가능했다. 어딘가로 숨고 싶은 심정이었다.

"이번엔 더 세게 해 줄까?"

질문이 끝나기 무섭게 도원의 구멍이 MJ의 성기를 꽉 물었다. 땀에 젖은 도원의 머리를 한 손으로 쓸어 넘겨주자 아직도 붉어져 있는 눈가가 보였다.

MJ는 침을 삼켰다. 도원이 섹스를 즐기면 좋겠다고 생각하긴 했지만, 섹스를 즐기는 도원의 모습까지는 구체적으로 떠올리지 못했다.

이 정도로 몸의 반응에 충실하고, 명령조의 말에 흥분할 줄은 몰랐다. MJ의 성기 기둥을 조이는 감각이 더 강해졌다. 도원은 MJ를 올려다보면서 어렵사리 입을 뗐다.

"엉덩이……."

너무 울고 신음해서 잔뜩 갈라진 목소리가 더듬더듬 이어졌다.

"어, 엉덩이…… 더, 더…… 때려 주면 안 돼요?"

음탕한 부탁에 부끄러워 죽을 것 같은 표정을 짓는 도원이었다. 이런 말을 해도 되는지, 해선 안 되는 짓을 하고 후회를 하는 것 같은 얼굴로 눈도 마주치지 못했다.

MJ는 미칠 것 같았다.

"구멍이 이렇게 벌어지면 어떡해, 선생님, 너무 야하잖아."

그런 말을 들으면서 도원은 안 그러려고 하면서도 바르작거리며 흥분했다.

짜악, 엉덩이가 빨갛게 익어 갈 때마다 도원이 몸을 휘청거렸다.

"하웃……."

엉덩이를 손바닥으로 때릴 때마다 흥분하는 도원은 자신의 상태가 비정상인가 싶어서 몇 번이고 울었고, 그때마다 MJ는 도원이 예쁘다며 달래 주었다.

"선생님, 괜찮아."

"하웃, 아, 아픈데, 아."

"좋지?"

"……어, 어떡해요."

"괜찮아, 정상 맞아."

"이, 이상해요, 아, 어떡해."

"선생님 좋아해."

"시, 싫어, 이런 모습 좋아하지 말아요."

"좋아해, 정말로."

도원이 정상이라는 것을 알려 주기 위해 꾸준히 좋아한다는 말을 속삭여 주었다. 도원은 불안정하게 쾌감에 휘둘리다가 세 번째 섹스에서는 다소 안정된 표정으로 MJ의 리드를 따라갔다.

"하응, 응, 아, MJ, 거기…… 거기, 더."

MJ가 원하는 대로 엎드려서 엉덩이를 들었고, MJ가 성기로 엉덩이를 때릴 때마다 흠칫하면서 허리를 움직였다.

처음 해 보는 섹스에 MJ와 도원 모두 몰입하여 정신을 차리지 못했다. 도원의 허벅지 안쪽에 멍처럼 입술 자국이 빼곡하게 자리 잡은 후에야 MJ는 쓰러지듯 침대 위에 누웠다.

이젠 침대에서 일어나 앉을 기력조차 없는 듯, 도원은 MJ의 품에 안겨서 멍하니 눈만 깜빡거렸다.

아무것도 생각하지 못하는 도원이 귀여웠다. 사랑스러워서 내버려 둘 수가 없었다. MJ가 온 얼굴을 핥으며 뽀뽀를 해 주는 사이에 도원은 그대로 눈을 감았다.

아직도 선명한 눈물 자국을 MJ가 닦아 주고는 기절하듯 잠이 든 도원을 품 안에 끌어당겼다.

MJ의 가슴에 고개를 박은 도원이 새액, 쌕, 고른 숨소리를 냈다. 젖은 머리카락을 넘겨 주고, 팔베개를 해 주기도 하고, 도원의 허리를 바싹 끌어당겨 품 안에 묶어 놓아도 도원의 반응은 없었다. 아주 깊은 잠에 빠진 것이다.

한참이나 도원을 살펴보던 MJ가 몸을 일으켰다. 욕실에서 뜨거운 물에 수건을 적셔 와 도원의 몸을 닦았다. 붉게 부풀어 있는 엉덩이와 샅 사이도 꼼꼼하게 닦아 주고, 정액이 흥건하게 고여 있는 항문 안도 깨끗하게 닦아 주었다.

도원의 몸 위에 남은 격렬한 흔적을 MJ가 눈으로 세었다. MJ의 시선은 평온한 얼굴로 자는 도원에게 푹 젖어 있었다.

"한계선을 넘은 것 같아."

MJ는 손등으로 도원의 얼굴을 쓰다듬으며 중얼거렸다.

"너무 좋아서 내가 아닌 기분이야. 이것도 병이면 고칠 수 있을까?"

손등이 도원의 입술에 닿았다. MJ의 성기를 핥아 주었던 그 입술은 아이처럼 부드럽고 사랑스러웠다.

"응? 선생님."

MJ는 오랫동안 도원을 내려다보았다.

아무리 보아도 질리지 않는 것처럼. 날이 바뀔 때까지.

그렇게 도원을 하염없이 지켜보았다.

10

10

도원은 불현듯 어린 시절을 떠올렸다. 미국 교외의 저택에서 살아온 네 살 때쯤의 일이었다. 그중에서도 집 안에 상주한 한국인 가정교사에 관한 추억은 생생하게 떠오르는 편이었다.

도원의 어머니는 동양인이면서 내성적이었던 아들을 위해 가정교사에게 몇 가지를 부탁했었다. 엄격하고 신중하게 가르치길 바라며, 문제적인 행동을 할 때는 체벌을 해도 된다는 말이었다.

도원이 숙제를 깜빡한 날, 가정교사는 "안 돼."라는 말과 함께 도원의 종아리에 회초리를 휘둘렀다.

어린 도원은 여린 살에 붉은 줄을 그으며 감기는 얇은 회초리에 몸을 떨었다. 아파서 울음을 터뜨리면서도 조금 더 아픔을 느끼고 싶은 스스로가 이상해서 눈물을 참을 수 없었다.

체벌의 아픔은 도원에게 아픔 이상의 감각을 알려 주었다. 피부에서 머리로, 머리를 재빠르게 통과해서는 쾌감으로. 그건 어린 도원이 이해할 수 있는 범위 이상의 기묘한 감각이었다.

도원은 가정교사가 돌아간 후 생에 처음으로 수음이라는 것을 해 보았다. 고작 말랑거리는 성기를 잡고 만져 보는 것이었다. 그것이 어떤 의미를 가지는지도 모른 채 엄마가 집에 오기 전까지 손을 떼지 않았다. 누가 알려 주지 않았지만 도원은 어린아이의 직감으로 알아챘다.

금기시된 것을 즐길 때의 쾌감이 그 어떤 경험으로도 대체될 수 없다는 사실을.

그래서 도원은 남몰래 그 아픔을 즐겼다. 가정교사에게 훈육받고 싶어서 일부러 숙제를 하지 않는 방식으로 말이다.

MJ와의 섹스 후 불현듯 어린 시절이 떠오른 것은 우연이 아니었다. 오랫동안 "안 돼."라는 금기어로 묶어 두었던 것을 이제야 민낯으로 대면했다.

도원은 조심스럽게 제 엉덩이를 쓸어 만졌다. 피부가 도톰하게 부풀어 올랐던 것이 가라앉아 있었다. 대신 약하게 핏줄이 터지거나 멍이 든 흔적이 남았다. 손으로 쓸어 만질 때마다 따끔한 통증이 동반되었는데, 아프다기보다는 묘하게 도원을 흥분시켰다.

능숙한 사람에게 체벌 받은 엉덩이를 자꾸만 돌아보게 되었다. 회초리를 잘 다루던 가정교사의 손길에 사람보다 개와 지내면서 훈육이 익숙해진 MJ의 손길이 겹쳐졌다.

MJ는 상대를 불쾌하지 않을 정도로 지배할 줄 아는 사람이었다. 위험하지 않게 스릴을 느끼게 해 주었다.

피지배자의 경험은 도원의 상상 이상이었다. 이성적이고 논리적인 생각을 모두 멈추고 전적으로 상대의 명령과 통제하에서만 살 수 있는 기묘한 일탈이었다.

안전한 상황, 안전한 상대에게 지배당한다는 것이 이렇게 기분 좋은 일이었다. 한 번 더 경험하고 싶었다. 끈질기게 생각하던 습관들을 모두 손에서 놓은 채 MJ의 명령만 듣고 싶었다.

그의 명령을 듣고 있으면 복잡한 생각에 머리 아플 일도 없고, 기분 좋게 뜨거워지는 열락에만 심취할 수 있었다.

부드러운 시트에 붉은 흔적이 남은 허벅지와 엉덩이를 비비던 도원은 자신이 저지른 행동에 얼굴을 붉혔다. 베개에 얼굴을 묻으면서 숨을 골랐다. 상처 속에 숨어 있는 달뜬 희열이 따끔한 엉덩이에서부터 번져 나와서 참을 수가 없었다.

애써 호흡을 고르며 정신을 차린 도원은 침대 밑으로 발을 내렸다. 손을 묶을 때 썼던 셔츠는 늘어져서 더 이상 입을 수가 없었다. MJ가 벗어 둔 것으로 생각되는 품이 큰 셔츠를 걸치고 소매를 두 번 접어 올렸다.

발을 천천히 끌면서 욕실 문을 열어 보았다. 텅 빈 욕조와 물기 하나 없이 깨끗하게 말라 있는 세면대 어디에도 MJ의 흔적은 보이지 않았다. 먼저 일어난 MJ가 어딜 간 걸까 의아해할 때였다.

"선생님?"

현관문이 열리면서 MJ가 들어왔다. 욕실 문을 잡고 멍하니 서 있는 도원을 발견하고는 눈을 휘둥그레 떴다. 그의 양손에는 도원의 집에서 가져 온 각종 건강 보조 식품들이 들려 있었다. 철분과 비타민을 포함한 여덟 종류의 약이었다. MJ보다 도원이 먼저 입을 열었다.

"내가 사 준 옷을 입었네요. 잘 어울려요."

연한 갈색 셔츠에 검은 바지를 단정하게 입고 있는 MJ의 모습이 보기 좋았다. 화상 자국을 숨기기 위해서 터틀넥이나 후드가 달린 외투를 즐겨 입었던 MJ에게 목선이 드러나는 셔츠를 사 준 것을 후회하지 않았다.

냉정해 보이는 인상을 가졌지만 부드러운 색감도 잘 어울리는 남자였다. 오히려 도원의 칭찬에 굳어 버린 표정이 귀엽기까지 했다.

"누워 있지."

MJ는 손에 든 영양제들을 조리대 위에 올리고 도원에게 다가가 그를 잡아당겼다. 위로 두 치수는 큰 셔츠를 헐렁하게 입고 있는 도원을 침대에 다시 앉혔다. 아침 햇살이 손자국 난 허벅지 안쪽까지 새어 들어왔다.

하얀 몸에 잔뜩 새겨진 흔적들에서 MJ는 눈을 떼지 못했다. 걷어 올린 소매 밑으로 이어진 손목에도 잇자국이 선명했다.

"안 보여서 찾으려고 일어났어요."

"이런 꼴로 찾아다니면 누가 데려가."

"하하, 이런 꼴로 다니는 아저씨를 누가 데려가요."

"자각이 없어서 큰일이야. 선생님의 이런 모습에 반하는 족속이 얼마나 많은데."

MJ는 도원의 이마에 입을 맞추었다. 모닝 키스가 어색한지, 아님 다정하게 서로를 지척에서 바라보는 게 재밌는지, 도원은 연신 웃기만 했다. 연상다운 성숙함이 주를 이루는데도 이럴 때 보면 어린애처럼 천진해 보였다.

지난밤의 외설적인 얼굴이 자꾸만 떠오르건만. 마치 그런 적 없다는 듯 희고 깨끗한 얼굴로 상냥하게 웃어 보이는 것이 못 견디게 좋았다.

이마에 입을 맞췄던 MJ는 눈가와 볼을 타고 입술을 내렸다. 잇자국이 남은 볼을 핥으면서 도원의 어깨를 끌어안고 물었다.

"선생님 집에서 가져왔는데 저 약들은 다 뭐야?"

도원이 MJ의 어깨 너머를 쳐다봤다. 조리대에 건강보조제 약통들이 아무렇게나 굴러다니고 있었다.

"아, 별거 아니에요."

"별거 아니기엔 약의 종류가 너무 많던데."

"뭘 사야 하는지 몰라서 눈에 보이는 대로 집어 오다 보니 과소비를 했네요. MJ도 같이 먹을래요?"

"흐음. 선생님, 나한테 뭐 숨기는 거 있어?"

약국에서 쉽게 구매할 수 있는 건강 보조제였지만 이런 것을 하나도 아니고 자그마치 여덟 개나 동시에 복용하는 것을 예사롭게 넘길 수 없었다.

"병원에서 의사 선생님이 잘 먹으라고 했어요."

더하지도 빼지도 않은 있는 그대로의 사실을 참으로 해맑게도 내뱉는 도원이었다. MJ는 극사실주의 기법을 이용한 도원의 화법에 인상을 찌푸렸다.

"병원?"

"아, 일하다가 쓰러져서."

"뭐?"

"별거 아니었어요. 과로로 쓰러져서 병원에서 반나절 정도 링거만 맞고 왔어요. 앞으로 잘 먹고 푹 쉬면 될 거예요."

"아니, 잠깐만, 별거 아닌 문제가 아니잖아."

"야근하다 보면 코피도 나고 그러잖아요."

"코피랑 쓰러져서 링거 맞은 게 같아? 왜 진작 말 안 했어?"

"그렇게 심각한 일이라고 생각 안 했어요. 그럴 수도 있는 일이라 생각해서."

"전혀 아니야. 선생님, 몸이 약해진 걸 알았으면 어제 내가 그런 행동을 하는 것도 한 번 더 생각해 봤을 거라고."

MJ는 붉게 변한 허벅지를 내려다보면서 걱정을 감추지 않았다. 인상을 찌푸리는 MJ를 보고 도원은 편안하게 숨을 내쉬었다. "살면서 그럴 수도 있죠."라는 대수롭지 않은 대답만큼 나른한 태도였다.

MJ는 도원에게 더 이상 따지지 못했다. 도원은 그런 MJ가 귀여워 보였다. 이럴 때면 영락없는 연하가 맞구나, 싶어서 얼굴을 만지는 손을 붙잡고 중얼거렸다.

"어렸을 때요. 가정교사한테 엉덩이나 허벅지나 종아리를 회초리로 맞는 게 이상하게 짜릿할 때가 있었어요. 맞은 날에는 아무도 몰래 수음을 하기도 했고요. 나중에는 일부러 맞고 싶어서 몇 번 숙제를 안 하기도 했어요. 그 선생님은 내가 맞으면서 흥분한 걸 알았을까요?"

MJ는 고개를 숙여 도원의 입술을 물었다.

"몰랐을걸."

"그럴까요?"

"알았으면 선생님을 절대 가만 놔두지 않았을 거야. 묶어놓고 더 때렸겠지. 예쁘게 우는 모습을 보고 싶어서. 그런 의미에서 나도 회초리를 준비해 줄까?"

"어린 시절의 환상과 낭만은 기억에 묻어 놓고 싶군요."

"그게 낭만이라니. 이거 엄청난 소리잖아."

"현실의 섹스 판타지는 MJ가 충족해 주고 있어서 아무 불평 없어요."

"그것도 엄청난 소리고."

"말이 나와서 그런데 MJ는 나한테 뭐 바라는 거 없나요? 나도 맞춰 줄게요."

"없어."

"음, 믿기 힘든데."

"정말이야. 선생님 자체가 나한텐 판타지라 이미 이뤘어."

입을 뻐끔했던 도원이 이불 속으로 들어갔다. 소리 내어 웃은 MJ가 도원이 붙잡고 있는 이불을 억지로 들추고는 네 발로 기어갔다.

자신의 입술 자국으로 울긋불긋한 몸을 끌어당긴 뒤 도원의 다리 사이에 자리 잡았다.

"아, 예쁘다. 우리 선생님."

MJ가 형광등 불빛 아래가 아닌 환한 햇살 아래에서 섹스 흔적이 남은 몸을 감상하고 있으니 도원이 얼굴을 붉혔다. 이불을 빼앗아서 침대 구석으로 도망가던 도원의 발목이 붙잡혔다. MJ가 도원을 품에 가두었다.

"눈 가리고 해 볼래? 살짝만. 선생님 또 기절하면 안 되니까."

아무것도 보이지 않는 상태에서 MJ의 입술, 손, 성기 등의 감촉만 느끼라는 이야기였다. 짐승처럼 풍기는 사타구니 냄새가 더 선명하게 도원을 자극시킬 것이다.

섹스에서 시야가 차지하는 비중이 얼마나 큰지 알면서도 그것에 핸디캡을 주어 불안함과 망설임, 당혹스러움을 이끌어 내어 그 감정의 소용돌이마저 쾌감으로 바꾸어 주겠다는 선언과 다름없었다.

"아, 음."

망설이던 도원은 제 허리를 붙잡아 당기는 손길에 끌려갔다. 다리 사이에 자리 잡은 MJ가 천천히 허리를 말고 도원의 벌어진 다리 사이로 들어오려 했다.

도원은 그런 MJ의 팔을 잡았다.

"저녁에 부탁해도 될까요. 어제에 이어서 바로 하기엔 엉덩이 사이가 너무, 음, 아파서."

MJ가 입맛을 다셨다. 삽입 대신 도원의 사타구니를 주물렀다.

"하고 싶은데."

"……젊긴 젊네요. 지치지도 않나 봐요."

"섹스는 하루 종일 할 수 있어."

"제가 못합니다."

"선생님 진짜 체력에 문제 있어. 보는 내가 답답해 죽겠네."

"당신이 절륜한 거예요. 어떻게 하루 종일 섹스를 하겠다는 건가요."

"가능하다니까. 선생님 체력 좋아지면 해 줄 테니까 기다려 봐."

"괜찮습니다. 정말로요."

"저녁에 뭐 먹을까. 장어 먹을까. 산낙지도 좋겠고."

"정말 괜찮습니다."

"아아, 선생님이 뭘 걱정하는지 알겠어. 내가 오피스텔 나갔다가 경찰에 추적당할까 봐 그러지? 걱정 마. 여기 오피스텔 CCTV 위치는 다 파악해서 나가는 동안 카메라에 잡힐 일 없어. 음식점도 룸 형식인 곳이면 안전하고. 교외 농원 갈래? 가서 메뉴 보고 정하자. 차 타고 드라이브도 할 겸."

"그, 그런 의미의 괜찮다는 게 아니었어요."

"싸구려 영양제보다 더 좋은 걸로 몸보신시켜 줄게."

"MJ."

"선생님이 건강해야 나도 안심하잖아."

MJ가 웃고는 다시 입을 맞췄다. 도원은 심란한 얼굴로 키스를 받아 주었다.

이래도 정말 되는지. 이렇게 브레이크도 당기지 않고 달려도 괜찮은지. 정말 문제없을지.

각종 고민과 상념들이 자연스러운 습관처럼 떠오른 탓에 작게 한숨을 내쉬었다. 이게 습관이 맞다면 꼭 고쳐야 할 것 같단 생각이 들었다.

고개를 옆으로 틀면서 MJ의 키스를 받아 준 도원이 MJ의 목을 꼭 끌어안았다. 고민을 미뤄 두고 MJ의 애정을 받아 주는 것에 집중했다.

"으음……."

MJ는 기분 좋은 신음을 흘리며 도원과의 키스에 집중했다. 벌어지지도 않은 일에 대한 걱정과 우려로 낭비하고 싶지 않았다. 일부러 생각을 차단해 버리고는 MJ의 짧은 머리칼을 부드럽게 쓰다듬었다. 가슴이 부풀 정도로 크게 숨을 들이마신 도원이 참지 못하고 말했다.

"좋아해요, MJ."

도원의 입 안에서 혀를 굴리던 MJ가 눈가를 초승달처럼 접었다. 도원의 목 뒤를 손으로 받치고 더 깊어진 숨을 섞어 대답했다.

"내가 더 많이 좋아할걸."

내기를 해도 좋다는 듯이 말하는 MJ 앞에서 도원은 눈가를 붉혔다. MJ의 좋아한다는 고백에 심장이 오랫동안 뒤흔들렸다. 불안정한 그 박동이 그렇게 기분 좋을 수 있다는 것을 도원은 태어나서 처음 알게 되었다.

　　　　　　　　　　　🌑

도원은 휴대 전화를 꺼내 빈유미에게 문자 메시지를 남겼다.

[연구소에서 휴가를 받았습니다. 요즘 몸이 안 좋아서 쉬다 올 생각이에요. 절 감시할 필요는 없어요. 걱정되면 시간 맞춰서 전화 줄게요.]

다 사용한 휴대 전화는 코트 주머니에 넣었다. 무릎까지 내려오는 롱 코트는 목까지 단추를 채웠다. 도원이 지하 주차장으로 들어오자 구석에서 전조등을 켜고 있던 은회색 차가 부드럽게 코너링을 하면서 다가왔다.

도시에서 쉽게 찾아볼 수 있는 외제 차였다. 차량 조회를 해도 제대로 된 정보가 나오지 않을 번호판을 단 차였다.

조수석 문이 열렸다. 운전대를 잡고 있는 MJ가 보였다. 히터를 틀어 놨는지 엔진이 조용하기로 유명한 차에서 웅웅거리는 기계 소리가 선명했다.

"추워. 어서 들어와."

도원은 주춤했다. 제정신으로 차에 타지 않은 지 일주일은 족히 넘었을 것이다. 매일같이 출퇴근을 하던 자동차는 시동도 켜지 못하고 주차장 구석에 세워 놓은 채 지하철과 버스만 타고 움직였다.

"선생님, 뭐 해."

차 안으로 들어오지 못하는 도원을 향해 MJ가 의아한 목소리를 냈다. 도원은 머뭇거리다가 한쪽 발을 넣었다.

폐소 공포증이 생겼다는 사실을 말하려다가 그만두었다. 사실대로 말하면 MJ는 외출 계획을 모두 취소할 것이다. 자신 때문에 일정을 억지로 바꾸길 원치 않았기에 숨을 몰아쉬는 내색을 하지 않으려고 노력했다.

도원이 자리에 앉아 문을 닫았다. 차를 출발시키기 전에 도원이 안전벨트를 매지 않았다는 것을 발견한 MJ는 안전벨트를 직접 채워 주기 위해 손을 뻗었다.

허리를 바르게 펴고 정면만 응시하고 있던 도원이 그 순간 흠칫 놀라서 몸을 옆으로 빼냈다. 덜컹, 차 문에 몸을 부딪칠 정도로 갑작스러운 반응이었다.

"……선생님?"

MJ가 더 당황해서 도원을 살폈다. MJ의 손을 보는 도원의 눈이 사정없이 떨리고 있었다. 밤새 자신을 만져 주던 손이라는 걸 알면서도 환각을 느꼈다.

손이 총구로 보였다. 허공에서 멈춘 손가락 사이, 손바닥 정 가운데가 총구의 먹먹한 어둠처럼 새까맣게 보였다.

철컥. 입 안이나 겨드랑이 사이에 쑤셔 넣고 잠금장치를 풀던 소리가 어디서 울리는 걸까. 이러다가 앞 창문을 뚫고 들어온 총알이 MJ의 관자놀이를 관통하는 것은 아닐까. 에어백이 터지면서 끝없이 아래로 떨어지면 살기 위해 죽은 MJ를 끌어안고…….

현실과 환상이 뒤섞인 도원은 참지 못하고 차 문을 열었다. 차 밖으로 발을 빼기도 전에 헛구역질이 나서 구토를 하고 말았다.

아침에 삼킨 건강 보조제 알약들이 반쯤 녹은 채 주차장 바닥 위로 후두둑 떨어졌다. 식도를 역류하는 아픔과 갑작스러운 충격에 놀라서 도원은 충혈된 눈을 깜빡였다.

"선생님!"

옆에서 다급히 부르는 소리를 무시하고 차 밖으로 나왔다.

"하아, 하."

도원은 자리에 주저앉아 숨을 골랐다. 운전석에서 내린 MJ가 다가왔다. 어깨를 붙잡는 손을 쳐 낸 도원이 여전히 바닥을 향해 숨을 뱉었다. 손등으로 입가를 닦아 내자 오물 없는 위액이 묻어났다.

"미안해요. 조금만 이대로 있을게요. 진정되면 다시 차에 탈게요."

도원 앞에 우뚝 멈추어 있는 신발은 좀처럼 움직이지 않았다. 그 자리에 우두커니 서서 도원의 긴 코트 자락이 지하 주차장 바닥을 일부 덮고 있는 모습을 지켜보기만 했다.

도원은 눈앞에 내밀어진 수건에 손을 닦았다. 손수건 반대 면으로 입가를 닦고 잠시 숨을 골랐다.

다시 차에 탄다고 말했지만, 실은 그럴 자신이 없었다. 이번엔 MJ 대신 머리에 구멍이 난 박 형사가 눈을 부릅뜨고 쳐다보고 있을 것만 같았다.

옆을 보지 않고 정면만 응시한다면 그럭저럭 차를 탈 수는 있을 듯했다. 가는 도중 자꾸 속이 미식거릴 것이라 드라이브를 하는 기분은 포기해야겠지만.

"선생님, 다른 심리사나 의사한테 상담받았어?"

도원이 손수건을 건네줄 때에야 MJ가 비로소 말을 걸었다. MJ는 심각한 표정을 짓고 있었다.

"아직이요."

"왜 안 받았어?"

"먼저 처리해야 할 일이 있어서 깜빡했어요."

"그런 핑계는 통하지 않아. 사실대로 말해."

"정말입니다."

"우리 사이에 뭘 더 숨기려는 건데."

여유 없는 MJ의 시선과 마주한 도원은 핑곗거리를 찾아 헤매던 생각을 멈추었다. MJ가 납득하지 못할 핑계를 찾아 빙빙 돌 바에야 직시할 수 있는 사실 하나를 말하는 게 좋았다.

"그때 일을 말하면 목격자 진술로만 이용될 겁니다. 절차상 어쩔 수가 없을 겁니다. 그걸 알고 연구소 소장님께서 일부러 저를 사건에서 제외시켜 준 거였는데 제가 그 여유 시간을 활용하지 못했네요. 걱정시켰다면 미안해요."

"사과 들으려고 물은 거 아니야. 왜 자꾸 미안하다는 건데. 미안하단 말 그만 좀 해."

날카로운 반응에 도원이 낯설게 올려다봤다. 짧은 머리를 거칠게 쓸어 넘기는 MJ는 허공에 대고 씨발이라 욕을 했다.

도원은 MJ의 눈치를 살폈다. 맛있는 걸 같이 먹으러 간다는 생각에 들떠 있던 MJ를 시궁창에 처박은 듯 더러운 기분을 느끼게 해서 미안함 마음이 컸다.

도원은 MJ가 신고 있는 워커를 손으로 잡고 그를 올려다보았다. 먼지 하나 묻어 있지 않은 깨끗한 신발을 천천히 손바닥으로 쓸어 만졌다.

MJ가 불안해할 때 입을 맞추거나 볼에 뽀뽀를 해 주던 접촉과는 다른 의미가 담겨 있었다. 단순한 애정을 기반으로 한 행동보다 더 깊었다. 가장 밑바닥의 신체 부위까지 서슴없이 매만지는 도원은 MJ를 존중하고 있었다.

"우리, 조금씩만 양보해요."

양보라는 말이 도원과 자신 사이에서 어떻게 작용할 수 있는 걸까. 욕구가 있더라도 멈추고 상대를 먼저 들여다봐야 한다는 뜻일까.

MJ는 도원에게 '부탁'이라는 것을 배웠을 때를 생각해 보았다. 부탁은 자신이 원하는 것을 완곡하게 요청하는 방식이었다.

하지만 양보는. 양보라는 것은 원하는 것이 있어도 멈추는 행위였다. 그런 식의 제약은 MJ를 답답하게 만들었다. 원하는 것을 즉시 얻지 못하는 삶을 살아 본 적이 없었다.

MJ가 무릎을 굽혔다. 신발을 만지는 손을 부드럽게 감싸 쥐면서도 MJ는 쉽게 입을 떼지 못했다. 미간을 찌푸리고 도원의 더러워진 손을 본 후에야 물었다.

"어떤 걸 양보해야 하지."

"내게 시간이 필요한 일이 있다면 충분히 기다려 줬으면 좋겠어요."

"……알았어. 보채거나 닦달하지 말라는 소리지?"

"고마워요."

"그렇지만 이렇게 갑자기 구역질을 하거나 무서워할 때마다 난 선생님에게 아무것도 해 주지 못하잖아. 그건 어떻게 지켜봐야 해?"

"곁에 있어 주는 것만으로도 충분해요."

"정말이야? 이런 게 정말 도움이 돼?"

"나는 내 약점이 될 만한 걸 주변에 보이는 걸 별로 좋아하지 않아요. 나이가 들면 알 거예요. 연약한 모습은 사회 생활하는 데에 약점이거든요."

"그건 약점이 아닌걸."

"누군가에겐 약점이 될 수 있어요. 그런 내 모습을 포장하지 않고 당신에게 그대로 보여 주는 것만으로도 나는 충분히 편안하고 만족스러워요. 당신이 내게 그런 존재라서 고마워요."

MJ는 도원의 이야기를 한참 동안 생각했다. 도원이 말한 대로 나이를 충분히 먹지 않아서인지, 그 뜻을 곧이곧대로 이해하기가 어려웠다. 그저 도원이 MJ의 존재를 불필요하게 여기지 않는다는 것으로 알아들을 뿐이었다.

"MJ."

도원은 MJ가 잡아 주는 손을 따라 일어나며 그를 불렀다. 바라보는 MJ에게 입을 맞춰 주었다. MJ의 입가가 움찔거리며 안달을 냈다. 부끄러운지, 좋은지, 어떤 감정이라고 명확하게 인지하지 못한 채로 도원을 멍하니 내려다보았다.

곁에 있는 것만으로도 충분해요.

그 말을 머리보다 몸이 먼저 이해해 버린 기분이었다.

"위장약이나 멀미약이나, 뭐라도 하나 먹고 속 괜찮아지면 원래 일정대로 움직여요. 집에 돌아갈 필요는 없으니까요."

"차도 못 탈 정도인 줄 몰랐어. 신경 쓰지 못해서 미안해. 집에 가서 쉴까?"

"아뇨, 정말로 속이 안 좋았던 거니까요. 알잖아요. 내가 링거까지 맞을 정도로 요즘 몸 안 좋은 거. 그거 때문에 멀미가 난 거예요. 진짜로요."

"선생님, 거짓말은 내가 잘 알아본다고 말했을 텐데."

"우리 서로 조금씩만 양보하기로 하지 않았나요."

도원은 MJ의 찌푸려진 미간을 손끝으로 꾹꾹 눌렀다.

"잘생긴 얼굴로 인상 쓰지 말아요."

배시시 웃는 도원의 미소에 MJ도 더는 이겨 낼 재간이 없었다. 도원이 노력하는 만큼 MJ도 도원이 원하는 방향으로 노력하는 수밖에.

"편의점 앞에 잠깐만 세워 주세요. 약 사 올게요."

조수석에 앉은 도원은 경직되어 보였다. 그러나 이전처럼 문을 열고 뛰쳐나가 헛구역질을 하지는 않았다. 견디고 버티는 중이었다. 억지로 무리할 필요가 없다고 재차 말하려던 MJ는 조금 전 배운 '양보'라는 단어를 생각하며 운전석에 올라탔다.

MJ가 주차장을 나오자마자 편의점 앞에 차를 세웠다. 도원은 지갑을 챙기면서 MJ의 손을 한 번 잡아 주었다.

"얼른 다녀올게요."

기분 좋게 웃어 보인 도원이 차 문을 열고 인도를 가로질렀다. 오피스텔 건물 지상층에 있는 편의점으로 들어갔다.

MJ를 더는 걱정시키고 싶지 않았다. 신경 써서 준비한 데이트 일정에 차질을 주고 싶지 않았다. MJ가 기대하는 만큼 아니, 그 기대보다 더 큰 충족감을 주고 싶은 게 도원의 바람이었다.

그러기 위해선 말썽 부리는 몸부터 달래야겠지.

의약 외품 코너에서 증상을 완화할 만한 약을 살펴볼 때였다.

"슬슬 나올 거 같았어. 타이밍 잘 맞췄네."

약을 꺼내어 살피던 도원이 등 뒤를 돌아봤다. 낯선 남자 두 명이 서 있었다. 두 명 중 하나가 편의점 앞에 서 있는 MJ의 차를 확인했다. 다른 한 명은 턱 끝을 까딱이면서 편의점의 뒷문을 가리켰다.

"잠깐 얘기 좀 하지?"

도원은 남자들에게서 한 걸음 물러났다. 본능적인 위협을 느끼고는 재빨리 MJ에게 달려가려 했다. 하지만 남자들의 움직임이 더 빨랐다.

선팅된 차를 살피던 남자가 재빨리 도원의 손목을 붙잡았다. 손목이 시큰거리며 울리는 아픔에 짧게 비명을 질렀다.

"뭐 하는……!"

말을 맺기도 전에 도원을 붙잡은 남자가 주먹을 휘둘렀다. 주먹은 명치에 정확하게 꽂혔다. 순간적으로 숨을 쉴 수 없게 된 도원은 다리 힘이 풀려 주저앉았다.

눈앞이 아득해졌다. 구토를 했던 위장이 요동치며 다시금 속을 게우려고 아우성이었다.

현기증과 멀미에 도원은 허리를 굽혔다. 바닥을 짚고 앉은 도원을 남자 하나가 억지로 일으켜 세웠다. 다리에 힘이 풀린 도원은 두 팔로 배를 감싸고 숨만 몰아쉬었다. 도원을 무력으로 제압한 남자의 동료가 언성을 높였다.

"갑자기 웬 주먹질이야!"

도원의 팔꿈치를 억세게 쥔 남자도 흥분해서 목소리가 빨라졌다.

"소리 지르니까 놀라서 그랬잖아."

"다치지 않게 데려오란 거 잊었어?"

"염병할, 밖에서 소리 듣고 쫓아오면 네가 책임질 거냐?"

편의점 직원이 어쩔 줄 몰라 하는 사이 남자들은 편의점 뒤편으로 연결된 복도로 도원을 잡아끌었다.

"간 쫄려 뒈지겠네. 아까 그 알바생이 신고하는 거 아니겠지."

"가서 어디 전화하면 죽여 버린다고 말할까?"

"아오, 병신아, 그 뜻이 아니잖아. 빨리 와. 일 더 키우지 말고."

"왜 나한테만 지랄이야. 이 사람이 매리제인이랑 같이 나오는 것도 모른 새끼가. 나 아니었음 눈 뜨고 놓쳤을 거 아냐."

남자들끼리 다투는 사이 도원은 팔을 뿌리쳤다. 건물 밖으로 향하는 문고리를 잡았다.

"MJ—!"

남자 중 하나가 재빨리 달려와 손바닥으로 입을 황급히 틀어막았다. 도원이 붙잡고 버티는 손을 억지로 떼어 내고 문을 쾅 소리 나게 닫았다.

도원을 돌려세운 남자가 이번엔 명치가 아닌 뺨을 올려쳤다. 손바닥이 매섭게 도원의 따귀를 갈겼다. 피부끼리 닿아 찢어지는 소리가 사납게 울렸다. 고개가 반대편으로 돌아갈 만큼 위력적인 손찌검에 도원의 시야가 흔들렸다. 머리가 아찔했다. 이번엔 너무 아파서 비명조차 나오지 않았다.

"벼, 병신아!"

동료가 외쳤지만 남자는 도원의 옷을 막무가내로 비틀어 잡았다.

"야, 빨리 데려가, 빨리!"

"멀쩡히 데려오라고 했다니까!"

"아, 씨발, 나도 몰라!"

도원의 머릿속이 빙글 돌았다. 발목이 꺾이는 바람에 왼쪽 신발 하나가 벗겨졌다. 도원은 몸을 지탱하지 못하고 옆으로 드러누워 데굴데굴 굴러가는 신발을 쳐다봤다.

남자들은 도원의 등을 앞으로 밀치면서 지하로 향하는 계단을 황급히 내려갔다. 비상계단으로 끌려 내려온 도원이 지하 주차장 바닥에 내팽개쳐졌다. 조금 전까지 MJ와 의견 차이를 보이며 이야기했던 그 주차장이었다. 도원은 고개도 들지 못하고 바닥을 짚으면서 숨을 몰아쉬었다.

이 상황은 대체 뭐지. 왜 갑자기. 대체 누가 이런 짓을.

추위에 언 시멘트 바닥 한기가 양말뿐인 발바닥을 타고 올라왔다. 온몸에 소름이 돋아서 어깨를 웅크려야 했다.

지금 같은 방식으로 사람을 대하는 경우를 근래에 겪은 적이 있었다. 마약으로 사람의 인지 능력을 흐트러뜨려 놓고 총을 들이밀어 죽이려 했던 박 형사, 그와 같은 방식이다.

"미친 새끼들."

어디선가 또 다른 남자의 목소리가 들렸다. 낯선 이가 셋 이상. 그 단편적인 정보만을 인지한 도원의 얼어붙은 몸이 더욱 딱딱하게 굳었다. 주차장에 굴러다니던 플라스틱 의자가 도원을 잡고 있던 남자의 머리 위로 휘둘러진 것이다.

빡!

박 터지는 소리가 울렸다. 머리에서 피가 터진 남자가 그대로 뒤로 넘어갔다. 거대한 덩치가 바닥을 요란하게 굴렀다. 코팅된 회색 바닥을 미끄러질 때마다 손바닥이나 얼굴 살이 쓸리면서 끼긱거리는 마찰음이 울렸다.

오른쪽 귀에서 피를 흘리는 남자가 양손으로 간신히 제 몸을 지탱하고 일어났다. 무자비한 폭력을 당하고도 아무 말이 없었다. 심지어 분노하거나 억울해하며 폭행자를 쳐다보지도 않았다. 맞는 게 당연하다는 듯 덤덤할 뿐이었다.

눈앞에서 피가 터지고 거구의 몸이 뒤로 나자빠지는 광경을 처음 본 도원은 심장이 크게 뛰었다. 의자에 머리가 터지는 것이 도원이 될 수도 있다는 뜻이었다.

"스읍."

입술 사이로 혀를 찬 남자가 의자를 휘두른 손을 털었다. 굳어 있는 도원 쪽으로 시선을 돌렸다. 눈이 마주친 남자가 이를 드러내며 웃었다.

"안녕하세요, 선생님."

도원이 아는 얼굴이었다. 기억 속 그 얼굴보다 조금 나이가 들었고 인상이 더 진해졌지만, 웃지 않는 눈으로 커다란 소릴 내며 웃는 입 모양이 그대로였다. 부자연스럽고 작위적인 표정을 지어 사람을 극도로 닮은 인형을 떠올리게 하던 인상. 그 기괴한 남자를 이런 곳에서 볼 줄은 몰랐다.

"뭘 그렇게 놀라고 있어요. 저 모르겠어요?"

그제야 남자는 도원의 왼쪽 뺨이 새빨갛게 부풀어 오른 것을 발견하고 눈을 가느다랗게 떴다.

"이거 봐라. 우리 애들이 선생님한테 이런 거예요?"

몸을 돌려 거구에게 걸어갔다. 긴 다리를 뻗으면서 거구와 거리를 좁히더니 곧바로 멱살을 잡아 올리고는 경고도 없이 손바닥으로 뺨을 내리쳤다.

짝, 하고 퍼지는 소리에 도원이 어깨를 움츠렸다. 주먹을 말아 쥐고 떨리는 몸을 다잡으려고 노력했다. 그럴수록 주먹을 쥔 손이 덜덜 떨렸다.

"내가."

고개가 한쪽으로 꺾여도 손찌검이 이어졌다. 두 번, 세 번, 연속으로 내려치는 손바닥에 거구의 입 안이 터져 피가 나왔다.

"다치지 않게."

윽, 윽, 삼키는 거구의 신음에도 남자는 여덟 번이나 뺨을 후려쳤다.

"데려오라고 분명히 말했는데."

마지막 한 대는 팔꿈치까지 손을 높게 쳐들고 휘둘러 갈겼다. 눈가까지 새파랗게 멍이 든 거구는 아무 소리도 내지 않고 바닥에 얌전히 무릎을 꿇고 있었다.

일방적인 폭행임에도 누구 하나 말리는 사람이 없었다. 승합차에도 남자가 세 명이나 더 타고 있었지만 그중 어느 누구도 눈 하나 깜짝하지 않았다. 여유롭게 담배에 불을 붙이고 구경하는 게 전부였다.

뻐끔, 피워 올리는 연기 속에서도 흉흉하게 펄떡이는 시선들은 바닥에 넘어져 있는 도원에게 향해 있었다. 제어나 통제가 전혀 되지 않는 시선이었다. 그것들은 플라스틱 재질의 의자가 아니라 쇠파이프나 칼을 들고도 상대의 머리 위를 내려칠 눈빛이기도 했다.

뺨을 휘갈긴 남자가 도원을 돌아보더니 도원에게 다가와 한쪽 무릎을 꿇고 앉았다. 눈높이를 맞춘 남자의 행동을 도원은 배려로 받아들일 수가 없었다. 떨고 있는 주먹을 숨기려고 해도 숨길 수가 없었다.

　남자는 겁먹은 도원을 머리끝부터 하나씩 천천히 바라봤다. 어디 또 다친 곳이 발견되기라도 하면 그 수십 배를 거구들에게 돌려줄 작정인 듯했다.

　"저희 애들이 겁쟁이라 주먹이 먼저 나가거든요. 또 어디 다치신 데 있으세요? 말하면 되갚아 드릴게요."

　도원은 대답 대신 아랫입술을 사리물었다. 아무 말도 않는 도원을 기다리던 남자가 히죽 웃었다. 불룩 솟은 광대뼈가 남자의 유쾌함을 대변해 주었다.

　남자가 승합차 쪽으로 팔을 뻗자 앉아 있던 사람이 불붙은 담배를 건넸다. 남자가 담배 끝을 빨갛게 태우고는 폐부까지 깊숙하게 내렸던 연기를 도원의 얼굴에 흘렸다.

　"없으시다면 다행이고요."

　목소리는 다정했다. 긴장한 도원을 달래는 것처럼 부드러운 목소리가 이어졌다.

　"오랜만에 봤는데 한눈에 딱 알아보겠네요. 그동안 늙지도 않았나 봐요. 살이 좀 빠지시긴 했는데 여전하네요."

　존대를 하고 있지만 도원을 존중하는 기색은 전연 묻어나지 않았다. 어미를 '요'체로 끝낼 뿐, 그는 자신만의 계급질서 하에서 도원을 아랫사람 부리듯이 대했다.

　남자는 도원의 입에 피우던 담배를 물려 주었다. 핏기가 가신 도원의 입술에 담배 필터가 걸렸다. 입술 끝에 아슬아슬하게 걸려 있는 담뱃불이 천천히 타들어 갔다.

　빈유미가 보여 주었던 사건 파일 속 용의자 프로필과 동일 인물인, 영화배우 장진원. 도원의 석사 논문 내담자이자 같이 심층 상담한 세 명이 자살한 때에 유일하게 혼자 살아남은 환자 A.

도원의 기억 속과 일치하는 짙은 인상과 큰 키를 가진 서구적인 미남은 도원과 눈이 마주칠 때마다 눈썹을 위로 끌어당기면서 즐거워했다. 도원이 그 시선을 오래 마주하지 못하고 고개를 돌려 버리면 가지런한 앞니를 드러내어 웃기도 했다.

"갑자기 이런 상황이 닥치면 다들 비명 지르고 울고 살려 달라고 빌거든요. 선생님은 안 그러시네요."

소리 내어 웃는 목소리를 듣자 도원의 목뒤로 작은 소름이 돋았다. 웃겨서 웃는 게 아니라는 걸 알고 있었다. 그가 웃었을 때는 언제나 잔인한 행위를 봤을 때뿐이었다.

도원의 입술 끝에서 타들어 가던 담배가 긴 꼬리처럼 재 기둥을 만들었다. 가까스로 버티다가 중력을 이기지 못하고 바닥으로 떨어진 기둥이 바닥에서 산산이 부서졌다. 담배 냄새는 도원의 입술과 이 사이에 묻어날 뿐, 일정한 속도로 회색 기둥이 되어 바닥으로 떨어져 사라지기만 했다.

"방법이 거칠었죠? 서울 벗어나면 나도 힘들어져서요. 아무래도 나는 외국에 오래 있어서 한국 사정에 어두운데 매리제인은 산골짜기까지 샅샅이 알잖아요. 이건 정당한 승부가 안 돼요. 그래서 선생님이 매리제인의 영역으로 완전히 잠적하기 전에 이렇게 무리수를 둬야 했어요. 일단 서울이면 매리제인도 자기 마음대로 움직이지는 못할 거니까요. 보는 눈이 많잖아요."

담배는 필터에 닿자 자연스럽게 불씨가 작아졌다. 점처럼 작은 불씨만 남은 담배가 도원의 입술 끝에서 미끄러지듯 떨어졌다.

크게 동요했던 도원의 시선도 담배 끝이 줄어드는 사이에 침착함을 되찾아 가고 있었다. 도원의 상황 판단력을 보고 장진원은 눈가를 가느다랗게 모았다. 도원은 장진원에게 자신을 파악할 시간을 주지 않았다. 도원의 머릿속엔 오직 한 가지 생각뿐이었다.

이곳에서 나가야 한다. 어떻게 해서든지 간에.

"……오랜만이네요, 진원 씨. 이렇게 재회할 줄은 몰랐는데요."

장진원이 다시 이를 드러내어 웃었다.

"이런 때조차 친절하시다니요. 이래서 아버지가 좋아하는 거겠죠."

"나한테 무슨 볼일이 있는지는 모르겠지만 정식으로 면담을 요청해 주면 좋겠는데요. 이런 식으로 사람을 데려오는 건 동의 못하겠습니다."

"휴가 받아서 시간 많지 않나요. 바쁘지 않을 텐데 왜 바쁜 척이세요."

"제 스케줄까지 알고 있군요."

"어려울 게 있나요. 당장 인터넷 켜서 선생님네 연구소 연구원들 근무일지만 봐도 되는데요."

"쉬려고 휴가를 받은 겁니다. 장진원 씨랑 이런 식으로 놀려고 시간을 낸 게 아닙니다."

"놀긴 누구랑 놀아요. 거참, 말 서운하게 하시네. 선생님, 솔직히 휴가 내고 매리제인이랑 놀러 가려 했잖아요. 그쪽이랑 노느라 바쁘다고 나 퇴짜 놓는 거죠?"

"무슨 얘기하는지 잘 모르겠습니다. 저랑 아는 게 다른 것 같군요."

"달라요? 우리 선생님이 웬일로 사람 말귀를 이렇게 못 알아들을까."

바닥에서 담배를 주운 장진원이 도원의 손등에 담뱃불을 지져 꺼트렸다. 손등이 타들어 가는 느낌에 도원은 윗니로 아랫입술을 눌러 비명을 참았다. 작은 불씨만 남았었지만 여린 피부에 흔적을 남기기엔 충분했다.

살갗은 짓물러 피를 흘렸다. 도원은 짓무른 피부를 일부러 보지 않으려고 했다.

아픔을 직접 확인하면 어떤 식으로든 두 눈에 감정이 생길 것이다. 공포든 두려움이든, 이성을 좀먹는 감정들을 장진원을 마주한 상태에서 드러내는 것은 어리석은 짓이었다.

장진원의 성향상 그러한 도원을 마주하면 또다시 즐거워하며 웃을 테니.

웃는 장진원은 언제나 통제 불능이었다. 그러니 어떤 감정도 명확하게 드러내지 않는 게 좋았다.

"왜 연락 안 했어요. 얼마나 기다렸는데."

장진원은 도원에게 상처를 입힌 담배를 손으로 퉁기더니 새로운 담배를 꺼냈다.

이번엔 도원의 입술 대신 자신의 입술에 걸었다. 불은 도원의 손등에 비벼 꺼질 때보다 더 새빨갛게 타들어 갔다.

장진원은 몸속 깊이 연기를 집어넣었다. 담배 연기와 함께 한숨처럼 숨소리도 짙어졌다.

"그렇게 아이스한테 번호 줬을 때 얌전하게 연락했으면 이런 꼴 안 봤을 거 아니에요."

장진원은 도원을 자신의 발밑에 앉혔다. 도원의 헝클어진 머리를 살살 쓸어 넘겨 주면서 두 볼을 홀쭉하게 만들 정도로 깊게 빨아들인 연기를 도원의 얼굴로 뿌렸다.

얼마 전에 MJ의 친구이자 아이스, 크리스탈, 작대기 등으로 불리는 금발 바텐더에게 받은 연락처 쪽지를 쓰레기통에 던졌던 일이 떠올랐다.

크랙과의 연결성, 도원에게 MJ의 부정적인 면모를 알려 주려던 태도.

의심할 여지는 많았다. 그러나 의심하지 않기로 했다. MJ가 '친구'라고 옆에 두고 있는 사람이다. MJ처럼 현명하고 신중한 사람이 친구라며 옆에 둘 이유가 분명히 있을 것이다.

지금은 금발과 크랙을 한통속으로 생각하여 복잡하게 여겨서는 안 되었다. 눈앞에 있는 남자에게 집중하기로 했다.

"여러 가지를 생각했어요. 아이스, 그 새끼가 내 번호를 잘못 알려 줘서 연락이 안 된 걸까, 아니면 선생님이 그 번호를 무시한 걸까. 쪽지 준 것까진 확인했는데 어떤 번호였는지는 보질 못해서 말이에요. 어느 쪽이었어요?"

얘기를 들어 보면 아이스가 완전히 장진원 편에 선 것은 아닌 것 같았다.

아직은 아이스가 MJ를 이용하거나 스파이 짓을 한다고 확신할 수 없었다. 장진원이 아이스를 공격했으니 둘 사이가 틀어진 것만 확실했다.

이번엔 MJ를 공격하려고 도원을 아이스 대신 붙잡았을 가능성도 배제할 수 없었다.

"왜 저랑 만나려고 하신 거죠."

장진원은 어깨를 으쓱였다. 과장된 몸짓이었다.

"이거 봐라, 아이스 질문은 피해 가시겠다."

"그 금발에겐 관심 없습니다. 장진원 씨의 지금 행동이 더 흥미롭거든요."

"사람 분석하는 것도 여전해요. 그거 존나게 짜증 나면서도 꼴리는 거 본인은 알까 몰라."

"그래서 먼 미국에서 여기까지 와서 날 꼭 만나야 할 이유가 있었나요?"

"그 이유는 선생님도 알 텐데요."

"모릅니다."

"알죠, 당연히. 이 말 들어 봤잖아요. 사냥이 시작됐다."

도원이 멈칫했다. 그 순간을 장진원이 곧장 포착했다. 잠시 굳어 버린 도원의 머리를 장진원이 손을 뻗어 쓸어 만졌다.

도원은 자신이 인간이 아니게 된 기분을 느꼈다. 총에 맞고 그물에 잡힌 사슴이었고, 사냥꾼이 그 뿔을 만지며 흐뭇해하고 있었다.

"재떨이."

도원의 반응을 보면서 장진원은 계속해서 웃기만 했다.

"재떨이 말이에요. 손 내밀어 보세요. 선생님."

그렇게 말해도 도원은 움직이지 않았다. 옆에 서서 지켜보고 있던 장진원의 수족들이 억지로 도원의 손목을 붙잡아서 손바닥을 펼쳤다. 장진원은 도원의 손바닥에 재를 털었다.

"선생님한테 재밌는 걸 보여 주려고 했어요. MJ와 함께하면서도 무서워하지 않기에 그놈이 어떤 놈인지 보여주려고 했어요. 선생님 앞에서만 정상인 척하는 그 또라이 새끼를 제대로 보려 주려고 했었어요. 아쉽지만 타이밍을 놓치셨네요. 어제저녁에 한 불장난이 진짜 기가 막혔는데."

애기를 하다 보니 그 '불장난'에 예기치 않게 끼어든 인물이 떠오른 듯 크랙은 "흐음." 하고 목뒤를 울렸다. 어쩐지 마음에 들지 않는다는 투였다.

"아이스, 그 새끼 날려 버리려던 걸 실패한 건 좀 아깝긴 하네요. 아무튼 선생님이 몸을 의탁하고 있는 놈이 어떤 놈인지는 알아야 하지 않겠어요? 어때요, 두 번째 불장난은 구경해 보시겠어요?"

도원은 남자들이 억지로 손바닥을 훑게 하는 것을 거역하지 못했다. 매캐한 재를 삼킨 도원이 눈을 들어 장진원을 쳐다봤다. 빙글빙글 웃고 있는 가식적인 미소를 향해 도원은 평소와 똑같이 평온한 어조로 말했다.

"장진원 씨, 아직도 치료가 안 되었네요."

담배 끝을 빨갛게 태우던 장진원이 눈을 가늘게 떴다. 담배 연기를 도원의 얼굴에 뱉었다. 담배 연기만큼 짙게 깔린 억압된 분위기 속에서도 도원이 침착함을 유지하는 것이 신기한 모양이었다.

"하하, 이런 순간에서도 치료 타령을 하시네요. 어쩜 이렇게 평온하실까. 선생님 그거 알아요? 선생님은 내가 아는 사람 중에 최고로 침착한 사람이에요."

"제가 상담할 때 한 얘기 기억합니까. 장진원 씨에겐 사람을 상대하는 직업보다는 혼자서 일을 할 수 있는 직업이 더 나을 수도 있다고 했던 말이요. 그런데도 여전히 배우 생활을 하시네요. 지금 얼마나 본인에게 안 맞는 옷을 입고 있는지 모르시죠?"

장진원의 수족조차 알아듣지 못할 말이었다. 오직 장진원만이 그 뜻을 알고 입을 비틀어 웃었다.

"하여튼, 선생님도 여전하다니까."

크랙이 도원의 머리카락을 다시 쓰다듬었다. MJ의 욕실에서 사용했던 MJ의 샴푸 향기가 장진원의 매캐한 담배 연기로 물들어 갔다.

"선생님. 사냥이라는 거 왜 하는지 아세요?"

"당신은 사람을 싫어했죠."

"또 말 피하긴. 사냥 말이에요."

"연기하는 걸 질색으로 생각할 때였죠. 사람 관찰하는 건 좋아하면서 본인이 무대에 서면 불안 증세를 보였어요. 저한테 처음 와서 그랬죠. 스스로 진단해 보길 어린 시절 따돌림을 당한 트라우마 때문에 광장 공포증 비슷한 게 있는 게 아닌가 싶다고요."

"난 지금 연기 얘길 하는 게 아닌데요. 그딴 과거 얘기 관심도 없고요."

"지금 보니 왜 연기를 그만두지 않았는지 그 이유를 알 것 같네요. 연기를 하면서 사람을 속이는 일은 마음에 드는 눈치예요."

"그래요, 마음에 들어요. 가식으로 대해서 돈 버는 세계가 얼마나 흥미로운데요."

"그리고 뒤로는 이렇게 사람을 사냥한다는 소리나 하시고요?"

"이거 참, 선생님을 말발로 이기기 진짜 힘들다니까."

"뭘 원하는 겁니까."

"아아, 원하는 걸 잡기 위해서 사냥한다는 건 어설픈 사냥꾼들이 하는 짓이에요. 손맛을 찾는 새끼들은 순진해 빠진 놈들인 거죠. 남의 목숨을 내 무기로 좌지우지한다거나, 살기 위해 몸부림치는 것을 보며 만족감이나 쾌락을 느낀다거나, 남들과 다른 특별한 자신을 과시할 수 있다거나, 그건 일상이 지루하니까 찾는 일종의 도피처 같은 사고방식인 거죠."

"당신에게 사냥은 즐거움이 아닌가요."

"처음에는 즐거웠어요. 내가 주도하는 사냥에서는요."

"지금은 주도하지 못하나 보네요."

"할 수 있어도 하기 싫어요. 같이 즐기던 사냥꾼들이 다 변했거든요. 이젠 사냥하는 순간만으로는 자극이 부족해졌어요. 사냥한 고기를 어떻게 썰어 먹는지까지 관심사가 되어 버렸죠. 그러니까 사냥뿐만 아니라 도축이나 도륙까지 관심사가 넓어졌다는 거예요. 그런 천박한 건 내 관심사가 아니거든요."

"그런 사냥이 시작됐다면서요."

"예. 본격적이 되기 전에 내가 조져 버리려고요."

"……무슨 말이죠."

"도륙까지 이어지는 사냥은 관심 없다고요. 그딴 천박한 건 꼴 보기 싫으니 애초에 제대로 시작도 못하게 만들 거예요. 사냥꾼들이라고 다 똑같은 목표와 목적이 있는 건 아니잖아요?"

장진원이 손자국이 남아 붉게 부풀어 오른 도원의 뺨을 손등으로 툭툭 쳤다. 고개를 살짝 숙이면서 말 없는 도원에게 속삭이는 목소리가 음산했다.

"선생님. 사냥은 재밌는 스포츠예요. 아님 돈 벌려고 하는 거거나. 이젠 재미도 돈도 없어요. 남은 건 '아버지'가 얼마나 전지전능한지를 보여 주는 연극 무대로 전락한 것뿐이거든요. 이딴 것에 동참하고 싶지 않아요."

도원이 멈칫했다. 아버지와 같은 무리면서 아버지를 부정하는 말을 하는 크랙을 바라봤다.

둘이 대립하는 것인가. 아니면 일방적인 반발인가.

무언가를 감지한 도원의 표정을 장진원 역시 곧장 알아봤다. 도원이 무슨 생각을 하는지를 확인하고 퍽 만족스러워했다. 승합차 안에 타고 있는 남자들이 "실장님 오늘 진짜 즐거워 보이네요."라고 낄낄거리는 소리를 냈다.

장진원이 자리에서 일어나 도원을 억지로 일으켜 세웠다. 장진원은 도원을 승합차에 밀어 넣었다. 도원은 그 손에 떠밀리기 전에 다급히 말했다.

"사람을 얼마나 죽여 왔습니까. 얼마나 재미 위주로 사냥해 온 거죠."

"셀 수 없을 정도로 많죠."

"그런 방식으로 아버지를 도와서 얻는 게 뭐였습니까. 지금은 왜 그에게 반발하는 건가요."

"얻는 건 많았어요. 적어도 내가 아버지를 조종할 수 있었을 때까지는요. 생각하는 게 깜찍해서 사냥 놀이에 끼워 주었는데 자기가 머리가 될 줄은 나도 몰랐거든요. 눈 깜짝할 사이에 괴물이 되었어요. 이젠 내가 어쩌지도 못할 정도로 커다란 괴물이 되어 버린 거예요."

토굴에서 담배를 피우듯 뿌옇게 흐려진 내부로 도원의 몸이 아무렇게나 구겨졌다. 담배를 피우던 남자 하나가 구둣발로 도원의 턱을 들었다. 얼굴을 이리저리 확인하면서 키득거렸다.

도원을 뒤따라 장진원이 올라탔다. 장진원에게 얻어맞은 남자 그리고 그와 함께 움직였던 남자는 각각 운전석과 조수석에 올라탔다.

시동 걸린 승합차가 도로로 나왔다. 여전히 후미등을 깜빡이는 MJ의 차가 보였다. 선팅이 짙어서 운전석은 확인할 수 없었다.

"내가 연기 생활하는 게 안 어울린다고 했죠? 맞는 것 같아요."

장진원이 웃었다. 석사 논문에 도움을 주던 피실험자의 모습 그대로 입을 크게 벌리고 높낮이 없는 웃음소리를 냈다.

"무대 세팅하는 게 더 재밌더라고요. 어느 위치에서 주인공을 죽여야 가장 미학적인지를 고민하는 연출 공부를 할까 봐요. 그러니 선생님, 잘 부탁합니다. 이번 극의 배우는 당신이니까."

도원은 창밖으로 고개를 돌렸다. MJ가 탄 차가 저만치 멀어져 있었다.

11

문 앞에 안경을 쓴 여자가 서 있었다. 문 너머에 지하로 향하는 좁은 계단이 보였다. 그 끝이 토굴처럼 깊어서 커다란 철문과 다시 연결되어 있는 구조였다. 여자는 문지기라기엔 지나치게 창백해 보였다.

"어서 오세요, 크랙."

정오에 뜬 키 낮은 겨울 햇살이 얇은 무테안경에 반사되어 희고 갸름한 얼굴을 더 냉정하게 만들고 있었다. 그런 여자에게 장진원이 근사한 미소를 지어 보였다.

"안녕, 연락 받고 와 줘서 고마워요. 아담은 왔어요?"

"오자마자 아담부터 찾다니, 급하신가 보네요."

"여유 부리고 싶은데 그럴 상황 아니니까 솔직하게 말할게요. 어제 저녁에 제법 공들여서 준비한 일이 있었는데 실패했어요. 바로 만회하고 싶어서 아담에게 부탁했었는데 제대로 답변을 못 들었어요."

"아담이 거절하진 않을 거예요. 약을 팔 수 있는 루트라면 언제든 환영하니까요. 안 그래도 제조업자와 판매자들이 요즘 조금 위축되었어요. 마약 관련 사건이 연이어서 터지니까 몸 사릴 수밖에 없더라고요. 이런 때일수록 새로운 경로 확보보단 기존에 있는 곳에서 안전하게 거래하고 즐기는 게 좋겠죠."

"이런, 그러면 외국에서 약을 들이는 것도 많이 어려워졌나요. 그런 걸로 아버지한테 보고하고 싶진 않은데."

"엑스터시 같은 주요한 약들은 수급에 지장이 없을 거예요. 매스암페타민 제조는 이제 미국이나 일본 밀수에 의존하지 않아도 돼요. 국내에서 제조 공장을 확보했거든요. 한국이 마약 청정국이라고 알려져서 역으로 외국에 수출하기 쉬워요. 중독자들이야 점점 늘 테니 장사도 괜찮을 거고."

"그래요. 자세한 얘기는 나중에 날 잡고 한 번 하죠."

"좋으실 대로요."

그녀는 마약을 사업으로 대했다. 사업을 통해 경영 이득을 보는 것에 초점을 맞추었다. 이득을 볼 때 필연적으로 발생할 범죄와 중독 문제에는 조금도 관심 없는 투였다.

장진원은 그녀를 일종의 사업 파트너로 대했다. 한 명은 인간을 돈으로 환산하는 사람. 다른 한 명은 인간의 존엄성에 애초부터 가치를 두지 않는 사람. 둘은 가치관에 있어 잘 맞는 파트너였다.

"오늘 파티하고 싶은데 가능할까요."

"당신이 원한다면요."

"평일인데 괜찮을까요."

여자가 안경을 고쳐 쓰며 대답했다.

"그럼 뭐 어때요. 아담과 추종자들은 요일 따윈 신경 쓰지 않고 올걸요. 몇 시로 잡아 줄까요?"

"지금요."

"지금은 파티를 하기엔 너무 이른 시간인데요."

그녀는 손목에 찬 시계를 확인했다. 무감각한 목소리에 장진원이 웃었다.

"괜찮아요. 이 사람만을 위한 파티니까."

여자는 도원을 돌아봤다. 덩치 큰 남자들 사이에 둘러싸인 도원을 마약이나 파티와 어울리지 않는 사람으로 판단하는 시선이었다.

"저 아저씬 누군데요."

"마지막 사냥감."

"흐음. 뭔 소린지."

"아무튼 아담이랑 추종자들 좀 불러 줘요. 파티에 재밌는 게 빠지면 곤란하잖아요."

"그쪽에만 연락 넣으면 되는 거죠?"

"이왕 부탁하는 거 하나만 더 말해도 될까요."

"들어 보고 정할게요."

"가장 큰 사이즈의 3단 웨딩 케이크가 필요해요."

여자가 안경을 고쳐 쓰고 턱을 당겼다. 장진원이 입 밖으로 꺼낸 단어와 덩치들에게 둘러싸여 있는 남자의 연관성을 찾지 못해서 매끄럽게 다듬은 눈썹산을 올렸다.

"점점 엉뚱한 부탁을 하시는군요."

"페티코트를 입어서 풍성하게 들떠 있는 치마 같은 케이크였으면 좋겠어요."

"저 아저씨를 위한 파티라더니 피로연이나 총각 파티는 아닐 테죠."

"자세한 건 나중에 말해 줄게요. 케이크 가능한가요."

그녀는 다시 손목시계를 확인했다. 지금 바로 주문 제작을 하여 빵을 굽고 장식하는 시간을 계산해 보았다. 신선한 빵은 무리라는 결론이 나왔다.

"흉내만 내도 된다면 2시간 안에 준비할게요."

"흉내라니. 못 먹어요?"

"버터나 크림으로 만들 텐데 죽진 않겠죠. 맛은 장담 못하지만."

여자는 흘러내리는 단발머리를 귀 옆에 꽂았다. 그래도 흘러내리는 몇 가닥 검은 머리칼이 창백한 볼에 달라붙었다. 전처와 닮은 머리 스타일이었다. 닮은 것이라고는 머리 길이와 모양뿐인 여자에게서 도원은 시선을 떼지 못했다.

별 감정은 들지 않았다. 폭력적으로 대해지는 상황과 스케줄을 꿰고 있는 장진원의 발언을 이전이었다면 심각하게 여겼을 것이다. 도원 자신이 실수를 한다면 전처나 아이, 직장 동료에게 피해가 갈지도 모른다는 불안함에 초조했을 것이다.

짧은 단발머리 여자를 보아도 전처가 떠오르지만 예전처럼 입 안의 침이 바싹 마르지 않았다. 그들이 노리는 사람이 도원 혹은 MJ라는 사실을 확인하자 오히려 주변 상황에 휘둘리기보다 제 자신의 상황에 집중할 수 있었다.

어쩐지 장진원이 무섭지 않았다. 안경 쓴 여자도 공포의 대상이 되지 않았다. 어두운 차 안에서 불쑥 손을 내밀었던 MJ, 입 안에 총구를 쑤셔 넣었던 붉은 눈의 박 형사가 이보다 두려운 존재였다.

장진원은 둘과 달랐다. MJ처럼 미지의 존재도, 박 형사처럼 원인을 알 수 없는 광증을 보이는 사람도 아니다. 누구보다도 장진원을 정확하게 파악하고 진단할 수 있는 도원에게 그는 감당할 수 있는 존재에 불과했다.

"어때요? 선생님한텐 낯선 곳이려나."

장진원이 여자가 열어 준 철문 안을 가리키며 물었다. 그곳은 대낮인데도 한밤처럼 어두웠다.

철문 밖에서 흘러드는 햇살이 흐릿하게 입구를 비추고 있었다. 뿌옇게 떠다니는 먼지로 가득 찬 공간엔 작은 테이블과 소파들이 불규칙한 정렬을 이루었다.

모양도 크기도 제각각에 물건들은 기이하게도 일정 부분을 향해 몸을 돌리고 있는 듯이 보였다.

사람처럼 얼굴을 그려 넣으면 그것들은 일제히 정면보다 우측으로 약간 벗어난 지점을 바라보고 있을 터였다. 음악을 틀거나 술을 따르는 따위의 행위를 할 수 있도록 마련해 놓은 단상. 소파와 테이블은 그 단상 쪽으로 기울어져 있었다.

"거기 그렇게 서 있지 말고 이리 와서 앉아 봐요."

장진원은 붉은 소파에 앉아서 테이블에 다리를 올렸다. 긴 다리 끝을 까딱이면서 도원에게 고갯짓을 했다. 말썽거리를 기대하는 어린아이처럼 미약한 흥분감이 느껴지는 시선이었다.

우두커니 서서 다가가지 않는 도원을 덩치들이 강제적으로 끌고 갔다.

"이번엔 살살해. 나한테 또 맞고 싶지 않으면."

장진원을 의식한 덩치들은 도원을 밀치기만 할 뿐, 힘으로 제압하는 적극성은 보이지 않았다. 도원도 순순히 그들이 원하는 대로 행동해 주었기에 트러블은 없었다.

"여기 꽤 유명한 클럽이에요. 조만간 뉴스 탈 것 같아요. 아니면 쉬쉬하면서 언제나처럼 모른 척 묻힐 수도 있지만, 여기서 꽤 유명한 사람들이 섹스하고 물뽕하고 그러거든요."

도원은 장진원이 눈짓으로 가리키는 소파를 쳐다봤다. 도원이 앉아 있는 소파를 비롯해서 공간 안에 있는 소파들이 모두 낡고 헤졌다.

새것으로 교체할 자금이 충분할 텐데도 굳이 그러지 않는 곳. 이곳은 의자와 테이블이 제 역할을 하지 못하는 곳이었다.

"저번 주에 선생님이 앉은 그 자리에서 한물간 여배우가 섹스를 했어요. LSD 3회분을 한꺼번에 먹더니만 아주 좋아 죽더라고요. 상대가 어디 가구업체 사장 아들이었나, 그래서 매스컴 탈 일은 없을 거예요. 언론을 막는 돈이 오죽 커야지."

뭐가 그리 재밌는지 크게 웃은 장진원은 불붙인 담배를 건넸다. 반응 없는 도원에게 장진원은 여전히 담배를 권하는 손을 내민 채였다. 상황을 지켜보던 덩치가 도원의 어깨를 잡아 눌렀다. 등과 어깨를 움켜쥐고 짓누르는 손길에 도원은 허리를 숙였다.

장진원의 손에 얼굴이 가까워졌다. 도원의 눈가가 흔들렸다. 장진원이 마음만 먹으면 볼이나 눈알에 담배를 비벼서 끌 수도 있는 거리였다. 손등의 상처가 그 어느 때보다 심하게 쓰라리다는 생각을 할 때였다.

"그래도 여기서 가장 인기 있는 건 엑스터시죠. 놀 때 그거 한 알 술에 타서 마시면 흥분되고 체력도 넘치고, 존나 떡치고 싶어지거든요."

장진원은 도원의 눈앞에서 담뱃불을 흔들었다. 붉은 점이 잔상처

럼 긴 꼬리를 만들면서 움직이고 있었다. 그 점은 도원에게 가까워
져 커지거나 옆으로 빗겨 가 사라지기도 했다.

그는 식은땀을 흘리는 도원을 보면서 웃었다. 도원을 겁주었던
담배를 제 입에 물고 소파에 늘어지게 앉았다. 양손으로 바지 주머
니 안쪽을 살피더니 알약 하나를 꺼냈다.

"선생님도 먹어 볼래요?"

주방에서 먹다 남은 위스키를 들고 온 남자가 테이블 위 잔을 채
웠다. 장진원은 투명한 유리잔을 반 정도 채운 위스키에 하얀 약을
한 알 집어넣었다. 금색 액체 속에서 약은 기포를 내면서 녹아 사
라졌다.

장진원은 술잔을 손에 쥐고 느리게 돌렸다. 말썽을 기다리던 아
이가 이제야 꿍꿍이를 보이면서 입을 벌리고 웃기 시작했다. 상상
만으로도 웃긴지 말이 빨라졌다.

"아담이 특이한 걸 좋아해요. 가오 선다고 마약에 관심 가진 새
끼거든요. 어딜 가든 자기 표식을 새겨 넣는 걸 재밌어 하는데 아,
이 새끼가 가끔 골 때려요. 얘가 순도 높은 마약을 별로 안 좋아하
거든요. 순도를 최대한 낮춰서 온갖 몸에 안 좋은 걸 다 섞어요. 그
래서 먹으면 다른 딜러가 가져오는 약보다 황홀경도 심하고, 지속
시간도 오래가요. 중독성이 심한 부작용도 당연하고."

장진원은 도원의 눈앞에서 술잔을 흔들었다.

"선생님은 첫 복용이니까 반 알만 넣어도 되긴 할 텐데, 그래도
아담이 정량으로 만든 걸 먹어 봐야 의미가 있으니까. 2시간 안에
아담이랑 그 추종자들 모두 몰려와서 파티 벌이면 약이야 얼마든
지 구할 수 있거든요. 더 먹고 싶으면 여분으로 구해다 드릴게요.

가격은 걱정 말고 먹어요. 마음껏 먹어도 돼요."

그걸 말이라고 하는 건가. 도원은 억지로 먹이려는 술을 쳐 냈다. 장진원은 손에서 떨어트릴 뻔한 술잔을 손가락으로 다시 잡았다. 거구의 손에서 빠져나온 도원은 그 작은 몸부림만으로도 힘에 겨운 듯 숨을 거칠게 몰아쉬었다.

도원이 몸 상태가 좋지 않다는 걸 장진원은 바로 알아차렸다. 끌고 올 때부터 힘이 빠져 있었다. 지금도 잠깐 저항한 것만으로 저렇게 지쳐 버리지 않나.

장진원은 빙글빙글 웃으며 그런 도원을 지켜보았다. 도원은 흐트러진 머리카락 사이로 냉정한 시선을 보냈다.

"나를 마약 중독자로 만드는 게 장진원 씨 목표입니까."

"그런 생각은 안 해 봤어요. 선생님이 중독자가 되어서 우리 고객이 되면 재밌긴 하겠네요."

"아니면 죽이기 전에 이것저것 장난치는 심보인가요."

"심보라."

"마지막 사냥이라 말한 건 장진원 씨였죠. 마지막을 의미 있게 끝내려는 행동들을 제가 받아 주기엔, 그래요, 당신은 너무 희극 클라이맥스에 익숙해져 버린 것 같네요."

"아하하, 그렇게 보이나요?"

"예. 뭘 끝내고 싶으신 건데요?"

"아하하하하하."

"날 죽이고 싶은 건지, 더 가지고 놀고 싶은 건지 얘길 듣고 싶네요."

장진원이 손끝에 쥔 유리잔을 시계 방향으로 돌렸다. 느리고 규칙적이었다. 주로 자신의 본심을 숨기기 위해서 기계적인 행동을 하는 사람들의 특징이었다.

저도 모르게 본심이 나올 표정이나 말실수를 하지 않으려고 의식적으로 규칙적인 행동을 하는 사람들. 높낮이 없이 입을 크게 벌리고 웃는 소리가 평소보다 커졌다.

"질문이 잘못됐네, 선생님. 사냥을 끝내고 싶어 하는 건 아버지야, 내가 아니라."

"아버지란 사람은 사냥이 시작됐다고 말한 사람이죠. 저를 '마지막' 사냥감으로 지정한 건 당신입니다."

"내가 그랬어요? 헷갈리게 했네. 아버지가 시작했고 끝내려는 거야."

"시작은 아버지가 했을지 몰라도 끝은 당신이 일방적으로 내려고 하는 중이죠."

"사람이 말실수 한 번 한 거 가지고 본질까지 파악하려 하지 마. 기분 나쁘니까."

"말실수요. 그게 무의식의 징후예요. 나는 징후를 찾는 사람이고요. 내가 하는 일이 뭔지 뻔히 알면서 그걸 단순히 '말실수'로 덮어 버리려는 진원 씨가 도리어 이상하네요."

"중요한 거 아니니까 넘어가라고."

"당신은 나에게 징후를 읽히기 싫어서 상담할 때는 술도 안 마시고 어떤 꿈을 꾸는지도 얘기해 준 적 없어요. 난처한 질문을 받으면 웃는 척하며 표정을 가렸고요."

"선생님, 닥쳤으면 하는데."

"박 형사에 이어서 진원 씨까지 공통점이 뭔지 아세요? 아버지가 시작한 사냥을 그 사람의 동의도 없이 끝내려는 점이에요. 박 형사는 아버지를 신망해서 미쳐 버렸기라도 했지, 당신은."

"닥치라고."

"당신은 그 사람을 싫어하잖아요. 그 사람을 조종하려 했는데 역으로 조종당한 사람처럼…… 윽!"

순간 장진원이 도원의 목을 움켜쥐었다. 도원은 갑작스레 목이 졸려 숨이 막혔다. 양손으로 그의 손을 잡아 뜯으려 해 보았지만 몸이 점차 뒤로 기울어졌다.

장진원은 뒤로 넘어지는 도원에게 올라타면서도 목을 쥔 손을 풀지 않았다. 후우, 후, 거칠어지는 숨을 애써 다스리면서 도원을 노려보았다.

"우리 상담은 옛날에 끝났잖아. 이제 와서 선생질하지 마, 재수 없으니까."

도원은 일그러지는 시선으로 장진원을 올려다보았다. 밀어내 보려 해도 소용이 없었다. 한창 나이에 몸을 쓰는 전문 배우와 책상 앞에서 글만 보고 살아온 도원은 완력 차이가 컸다.

"앞으로 선생은 내가 묻는 말에 대답하기만 해."

"윽, 손, 손을."

"토 달 때마다 손가락을 하나하나 분질러 버릴 거야. 더 이상 부러뜨릴 게 없으면 담배로 지질 테고, 지지는 것도 재미없으면 마약을 먹여서 갖고 놀 거야."

"윽, 윽."

"끔찍하지? 싫으면 앞으로 쓸데없는 소리 하지 마."

목을 쥔 손은 그대로였다. 도원은 산소가 부족해서 현기증이 이는 고통을 느꼈다. 장진원의 목소리가 들렸지만 내용을 파악하려면 시간이 필요했다. 몸 상태와 인지 반응의 속도가 확연하게 차이가 났다.

"나는 아버지에 대한 정보가 필요해. 그 사람에 대해 물을 수 있는 건 선생밖에 없는데 접근하기가 너무 힘들어. 아버지, 매리제인, 경찰들. 당신은 상상을 초월할 정도로 감시당하고 있어. 그래서 조금이라도 허술해질 때 몰래 데려오는 수밖에 없을 정도라고. 저번이 좋은 기회였는데 병신 같은 박 형사, 그 새끼가 당신을 죽이려 하는 바람에 여태껏 미뤄진 거야. 빌어먹을."

목을 쥔 손에서 힘이 풀렸다. 새빨간 손자국을 남긴 손이 숨을 쉬기 힘들어하는 도원의 턱을 잡아들었다.

도원은 호흡을 고르느라 대답을 하지 못했다. 장진원은 기다려 주었다.

도원은 육체에 그 어떤 폭력이 가해져도 살려달라거나 그만하라고 호소하지 않았다. 그렇게 표출하지 않는 사람이 더 무서웠다. 본인이 마지노선을 알려 주지 않기에 장진원이 마음대로 목을 조르다가 갑자기 사람을 죽일 수도 있는 일이었다.

"왜……."

도원은 성대를 긁듯이 까슬한 목소리를 힘겹게 토했다.

"왜 다들 내가 아버지를 잘 알고 있다고 생각하는 거죠."

도원의 눈가에 맺힌 눈물을 보고 장진원은 다시금 인상을 찌푸렸다. 정말로 아무것도 모르는 사람의 눈이었다.

"나도 제대로 파악하지 못하고 있어요."

"선생님."

"이렇게까지 다들 내가 알 거라 확신하는 태도가 이상하다고요."

"아버지라 불리는 애, 내 사촌 동생이야."

도원의 숨소리가 멈추었다. 커다랗게 뜨인 눈엔 흐르지 못한 눈물이 고여 있었다. 장진원은 쯧, 혀를 차면서 도원에게 올라탔던 몸을 내렸다.

　하얀 목 주변에 손자국이 선명하게 찍혔다. 붉은 자국이 검푸른 멍으로 변해 가고 있었다. 장진원은 엑스터시를 녹인 위스키를 들이마시면서 원래 앉았던 자리로 돌아갔다.

　도원은 여전히 소파에 누운 채 고개만 장진원을 향해 돌렸다. 흐트러진 긴 코트와 머리카락이 색정적으로 보였다. 장진원은 '어쩌면 아버지가 순수하게 도원에게 호감을 갖는 것은 아닐지도 모른다.'는 생각을 하고 말았다. 물론 입 밖으로 그런 얘기를 꺼내진 않았지만 말이다.

　"사촌 동생이라면 나와 상담할 때 가끔 이야기를 꺼냈던 아이……."

　"맞아요. 선생님은 그때 간접 상담이라고 해 줬어요. 내가 상담에 집중 못하고 동생 놈 일에 신경 쓰니까 아예 선생님께 털어놓고 같이 이야기하는 층위로 끌어 올려 줬거든요."

　"……그건 정식 상담이 아니어서 학술지에 쓰지 않았어요."

　"봤어요. 나도 찾아봤는데 나에 대한 분석을 할 때 자주 사촌 동생 이야기를 꺼냈다고만 쓰고 그 내용은 안 적었더라고요."

　"……."

　"아버지는 내 사업 파트너예요. 그걸 동의하고 시작한 일이에요. 그런데 시간이 지날수록 두려워요. 이젠 이 자식을 감당 못하겠어. 그래서 그만두고 싶은 거예요."

　두렵다는 말을 직접 내뱉는 사람이 아니었는데.

　장진원은 감정을 숨기길 좋아하고 드러내는 것을 병적으로 싫어했다.

미국에서 장진원을 상담했을 때 그는 어린 시절 따돌림을 받았던 기억을 강렬하게 간직하고 있었다. 사람을 솔직하게 대하는 게 싫다고 했었다. 사람과 친해져서 속 깊은 이야기를 나누는 상황을 혐오했다. 겉으로 좋은 관계를 유지하면 그만이지, 그 이상 파고들면 거부감에 몸서리를 쳤다.

그래서 제대로 된 상담을 진행하기 전에 장진원이 아닌 다른 사람에 대한 이야기를 했다. 그게 사촌 동생이었다.

본인 이야기를 꺼내기에 앞서 주변 사람들 이야기를 먼저 끌어내어 편안하게 해 주었다.

사촌 동생에 대해 말할 때, 장진원은 조금 특이한 애, 그 이상의 감정을 담지 않았다. 그런 사람이 이제는 두렵다고 말한다. 사촌 동생이어서 누구보다 그의 내면을 잘 알고 있을 장진원이.

"과거가 필요해요. 그 자식을 멈출 수 있는 것이 현재와 미래에는 없어요. 과거에 남겨 두고 묻어 놓은 뭔가가 있는 것 같은데 난 거기까지 파악을 못하겠어요. 기억도 잘 안 나요. 그러니까 선생님이 필요해요. 난 기억 못하지만 선생님은 그 상담 내용을 거의 기억하잖아요. 그때 내가 사촌 동생에 대해서 뭐라고 말했는지, 어떤 문제가 있었는지 얘기해 줘요."

"사촌 동생은 당신보다 어렸습니다."

"맞아요. 나보다 10살도 더 어려요."

"그런 어린 사람이 무섭습니까."

"이런 괴물일 줄 몰랐거든요. 이렇게 될 줄 알았으면 시작도 안 했어."

대체 아버지란 사람이 어떤 사람이기에 이 정도로 반응한다는 말인가. 도원은 여전히 몸을 일으키지 못했다. 혼자서 얘기를 꺼내놓다가 다시금 아버지에 대한 뭔가를 떠올린 장진원이 손에 든 술잔을 비웠다.

"젠장, 시작도 안 했다고."

아버지가 이 거대한 마약 집단에 무슨 짓을 벌이고 있느냐는 질문을 하려 할 때였다.

"분위기가 심각하네요."

커튼에 가려진 외진 곳에서 단발머리 여성이 나타났다. 천장에서 숫자가 적힌 빨간 불이 반짝거렸다. 엘리베이터가 있었다. 이 정보를 알게 된 도원은 비좁고 가파른 지하 계단이 유일한 탈출구가 아니라는 사실을 알게 되었다.

커튼에 가려져 있어서 기회만 잘 잡으면 누구도 모르게 유령처럼 이곳을 벗어날 수 있었다.

"아담에게 연락했어요. 한 시간 안에 모인대요."

약을 탄 술잔을 다 비운 장진원이 고개를 들었다. 여자가 커다란 트레이에 3단 생크림 케이크를 밀고 들어오는 중이었다.

"엄청 빨리 구했군요."

"제빵 학원에서 마케팅 홍보용으로 만들어 둔 거래요. 방부처리 많이 한 거라고 먹지 말라는데 괜찮죠?"

"먹고 죽지만 않으면야, 뭐."

여자는 트레이를 밀고 단상 위로 올라갔다. 3단 케이크는 크림으로 된 부케 장식이 눈에 띄었다. 설탕 공예로 만들어진 붉은 리본이나 꽃 모양 장식이 부케 주변을 둘러싸고 있었다. 케이크 밑에는

레이스 천이 바닥까지 너풀거려서 장진원이 말한 '페티코트를 풍성하게 띄운 웨딩드레스'의 형상을 충실히 이행해 놓았다.

그녀는 케이크 꼭대기에 서 있는 신부 인형을 손으로 건드렸다. 케이크만큼 하얀 드레스를 입은 인형이 웃고 있었다.

여자가 단상에서 내려왔다. 목 졸린 기색이 선명한 도원과 그를 앞에 두고 혼자 술을 마시는 장진원을 보면서 여자는 안경을 고쳐 썼다. 분위기가 묘했는지 고개를 모로 숙이며 한동안 도원을 지켜 보기도 했다.

"하나 더 알려 주자면요, 아이스가 연락이 안 돼요. 아담과 아이스가 우리에겐 가장 큰 수입원이에요. 루트가 꼬이면 손해가 심하죠. 한 번 알아봐야 하지 않겠어요?"

"아이스. 아아, 그 새끼."

장진원은 들으라는 듯이 중얼거렸다.

"그 새끼 매리제인에게 돌아섰어요."

그 말을 듣고 여자가 흐응, 하고 목구멍 너머를 울렸다.

"엉망이네요. 제일 비싼 물건 두 개가 날아갔어요."

"그래, 엉망이에요."

"이번엔 매리제인 때처럼 제조소까지 불태우는 일이 없도록 조치해야겠네요."

"아니, 그럴 필요 없을걸요."

장진원의 시선이 도원에게 꽂혔다. 여자 역시 도원을 바라봤다. 도원은 몸에 힘을 주지 못해서 흐트러진 차림새로 소파에 길게 누워 있었다.

"이 사람이 여기 있는 이상 매리제인 쪽도 일 치르는 거 무서워할 테니까. 당장 생산 중단하지 말고 기다려 봐요."

여자는 다시금 콧소리를 냈다. 그녀는 손끝에 묻은 크림을 비비면서 도원에게 손을 뻗었다. 하얀 크림이 멍든 목에 묻었다. 멍들지 않은 피부까지 크림 자국이 이어졌다.

둥근 손톱 모서리가 불그죽죽한 도원의 목을 더듬다가 그 손길을 쳐 내는 도원의 손을 도리어 잡아 버렸다. 도원과 시선이 마주쳤지만 손을 떼지 않았다. 오히려 흐트러진 눈가를 그 조심스러운 손길로 덧그리기까지 했다.

"매리제인에게 중요한 사람이군요."

"아버지에게도 중요한 사람입니다."

"아, 그렇게 말하니 누군지 알겠어요. 착한 선생님이라고 들었는데 실은 다른 매력이 더 큰 분이네요."

"하, 매력이라. 나도 알고 싶네요. 그 두 사람이 매달리는 매력."

"크랙, 나도 파티 즐겨도 돼요? 끼고 싶은데."

장진원은 거절할 이유가 있겠냐며 어깨를 으쓱였다. 파티 주최자의 허락을 받은 여자가 다시 밀어내는 도원을 달래는 목소리로 말했다.

"한 번 얘기해 보고 싶었어요. 이상한 뜻으로 받아들이진 마세요. 아버지랑 매리제인이 그렇게 관심 가지는 사람이 누군지 궁금했을 뿐이니까."

가녀린 손목으로는 상상할 수 없는 악력이 도원의 손을 내리눌렀다.

얇은 블라우스 너머로 힘줄이 도드라지는 팔은 무거운 물건을 자주 드는 사람의 특징이었다. 손끝에 굳은살이 박여 있었다. 블라우스 안쪽으로 어깨 부근이 가뭇했다. 무거운 것을 자주 어깨에 메는 사람이었다.

가령 그녀가 사냥 협회 회원이라면 작은 리볼버 권총 대신 5kg이 넘는 장총을 어깨와 겨드랑이에 끼고 방아쇠를 당길 사람이다. 도원이 물었다.

"당신이 박 형사를 죽였나요."

도원이 문자 안경에 가려진 눈가가 부드럽게 휘었다. 밑도 끝도 없는 이야기에 즐거워했다. 어떻게 한 번에 알았을까, 고심하는 눈치였다.

종종 이런 부류의 사람을 '감이 좋은 사람'이라 불렀다. 여자가 보기에 도원의 추리력은 단순히 감으로 취급할 능력이 아니었다. 사람들 대부분이 과녁의 중심을 바라보느라 그 주변 것을 놓친다면, 도원은 점수 내기에 관심이 없어서 그 판의 분위기나 흐름을 분석하는 사람이었다.

"어떻게 아셨나요. 제가 선생님 생명의 은인인데."

도원은 살려 줘서 고맙다는 인사 대신 낮고 짙게 반발했다.

"살인은 게임이 아닙니다."

"이런, 제가 선생님을 살려 드렸다고 생색내는 게 싫은가 봐요. 이런 데서 꾸지람이라니."

"제가 언제까지 이 일들을 침묵할 거라 생각하시죠. 언론과 경찰이 무섭지 않습니까."

"협박인가요? 언젠가는 경찰에 이르겠다는 거죠? 그게 선생님의 마지막 수단이라면 지금 당장 사용해도 좋아요. 경찰이 어디까지 수사할 수 있을지 지켜보는 재미도 있을 테니까요."

"공권력을 매수한 겁니까."

"마약은 말이죠, 일종의 독점 사업이거든요. 이용자가 줄어들 일 없는, 지속적으로 늘어나는 고부가 가치 사업이죠. 공권력이 돈에 더 민감한 거 아시죠?"

"그 사업에 사람을 죽이거나 가지고 노는 일도 포함됩니까."

"때에 따라서 필요하다면요."

"지금이 그때인가요."

"그것까진 모르겠어요. 제가 선생님께 흥미로운 건 다른 분야라서요."

투박한 손이 도원의 목으로 다시금 이동했다. 크림을 닦아내어 깨끗해진 목을 손끝으로 조심스럽게 매만졌다.

"당신에겐 LSD를 꼭 먹여 보고 싶네요. 당신의 그 말도 안 되는 직감들이 약물에 의해 증폭되면 어떤 세상이 보이는지 궁금하니까."

그녀는 동물 실험체라도 보는 것처럼 소리 없이 웃었다. 도원도 더는 참지 못하고 웃었다. 허무한 웃음은 더 이상 도원 혼자서 어쩔 수 없다는 반응이었다.

"당신들 전부 미쳤어요."

여자의 미소가 짙어졌다. 그녀는 버석하게 말라 있는 도원의 입술을 가지런한 손톱으로 매만지며 속삭이듯 말했다.

"당신에게 미쳐 있는 사람들만 할까요."

키득거리는 웃음소리가 도원의 머릿속을 물들였다. 모두들 하나같이 눈앞의 향락에 미쳐 있었다.

미친 사람들 속에서 도원은 언제까지 미치지 않을 수 있을지 장담할 수 없어졌다.

클럽에는 세 가지가 없었다. 시계, 창문, 거울. 한낮에 지하 계단을 내려온 것을 기억하는 도원은 얼마나 많은 시간이 흘렀는지를 체감할 수 없었다.

낮인지 밤인지 확인하는 것도 불가능했다. 말을 할 때마다 성대가 아파서 목 주변을 손끝으로 더듬어 보면 피부가 발열하듯 뜨거웠다.

장진원이 새겨 넣은 손자국이 얼마나 심하게 부풀었는지를 눈으로 확인하지는 못했다. 화장실에는 거울이 있겠지만 화장실로 가는 길조차 순탄치 않았다. 소파와 테이블이 규칙 없이 배열되어 있어서 화장실을 한 번 가는 것조차 모든 사람들을 지나치게 했다.

술이든 약이든 섹스든, 다양한 향락에 찌든 사람들을 한 번씩 만나게 만드는 동선.

소돔이었다. 쾌락만이 뒤섞일 수 있는 공간. 그곳은 경계선이 없는 죽음의 성이었다.

모자를 쓴 남자가 들어왔을 때부터 도원은 눈에 보이는 것과 귀로 들리는 것에 극도의 혼란을 느꼈다. 지하 철제 계단을 밟고 내려온 남자는 장진원과 반갑게 인사했다. 그가 엑스터시를 다루는 '아담'이란 것을 도원은 눈치껏 알 수 있었다.

아담은 몸 자체가 도화지였다. 검은색과 파란색으로 뒤죽박죽된 문신이 온몸에 빼곡했다. 장진원과 악수를 할 때조차 다섯 손가락,

손등, 팔목과 팔꿈치까지 읽을 수 없는 이국의 언어와 그림들이 요동쳤다.

살가죽은 건조했고, 손등에 불거진 손뼈가 드러날 만큼 말랐다. 장진원과 인사한 남자가 도원을 쳐다봤을 때 도원은 시선만으로 압도당했다.

검은 동공이 도원을 쳐다보았지만 도원 그 자체를 보는 것 같진 않았다. 동공은 붉은 실핏줄에 걸려서 흰자위에 대롱대롱 매달린 것처럼 낯설게 도원을 응시하고 있었다.

그는 모자의 캡을 뒤로 돌려썼다. 이마까지 그려진 문신을 보여주면서 웃었다. 주머니에서 꺼낸 우표를 혓바닥에 올리면서 도원에게 뭔가를 자랑하는 듯이 굴었다. 우표를 혀에 올려 녹이면서 킬킬거리면 앙상한 목이 그 간헐적인 웃음을 감당하지 못하고 들썩였다.

"아담이 주는 우표는 그냥 버리세요."

도원 옆에 앉은 여자가 안경을 고쳐 쓰면서 말했다.

"우표 뒷면에 LSD 0.03g이 묻어 있어요. 0.03g은 소금 알맹이 두 알 분량이지만 그것만 섭취해도 효과가 충분하니 굳이 확인해 보고 싶다면 말리지 않겠지만요."

아담이 음악을 틀자 조명이 움직였다. 컴컴한 실내가 난반사되는 형광빛으로 어지러이 변했다. 아담과 함께 온 사람들이 남녀 구분 없이 각자 원하는 소파에 앉았다. 그들은 물 담배를 찾아 연기를 마시거나 도수 높은 술에 무언가를 타서 들이켰다.

평일 낮 시간에 갑자기 찾아온 사람들의 행색은 모두 고급스러웠다. 그중에는 텔레비전이나 지면 광고에서 봤을 법한 사람들도 섞여 있었다.

그들은 익숙하게 마약을 돌리고 키스를 하고 몸을 만졌다. 음악을 튼 아담이 혼자 신나서 술을 마시는 것과 비슷했다. 모두들 자신이 원하는 욕구에 충실했다.

이런 일을 세간에 들켰을 때를 걱정하지 않는 듯했다. 애초에 그런 것들과 거리를 두려고 온 것처럼 말이다.

"어떻게 이렇게 갑자기 모여서 놀 수 있죠."

음악이 시끄러워서 도원의 목소리가 들리지 않았다. 한 여자가 술잔을 들고 장진원에게 다가와 키스를 하고 있었다. 장진원은 그 여자와 귓속말로 무슨 이야기를 주고받았다. 그런 장진원의 모습을 빤히 관찰하는 도원에게 옆자리에 앉아 있던 여자가 대답해 주었다.

"원래 불시에 모여서 놀아요."

"한 시간 만에 이런 게 모두 준비될 수 있단 말입니까."

"정기적으로 하면 분탕질하는 종자들이 있으니까요."

"그래도 이렇게 기다렸다는 듯이 하다니요."

"기다렸죠. 연말 연초라 횟수가 좀 늘긴 했지만 크랙이 주도하는 파티는 한 달에 한 번 열릴까 말까거든요. 중독자라면 하던 일 내팽개치고 와야죠."

"그럴 만한 시간과 돈이 있다는 겁니까."

"여기 오는 사람들은 그런 것들을 넘치도록 가지고 있어요. 부족한 걸 찾아다니는 실정이라서요."

사람들이 점점 늘어나고 있었다. 철제 계단을 높은 구두로 밟고 내려오는 소리가 끊이지 않았다. 입구에서 금속 탐지기에 걸리는 휴대 전화와 남성 벨트가 모두 압수되었다. 여자들 귀걸이와 머리 핀조차 용납되지 않았다.

여자들은 짙은 화장을 했지만 화려한 보석으로 치장할 수 없었고, 남자들은 단정한 옷을 입었지만 벨트나 시계로 부를 과시하지 못했다. 추측컨대 액세서리에 약을 숨겨 나갈까 봐 사전에 방지하는 듯 보였다.

그들의 관심사는 아담과 크랙이 푼 약에 맞춰져 있었다. 투명한 크리스털 잔을 쌓아 올려 제일 위층에서부터 쏟아지는 알코올과 그 알코올이 녹이는 약에 자지러지게 웃을 뿐이었다.

장진원에게 가슴을 내어 준 여자는 고개를 들어 도원을 쳐다봤다. 도원은 그 눈빛을 피해 시선을 돌렸다. 시선을 돌린 곳에서 한 남자가 도원을 보고 있었다.

그는 옆에 여자를 끼고 무언가를 이야기했다. 여자도 남자를 따라 도원을 쳐다봤다. 시선은 두 사람에서 세 사람으로 늘어났다. 한 테이블에 앉아 있는 여섯 남녀의 주목을 받았다. 위화감은 그때부터 시작되었다.

도원이 고개를 돌리는 곳마다 그를 쳐다보는 사람들과 눈을 마주쳤다. 칵테일 잔을 손에 끼고 흔들던 남자, 춤을 추면서 바라보는 여자, 물 담배를 손에 쥐고 흔들면서 바라보는 사람. 다른 방향으로 고개를 돌려도, 그곳 역시 도원을 쳐다보는 사람이 있었다.

시선 사이에 갇혀 버린 듯했다. 무대에서 쏘는 형형색색 LED 조명에 닿을 때마다 도원을 쳐다보는 사람들 안구가 반질반질 빛을 내고 있었다.

도원은 입술을 깨물었다. 결코 좋은 의미로 쳐다보는 것이 아니었다. 그들은 귓속말로 여러 차례 도원에 대해서 말하고 있었다. 웃고 있었다. 호기심이 가득한 눈으로 흘겨보기도 했다.

어떤 심사대 위에 올려져 그들 혀끝에서 난도질당하는지는 몰라도, 도원은 그 부당한 시선을 받아들이고 싶지 않았다. 빛과 음악이 어지럽고 사람들은 괴기스러웠다. 벗어나고 싶었다.

"왜 다들 절 보는 거죠."

옆자리 여자가 대답했다.

"이 파티가 당신 때문에 열린 걸 참석자들도 아는 거죠."

"제가 누군지도 아는 건가요. 직업과 같은 신변 정보요."

"여기 오는 사람들은 돈과 시간이 많은 사람들이죠. 그리고 호기심도 강렬해서 뭐든 할 수 있는 사람들이기도 하고요."

장진원이 갑자기 자리에서 일어났다. 장진원의 손길에 애무를 받던 여자는 그가 일어나도 불만을 내색하지 않았다. 젖꼭지가 드러난 옷을 추스르지도 않고 소파에 기대앉기만 했다. 장진원은 어느새 도원의 바로 옆으로 옮겨왔다.

"선생님. 마음에 드는 사람 있으면 불러 줄까요?"

지나치게 가까운 거리에서 장진원이 술 냄새를 풍겼다. 그는 즐거워 보였다. 술에 탄 약 때문에 빙글거리는 조명과 시끄러운 음악이 더 격렬하게 느껴지는 듯했다. 도원은 아직도 자신에게 꽂혀 있는 시선들에 속이 메스꺼웠다.

정상이 아니었다. 이들에겐 금기가 없었다. 누군가 도화선에 불을 붙이면 단체로 도원에게 달려들어 칼부림을 하면서도 웃을 이들이었다.

크랙의 입에서 자극적인 명령 어조가 하나라도 떨어지면 그것을 고민해 보지 않고 달려들 것이다. 도원은 장진원을 절박하게 바라 봤다. 멈춰야 했다.

"아버지에 대해선 해 줄 수 있는 말을 준비해 올게요."

"아버지. 그래요. 선생님이 아는 그 아버지."

"보내 주세요."

"사냥은 안 끝났는데요."

"보내 주세요."

"아, 싫다. 마지막 만찬인데. 마음에 드는 사람 있냐니까요."

"기록하지 못한 간접 상담이라 제 기억에만 의존해야 합니다. 이 런 분위기에서는 생각하라 해도 하지 못해요. 정리해 올 테니 보내 주세요."

"마음에 드는 사람이 없다는 거예요?"

"장진원 씨. 이러면 원하시는 것도 못 얻으실 거예요."

"다들 들었어? 선생님이 재미없다잖아, 씨팔."

웃고 떠들던 사람 소리가 소거되었다. 사방으로 막힌 검은 공간을 쿵쿵 울리는 빠른 음악 소리만이 들렸다. 음악 비트보다 빠른 속도로 도원의 심장이 뛰기 시작했다. 도원을 쳐다보는 수십 개의 눈알들이 이젠 화살이 되어 도원을 과녁처럼 쏘아보기 시작했다.

"선생님이 즐기라고 이 지랄 하는 거잖아. 왜 하나도 안 즐겨요. 짜증 나게."

도원은 턱을 당겨 몸을 움츠렸다. 저 멀리서 아담이 "씨팔, 왜 다 들 춤 안 추고 멈췄어!" 하면서 고성방가를 내지르는 소리가 들려 왔다.

장진원은 술을 마시던 여자에게서 술잔을 빼앗았다. 남은 내용물을 한입에 털어 넣은 장진원이 도원에게 더 다가와 붙었다. 도원의 귓등에 솟아난 소름을 볼 수 있었다. 침착함을 유지하고 있는 도원이 극도로 불안한 상태라는 것을 확인하고 히죽 웃었다.

"매리제인이랑 노는 건 즐거워한다고 들었는데 내가 놀아 주는 건 존나게 싫어하네요."

"당신에게 뭐가 더 이득인지 생각 좀 하세요."

"이득이요?"

"날 보내 주고 아버지에 대한 정보를 얻는 게 최선 아닙니까?"

"사냥은 내가 끝낸다니까."

"그럼 지금 당장 날 죽이기라도 할 셈인가요."

"아버지 정보를 얻고 죽일 거예요."

"그러니까 나를……."

장진원은 도원의 얘기가 끝나기도 전에 아프도록 팔꿈치를 움켜쥐었다.

도원이 "아!" 하고 짧게 비명을 질렀다. 약에 취한 장진원은 노는 데에 혈안이 되어 손아귀 힘을 조절하지 못했다. 도원을 똑같은 환각 상태에 밀어 넣는 것이 유일한 목표인 것처럼 굴었다.

"허튼수작하지 마요. 그 정보 얻기 전까지 놔줄 생각 전혀 없으니까. 즐겨 보자는 거잖아. 선생님, 응? 왜 이렇게 재미없게 굴어, 씨팔, 즐기라고 좀!"

"하지 말라고요!"

벗어나려는 도원의 팔을 움켜쥔 장진원이 주변을 돌아봤다. 흥미로운 눈으로 쳐다보는 사람들에게 큰 소리로 외쳤다.

"선생님이 지금 분위기가 재미없다는데, 뭘 좋아하는지 맞추는 사람에게 크랙 푼다!"

시끄러운 음악도 뚫고 나가는 장진원의 선포에 사람들이 자지러졌다. 테이블에 각기 모여 앉아 놀던 사람들이 몰려들었다. 술병을 든 채 혼자서 춤을 추는 아담만 내버려 둔 채 모든 사람들이 가까워졌다.

도원의 눈동자가 걷잡을 수 없이 흔들렸다. 거대한 어둠이 다가오는 듯했다. 그 어둠은 건강한 청년이 아닌, 뼈만 남은 노인의 형상이었다. 부식된 해골을 어깨에 매달고 밧줄로 묶인 가축을 끈 채 느릿느릿 다가오는 노인. 누렇고 갈라진 기다란 손가락이 도원을 가리켰다. 무릎으로 다가오는 가축들이 도원을 잡아먹으려 했다.

보석이 얹힌 붉은 손톱이 도원의 어깨 뒤에서 돌아 나와 턱을 쥔 순간, 도원은 발작적으로 자리에서 일어났다. 여자들이 너 나 할 것 없이 손을 뻗어 도원을 억지로 자리에 앉혔다.

코트를 어깨 뒤로 넘겨 팔을 묶더니 셔츠를 목까지 들어 올려 도원의 가슴과 배를 만졌다. 도원은 움직임을 봉쇄하는 수많은 팔에 갇혀서 숨을 헐떡였다.

"장진원 씨! 내가 이런 일을 당하고서 당신 도와줄 것 같아?"

한 여자가 까르륵 웃으면서 도원의 허벅다리 위에 앉았다. 도원은 젊은 여자의 얼굴을 매력이 아닌 공포로 보았다.

여자가 입을 맞췄다. 도원은 강렬한 립스틱 맛과 폭력에 가까운 혀의 움직임에 숨이 막혔다. 여자를 밀칠 수도 없게 온몸을 봉하고 있는 다른 이들의 손 때문에 옴짝달싹 못했다.

"아, 물론 선생님이 절 도와주셔야죠. 근데⋯⋯."

장진원은 자리로 돌아가 여태껏 만지고 있던 여자를 끌어안았다.

그녀의 목에 쪽, 입을 맞추면서도 시선은 도원을 향해 있었다.

"막말로 증거도 없이 선생님이 해 주는 말이 뭐가 맞는지 내가 어떻게 알겠어요. 선생님이 수틀려서 되는 대로 지껄여도 난 그게 맞는 소린지 틀린 소린지 구분할 수가 없거든요. 오히려 아버지에 대한 기억을 매리제인한테만 제대로 전달해 주면 내가 곤란해서요."

도원에게 키스를 하던 여자가 고개를 들었다. 여자와 똑같은 립스틱 색이 도원의 입가에 번져 있었다.

도원의 두 눈에 눈물이 맺혔다. 그는 수치스러워하고 있었다. 자신을 성적으로 희롱하는 여자를 밀치거나 혀를 깨물지 못한 것이 여성에 대한 배려인지 공포심에서 그런 반항 자체를 생각하지 못한 것인지 알 수 없었다.

소파 뒤쪽에 서 있던 다른 여자가 도원의 얼굴을 잡아당겨 다시 키스를 하는 바람에 손자국 모양으로 멍이 부푼 목이 길게 드러났다. 여자의 골격과는 다르지만 남자에게서는 쉽게 볼 수 없는 가느다란 선이었다.

장진원은 한때 그 선을 점잖고 부드럽다고만 생각했다. 이제 와서 보니 여자에게는 마초적인 거부감이 없고, 남자에게는 여성성과 남성성 그 중간에 묘하게 발을 걸치고 있는 듯한 느낌으로 호기심을 자극하고 있었다.

입가에 번진 립스틱 자국마저 도원에게는 더러움보다는 훼손된 이미지를 주지 않는가.

성적인 희롱에 수치심을 느끼지만 그것으로는 부족했다. 육체적인 폭력에도 자신의 한계를 말하지 않는 도원이 성적인 압박에서도 빈틈을 보이지 않았다. 어떤 방식으로 약점을 잡아야 아버지에 대한 정보를 말해 줄 도원을 믿을 수 있을까.

문득 아버지가 도원을 어떤 방식으로 데려와야 할지에 대해 말한 내용을 떠올렸다.

볕이 잘 드는 테라스에 앉아 있던 아버지는 도원이 쓴 논문을 읽고 있었다. 이미 수백, 수천 번은 더 읽어서 너덜너덜해진 그 논문을 여전히 조심스럽게 대하면서. 그가 장진원에게 말했었다.

—선생님은 믿음이 깨지는 걸 무서워해. 예를 들면, 자기 실력으로 환자를 치료할 수 없다고 깨닫게 되는 종류 말이야. 실제로 그런 트라우마가 있기도 하고.

트라우마라. 장진원이 곰곰이 생각하는 사이에 남자들이 붙잡고 있어서 움직이지 못하는 도원에게 여자들이 올라탔다.

그들은 소꿉놀이라도 하는 것처럼 웃음을 터뜨리며 도원을 만졌다. 한 명이 도원의 바지 버클에 손을 대었다. 그래도 립스틱이 번진 입술을 깨물며 버티는 도원에게 장진원은 눈을 가늘게 떠 보였다.

육감적이고 말초적인 공포가 아니라 정신적인 공포에 무너져 내리는 타입이라.

"선생님."

장진원이 도원을 불렀다. 흔들리는 시선이 장진원을 향했을 때 장진원은 깊이 생각할 겨를 없이 뱉었다.

"사람 잃는 거 싫지? 이혼도 했겠다, 전 직장 동료도 죽었겠다, 환자였던 나한테 이런 수모를 겪겠다, 사람들이랑 어긋나는 거 선생님 성격에 스트레스받을 법하거든요. 그럼 어떤 사람을 잃어야 가장 최악일까요. 매리제인이면 어떨까요?"

도원의 동공이 확장되었다. 놀란 눈으로 장진원을 쳐다보는 반응에 장진원 역시 멈추었다. 도원이 이런 종류의 이야기에 바로 반응하고 있었다.

빙고.

히죽 웃은 장진원이 드디어 도원의 약점을 찾아냈다.

"그게 무슨 얘기죠."

온몸으로 저항하느라 땀에 젖은 앞머리가 도원의 이마께에서 흔들렸다. 여자들이 갖고 노는 도원을 보면서 재밌어하던 남자 중 하나가 다가왔다. 도원의 바지를 벗기던 여자를 밀어냈다. 대신 도원의 발목을 잡았고 그대로 소파에 넘어뜨렸다.

"크랙. 이 사람 내 식(食)이야. 해도 돼?"

주변 사람들의 반응이 폭발적이었다. 입고 있던 점퍼와 셔츠를 훌렁 벗는 남자를 보면서 사람들이 소리를 질렀다. 도원은 자신의 다리 사이에 앉는 남자를 보면서 흠칫 놀랐다. 여자들이 자신을 갖고 놀 때와는 다른 압박감에 어쩔 줄 몰라 하기 시작했다.

"크랙?"

재차 묻는 남자에게 크랙이 대답했다.

"마음대로 해."

여기저기서 터지는 환호 소리와 반대로 도원의 이마는 식은땀에 젖어 들었다. 억압된 몸으로 저항하는 것도 힘들었는지 숨소리가 거칠어지고 있었다. 헉헉거리며 쏟아지는 숨결 속에서 도원이 화난 목소리로 소리쳤다.

"크랙, 이거 다 멈춰요. 멈추고 얘기해요. 다른 사람 끌어들이지 말고 나랑 아버지, 당신에 대해서만 이야기하자고요!"

도원의 외침에 그를 덮치려던 남자가 물었다.

"크랙, 그만둘까?"

"아니, 끝까지 해 봐."

도원이 필사적으로 저항했지만 완력 차이는 이겨 낼 수가 없었다. 비 오듯 땀이 쏟아지는 도원에게 크랙은 싱긋 웃어 보였다.

"지금 아버지는 딱히 매리제인을 공격할 생각이 없어요. 선생님을 두고 사냥 놀이하는 게 더 재밌다고 하거든요. 그런데 선생님이 비협조적이면 얘기가 달라지죠. 당신이 비협조적인 원인인 매리제인을 우리가 공격하게 되는 건 당연한 거 아닌가."

도원의 바지가 벗겨졌다. 사람들이 웃음을 터뜨렸다. 남자의 이름을 응원하듯 불러 댔다. 도원은 남자를 필사적으로 붙잡아 세우려 했다. 이곳에 끌려오기 전부터 몸싸움이 비일비재했던 탓에 체력이 많이 빠져 있었다. 도원이 힘겹게 숨을 토하면서 남자에게 잡혀 들리는 다리를 허우적거렸다.

도원을 보면서 남자가 웃었다. 뭐가 마음에 드는지 손자국이 난 목을 빨아 울혈 자국을 남기고는 자신의 바지 버클도 풀기 시작했다.

몸부림쳐도 벗어날 수 없는 힘의 차이와 마치 스포츠 경기라도 보는 것처럼 주변에 몰려들어 구경하는 사람들 속에서 도원은 스트레스가 한계에 다다랐다. 이성이 자꾸만 끊어지려고 했다. 정신을 놓지 않으려고 필사적이었다.

"아버지에 대해서 웃, 당신에게 제대로 말해 준다고! 그럼 되는 거잖아요! 대체 왜 MJ를 그렇게 못 괴롭혀서 안달인 건데요!"

"내가 선생님의 뭘 믿고 그 말을 들을까요."

"못 믿을 건 뭔데요!"

"선생님은 '아버지' 얘기 하나 풀어놓는 정도로만 생각하겠지만 내게 이건 생사가 달린 문제예요. 그러니 이렇게 신중해질 수밖에요."

"도와준다고요, 도와준다고!"

"일단 매리제인 쪽을 한 번 공격할게요."

"장진원!"

"매리제인이 다친 걸 확인한 후에 아버지 얘기를 들어 보죠."

뜨겁게 달아오른 분위기에서 사람들 소리와 음악 소리가 뒤엉켰다. 레이저 광선이 테이블 유리 면에 부딪혀 튀어 오르고 바닥과 천장에 깔린 조명 빛이 요란하게 흔들렸다.

선곡을 맡은 아담이 다 마신 술병을 던지면서 환호성을 질렀다. 그를 따라 사람들도 소리를 질렀다.

도원은 이 상황을 아무것도 이해할 수 없었다. 장진원이 왜 이렇게까지 아버지에게 집착하는지, 그걸 위해 MJ를 괴롭히겠다고 선포하는 것도.

대체 왜 이렇게까지. 왜.

도원의 눈에서 결국 눈물이 터졌다.

"웃, 제발, 그만!"

우는 도원을 보면서 남자 둘이 더 나왔다. 도원의 얼굴 앞에서 바지 버클을 푸는 그들이 술병을 들고 뭐라 소리쳤다. 근처에서 여자들이 웃음을 터뜨렸다. 남자 셋에 둘러싸여서 꼼짝도 못하는 도원을 흥미진진하게 바라보면서 자위를 하는 여자도 있었다.

누군가 나서서 말릴 수 있는 한계를 넘었다. 구경하며 응원하던 사람들 일제히 외쳤다.

"빨리해."

"박으라고."

"섹스하라고!"

"좆을 잡으란 말이야!"

"구멍이란 구멍에 다 처넣어 보라고!"

"빨리 거기 팔 잡으라니까, 하하하."

소리는 들끓는 용광로가 되었다. 사람들은 고양감에 오르가슴을 느꼈다. 그들 사이에서 장진원은 도원과 시선을 마주했다. 도원의 약점을 발견한 장진원이 웃었다.

"다른 사람도 아니고 매리제인이랑 친해지니까 이런 꼴을 보는 거예요. 탓을 하려면 그 자식을 탓해요. 선생님을 이런 일에 휘말리게 했으니까."

기분 좋아 보이는 크랙에게 사람들이 열렬히 반응했다.

"약은?"

"약은 언제 풀 거야?"

너 나 할 것 없이 크랙 주변으로 몰려든 사람들이 머리를 만지고 옷을 당겼다.

"약 말이야, 약. 저 선생님한테도 먹일 약."

까르륵, 웃음소리가 터졌다. 사람을 시켜 준비된 약과 단상 위 케이크를 가져오라 시킬 참이었다.

천장에서 물이 떨어졌다. 한두 방울 떨어지던 물방울이 하나의 줄기를 이루어 클럽 전체를 적셨다. 스프링클러에서 비처럼 쏟아지는 물을 본 사람들이 좋아서 까무러치듯 비명을 지르며 저마다 젖은 몸을 문질렀다. 옷을 벗고 속옷을 드러내기도 했다.

소파에 눕거나 벽에 기대어 서서 몸을 겹치는 사람들이 늘어났다. 물줄기에 눈을 뜨지 못하면서도 흥분한 신음 소리는 곳곳에서 터져 나왔다.

도원 역시 얼굴 위로 떨어지는 액체에 눈을 제대로 뜰 수 없었다. 스프링클러가 고장 났다고 생각했는데 뭔가 이상했다. 물에서 기름 냄새가 났다. 페인트 냄새 같기도 했다. 강렬한 휘발성 냄새에 머릿속이 아찔해졌다.

도원이 몸을 일으키려 했다. 힘이 빠진 팔이 비틀거리는 바람에 중심을 잡을 수 없었다. 속옷을 내리고 성기를 끄집어내려는 남자들을 말렸지만 돌아온 것은 도원의 뒷머리를 움켜쥐는 손이었다.

억지로 고개를 젖히게 한 남자가 도원을 향해 허리를 숙였다. 포경된 성기를 꺼내어 도원 입에 물리려 할 때였다.

쨍그랑!

어디선가 유리 깨지는 소리가 울렸다. 도원 근처에서 날카롭게 폭발한 소리였다. 사람들은 갑작스러운 충격음에도 개의치 않았다. 약에 덜 취한 사람들이 이상한 기미를 느끼고 주변을 두리번거렸지만 그 불안감에 동조하는 사람은 적었다.

도원을 둘러싼 세 남자의 반응은 상대적으로 빨랐다. 약에 심하게 취해 있지 않았기에 그들은 어깨를 움찔거렸다. 일제히 소리가 들린 방향을 쳐다봤다.

도원을 강간하려던 남자들이 바라본 곳은 크랙이 앉은 자리였다. 크랙이 앉아 있던 테이블은 깨져서 사방으로 파편이 날리고 있었다. 얇은 유리 면이 날카롭게 솟구치며 사방으로 터져나갔다.

파편이 된 유리 면엔 핏방울이 맺혔다. 기름 냄새가 나는 물에 희석된 피가 웅덩이처럼 고이기 시작했다. 깨진 유리 조각 속으로 장진원이 쓰러졌다.

"뭐야?"

"잠깐, 뭐야, 이거. 새로운 놀이야?"

"미친 새끼야. 저게 놀이로 보이냐!"

비명을 지를 새도 없었다. 너무도 갑작스러운 사태였다. 이마 한쪽이 길게 찢어진 곳에서 피가 쉴 새 없이 흘러나왔다. 상처를 물이 씻어 내면서도 붉은 속살을 뚫고 나온 피는 멈추지 않았다.

반 토막 난 테이블 사이로 시체처럼 고꾸라진 장진원의 몸이 꿈틀거렸다. 손끝을 간헐적으로 떨었지만 움직이지 않았다. 언뜻 봐도 심각한 상태였다. 터진 머리를 유리 조각으로 난장이 된 곳에 처박으며 일어나질 않았다.

장진원이 쓰러진 소파 뒤에 한 남자가 서 있었다. 남자는 씨익, 씨익, 짐승처럼 거친 소리를 내고 있었다.

붉게 충혈된 눈을 부릅뜨고 도원을 둘러싼 사람들을 보고 있었다. 장진원의 피가 묻은 손을 주먹으로 말아 쥔 채 이를 드러내고 으르렁거렸다.

"크랙!"

크랙의 사업 파트너가 가장 빠르게 반응했다. 그녀는 재빨리 품에 손을 넣었다. 안경알이 물에 젖어 시야를 확보하기 어려울 텐데도, 그녀는 흐트러짐 없이 총을 쥐었다.

총구를 정확하게 조준했다. 이 거리에선 실수를 해도 명중시킬 수 있다는 확신에 찬 동작이었다.

여자만큼 그녀 뒤편에 있던 남자들 역시 움직임이 빨랐다. 칼과 총을 꺼내 들고 일제히 남자를 향해 튀어 나갈 준비를 했다. 스프링클러에서 쏟아지는 냄새나는 물줄기 아래서 장진원의 머리를 터뜨린 사람이 낮고 음산하게 소리쳤다.

"쏴 봐!"

그 목소리는 지쳐 있던 도원을 깨웠다. 익숙하지만 지금까지 들어 본 적 없는 광기에 가득 찬 목소리였다.

"쏴 보라고! 이 시야에서 얼마나 정확하게 쏠지 모르겠지만!"

도원을 억압하고 성기를 드러냈던 사람 하나가 불쑥 몸을 일으키는 바람에 칼끝이 멈칫했다. 옷을 추스르지도 않은 이가 뒤로 물러났다. 얼굴을 적신 물을 손바닥으로 닦아내면서 소리를 질렀다.

"씨팔, 이거 시너잖아!"

시끄러운 음악에 비명 소리가 묻혔다. 총과 칼을 겨눈 사람들만이 계획대로 방아쇠를 당기지 못한 채 굳어 버렸다.

스프링클러에서 쏟아 내는 액체가 물이 아닌 시너였다니.

페인트에 섞어 쓰는 시너는 휘발성이 강하다. 방아쇠를 당기면 장전된 총알이 나가면서 마찰로 발생되는 불씨가 순식간에 몸에 들러붙을 것이다.

피부를 적신 기름을 다 빨아먹을 때까지 화염은 살아서 요동칠 것이고, 물에 빠져 불길을 끄려 해도 물속에서 불이 활화산처럼 피어오르는 진귀한 장면이 연출될 것이었다.

"누가 스프링클러 좀 꺼 봐! 왜 저기서 시너가 쏟아지고 있어!"

장진원의 피에 젖은 손을 비닐 옷에 닦아 낸 남자가 후드 밑으로 눈을 부라렸다. 검게 그림자가 진 후드 밑은 분노로 넘쳐흘렀다. 한 번도 눈을 깜빡이지 않는 시선과 이를 갈면서 욕설을 삼키는 모습이 폭발 직전의 광기를 닮아·있었다.

남자가 한 손에 라이터를 들었다. 언제라도 불을 붙일 준비가 되어 있었다.

달가닥, 달가닥.

불똥을 튀기는 라이터 끝이 그 어떤 무기보다도 섬뜩했다. 그 불씨가 조금이라도 커지는 날엔 쏟아지는 시너를 타고 허공에서 불꽃이 터질 일이었다.

달가닥, 달가닥.

소리가 빨라질수록 라이터를 들고 있는 사람의 숨소리도 거칠어졌다. 후드 밑으로 하아, 하, 하고 내뱉는 호흡이 쏟아져 나왔다.

도원은 젖은 눈으로 간신히 그를 바라봤다. 시체처럼 보이는 장진원과 깨진 유리 테이블의 잔해에 핏물이 번져 가고 있었다.

시끄러운 음악이나 환각적으로 보이는 불빛은 여전했다. 그러나 그 너머에 서 있는 검은 옷의 사내는 사람처럼 보이지 않았다. 아수라장에서 걸어 나온 사신 같은 모습이었다. 눈자위가 시뻘겋게 부풀어 있었다.

무대에서 쏘아진 초록색 빛이 남자의 얼굴을 훑고 지나갈 때만 후드 속에 가려진 화상 자국이 선명해졌다. 그 질긴 살점처럼 일그러진 시선이 도원에게서 떨어질 줄 몰랐다.

도원이 몸을 일으키려다 현기증을 느끼고 도로 누웠다. 잊고 있던 위경련이 시작되었다. 아니, 계속 위가 경련하고 있었지만 그동안 공포와 불안에 눌려 신경을 쓰지 못했을 뿐이었다.

머릿속을 멍하게 만드는 시너 냄새까지 뒤섞여서 도원은 소파에 옆으로 드러누운 채 일어나지 못했다. 토하고 싶은 몸을 뒤틀며 숨만 헐떡거렸다.

"너 뭐 하는 새끼야? 지금 크랙한테 무슨 짓을 한 거냐고!"

술에 절어 있던 사람이 다가가자마자 달그닥거리던 라이터가 처음으로 멈추었다. 라이터의 주인이 남자에게 시선을 주는 순간 눈앞이 새빨갛게 불이 붙었다. 라이터 위로 피어오른 불꽃이 순식간에 남자를 집어삼켰다.

정수리까지 타오르는 불꽃에 비명 소리가 번졌다. 두 팔을 허우적거리면서 벽으로 달려가 온몸을 들이박았다. 커튼에 몸을 굴려 보지만 불길은 잡히지 않았다. 끔찍한 비명 소리가 끝도 없이 치솟았다.

약에 취해 있던 사람들이 하나둘 몸을 일으켜 불타는 형상을 쳐다보았다. 술병을 깨트리면서 춤을 추던 아담도 음악을 껐다. 쪼개지던 비트 소리 대신 불타는 성대 아래에서 울리는 비명 소리가 공간을 가득 메웠다.

사람들에게 달려가는 그를 장진원의 수족 중 하나가 소파를 밀어 넘어트렸다. 고통 속에서 치솟던 비명 소리가 잦아들 때까지 누구도 다가가지 못했다.

시너에 젖어 있는 사람들이 점점 정신을 차려 갔다. 그들은 일제히 라이터를 들고 있는 남자를 쳐다보았다. 누구도 알아보지 못하는 얼굴이었지만 누구나 들어 봤을 화상 자국에 시선이 꽂혔다.

누군가 입 밖으로 "매리제인."이라고 중얼거렸다. 그러나 그 이름의 주인은 그들에게 시선을 주지 않았다. 그는 여전히 도원을 보고 있었다.

MJ가 장진원을 지나쳤다. 깨진 테이블 유리를 밟으며 다가왔다. 그를 따라서 총구가 움직였지만 시늉뿐이었다.

누구도 방아쇠를 당기지 못했다. 자신의 목숨을 담보로 걸 사람들이 아니었다. MJ의 미간에 총알을 박아 넣을 용기보다 자신의 목숨이 소중한 이들이었다.

"선생님."

도원이 반사적으로 반응했다. 소파에 기대어 간신히 몸을 일으키고 MJ를 마주했다. 장갑을 끼고 있는 MJ의 손이 도원의 볼을 조심스럽게 잡았지만 도원의 반응은 미약했다. 눈 안에 시너가 들어가서 더는 MJ를 마주 보지 못하고 눈을 감았다.

MJ는 도원의 입술을 조심스럽게 매만졌다. 번진 립스틱이 장갑에 묻어났다. MJ는 립스틱이 묻은 손끝을 서로 비비다가 자리에서 일어났다.

MJ의 손에서 빙글, 돌아간 라이터에 불이 붙었다. 불붙은 라이터가 긴 꼬리를 그리며 사람들 사이로 미끄러지듯 날아갔다.

바닥에 한 번 튕겨 오른 라이터를 중심으로 붉은 카펫이 펼쳐지듯 불길이 치솟았다. 한 남자의 운동화를 타고 올라온 불이 그의 몸이 닿아 있는 소파로 옮겨졌고, 소파 위에 옷을 벗고 누워 있던 여자의 머리칼과 여자가 손에 들고 있던 칵테일로 이어졌다.

손에서 떨어트린 알코올이 바닥에 넓게 번지자 불길은 사방으로 옮아갔다.

"아아악!"

"사, 사람 살려, 아아아아!"

사람들 몸에서 몸으로 불길이 이어졌다. 도망치는 사람의 등과 머리카락과 옷자락에 달라붙어 기어코 붉은색으로 덮어 버렸다. 이빨을 세운 개처럼 불길은 모든 것을 물어뜯었다.

"아아아악!"

"살려 줘, 꺄아아악!"

쏟아지는 비명 속에서 MJ는 여전히 비틀린 입술로 웃음을 흘리고 있었다. 사람들은 불길이라는 맹수가 물고 흔드는 이빨에 속수무책이었다.

이빨이 박힌 자리엔 MJ의 얼굴에 난 흉터와 동일한 길이 생겼다. 불은 먹잇감을 물고 고개를 좌우로 흔드는 포식자가 되어 육체 하나하나를 집어삼켰다.

자비는 없었다. 차별 없이 공평하게 모든 것을 물어뜯었다. 그 붉은 이빨이 도원과 도원이 누운 소파까지 뛰어들려 하자 여자가 막아 세웠다.

소파와 물건들을 넘어트려 불이 번지는 길을 막고 뒤로 물러났다. 와장창, 쏟아지는 술병과 깨어지는 테이블 위로 소파가 나뒹구는 소리가 사람들 비명 소리와 섞여 아수라장이 되었다.

사람들은 길길이 날뛰었다. 주방과 화장실로 돌진해 물을 틀었기에 바닥까지 그 물이 흘러넘칠 지경이었다. 끔찍한 비명이 한창때 시끄럽게 울려 퍼졌던 음악 소리보다 커졌다. 바닥을 구르고 벽에 몸을 박으면서 물에 조금이라도 시너와 불꽃을 지워 보려고 제정신이 아니었다.

대낮보다 밝고 따뜻해진 클럽 안을 보면서 MJ가 웃었다. 형식적으로 총을 들고 있는 이들은 그 미소를 보며 흠칫 떨었다.

"아하하하, 하아, 하, 쌀 거 같아. 언제나 봐도 좋다니까, 이런 장면."

MJ가 마른 입술을 핥으면서 고개를 완전히 뒤로 젖혔다. 천장까지 솟구치는 불길에 MJ의 얼굴 한쪽 면도 붉은빛으로 타올랐다. 코와 눈에서 커졌다 작아지는 불빛이 번들거렸다. MJ는 주머니에서 새로운 라이터를 꺼내 들었다.

"아무리 칼로 내장을 쑤셔도 이런 비명 소리는 안 나올 텐데. 들어 봐, 성대가 녹으면서 나는 소리야. 살아서 불타고 있어. 살아 있는 장면이야. 이게 사는 거라니까."

MJ의 바지 앞섶이 부풀어 있었다. 그는 당장이라도 토정할 것처럼 기분 좋은 얼굴로 여자를 돌아봤다.

시너에 젖은 머리카락이 안경알에 붙은 채로, 시선을 받은 여자는 미약하게 몸을 떨었다. 창백하게 질린 얼굴로 입술을 달싹거렸다.

무거운 저격용 총을 이용해서 한 사람의 관자놀이를 정확하게 명중시킬 줄 알던 냉정한 여자가 MJ의 손에 들린 라이터를 공포에 질린 눈으로 보고 있었다.

여자는 다급히 도원을 잡아끌었다. MJ를 겨누었던 총을 도원의 관자놀이에 붙였다. MJ가 쳐다보고 있었다. 사정할 것처럼 흥분한 얼굴로, 여자를 난도질할 것 같은 얼굴로, 그녀의 행동을 하나하나 지켜보았다.

"서, 서로 곤란한 일은 여기에서 그만두었으면 하는데요."

MJ는 대답하지 않고 도원의 표정을 살피기만 했다. 도원이 눈을 제대로 뜨지 못하고 지쳐 있는 모습을 보자 비로소 발을 떼어 냈다. 가까이 다가오는 MJ를 보면서 여자가 총구로 도원의 머리를 더 세게 눌렀다.

"가까이 오지 마세요."

목소리가 떨렸다. MJ는 멈추지 않았다.

"가까이 오지 말라니까요!"

지척까지 다가온 MJ가 손을 뻗었다. 한 손으로 도원의 눈을 가리면서 다른 손으로 여자의 머리채를 잡았다. 여자가 비명을 질렀다.

"아악!"

여자는 손에 쥐고 있던 총을 바닥으로 떨어트렸다. MJ는 여자의 머리를 움켜쥐고 바닥으로 내팽개치더니 소파 밑으로 나뒹구는 여자를 다시 잡고 바닥에 머리를 내려쳤다.

여자가 바닥에 머리를 박았다. 깨진 이마를 양손으로 감싸 보았지만 손아귀에서 피가 흘러내려 그녀의 볼과 턱을 적셨다.

여자는 다리에 힘이 풀려 일어날 수가 없었다. 뒤로 기어가는 여자를 따라가는 대신에 MJ는 가장 가까이에 있는 남자의 멱살을 잡았다.

남자가 재빨리 MJ에게 총을 겨눴다. 이마에 닿은 총구가 서늘할 법도 한데 MJ는 눈 하나 깜짝하지 않았다. 그는 불꽃처럼 들끓는 눈을 치켜뜨고 말했다.

"하하하, 당겨. 정확히 쏴 봐. 여기서 맞으면 신이라도 죽을 거야."

남자의 입술이 파랗게 질렸다.

"우, 우린 시킨 일만 하는 거야."

"당겨 보라고."

"씨, 씨발! 하고 싶어서 하는 거 아니라고."

"쏘라니까!"

"아악, 우린, 우린 그냥……."

"병신!"

MJ는 남자의 손목을 쳐 내 총을 바닥에 떨어트렸다. 손가락 사이에 끼우고 있는 라이터를 빙글 돌려 그대로 잡아 불을 켰다. 콧바람에도 흔들리는 작은 불꽃에 남자가 비명을 질렀다. MJ가 불꽃을 턱밑까지 들이대며 물었다.

"누가 시켰어? 응? 크랙, 저 녀석?"

주방 쪽에서 무언가 터지는 소리가 울렸다. 폭발음과 함께 불길이 심해졌다. 비명도 처절해졌다.

불길과 연기를 감지한 스프링클러가 다시 열렸다. 쏟아지는 시녀에 불은 걷잡을 수 없이 넘실거렸다. 허공에서도 불꽃이 춤을 췄다. 물건들을 넘어트려 경계를 만들었던, 일종의 안전 지역이라고 생각했던 도원과 소파 주변으로도 불길이 이빨을 세우고 달려들었다.

시간이 없었다. 그럼에도 MJ는 라이터를 손에서 놓지 않았다. 마치 길길이 날뛰는 불꽃에 자신만큼은 물리지 않을 것이라 확신하는 태도였다.

주인도 알아보지 못하고 날뛰는 불을 어떻게 다루는지, 그것을 고민할 타이밍이 아니었다.

"대답 안 해?!"

"으아아아!" 하고 소리친 남자가 재빨리 입을 열었다.

"크, 크랙이야. 크랙이라고. 저 사람이 시켰어."

"아버지는."

"히익, 불이, 히익, 살 냄새가, 사, 살이 타들어 가는 냄새가!"

"아버지는."

"아버, 아버지?"

"그래, 그 새끼는 어느 정도까지 연관되어 있어."

"몰라, 잘 모른다고."

"하하하, 병신 같은 새끼야! 아버지랑 크랙이 합심해서 이 지랄 떤 건지 묻잖아!"

"히익! 아냐, 크랙 혼자서 아버지한테 반발하려고 저 선생을 이용하려던, 힉, 히익, 제발 살려 줘, 불붙을 거 같아, 제발!"

무너진 천장 마감재를 보면서 오줌을 지린 남자가 MJ에게 빌었다. MJ가 그런 남자의 등을 떠밀자 MJ를 겨누던 총을 내려놓고 필사적으로 달려갔다. 이미 도망간 사람들이 열어 놓은 비상구로 달려가면서 발꿈치를 무는 불길에 비명을 지르기도 했다.

사방을 새빨갛게 잠식한 세상 속에서 MJ만 우뚝 서 있었다. 혼란과 공포로 사방에서 비명이 쏟아지는 가운데, MJ는 그저 숨을 몰아쉴 뿐이었다.

MJ는 불길이 옮겨붙으려는 소파에서 도원을 일으켰다. 시너에 젖은 코트를 벗기고 자신이 입고 온 외투를 걸쳐 주었다. 바지와 속옷을 찾아 입혀 주고 싶었지만 그럴 여유가 없었다.

MJ는 도원의 등과 무릎 아래를 손으로 받쳐 올렸다. 아직 정신을 잃지 않은 도원이 고개를 돌려 불타는 사람들을 보려 했다. 그런 도원의 눈을 가려 자신의 가슴팍에 기대게 만든 MJ가 스프링클러가 터지지 않은 단상 위로 올라갔다.

그곳에는 유일하게 불이 붙지 않은 남자, 아담과 3단 웨딩 케이크가 이질적으로 서 있었다.

아담은 벽에 붙어 서서 MJ를 쳐다보았다. 아담은 MJ에 대한 무성한 소문을 들어 왔지만 실물을 처음 보았고, 그런 그에게 대적할 생각이 없었다.

불타는 사람들을 보며 좆을 세운 사람이다. 부풀어 있는 아랫도리를 가진 남자를 상대하고 싶지 않았다. 마약에 취해서 이성을 잃는 이들과 전혀 다른 형상의 미친놈이었다.

"이 케이크는 뭐야."

아담은 MJ의 질문을 바로 이해하지 못했다. "뭐?" 하고 되묻자 MJ가 턱 끝으로 웨딩 케이크를 가리켰다.

"케이크 뭐냐고."

아담도 몰랐다. 크랙이 산 것 같았는데 그 이유는 알지 못했다. 무언가를 기념하기에는 과도하게 사치스러운 케이크가 어떤 걸 의미하는지도 몰랐다. 그저 평소 크랙의 말버릇이나 취향을 고려할 때 가능성을 유추할 뿐이다.

"아버지가 그 선생을 만나면 3단 웨딩 케이크를 준비하고 싶다고. 크랙이 그렇게 말했어."

MJ의 표정이 일그러졌다. 아담이 뒷걸음질을 쳤다.

"크랙도 그 말이 생각나서 준비한 거 같은데 나도 그 외엔 몰라. 이거 먹으려고 산 것 같지도 않으니까."

MJ는 발로 차 케이크를 넘어트렸다. 단상 위로 올라오는 불길 위로 방부제가 뒤덮인 크림이 쏟아져 내렸다. 신랑 신부가 손을 꼭 잡고 있는 꼭대기 층의 인형이 바닥으로 굴러떨어졌다. 불이 옮겨 붙은 인형은 기이한 미소를 지으면서 까맣게 타들어 갔다.

MJ가 아담을 돌아봤다. 엉망이 된 케이크와 불타는 실내를 보며 오금이 저리는 남자에게 말했다.

"앞으로 한 번만 더 수작 부리면 그냥 넘어가지 않겠다고 전해."

"누구한테?"라고 물을 필요는 없었다. MJ가 씹어 발기듯이 뱉어 준 말에 그 전달 대상이 들어 있었다.

"이런 식으로 모두 죽여 버릴 테니까 어디 한 번 계속 선생님 노려보라고."

아담이 고개를 끄덕였다. 불타는 신랑 신부 인형에 마지막으로 시선을 준 MJ가 주방을 향해 걸었다.

철제 비상계단을 올라가자 매캐한 연기로 자욱했던 실내와 달리 상쾌한 공기가 폐부로 스며들었다. 해가 저물어 가는 하늘이 보였다. 지옥도가 펼쳐진 지하 사정과 달리 지상은 아무 일도 없다는 듯이 평온했다.

MJ는 시너에 젖은 외투를 벗었다. 쓰레기통에 던져 넣고 건물 뒤편에 세워 놓은 자동차 문을 열었다. 도원을 조수석에 앉혔다. 그사이에 정신을 잃은 도원의 머리가 차 등받이에 힘없이 미끄러졌다.

도원의 검푸른 목 주변을 조심스럽게 더듬다가 하얀 얼굴을 얼룩덜룩하게 만들어 낸 립스틱 자국을 손가락으로 지워 냈다. 여자 남자 할 것 없이 한꺼번에 가해진 흔적들에 자동차 앞바퀴를 신경질적으로 걸어찼다.

운전석에 앉은 MJ가 자동차에 시동을 걸었다. 근처를 걸어가던 사람들이 비상구 안쪽에서 피어오르는 연기에 놀라서 웅성거리는 소란이 일었다. 그들은 소방서와 경찰서에 연락을 했고, MJ는 구경하는 사람들이 많아지기 전에 골목을 빠져나왔다.

4차선 도로에 진입하고 서울 외곽으로 빠지는 톨게이트를 지나서도 도원은 깨지 않았다. MJ는 참으려고 노력했지만 결국 주먹으로 핸들을 내리쳤다. 빠앙, 하고 갑작스럽게 터지는 클랙슨 소리에 앞서가던 차가 비틀거렸다.

"하아, 하아, 하아."

거칠어지는 숨을 더 이상 눌러 참을 수가 없던 MJ가 결국 얼마

못 가 가장 가까운 휴게소로 들어갔다.

기어를 바꾼 MJ가 도원 쪽으로 몸을 돌렸다. 바지를 벗고 부풀어 있던 성기를 꺼냈다. 양손으로 발기한 성기를 잡아 흔들면서 도원을 쳐다봤다. 립스틱 자국이 완전히 닦이지 않은 입술, 그리고 목의 상처와 함께 가슴과 배 곳곳에 남은 손톱자국을 살폈다.

누군가에게 삽입 당하진 않았지만 조금만 늦었더라도 도원은 낯선 남자의 아래서 흔들리고 있을 뻔했다. 입으로는 또 다른 남자의 성기를 물고 벌어진 다리로는 들락날락거리는 남근을 받아들이는 장면을 봤을지도 몰랐다.

입술이 너덜너덜해질 때까지 남근을 물고 견디려 했을 것이다. 여러 명에게 돌려지면서 몸이 아픈 것보다 정신적으로 피폐해지는 고통에 울었을지도 모른다.

─강간은 섹스가 아니에요.

조곤조곤 말하던 도원의 음성과 표정이 떠올랐다. 강간을 당하더라도 도원은 목을 졸린 폭력과 동급으로 생각할지도 모르고, 성적 수치심으로 연결하지 않으려고 노력했을 수도 있다.

그러나 강간을 당했다면 그 사실 자체는 이미 벌어진 일이 되었을 것이다. 지울 수 없는 충격이고 상처가 될 것이다.

그걸 한때 섹스라고 생각했다니. 도원이 그딴 것에 꿰뚫려서 강압적으로 받는 성적 쾌락을 좋아할 것이라 착각했다니.

"하으, 흐으, 흐."

수음하는 MJ의 손길이 거칠어졌다. MJ는 도원의 벗은 몸에 눈을 고정하고 어금니를 앙다물었다.

─강간은 섹스가 아니에요.

그 말이 이제야 충격이 되었다. 너무 충격적이어서 그 강렬한 장면에서 MJ는 벗어날 수가 없었다. 성기를 드러낸 세 남자 사이에서 울고 있던 도원을 죽어서도 잊지 못할 것이다.

"아아아악!"

MJ는 토정하는 순간에 주먹으로 핸들을 수차례 내리찍었다. 손으로 핸들을 쥐고 마구 흔들었다. 온몸을 뒤틀면서 몸부림쳤다.

신경질적으로 울리는 클랙슨 소리에 휴게실을 느릿느릿 오고 가는 사람들이 인상을 찌푸렸다. 짙게 선팅된 차 안을 볼 수 없기에 마구잡이로 울리는 클랙슨 소리를 미친놈으로 치부했다.

발작하듯 차 안 이곳저곳을 주먹으로 내려치던 MJ가 씨익, 씩 거칠게 숨을 뱉었다. 견딜 수 없어서 눈물이 났다. 참을 수 없어서 창문과 의자 등받이에 머리를 쾅쾅 박았다.

도원은 그 소란에도 일어나지 않았다. 정신을 놓은 도원의 평온한 얼굴에 MJ는 결국 참았던 눈물을 흘렸다.

"죽일 거야. 죽여 버릴 거야. 다 죽여 버릴 거야."

MJ는 도원을 조금도 건들지 못했다. 볼을 타고 떨어지는 눈물도 닦지 못한 채 이를 갈며 도원을 쳐다봤다. 짙은 멍 자국을 보자 다시 눈물이 차올랐다.

관여하지 말라고 말했었다. 신경 쓰지 않으면 좋겠다고 했다. 도원이 MJ의 일에 더 이상 얽히지 말고 지금까지처럼 평범한 학자로 살길 바랐다. 그 모든 바람이 산산조각 났다.

아무리 힘든 하루를 보낸 날이라도, 도원을 품에 안으면 그의 옷이나 살결에 묻어나는 일상의 냄새에 위안을 얻었었다.

연구소에서 별일 없었다는 이야기도, 무슨 영화를 보고 어떤 밥을 먹을까 고민을 하는 것도, 그냥 그것만으로 MJ는 아늑하고 편안했다.

도원의 존재 자체가 위로였다. 그가 주는 일상성은 MJ가 지금까지 겪어 본 적 없는 사랑스러움으로 넘쳤다.

그 소중한 것을 다른 사람이 깨트렸다. 도원을 이 일에 관여하게 만들었고 깊숙한 관계자로 만들었다. MJ가 신경 쓰지 않으면 어떤 식으로든 도원의 육체가 이용당할 수도 있다고 말하는 듯했다.

이번엔 크랙이었지만 다음에는 아버지가 나설 수도 있다. 도원을 만나면 웨딩 케이크를 먹고 싶다던 그가.

MJ는 의자에 몸을 묻었다. 감정을 조절할 수 없었다. 자신도 시너를 뒤집어쓰고 잠깐 불탔으면 냉정함을 되찾을 수 있었을 텐데, 하는 가학적인 상상까지 하고 말았다.

다 죽여 버리고 싶었다. 모조리 쓸어버려서 죽여 버릴 것이라고 다시금 다짐했다.

"아······."

도원은 몸 어디가 아픈지 작게 앓는 소리를 냈다. MJ는 온 신경을 곤두세운 채 도원을 살폈다. 몸을 웅크린 도원이 몸을 뒤척이다가 운전석 방향으로 고개를 돌렸다. 배가 아픈지 몸을 웅크리고 미간을 찌푸렸다.

악몽을 꾸는 걸까.

창백한 얼굴을 쓰다듬고 싶어서 손을 뻗어도 만지지 못하고 갈무리했다. 하염없이 도원을 지켜볼 뿐. 찌푸린 미간이 서서히 펴지는 과정을 한순간도 놓치지 않고 바라봤다.

도원의 표정이 평온해지자 MJ도 안정을 되찾아갔다. 사방으로 가시를 세우고 튀어 나가던 감정들이 진정되었다. 날카롭던 감정이 도원을 향한 사랑스러움으로 변해 갔다.

MJ는 오랫동안 도원을 쳐다봤다. 만지지도 못하고 그렇게 쳐다보기만 했다. 신기할 정도로 안정적으로 변해 가는 스스로를 느꼈다. 평상심을 되찾은 MJ는 비로소 젖은 볼을 손바닥으로 문질러 닦아 냈다.

"선생님."

대답 없는 부름을 한 번 더 이었다.

"선생님, 좋아해요."

그런 표현으로는 부족했다. MJ는 다시 눈물이 나는 눈을 손바닥으로 덮었다. 억지로 도원을 보지 않으려고 하면서 의자에 기대어 앉았다. MJ는 목이 너무 아파서 말하지 못하던 것을 끝내 폐병 환자처럼 토해 냈다.

"진심으로 사랑해요."

12

12

도원은 꿈을 꿨다.

꿈속에서 MJ와 함께 흰쌀밥에 된장찌개를 올린 소박한 한 상을 먹고 있었다.

MJ의 숟가락에 나물무침을 한 젓가락 올려 줬더니 그가 "어릴 때 이런 거 많이 먹었는데"라며 투정을 부렸다. 은근슬쩍 떡갈비를 밀어 주었더니 연신 고기반찬만 먹는 편식을 하기도 했다.

평범한 한 끼 식사에 도원도, MJ도 웃고 있었다. 누구든지 당연히 누릴 수 있는 평온함이 도원과 MJ 사이에서는 절실하고 특별해지고 있었다.

평범하게 상을 차리고 밥 한번 먹는 게 뭘까…….

아득한 것을 바라보는 심정으로 숟가락을 드는 MJ의 모습에서 멀어졌다.

도원은 손끝을 움직거렸다. 엄지와 검지를 따라 새끼손가락까지 서서히 힘이 들어갔다. 감고 있던 눈을 뜨자 붕대를 두른 손등에 희미한 시선이 맺혔다. 손가락이 움직일 때 미동하는 피부 밑 근육과 파란 혈관들을 바라보면서 천천히 고개를 뒤로 돌렸다.

작은 창을 통해 빛이 새어 들고 있었다. 창틀에 앉은 아침 햇살에 산새 울음이 묻어났다. 짧고 높게 이어지는 새소리는 듣기만 해도 평온했다.

도원은 멍한 눈으로 주변을 돌아봤다. 다섯 평도 안 되는 좁은 방이었다. 이렇다 할 가구는 없었다. 바닥에 깐 요와 이불이 전부였다.

눈에 띄는 것이라면 손등에 연결된 링거 주머니가 삼발 옷걸이에 매달려 있다는 점뿐. 어쩐지 자고 일어나서도 입 안이 바싹 마르지는 않는 게 저 링거액 덕분인가 싶었다.

도원은 따뜻하게 데워져 있는 온돌바닥에서 천천히 몸을 일으켰다. 목에 감긴 붕대를 손끝으로 더듬으면서 미닫이문을 열었다.

싸늘한 바깥 공기가 한꺼번에 밀려들어 왔다. 정신이 확 깰 정도로 차가운 바람에 몸을 움츠렸다. 문을 열자마자 눈이 녹지도 않은 바깥 풍경에 놀라고, 대청마루 끝에 앉아 있는 MJ에게 두 번 놀랐다.

"선생님?"

마루에 걸터앉아 산속을 응시하던 MJ가 도원 곁으로 다가왔다. 오랫동안 찬 공기를 맞은 듯 얼굴이 발갛게 얼어 있었다. 혹시나 제 얼굴처럼 도원의 몸이 서리를 맞을까 봐 황급히 방 안쪽으로 도원을 밀어 넣고 따라 들어오기까지 했다.

MJ는 도원에게 가까이 다가오지도 못한 채 문 앞에만 우두커니 서 있기만 했다.

도원을 머리끝부터 발끝까지 천천히 살피는 눈동자가 아까부터 흔들리고 있었다. 도원이 어떤 표정으로 어떠한 행동을 할지 몰라서 신경을 곤두세우고 반응을 지켜보고 있었다.

"……아픈 데는 좀 괜찮아?"

너무도 예민하고 섬세하게 반응하는 MJ가 낯설었다. 오직 자신에게만 집중하는 모습에 도원은 무슨 말을 꺼내야 할지 몰랐다. 부자연스러운 침묵에 MJ가 혼잣말을 이었다.

"상처에 물이 안 들어가게 씻기긴 했는데 옷 입는 거 답답해서 벗긴 거야. 건넛방에 선생님이 입을 만한 옷 있어. 가져다줄까."

여전히 다가오지 못하는 MJ를 도원은 한참이나 바라봤다. 잘못을 저지르고 혼이 나는 아이처럼 잔뜩 움츠러들어 있었다. 주먹을 더 세게 움켜쥔 MJ가 고개를 숙이며 울 것 같은 얼굴을 숨기고는 중얼거렸다.

"미안해."

목소리가 떨리는 건 도원의 착각이 아니었다. 미안해, 라고 신음처럼 뱉는 그 말을 멍하니 듣던 도원이 정신을 잃기 전 일을 생각해 냈다.

어두운 곳에 가득 찼던 사람들 웃음소리. 현기증이 날 만큼 어지럽게 일렁이던 불빛. 온몸을 파고드는 손과 입술. 마지막엔 후각을 마비시키던 휘발성 액체에 시야를 붉게 만든 화염까지.

어디서부터가 현실이고 어디까지가 환각인지 구분할 수 없었다. 안경을 쓴 여자가 소금 두 알 정도만 흡입해도 마약 반응을 이끌 수 있다는데 자신이 부주의해서 그런 마약을 섭취하고 환각 작용에 시달렸을지도 모른다고 생각했다.

세상이 온통 일그러지고 조각나 있어서 현실감이 없었다. 마약 부작용이라고 말하는 게 오히려 납득하기 쉬웠다. 그러나 눈앞에 있는 MJ의 반응이 처음부터 끝까지 모든 것이 현실이라고 말하는 듯했다.

환각처럼 어른거리는 불길 속에 우뚝 서 있는 MJ를 떠올렸다.

그는 불을 무서워하지 않았다. 불에 잡아먹히는 사람들을 보며 자신이 그들을 지배한다는 사실에 쾌감을 느끼고 있었다. 머리에 조준된 총에도 겁먹지 않았다. 오히려 쏴 보라면서 다가갔다.

그 몸짓은 죽음도 두려워하지 않았다. 죽음의 무게가 다른 사람들이 느끼는 것과 달랐다.

MJ에게 죽음은 지나치게 가벼웠다. 그에게 있어 죽음은 환희와 축제였다. 다른 사람처럼 공포나 애도의 대상이 아니었다. 자신에게 닥치는 죽음도, 남을 죽음에 몰아넣는 것도 모두 중요하지 않은 사람.

—다른 사람도 아니고 매리제인이랑 친해지니까 이런 꼴을 보는 거예요. 탓을 하려면 그 자식을 탓해요. 선생님을 이런 일에 휘말리게 했으니까.

도원은 칼날처럼 날카롭게 후비는 장진원의 한마디를 떠올렸다. 한 손으로 입을 가렸다. 이미 불을 질러 사람들을 죽이는 모습을 직접 봤다. 아니, 그중 몇 명이 죽고 몇 명이 다쳤는지는 모르겠지만 지하에서 그 규모의 화염이 번졌다면 한두 명은 심각한 중태에 빠지거나 죽었을 가능성이 컸다.

죽지 않았더라도 몸에 불이 붙은 사람들이 멀쩡하게 살아 있으리란 생각이 들지 않았다. 그런 일을 MJ가 저질렀다. 앞으로도 저지를 수 있다. MJ의 일에 관여하면 클럽에서 겪은 일을 언젠가 다시 겪을 수도 있다는 뜻이었다.

이것은 정당방위가 아니었다. 살인이었다. MJ가 저지른 일 중 하나였다. 누군가는 그에게 책임을 지울 수도 있는 심각한 범죄였다. 그런 MJ를 사랑한다는 것은 모든 윤리성과 도덕성을 무시하고 눈먼 사랑을 하겠다는 의미였다.

"······선생님."

MJ는 떨고 있는 도원을 더는 지켜볼 수가 없었다. 도원의 얼굴에서 핏기가 가시고 바닥을 내려다보는 눈동자가 불안정하게 굴러가는 모습을 본 순간부터 속으로 온갖 욕설을 삼켰다.

무엇을 이렇게 두려워하는지, MJ는 알 수 있었다. 어떻게든 도원을 평소의 모습으로 되돌리고 싶었다.

"선생님, 밥 먹을래? 밥 차려 놓은 거 있으니까."

MJ는 도원에게 손을 뻗지 않으려고 노력했다. 만지지 않으려고 조심하면서도 눈을 떼지는 않았다. 어떻게든 도원을 안정시키려는 필사적인 행위에 도원도 조금씩 MJ를 응시할 수 있게 되었다.

MJ는 도원의 말을 기다렸다. 그 어떤 비난도 달게 받을 준비를 하면서 주먹만 움켜쥐었다. MJ의 비장한 반응에 도원은 쓸쓸하게 웃어 보였다. 이 상황에서는 억지로라도 웃을 수밖에 없었다.

"예전부터 느꼈지만."

MJ가 귀를 쫑긋했다. 도원이 뱉는 말 한마디 한마디에 집중했다.

"MJ는 내가 잘 먹을 수 있게 정말 신경 써 주네요."

가장 처음 뱉는 말이 무엇일지 몰라 걱정하던 MJ가 천천히 표정을 풀었다. 미약하게 안심하는 숨소리가 MJ의 갈비뼈 안쪽에서 울렸다. 최악이라 상정한 것만큼 도원이 MJ를 거부하지 않아서 정말 다행이었다.

"선생님이 혼자서 제일 못하는 게 그거라서 그래. 끼니 챙기는 거."

"배가 고픈 건 아닌데요."

"링거액으로 못 버텨. 그러다 정말 쓰러져. 아니, 이미 쓰러졌다면서."

"……응, 알았어요. 먹을게요."

MJ는 조심스럽게 도원을 바라보다가 대청을 지나 건넛방으로 들어갔다. MJ가 돌아왔을 때 그의 손에는 작은 탁상이 들려 있었다.

몇 가지 밥과 반찬을 MJ가 손수 숟가락으로 떠 주었다. 도원의 입 안으로 전분 물을 푼 볶음밥이 들어왔다.

첫 숟가락을 아무 생각 없이 받아먹었다가 전조도 없이 토하고 말았다. 식도를 넘어가자마자 위가 거부하듯 끌어올려 바닥에 쏟아 내버린 탓에 도원은 당혹스러움과 혼란스러움에 말을 잇지 못했다.

"……미안해요. 못 먹을 거 같아요."

이번에도 또 너무나 아무렇지 않게 굴고 있는 도원을 확인했다. 도원이 괜찮은 표정을 지을 때마다 발현되는 징후들, 이를테면 현기증을 느끼고 음식을 제대로 섭취하지 못하는 반응이 역으로 도원이 얼마나 괜찮지 않은지를 설명해 주고 있었다.

"계속 먹어, 괜찮아."

"하지만……."

"먹여 줄게."

MJ가 도원에게 밥을 한 술 퍼 주었다. 도원은 억지로 받아먹은 밥에 헛구역질을 했다. 다섯 번 정도 받아먹은 도원이 결국 참지 못하고 속을 비웠다.

소화도 안 된 음식들이 장판 위에 넓게 펼쳐졌다. 방 안은 순식간에 엉망이 되었다. 몸에서 음식물을 거부하고 위경련이 멈추지 않아서 도원은 울고 싶은 지경이었다. 이렇게 보기 흉한 모습을 MJ 앞에 적나라하게 드러내는 것도 고통이었다.

"그만…… 그만 먹을게요."

턱에 힘줄이 설 정도로 어금니를 꽉 깨문 MJ가 자리에서 일어났다.

"밥 다시 해 올게."

"MJ."

"죽으로 해 올게. 먹어 줘, 선생님."

MJ는 적당하게 식은 죽을 가져와 도원에게 떠먹여 주었다. 반 공기 분량을 안정적으로 다 먹을 때까지 몇 번이고 토하는 도원을 지켜보았고, 밥을 끊임없이 지어서 죽을 새로 쑤어 왔다.

"그만 먹고 싶어요. 제발."

정신적으로 피폐해지는 도원을 달래 가며 가까스로 밥을 먹이기까지 3시간이 걸렸다. 도원이 음식을 섭취한 후에도 속을 게우지 않는다는 것을 1시간 동안 지켜본 후에야 MJ는 밥을 짓는 행위를 중단했다.

도원은 눈을 감았다. 과부하 상태였다. 머릿속이 움직이지 않았다. 생각은 평소처럼 물길을 열 듯 흘러가지 않았고 띄엄띄엄 점멸됐다. 여기가 어디인지, 바깥 사정은 어떠한지를 따지고 들 수가 없었다.

낯선 공간과 낯선 풍경을 보면서도 새로운 정보를 뇌가 인식하지 못했다. MJ가 다가와 도원을 불러도 도원은 아무 반응이 없었다.

이미 한계였다.

"선생님."

도원을 면면히 살피던 MJ가 다시금 절박하게 불렀다. 도원은 감은 눈을 뜨지 않았다. 그 모습에 MJ의 표정이 더 일그러졌다.

"선생님. 눈 떠 봐. 날 봐 봐."

불안해하는 MJ를 달랠 말이 생각나지 않았다. 괜찮다는 말을 할 자신이 없었다. 누가 보아도 괜찮지 않았기에 도원이 스스로 괜찮다고 말해 봤자 MJ는 믿어 주지 않을 것이다.

지쳐 있는 도원을 보던 MJ가 한참 후에야 조심스럽게 입을 뗐다.

"선생님, 키스해도 돼?"

도원은 감았던 눈을 천천히 떴다. MJ가 키스에 대한 허락을 구하는 모습을 믿을 수 없었다.

원할 때 자신의 감정을 밀어붙이기만 하던 MJ가 허락을 구하다니…….

MJ가 도원의 허리를 감싸 안았다. 턱을 사선으로 약간 비틀어 도원에게 입을 맞췄다. 도원이 흠칫 놀라 몸을 뒤로 빼자 손등에 연결되어 있는 링거액이 크게 출렁였다.

"MJ, 방금 토를 했는데……."

도원은 MJ의 입을 손으로 가리고 뒤로 물러나려 했다. MJ는 상관하지 않았다.

"괜찮아."

"내가 안 괜찮아요."

"난 선생님 냄새 좋아."

"그거랑 다른 얘길, 아."

벌어진 입을 타고 넘어온 혀에 도원의 눈가가 움찔 떨렸다. 긴 속눈썹이 파르르 떨리는 모습까지 지켜보면서 MJ는 입술을 떼지 않고 고개를 다른 방향으로 움직였다.

입술이 짙게 비벼졌다. 벌어지는 입 안으로 혀가 감겨들어 왔다. 좁은 방 안이 젖은 살끼리 마찰하는 소리로 가득해졌다. 입 안으로 넘어오는 MJ의 혀를 받아 주기만 하던 도원이 차츰 몸에서 힘을 뺐다.

허리를 안고 있는 MJ의 팔을 마주 쥐며 고개를 당겨 입술의 각도를 맞췄다. 자신이 먼저 혀를 내밀기도 했다. MJ는 도원의 혀를 자신의 혀로 감아올렸다. 혀뿌리에서부터 오돌토돌한 혀끝까지 애무해 주었다.

도원의 허리를 감싸고 있던 팔은 천천히 위로 올라와 도원의 등과 어깨를 매만졌다. 뒤통수를 자신 쪽으로 잡아 누르는 MJ의 키스를 도원이 따라갔다.

도원은 천천히 MJ에게 기댔다. 밀착한 몸을 만지면서 MJ는 도원을 따뜻한 이불 안으로 이끌었다.

"하아, 하."

고작 키스였을 뿐인데 MJ의 숨은 거칠었다. 좋아서 어쩔 줄 몰라 했다. 도원이 혹여나 남자와의 신체 접촉에 극도의 거부감을 느끼면 어쩌지, 걱정했는데 다행히도 기우였다.

예상했던 것보다 괜찮아 보였다. 그게 그렇게나 기쁘면서도 불안하고 초조했다.

뭔가가 잘못된 건 아니겠지. 정말 괜찮아서 키스를 받아준 거겠지. 안 괜찮은데 억지로 인내한 건 아니겠지.

MJ는 도원을 품에 안고 바닥에 누워서 일어나질 못했다. 품에서 도원을 놓으면 그대로 누군가 뺏어 갈까 하는 불안감이 심해졌다.

"……MJ, 눈이 빨개요. 잠 안 잤어요?"

그렇게 묻는 도원을 품에 세게 끌어안았다. 몸에 가해지는 압박에 크게 헛숨을 들이켜는 도원을 놔주지 않았다.

"미안해. 선생님, 정말 미안해."

도원이 MJ의 품에서 빠져나오려고 바르작거리자 MJ가 다급하게 말했다.

"나 때문에 이렇게 됐어. 씨팔, 빌어먹을, 내가 병신같이 굴어서."

도원을 으스러지게 끌어안은 MJ가 떨고 있었다. MJ가 말을 이었다.

"생각하고 싶지 않아. 너무 끔찍해. 미안해. 내가 계속 선생님 상처 입히고 있어. 어떻게 해야 할지 모르겠어. 이러려던 게 아닌데. 정말 아니었는데. 모르겠어. 다 엉망이야."

MJ가 도원의 입술에 쪽쪽, 뽀뽀를 했다. 당혹스러운 눈으로 쳐다보는 도원의 눈가와 볼에도 끊임없이 뽀뽀를 했다.

"내가 할 수 있는 모든 방법을 동원해서 선생님을 지켜보고 있었어. 돌보고 있었어. 누가 건드리지는 않을지 온 신경을 곤두세웠어. 박 형사 일이 있고 나서는 감시자 숫자도 2배로 늘렸는데 소용없었어. 그들이 선생님을 작정하고 빼돌리면 내가 어떻게 할 수 없다는 걸 알았어. 선생님을 지키는 데에 한계가 있는 거야. 이 병신같은……."

도원이 표적이 되는 것을 막지 못했다는 죄책감에 MJ가 자학하기 시작했다.

"MJ, 그만해요."

도원이 MJ의 얼굴을 다급하게 손으로 감쌌다. 갑작스러운 움직임에 손등의 링거 바늘이 뽑혔다.

바늘이 뽑히면서 튀어나온 피가 방바닥으로 몇 방울 떨어졌다. MJ가 그 붉은 자국을 바라봤다. 색깔과 향기에 자극을 받았는지 MJ의 스트레스성 가학 반응이 심해졌다.

"씨팔."

도원은 얼굴뿐만 아니라 MJ의 목까지 끌어안았다. 머리통을 자신의 가슴팍으로 끌어당기면서 다리로 MJ의 허리와 허벅지를 감았다. MJ가 몸을 들썩였지만 도원의 압박에서 바로 빠져나가진 못했다.

"씨팔, 씨팔, 씨팔!"

발작적인 반응에도 도원은 양팔과 다리에서 힘을 풀지 않았다. 오피스텔에서 유리 접시를 모조리 깨트리던 MJ를 다시는 보고 싶지 않았다. 눈이 뒤집혀서 사람들 몸에 불을 지르던, 그 끔찍한 악몽 같은 모습도 사양이었다.

도원은 필사적이었다. MJ를 진정시키려고 그가 해 주었던 것처럼 MJ의 입술에 쪽쪽 키스를 해 주었다.

MJ가 도원을 마주 끌어안고는 그의 가슴에 고개를 묻었다. 허리 아래가 들썩여서 마치 섹스라도 하는 것처럼 하복부가 비벼졌다. MJ는 남은 이성을 끌어모아서 제 바지를 벗지 않으려고 안간힘을 썼다.

남자들 사이에 둘러싸여서 울고 있던 도원이 머릿속에서 떠나질 않았다. 그런 기분을 도원에게 느끼게 해 줄 바에야 자신의 성기를 잘라 버리는 편이 낫다고 생각했다. 그래서 어떻게든 충동이 이끄는 대로 섹스를 하지 않으려고 참고 버텼다.

움직이는 허리를 통제하지 못한 채 도원의 가슴에 얼굴을 묻었다. 도원이 온몸을 묶듯이 힘을 주고 버텨 주지 않았다면, MJ는 세상에서 가장 큰 실수를 저질렀을지도 몰랐다.

"하아, 하. 흐⋯⋯."

거칠게 숨을 몰아쉬던 허릿짓이 차츰 잦아들었다. 도원의 샅을 찌르던 움직임이 간헐적으로 바뀌었다.

MJ는 여전히 도원의 심장 소리가 들리는 가슴에 고개를 묻고 숨을 고르고 있었다. 진정하는 MJ를 보면서 도원은 입술만 깨물었다. 힘이 들어가지 않는 몸에 억지로 힘을 주어 MJ와 힘겨루기를 했더니 체력이 바닥까지 떨어져 버렸다.

MJ의 머리통을 꽉 끌어안고 있던 팔에서 힘이 풀렸다. MJ가 그제야 도원을 올려다봤다. 도원은 눈을 감고 있었다. 미약한 현기증에 몸을 가누기 힘들다는 표정이었다.

"선생님."

MJ가 다급하게 상체를 일으켰다. 바닥에 떨어진 링거 바늘을 다시 도원의 손등에 꽂으려 했지만, 어떻게 혈관을 찾아 넣는지 알지 못했다.

"이거 왜 이렇게 안 돼."

피가 맺힌 손등에 다시 바늘을 찔러 보다가 애먼 생살에 상처를 내기도 했다.

"씨팔⋯⋯!"

MJ가 신경질적으로 호스를 집어 던졌다. 삼발 옷걸이가 넘어지면서 걸려 있던 팩이 터져 버렸다. 이불 한 면을 축축하게 적시는 링거액을 붉게 충혈된 눈으로 노려보던 MJ가 다시 이불 속으로 들어와 도원을 끌어안았다.

가슴과 가슴을 맞댔다. 느리게 뛰는 도원의 심장과 달리 MJ의 심박수는 절정에 달해 있었다. MJ는 도원의 눈가에 몇 번이고 입을 맞췄다.

"선생님······."

MJ가 고개를 틀어 입술에 키스를 했다. 쪽, 쪽 혀와 입술을 빠는 소리가 울렸다. 도원의 입 안에서 응, 하고 작은 신음이 터지면 MJ는 그제야 안심하듯 키스를 멈추고 도원의 맨살을 쓸어 만졌다.

"미안해, 미안해, 선생님."

도원은 반복된 MJ의 사과에 오히려 자신이 미안하다고 말하고 싶어졌다.

도원을 만나기 전의 MJ는 전국에 방화를 저지르고도 잡히지 않았다. 자신만의 세력을 구축해서는 철저하고 계획적으로 움직였다. 그런 MJ가 도원이 엮이면서 자꾸만 미끄러지고 있었다.

예전의 MJ라면 도원을 구속하고 통제해서 예측 불가능한 상황이 없도록 했을 것이다. 그러나 도원을 배려하고 존중하는 것을 배운 MJ였기에 오히려 상황이 악화되고 있었다.

이런 식으로 약점이 될 생각은 없었는데.

"미안해."

도원은 MJ의 등에 팔을 둘렀다. 어린아이를 다독이듯이 손바닥으로 토닥토닥 MJ를 달랬다. MJ는 짐승처럼 몸을 말아 도원의 품에 파고들었다. 도원에게서 분리되고 싶지 않아 더욱 집착하는 형상이었다. MJ가 이런 상태에 있는 한 아무것도 좋아지지 않는다.

"고마워요, MJ."

느닷없는 인사에 MJ가 눈을 굴렸다. 숨을 죽이고 도원을 쳐다보는 시선은 어둠 속에서 몸을 숨기고 상대의 동태를 살피는 짐승처럼 보였다.

도원은 MJ가 그런 식의 본능에 잠식되길 원치 않았다. 사람이길 바랐다. 자신의 연인으로서 존중받길 원했다.

"고마워요. 당신이 아니었으면 내가 이렇게 멀쩡하진 못했을 거예요."

MJ가 여전히 눈을 굴렸다. 표정에는 당혹스러움이 스쳐 지나갔다.

"아니. 아니, 선생님은 나 때문에."

"나는 그냥 표적이었을 뿐이에요. 누구 탓도 아니에요."

"내가 선생님을 표적으로 만들었어."

"아뇨. 아버지는 당신과 상관없이 나를 노리고 있었어요."

"선생님이 나와 얽히지 않았다면 아버지도 노리지 않았을 거야."

"내가 기억하는 사람이 맞다면 아버지는 원래 나에게 관심이 많았어요. 당신 때문에 표적이 된 게 아니에요. 오히려 당신이 막아 주고 있기 때문에 그들이 망설이고 있는 거예요. 당신이 아니었으면 난 이미 개처럼 끌려가 자백제나 마약에 중독됐을 수도 있어요."

아버지에 대해 아는 듯이 말하는 도원을 MJ는 한참이나 바라봤다. 그는 둥글게 말고 있는 허리를 폈다. 한쪽 팔로 몸을 받치고 상체를 세웠다. 도원을 내려다보면서 조금 전 이야기를 곱씹었다.

아버지를 얼마나 기억해 낸 거야? 그렇게 묻고 싶었지만 타이밍이 좋지 않았다. 쉬어도 부족한 사람을 닦달할 수는 없었다.

"그래도 나 때문에 다쳤어. 그건 인정해야 해."

"고마워요, MJ."

"……그게 아니라."

"고마워요."

도원은 양손을 뻗어 MJ를 끌어안았다. MJ가 자책하지 않아도 된다고 끊임없이 감사 인사를 속삭여 주었다. 도원에게 안긴 몸은 그대로 굳어 있었다.

진실로 감사 인사를 받아야 할 만큼 대단한 도움을 준 것이 아니란 것은 MJ 본인이 알고 있었다. 오히려 도원이 자신을 질책했으면 속이 후련하기라도 했을 텐데 끝까지 눈을 맞추면서 고맙다고 하는 사람 때문에 목 안이 꽉 막혀 아무 말도 나오지 않았다.

고맙다는 말이 왜 이렇게 서러운지 알 수 없는 노릇이다. 그 말을 들을수록 가슴이 먹먹했다.

"선생님이랑 있으면 내가 형편없는 사람은 아니라고 여기게 돼."

그건 도원도 마찬가지였다. 이렇게 MJ의 관심과 애정을 받을 만큼 대단한 사람이 아니라고 생각했기에 언제나 그의 시선과 말, 행위에서 자신감을 얻었다. 그는 자신이 사랑받아도 괜찮은 존재라고 스스로를 생각할 수 있게끔 해 주었다.

"생각보다 괜찮은 사람 같아져. 선생님이랑 있으면 내가 조금 나아 보여."

이미 충분히 괜찮은 사람이다. 그걸 자각 못했을 뿐이다. 더 많이 사랑받을 자격을 갖춘 사람이었다. 도원은 MJ의 화상 자국을 쓰다듬었다.

"사랑하는 사람 앞에서 비참해지는 것만큼 괴로운 일은 없어요."

"경험담처럼 들리네."

"부정적인 생각이 커지면 사랑도 의심하게 되잖아요. 사랑은 아무 잘못도 없는데."

"사랑은 잘못 없지. 잘못은 사람에게 있지."

"그리고 MJ는 잘못된 사람이 아니죠."

"……선생님."

"고마워요. 진심이에요. 당신이 있어서 내가 이렇게 지낼 수 있어요. 이번 일도 너무 스트레스받지 마세요. 언제나처럼 지나고 생각하면 별일 아니게 될 거예요."

"내게는 별일이 맞아. 잊지 못하면 어떡하지."

"그럼 그 위로 더 좋은 기억을 쌓아야겠네요."

"나는 선생님한테 용서를 구하고 이런 일이 두 번 다시 없도록 다짐해야 해. 선생님도 선생님의 안전을 위해서라면 나를 다그치고 이용해야 해. 그래야 해. 그래야만 하잖아."

"우리 계약 관계는 상담자와 내담자 사이를 그만두면서 종료됐어요."

"이건 계약이 아니야."

"누가 누구를 다그치고 이용하고 확신 받는 건 사랑하는 사람 사이에서 필요 없는 일이에요. MJ도, 사랑도 아무 잘못 없어요. 왜 당신과 사랑한테 쓸데없는 의무를 지우세요."

"……나는."

"MJ는 나한테 고마운 사람이에요. 날 이렇게까지 신경 써 줘서 고마워요."

"위로하지 마. 난 그런 걸 받을 자격이 없어."

"고마워요."

울컥, 목 너머가 뜨거워진 MJ는 그대로 도원의 몸 위에 자신을 겹쳤다. 붕대를 감은 도원의 목에 아픔을 주지 않으려고 안간힘을 썼다. 도원이 견딜 수 있을 정도로만 힘을 주어 안았다.

"……나, 계속 선생님을 좋아해도 돼?"

도원은 그 말에 웃고 말았다. 허락을 구하는 그가 어린아이처럼 보였다.

"내가 어떻게 했으면 좋겠어요?"

"……받아 줘."

"그걸로 만족해요?"

받아 주는 것만으로는 욕심이 났다. 뽀뽀를 해 주고 좋아한다 말해 주고 고맙다고 해 주었으면 좋겠다. 도원이 MJ의 마음을 받으며 함께 행복해졌으면 싶었다.

"……함께해 줘."

그런 말을 이렇게 자신 없이 청하는 사람이 어디 있을까. 도원은 오히려 자신이 울고 싶은 심정으로 조심스럽게 대답했다.

"내 대답도 같아요."

상냥한 다독임에 MJ가 비로소 안정을 되찾았다. 그는 도원에게서 시선을 떼지 못했다. 바라보는 것만으로도 기분이 좋았다. 목소리를 들으면 안락해졌다. 도원의 세상은 따뜻하고 포근하고 상냥했다.

MJ는 결코 그 세상을 잃고 싶지 않았다. 무슨 일이 있더라도 지킬 것이다. 누구도 훼손하지 못하도록.

도원에게 입을 맞췄다. 키스를 받아 주면서 눈을 감는 도원과 달리 MJ는 눈을 깜빡이지 않았다.

도원 너머의 미지를 노려보았다. 벗어 놓은 MJ의 옷 안에 있던 휴대 전화가 반짝거렸다. 문자 메시지가 액정 가운데에서 빛났다. 이야기는 간단명료했다.

[매스컴 통제, 크랙 혼수상태, 연쇄 방화범 대응 기동대 배치.]

MJ는 문자 메시지를 확인하지 않아도 그 내용이 어떤지 짐작할 수 있었다. 대기업 총수의 자제들이 연관된 마약 사건이다.

그들이 한데 모여 놀다가 화상을 입은 걸 어떤 언론사가 총대를 메고 보도를 할 텐가. 기업에 로비 매수를 당했을 것이다. 보복이 두려워서 클럽의 정체나 동창회를 일반인에게 보도하는 일은 없을 것이다.

증거품이 모두 불에 타 버렸다. 마약 파티라는 심증만 있을 뿐, 물증을 발견하기 힘든 일이다.

도원까지 얽혀든 이상 이제 MJ가 물러날 곳은 없었다. 신중하게 준비한다는 핑계로 도원이 다시 위험에 빠진다면 정말로 그땐 망설임 없이 모두를 죽이게 될 테니 말이다.

"이젠 아무 일도 없을 거야."

웃는 MJ를 보면서 도원도 조금이지만 편안한 미소를 지었다. MJ는 그런 도원이 사랑스러워서 다시 입술을 쪽쪽 빨았다. 자연스럽게 품에 기대어 오는 도원을 소중하게 끌어안으면서 웃었다. MJ가 꿈결처럼 속삭였다.

"아무 일도 없게 할 거야."

무슨 일이 생기면 정말로 다 죽일 거니까, 날 믿어.

속으로 삼킨 그 말을 끝내 듣지 못한 채 도원은 MJ의 볼에 입을 맞춰 주었다.

◯

올이 굵은 와인색 롱 카디건이었다. 그 안에는 흰색 니트 티와 슬림한 핏의 청바지를 입었다. 색이 연한 청바지에 매칭된 베이지색 워커는 겨울에 어울리지 않는다는 생각마저 들었다.

손에 쥐어진 옷을 한 겹 걸칠 때마다 도원은 위화감이 커졌다. 코트처럼 길게 라인이 떨어지는 카디건은 남성용인지 여성용인지 그 정체가 모호했다. 사이즈가 남성인 자신에게 맞다고는 하나, 색상도 디자인도 흔히 볼 수 있는 남성복이 아니었다.

MJ는 평소 옷에 관심이 없었다. 그는 키가 크고 팔다리가 길어서 어떤 옷이든 자연스럽게 소화할 뿐, 세련되고 감각적인 옷을 찾은 적이 한 번도 없었다. 누구의 눈에도 띄지 않는 무채색 기성복만 걸칠 뿐이다.

그렇기에 도원이 입은 옷들을 MJ가 준비했다는 말을 믿을 수 없었다. MJ가 고르기엔 지나치게 섬세한 옷들이다. 이건 남자가 보는 남자 옷 스타일이 아니었다. 여자가 남자를 볼 때 좋아하는 취향에 가까웠다.

"진짜 잘 어울리네. 상상했던 거보다 더 섹시하잖아."

MJ는 볼이 상기되어 있었다. 올려다보는 도원이 사랑스러워서 가만히 있질 못하고 이마와 볼에 입을 맞췄다. 카디건 단추를 잠갔다가 푸는가 하면 하얀 목도리를 가져와 도원에게 둘러 주고, 목도리 끝을 가슴 밑으로 길게 내렸다가 목 뒤로 여러 겹 둘러 묶어 보는 등 즐거워했다.

도원은 입가까지 덮은 목도리를 손끝으로 내렸다. 위화감의 정체를 묻기로 했다.

"이 옷들은 MJ가 사 온 건가요."

"누가 산 게 중요한가."

"음. 다른 사람이랑 같이 샀군요."

"이것도 받아 줘."

"네?"

MJ는 도원의 손에 책 한 권을 들려 주었다. 표지가 노란 양장본 모서리가 구김 없이 빳빳했다.

도원에게는 익숙한 작가의 소설책이었다. 미국에서 공부를 하느라 소설책 한 권 읽을 시간과 마음의 여유가 없을 때에도 그의 작품만은 찾아서 읽곤 했다.

박사 과정을 함께 밟던 미국인 친구가 "우리나라에서 좋아하는 작가야."라고 소개해 주어 알게 된 후로 도원은 왜 미국인들이 그를 좋아하는지 알 것 같았다. 좋아하는 작가의 신작 소설은 그 자체만으로도 반갑고 기뻤다.

"옷 고르는 건 다른 사람 도움을 받았어. 저번에 선생님께 와인이랑 옷 선물 받아서 보답하고 싶었어. 이것도. 선생님 이 작가 좋아하지?"

MJ가 말을 걸었기에 도원은 비로소 책에서 눈을 뗐다. 책을 양손으로 꼭 쥐고 있는 도원을 보면서 기분 좋은 표정을 짓고 있는 MJ였다. 도원은 뜻하지 않은 선물에 비로소 정신을 차렸다.

"네, 좋아해요. 어떻게 알았어요?"

"방에 학술서가 많던데 소설은 이 사람 것만 가지고 있어서 외워 뒀어."

"……네?"

"온천 가는 차 안에서 읽어. 옷은 잘 맞아? 불편하면 다른 거 줄 게. 다른 것도 사 왔어."

MJ가 양손 가득 든 쇼핑백을 보여 주었다. 루즈한 핏의 회색 롱 코트와 몸매가 드러나는 얇은 터틀넥 티셔츠가 담겨 있었다. 품이 넉 넉한 외투와 달리 그 속은 명백하게 성적인 취향을 담은 옷이었다.

도원은 고맙다고 말해야 하는 것을 잊었다. 옷을 입을 때부터 느 껴지던 위화감의 정체를 알게 되었다.

MJ가 이런 자세로 여자에게 선물을 줬다면 뺨을 맞을지도 모른 다는 생각이 들었다. 옷은 당사자가 말해 준 적 없는데도 사이즈가 정확했고, 디자인과 색은 선물 받는 사람의 취향을 고려하기보다 는 선물을 해 주는 사람의 취향이 우선시되고 있었다.

연인의 집에 있는 물건을 유심히 살피고 좋아하는 것을 기억해 뒀다가 챙겨 주는 것은 섬세한 배려라기보다는 섬뜩한 관심에 가 까웠다.

상대방을 위하는 마음과 자신의 성적 만족을 이루려는 욕심이 모 두 묻어나는 물건들.

도원은 자신이 여자였다면 이걸 마냥 기쁘게 받아 줄 수 있었을 까, 하는 걱정이 들었다. 이러면 안 된다고 얘기해야 하는지, 이것을 성차(性差)로 보고서 넘겨야 하는지 고민하다가 한숨을 내쉬었다.

같은 남자이기에 그나마 너그럽게 받아 줄 수 있는 부분 중 하나였다. 취향을 강요한다는 오해를 불러일으킬 수 있는 물건이 남자인 도원에게 그렇게까지 핍진하게 고민할 문제가 아니게 되었다.

MJ의 기질을 아예 모르는 것도 아니다. 지금까지 그가 살아온 방식과 생각의 틀을 고려하면 이런 강요에 가까운 선물을 무조건적으로 문제 삼을 수 없었다.

심리사의 관점에서라면 이런 행동을 보이는 남성의 욕구가 지나치게 적나라해서 통제해야 함이 마땅하지만 상대가 MJ라면. 그런 MJ와 자신의 특수한 관계를 고려한다면…….

"선생님?"

도원은 손에 쥔 책을 더 꼭 잡았다. 대체 얼마나 더 MJ를 분석하려 들 것인지, 스스로를 자책했다. 이러려고 연인 관계로 발전한 것이 아니다. MJ는 분석 대상이 아니다. 그걸 자꾸만 잊게 된다.

"잘 어울려요?"

도원은 책을 쥔 채 물었다. 선물을 반갑게 받아 준 도원을 보고 그제야 MJ도 마음 편히 웃었다.

"엄청. 모델 같아."

"그렇게까지 띄워 주지 않아도 괜찮아요. 앞으로 MJ 만날 때만 입을게요."

"띄워 주는 거 아냐. 사실이야. 선생님 하얘서 그런가, 붉은색 진짜 잘 어울려."

"고마워요."

"말로만?"

곰곰이 생각하던 도원이 양팔을 벌렸다. MJ가 품 안으로 성큼 들어왔다. 도원은 짧은 머리카락을 쓰다듬어 주었다. 도원의 머리칼에 제 볼을 비비는 MJ에게 선물의 문제점을 말할 필요는 없었다. 스트레스성 발작 증세가 가라앉은 MJ가 이제야 안정적인 모습을 보여 주었다.

"이리 와 봐. 양말 신겨 줄게."

MJ는 말과 행동이 많아졌다. 이곳에 오는 동안 차를 세 번이나 갈아탔고, 사람들 눈에 띄지 않기 위해서 파란색 다마스를 구했다는 이야기도 해 주었다.

"온천 가는 길에 뭐 먹을까. 선생님 뭐 먹고 싶은 거 있어?"

이제는 망설이지 않고 도원을 만지는 손길이 이어졌다. MJ는 도원의 눈가와 입술을 매만지면서 웃었다.

사랑스럽다. MJ와 도원이 서로를 보면서 갖는 생각이 같았다. 사랑스러운 연인이라고, 서로를 보는 눈에서 애정이 묻어났다.

MJ가 그 사랑스러움을 말과 행동으로 표현했다면, 도원은 그런 MJ를 포용하며 보답하는 키스로 되돌려 주었다. 서로가 서로에게 안심할 수 있는 관계란 것이 둘에게는 무척이나 소중했다.

"우리 가려는 데가 온천 지역으로 유명해. 호텔이랑 리조트가 많아."

"사람 많은 곳을 싫어하지 않았어요?"

"응, 그런 데로 유명하긴 하지만 조용한 개인 민박 같은 곳이 있거든."

"그럼 온천은 큰 데서 즐기고 쉬는 건 작은 곳에서 하려는 거군요."

"우리가 가려는 민박에도 온천물이 나와."

"신기하네요. 온천 터지면 보통은 사업으로 개발하던데."

"집주인 할머니가 죽으면 아들이 사업한다더라. 그전엔 할머니가 관심 없다고 선 그어 버려서."

MJ가 도원의 손에 깍지를 꼈다. 벗어나기 힘들 정도로 강한 손힘이 고스란히 느껴졌다.

집 앞에 세워 둔 다마스 트럭에 타는 그 짧은 순간조차도 MJ는 도원에게 꼭 붙어 있었다. 옆자리에 태운 도원의 표정을 살피면서, 도원이 또다시 자동차에 거부반응을 보이지 않는지를 확인한 후에야 시동을 걸었다.

둔감한 도원조차도 MJ가 온 신경을 자신에게 곤두세우고 있는 것을 느낄 수 있었다.

굵은 자갈길 위를 트럭이 덜컹거리며 지났다. 도원의 시선이 사이드 미러에 맺혔다. 도원과 MJ가 머물렀던 낡은 한옥 집이 멀어졌다. 도원은 그 버려진 집의 정체에 대해서 물어보려다 그만두었다. 지금은 알고 싶은 것보다 모르고 싶은 것이 더 많은 시간이었다.

멀어지는 집을 멍하니 바라보던 도원이 차 시트에 편안하게 몸을 기댔다.

MJ가 선물해 준 책 표지를 만지작거렸다. 몇 장 들춰서 목차라든가 글쓴이가 적어 놓은 헌사를 읽어 보았다. 소설 내용에는 집중하지 못했다. 번역도 매끄럽게 되어 있어서 문장을 읽어 내려가는 데에 거슬림이 없었는데도 읽었던 문장을 몇 번이나 반복해서 읽어야 했다.

눈은 글자를 읽으면서도 머리는 내용을 받아들이지 못했다. 머릿속에는 자꾸만 책의 내용과 상관없는 이미지들이 머릿속에 그려졌다.

불타오르는 검은 하늘, 휘날리는 눈보라, 갈기를 세우고 발톱을 꺼낸 검고 커다란 늑대, 총을 든 사냥꾼들, 날카로운 이빨, 그 이빨에 난도질당하는 사람들, 그런 늑대를 '딕'이라 부르며 말리는 자신의 모습.

돌아본 늑대의 얼굴이 MJ를 닮아 있었고, MJ의 두 동공이 총구처럼 새까만 것까지.

새까만 시선은 곧 한 점으로 모여서 더 깊고 작아졌다. 검은 구멍이 도원의 이마와 입 안을 겨냥했다. 총알이 튀어나와 몸 안에 반짝거리는 유리처럼 박혔다. 도원은 꾸르륵, 숨을 몰아쉬다 천천히 호흡이 정지하기 시작했다.

정말로 목이 졸린 것 같은 기분에 도원은 참지 못하고 옆으로 손을 뻗어 MJ의 어깨를 움켜쥐었다. 그 바람에 MJ는 놀라서 핸들을 놓칠 뻔했다.

"하아, 하."

도원이 과호흡 상태에 빠진 환자처럼 식은땀을 흘렸다. 성긴 숨을 몰아쉬며 괴로워했다.

"선생님, 괜찮아?"

"수, 숨이, 잘 안 쉬어져서……."

"천천히 들이마셔 봐."

"흑……."

"잘하고 있어. 이젠 내쉬고."

"흐…… 웃."

"응, 그렇게, 천천히, 그래."

MJ는 차를 한쪽 길에 세웠다. 자갈을 밟으며 달리던 바퀴가 멈추자 사방이 침묵했다. 어디선가 침엽수를 흔드는 바람 소리와 까마귀 소리가 들렸다. 길가에 선 다마스에게 경적을 울릴 차도, 지나가며 구경하는 사람조차 없었다.

도원은 그러한 주변 상황을 전혀 인식하지 못하는 얼굴이었다. MJ가 온돌 바닥에 눕혔던 때로 되돌아간 모습이었다. 혼란스럽고 힘들어하고 더 이상은 못 견뎌 하는 그 얼굴이었다.

"하아, 하…… 나쁜 기억을 지울 수 없는 거 알아요."

MJ의 옷을 쥔 손에 힘이 들어갔다. 흔들리는 눈으로도 MJ를 보려고 노력하며 말을 이었다.

"시간이 지나 자연스럽게 잊히거나 치료를 받아야 해요. 알아요, 내가 상담하는 환자들의 상태를 나도 알고 있어요. 난 그들에게 맞서라고 했어요. 계속 맞서야 나아진다고 했어요. MJ, 내가 잘못했어요. 맞서지 못하는 게 있는데도 그걸 몰랐어요. 내가 너무 위선적이었어요. 알지도 못하면서 강요했어요."

MJ가 도원의 목에 두른 목도리를 풀었다. 도원의 목이 식은땀에 젖어 있었다. 귀밑으로 흐른 땀이 목에 맨 붕대를 적시며 사라졌다. MJ가 도원에게 몸을 기울였다.

"쉬이, 쉬, 괜찮아, 선생님."

달래 주는 낮은 목소리에 도원은 울컥하고 눈물이 날 것만 같았다.

"MJ."

도원은 그런 MJ에게 손을 뻗었다. 도저히 참을 수 없어서 한옥 집에서 억지로 먹은 밥을 토할 때처럼 발작적으로 말했다.

"안아 줘요, 제발."

처음에는 그게 무슨 말인지 몰라서 굳어 있던 MJ에게 도원은 참지 못하고 눈물을 보였다.

"안아 줘요, MJ."

젖은 눈으로 절박하게 말하는 도원을 보며 MJ는 안전벨트를 풀었다. 도원은 MJ가 옆자리로 완전히 넘어오는 것을 말리지 않았다. 오히려 그를 끌어당겨 도원 자신을 안을 수 있도록 했다.

도원은 힘들어하는 기색을 숨기려고 했었다. 어떻게든 버티고, 자신을 괴롭히는 모든 것들에 맞서려 했지만 혼자서는 불가능하다는 것을 인정하고 말았다.

버틸 수 없는 창백함으로 MJ를 마주했다. MJ는 도원이 어떤 심정일지 이해할 수 있었다. 도원을 만나기 전, MJ가 거울 속에서 자주 마주친 자신의 표정을 지금의 도원이 짓고 있었다.

도원은 입술만 깨물었다. 자꾸만 힘겹게 터지는 숨을 억지로 삼키기 버거웠다. MJ는 도원의 상태를 알아보고 귓가에 대고 속삭였다.

"쉬이, 괜찮아, 선생님."

천천히 카디건 안으로 손을 밀어 넣었다.

"나쁜 기억을 못 지우면 그 위에 좋은 기억을 덮자고 했어. 그렇게 말한 거 기억해?"

도원이 한참 후에 고개를 끄덕였다.

"기억해요."

"뭐라도 해야겠다면 내 방식으로 풀어 보는 거 어때."

"……당신의 방식이요?"

"……섹스."

그 말에 도원은 멍하니 MJ를 바라봤다. 자신의 욕구를 우선시하던 '섹스'라는 말을 망설이면서 뱉는 MJ를 한참이나 바라봤다.

그런 도원의 반응을 눈 한 번 깜짝하지 않고 신중하게 살피는 MJ 덕분에 도원은 천천히 입술을 뗄 수 있었다.

"이건 도피예요."

MJ도 입술을 달싹였다.

"뭐라도 하는 게 낫잖아."

"섹스하면 나아지나요. 당신은 이런 고통을 지난날 동안 섹스하며 버틴 건가요."

"아무것도 안 하는 것보단 섹스를 하는 게 나아. 섹스를 못하면 불이라도 지르면 괜찮아졌고. 가만히 있으면 그 어둠에 잡아먹혀."

"맞서면 되는 줄 알았어요. 도피는 비겁한 행위라 생각했어요."

"비겁하지 않아. 맞서지 못하면 피하면 돼. 그건 겁쟁이가 아니라 당연한 거야. 나처럼 불 지르거나 아무 여자랑 자는 게 아니어도 괜찮아질 수 있어. 선생님은 나보다 강하니까 분명 좋아질 거야."

MJ가 도원의 목에 고개를 숙였다. 약 냄새가 풍기는 붕대 위로 쪽 소리가 나는 뽀뽀를 해 주었다.

"괜찮아질 거야. 혼자 너무 다 해결하려고 안간힘 쓰지 않아도 돼. 못하는 건 못한다고 하면 되잖아. 다들 그러고 살아. 선생님도 그래도 되고."

"어떤 걸 하면서 피하면 되죠."

"기분 좋은 거 하면 피할 수 있어."

"그걸, 나는……."

"내가 해 봐서 아니까 말하는 거야. 이런 상황에서 선생님한테 어떤 수작 걸려고 이러는 거 아냐. 나 그 정도로 모자라지 않으니까. 이거 정말 괜찮은 방법이라서 그래."

"섹스…… 잠깐, MJ, 나는 아직."

"상대가 나잖아. 아직도 날 못 믿겠어?"

이런 식의 정신적 도피가 좋을 리가 없었다. 알면서도 달콤한 유혹을 거절할 수가 없었다.

뭐라도 해야 나아질 것 같으면 MJ와 섹스를 한다. 왜 하필 섹스인지는 모르겠지만, MJ가 자신을 믿어 보라고 말한 것을 믿고 싶어졌다.

집도 절도 아닌 차 안에서, 그것도 자동차에 대한 공포가 남아 있는 상황에서 해도 되는지 모르겠다. 이게 득이 될지 독이 될지도 알 수 없었다.

이런 도피적 행동이 트라우마에 시달리는 환자들의 전형적인 공포라는 걸 알면서도, 도원은 그 증상에서 벗어나려는 생각과 행동을 취할 수 없었다.

그건 의식과 상관없는 반응이었다. 공포에서 벗어나려는 무의식적인 몸의 징후였다. 이성적으로는 해선 안 된다는 걸 안다. 알면서도 이성이 말하는 바를 선택할 수 없었다. 정신적 고통이 그 정도로 절대적이었다.

"MJ."

도원은 옷을 벗겨 주는 MJ의 손을 따라가면서 말했다.

"난 MJ를 믿고, 믿고 싶고, 앞으로도 믿으려고 노력할 거예요. 그게 이런 방법이라면 믿을게요. 믿을 테니까."

바지 버클을 푸는 MJ가 잠시 멈추고 도원을 마주했다. 긴 속눈썹에 걸린 눈물이 툭, 밑으로 떨어졌다. 젖어 있는 눈가는 연약해 보였지만 절박하게 말하는 목소리는 단호했다.

"강하게 해 주세요. 내가 아무 생각도 못하게."

조심하던 MJ의 손길도 도원의 그 말에 조금 더 빠르고 정확한 방향으로 바뀌었다. MJ가 선물해 준 청바지와 니트 티가 벗겨졌다. 춥지 않도록 붉은색 카디건만 걸치고 있는 하얀 몸이 위로 딸려오듯 잡아당겨졌다.

MJ는 도원의 허리를 안았다. 모든 것을 다 입고 있는 MJ와 아무것도 입고 있지 않은 도원은 사회적 표피라 불리는 옷의 유무만으로도 위계질서가 나누어져 있었다.

MJ가 지배자였다. 피지배자인 도원을 보는 MJ는 망설임이 없었다. 도원의 허리를 더 가까이 당기면서 속삭였다.

"걱정 마. 아무것도 생각 못하게 해 줄게."

MJ가 도원의 머리카락을 손가락 사이에 끼우고 흔들었다. 두피를 당기는 힘에 도원이 고개를 젖혔다. 힘을 쓰는 MJ를 바라보았다. 지배하는 눈으로 쳐다보고 있는 MJ에게 도원은 미약한 소름을 느꼈다. 두려움과 다른 종류의 흥분이었다. 강하게 해 달라는 말을 정말로 지킬 셈이다.

MJ는 엉덩이를 맞으면서 흥분했던 도원을 보고 어렴풋이 느꼈다. 도원에게 강압적인 성기 삽입이 강간이 아닌 섹스의 영역이 될 수도 있다는 것. 본인은 그걸 전혀 모르는 듯했고 감도 못 잡은 것 같았지만, MJ는 이미 냄새를 맡았다.

섹스를 의무로만 생각한 남자가 쾌락을 추구하는 육체적인 탐미의 영역을 알지 못하는 것은 당연했다. 그래서 언젠가 기회가 된다면 도원에게 강압성이 있으면서도 강간이 아닌 섹스를 알려 주고 싶다고 생각했다.

언제나 배우는 학생의 입장인 MJ였지만 섹스라는 분야에서는 자신이 더 많은 것을 알려 줄 수 있었다. 이성이 아닌 본능의 분야는 MJ가 도원보다 언제나 앞서갔으니 말이다.

MJ에게는 더할 나위 없는 기회였다. 이 일이 있고 나서 도원은 후회할지도 모른다. 자신이 원치 않는 방향이라며 거부할 수도 있다. 그러나 MJ는 포기하지 않았다. 도원이라면 자신을 따라올 것이라고 막연하게 믿었다.

버티고 견디는 일만을 알고 지낸 사람이 최초로 피하는 방법을 물었다. MJ의 방식을 배우고 받아들이겠다고 했다. 그러니 MJ가 어떤 행동을 보여도 피하지 않을 것이다. 피하려 한다면 MJ가 먼저 붙들 생각이었다. 도망가지 못하도록 어떻게든 붙잡을 것이다. MJ에게 지금의 도원은 그런 기회다.

길들이려는 개를 대하듯이. 아무것도 모르는 착한 강아지에게 명령 질서를 알려 주려는 듯이. MJ가 도원의 귓가로 고개를 숙였다. 도원의 귀에 흩뿌려지는 목소리는 이미 탁하게 가라앉아 있었다.

"나 외엔 아무것도 생각하지 마."

"아!"

간신히 참고 있던 신음이 터졌다. 신음과 동시에 이마에 맺혔던 땀이 볼을 타고 흘렀다. 도원은 고개를 젖혔다. 턱 끝으로 굴러떨어진 땀이 목까지 이어졌다. 젖은 몸이 뒤로 당겨지며 신음 소리가 커졌다.

"아, 아아, MJ."

도원은 등 뒤로 묶인 손을 잡아당겼다. 붙은 두 손이 서로 떨어지질 않았다. 두 손목을 엮은 부드러운 가죽 재질의 물건은 정교하고도 강하게 두 손을 억압하고 있었다.

MJ의 허리에 있어야 할 혁대였다. 도원의 손을 묶고 버클이 채워진 혁대는 타인의 도움 없이 풀 수 없는 상태였다.

MJ가 도와주지 않는 이상, 도원은 스스로 행동할 수가 없었다. 거부도 거절도 몸이 아닌 오직 입으로만 표현해야 했다.

"MJ, 아, 거기, 안 돼, 안 돼요, 하지 마요."

도원이 말을 마치기 무섭게 엉덩이에서 짝, 하고 화끈한 고통이 찾아왔다. 도원은 입을 벌린 채 움찔했다. 말을 해야만 의사 표현이 가능한 구속 상황에서 말을 할 때마다 MJ의 통제가 강해졌다.

"선생님, 안 된다, 하지 말라, 그런 말 안 하기로 했잖아."

"훗, 그, 그렇지만."

"그것도 습관이야. 거절하는 말을 계속하게 되면 정말로 몸이 거부 반응을 보이게 된다고."

"그, 그렇지만 정말로 안 돼요. 할 수 없어요."

"또, 또. 우리 선생님 말 안 듣네."

"정말 무리예요."

"무리하는 게 맞다면 내가 멈출 거야."

"훗, 내가 내 몸을 잘 안다는데 어째서……."

"아니, 선생님 몸은 내가 더 잘 알아. 선생님은 이보다 더 견딜 수 있어."

"MJ."

"선생님이 알지 못하는 몸속까지 내가 얼마나 잘 알고 있는데."

욱신거리는 엉덩이를 주무르던 손가락이 다시 한번 쫙 펼쳐졌다.

허공으로 들린 손이 정확하게 수직으로 낙하하더니 찰싹, 엉덩이를 때렸다. 도원은 꼬리뼈에서부터 올라오는 자극적인 통증에 허리를 바르작거렸다.

"하아, 하아."

거칠어지는 숨소리가 아파서인지 아픔에 가까운 자극을 가해 주는 MJ의 기백에 눌려서인지 알기 어려웠다. MJ의 모습이 무서우면서도 그 무서운 MJ의 시선, 숨소리, 손의 움직임, 꿈틀거리는 근육의 움직임 하나까지 도원을 흥분시켰다.

도원은 엉덩이를 때리기 위해서 MJ가 손을 들어 근육을 쓰는 모습을 계속 쳐다보게 되었다.

MJ는 힘줄이 서지 않은 팔목을 들어 올렸다. 어깨와 팔꿈치까지 이용해서 내려칠 땐 채찍처럼 굴곡이 졌다. 부드러운 각도로 엉덩이를 때렸다. 훈육이나 폭력을 할 때 사용하는 것과는 전혀 다른 방식이었다.

때리는 행동인데도 상대에게 수치감이나 굴욕감을 주는 방향과는 다른 폭력이라니. 아니, 이게 폭력이 맞긴 한 걸까.

"하웃…… MJ."

아픔 속에서도 확연하게 느껴지는 쾌감에 도원의 성기가 꿈틀거렸다. 쾌감으로 인해 몸이 노곤하게 풀렸다. MJ의 손길이 무서워서 긴장된다기보다는 그의 손길에서 느껴질 짜릿함을 몸이 먼저 기대하기 시작했다.

손목이 들리는 모습만 봐도 허리가 빳빳하게 섰다. 엉덩이에 가해질 자극을 기대하며 자연스럽게 MJ에게 기댔다. 혀 밑에 침이 고여서 제때 삼키지 않으면 턱을 타고 흐르기 십상이었다.

MJ는 도원의 붉어진 눈가를 쳐다보았다. 땀에 젖은 속눈썹을 입술로 빨고 싶었다. 아, 예쁘다, 라는 말을 입 밖에 꺼내지 않으려고 애를 썼다.

이마에 붙은 옆머리를 쳐다보면서 엉덩이를 주물렀다. 흰 피부와 대조적으로 붉어진 손자국이 지나치게 자극적이었다.

누군가 이 트럭 옆을 지나가면 무슨 일이 벌어지는지 다 알고 말 것이다.

앞좌석에서 벌어지는 행위는 음탕했다. 조수석에 앉아 있는 남자 위에 또 다른 남자가 전라로 올라탔다. 정액에 젖은 엉덩이를 맞을 때마다 신음을 흘렸다.

벌어진 구멍 사이를 비집고 나온 희멀건 액체가 음낭을 스쳐 음모를 적셨다. 곧추선 성기 끝에서도 간헐적으로 액체가 흘러내렸기에 구멍이란 구멍은 하얀 자국으로 뒤덮인 지 오래였다.

뒷구멍에서 새어 나온 액체가 허벅지를 타고 무릎까지 흘러내렸다. 도원의 발기한 성기는 MJ의 옷에 비벼지고 프리컴을 흘리기도 했다.

때리던 손이 엉덩이를 양쪽으로 잡아 벌렸다. 주름이 펴진 구멍이 움찔거리며 벌어졌다. 빠끔거리는 구멍 안에 침과 정액이 뒤섞여 있었다. 잡아 벌리는 손길에 구멍은 다물리지도 못하고 오므렸다가 벌어지길 반복했다.

MJ는 그 구멍 안을 손가락으로 휘저었다. 성기를 쑤셔 넣었을 때는 힘겹게 삼키던 것이 손가락은 오물거리며 잘도 빨았다.

"이제 넣어도 되겠다, 그렇지?"

"아, 안 돼요, 아직."

"넣을 거야."

"지, 지금 상태로는 안 들어가요."

"얘는 잘 들어가는데?"

"하, 윽!"

경련이 이는 내부는 한차례 절정을 맞이한 후에도 성욕을 분출했다. 몸의 주인이 지나치게 이성적이어서 그 향락을 느끼지 못하도록 통제했을 뿐이다. 고삐가 풀리니 이렇게 음탕해지지 않나.

MJ는 도원의 턱을 잡아 내렸다. 입술을 겹치고 혀를 섞었다. 키스에 응하는 입술을 빨면서 두 손으로는 제 성기를 잡았다. 잠시 빼 두었던 자신의 부푼 페니스를 다시 밀어 넣자 빠끔하고 열린 구멍 안으로 페니스가 천천히 삼켜졌다.

쉬는 시간은 아주 짧았다. 구멍이 강제적으로 벌어지고 그 안으로 힘줄까지 곤두선 성기가 밀려들어 왔다. 무릎으로 버티던 도원의 허리가 떨렸다. 도원은 허리에 힘이 빠져서 MJ에게 기대려고 했다. MJ는 그런 도원을 대시 보드 쪽으로 밀어냈다.

"하으, 아, MJ."

젖어서 숨을 헐떡이는, 묶여 있는 연인의 흐트러진 모습에 MJ는 가까스로 흥분을 참았다.

도원의 성기가 끄떡거리고 있었다. 만져 주지 않아도 흥분해서 움직거렸다. MJ는 키스를 해 주었던 도원의 입 안으로 손가락을 넣었다. 다물지 못하는 입을 따라 고인 침이 흘러내렸다.

침은 MJ의 손가락까지 적셨다. 또옥, 똑 떨어지는 침을 MJ가 핥아 마셨다. MJ는 붉게 젖어 있는 도원의 눈을 보면서 거칠어진 숨을 한 번에 토했다.

"열 번."

움찔거리며 허리를 떤 도원이 손가락 때문에 불분명한 발음으로 말했다.

"그치마 내가 모탄다고……."

"선생님, 쉬이, 열 번이라고 내가 말했잖아."

"무, 무리예요."

"해, 얼른."

"무리…… 아웅, 자까, 아, 아."

입 안을 헤집는 손가락이 아닌, 반대편 손이 도원의 젖꼭지를 비틀었다. 살 거죽 위로 드러나는 가슴뼈의 흔적을 손으로 꾹꾹 눌렀다. 빨갛게 솟은 돌기를 손가락 사이에 끼우고 돌리다가 잡아당겼다.

"아!"

도원이 허리를 더 뒤로 젖혔다. 눈가가 떨리고 한숨처럼 깊은숨을 토했다.

지금까지 가슴에 닿는 자극은 단순히 꼬집히는 아픔이었다. 이제는 엉덩이를 때릴 때와 비슷한 애무가 되었다. 아프지만, 그 아픔만큼 흥분되었다.

MJ가 혀를 내밀어 빨거나 이로 잡아당길 땐 허리가 녹아내렸다. MJ의 머리통을 끌어안고 숨을 헐떡이고 싶은 생각이 한두 번 떠오른 게 아니었다. 몸이 이상하게 변해 가는 것만 같아서 MJ의 손길에서 벗어나려고 한 적도 있었다. 그 시도를 MJ는 집요한 손길로 따라붙었다.

MJ가 손가락을 도원의 입에 집어넣었다. 도원의 혀를 잡아 꺼내곤 그 끝을 이로 깨물었다. 제 입 안으로 가져와 자근자근 빠는 것은 덤이었다. 숨을 쉬는 것도 곤란해지는 깊은 키스에 도원의 성기가 조금 더 위로 솟았다.

도원은 MJ에게 혀가 빨리면서도 허리를 움직였다. 무릎에 힘을 주고 허벅지를 세우고 떨리는 오금을 다잡았다. 엉덩이를 들썩여 직접 MJ의 피스톤질을 제 몸으로 대신했다. 혀를 빨리면서도 도원은 MJ와 약속한 대로 부정확한 발음으로 숫자를 셌다.

"하나, 하으, 응, 둘, 아."

여섯 번쯤 들썩였을 때 도원의 허리에서 힘이 풀렸다. 도원의 모습에 MJ는 입 안이 타들어 갔다.

"숫자 까먹었어?"

"아, 아니, 그게……."

숫자를 까먹은 도원의 엉덩이를 때렸다. 손자국으로 도톰하게 부푼 엉덩이는 맞을 때마다 구멍을 조이며 안 그래도 한계에 달한 MJ를 자극했다.

도원의 혀 대신 아랫입술을 빨면서, MJ는 처음부터 다시 시작된 숫자 셈에 귀를 열었다. 그 간단한 오름차순 숫자 세기를 두 번이나 틀린 후에야 간신히 열, 하고 파르르 떨면서 말하는 도원이었다.

두 번이다. 두 번이나 틀렸다는 사실이 MJ를 흥분시켰다.

"많은 숫자도 아닌데 그걸 못 세. 집중도 못하고, 하아, 하."

MJ의 말에 도원은 맞붙어 있는 입술을 움직였다.

"흣, 미안해요, 아응."

"열까지만 세고 멈추라고 했는데 스무 번 가까이 했잖아. 선생님, 음탕하게 자꾸 이럴래."

"그, 그건 내 잘못이, 앗."

"두 번 틀렸어. 그게 누구 잘못이겠어. 선생님이 집중 못 해서지."

"아, MJ, 그만."

"스무 번이나 하고 두 번 틀렸다고."

MJ가 그대로 몸을 뒤집었다. 도원을 의자 등받이에 기대어 앉혔다. 위로 솟은 허벅다리를 어깨에 얹었다. 몸이 반으로 접힌 체위였다.

도원이 버거워했지만 MJ는 오히려 몸을 밀착했다. 도원의 몸 안에 연결되어 있는 성기가 귀두까지 빠져나왔다. 빠져나온 귀두를 다시 쑤시면서 허리를 밀어 올렸다.

팔이 묶여서 안정된 자세를 취할 수 없는 도원은 좁은 좌석에서 이렇다 할 저항을 하지 못했다.

흐트러진 머리카락 밑으로 입만 벌린 채 숨을 헐떡였다. 아직도 걱정과 두려움의 기색이 읽혔다. 흥분과 기대가 보여야 하는 눈이 미약하지만 이성으로 무장하고 떨리는 중이었다.

길들이려면 시간이 필요했다. 섹스의 황홀경에 길들여진 도원이 먼저 다리를 벌리고 허리를 들썩이길 조금 더 기다리기로 했다. 아쉬운 마음을 삼키면서 MJ는 빠르게 허리를 움직였다.

"아응! 아, MJ, 아!"

몸이 고정되어 있는 상태에서 엉덩이를 퍽퍽 치고 들어오는 피스톤질이었다. 뜨거운 기둥이 자비 없이 올려칠 때마다 도원은 어쩔 줄 몰라 했다.

MJ는 도원이 숫자 세기를 틀릴 때마다 파르르 떨던 사실을 알았다. 아직 본인의 전립선이 어디에 있고, 어떤 위치를 찔러 줘야 기분이 좋은지를 잘 몰라서 헤매는 그를 위해 MJ가 직접 흥분 지점을 쑤셔 주었다. 숫자 세는 것을 잊던 곳이었다.

"하아, 아, 아아, 아!"

도원의 성기가 터질 듯이 부풀었다. 통제할 수 없는 쾌감에 도원은 울 것처럼 힘들어했다. 고개를 뒤로 젖히고 허리를 타고 올라오는 쾌감을 피해 가려 했다.

저항해 보아도 소용없었다. 눈앞에서 하얀 폭죽이 터지는 듯 몸이 경련했다. 너무 강렬하고 황홀해서 입이 절로 벌어질 정도였다.

허리가 자꾸 밑으로 빠졌다. MJ가 움직이는 방향에 맞춰 몸이 들썩였다. MJ는 황홀하게 그 모습을 지켜보았다. 점잖은 사람이 몸을 가누지 못하고 우는 모습이 좋았다. 평소의 도원과 거리가 멀면 멀수록 MJ는 좋아서 미칠 것 같았다.

MJ는 도원이 이성에 가두고 있는 본능과 쾌락을 부추겼다.

"하아, 하아, 아! 그만, 그만, 제발."

사정하는 도원에게 MJ는 가차 없었다.

"두 번, 허억, 헉, 틀렸잖아."

"아, 아웅!"

"안 틀렸으면, 헉, 끝내 준다고 했는데, 헉헉, 두 번 틀렸다고."

"하윽, 으, 으응! 아― 아!"

도원은 젖은 뒤를 쑤셔 주는 것만으로 토정했다. 희뿌연 액체가 도원의 아랫배를 넘어 가슴까지 튀어 올랐다. 사정과 동시에 뒤를 수축하는 도원을 붙잡고 MJ는 입술을 깨물며 자신도 토정하고 싶은 욕구를 참았다. 한계까지 팽창된 성기가 난폭하게 움직였다.

피스톤질이 빨라졌다. 끼익, 끽, 의자 채로 시끄러운 소리가 났다. 격렬한 움직임에 도원의 젖은 머리칼이 들썩였다. 흔들리는 도원의 어깨를 잡고 MJ는 있는 힘껏 자신을 쳐올렸다. 하지만 사정 직전에 MJ는 움직임을 모두 멈추고 도원을 끌어안기만 했다.

"허억. 헉헉."

목구멍까지 거친 호흡이 몰아쳤다. 사정하려고 안달 난 성기가 성을 냈다. 프리컴을 줄줄 쏟으며 당장이라도 정액으로 도원의 내벽을 적셔 버리려고 몸부림을 치고 있었다.

MJ는 사정하려는 페니스를 어떻게든 진정시키면서 도원의 몸 안에 머물러 있었다. 뜨겁게 주물러 주는 도원의 내벽이 고스란히 느껴졌다. MJ는 고통에 찬 신음을 간신히 삼켰다.

토정하기 직전에 멈춘 MJ 덕분에 도원이 바들바들 떨었다. 젖어 있는 구멍이 우물거리며 MJ의 성기를 애무했다. MJ는 발정 난 것처럼 쾌락을 좇는 도원의 신체 반응에 미치기 직전이었다.

아, 선생님, 이렇게 숨기고 대체 어떻게 살아온 거야.

말하지 못하는 입술을 씹으면서 MJ가 웃었다. 그의 이마를 타고 흘러내린 땀이 도원의 입술 위로 떨어졌다. 저도 모르게 혀를 내밀어 입술을 적신 땀방울을 핥는 도원이었다. MJ가 기분 좋게 웃었다.

"몇 번 틀렸다고 했어, 내가?"

도원이 젖은 눈가를 깜빡였다. 대답이 늦어졌다.

"하아, 하. 두 번."

"틀릴 때마다 한 번씩 박는 횟수 늘린댔지."

"하지만…… 아응."

다시 움직이는 MJ를 보면서 도원은 발갛게 상기된 얼굴을 옆으로 돌렸다. 혀를 조금 내보이고 할딱이는 모습에 MJ도 더는 참을 수가 없었다. 도원을 끌어안고 남은 힘을 쥐어짜 피스톤질 했다.

"하응, 아, 아! 이, 이제 그만, 아!"

귓가에서 터지는 도원의 신음성에 MJ도 참지 못하고 짐승처럼 헉헉거렸다. 차 안은 온통 두 사람의 거친 숨소리로 가득했다.

어깨에 걸쳐진 다리가 트럭 천장을 쿵쿵 쳤다. 젖은 구멍과 그 구멍을 검붉은 기둥이 들쑤실 때마다 차 안의 온도가 올라갔다.

유리창에는 습기 찬 이슬이 맺혀서 굴러떨어졌다. 젖은 살 안을 콱콱 쑤시던 성기가 마침내 정액을 뿌렸다. 도원이 내뱉는 신음 소리를 들으면서 MJ는 아득한 절정을 맞았다.

MJ가 정액을 쏟아 낸 성기를 뺐다. 딸려 나온 정액에 도원의 하반신은 엉망진창이었다. 지쳤는지 아니면 이젠 익숙해진 것인지, 도원은 벌린 다리를 오므리지도 않고 차 시트에 기대어 있었다.

가슴이 오르내릴 만큼 격렬하게 숨을 몰아쉬는 도원을 MJ가 내버려 두지 않았다. MJ는 성기 대신 손가락으로 도원의 구멍 안을 긁었다.

부어오른 구멍이 움찔거렸다. 도원은 땀방울이 맺혀 있는 속눈썹을 깜빡이며 젖은 눈으로 MJ를 쳐다봤다. MJ는 좁은 자리를 비집고 모로 앉아 도원을 차 문과 자신 사이에 가두고 끌어안았다.

"여기, 뜨거워서 기분 좋아."

손가락이 휘젓는 감각에 도원이 허리를 들썩였다. MJ는 그런 도원의 엉덩이를 반대편 손으로 찰싹 때렸다.

"아, 으응."

작은 신음이 따라왔다. 엉덩이를 잡은 손이 자꾸만 살을 벌리고 안으로 파고들었다. 도원은 쉼 없이 자신을 괴롭히는 MJ를 지친 눈으로 바라봤다.

"목…… 다 쉬었어요."

거칠한 목소리가 듣기 안타까워야 하는데도 MJ는 즐거웠다. 언젠간 도원이 훌쩍이면서 더 박아 달라고 말할 날을 기대하기로 했다.

"그러게 누가 그렇게 밝히래."

"아, 아니, 나는 그러려던 게, 아, 응."

"여기 봐, 아직도 오물거리네. 그렇게 기분 좋아?"

"하웃, 자극하니까 어쩔 수 없이, MJ, 나 이제 못해요."

"못하긴. 내가 그만두기 전까지 따라오기로 했잖아."

"난 당신처럼 힘이 넘치는 나이가 아니라서 무리예요."

"그러니까 선생님은 가만히만 있어도 내가 교육해 주잖아. 이렇게."

다시 엉덩이를 찰싹 때리자 손가락을 물고 있는 구멍이 꽉 힘을 주었다. 이제는 자연스럽게 엉덩이에 가해지는 자극을 쾌감의 한 종류로 인식하고 있었다. 삽입하거나 애무하지 않아도 숨이 흐트러져서 올려다보는 모습이 그 증거였다.

"스무 번."

다시 숫자를 말하는 MJ를 보면서 도원은 눈가를 확 붉혔다. 숫자를 말하면 그만큼 스스로 삽입하고 흔들어야 했다. MJ가 뱉은 숫자만큼 오름차순으로 또박또박 말해야 했다.

숫자를 잘못 말하면 한 번 사정하고 끝날 섹스가 틀린 숫자만큼 늘어났다. MJ가 만들어 낸 법칙이었고 약속이었다. 만약 도원이 따라가지 못하면 그 계약을 도원이 먼저 파기하면 그만이었다.

하지만 스무 번, 이라고 숫자를 말하는 그 순간이 마치 섹스를 예고하는 효과를 주었다. 도원의 몸을 긴장시켰다. MJ가 주는 쾌락을 기대하게 만들었다. 육체적이고 정신적으로 지배받는 상황에

대한 황홀함에 몸이 반응하게 만들었다. 도원 혼자서 약속을 어길
수 없게 만들었다.

보이지 않는 계약이었다. MJ의 말을 따르면 그에 상응하는 쾌락
을 얻을 수 있다는 달콤한 유혹이었다.

도원이 MJ의 허리에 다리를 감았다. 구멍 안을 쑤시던 손가락이
빠져나갔다. 도원은 한 번 토정으로는 가라앉지 않는 MJ의 성기를
스스로 제 몸에 품고 허리를 움직였다. 가만히 있는 MJ를 양다리
로 감고 들썩였다.

"하나, 아, 응, 으응…… 두, 둘…….""

신음 섞인 목소리가 숫자를 셌다. 이번에는 열한 번째에서 숫자
를 틀렸다. 도원은 분명히 머릿속으로 숫자를 정확하게 세고 있었
는데 정작 입 밖으로 나온 말실수에 얼굴을 확 붉혔다.

"열하나, 열하나예요. 말실수일 뿐이에요."

도원의 다급한 변명에도 MJ는 가차 없었다.

"그런 표정으로 말해 봤자 소용없어."

MJ가 도원의 가슴을 양손으로 꼬집고 비틀었다. 도원은 정말로
더 이상은 무리였지만 MJ의 성기를 오물거리는 구멍의 반응은 반
대였다.

더 박아 줘. 뜨거워. 기분 좋아. 더 깊이. 정신없게.

그렇게 말하는 구멍의 요구를 MJ가 따라갔다. MJ는 도원의 빨
간 엉덩이를 주무르면서 피스톤질을 시작했다. 구멍 깊이 쑤셔졌
다. 온몸으로 압박해 오는 삽입에 도원이 힘겨워했다.

도원은 숨을 헐떡였다. 이러다간 길 가다 엉덩이를 어디 부딪치
거나 숫자를 따라 세라는 말만 들어도 발기할 것 같았다. 도원은

고개를 숙였다. 젖은 머리칼 사이로 붉게 상기된 눈가와 하도 짓씹혀 부푼 입술이 움직였다.

"MJ, MJ."

훌쩍이는 목소리가 MJ를 불렀다. MJ는 좋아서 온몸을 부르르 떨었다.

어떻게 이렇게 좋을 수 있지. 어떻게 사람에게 이렇게나 깊이 빠질 수 있는 거지.

MJ는 대답하지 않고 도원의 얼굴을 핥았다. 도원은 키스와 뽀뽀가 섞인 MJ의 애정 표현을 받으면서 애절하게 말했다.

"앞으로…… 못 견디는 순간이 오면 섹스해 달라고 먼저 말할게요."

MJ는 뜻하지 않은 말에 움찔했다. 당황한 눈으로 내려다보던 MJ의 얼굴이 새빨갛게 변했다. 도원 역시 움찔하면서 그런 MJ를 올려다보았다.

격렬한 피스톤질이 잠깐 멈춘 사이 두 사람은 서로 토해 내는 숨을 삼키기만 했다. 오랫동안 눈 한 번 깜빡이지 않았다. 빠르게 뛰는 심장 소리도, 흐트러진 호흡도, 땀에 젖은 피부도, 침과 정액이 뒤섞인 하반신도, 그때만큼은 서로를 보는 시선에 묶여 인지할 수가 없었다.

도원이 천천히 입을 벌렸다.

"그러니까 다음에 더 하고, 이번엔 정말 무리라서, 제발요."

MJ가 한 손으로 얼굴을 가리고 잠시 창밖으로 시선을 돌렸다. 참지 못하는 것을 애써 참아 내려는 사람처럼 MJ는 상기된 얼굴을 가라앉히지 못했다.

도원은 천천히 빠져나가는 MJ를 보면서 긴장이 풀어진 얼굴로 아래를 내려다봤다. 난잡하게 젖은 아래를 보기만 해도 얼굴이 붉어졌다.

손을 묶었던 혁대가 풀어졌다. 붉은 자국이 난 손목을 정성스레 주물러 주는 MJ를 도원은 한참이나 바라봤다.

어느새 해가 저물어 하늘이 어두워졌다. 시간이 이토록 빠르게 지난 줄 몰랐다.

무언가에 몰입할 수 있다는 건 고마운 일이었다. 공부할 때처럼 애써 몰입하려고 하지 않아도 자연스럽게 한 방향으로만 신경 쓸 수 있는 일. 도원은 손목에 옅은 멍이 든 것 같았지만 전혀 아프지 않았다. 오히려 MJ에 대한 감정만 확실해졌다.

너무 걱정되고 신경 쓰여서 과부하가 걸릴 것 같지만 여기까지 와서 포기하는 건 무리였다. MJ의 손을 놓을 자신이 없었다. MJ가 붙들지 못하더라도 도원이 결코 먼저 놓고 싶지 않았다.

속옷을 입혀 주려는 MJ의 허리에 다리를 감아 자신 쪽으로 가까이 끌어당겼다. 함께하는 게 이렇게 행복한 상대라니.

쪽, 쪽, MJ의 얼굴에 뽀뽀를 해 주었다. 도원은 먼저 뽀뽀를 하지 않고는 견딜 수가 없었다.

MJ는 제게 쏟아지는 사랑스러운 키스에 당황했다. 도원이 적극적으로 해 보이는 애정 표현에 사정보다 더 큰 황홀경을 경험했다. MJ는 좋아서 몸을 들썩였다. 부끄러움을 못 이기고 "젠장." 하고 거친 말을 쏟아 냈다. 그런 MJ를 보는 것만으로도 행복해서 도원은 MJ의 얼굴 곳곳에 자신을 남겼다.

"선생님."

좋아해요.

그 말을 삼키면서, 도원은 자신을 부르는 MJ에게 대꾸하지 않았다.

"서, 선생님."

MJ, 내가 더 좋아해요.

그 말을 정말로 해 버릴 것 같아서 뽀뽀로 억눌렀다. 이런 식으로 입술을 움직이지 않으면 솔직한 속내가 바로 목구멍에서 튀어나올 듯했다.

"으, 으으, 선생님, 그만, 나 또 흥분해. 선생님, 선생님."

정말, 정말 좋아하니까.

MJ와 섹스를 하는 동안 잊을 수 있었던 그 많은 것에 보답하듯 MJ를 붙잡은 채 한동안 뽀뽀를 해 주었다.

부푼 페니스를 도원에게 넣지 못하고 안절부절못하는 MJ가 고마웠다. 그냥, 그냥 모든 게 다 고마웠다. MJ를 진정시키기 위해서, 위로하기 위해서 생각했던 고마움이 이젠 도원의 심장을 파고들었다. MJ가 고마웠다. 모든 게 전부 다.

"고마워요."

행복해 보이는 도원의 분위기 때문에 MJ는 부푼 제 성기만 바라보다가 창문에 머리를 박았지만 말이다.

MJ는 책을 보는 도원을 관찰했다. 운전을 하느라고 오랫동안 지켜보지는 못했지만 짧게 나누어진 시선들을 합치면 도원의 사소한 습관을 발견하기에 충분했다.

도원은 책을 볼 때 책장 모서리를 둥글게 쓰다듬는 습관이 있었다. 얇고 하얀 손가락이 꼼지락거리는 게 어렸을 적 습관을 지금도 버리지 못한 것처럼 느껴져 귀여웠다.

워낙 집중력이 좋은 사람이라서 MJ가 바라보는 시선도 알지 못했다. 과속 방지 턱에 걸린 트럭이 덜컹하고 흔들리면 멀미가 나서 차창 밖을 쳐다보긴 했지만, 그것도 잠시뿐이었다. 책 내용을 빨리 따라가고 싶어서 덜컹거리는 차 속에서도 책을 두 손으로 꼭 쥐고 놓지 않았다.

순간순간 몰입하는 도원은 주변 상황을 제대로 인식하지 못하는 특징이 있었다. 마치 외부로 뻗어 있는 촉수를 모두 닫아 놓고 자신의 안으로 깊게 침잠하는 것 같았다.

그래서 생각이 많고 똑똑하고 현실적인 사람인데도 도원의 집중력은 한 번에 하나밖에 처리 못하는 어린아이의 그것을 닮았다.

그 순간의 삶에 최선을 다하는 어린아이. 그런 아이 같은 시선으로 사랑을 말하고 고맙다고 얘기해 주고 가만히 쳐다봐 줄 때 무슨 생각이 들었던가.

벗은 몸으로 MJ를 끌어안고 있던 도원을 생각하자 MJ는 얼굴이 화끈거려 견딜 수가 없었다.

좋은데 좋다고 말할 수가 없었다. 고작 좋다는 말 하나로 표현하기 아까운 감정이었다. 그렇게 발화해 버리면 누구나 느끼는 흔한 감정이 될 것 같았다.

좋다는 말 말고 다른 표현을 찾아보려 해도 대체하는 말들은 지나치게 복잡하거나 지엽적이거나 주관적이라서 구구절절한 설명이 따라붙었다. 그렇게 덕지덕지 꿰매야만 겨우 도원에게 전달될 말이라면 안 하느니만 못했다.

한마디로 정의할 수 있는 말을 찾기 전까지는 도원을 쳐다보고, 사소한 습관이나 버릇을 관찰하고, 피부의 감촉이나 냄새, 눈동자의 색이나 손가락과 목, 어깨의 뼈대를 만져 보는 걸로 대신할 생각이었다.

그러다 보면 언젠가 사람들 입에 너무 많이 오르내려서 낡아 버린 '좋아한다'는 표현보다 훨씬 진실한 말을 찾을 수 있지 않을까.

콘솔 박스에 넣어 둔 휴대 전화가 반짝였다. 문자 메시지가 와 있었다. 용건은 간단했다.

[급함. 바로 전화 부탁.]

MJ는 도원을 돌아봤다. 도원의 눈치를 살피다가 다시 전면을 주시했다.

온천으로 향하는 도로는 한적해서 차가 거의 없었다. 있다 하더라도 리조트나 호텔로 가는 차가 대부분이었다. 그 얼마 없는 차들 중 MJ와 도원이 탄 다마스 트럭을 쫓아오는 것은 없었다. 일부러 목적지까지 바로 진입할 수 있는 길을 내버려 두고 그 주변을 빙글빙글 돌고 있기에 확신할 수 있었다.

괜찮다. 수상한 차는 없다.

"선생님."

저를 부르는 소리를 도원은 듣지 못했다. 책 속에 집중해 있는 도원을 보면서 MJ가 피식 웃었다. 고개를 숙이고 있느라 상대적으로 더 많이 드러난 목덜미를 손으로 만지고 싶다는 충동을 참았다.

"선생님."

두 번 부른 후에야 도원이 고개를 들었다. MJ가 더는 참지 못하고 손을 뻗어 도원의 볼과 입술을 손으로 더듬었다. 손길을 피하지도, 어색해하지도 않고 가만히 바라봐 주는 도원이 사랑스러웠다.

"전화 통화를 하려고 해."

여상한 이야기에 도원이 고개를 모로 숙였다.

"네, 해도 돼요. 저한테 허락받을 만한 일이 아닌데."

"평범한 얘기는 아닐 거야."

"음. 그 정도는 저도 MJ가 어떤 사람인지 대충 아니까 괜찮습니다."

"듣고 나면 선생님도 굉장히 밀접한 관계자가 될 수 있어. 깊게 개입되는 거지. 원치 않다면 차를 세울게. 나가서 전화하고 올게."

도원은 신중해졌다. 섣불리 대답하지 않았다. 자동차에 갖는 트라우마 때문에 창백한 얼굴로 떨 때와는 달리, 안정적이고 편안한 모습으로 아무 말도 하지 않았다. MJ는 도원에게서 손을 떼고 다시 핸들을 잡았다.

"선생님이 내 일에 관여 안 했으면 좋겠다고, 선생님은 선생님대로 평범한 생활을 했으면 좋겠다고, 그런 말 한 거 기억나?"

"네."

"그 생각은 지금도 변함없어. 선생님이 고작 나 때문에 일상이 파괴되고 아픈 기억만 쌓여 가고 그게 병처럼 몸을 힘들게 하고, 이러는 거 나도 보고 싶지 않아. 다 내가 선생님을 그렇게 만든 거 같아서 죄책감 들고 괴로워. 가끔 미칠 거 같을 때도 있고."

"그렇게까지 생각하지 마세요."

"응. 그래서 숨긴다고 나아질 게 없다는 생각이 들었어. 선생님의 의지와 상관없이 계속 이런 일에 휘말리면 어떡하지. 그럴 바엔 차라리 내가 어떤 일을 하는지, 무슨 계획이 있는지를 아는 게 좋지 않을까. 미안. 선생님을 이렇게까지 끌고 들어올 생각 없었는데."

"MJ."

"선생님이 지금 알고 있는 나보다 더 끔찍한 이야기일 거야. 그래서 나도 안 내켜. 내 좋은 모습만 보이고 싶은데."

"MJ, 나랑 약속 하나 해 줄래요?"

"약속?"

MJ는 목적지로 진입하는 도로로 차를 몰다 말고 도원을 바라봤다. 읽고 있던 책을 덮은 도원이 차 시트에 몸을 반듯하게 기대었다. 산속으로 들어가는 다마스가 덜컹거렸지만 도원의 곧은 시선은 변함없었다.

"앞으로 얘기할 때 자기 비하하지 않기로요."

MJ는 이해가 안 되는 얼굴이었다. 자기 비하로 들릴 만한 말이 뭔지 모르겠고, 설령 그런 말을 했다고 하더라도 지금은 그게 중요한 얘기가 아니었다.

"아니, 선생님. 그게 중요한 게 아니라."

"중요해요. 내가 좋아하는 사람이 스스로를 사랑해 주었으면 해요."

"……아."

갑작스러운 고백에 MJ는 목덜미까지 시뻘게졌다.

아, 심장에 좋지 않아.

속으로 중얼거리면서 눈을 꽉 감았다가 떴다. 산속으로 향하는 길은 거칠었다. 커다란 돌멩이 위를 밟을 때마다 차가 들썩이고 MJ도 들썩였다.

핸들을 꽉 붙잡고 전면만 주시했지만 시력을 제외한 모든 감각이 바로 옆자리 사람을 향해 있었다. 갈비뼈까지 쿵쿵 두드리는 심

장은 아직 평소로 돌아오지 못했다. MJ는 최대한 평상시 목소리로
말하려 노력했다.

"으응, 알았어."

"약속할 거죠?"

"앞으로 내가 그런 말을 하게 되면 선생님이 알려 줘. 잘 모르겠
으니까."

"고마워요."

"이건 또 왜 고마워해."

"내가 MJ에게 개입해도 된다고 허락해 준 거잖아요. 내가 좋아
하는 걸 해 달라고 부탁한 걸 들어준 거니까."

"세상에. 그게 뭐 특별하다고."

"나한텐 특별해요. 누군가의 말투, 행동, 표정까지 함께 맞춰 가
는 게 얼마나 주제넘은 짓인데요. 때론 몹쓸 짓이라는 생각도 들어
요. 그러니까 MJ도 나한테 개입해도 돼요. 내 일상을 파고드는 걸
미안해하거나 혼자 책임감 가질 필요 없어요. 못 견디면 내가 말을
할게요. 알려 줘도 괜찮아요. 나한테 허락이나 사죄 같은 거 구하
려고 하지 마세요."

산속 깊은 곳에 들어올수록 땅에 닿는 빛이 줄어들었다. 나무 밑
동에 녹지 않은 눈이 보였다.

꽝꽝 얼어서 굳어진 눈 위를 다마스가 덜컹거리며 달렸다. 대낮
인데도 어두워지는 주변과 스산한 산 공기를 도원도 익숙하게 받
아들이고 있었다.

생각보다 도원은 괜찮아 보였다. 원래부터 잘 참는 사람이어서,
라는 이유 때문이 아니었다. 상대가 MJ이기 때문에 괜찮다는 태도

였다.

　MJ는 잘 달리던 차를 세웠다. 아무것도 없는 길가에 멈추고는 핸들 위에 고개를 묻었다. 좋아한다는 말을 대신할 말을 하루빨리 찾아서 이 부끄러움을 고스란히 도원에게 퍼부어 주어야겠다는 다짐을 했다.

　"크랙은 중상으로 혼절한 상황이야."

　전화를 하기 전에 도원이 알아야 할 정보를 미리 말해 주었다.

　"크랙 주변에 내 사람을 붙여서 알아냈어. 선생님도 한 번 만난 적 있을 거야. 선생님 옆의 오피스텔 방을 대리로 계약해 준 여자거든."

　옆집에 이사 온 여자라면.

　도원은 "아아." 하고 목구멍에서 새어 나오는 말을 고스란히 흘려보냈다. 빌트인 옷장이 고장 나서 고쳐 줄 수 있느냐고 수줍게 웃던 미모의 여성이 떠올랐다. 기억하는 도원을 보자 MJ는 손에 쥐고 있던 휴대 전화를 홀더에 끼웠다.

　"총을 잘 쏘는 여자야. 저격수거든. 그런 훈련을 꽤 오랫동안 받은 사람이고. 선생님이 크랙네 파티에서 본 안경 쓴 여자랑 악연으로 얽힌 사이기도 해."

　크랙의 사업 파트너이던 냉정한 여자도 떠올렸다. 도원은 그녀들의 이목구비나 전체적인 생김새는 기억하지 못했지만 분위기와 느낌은 비교할 수 있었다.

　한쪽은 상냥했고 다른 한쪽은 차가웠다. 너무 단편적인 특징밖에 모르지만 친하게 지내기엔 서로 반대 성향이라는 것은 대략 알 법했다.

"그 둘이 사이가 안 좋은가요?"

"응. 엄청."

"왜요?"

"크랙 쪽 여자가 내 대리인 군대 선임이거든."

예상치도 못한 대답이었다. 한국에서 여자들이 군대에 가는 것은 흔한 이야기가 아니었다.

"군대 때문에 사이가 나빠진 건가요?"

"계기였던 건 확실해."

"선임이 후임을 괴롭힌 그런 문제인가요."

"나도 군대를 안 가서 얼마나 심각한 문젠지는 모르겠는데. 크랙 쪽 여자가 소총으로 쏘려 했대, 내 대리인을."

웃으며 할 얘기가 아니었다. 생각보다 심각한 일이었다. 도원은 입을 다물 수가 없었다. 군대 내에서 총을 겨누었다니.

"뭐 때문에요?"

"자세한 건 나도 안 물어봐서 몰라. 둘 다 직업 군인이었고, 크랙 쪽 여자가 먼저 적대감을 가졌어. 그 후로 몇 번 사고가 더 있었고 저쪽이 먼저 관두었어. 대리인이 그 여자를 쫓고 있지. 그 이상 자세한 건 모르지만."

아무리 상상력을 동원해 봐도 한국에서 직업 군인이었던 여자가 현재는 전문 저격수로 마약과 관련된 일에 종사하고 있다는 상황을 파악하기가 쉽지 않았다.

그런 여자를 쫓는 또 다른 여자도 어떻게 생각해야 할지 모르겠다. 도원으로선 미지의 영역이었다.

"그 여자가 이번에 화가 많이 난 것 같아. 나와 아이스 때문에 인기 많은 마약 루트 두 군데가 막힌 걸로 열 받았는데 크랙과 아담 까지 지장이 생겼거든. 원흉이 선생님이라고 생각하고 있어. 나도 크랙도 아버지도, 선생님을 중심으로 움직여서 사업이 망했다고 보고 있고."

더욱더 곤란해졌다. 도원도 모르는 사이에 핵심 인물로 지목된 셈이다.

"크랙은 회복하기까지 시간이 제법 걸릴 거야. 이번 일에 거의 개입 못할 거라 보고 있어. 크랙 대신 아버지가 전면에 나설 가능성이 생겼어. 그쪽이 어떻게 나올지는 모르겠어. 아버지는 크랙처럼 과격한 사람은 아니라서 선생님 동의 없이 끌고 간다거나 그럴 것 같진 않은데 그 외에 어떤 방법으로 선생님께 접근할지 아무것도 파악이 되지 않는 상황이야."

아버지가 직접 나선다는 말에 도원의 얼굴이 굳어졌다. MJ는 도원의 표정을 샅샅이 살피면서 신중하게 말을 이었다.

"그쪽에서 도발해 온다면 전면적으로 대응하려 해. 내가 전면으로 나서면 내 대리인도 나설 거야. 그럼 그쪽 저격수도 나오겠지. 상상만으로도 꽤 살벌해질 거 같지 않아?"

"그렇게 되면 일이 너무 커져요."

"극단적으로 갔을 때의 상황이야. 나는 원치 않는데, 아버지가 원한다면 결국 그렇게 되겠지."

"아버지도 원치 않을 겁니다."

"이상한 말이네. 선생님이 아버지의 결정을 아는 것처럼 대답하잖아."

"그런 식으로 나올 사람이 아닙니다. 괜찮을 거예요."

도원은 무언가를 말하려다가 입을 다물었다. 입가를 손으로 가리고 시선을 차창 밖으로 돌렸다.

그런 도원의 모습을 본 MJ는 확신했다. 도원이 아버지에 대해 뭔가를 알고 있는 게 분명했다. 그 점을 왜 말해 주지 않는지 의아했다.

MJ의 첫 번째 방화 사건과 얽힌 사람이라 언급하길 꺼려하는 것일 수도 있지만 그 이상으로 조심스러워한다는 인상이었다.

이 상황까지 와서 제대로 말해 주지 않는 이유가 무엇일까. 지금보다 상황이 악화될 리도 없는데 무엇을 걱정하는 거지. 뭘 알고 있는 거야? 왜 숨기는 거지?

따져 묻고 싶었다. 금방이라도 목구멍 너머로 높아진 언성이 툭 튀쳐나올까 봐 입술을 굳게 다물었다. 도원이 하루 종일 겪었던 일들을 생각하며 인내했다. 다그쳐서는 안 되었다. 도원이 말해 줄 수 있을 때까지 기다리기로 했다.

영원히 숨기지는 않을 테니, 말해 줄 때가 되면 자연스럽게 알 것이다. 아버지가 누구인지, 왜 MJ에게 있는 그대로를 털어놓길 망설였는지를.

"통화는 내 대리인과 할 거야."

MJ는 홀더에 껴 놓은 휴대 전화를 조작했다. 조금 전 문자 메시지를 보낸 사람의 번호가 떴다.

"내가 말해 준 상황을 기반으로 이야기가 나올 거야. 이해 안 되는 거 있으면 물어봐도 괜찮아. 너무 놀라지는 마."

MJ는 화면 가득 떠오른 번호로 전화를 걸었다. 스피커폰으로 돌려놓은 통화 연결음 소리가 컸다. 정확히 두 번 신호가 가고 연결되었다. 여자는 도원이 기억하는 목소리보다 낮은 목소리로 통화에 응했다.

〈통화되나요, MJ.〉

"그래. 무슨 일이지."

〈문자로 남기긴 꺼림칙한 문제가 생겼어요.〉

여자가 불필요한 인사말을 생략하고 이야기했다. MJ는 멈추었던 차를 다시 움직였다. 투박한 산길을 다마스가 덜컹거리며 지나갔다.

〈조금 전까지 병원에 있었어요. 크랙이 입원한.〉

MJ가 여자에게 시킨 일에 대해서였다. 크랙의 동태를 살피라고 했는데 그와 관련된 이야기가 있는 듯했다.

"크랙의 상태는 어때."

〈혼수상태예요. 머리를 개구하고 꽤 큰 수술을 했는데 아직 정신을 차리지 못했어요.〉

"다행이네. 떠들 입이 하나 줄어들어서."

MJ는 말을 하고도 아차 싶어 도원을 돌아봤다. 사람을 중태에 빠지게 만들고 다행이라 말한 바람에 걱정했지만 도원의 표정은 달라지지 않았다. 여전히 침착하고 또 깊게 생각하고 있었다.

"그 외 상황은."

〈의사도 크랙 병실에 자유롭게 드나들 수 없어요. 크랙이 입원한 VIP층 전체가 봉쇄되었거든요. 경찰들이 막고 있어서 기자도 접근을 못해요.〉

"VIP라. 걔가 그 정도로 유명한 배우였나."

〈부모님이 유명하죠. 대기업 사장이니까요. 이번에 사고 당한 사람들도 전부 대기업과 연관된 사람들이라 언론에서 관심은 많은데 누구도 쉽게 보도할 생각을 안 하네요. 정보 접근도 어렵겠지만 보복도 무서운가 봐요. 관련 업계 지라시에만 익명으로 소문이 돌고 있어요.〉

"분위기 파악됐어. 그래서 전화까지 할 정도로 급한 문제가 뭔데."

〈경찰들 분위기요. 클럽 방화 사건 자체는 곁다리예요. 크랙과 연관된 마약 사건이랑 MJ, 당신에 대한 얘기를 더 크게 다루고 있어요.〉

"그래서?"

〈'조력자' 얘기 들었어요? 당신이 그 사람을 직접 찾아가 봐야 할 것 같은데요.〉

조력자, 라는 말에 MJ가 황급히 도원을 돌아봤다. 수화기 속 여자 목소리에 귀를 기울이는 도원은 MJ의 시선 변화를 눈치채지 못했다. MJ는 수화기 속 이야기를 다급하게 끊어 버렸다.

"조력자 얘기는 나중에 해."

〈네? 왜요?〉

"지금 할 말이 아니야. 그거 때문에 전화한 거면 끊겠어."

〈아니, 잠깐만요. 조력자 얘기를 할 수밖에 없어요.〉

"하지 말라고 분명히 말했어."

〈그럼…… 당신이 따로 연락해 보세요. 조력자에게 병원 시스템을 물어봐야 할 것 같아요. 수상한 사람이 가족 면회도 금지된 병실에서 걸어 나오는 걸 봤거든요.〉

수상한 사람이라. 여자가 파악하지 못한 크랙 주변 사람이 있는지를 가늠해 보았다. 여자의 정보통이 그렇게 허술하지 않기에 이상하다 여겼다.

"수상한 사람이라니."

〈의사는 아니었어요. 가운도 입지 않았으니까요. 어떤 식으로 관계있는 사람인지는 모르겠지만 그냥 직감이에요. 아버지 쪽 사람 같아요.〉

"자세히 말해 봐."

〈20대 후반으로 보이는 남자였어요. 키가 컸어요. 복도를 걸어간 걸 몰래 숨어서 본 거라 그게 전부예요. 다만, 이상할 정도로 예리한 사람이었어요.〉

"예리하다고?"

〈네, 숨어서 지켜봤어요. 제가 '숨는다'고 말하는 게 어떤 수준인지 아시죠?〉

물론이다. 멀리서 몰래 총을 쏘는 사람에게 '숨는다'는 건 모든 사람에게 발견되어서는 안 된다는 뜻이다.

〈근데 그 사람은 저를 발견했어요. 복도 끝에 멈추어서 저를 돌아봤어요. 이상하죠. 제가 있는 것을 어떻게 알고 그 먼 거리에서 돌아봤을까요. 눈이 마주치자 한 가지 생각밖에 안 들더군요.〉

여자는 본인이 생각해도 어이가 없는지 작게 웃음을 터뜨렸다.

그 웃음은 곧 멎었다. 밝고 상냥하던 목소리가 낮게 가라앉았다. 남자가 복도 끝에서 돌아봤을 때가 생각난 듯. 그 먼 거리에서 눈을 마주쳤을 때의 복도 분위기와 병원이 가진 공간성, 경찰들의 위협적인 통제, 모든 것이 어울린 듯.

그녀는 여성 특유의 날카롭고 예민한 표현으로 남자를 정의했다.

〈무서웠어요.〉

여자는 여타 그 어떤 설명도 덧붙이지 않았다. 왜, 무엇이, 어떻게 무서웠는지 아무것도 해석하려 들지 않았다. 흰 복도 끝에서 돌아본 남자와 눈이 마주쳤을 때 무섭다고 느끼는 것은 아무리 설명해도 비현실적이었다.

쳐다봤을 뿐이다. 그곳에 여자가 있다는 걸 발견했을 뿐이다. 먼 거리라 눈이 마주쳤는지 다른 어딘가를 보고 있는지 알 길이 없다는 게 더 정확한 표현이었을 텐데.

여자는 마주친 남자에 대한 모든 설명에 확신이 있었다. 자신을 발견했고 눈이 마주쳤다. 무서웠다. 그건 상대가 가진 고유의 분위기라고 봐야 했다.

MJ는 그녀의 이야기를 오랫동안 곱씹었다. 턱과 입을 만지작거리다가 평소 어조로 말했다.

"당분간 숨어 있어. 내가 먼저 연락하기 전에 누구한테도 연락하지 마. 나도 포함이야."

〈이런, 일찍 말해 주시지.〉

"뭐야? 문제 있어?"

〈저 지금 당신이 오려는 곳에 이미 와 있어요.〉

"뭐―." 하는 말을 흘리던 MJ가 눈살을 찌푸렸다. 목소리가 한층 사나워졌다.

"내가 어디 가는지 어떻게 알았어."

〈아이스한테 들었어요.〉

"아, 그 새끼가 정말."

〈지금 크랙이 사고가 나고 분위기가 많이 안 좋아요. 우리 쪽도 급할 수밖에 없는 문제니까요. 잠깐만 얘기해요. 전화도 불안해서

직접 움직인 거니까 너무 매정하게 굴지 마시고요.〉

"이건 아이스한테 못 들었나 봐. 나 여기 오는 거 쉽지 않았어. 이번에도 방해받으면 내가 뭘 어떻게 할지 장담 못 해."

〈방해 안 해요. 잠깐이면 돼요. 조력자 얘기도 해야 한단 말이에요. 생각보다 급하다니까요. 아님 지금 전화로 할래요? 전 상관없어요.〉

"하지 마."

〈그러니까 제 말은.〉

"알았다고, 빌어먹을. 만나서 직접 말해. 그만 닦달하고."

작게 욕지거리를 내뱉은 MJ가 전화를 끊고 핸들을 돌렸다. 울퉁불퉁한 산길을 조금 지나자 목적했던 작은 집에 도착했다. 나무로 개량된 조그마한 펜션 같기도, 낡아 빠진 모텔 같기도 한 곳. 불은 꺼져 있었다. 멀리서 가느다란 물 떨어지는 소리만 들려왔다.

MJ는 시동을 끄고도 차에서 내리지 않았다. 손끝으로 톡톡, 핸들을 두드렸다. 도원을 살피는 시선이 근심으로 가득했다. 하고 싶은 말이 흘러넘치지만 또다시 짜증스럽게 머리를 긁는 게 전부였다.

도원은 그런 MJ를 바라보다가 차 문을 열었다. 도원이 차에서 내리자 MJ가 황급히 뛰어내렸다. 차 앞을 돌아서 도원에게 걸어갔다.

MJ가 선물한 책을 꼭 쥐고 있는 손엔 혁대에 묶였던 자국이 선명했다. 몸 안에 사정하는 섹스를 한 직후라서 몸 어디가 아프거나 불편할 수도 있을 테니 복잡한 얘기는 다음으로 미루는 게 좋을 것 같았다.

"기다릴 테니까 갔다 와요. 그동안 근처를 둘러보고 있을게요."

무슨 말을 하려는 MJ에게 도원이 배시시 웃어 보였다.

"나한테 말 못하는 이야기까지 듣고 싶지는 않아요. 나중에 하고 싶을 때 말해 주세요."

MJ는 한숨을 내쉬었다. 도원이 사람 없는 산속을 헤매는 것을 원치 않았기에 건물 뒤편으로 연결된 쪽문을 가리켰다.

"저 뒤로 가면 노천탕이 하나 있어. 이틀 동안 이 산장을 통째로 빌린 거라 우리 외엔 이용객이 없을 거야."

"주인분께 인사는 해야죠."

"주인 할머니는 딸네 집에 내려가서 없어. 물속에 들어가서 몸 좀 풀고 있어. 일 끝나면 수건이랑 갈아입을 옷 챙겨서 갈게. 금방 끝낼게."

"급할 거 없어요. 편하게 볼일 보세요."

"응. 미안."

"괜찮아요. 정 안되면 차 안에서 책 보고 있을 테니까 내 걱정은 마세요."

다정한 배려에 MJ도 비로소 굳은 표정을 풀었다. 도원의 얼굴에 쪽쪽, 뽀뽀를 해 준 MJ가 한 걸음 뒤로 물러났다.

가볍게 손을 흔드는 도원을 보면서 산장 안으로 들어갔다. 익숙한 듯 현관을 가로질렀다. 불을 켜지 않은 어두운 건물 안에서 MJ는 망설임이 없었다.

입고 있는 재킷 안주머니에서 총을 꺼냈고 그대로 장전했으며 인기척이 들리는 거실로 들어가자마자 소파에 앉아 있는 여자의 뒤통수에 총구를 겨눴다.

소파에 앉아 있는 여자는 숨소리조차 내지 않았다. 뒤통수에 총이 닿는 순간 모든 것이 정지했다. 굳어서 아무런 말도 없었다.

MJ는 커튼 사이로 창밖을 내다보았다. 도원이 건물 뒤편으로 향하는 쪽문을 열고 있었다. 한 손에 책을 챙겨 간 걸 봐서는 따뜻한 물에 몸을 녹이면서 책을 보려는 것도 같았다.

장전된 총을 풀고 여자의 멱살을 잡았다. 짧게 비명을 지르는 입을 손으로 틀어막았다. 여자를 바닥에 패대기쳤다. 쾅, 하고 커다란 소리가 울렸다.

MJ가 바깥 동향에 잠시 귀를 기울였다. 도원이 무슨 소리를 듣고 건물 안으로 들어올까 봐 한참을 기다렸다. 도원이 듣지 못했다는 확신이 든 후에야 MJ는 여자의 몸 위에 올라탔다.

자신을 대신하여 오피스텔을 계약했던 여자가 겁먹은 얼굴로 MJ를 바라보고 있었다.

"안 하던 짓을 하니까 내가 의심하잖아."

MJ가 천천히 고개를 숙였다. 입이 틀어 막힌 여자의 숨소리가 거칠었다.

"내가 분명히 조력자 얘기 그만하라고 했는데도 몇 번이나 계속했어. 네가 그렇게 눈치 없는 여자가 아니란 것쯤은 알아. 왜 안 하던 짓을 할까, 응? 조력자 정보를 어떻게든 뜯어내려고 발악하는 것 같잖아."

여자의 맨 목에서 냄새를 맡아 보았다. 피 냄새가 났다. 어딘가 상처가 나 있는 모양이었다. 육탄전에 약하고 멀리서 저격하는 여자가 몸에 상처를 입을 일은 흔치 않다.

MJ는 망설임 없이 여자의 블라우스를 잡아 뜯었다. 속옷과 민소매 티셔츠가 붉게 젖어 있었다. 몸 곳곳에 칼자국이 선명했다.

커터 아니, 면도칼인가. 이 정도 깊이와 깔끔함이라면 메스일 가능성도 농후했다. 상처는 글자 모양이었다. 도륙하듯 여자 몸을 훼손해 놓았다.

There there, It's just a game.

흰 살에 박힌 글자를 읽은 MJ가 고개를 들었다. 어두운 거실에 MJ의 안광만 매섭게 빛났다.

"누가 이랬어."

입에서 손을 떼어 주자 여자가 손가락으로 자신의 귓가를 톡톡 두드렸다. 사소한 행동이었지만 MJ는 그 뜻을 알아봤다. 누군가 도청을 하고 있다는 뜻이었다.

"내 연기가 어설펐나 봐요."

그녀는 자신의 입을 덮었던 MJ의 손바닥에 손으로 글씨를 썼다. 말하는 내용과 일치하지 않는 메시지였다.

아버지

단 한 마디였다. MJ는 빠르게 거실을 둘러본 뒤 여자 몸에 난 상처를 다시 보았다. 집착적으로 조력자에 대해 묻던 행동이 비로소 이해가 갔다.

소리를 지르려던 MJ는 어금니를 악물며 참았다. 밖에 도원이 있다. 도원에게 여자가 메스에 난도질당한 장면은 죽어도 보여 줄 수 없었다.

"내가 모른 척하고 있는 게 나아?"

속삭여 묻는 MJ에게 여자가 고개를 끄덕였다. 도청기가 있다는 사실을 MJ에게 알려 주었지만 그 티를 내지 않길 바라고 있었다.

"내 몸에 손댄 사람을 죽이고 싶어서 당신의 조력자를 물었어요. 너무 티 나게 굴었나 보네요."

"누가 이랬는데."

"무서운 사람이요."

병원 복도에서 만났다는 사람.

MJ가 입가를 씰룩였다.

"어떤 새끼였는지 말해 주면 내가 대신 찾아서 죽여 줄게."

"남자랑 눈이 마주쳤을 때 갑자기 제 뒤에서 손이 나왔어요. 입을 천으로 가렸고 정신을 잃었어요. 눈 떠 보니까 이렇게 몸에 장난질을 해 두었고요. 어떤 새끼였는지는 내가 더 찾아봐야겠네요."

"조력자에게 얻을 정보가 있다면 대신 얻어 줄 테니 그만 가 봐."

"미안하지만 내가 직접 찾을 거예요. 조력자 알려 주세요."

"조력자는 내가 보호하는 사람이야. 아무리 너라도 그 사람까지 넘볼 순 없어."

"내가 이 꼴을 당한 걸 보고도 그런 말이 나온단 말이죠."

"그러니까 대신 죽여 주겠다고."

"됐어요. 당신 손 빌리는 거 하나도 의미 없으니까."

여자는 자리에서 일어나 찢어진 블라우스로 몸을 가렸다. 그녀는 말 대신 힐끔 천장의 등을 쳐다봤다. 더 이상의 말은 없었다. 그녀는 옷을 대충 추스른 채 신발을 챙겨 나갈 뿐이었다.

MJ는 혼자 거실에 앉아 꽉 쥔 주먹을 떨었다. 여자가 올려다보았던 천장 등에 시선을 주었다. 평범한 갓등이었다. 불투명한 갓을

씌워 놓은 형광등 전구가 달린.

여자가 그런 등을 쳐다본 이유는 명확했다. 저 등에 도청 장치가 있다는 뜻이었다. 그 파렴치한 기계 장치를 당장 제거하고 싶었지만 그 순간 아버지가 찾아오기라도 하면 어쩌나 하는 생각이 들었다.

도망가야 하는 상황이 올지도 모른다. 어쩌면 도청 장치 외에도 실제 감시하는 인력이 산장 주변을 에워싸서 도망칠 수도 없게 만들었을지 모른다.

마음 편히 온천을 즐기고 있을 도원을 다시 억지로 옷을 입히고 불편한 차에 쑤셔 넣어 하루 종일 운전만 할 수는 없었다.

어떻게 왔는데. 어떻게 이렇게까지 도원이 마음을 놓을 수 있도록 한 건데.

MJ의 손톱이 움켜진 주먹 안의 손바닥 살을 파고들었다. 여자의 몸에 남겨진 메시지가 어른거렸다.

―저런 저런, 이건 그냥 게임일 뿐이잖아.

손톱 끝이 하얗게 구부러져 툭, 하고 깨질 때였다.

"아, 저기, MJ?"

현관문에서 도원의 목소리가 들렸다. MJ가 황급히 현관을 돌아봤다. 옷을 벗다가 만 차림새로 도원이 쭈뼛거리고 있었다. 대화하던 동료가 아직 집 안에 있다고 생각했는지 그런 MJ의 시간을 방해한 것 같아 지극히 미안해하는 표정이었다.

"방해해서 미안해요. 저기, 온천 근처에 전등 같은 거 없을까요? 들어가서 책을 보고 싶은데 어두워서요. 그냥 멍하니 앉아 있으려니 잡생각이 떠올라서 힘들더라고요."

평온해 보이는 도원을 본 MJ는 손톱이 부러진 손을 뒤로 숨겼다.

MJ는 한참 후에야 고개를 끄덕였다.

"응, 불 켜 줄게. 가 있어."

"네. 고마워요."

"나도 곧 따라갈게."

"아니에요. 볼일 천천히 보고 오세요."

"다 봤어."

"네? 벌써요?"

"응. 그러니까 금방 갈 테니까."

울컥, 눈물이 날 것 같은 MJ가 애써 천장을 보지 않으려 했다. 고개를 숙이고 등 뒤로 돌린 주먹을 다시 움켜쥐었다. 쌍욕이 터지려는 입을 꽉 다물었다. "MJ?" 하고 부르는 도원은 영문을 모르는 듯했다. MJ가 억지로 웃어 보였다.

"나랑 편하게 쉬었다가 가자. 아무 걱정 말고."

온천은 기껏해야 지름이 성인 남성 세 명이 나란히 펼친 팔 길이 정도밖에 안 되는 곳이었다. 온천이라기보다는 작은 못에 가까웠다.

어떻게 만든 온천인지, 관리는 어떻게 하는지, MJ는 이곳을 어떻게 알게 된 것인지.

온천에 몸을 묻고 있는 도원은 궁금증이 많은 표정으로 MJ를 쳐다봤다. 옷을 벗지 않은 MJ가 문가에 앉아 있었다. 검은 털이 수북하게 달린 외투를 걸치고 어딘가를 쳐다보고 있었다.

도원 역시 그 시선의 끝을 쳐다봤다. 겨울나무만 무성하게 자란 산이었다. 동쪽을 향해 삐뚜름히 자라난 나무 사이를 응시해 보지만 아무것도 보이지 않았다. 겨울 산의 해는 빠르게 저물어서 나무 사이가 어둠으로 메워져 있었다.

"MJ."

그 부름에 산속을 응시하던 MJ가 고개를 돌렸다. 눈이 마주친 MJ는 마치 몸을 웅크리고 있는 검은 짐승 같았다.

긴장하는 건가. 아니, 무언가를 격렬하게 배척하는 것도 같은데. 정체를 알기 힘든 것을 향한 극도의 거부 반응처럼 보이기도 했다.

그에게서 살기가 느껴졌다. 사방을 향해 날카롭게 뻗어 있는 가시처럼, MJ는 외투로 몸집을 부풀리고 어둠을 경계하고 있었다.

도원이 손을 뻗었다. 첨벙, 팔꿈치와 손목이 물 표면을 들어 올렸다. 물소리에 MJ가 귀를 쫑긋하는 것처럼 보였다.

"이리 와 봐요."

도원의 부름에 MJ가 자리에서 일어났다. 여전히 산속의 어둠을 쳐다보면서도 도원의 손이 닿는 곳까지 다가와 앉았다.

살기라고 생각한 것이 확실하게 느껴졌다. MJ는 도원을 제외한 모든 것을 향해 물어뜯을 준비가 되어 있다는 듯 이빨을 드러낸 상태였다.

왜 갑자기 처음 만났을 때처럼 불안정하고 공격적인 모습으로 되돌아간 것일까. 이유를 알지 못하는 도원은 당혹스러웠다.

같이 차를 타고 올 때까지만 해도 이러지 않았다. '처리해야 할 일'이 있다며 산장에 들어갔다 나온 후로 사람이 달라진 것 느낌이다.

자신이 내민 손을 꼭 잡기만 하는 MJ를 한동안 올려다보았다.

도원이 마주 잡은 손을 힘주어 붙들었다.

"무슨 일 있어요? 나한테 얘기해 줄 수 있나요. 듣고 싶어요."

MJ는 이야기를 피했다.

"물 따뜻해?"

MJ는 도원의 젖은 손을 꼭 잡고 말했다.

"너무 뜨겁거나 차면 온도를 조절할 수 있어. 배수 시설을 내가 직접 만들어서 잘 알아. 이 밑에 온천물이랑 차가운 지하수랑 섞이 도록 관을 놓았거든."

"온도는 괜찮아요. 적당해요."

"다행이다. 책 안 봐? 불빛이 너무 약한가. 근데 이보다 빛이 강하면 산짐승 내려와."

"책이 젖을 것 같아서요. 춥지 않아요? MJ도 들어와요."

"괜찮아."

"들어와서 몸을 녹이면 좋겠는데."

"옷 벗고 선생님께 닿으면 못 참을 거 같아. 지금도 발기해 있어."

"그……."

"지금은 더 그래. 자제 못할 거 같아. 난 여기 있을게."

섹스 충동도 조절하기 힘들어진 건가. 잘 견뎌 내는 것 같더니 왜.

도원은 불안하게 MJ를 올려다봤다. 라이터를 찾을 것처럼 손을 꿈지럭거렸다. 방화 아니면 섹스로 도피했던 과거의 MJ가 겹쳐 보였다. 산속 어둠을 응시하면서 그 어둠에 동화되고 있었다.

"MJ."

도원이 손을 올려 MJ의 볼을 잡았다. 손끝으로 귓가의 화상 자국을 만졌다. 차가운 두 볼과 질긴 고기처럼 변해 버린 피부 조직을 쓰다듬어 주고 볼에 뽀뽀를 해 주었다.

어둠 속을 죽일 듯이 노려보기만 하던 MJ가 처음으로 도원에게 시선을 고정했다. 화상 자국에도 입을 맞춰 주는 도원의 행동을 빤히 쳐다보면서 살기를 누그러트렸다.

도원이 물속에서 걸어 나오자 MJ는 황급히 그런 도원을 품에 안고 자신의 외투 속으로 끌어들였다. 행여나 발끝이라도 찬 공기에 노출될까 봐 도원을 동그랗게 끌어안았다. MJ 본인의 옷이 젖어 드는 것도 신경 쓰지 않고 도원을 꼭 끌어안았다.

"선생님, 우리 계약은 완전히 끝난 거야?"

외투 속에 안긴 후에야 도원은 MJ의 몸이 얼마나 굳어 있는지를 알 수 있었다. 금방이라도 튀어 나갈 것처럼 팽팽하게 당겨져 있는 근육들이 한시도 경계를 늦추지 않았다.

MJ가 느끼는 불안감의 근원을 알아보기 위해서 도원은 MJ의 표정과 시선을 하나도 놓치지 않고 살펴봤다.

"어떤 계약 말이죠."

"상담자랑 내담자."

"MJ를 내담자 취급한다면 저는 여기에도 안 왔을 거예요. MJ도 아는 사실이잖아요."

"응, 알아. 난 이 관계가 더 좋아. 연인이 더 행복해."

"그런데도 그렇게 묻는다면 이전 관계에 미련이 남아서인가요."

"답답해서."

"답답해요?"

"응. 아버지 생각하다 보니까 옛날 일이 자꾸 떠올라. 말하고 싶은데 선생님은 더 이상 내 상담 선생님이 아니잖아. 물어보지도 않은 걸 나 혼자 떠벌리는 것도 이상하고."

"연인 관계에서도 그런 얘기 해요."

"어? 정말?"

"서로 아무 관계없는 얘기를 해요. 상담자와 내담자가 아니라도 속 깊은 얘기를 할 수 있어요. 그런 게 걱정이었던 거예요? 얘기해 보세요. 연인으로서 들어 줄게요."

MJ는 도원의 어깨너머 산속을 바라봤다. 어둠이 깊어지고 넓어질수록 쳐다보는 시선도 늘어나는 것 같았다. 정말로 누가 쳐다보고 있는 것인지, MJ의 불안이 만들어 낸 환상인지 구분할 수가 없었다. 상대가 보이지 않아서 불안이 가진 모습이 시시각각 변했다.

거대한 총을 든 괴물이 되었다가 아가리를 벌린 화염이 되었다. 검은 터널처럼 깊게 뚫린 엄마의 두 다리 사이가 되는가 하면, 몽둥이처럼 굳게 서서 엄마를 후려치는 아버지의 성기를 닮기도 했다.

두 다리로 일어서서 걷는 거대한 늑대였다가 아무리 사료를 부어도 사라지기만 하는 작은 개밥그릇이 되기도 하다가, 도원이 울고 웃는 모습으로 변하기도 한다.

공포가 이렇게 다양했던가.

MJ는 도원을 더 세게 끌어안았다. 눈을 감고 입을 뗐다.

"어린 시절 창고에서 딕이랑 같이 자랐을 때 말이야."

도원이 눈을 크게 떴다. MJ가 가진 트라우마의 시초였다. 본인이 통제를 못해서 차 속에서 폭력성과 섹스 충동을 모두 발휘해 도원을 억압하게 만들었던 그 이야기였다.

MJ가 그 이야기를 스스로 감당할 수 있는 수준인지, 도원은 확신할 수 없어 MJ의 입을 손바닥으로 막았다. 도원이 고개를 가로

저었다.

"그 과거는 억지로 생각하지 말라고 했잖아요."

MJ는 도원의 손을 떼어 냈다.

"자연스럽게 떠오른 거야."

"기억의 시초는 함부로 건드리는 거 아니에요. 특히 본인이 묻어 놓고 싶은 기억이면 파헤치지 마세요."

"말하고 싶은데."

"하지만."

"선생님한테 말하고 싶어. 하지 마?"

"……통제 못할 수도 있어요."

"음. 알았어. 선생님이 보기에 문제라면 말 안 할게."

왜 갑자기 지금 그런 민감하고 연약한 기억을 건드리려는 걸까. 도원은 불안한 눈으로 MJ를 한참이나 쳐다봤다. 도원이 하지 말라면 다시 그때의 기억을 봉해 버리고 어둠 속에 담가 놓고 잊은 채 살아갈 MJ였다.

도원이 브레이크를 걸면 멈춘다. MJ는 그 명령 체계만큼은 정확하게 믿고 따랐다. 자신의 판단보다 도원이 내려 주는 판단을 더 신뢰했다.

그렇기에 도원은 MJ에게 그 기억을 덮어 두라고 단언하기 어려웠다. 너무 많은 것을 도원에게 의지하고 있어서, 도원의 선택으로 인해 MJ의 사고방식과 행동 방향이 모두 바뀌고 있었다.

이러다가 MJ 본인의 의지와 전혀 다른 종류의 잘못된 결정을 도원이 내릴 수도 있는 일이었다. 한 사람의 인생을 좌지우지해서는 안 되었다. 설령 연인이라는 이름으로라도.

"말하고 싶으세요?"

도원은 화상 자국을 다시 쓸어 만졌다. 여전히 긴장되어 있는 근육이 느껴졌다. 도원의 손길에 편안한 얼굴로 기대어 대답했다.

"응."

"그런 거라면 들어 줄게요."

"정말?"

"네, 편하게 얘기해 보세요."

그 말에 MJ가 비로소 긴장이 조금 풀린 얼굴로 입을 뗄 수 있었다.

"내가 제일 싫어했던 거 말이야. 거기 창고를 제일 싫어했어. 아, 창고 맞나. 싫어한 게 창고 그 자체는 아니었고 뭔가 좀 다른 것 같았는데. 그런 데에 날 가둔 아빠도 아니었고 개밥을 먹어야 한 식사 시간도 아니었고. 그래, 어둠이었어."

신중하게 들어 주는 도원을 보면서 MJ는 생각나는 대로 내뱉었다.

"거기 어둠은 다른 데랑 달라. 한도 끝도 없는 어둠이야. 저녁이 되면 손발도 보이지 않을 만큼 어두워지거든. 깊이도 넓이도 가늠이 안 될 정도로 정말 어둠 그 자체였어."

어린 MJ가 만들어 낸 어둠은 실제보다 환상성이 섞인 기이하고 그로테스크한 존재였던 듯했다.

"난 그게 엄청나게 무서웠어. 어둠은 너무 많은 상상력을 이끌어 내잖아. 그것도 현실감이 불명확한 어린애한테는 최고로 끔찍하지. 어두워진 창고 안은 상상으로 만들어 낸 괴물 소굴이나 다름없었거든."

기억을 봉해 놓은 창고 문을 MJ가 스스로 열기 시작했다. 이전처럼 발작적인 두려움이나 통제 불능의 상태가 되지 않았다. 지극히 평온하고 고요한 모습이었다. 낯설 정도로 아무렇지 않았다.

"그, 뭐더라. 선생님 다큐멘터리에서 그랬는데. 미국에서는 어린 애들 옷장 문을 열고 나오는 부기맨 이야기가 있다면서. 그건 거기 대륙이나 여기나 같나 봐. 창고에 있었을 때 부기맨 같은 거 몰랐어. 그런 얘길 해 주는 사람도 없었고."

머더구스 같은 것을 들려주는 어른이 없다는 말에 도원은 입술을 깨물 뻔했다. MJ는 자신의 이야기를 너무도 덤덤하게 말해 나갔다. 그 덤덤함이 도원을 오히려 힘들게 했다.

"그런데도 어둠 속에서 뭐가 나올 것 같았어. 뭔가 있다고 여긴 거야. 나도 모르지만, 나를 해칠 수 있는 뭔가가 매일 밤 창고 구석에 숨어 있다고 생각한 거야."

MJ는 그 '무언가'에 대해서 다양한 비유로 설명해 주었다.

"뿔이 달린 새, 사람 다리를 가진 거미, 유방이 스무 개가 넘는 돼지와 사람 성기가 머리에 달린 수사슴. 악마나 악령, 귀신이나 도깨비 같은 게 아니야. 그것들보단 짐승과 사람의 형상이 뒤섞여서 더 기괴했거든. 총을 든 사람보다 머리에 뿔 대신 성기가 달린 사슴을 더 무서웠어."

MJ가 짐승에게서 보는 인간은 지나치게 세분화되어 있었다. 페티시즘적이었다. 인간이 가지는 성적 매력을 부분적으로 소유하는 괴물들이었다. 전체성이 아닌 부분성으로 나뉜 인간의 신체는 한편으로는 섹시하고 매혹적이지만 짐승 몸에 달려 있어서 기괴하고 공포스러운 부분이었다.

MJ는 그것을 두려워했다. 자신도 모르게 돼지의 젖꼭지를 빨까 봐. 거미의 다리를 쓸어 만질까 봐. 수사슴의 머리에 달린 성기를 잡고 수음을 할까 봐.

인간으로서 해야 할 짓과 짐승만이 하는 짓을 구분하지 못하는 그 많은 것들에 대해 두려워했다.

"그래서 불을 켰어. 전등은 없어서 라이터를 켰어. 라이터 불은 너무 작고 금방 꺼지기 때문에 그걸 오래 지속할 방법을 찾아야 했어."

작은 불씨에라도 매달려야 했다. 어둠을 이기는 것은 빛밖에 없었기 때문이다.

"처음엔 종이를 태웠고 나중엔 집 근처에서 모은 나뭇가지를 태웠어. 얼마 못 가 꺼지더라. 괜찮아. 그 정도로도 충분하잖아. 그것만으로도 창고 전체가 밝아졌거든. 그러면 더는 무섭지 않아. 괴물들이 숨어 있을 공간이 없어서."

불의 절대성을 그런 식으로 배웠다. 인간과 짐승의 경계를 명확하게 모르는 때에. 사람이 왜 창고에 개랑 함께 갇혀서 개밥을 먹는지 그것을 잘못된 일이라고 구분하지 못하는 때에. 오로지 자신을 해칠 수 있는 존재를 멀리 내쫓을 수 있는 절대성을 가진 불만을 속에 품고 자랐다.

MJ에게는 다른 연쇄 방화범들이 보이는 성취욕이 불을 지를 때 별로 없는 듯했다. 자신을 과시하고 결과물을 향유하는 방화범들의 심리와 달리, MJ는 불 자체의 속성이 자신을 지켜 준다고 믿었다.

그래서 언제나 불을 곁에 두었고 자신을 통제할 수 없을 때에 강박적으로 불을 질러 왔다.

"연쇄 방화는 절 만나기 반년 전부터 저지른 것 같았는데요, 그전에도 방화를 작지만 반복적으로 했던 건가요."

도원의 물음에 MJ가 "음." 하고 목뒤를 울렸다.

"딕이 죽기 전까지는 방화를 안 했어."

"딕이 불같은 존재였군요."

"응. 그 속에서 살아남았잖아. 부모님도 돌아가신 불길 속에서 딕은 살았어. 나한테는 불만큼 강한 존재야."

"그런 딕이 죽은 후엔."

"맞아. 불안해지면 라이터를 찾아야 했어. 손에서 못 놓겠더라. 처음엔 여자와 섹스하면서 그걸 풀었는데 나중에는 잘 안 되었고, 한 번 방화를 시작하니 걷잡을 수 없게 빠져들었어."

도원은 이해할 수 있었다. MJ가 어떤 기제로 불을 내고 그 불에 안심하는지 알았다. 불의 힘과 섹스의 쾌락을 동일선상에 두는 것도 괴물을 페티시즘적으로 바라보던 어린 시절과 연관되어 있었다.

"스스로가 불에 타 죽는 건 두렵지 않나요."

MJ는 눈을 깜빡였다. 도원의 질문이 생소하면서도 재미있다는 표정으로 웃기 시작했다.

"딕은 주인을 물지 않았어. 불도 길들이면 날 물지 않아. 난 불을 이기는 존재니까."

MJ에게 불은 절대적인 존재였다. 불이 행하는 어떤 제의와 축제도 토정할 만큼 흥분되는 것 이상의 가치를 가지지 못하는 것이다.

이런 얘기를 평범하고 일상적인 어조로 할 수 있다는 것은 MJ가 기억의 시초를 극복했기 때문일까. 어떻게 자신의 공포를 이렇게 태연하게 말할 수 있게 된 것일까.

대부분의 사람들이 공포의 정체를 알지 못해서 무서워한다. 그 정체를 알게 되면 공포의 대상도 다른 것으로 변해 간다.

가령 어린 시절에는 귀신 이야기를 무서워했다면, 성인이 되고 나선 돈이 없어서 배곯는 일을 무서워하는 것과 같은 이치다.

MJ 역시 그런 거다. 그래서 말할 수 있게 된 것이다. 이전의 것을 극복한 것이 아니라, 다른 공포의 대상으로 전이된 것이다.

"MJ."

도원은 걱정스레 MJ를 쳐다보았다. MJ는 그런 도원을 보면서 차가워진 머리를 볼로 비볐다.

"추워서 더는 안 되겠다."

MJ가 그렇게 말하면서 도원을 품에서 놓았다. 온천물에 턱밑까지 잠기도록 하고 차갑게 언 머리카락을 따뜻한 온천물로 녹였다.

도원은 그 다정한 MJ의 행동에 더욱 안타까운 표정을 지었다. 창고 속 어둠으로 키워 온 공포가 무엇으로 전이되었는지 정확하게 알 수 있었다.

MJ의 행동은 그만큼 명확했고, 도원은 그 명확한 징후를 읽을 수 있을 만큼 전문가였다. 도원은 자신을 챙겨 주는 MJ의 손을 잡고 말했다.

"나는 MJ를 떠나지 않아요. 누가 나를 MJ의 곁에서 떠나게 만들지도 않을 거예요. 그러니 그렇게 무서워하지 마세요."

MJ는 도원을 가만히 쳐다보다가 웃었다. 어딘지 핀트가 어긋난 미소였다.

"응, 나도 선생님 안 떠나. 걱정 마. 내가 지켜 줄게."

누군가 자신을 해칠 수 있다는 공포를 어린 시절의 MJ는 불로 이겨 왔다. 자신에게 가해지는 두려움만 겪어 와서 다른 사람에게 가해지는 것을 어떻게 대응하는지 몰랐다.

그게 MJ의 새로운 공포였다. 자신이 통제하지 못하는 상황으로 소중한 것을 잃을지 모른다는 공포.

그것이 전이된 대상은 다름 아닌 도원이었다. 도원을 잃는 것 자체가 새로운 공포가 되어 버린 이때에 대상으로서 도원이 무엇을 할 수 있는가.

"내가 지켜 줄 거야. 선생님을 누구도 건드리지 못하게 할 거야."

MJ가 미소 지었다.

"좋아해요. 선생님. 정말 좋아해. 절대 선생님을 잃지 않을 거야."

이젠 좋아한다는 말이 평범한 고백처럼 들리지 않았다.

도원은 그의 새로운 라이터였다.

MJ의 어둠을 밝혀 줄 유일한 빛이었다.

뼛속까지 파고드는 시린 한기와는 다른 추위를 느끼면서 도원은 MJ를 바라봤다. 순수하게 웃고 있는 MJ를 보며 추위보다 더 큰 잔혹함에 온몸을 떨었다.

13

13

[11월 23일

아버지로부터 연락을 받았다. 인터뷰 촬영 중에 온 메시지였다. 매리제인이 공급처에 불을 지르고 다닌다. 누군가를 찾는 것 같다. 사람을 시켜서 그 누군가를 찾지 못하게 하란다.]

[11월 27일

박 형사를 만났다. 매리제인이 찾는 사람이 누군지 확인했다. 도원 선생이다. 오랜만에 들은 이름이다. 아버지한테 말했더니 존나 좋아한다. 변태 새끼.]

[12월 2일

매리제인과 그 사람을 만나게 해야겠다.]

[12월 10일

한국에 가는 일정이 잡혔다. 연말 파티를 준비해야겠다. 아이스가 튀는 게 영 마음에 안 든다. 이 새낀 아버지 편인가, 매리제인 편인가.]

[12월 ~~23일~~ ~~24일~~ ~~25일~~ 29일

계속 늦춰져서 작업하는 데에 애를 먹었다. 박 형사를 시켜서 그 사람을 잡아 오라고 했다. 아이스도 짜증 나고 매리제인도 짜증나고 아버지도 짜증난다. 셋 다 엿 먹이려면 그 사람을 이용해야겠다.

박 형사 이 병신 같은 새끼가 제멋대로 그 사람을 죽이려다 놓쳤다. 시발, 좀만 늦었으면 그 사람 대가리가 날아갈 뻔했다. 내 대가리도 아버지 손에 함께 날아갈 뻔했다. 그 사람 행방을 못 찾겠다. 일이 꼬이는 느낌이다.]

[1월 4일

한국에 간 김에 연초 파티나 할 생각이다. 그 사람도 초대해야지. 매리제인이랑 완전히 붙어먹은 거 같은데 아버지가 이걸 더 반기는 눈치다. 변태 새끼 맞다. 지가 따먹을 것처럼 말하더니 그건 아니었던 것 같고. 얘네한테 집착하는 꿍꿍이를 모르겠다.

박 형사 때문에 한국 경찰들한테 내 꼬리가 잡혔다. 아버지 손에 놀아나는 기분이다. 빌어먹을 아버지가 한국에 왔다고 한다. 때려치우고 싶다. 때려치우게 하고 싶다.]

[1월 6일

마포대교 자살 사건? 왜 이걸 아버지가 직접 나서지?]

[1월 7일 8일 9일
아이스 개새끼. 아버지 말은 잘 들으면서 왜 내 말은 안 듣고 지랄이야. 당분간 깝치는 꼴 안 봐도 되어서 좋긴 한데 그 사람을 빼올 시간이 없다. 매리제인 쪽 움직임이 심상치 않다. 몇 명인지 인원 파악이 안 된다. 내가 먼저 움직여야겠다. 시간이 없다.]

[1월 12일
장소를 말해 두었다. 그 사람만 납치해 오면 즐거운 파티 시작이다. 연초 파티는 원래 성대하게 해야지. 올해는 일 좀 잘 풀렸으면.]

[1월 15일
계획 변경이다. 이 사람 잡아서 아버지 뒤를 쳐야겠다. 씨발 새끼. 어디서 사람을 가지고 놀려 해.]

도원은 책 옆에 나란히 놓여 있는 수첩을 보고 경직됐다. 그 짧은 시간에 누군가 가져다 놓은 것이다.

온천에서 나와 욕실로 들어갔었다. 몸을 씻고 나와서 MJ가 준비해 준 가운을 입었다. MJ는 거실 소파 등받이에 머리를 기대고 불 꺼진 천장 등을 빤히 쳐다보고 있었다.

그사이에 도원은 온천 옆에 두고 온 책을 가지러 나왔다. 수증기와 찬 공기에 노출된 책은 속지가 젖어서 물결을 치고 있었는데, 책 사이에 손바닥 크기의 수첩이 꽂혀 있었다.

펜으로 대충 휘갈긴 듯한 메모 혹은 일기 같은 글들을 읽어 내린 도원은 온몸에 소름이 돋았다. 내용만으로는 크랙이 쓴 글이 분명했다. 크랙이 두 달 동안 적은 수첩이 왜 MJ가 선물해 준 책 사이에 꽂혀 있는 것인가.

도원은 고개를 들어 온천 너머 산속을 바라봤다. 삼나무들이 빼곡하게 서 있었다. 길고 곧게 선 나무 기둥들이 마치 온천이 있는 산장을 굽어보는 사람 모습으로 보였다. 이파리도 없이 솟은 삼나무 사이에서 살아 있는 것의 숨소리가 들려왔다. 어둠 속에서 무언가가 응시하고 있었다.

산짐승일까, 사람일까. 사람이라면, 이 수첩을 놓고 간 누군가일까.

수첩을 열어 본 도원을 향해 키득키득 웃는 소리가 환청처럼 들려왔다. 도원은 수첩을 챙겨 산장으로 들어왔다. 거실 소파에 앉아 있는 MJ에게 건넸다. 천장 등만 쳐다보던 MJ가 수첩과 도원을 번갈아 보면서 몸을 바로 했다.

"나 주는 거야?"

수첩을 건네받은 MJ에게 도원이 고개를 끄덕였다.

"밖에 놓여 있었어요."

"뭐?"

"우리 보라고 누군가 가져다 놓은 거겠죠."

MJ는 굳은 표정으로 수첩을 들췄다. 몇 페이지 안 되는 짧은 기록을 읽을 때마다 안색이 어두워졌다. 손으로 꾸깃, 수첩을 움켜쥐었다.

"도발하는 거야. 선생님과 내가 여기 있는 줄 알고 자극하는 거라고."

"목표는 저라는 걸 알게 되었어요."

"어떻게 확신해?"

"그 수첩 속에 저만 알 법한 문장이 적혀 있거든요."

"어느 문장인데?"

"……그 문장만 확인하고 말해도 될까요?"

MJ에게서 살기가 느껴졌다. 그는 도원을 직시했다. 두려움과 분노가 동시에 섞여 있는 시선을 도원은 피하지 않았다. 이곳에까지 와 수첩을 놓고 간 아버지의 의도를 알 것 같았기에 MJ에게 제 생각을 말하기로 결심했다.

"불명확한 것들만 확인하고 말해 줄게요. 그러니까 날 믿고 기다려 줘요."

MJ는 더 이상 참지 못하고 위협적으로 외쳤다.

"기다려 달라니 뭘 말인데. 이걸 보고도 그런 말이 나와? 지금 밖에서 선생님을 지켜보고 있어. 여기서 뭘 더 기다려야 하는데?"

"아버지가 날 어쩌려는 건지 아직 모르는 상태잖아요."

"모르든 알든 똑같아. 선생님을 노리고 있어."

"그 사람이 날 죽이려는 건지, 다른 방향으로 이용하려는 건지를 확인해 봐야 해요."

"둘 중 무엇인지 알게 되어도 내 행동은 변함없어. 여길 당장 나갈 거고, 선생님을 숨길 거야. 누구도 알지 못하는 곳에서 내가 지킬 거야."

"날 죽이려는 거라면 MJ가 보호해 주는 걸 고맙게 받아들일 거예요. 하지만 단순히 날 이용하는 거라면 이야기가 달라져요."

"뭐가 달라지는데?"

"MJ가 함정에 빠질 수 있는 사안이에요. 전자인지 후자인지 확인하고 움직여야 해요. 내가 확인할 수 있도록 이 수첩을 갖다 놓은 거거든요. 그러니 날 믿고 기다려 줘요."

MJ가 입을 벙긋하다 도로 다물었다. 숱이 많은 눈썹을 찌푸려 미간 사이를 찡그리고는 뭔가를 생각했다.

다시 수첩 안을 들여다봤다. 생각하는 시간이 길어졌다. 그는 커튼이 반쯤 걷힌 창문 쪽을 쳐다보다가 다시 도원을 올려다보았다. 흰 얼굴을 한참이나 쳐다보던 MJ가 입을 뗐다.

"웨딩 케이크가 있었어. 아버지가 선생님을 만나면 먹고 싶다고 했대."

"그 사람이 예식 청첩장을 보내도 저는 가지 않을 거예요."

"선생님이 하객이라면 청첩장을 무시할 수 있겠지만 식의 주인이면 이야기는 달라지겠지."

"네?"

"그 새끼는 선생님께 드레스라도 입힐 놈이야."

무슨 뜻인지 몰라서 의아하게 쳐다보는 도원에게 MJ는 더 이상의 설명을 생략했다.

불에 녹아 까맣게 타들어 가던 케이크 위의 인형 장식이 눈앞에 어른거렸다.

신중해지지 않으면 마약 파티에서 옷이 벗겨졌던 도원의 상태보다 더 심각한 문제가 벌어질지도 모른다. 상상만으로도 끔찍한 일들을 생각해 보곤 눈을 굳게 감았다가 떴다. MJ는 주먹만 꽉 움켜쥐었다.

"얼마나 기다려야 해?"

수첩을 우그러트릴 듯 쥐고 있는 MJ의 손을 잡아 주었다. 핏기가 가셔서 창백하고 차가운 그 손을 도원은 꽉 잡고 안심시켜 주었다.

"다음 주 월요일을 기준으로 사흘만요. 그 정도면 충분해요."

대답은 한참 후에야 들려왔다.

"……알았어. 그 이상은 못 기다려."

도원은 구겨진 수첩을 내려놓고 부엌으로 들어가는 MJ의 뒷모습을 바라봤다. 찌그러진 수첩이 테이블에서 바닥으로 떨어졌다. 펼쳐진 면에 도원은 시선을 고정했다.

[1월 6일
마포대교 자살 사건? 왜 이걸 아버지가 직접 나서지?]

찌그러진 문장에서 오랫동안 눈을 떼지 않았다.

"선생님, 따뜻한 차 한잔 마셔."

MJ가 부엌에서 외치는 소리에 도원은 비로소 고개를 돌렸다.

산에서 불어오는 바람 소리가 드세졌다. 창문을 흔드는 소란에 MJ는 자주 고개를 들어 어두운 밖을 쳐다보았다. 침대 가장자리에 앉아서 총을 만지기도 했다.

달빛도 들지 않는 새까만 방에서 MJ의 안광이 창밖을 향했다. 만지작거리던 총은 자주 장전되었고, 풀리다가도 다시 방아쇠에 손이 올라가길 반복했다.

그럴 때마다 도원은 잠에서 깼다. MJ는 도원이 눈을 뜨는 작은 몸짓에도 흠칫했다. 잠결인 도원을 끌어안고서 살갗을 어루만졌다. 마주 안은 가슴은 빠르고 격렬하게 뛰었다. 불안을 주체하지 못하는 듯했다.

산장을 나오기 전까진 똑같았다. MJ는 단 한 번도 눈을 붙이지 않았다. 감시하고, 경계하며, 촉각을 곤두세우며, 주변을 살피는 그는 단 한 순간도 긴장을 풀지 않았다.

"도 선생?"

쉬려고 간 곳에서 쉬지 못한 MJ를 생각하던 도원이 그 목소리에 고개를 들었다. 맹강조 소장이 어느새 카페테리아 문을 열고 창가에 앉아 있는 도원에게 다가왔다. 멍한 도원을 유심히 들여다보다가 특유의 장난스러운 어조로 말했다.

"무슨 생각을 그리하고 있어? 휴가 다녀왔으면 상관에게 보고해야지, 여기서 얼 빼놓고 있다니."

"아."

"아는 무슨. 잘 쉬었나."

"예, 덕분에 잘 쉬었습니다."

"그래 보여. 얼굴이 지난주보다 훨씬 보기 좋거든."

도원은 여전히 감이 먼 전화기를 든 표정이었다. 얘기를 하고 있어도 별로 와 닿지 않는 표정 말이다. 명절 연휴를 오래 보낸 직장인에게서나 볼 법한 모습이었다.

머리를 왁스로 단정하게 넘기고 양복에서도 세탁소 기름 냄새가 나지 않기에 오랜만에 신경 써서 왔나 했더니, 차림새만큼 세상사에 관심 있는 얼굴이 아니었다. 아니, 오히려 둔해져 있었다.

소장은 카페테리아 벽면에 걸린 시계를 확인했다. 도원과 수다를 떨 만한 여유를 확인하고 도원이 앉은 자리 맞은편에 앉았다.

"그건 안사람이 챙겨 준 거야?"

그 말에 도원이 반문했다.

"네?"

소장이 턱 끝으로 도원이 맨 넥타이를 가리켰다.

"더블 노트야. 자네가 윈저와 플레인 말고 그런 걸 매는 걸 본 적이 없어서 말일세."

도원은 고개를 숙였다. 짙은 회색 양복 안쪽으로 채도가 낮은 남색 넥타이가 단정하게 매달려 있었다. 매듭 부분이 도톰한 더블 노트였다.

아침에 양복을 골라 주고 머리도 왁스로 넘겨주고 넥타이도 대신 매 주던 MJ가 생각났다. 하도 MJ의 시선과 표정을 신경 쓰느라고 정작 MJ가 자신에게 해 주는 배려나 노력을 알아채지 못했다.

양복 입은 모습을 본 적 없던 MJ가 넥타이를 매 주었다면, 그건 따로 보고 배워서 써먹은 기술이라는 소리다. 그 노력을 알아채지 못해서 서운해지는 않았을까.

도원은 무신경했던 자신에게 한숨을 내쉬었다. 식어 가는 머그잔을 들어서 향이 짙은 커피를 마셨다.

"애인이 해 줬습니다."

그 말에 소장의 모든 행동이 정지했다. 시간이 멈춘 얼굴로 도원을 응시했다. 소장의 목소리가 경악으로 뒤집어졌다.

"뭐? 애인? 안사람은?"

"네? 이혼하고 안 만나서 저도 잘 모르겠는데요."

소장은 커피를 주문하기 위해 꺼냈던 지갑을 떨어트렸다. 테이블 위로 튀어 오르는 소가죽 지갑만큼 소장은 심장이 벌렁거리는 표정이었다.

"이혼했다고?"

도원은 뒤늦게 상황을 파악했다. 맙소사. 너무 아무렇지 않게 이야기하느라 가장 중요한 얘기를 빼먹은 것이다.

"제가 말 안 했었나요."

"무슨. 잠시만. 자네 이혼했다고?"

"죄송합니다. 요즘 정신이 없어서 몰랐습니다. 소장님도 아시는 줄 알았습니다."

"아니, 미안할 건 아닌데, 실례가 아니라면 언제 했는지 물어도 되나. 자네 딸은 누가 데리고 있는지도."

"작년 말에 했습니다. 화향이는 안사람이 친정으로 데려갔고요."

"뭐라고. 이런, 그럼 내가 실수했군. 크리스마스 선물로 자네 딸이 좋아한다는 로봇을 사 주지 않았나. 그런 불편한 상황이었으면 뭔가 다른 선물을 생각했을 텐데. 아니, 자네 것을 먼저 챙겼을 텐데."

"신경 안 쓰셔도 됩니다. 소장님이 이렇게 놀라시니 제가 더 죄송합니다."

"아니, 아닐세. 그건 전혀 미안해하지 않아도 되는데. 아, 그럼 그 더블 노트는."

"그…… 애인이요."

"아, 그래, 애인이 해 줬댔지. 애인. 애인이라. 이혼한 지 얼마 안 된 도원 선생에게 애인이라."

"아, 음."

"아니야, 내가 뭘 의심하는 건 아니고. 그래 가정이 없으면 연애는 자유지. 아니, 가정이 있는 상태에서 연애를 해도 민사 책임만 지면되니까, 아니, 내가 그렇다고 폐지된 간통죄를 왈가왈부하자는 건 아니고."

"소장님, 진정하세요."

"자네가 연말엔 멍한 표정만 짓지 않았나. 야근할 필요도 없는데 숙직실에서 자고 옷차림도 엉망이고 그랬었어. 유럽 세미나 갔다 온다고 내가 바빠서 제대로 신경 못 썼는데, 이럴 수가. 대수롭지 않게 넘긴 것들이 실은 대수로운 것들이었다니."

"그, 저기, 소장님."

"아이고, 내가 더 미안하네. 자넬 더 놀라게 한 것 같아. 잠깐 커피 좀 사 오겠네."

지갑을 주워서 카운터로 걸어가는 소장의 뒷모습을 도원은 썩 당황스러운 얼굴로 바라봤다. 여직원들도 은연중에 눈치챈 모양이고 동료 의사들도 결혼반지를 빼고 다니는 도원의 사정을 알고 있었다.

개인적인 문제라 입에 담지 않을 뿐, 도원이 잦은 야근과 수많은 일을 처리하는 상황에서 그렇게 집에 늦게 들어가시면 사모님이 싫어해요, 그것도 연말인데, 라는 농담조차 꺼내지 않은 배려를 도원이 모를 리가 없다. 그렇기에 소장도 어느 정도 상황을 알고 있다 추측했건만.

앞서 판단한 도원의 실수였다. 이혼하자마자 연애를 하고 있는 부하 직원의 소식을 소장은 날벼락으로 여겼으리라.

도원은 유리창에 비친 제 모습을 보았다. 넥타이는 더블 노트로 매고 왁스로 머리를 넘겨서 누군가의 손길을 받았다고 있는 대로 티를 내는 것이 어쩐지 부끄러워졌다.

도원을 이혼했다고 여긴 사람들이 지금 모습을 보면 임자가 생겼다는 식의 추측과 소문을 만들어 내지는 않을까.

도대체 직장 생활하면서 연애는 어떻게 하는 거지. 학교 다닐 때는 이런 거 생각 안 해도 됐던 것 같은데 어디까지 남의 눈을 신경 쓰면서 연애를 즐기면 되는 거지.

이래서 젊은 사람들이 공개 연애보다 비밀 연애를 더 선호하나 보다, 하고 공감하고 말았다.

도원은 이 나이에 난생처음 해 보는 고민으로 한숨을 내쉬었다. 늙어서 주책이라는 소릴 들을까 봐 단정하게 정리된 머리를 살짝 흐트러뜨렸다. 소장은 커피를 주문하고 진동 벨을 챙겨왔다. 얼굴이 핼쑥해 보였다. 그 얼굴을 보자 도원이 더 미안해졌다.

"말씀 못 드려서 정말 죄송합니다."

소장이 손사래를 쳤다.

"아닐세. 자네 개인적인 얘기인 걸. 오히려 내가 눈치 없이 군 것 같아서 더 미안하네. 앞으로 말할 때 조심하고 그러겠네."

"정말로 신경 안 쓰셔도 돼요."

"그래. 주말은 잘 쉬었지? 가족…… 이랑 보내진 않았을 테니, 그 노트 주인과 좋은 시간을…… 아니 내가 무슨 망발을 하는 거지."

"……하하."

"보기 좋아. 암, 쉬고 오니 안색도 좋아졌어. 훨씬 보기 좋고말고. 그래. 잘 쉬었으니 그걸로 된 거지. 오, 커피 나왔네. 잠시만."

빨갛게 불빛이 나는 진동 벨을 챙겨 들고 소장은 카운터로 갔다.

테이크아웃 잔에 나온 커피에 설탕 시럽을 두 번 펌핑해서 넣었다. 스틱으로 휘휘 저어서 달짝지근한 아메리카노를 만든 뒤 자리로 돌아왔다.

직장동료가 이혼한 사실을 뒤늦게 밝히고, 그걸 밝히는 시점에 새로운 애인까지 있으며, 출근할 때 넥타이를 매 줄 정도로 애인과 친밀하다는 걸 소장은 한꺼번에 받아들이느라 퍽 당황한 눈치였지만 현명한 사람답게 자신의 감정을 재빨리 추슬렀다.

"내내 내리던 눈이 드디어 그쳤네."

눈은 안 내린 지 며칠 됐습니다만.

도원은 사실을 정정하지 않기로 했다. 그런 식으로라도 자신이 당황한 사실을 지우려는 소장이 재밌어서 소리 없이 웃고 말았다.

소장은 더 이상 도원이 곤란한 표정을 짓지 않도록 해 주었다. 어떤 휴가를 보냈기에 얼굴이 폈냐는 장난스러운 물음이 들려야 과연 소장답다고 할 수 있을 텐데도, 자연스럽게 그 주제를 피해 갔다.

소장은 도원이 없는 동안 연구소가 어떻게 돌아갔는지를 얘기해 주었다. MJ의 불안해하는 모습이 상념처럼 머릿속에 남아 있던 도원에게도 현실감을 일깨워 주는 주제였다.

연애와 직장 일을 어떻게 병행하는지를 20대 신입 사원 남자들보다 모르는 도원일지라도, 회사 일을 할 때에 연인을 떠올리는 것이 파렴치하다는 것쯤은 알고 있었다. 덕분에 도원은 의심 없이 MJ에 대한 생각을 옆으로 밀어 두고 소장이 들려주는 이야기에 집중할 수 있었다.

"자네 전담 환자들은 예약을 미루었어."

"다들 아무 말 없던가요?"

"담당 선생이 몸이 안 좋아서 연차를 냈다는데 뭐라 하는 사람 있으면 안 되지."

"아, 그럼 일일보고는."

"며칠간 안 했어. 근태 보고도 따로 안 했고. 어수선해서 그런 거 며칠 안 한다고 신경 쓰는 사람 없다네."

때마침 연구소 입구에서 경비업체 직원과 낯선 방문객이 실랑이를 벌였다. 건물 안으로 들어가려는 사람과 그를 저지하는 경비업체 직원이 언성을 높였다.

연구소 사람들이 걸음을 멈추고 쳐다봤다. 이러한 풍경에 익숙한 듯 그들은 얼마 안 가 구경을 그만두고 흩어졌다. 소장 역시 커피를 마시면서 그들의 다툼에는 눈길도 주지 않았다.

"환자 하나 때문에 아주 난리도 아니야."

도원은 기억을 더듬었다. 주말 내내 뉴스와 거리를 두고 살았지만, 이 분위기를 만들어 낸 장본인에 대해서 잊은 것은 아니었다. 그것을 잊지 말라고 온천에서 수첩이 상기시켜 주기도 했지 않은가.

"다리 위에서 남편이 자살하고 그 부인이 여기서 치료받고 있죠."

마포대교 자살 사건.

하필 대낮에, 그것도 관광객들이 십수 명 몰린 곳에서 벌어진 자살이라 사회적 파장이 컸다. 약물 치료를 거부하고 다른 센터로 이동하는 것도 원치 않는 부인 때문에 외래 팀이 지원을 왔다는 소식까지가 도원이 알고 있는 내용이었다.

MJ의 일로 신경 쓰지 못한 사이에 많은 일이 진행되어 있었다.

"타살로 밝혀졌어. 부검한 시체에서 마약 성분이 검출됐거든."

실랑이를 벌이는 외부인은 경비 업체 직원의 단호한 태도에 화를 내면서 돌아갔다. 도원은 창문을 통해 외부인이 걸어가는 모습을 보았다. 유명 방송국 로고가 적힌 차에 올라타는 남자는 기자 아니면 시사 프로그램 PD는 되는 듯싶었다.

"LSD 복용자야. 자살 직전에 3밀리그램 이상을 섭취했대. 자살 충동을 억제 못하고 다리에서 뛰어내렸다고 밝혀졌어. 부인이 이걸 먹였다는데 아직 증거는 없어. 심증만 있는 상태야. 발견된 유서도 필체 감정 결과 조작된 걸로 밝혀졌고. 난리도 아니야."

0.25밀리그램만 되어도 환각 작용이 심한 마약을 3밀리그램 이상 복용했다면 약에 내성이 있지 않은 이상 중추신경계가 버티질 못할 것이다. 타살이라 보는 것도 이해가 되는 상황이었다.

최근에 마약으로 누군가 죽고 다치는 일이 비일비재하다. 크랙이 마약 파티를 벌였고, MJ가 그곳에 불을 질러 사람이 죽거나 다쳤다.

이 상황에서 마약 복용 타살까지 얽혀 있다면 크랙과 MJ 뒤를 쫓는 빈유미 쪽 광역수사대가 도원이 아는 것 이상을 밝혀냈을 수도 있다. MJ가 사람을 죽이거나 다치게 한 사실이 언제든 밝혀질 수 있다는 뜻이다.

그에게 3일만 시간을 달라고 했던가. 안 될 듯싶다. MJ와 기묘하게 얽혀 있는 이 사건들이 더 큰 연쇄 고리를 만들기 전에 잘라내야 했다. 내버려 두다간 더욱 치밀하고 연쇄적으로 희생당하는 사람이 늘어날 것이다.

연말은 지났다. 야훼의 아들이 축복받던 생일도 지났다. 한 죽음으로 구원받은 사람들에게 새로운 한 해가 주어졌는데도, 도원은 여전히 연말에 머물러 있었다. 찬송가와 복음이 머릿속에 울려 퍼졌다.

아버지는 언제나 가르침을 주는 존재. 세계의 질서를 알려 주는 상징성. 창녀도 목가를 부를 수 있다고 그의 아들이 증언해 줌으로써 더욱 고귀하고 절대적으로 살아남아 있는 사람.

아버지가 그런 의미로 아버지라 불리는 것을 의도했다면, 이 사이비 종교적 테러 행위는 신봉자를 이용하는 악질 범죄였다. 사람들을 믿게 하고 그걸 가지고 노는 사람이라니.

"환자가 모든 심리 치료를 거부해. 한 사람만 지목하고 그 사람과의 상담만을 원하고 있어. 상담사는 거부 권한이 없어. 거부하면 검경이 나서서 상담사까지 압박할 상황이거든."

방송국 탑차에서 고개를 돌렸다. 소장이 도원을 똑바로 쳐다보고 있었다.

"도원 선생, 자네야."

도원은 목 너머가 바싹 말랐다. 목구멍이 조여 소리를 잃은 대신 왜, 라는 궁금증이 온몸으로 떠돌듯이 번져 나갔다. 숨을 죽이고 있던 세포가 하나씩 일어나 떨려 왔다.

우연일까.

아니, 결코 우연이라는 생각을 할 수 없었다. 너무 많은 것이 얽혀서 MJ와 자신을 분리해서 생각하기가 쉽지 않아진 지금, 마약 사범에 연루된 타살 사건의 유력한 용의자가 자신을 상담사로 지목한 것을 농담으로라도 우연으로 치부할 수가 없었다.

맞물린 톱니바퀴가 돌아가고 있었다. 아주 작은 바퀴들이 모여서 거대한 동력기관이 덜컹거렸다. 정교한 바퀴들이다. 어느 부품 하나 허투루 빼거나 교체할 수 없게끔 홈과 홈 사이가 아주 가늘고 촘촘하게 얽혀 있었다.

톱니바퀴보단 바느질에 가까웠다. 퀼트 조각들이 꿰맨 자국조차 보이지 않을 만큼 하나의 거대한 그림을 만들고 있었다. 모두가 퀼트 조각이라면, 그래서 모두가 꿰맨 자국이 있는 존재들이라면, 유독 그 박음질이 보이지 않는 사람의 매끄러운 단면을 쳐다보게 되는 것은 당연했다.

가장 자연스러운 사람. 처음부터 모든 것에 끼어들어 있지만 결코 앞으로 나서지는 않는 사람. 그런 사람을 찾아야 했다.

"차지영 선생님께서 담당하고 계셨죠, 그 환자요."

"한두 번 상담받더니 거부했어."

"다른 센터와 병원에서 지원 온 의사들이 있다고 들었습니다. 그쪽 상황은요?"

"그쪽은 퍼포먼스야. 기대하지 마. 언론이 압박해서 당국이 최선을 다한다는 티를 내려고 하는 거지. 설령 도움이 될지라도 용의자가 자네를 지목했기 때문에 큰 도움은 못 받을 거야."

"그럼 제가 경찰 역할까지 해야 하는 건가요. 상담을 빌미로 취조하고 증거를 수집해야 한다는 걸로 들리는데요."

"그렇게까지 요구할지도 모르겠어."

"그 정도로 상황이 심각해요?"

"그래. 내가 자네를 도와서 장진원 뒷조사하던 거 알지? 그 사람 며칠 전에 혼수상태로 발견됐대. 언론에는 별말 없지만 빈유미 형사가 내게 알려 준 내용에 따르면 장진원을 중심으로 대기업 자제들이나 언론인, 정치인, 연예인들이 대규모로 마약을 상습 복용해 왔어."

도원도 이미 알고 있는 사실이기에 다음 이어질 말에 더 집중했다.

"이번 사건도 장진원 사건이랑 같이 묶어서 처리하는 모양새야. 우리나라에서 이렇게 대규모로 마약이 유통되고 복용한 사례가 없어서 장차관 지시가 내려오냐 마냐는 시간문제라고 할 정도라는군."

"그런 일에 지금 제가 얽혔다는 말이죠."

"그런 셈이지."

"왜 하필 저일까요."

"그게 내가 생각해도 이상해."

"그렇죠. 굳이 저를 지목할 이유가 무엇일까요."

"환자 말이야. 이번 용의자. 그녀는 자기 아버지가 자네를 좋아한다더군. 그녀의 아버지는 이미 10년도 전에 돌아가셨는데 말이야. '아버지'라고 말하지만 생물학적 친부를 지칭하는 것 같지 않아. 무언가 암호처럼 들려서 말이지."

조각들이 모여서 어떤 그림이 완성될까. 가시관을 쓰고 있는 예수의 성화일까. 진주와 보석들로 꾸며진 유골함에 담긴 동방 박사일까. 어쩌면 단 하나의 빛을 가리키는 무지한 신민들일지도 몰랐다.

도원은 거대한 빙산을 떠올렸다. 어두운 심해에 그 끝이 가려져 있는 빙산은 세 조각으로 나뉠 듯 아슬아슬하게 붙어 있었다.

어둠에 반쯤 가라앉아서 그 존재만이 희미하게 보이는 이드.

수면 밖으로 드러나서 사람들이 빙산의 일각이라고 부르는 에고.

이드와 에고를 투명하지만 두터운 외벽으로 감싸고 있는 슈퍼에고.

빙산이 얼어붙은 차가운 바다에는 육안으로 보이거나 보이지 않는 생물들이 많을 것이다. 그 빙산에 달라붙어서만 존재할 수 있는 곰과 펭귄과 미생물들이.

도원이 현재 볼 수 있는 것은 빙산에 붙어 있는 존재들이었다.

이젠 빙산 자체를 파고들어야 했다.

"쉬고 돌아오자마자 이런 일이 생겨서 내가 더 미안하네."

바닥을 드러낸 머그잔 안쪽에 커피와 우유 찌꺼기가 보였다. 도원은 잘게 가라앉은 검고 하얀 덩어리를 보다가 비스듬히 웃었다. 소장이 그런 도원을 의아하게 바라봤다. 앞머리를 내리고 다닐 때의 소년 같던 이미지와 달리, 왁스로 이마를 드러낸 도원은 제 나이대의 남자로 보였다.

도원은 세상 사는 법을 어느 정도 아는 어른이다. 그리고 어느 사회에서도 약자로 취급받지 않는 지식인 남성이다.

평소엔 교양 있고 점잖은 모습으로 상대방의 경계심을 허물 줄 알았고, 사려 깊고 친절한 태도로 호감을 이끌어낼 줄도 알았다.

남들의 도움 없이, 제 힘만으로도 자신이 가진 것을 지킬 수 있는 사회적 강자. 사회라는 먹이사슬에서 가장 높은 곳에 서 있는 사람.

"괜찮습니다. 제가 할 수 있는 일이 뭔지 생각하던 참이었거든요."

그런 도원이 더블 노트로 맨 넥타이를 만지작거렸다.

"아버지가 제게 질문을 던졌으니 이번엔 제가 답을 할 차례인 것 같습니다."

답은 정해져 있었다.

이젠 도원이 MJ를 지킬 차례다.

입원한 환자에 따라서 병실은 다른 색과 향을 지녔다.

어린아이가 있는 병실엔 간밤에 악몽을 꾸지 않도록 머리맡을 지켜 줄 테디 베어가 놓여 있는 경우가 많았다.

신앙심을 가진 어른의 병실에는 묵주나 로사리오, 염주와 같은 종교적 물건이. 어떤 이에겐 물건 대신 음악이. 누군가에게는 지켜보고 즐길 거리보다는 썩어 문드러진 속을 토해 낼 수 있는 펜과 종이를 소중하게 안기기도 했다.

도원이 병실에 입원한 환자들과 특별한 친분을 나누는 경우는 드물었다. 히포크라테스 선서를 하고 환자에게 선을 행하는 병원 의사들과 다른 방향으로 환자를 대했기 때문이다.

도원은 의사처럼 환자를 진료하고 문제점을 발견하여 치료하지 않았다. 병보다 더 깊은 곳에 있는 것, 때론 자기 자신이 병이라고 생각하지도 못했던 것을 찾아내는 행위에 집중했다.

내담자가 쓰는 언어와 보이는 행동을 분석하여 무의식에 감추어 둔 것을 겉으로 드러낼 수 있도록 상담했다.

상담은 치료와 달랐다.

치료가 문제점을 고치는 것이라면 상담은 문제점을 '더 나은 이야기로 바꾸도록' 하는 것이었다.

한 사람의 인생에 쓰인 이야기는 결코 고칠 수 없는 법이다. 그 기억이 설령 오점과 균열로 남은 것일지라도 그것은 그 사람의 흔적이고 살아온 길의 일부다.

정신분석가가 하는 일은 잘못된 이야기를 내담자 스스로 더 나은 이야기로 이어 쓸 수 있도록 도와주는 것이다. 기억과 망상이 뒤섞여서 착란 상태에 머무른 과거가 실은 찬란할 수 있다는 것을 알려 주는 일이었다.

그것이 도원이 추구하는 직업적 소명 의식이었다.

그러나 내담자가 그것을 원하지 않는다면 어떻게 해야 할까. 괴로운 과거를 고쳐 쓰는 걸 원치 않는 사람이라면. 애초에 본인 스스로가 상담이 불필요하다고 거부한다면. 마음의 벽을 허물어서라도 내담자의 무의식에 개입할 것인가, 아니면 손을 놓고 지켜볼 것인가.

도원이 전문가로서 습득한 방식은 전자에 가까웠다. 필요하다면 도원은 적극적으로 손을 내밀 준비가 되어 있었다. 그것이 설령 내담자의 인생을 인정하지 못하는 부류의 '기만'이 될지언정 개입하기로 마음먹었다.

트라우마를 견디다 못해 자살하는 환자들이 많았다. 그들이 겪는 죽음 충동만큼은 필사적으로 저지하고 싶었다. 자기 파괴적 성향을 보이는 사람들이 종국엔 얼마나 극단적인 선택을 하는지 두 눈으로 똑똑히 지켜보지 않았나.

도원은 이번만큼은 과거의 실수를 답습하고 싶지 않았다. 자기 비하의 언어를 많이 사용하고 스스로의 신체를 훼손하는 데에 거리낌이 없으면서, 외부로 발화하는 폭력과 내부로 받아들이는 고통 모두를 당연시 여기는 MJ에게 행복을 알려 주고 싶었다. MJ가 힘들고 아프다고 울 수 있는 자리를 마련해 주고 싶었다.

MJ가 바라는 쉼터는 다른 곳도 아닌, 도원에게 속해 있었다. 도원은 그 쉼터를 준비해 주고 싶었다. 자신이 할 수 있는 모든 방법을 동원해서라도 준비해 줄 것이다.

"시위가 벌어질 겁니다. 서울시에서 집회를 승인하지 않았지만 여성 단체를 중심으로 궐기하겠다는 통신문이 SNS와 언론매체로 전파를 탔습니다."

병실 앞을 지키는 사복 경찰들이 도원의 신분증을 확인하고 돌려주었다. 삼엄한 경비로 철저하게 접근이 통제된 병실이었다.

안에 들어갔다가 나오기까지 30분이 넘어서는 안 된다는 주의를 들었다. 경찰은 그렇게까지 병실 안의 환자를 통제할 수밖에 없는 이유를 말해 주었다.

"요즘 경찰을 향한 사회 불신이 심해서요. 청장 퇴진을 추진하는 정치 세력과 여러 이권 단체가 결속해 버렸네요. 시위대가 추산 수만 2만 명이 넘습니다. 자살 사건의 여파로 보기에도 지나치게 커졌어요."

연말부터 이어진 강력 범죄 사건에 시민들의 불안과 분노가 극에 달한 듯했다.

남쪽에서부터 뱀이 똬리를 풀 듯이 올라오는 연쇄 방화 범죄와 언론을 통제했다고는 하지만, 증권가 지라시에서부터 이미 일파만파 퍼져 버린 대기업 자제들의 마약 사건 그리고 그 마약 사건과 뭔가 연관성이 있어 보이는 자살 사건까지.

정치권이 이 기회를 이용하지 않을 리가 없었다.

여성 단체를 앞세워 벌이는 시위라. 남편을 잃은 여성을 절망 속에서 꺼내 주어 보듬지는 못할망정, 증거를 수집한다는 명목하에 병원에 억류한 현재 상황을 인권 문제까지 엮어 해석한 모양이다.

너무도 그럴듯하게 짜인 판을 보면서 도원은 말없이 고개만 끄덕였다. 피곤해 보이는 경찰들을 바라봤다.

당신들이 무능해서 벌어진 일이 아닙니다. 원래부터 이렇게 계획된 사건들이에요.

그렇게 위로해 줄 수 없었다. 그저 "수고하십니다."라는 공허한 한마디밖에는. 도원은 그 무엇도 모른다는 인상을 줘야만 했다.

경찰들이 비켜 준 병실 문을 열었다. 지금까지 의사만큼은 아니더라도 상당히 많은 환자들의 병실을 보아 왔다고 자부했던 도원도 이렇게 기이한 느낌의 방은 처음이었다.

방에 대한 감상을 한마디로 정의할 수 있었다. 지나친 나르시시스트의 성역.

병실 벽면이 거울로 가득 차 있었다. 창문을 통과해 들어온 햇살이 거울에 여기저기 부딪히며 바닥과 천장, 침대 위로 정신없이 흩어졌다. 빛을 조각내어 흩뿌려 놓은 듯한 기묘한 공간이었다. 그속에 여자가 서 있었다.

여자가 입은 옷엔 병원 이름보다 많은 빛이 얼룩져 있었다. 여자는 수많은 거울에 비친 자기 자신을 보고 있었고, 자신과 함께 비치는 도원에게도 한차례 눈길을 주었다.

빛과 거울과 하얀색이 전부인 병실에서 두 사람은 오랫동안 서로를 바라봤다. 공간의 의미를 파악해 가는 도원과 그런 도원의 반응을 이미 예상한 듯한 여자는 서로에게 섞여들지 못했다.

정신분석가 도원과 심리상담사 여자는 근본적으로 상대를 어떤 방식으로 봐야 하는지에 대해 같은 시선을 지니고 있었다. 누구보다 서로를 잘 파악했고, 그렇기에 서로를 드러내지 않는 시간이 길어졌다.

여자가 미소를 지어 보인 후에야 비로소 침묵이 깨어졌다.

"유명세만큼 멋진 분이시네요."

그 친절은 겉보기엔 호의였다. 속은 비웃음과 비아냥거림이 섞인 불온함일지라도, 어쨌든 가식으로라도 웃음을 내세웠다는 게 중요했다.

그녀는 꼬투리 하나도 잡히지 않으려 할 것이다. 철저하게 벽을 세운 내담자를 어떻게 상대해야 하는지는 도원도 잘 알고 있었다.

도원은 의자를 끌어왔다. 병실 중앙에 앉으면서 그녀를 마주했다. 그녀보다 차분한 시선이 거리낌 없이 섞여들었다.

"유명세를 딱히 들어 본 적은 없지만 좋게 봐 주시니 감사합니다."

겸손한 도원의 태도에도 여자는 웃음을 지우지 않았다. 오히려 짙어지기까지 했다.

"저런, 대학 교재 한 파트를 차지하고 있을 학자가 본인 논문의 가치를 스스로 깎아내려도 되는 걸까요."

"제 논문이 대학 교재로 쓰이나요? 처음 들었네요."

"논문이 많은 상을 받았죠. 학생들이 당신의 논문에 나온 이론을 공부해야 할 만큼이나요. 물론, 그 논문 내용보다도 외모로 소비되는 경우가 많은 것 같아요. 대통령이 찾아올 만큼 유명한 학자라는 것보다 더 흥미로운 부분이죠. 잘생긴 것도 타고난 재능이라면 더 할 말은 없겠지만요."

그녀의 말에 도원은 웃었다. 본의 아니게 평소보다 더 외모를 가꾼 차림새가 벽면 가득한 거울에 비쳤다. 왁스로 단정하게 넘긴 머리, 더블 노트로 묶은 넥타이, 세탁소 기름 냄새가 아닌 향수가 뿌려진 양복 재킷.

MJ가 신경 써서 꾸며 준 모습을 누군가가 공격해 들어온 것을 도원은 내버려 두지 않았다.

"학회의 아이돌 취급도 나쁘지 않습니다. 타고난 것은 어떤 방향으로든 써먹어야 하지 않겠습니까."

"저라면 참으로 억울한 재능이라고 생각할 거예요. 여성지에서 사생활을 취재하기도 하던데요. 최근에 이혼한 게 아니냐는 추측성 기사도 떴어요. 보셨는지 모르겠습니다만."

"나쁘지 않습니다. 저를 모르던 사람이 그런 기사를 접하고 제가 무슨 일을 하는지에 관심을 갖는다면 한국처럼 정신 상담에 억압적인 사회 분위기가 유연하게 바뀔지도 모를 일이죠."

"반대로 왜 다른 상담사는 당신처럼 젊고 잘생기지 않았느냐고 불만을 갖는 병폐도 생기겠죠."

"그런 환자들도 유연하게 다루는 게 상담사입니다."

"들은 대로 자만심도 넘치시네요."

"제가 아닌 다른 상담사 말입니다."

"그렇게 본인 칭찬을 아닌 척 넘기실 필요는 없으세요."

"선생님도 여성지만큼 제 외모에 관심이 많으신 것 같군요. 죄송하지만 저는 제 외모가 사랑하는 사람에게 혐오감만 일으키지 않으면 된다고 생각하는 사람입니다. 사랑하는 사람 외에 누가 제게 호감을 가지든 비호감을 가지든 별로 관심이 없습니다. 그러니 제 잘난 얼굴에 대한 칭찬은 이제 그만 들어도 될까요."

여자는 눈을 가느다랗게 떴다. "흐응." 하고 목 너머를 울리면서 썩 마음에 들지 않는다는 감정을 내비쳤지만 그 이상은 표현하지 않았다.

표정은 온화하면서도 말 속에 들은 가시가 제법 날카롭다. 공격적인 어조만 들어도 도원을 별로 좋아하지 않는다는 것을 알 수 있었다.

그녀는 도원에게서 시선을 떼고 거울을 바라봤다. 병실에 걸린 수많은 거울이 도원을 사방에서 비추고 있었다.

여자가 어느 쪽을 쳐다보든 그곳에 도원이 있었다. 시선을 권력으로 보자면 어느 곳으로도 도망칠 수 없는 시선에 사로잡혀 있는 도원이 피지배자인 상황이었다.

공간의 지배자나 다름없는 여자는 그만한 여유가 몸에 배어 있었다. 협탁으로 걸어가 티백을 뜨는 손길에도 여유로움이 넘쳤다.

"차 한잔 드시겠어요?"

내담자에게 휘둘리는 건 별로 좋아하지 않는다. 이쯤에서 주도권을 잡는 게 좋겠지.

도원은 속으로 생각하며 생긋 웃었다.

"주신다면 잘 마시겠습니다."

"어떤 차 좋아하시나요."

"음, 압끼빠산드Aap Ki Pasand 홍차 있나요?"

멈칫하고 쳐다보는 여자에게 도원이 웃으며 말을 이었다.

"다즐링이 베이스로 들어 있는 얼그레이로 유명한 인도산 브랜드입니다. 베이스가 가벼우면서도 풋풋한데 얼그레이 아로마가 굉장히 진해서 오묘하게 어우러지거든요. 감미도 강해서 그윽하고요."

여자의 수중엔 시중 어디에서나 볼 수 있는 대기업 브랜드의 우롱차 티백과 녹차 티백이 들려 있었다. 도원이 뒤늦게 그것을 발견한 것처럼 서운함을 감추지 못했다.

"아아, 이런. 중국 윈난성 보이차라면 마셔 보고 싶었는데 안타깝네요. 그렇다면 차는 다음 기회에 얻어 마시겠습니다. 저는 괜찮습니다. 많이 드세요."

여자는 뜯었던 티백을 내려놓았다. 그녀는 한참 동안 도원을 노려보았다. 매서운 눈초리를 받는 도원이 고개를 모로 숙였다. 어째서 여자가 거북한 표정을 짓는지 모르겠다는 얼굴이었다.

"학회 아이돌이라 여기저기 부르는 데도 많고 차 선물도 많이 받아서요, 제가 술은 마시지 않거든요."

입가를 일그러트린 여자는 더 이상 도원에게 대응하지 않았다. 도원을 얕잡아 보았다가 되려 한 대 맞았다고 티를 낼 필요가 없었기 때문이다.

차를 내려놓은 여자는 다시금 침대 위로 올라갔다. 침대 등받이에 기대어 앉아서 제게 모욕을 준 도원을 노려봤다.

빛을 받아 연한 붉은 빛을 띠는 도원의 홍채에 사납게 눈을 뜬 여자가 비쳤다. 그녀의 얼굴엔 남편을 잃은 슬픔이나 사랑하는 이를 떠나보낸 애도와 우울증적 감정이 전혀 보이지 않았다. 이별을 겪은 사람보다는 평상시 일상을 보내는 사람에 가까웠다.

남편이 자살했다. 그것도 정량 이상의 마약을 섭취하고 비이성적인 상태에서 한강물에 투신했다. 냉정함을 결코 유지할 수 없는 사건을 맞닥뜨렸으면서도 그녀는 그것을 사건이 아닌 사고처럼 여기고 있었다.

언제든 벌어질 수 있는 일이 때마침 지금 일어난 것처럼. 그러나 약간 불행했을 뿐, 어쩔 수 없었다는 것처럼.

한 사람의 죽음은 부인이라는 존재에게도 특별하게 다가가지 못했다. 여자가 비정상적인지, 그녀가 속해 있는 단체의 영향인지를 우선 확인할 필요가 있었다. 개인의 정서 문제로 돌리기엔 '아버지'에게 미쳐 있는 동호회 사람들의 광기를 직접 경험했기 때문이다.

"상담을 모두 거부하고 저를 찾으셨다 들었습니다. 맞습니까?"

외모 문제로 신경전을 벌였던 여자가 더는 무의미한 말싸움을 그만두기로 했다. 그녀는 도원의 질문에 선선히 대답했다.

"경찰에겐 할 말이 없어서요."

그녀는 시큰둥한 목소리로 덧붙였다.

"보험 사기극이 아니란 것도 밝혀졌으니 저는 용의선상에서 지워졌죠. 그래서 아무 말도 안 했어요. 할 필요가 없어서요. 아버지에게 고마워하세요. 전 학회 아이돌과 단둘이 '팬 미팅'하는 데엔 그다지 관심이 없었거든요. 이렇게 단둘이 만나 제 얘기를 하라니. 하, 이거 참."

경찰은 자살 사건, 나아가 대규모 마약 범죄와 얽힌 사건의 단초를 잡고 싶어서 도원이 여자와 내밀한 이야기를 나누길 바랐다.

연구소와 병원 입장에서는 사회적 이슈가 되어 버린 여성이 더 이상 상담을 받지 않아도 된다는 결론을 내리고 병실을 비워서 평소의 조용한 분위기로 돌아가고 싶어 했다.

그리고 도원은. 도원은 그들과는 아무런 관계도 없이 오직 자기 자신의 의구심을 풀기 위해서 왔다. 다행스럽게도 여자는 도원을 탐탁지 않아 하여 용건만 간단히 전하고 대화를 마치려 했다.

목적이 뚜렷하여 대화 주제에 쉽게 접근할 수 있었다. 속이거나 숨기지 않고 이야기할 수 있어서 오히려 다행이었다.

"아버지가 저에게 전해 달라는 말이 있었나요. 그래서 제가 이 병실에 직접 찾아오게 만든 겁니까."

"아뇨. 전해 달라는 말은 없었어요."

예상외였다. 전하라는 말이 없었다고. 그럴 리가 없을 텐데.

도원의 표정이 더욱 신중해졌다. 여자의 말투와 태도, 표정에서 단 하나의 정보도 놓치지 않으려고 모든 감각을 동원했다.

"조금 전에 저와 단둘이 만날 것이라고 예상한 듯이 말했습니다. 저에 대해서 아버지가 무언가 언질이 있었던 것 같은데요."

"없었어요. 아시다시피 아버지는 크랙하고만 소통해요. 크랙이 없으면 아버지 뜻을 전해 듣지도 못해요. 동창회에선 담임 선생님을 만날 수 있는 게 반장뿐이거든요. 나는 평범한 학생이고요."

이젠 아버지를 '담임'으로까지 취급하다니. 신적 존재이자 가장을 지키는 남성이자 교육시키는 어른의 이미지를 모두 모을 셈인가.

"그렇다면 제가 방문하리라고 어떻게 예상하셨죠."

"암시요."

"암시요?"

"한 달 전쯤 사냥이 시작되었다고 했어요. 그리고 이제 이것은 사냥꾼들 모두가 즐기는 놀이가 되어 버렸어요."

여자는 침대 머리맡에 올린 거울을 치웠다. 거울에 가려져 있던 메시지가 나타났다. 유성 펜으로 아무렇게나 휘갈긴 글씨였다.

There, there, it's just a game!

도원은 그 문장에서 눈을 떼지 못했다.

게임이라고. 게임일 뿐이라고. 누군가 다치고 죽는 이 상황이 그토록 가볍게 치부될 수 있단 말인가.

"아버지란 사람은 저를 만나고 싶어 합니까."

여자가 다시금 도원의 불그스름한 홍채를 들여다보았다. 눈에 비친 여자 얼굴이 무표정을 벗어나 감정을 갖기 시작했다.

"그러는 도원 박사는 아버지를 만나고 싶나요?"

"그렇다 아니다 양자택일하라면 당연히 전자입니다."

"다른 선택지가 있다면요?"

"안 만나도 상관없습니다. 아버지가 더 이상 저와 제 주변 사람에게 관심 갖지 않고 내버려 두면 저도 더 이상 아버지가 무슨 일을 하든 관심 갖지 않을 겁니다."

여자는 흥미로워했다. 학회 아이돌이라고 도원을 비꼬았던 이전과 달리 이젠 적극적으로 도원을 살피기 시작했다.

아버지와 얽혀 있는 도원에게 관심이 많아 보였다. 그러니까 도원 그 자체로서가 아닌, 아버지와 연계된 도원이라는 상징성에 대해서 말이다.

"불가능해요. 아버지가 '아버지'라고 불리는 이상 당신은 평생 그 사람의 존재를 듣고 살아야 할 거예요."

평생이라. 그처럼 폭력적인 선언이 어디 있을까.

"무슨 뜻이죠?"

"어디까지 아세요?"

"네?"

"아버지와 관련해서 어디까지 아시는지 물었어요."

"실질적으로 교육 기관에서 만난 사람들도 아닌데 아버지를 믿고 따르는 사람들의 모임이 동창회라고 불리는 점이나, 그곳이 사냥 협회와 관련되어 있고 마약을 취급하는 점을 압니다."

MJ와 아이스, 크랙에 대해서도 복잡한 관계가 얽혀 있지만 그 부분은 언급하지 않았다. 여자는 도원이 아는 범위를 파악하고는 어째서 평생 동안 도원이 그에게 시달리게 될지에 대해 설명해 주었다.

"아버지의 실체는 동창회 사람 누구도 본 적 없어요. 저도 예외는 아니에요. 그런데도 그는 절대적인 영향을 끼치고 있어요. 누군가는 그를 빛이나 신으로 취급해요. 친부보다 더 위대하고 절대적인 '대타자'로 생각하는 거죠. 광신적이라는 말이 딱 들어맞습니다."

"한낱 사람이 대타자로 취급받는 게 가능합니까."

"그는 욕망과 욕구를 가장 완벽하게 실현시켜 주는 존재니까요."

"어떤 욕망도 완벽한 충족은 없습니다. 욕망은 반드시 결여를 낳습니다."

"아버지가 보여주는 결여는 순간적 낙심이나 허탈함과 달라요. 명백한 기대 심리로 환원되죠. 다음 욕망을 충족시키는 드라이브Drive 역할을 하는 겁니다."

"신이 아닌 이상 불가능합니다."

"이게 어떻게 가능한지 아세요? 그가 실체가 없기 때문이에요. 역설적이죠. 눈에 보이지 않으니까 그 절대성이 아우라처럼 '아버지'라는 인물을 만들어 낸 거예요. 아버지라는 대타자가 하는 일은 뭐든 신나고 짜릿한 쾌락이자 향락이 되어 버리는 거죠. 아버지는 소돔의 주인이에요. 재력도 시간도 모두 갖춘 완벽한 신이죠."

"믿음과 의심은 종이 한 장 차이입니다."

"그게 종교죠. 야훼는 지상에 강림할 필요가 없어요. 그의 신적 행함을 예수님이 보여 주면 돼요. 천국을 눈앞에 직접 제시하고 증명하는 건 위험해요. 천국은 그저 어딘가에 막연히 존재하고, 그 막연함에 어떠한 사람은 닿을 수 있다는 희망만 있어야 하거든요."

아버지를 생각하는 것만으로도 흥분되는지 여자의 목소리가 높고 빨라졌다.

"이런 감정을 불러일으키려면 아주 섬세하고 정교한 작업이 필요하지만, 한 번 믿기 시작하면 그게 곧 삶의 기준이 되어 버리죠."

"그래서 그 절대적인 사이비 교주를 믿고 따르면서 단 꿀만 받아먹고 행복해하는 건가요. 마약을 생산하고 유통하는 대규모 조직망을 갖추어서 아버지를 믿는 광신도들에게 소돔의 쾌락을 향유하게 하는 겁니까."

"즐겁잖아요."

"그게 무슨 말도 안 되는 소리입니까."

"정말이에요. 여기 사람들은 즐겁고 웃겨서 이 행위에 동참하는 거예요. 동창회는 돈 많고 시간 많아서 따분한 일상에 기름칠할 거리가 뭐 없나 찾는 사람들이 대부분이거든요."

"고작 본인 즐거우려고 죄 없는 사람들까지 모두 괴롭힌다고요."

"어차피 잘못되어도 아버지가 해결해 줄 거거든요."

"실체도 없는 사람이 법적, 사회적 책임을 진다고요?"

"네, 실제로 그래 왔어요. 설령 일이 잘못되어도 그 누구에게도 책임을 지우지 않은 사람이 아버지예요. 본인과 크랙이 모든 일을 처리하고 해결하고 덮어 왔거든요. 책임지지 않는 극단의 유희인 거죠. 얼마나 즐겁겠어요."

"지금 당신이 무슨 소릴 하는 건지 알면서 지껄이는 겁니까."

"누가 다치든 죽든 그게 무슨 상관이겠어요. 아버지는 그 죄책감에 면죄부를 주셨어요. 일이 잘못되면 모두 아버지 탓을 하면 돼요."

그녀는 눈을 크게 떴다. 거울에 반사된 빛이 그 반질거리는 안구를 굴곡지게 훑었다.

"막말로 누군가 경찰에 잡혀 들어간다 쳐요. 배후가 누구냐고 물으면 동창회 사람들은 전부 아버지라고 할걸요. 그래도 되는 거예요. 아버지는 실체가 없으니까요. 모든 죄를 본인이 짊어지고 우리에겐 즐거움만 주잖아요. 이 정도면 아버지를 믿고 따르기에 충분하지 않나요?"

도원은 여자를 쳐다봤다. 여자는 여전히 도원의 눈을 응시하고 있었다. 그 시선은 도원이 아닌, 도원의 눈에 비친 자신을 바라보고 있었다.

도원을 도원 그 자체로 인지하지 않는 시선. 도원을 매개 삼아서 그곳에 비치는 자신에게 몰입하는 시선. 그것은 주로 대상의 본질보다도 대상에게 자신만의 판단이나 이미지를 뒤집어씌우고 바라볼 때 갖게 되는 시선이었다.

도원의 존재보다도 도원을 통해 바라보는 세상에 더 관심이 많은 사람의 시선이었다. 도원은 여자의 가치와 인식 속에서 물신화되고 있었다.

"우리를 이기적이라고 생각하고 있나요? 도원 박사는 얼마나 이타적으로 사는지 궁금하네. 당신, 정신분석가가 되어서 누군가를 고치고 싶었어요? 아니잖아요. 고치고 싶은 거였으면 의사가 되었겠지 왜 학자가 되었겠어요."

히끅거리는 웃음소리가 공격적으로 내뱉는 단어 사이를 파고들었다.

"당신은 그냥 남들이 무슨 무의식을 갖고 살아가고, 그게 행동으로 어떻게 보이는지 궁금해서 파헤치려는 것뿐이잖아요. 본인 만족이요. 그게 우리와 당신이 같은 점이에요. 자기 좋은 대로 사는 거잖아요."

아니다. 자기만족의 단위가 달랐다. 단지 재밌어서 아버지의 놀이에 동참했다는 동창회의 사고방식은 악질적이었다.

그들 중엔 박 형사처럼 놀이에 지나치게 빠져들어서 현실과 놀이 속 삶을 구분 못하고 정신이 파괴되는 사람도 있고, 여자의 남편처럼 다리 위에서 투신해 버리는 일도 있는데, 이것을 어떻게 단순한 놀이로 치부할 수 있다는 말인가.

아버지가 벽에 적은 글씨처럼 'There, there' 하고 그저 어르고 달래면서 너무 심각해지지 말라고 농담으로 치부할 일이 아니었다.

대의나 명분 없이 자기들의 즐거움만 최우선으로 삼는 사람들의 집단이었다. 이 공동체는 누가 더 자극적인 재미를 찾을 수 있는지 경쟁하는 데에 흠뻑 빠져 있는 것 같았다.

"혹시 날 만나면 아버지를 직접 볼 수 있는지 기대했어요? 그런 거라면 미안하네요. 나도 아버지가 누군지 몰라요. 솔직히 누군지도 관심 없어요. 나한텐 아버지의 실체가 뭔지 별로 중요하지 않거든요."

결국 그녀는 참다못해 웃음을 터뜨렸다. 까르륵, 비명에 가까운 웃음을 쏟아 내며 베개를 주먹으로 치기 시작했다.

"아하하하, 아버지의 실체를 봐도 평범한 인간이라고 믿어 의심치 않아요. 아버지가 실제 존재하건, 아니면 죽어서 현실에 있지도 않건, 그것 역시 중요하지 않아요. 중요한 건 그가 일으키는 이 상황이에요. 사람들이 모이고 모인 사람들이 일제히 누군가를 욕하고 행동하고 반발하고 즐기고 있어요. 이 상황이 여기서 끝날 것 같나요?"

여자가 몸을 숙였다. 도원의 눈에 비친 여자의 얼굴이 길어졌다. 눈동자의 둥근 곡선을 따라 기괴하게 길어진 얼굴이 도원에게 다가왔다.

조금 더. 멈추어야 할 지점을 지나 계속해서. 괴물 같은 형상으로 도원에게 바싹 다가왔다.

도원의 입술에 쪽, 하고 짧은 입맞춤이 닿았다. 입술이 닿았다 떨어진 것엔 어떠한 성적인 욕망도 없었다. 그녀의 키스는 도원을 인정하거나 사랑하는 친애의 표시가 전혀 담겨 있지 않았다.

오로지 도원의 눈 속에 비친 자신에게만 집중했고, 아버지의 존재를 더 부각시켜 주는 도원의 존재성에 미소를 짓고 있었다.

"난 당신과 매리제인이 어디까지 일을 키울지 정말 흥미롭게 지켜보고 있어요. 아버지도 마찬가지일 거예요. 동창회 모두가 그러할 거예요. 우리가 바라는 건 그거니까. 주사위는 이미 던져졌어요. 말이 밟을 판은 정해졌죠."

자리에서 일어난 도원이 망설임 없이 여자의 손목을 움켜쥐었다. 도원의 눈에 분노가 일렁였다. 아프도록 움켜쥔 손을 놓지 않은 채 입술을 질끈 깨물었다.

도원이 결코 폭력을 쓰지 못한다는 사실을 여자는 알고 있었다. 그럼에도 손이 먼저 나갈 만큼 자신의 이야기가 충격적이었다는 사실에 자지러지는 웃음을 토했다.

"아하하하, 놀랐어요?"

"대체 원하는 게 뭡니까."

"쉬이, 진정하세요."

"이렇게 사람을 가지고 놀아서 어떤 즐거움을 추구하는 겁니까. 그깟 자극적인 재미 추구가 목적이라면 어디 모여서 마약이나 진탕 하세요. 당신들끼리 놀라고요. 왜 이렇게까지 사람을 괴롭히는 건데."

"너무 억울해하지 마세요. 당신이랑 매리제인 말고도 많은 사람들이 이 판에, 원치 않은 사이에 섞여 버렸으니까. 단지 당신이 너무 똑똑하고 예민해서 남들이 모르는 것까지 알게 된 거뿐이에요. 너무 잘 알아도 탈이라니까."

"돈과 시간이 충분한 사람들이 이 짓거리를 한다고 했죠. 가진 걸 잃어야 그만둘 겁니까."

"그럴지도 모르죠. 크랙과 아담네 파티에 놀러 갔던 사람들은 몸 사리고 있어서 당분간 이쪽 놀이에 안 낄 거라고 하거든요."

"아버지란 사람도 놀이판에 직접 끼어들었습니까?"

"아마도요. 당신이 개입된 상황을 그가 주도하고 있거든요."

"그 사람과 어떻게 연락하죠. 크랙은 혼수상태라고 들었습니다. 크랙 외에 아버지와 연락할 방법이 뭐가 있는 겁니까."

"아하, 정말로 찾아가게요?"

"말해요."

"그럴 필요 없어요. 조만간 아버지가 당신을 직접 찾아갈 거예요. 중간 연락 다리가 끊겼으니 직접 움직이겠죠. 기다려 봐요."

손목을 붙잡고 있던 손이 멱살을 잡았다. 너무 분해서 참을 수 없는 눈으로 여자를 바라봤다. 제대로 화를 내본 적이 없어서, 어떻게 상대방에게 분노를 표현해야 할지도 모르는 얼굴이었다.

도원의 분노는 상처를 닮아 있었다. 여자를 노려보는 눈은 끓어넘치는 화기와 함께 울 것처럼 일그러진 고통도 담고 있었다. 여자가 "쉬이." 하고 어린애를 달래듯이 입술 새로 소리를 냈다.

"사랑하는 사람이 머리도 만져 주고 옷도 신경 써 준 거 알아요. 그걸 사랑하는 사람에게만 의미 있다고 여기지 마세요. 왜 학술지가 아닌 여성지에서 당신에게 관심을 갖는지, 남성 내담자들이 당신과 동성애적 상황을 거부감 없이 원하는지를 생각해 봐요. 이것도 재능이라면 재능이잖아요. 외향적인 재능을 그만 낭비하고 고심해 볼 때가 됐어요."

여자는 도원에게 잡힌 멱살을 부드럽게 풀어내고 침대에 누웠다. 간헐적으로 웃었다. 도원과 대화를 하는 이 상황이 어이가 없어서 몇 번이나 웃었다.

"아버지가 대체 뭐라고."

그녀는 도원에게 물으면서도 웃음을 멈추지 못했다. 실체도 없는 그게 뭐라고. 사람들이 불리해지면 "아버지가 시켰어요."라고 말하는 대상일 뿐인데 그게 대체 뭐라고. 여자가 발작적으로 웃음을 터뜨렸다.

"아하하하하!"

목을 뒤로 꺾고 베개를 침대 밑으로 던지면서 자지러지게 웃는 그녀를 아연실색한 표정으로 쳐다보는 도원이었다. 숨이 넘어갈 듯 꺽꺽거리는 여자에게 도원이 떨면서 말했다.

"그자가 당신은 내버려 둘 거라 생각합니까. 그깟 재미를 위해서 당신을 위협하거나 살해할 수도 있어요."

"그럴 수도 있겠죠."

"당신 얘길 하는 겁니다. 남 얘기가 아니라!"

"그래요, 내가 죽을 수도 있겠죠. 내 남편처럼 자살로 위장당하는 건 일도 아니니까요. 그래서 어떻게 할까요. 살려 달라고 문밖에 있는 경찰에게 빌까요?"

"이성적으로 판단할 수 있는 사람이 그렇게까지밖에 생각 못해요?"

"이성적이에요. 지극히 이성적이라 이러고 있어요."

"이러면서까지 아버지 쪽을 돕는 이유가 뭔데요."

"이미 시작했잖아요. 도중에 그만둘 수 없잖아요."

그녀는 도원의 입술로 손을 뻗었다. 뻗은 손등을 도원이 매섭게 내려치자 갈 길을 잃고 침대 시트만 만지작거렸다.

"아하하하, 하하, 하아하아, 하!"

다시 입을 벌린 그녀가 어린아이처럼 웃기 시작했다. 무엇이 재밌는지 도원은 알지 못했다. 실성한 여자에게 더 이상 아무 기대도 할 수 없었다.

도원은 등을 돌리고 병실 문을 열었다. 침대의 매트리스 밑으로 몸을 거꾸로 돌린 여자가 거미처럼 팔다리를 흔들고 있었다. 고개를 까딱거릴 때마다 거꾸로 뒤집힌 머리카락들이 거울에 반사된 빛에 반짝반짝 빛났다.

웃음을 터뜨리느라고 산소가 희박해진 목소리가 마치 절박한 사람처럼 들렸다.

"우리는 브레이크가 고장 난 자동차로 정비받았거든요! 부릉부릉!"

자동차를 운전하는 시늉을 하면서 여자는 다시금 자지러졌다. 도원은 문을 소리 나게 닫았다. 쾅, 하고 닫히는 문 너머에서 여자의 웃음소리는 멈추지 않았다. 도원이 걸어가는 복도 끝까지 메아리처럼 울렸다.

─이 상황이 여기서 끝날 것 같나요?

끝낼 것이다.

─당신과 매리제인이 어디까지 일을 키울지 정말 흥미롭게 지켜
보고 있어요.

반드시 끝낼 것이다. 일을 키우지 못하도록 반드시 막을 것이다.

도원은 움켜쥔 주먹으로 병원 복도 벽을 쳤다. 뼈끝에서부터 저
리게 올라오는 아픔을 잊은 얼굴로 입술을 물었다. 도원은 다짐처
럼 중얼거렸다.

"나만 사냥하는 거였다면 참을 수 있었어요. MJ까지 계획에 들
어 있다면 나도 더는 참지 않겠습니다."

그들이 그토록 괴롭혀 온 MJ를 절대 망가트리지 못하도록 막고
말 것이다. 이번만큼은 도원도 절대 용서할 수 없었다.

불빛이 한꺼번에 꺼졌다가 다시 켜졌다. 리부팅된 냉장고가 라에
가까운 음역으로 알림음을 길게 내뱉었다.

왁자지껄 술잔을 부딪던 사람들이 잠시 조용해졌다. 기름을 녹
이며 익어 가는 불판 위 고기 소리만 들렸다. 부자연스러운 침묵이
이어졌다. 그러나 침묵은 아주 짧았고 처음보다 더 혼란스러운 웅
성거림으로 바뀌었다.

"뭐야? 갑자기 정전된 거 같은데?"

"여기만?"

"그렇겠지. 설마 이 지역이 다 전기 나간 거겠냐."

"이모, 여기 팬에 불 꺼졌어요."

"이모, 여기요."

"여기요."

여기요, 부르는 소리에 도원이 흠칫 놀라 고개를 들었다. "아이고, 잠깐 기다려 봐요." 하고 불 꺼진 불판을 손보는 직원들을 여기저기서 부르는 모습이 그제야 눈에 들어왔다.

정신이 없는 중년 여성들을 찾는 아우성이 기이해 보였다. 한정된 직원들은 순서에 맞춰 손님 테이블로 가기보다는 목소리가 큰 사람들에게 먼저 다가갔다.

일방적인 선택에 자신이 지목받기 위해서 손을 들고 이모오, 말끝을 길게 늘이는 사람도 많았다. 어수선한 목소리가 사방에서 터져 나왔다. 모두 자기를 보라고 소리쳤다.

도원은 어쩐지 머리가 아파져서 양손으로 이마를 짚었다. 낮부터 지끈거리던 두통이 가실 기미가 없었다.

"도원 선생님?"

옆에 앉은 남자가 도원의 어깨를 잡았다. 도원은 자신을 살피는 남자를 돌아보지 않고 대답했다.

"네."

남자는 도원의 앞에 놓인 빈 술잔을 보고 걱정스러운 표정을 지었다.

"몇 잔 드신 거예요?"

"아, 저요, 얼마 안 마셨어요."

"술을 잘 못 드신다고 들었는데 무리하지 마세요."

"아, 신경 써 주셔서 감사합니다."

"담배 피우시면 잠깐 나갔다가 오세요."

"저 담배 안 피워서요."

남자가 테이블을 돌아봤다. 연말에는 의사와 심리사들이 각기 따로 회식을 했기 때문에 실질적으로 통합 회식은 이번 겨울 들어 처음이나 다름없었다.

술자리를 내켜 하지 않는 사람들도 이번 자리는 피하지 않았다. 고급 일식집에 룸을 잡고 코스로 시켜 먹자는 남자들 말에 방 잡으면 자리에서 빠져나오기 어렵다면서 여자들이 앞장서서 고깃집으로 회식 장소를 정했다.

연구소 근처에서 가장 맛있다고 소문난 맛집이라 사람이 많고 시끌벅적했다. 바로 옆 사람과 대화할 때도 목소리를 높여야 하는 분위기였다.

적응 못한 사람들은 담배나 화장실을 핑계 삼아 자리를 비웠다. 담배를 피우는 사람들이 자리를 비우는 시간은 길어졌다.

아마도 직장 사람들이 모인 곳에서는 하기 어려운 이야기들, 예를 들면 이성 관계나 집안 사정, 돈 문제 같은 것을 허심탄회하게 털어놓기 위해서 몇몇 친한 사람들끼리 뭉쳐서 시간을 끄는 것일지도 몰랐다.

그도 그럴 것이 테이블에 앉은 의사와 심리사들 사이에서 오고 가는 대화란 지극히 공적이었다. 연구소와 병원 일의 연장선으로 느껴질 만큼 이야기가 일에 치중되어 있었다.

서로의 연구 실적이나 논문 발표, 대학교 교수로 활동하는 이야기가 대화를 더 형식적으로 만들었다.

"저 이번에 강의 하나 뛰잖아요. 제 사수가 있는 곳인데 이번에 연구년이어서 자리 빈 거 저한테 넘겼거든요. 후배들 본다는 생각에 신나서 갔더니 어찌나 경계심이 심하던지. 애들이 수줍어하는 건지, 절 싫어해서 그런 건지 모르겠더라고요."

"내가 나가는 데랑은 분위기가 다른가 보네. 이번 학년에 여학생이 많아서 그런지 강의실 냄새부터가 다르더라고. 그 뭐라 해야 하지. 샴푸 냄새? 화장품 냄새? 그런 게 나. 얼마나 신기한데."

"두 분 다 예과 수업 맡으세요? 전 실습반이라 그런지 엄청 빡세요. 전필도 아닌데 애들 기 싸움 장난 아니고. 우리 연구소나 병원에서 인턴하고 싶어 해서 성적에도 민감하더라고요."

"그러고 보니 우리 연구소 인지도가 높더라."

"그거 다 조 과장이 어디 텔레비전 프로그램 자문 위원으로 나가서 그래. 1년 내내 연구소 이름 팔렸잖아."

"제 잘못 아닙니다, 선배님."

"뭘 또 빼냐. 너도 은근히 유명해져 보려고 방송 제의 오케이 했다 들었는데. 촬영 전에 메이크업 받는다며."

"아, 메이크업은 출연자들이 다 받는 거라니까요. 그리고 제가 언제 유명해지려고 했습니까. 너무 하시네."

"이거 봐라. 너 인마, 도원 선생 은근히 견제한 거 우리 중에 모르는 사람 없어."

"억! 생사람 잡으시네! 아니에요!"

"얼굴 빨개진 거 봐라."

낄낄거리며 웃는 분위기에서 도원은 빈 술잔을 쳐다보던 고개를 들었다. 도원을 어려워하던 사람들이 도원을 바라보고 있었다.

도원은 자신에게 집중된 분위기가 부담스러웠다. 무슨 이야기가 오고 갔는지 대화를 제대로 듣고 있지도 않았다. 두통 때문에 굳은 표정을 풀지 못하고 있던 도원이 왜 쳐다보는지 몰라서 어리둥절해하는 사이였다. 술이 넉넉하게 들어간 조 과장이 목소리를 높였다.

"오해입니다. 저 도원 선생님한테 라이벌 의식 느낀다거나 그런 거 아니에요. 술자리 농담으로만 받아 주세요."

옆에서 조 과장의 선배나 동료들이 조 과장의 옆구리를 쿡쿡 찔렀다.

"도원 선생 옷 입는 것도 따라 했잖아."

"아, 아니라니까요!"

놀림이 이어지자 조 과장은 부끄러워 자리를 피해 버렸다. 남은 사람들만 술을 한잔 더 돌리면서 웃음을 터뜨렸다. 그들이 따라 준 술잔을 도원은 오랫동안 바라봤다. 도원은 제 손에 쥐어진 소주잔을 한입에 비워 버리고 결심한 듯 말했다.

"아, 저. 음, 저기, 뭐 하나 여쭤봐도 될까요."

사람들이 도원을 다시 돌아봤다. 도원이 술기운을 빌어서 뭔가를 물어본다는데 싫다 할 사람이 없었다. 어서 물어보라며 흥을 돋워 주기까지 했다. 도원이 술잔을 만지면서 물었다.

"제가 객관적으로 어떤 이미지인지 좀 알 수 있을까요."

사람들이 여기저기서 "응?" 하고 되물었다.

맹 소장님은 언제 오신대. 몰라요, 외래 팀이랑 같이 온다고만 했어요, 좀 늦나 봐. 연락해 봐. 그러한 소소한 대화가 멈추고 한참이나 도원을 쳐다보는 시선만 이어졌다.

도원은 자리를 비운 조 과장을 따라서 도망가고 싶었지만 참았다. 술 때문이다. 술 탓이다. 다들 그렇게 받아들여 달라고 빌면서 입을 뗐다.

"그게, 저기, 제가 만만하다거나 괴롭히고 싶다거나 그런 이미지인가 해서요."

어렵사리 물어본 도원을 향해 사람들이 저마다 한마디씩 했다.

"누가 도 선생님을 만만하게 봐요. 완전 어려운데."

"그러니까요. 도 선생님이 격식을 잘 차리시는 분이라 단둘이 만나면 얼마나 긴장하는데요."

"오히려 말 붙이기 어려운 인상 아니에요? 말 걸어도 읽으시던 책을 계속 볼 거 같아서 무안해질 분위기예요. 아, 차갑다는 건 아니고요. 조용하고 여유 있다는 뜻이에요. 괜히 도 선생님을 방해하기 싫은 분위기라."

"왜요? 누가 도 선생님이 만만하대요?"

아, 음, 어쨌든 종합하면 강인한 남성의 느낌은 아니구나.

도원은 남성성을 테스토스테론 분비에 따른 반응으로 이해해 보았다. 자신에겐 남에게 보여 줄 근육도, 그룹에서 돋보이고 싶어 하는 리더십도 없다는 자각을 하고 말았다. 마초성의 상실인 셈이다.

그렇구나. 사람을 곁에 안 두고 책만 볼 것 같은 사회 부적응자나 아웃사이더 느낌이구나.

도원은 자신이 물어보고도 좋은 얘기는 못들은 듯해서 침울한 표정을 지었다. 나중에 몸 좋은 조 과장에게 운동하는 법을 물어봐야겠다고 생각하면서 빈 잔에 스스로 술을 따랐다.

"말씀 고맙습니다. 어떤 위치인지 알겠습니다. 때에 따라선 흔들어 볼 만한 사람이라고 생각할 수도 있겠군요."

어디선가 허, 하고 기가 찬 소리가 들렸다.

"누가 그런 말을 했어요? 와, 진짜 무례하네요."

"제 생각입니다."

"예? 아, 혹시 제가 한 말 때문에 그러시는 거라면 절대 그런 의미로 드린 말씀 아닌데요."

"제가 남자답지 않다는 뜻 아닌가요?"

"그 자체가 칭찬이 되는 사람도 있어요. 선생님 같은 경우에는 특히나."

"제 생각엔 약점인 거 같은데 아닐 수도 있군요."

"내담자 중에 뭐라고 하는 사람 있나요?"

"그건 아니지만……."

말하면서 도원은 씁쓸하게 웃었다. 차마 자살 사건 용의자랑 대화하고 하루 종일 아버지와 크랙, 아니 장진원 문제를 생각했다고 말할 수는 없었다.

젊은 날의 크랙은 도원을 앞에 두고 자주 사촌 동생 이야기를 했다. 그가 집에서 벌이는 짓을 말하지 않고는 못 견디겠다는 투로, 그 어린아이를 괴물 취급했다.

―사촌 동생이 얼마 전에 한국에서 여기 미국으로 왔어요. 영어 공부를 하는데 가정교사 말을 듣질 않아요. 외우라고 시키는 단어는 쳐다보지도 않고 순 형용사랑 동사만 봐요. 그것도 아주 잔인하게 묘사되는 글에 쓰일 법한 단어들이요. 일상생활에서 하등 도움도 안 되는 거. 보기만 해도 징글징글한, 그딴 단어 왜 만들었나 싶은 것들. 토악질 나요, 동생이 그런 단어를 따라 읽으면서 키득거리는 거 보면.

"회식 자리에서 일 얘기하면 재미없겠죠. 제가 어떤 분위기인지 말씀해 주셔서 감사합니다. 좋은 참고가 되었습니다. 한잔 받으세요."

굳은 얼굴로 쳐다보는 사람들에게 술을 따라 줬다. 얼굴이 불콰한 사람들은 도원의 이야기가 미묘하게 날이 서 있다고 생각했지만 그 느낌을 오래 이어 가지 못했다.

그들은 다시금 술기운에 달아올랐다. 기뻐하며 술잔을 돌렸다. 술을 잘 못 마신다고 평소에 회식 자리를 금세 빠져나가던 도원이 끝까지 자리를 지키며 술잔을 섞는 것에 즐거워했다.

"소장님 지금 오고 계시대요. 외래 팀 사람들이랑 온다고 도망가는 사람 없이 다 기다리라는데요."

자리를 비웠던 조 과장이 테이블로 돌아오면서 말했다. 술이 제법 들어간 사람들은 흐리멍덩 풀어진 눈으로 알겠노라 대답했다.

테이블 구석에 앉아 있는 도원도 제정신을 차리지 못했다. 조 과장은 테이블 위에 어질러진 빈 소주병을 눈으로 세다가 한숨을 내쉬었다.

"적당히 좀 드시지."

"으하하, 조 과장도 얼른 이리 와 봐. 도원 선생이 보기보다 엄청 귀여워. 으하하."

"선배, 듣는 분 기분을 생각하셔야죠."

"진짜야. 보기보다 사람이 맹하고 허술한 데가 많아. 조 과장도 이제 그만 도원 선생 라이벌이라고 밀어내지 말고 친하게 지내."

"거참, 그런 거 아니라니까요."

조 과장이 도원을 돌아봤다. 도원도 다른 사람들과 마찬가지로 눈이 흐렸다. 술에 취하면 기분이 들떠서 목소리가 우렁찬 사람과 달리, 졸린 눈을 깜빡이면서 차가운 벽면에 기대어 있기만 했다.

긴장을 놓으면 그대로 조용히 눈꺼풀을 덮고 고르게 숨을 내쉬었다. 술주정이 따로 없어 보였다. 술에 취하면 자는 부류인 듯했다. 평소 술이 약하다고 들었기에 도원을 잡고 흔들었다.

"괜찮으세요? 숙취 해소 음료라도 사다 드릴까요?"

도원은 어눌한 발음으로 말했다.

"으, 아뇨, 음, 먼저 자리에서 일어나 봐도 될까요."

"예? 외래 팀 온다는데요. 맹 소장님도요."

"그럼 오실 때까지만 잠깐 자고 있겠습니다."

"그러기보단 바람 쐬고 오시는 게 좋겠어요."

"밖에 춥잖습니까."

"추우니까 나갔다 오시라는 겁니다."

"……추운데."

웅얼거리듯이 말하고 눈을 감아 버린 도원을 보면서 조 과장이 쩔쩔맸다. 그는 콜택시라도 불러야 하나, 도원이 평소 차를 끌고 다니던 거 같았는데 대리라도 연락해야 하나, 하며 생각할 때였다.

가게 밖이 시끄러워졌다. 밖에서 담배를 피우거나 편의점에서 커피를 사 마시던 사람들이 일제히 누군가를 맞이했다.

떠들썩하게 인사하는 목소리가 가게 안까지 들렸다. 자리를 비웠다가 들어오는 사람들까지 포함해서 10명 남짓한 인원이 우르르 몰려들었다.

조 과장이 자리에서 일어났고 그의 선배와 동료들도 술잔을 놓고 몸을 일으켰다. 일제히 맹강조 소장과 병원장을 향해 인사했다.

병원과 연구소 책임자가 온 것만으로도 긴장되는데, 매스컴의 집중 조명을 받고 있는 외래 석박팀까지 섞이자 미묘한 부담감이 테이블 주변을 메웠다.

그 묵직한 분위기에 섞이지 않는 사람은 도원이 유일했다. 도원은 테이블 가장 구석에 앉아서 벽에 머리를 기대고 눈을 감고 있었다. 그는 누가 온 것도 모르는지 쌕쌕, 고른 숨을 내쉬면서 반응하지 않았다.

"도원 선생은 왜 저러고 있나. 누가 술을 먹인 거야?"

목도리를 풀면서 묻는 맹 소장의 말에 일동 긴장해서 눈치를 보았다. 맹 소장은 혀를 찼다.

"도 선생은 주량이 소주 두 잔도 안 되어서 그거 넘어가면 계속 곯아떨어지는데."

깨워 보려고 해 봤자 소용없다는 걸 이미 경험해서 아는 말투였다. 어쩔 수 없다며 도원을 집에 태워 보낼 콜택시 번호를 물어볼 때였다.

"도원 선생님."

낯선 목소리가 들렸다. 그 목소리는 아주 낮고 깊었다. 몇 안 되는 음절들로 이루어진 목소리는 딱딱하게 끊어지기보다는 부드럽게 이어졌고, 콘트라베이스의 줄에서 나는 소리처럼 사람들의 귀를 사로잡았다.

특히 여성들이 민감하게 반응하며 돌아본 곳엔 병원과 연구소 소속이 아닌 젊은 남자가 서 있었다. 외래 팀은 젊은 석박들로 구성되어 있었지만 그중에서도 가장 젊은 축에 속했다.

그가 무리에서 나와 홀로 테이블에 앉아 있는 도원에게 다가갔다. 자고 있는 도원을 가만히 쳐다보더니 손끝으로 조심스럽게 앞머리를 넘겼다.

간지러운 감촉에 도원이 움찔했다. 고개를 더 벽 쪽으로 기대며 손길을 피하다가 "선생님." 하고 재차 부르는 목소리가 독특해서 눈을 떴다.

초점이 흐려서 눈앞에 있는 커다란 손만 구분했다. 도원은 그 손을 보기만 했다. 보는 게 전부였다.

느리게 눈을 깜빡이자 손가락에 속눈썹이 닿아서 눈송이가 떨어지는 소리를 냈다. 지척에서 처음 보는 남자와 얼굴을 마주하고 있는 상황이 이상할 법도 한데, 도원은 그 이상함을 인지하지 못했다.

도원은 그저 졸렸고, 오늘 하루가 피곤하다는 생각뿐이었다.

"집에 가시겠습니까?"

누구지. 단순한 궁금증을 떠올리면서도 집이라는 단어에 더 집중했다. 고개를 끄덕이면서 나지막이 대답했다.

"네에."

도원이 벽을 짚고 일어서자 남자가 손을 내밀었다. 도원은 그 손을 쳐다보다가 지나쳐 걸었다. 맹강조 소장과 병원 원장을 발견하고는 고개를 살짝 옆으로 숙이며 배시시 웃었다.

"아, 소장님 안녕하세요. 병원장님, 안녕하십니까아."

어눌하지만 귀엽고 다정한 말투로 인사를 마치자 맹 소장이 신음을 흘렸다.

"허어, 도 선생."

도원은 황당하게 바라보는 맹 소장을 지나쳐 가게를 나가 버렸다. 술에 깨서 정신을 차리면 자신이 무슨 짓을 벌였는지를 알게 될 것이고, 당장 소장과 원장 사무실에 찾아가 머리를 조아리면서 사과를 할 테지만, 지금 그의 머릿속엔 집에 대한 생각뿐이었다.

곰 인형들만 굴러다니는 텅 빈 방이 아니라, 폭신한 침대와 생고기 같은 살 냄새가 인상적인 MJ의 방, 도원이 몸을 묻고 싶은 가장 편안하고 행복한 장소를 말이다.

"선생님."

다시 귀를 사로잡는 목소리가 도원을 불렀다. 어디서 들어 본 목소린데…… 가물거리는 기억을 헤집어 볼 때쯤 남자가 도원의 외투와 가방을 들고나왔다. 직접 도원에게 코트를 걸쳐 주었지만 가방은 대신 들어 주었다.

"모셔다드리겠습니다."

"아, 괜찮습니다."

"근처 사신다고 들어서요. 부담 갖지 말고 얻어 타셔도 됩니다."

남자는 가게 뒤편에 세워 둔 차를 직접 가져왔다. 도원을 위해 보조석 문을 열어 주었고, 안전벨트를 매 주었다. 같은 남자에게는 좀처럼 보이기 힘든 종류의 친절이었다.

푹신한 차 시트에 몸을 묻은 채 도원은 운전석에 올라타는 남자를 쳐다봤다. 거리가 어둑해서 얼굴이 잘 보이지 않았다. 그림자가 짙게 진 얼굴에서 선명하게 보이는 것은 매끈하게 떨어지는 높은 콧대와 도톰한 입술뿐이었다.

도원을 돌아본 입술이 호선을 그리면서 그 듣기 좋은 목소리를 흘렸다.

"차에 타는 게 무섭다고 하시더니 이젠 괜찮은가 봅니다."

도원은 멈칫했다. 그런 말을 아무에게나 하지 않았을 텐데 이 사람이 어떻게 아는 거지.

처음보다 술기운이 사라진 시선으로 남자를 쳐다봤다. 도원이 쳐다보는 시선을 음미하는 것처럼, 호선을 그린 입술이 무척 즐거워했다. 차를 출발시키지도 않고 도원에게로 완전히 몸을 돌린 채 도원의 시선을 온몸으로 받아들이고 있었다.

"이런 식으로 만나고 싶었습니다, 선생님."

―이런 식으로 ……던 건 아니었는데요, 선생님.

기억의 끝자락에 간신히 매달려 있는 그 목소리가 어른거렸다. 자신을 들어 올렸던 팔의 힘이 떠올랐다. 쓰러졌을 때 도와준 사람이 생각났다.

"혹시."

도원이 입술을 달싹였다.

"저번에 절 응급실까지 데려다주신 분인가요."

남자가 웃었다.

"맞습니다."

"아, 인사가 늦었습니다. 그때 신세가 많았습니다."

"아뇨, 당연히 도와 드려야 했을 일이죠. 몸은 괜찮으신가요?"

"네."

"안색이 좋지 않습니다. 술이 약하시다고요."

"많이 마시진 않았는데, 음, 부끄럽군요."

볼에 살짝 닿은 손바닥이 부드러웠다. 평생 고생 한 번 안 하고 산 사람의 손이었다.

이상한 사람이라고 생각했다. 딱 한 번 도움을 받았을 뿐인데 오랫동안 도원을 알고 있던 것처럼 대했다. 도원과 만날 것을 예상하기라도 한 것 같았다. 호의조차 이렇게 의뭉스러울 수 있을까.

도원은 천천히 몸을 바로 세웠다. 차 시트에 기대어 있던 몸이 반듯하게 일어나 남자를 향했다. 어둑한 그림자 속에서 느껴지는 남자의 시선을 마주했다. 즐거워 보이는 입술을 응시하던 도원이 물었다.

"혹시, 우리 어디서 만난 적 있나요."

가로등도 깜빡거리는 어두운 골목 끝에서 차 한 대가 다가왔다. 상향등을 켠 차는 남자와 도원이 탄 차를 스쳐 지나갔다.

노란 불빛이 창을 직선으로 통과했다. 그림자에 가려져 있던 남자의 머리칼에 노란빛이 부서졌다. 염색을 한 옅은 갈색 머리카락을 시작으로 빛이 하나둘 내려왔다.

얇은 무테안경을 끼고 있음에도 가려지지 않는 맨질맨질한 안구, 단단한 턱선. 빛은 남자의 얼굴을 유선으로 흐르듯이 내려와 목 위에서 모였다.

반대편 차가 완전히 옆을 스쳐 지나가자 모이던 빛이 터져 버리며 다시 어두워졌다.

도원을 바라보며 웃고 있는 표정이 기묘한 감정을 품고 있었다. 호의가 아니었다. 적의라고도 할 수 없는 감정이었다.

그 감정의 기반은 순수한 즐거움이었다. 무엇에 대한 즐거움인지도 알 수 없는, 비정상적으로 부풀어 있는 감정이었다.

"응급실에 바래다 드리며 뵀었잖습니까."

아니, 그런 의미로 물은 말이 아니다. 한 번 마주한 사람을 대하는 태도가 아니기에 더 본질적으로 물은 말이었다. 그러나 남자는 여지를 남기지 않고 초면에 하는 인사를 건넸다.

"지승준이라고 합니다."

남자가 혀를 내밀어 아랫입술을 슬쩍 핥았다. 말라 있는 입술을 침으로 적시는 사소한 행동이 그로테스크하다고, 도원은 생각했다.

"만나서 반갑습니다. 선생님을 정말 보고 싶었거든요."

즐거움이라는 일방적인 감정이 맞은편에서 뿌려 놓고 사라지는 자동차 상향등만큼이나 간헐적으로 부풀고 터지길 반복했다.

"선생님의 석사 논문을 레퍼런스로 제가 졸업 논문을 썼습니다. 주요 학회지에 실린 덕에 유럽에서 맹강조 소장님을 만날 수 있었습니다. 제겐 아주 영광이었죠. 그곳에서 소장님과 어떻게 술자리라도 가질 수는 없을까 해서 기회를 노리고 있었습니다."

독일 맥주와 인터라켄 산악 열차에 대해서 시시때때로 전화를 걸던 맹 소장이 떠올랐다.

흘려들은 통화 내용 중에는 이국에서 만난 한국인 의사 이야기도 섞여 있었다. 새벽까지 호텔에서 술을 마셨다는 상대가 도원 옆에서 운전을 한다.

이렇게 기막힌 우연이 있을 수 있나. 도원이 "하하……." 하고 웃음을 흘렸다.

"제 자료가 진짜 많이 쓰이긴 하나 보네요."

"모르셨어요?"

"딱히 대학 강의를 겸하는 것도 아니고, 학계 사람들과 교류가 활발한 것도 아니라서요. 다들 저보고 대단하다기에 한국 사람들은 칭찬도 잘해 주시고, 진짜 착하다고만 생각했습니다."

"하하, 가식적인 칭찬으로 아셨던 건가요."

"아시다시피 미국에선 이런 대우가 별로 없잖아요. 아닌 사람도 많겠지만 제가 있던 곳이 보수적이어서 동양인을 그렇게 좋아하지도 않았고요."

술기운 때문에 도원의 목소리는 힘이 빠진 것처럼 들렸다.

운전하는 지승준을 쳐다보면서 무언가를 생각하다가도 술기운에 느른해져서 눈꺼풀을 느리게 감았다 떴다.

머릿속에 바늘이 있다면 그 끝을 예민하게 세워서 지승준을 관찰하고 싶었다. 하지만 몸이 따라주질 않았다. 카 시트에 기대어 눈을 깜빡이는 게 지금의 도원이 할 수 있는 일의 전부였다.

지승준은 도원의 시선을 즐겼다. 도원의 관심사가 저 하나로 응집되어 있는 현재를 만끽했다.

"동양인이 주축이 된 정신분석 학파가 나올 수도 있으니 상당한 관심사입니다. 기존 의사나 학자들도 선생님 논문을 중요한 레퍼런스로 삼고 있고요, 선생님의 계보를 잇고 싶어 하는 학생들도 많죠."

"지 선생님도 그런 학생 중 하나인가요."

"직구군요."

"제게 잘 보이기 위해서 대리 기사 노릇까지 하는 거라면 그럴 필요 없습니다. 말했다시피 저는 학계에 힘이 없거든요. 특히 한국 의국은 아예 문외한입니다."

"출세엔 별로 관심 없습니다."

"음. 그것도 안 되는데. 젊은 사람이 야망을 가져야죠."

"그 젊은 야망의 정점에 계신 분이 그런 말씀 하시니까 굉장한 선언으로 들립니다."

"이거 봐, 한국 사람은 착하다니까."

"귀여우시긴."

띠동갑은 될 것 같은 아저씨한테 귀엽다는 말을 한 건가, 제대로 들은 게 맞나, 싶어서 멍하니 쳐다보는 도원이었다.

"말투가 독특하시네요."

달리 말하면 건방지다는 뜻이다. 지승준은 도원의 속뜻을 헤아리고 더 장난스러운 표정을 지어 보였다.

"선생님한테 관심이 많아서요."

"어떤 관심인지 물어보면 대답해 줄게요."

"정말이죠? 그럼 선생님은 언제부터 상담 치료에 흥미를 가지셨는지 듣고 싶습니다."

"그런 재미없는 게 듣고 싶으시다니."

"저한테 초미의 관심사입니다. 대학 들어와서인가요? 아니면 철학서를 보기 시작한 열 살부터인가요?"

"제가 열 살부터 철학 서적 본 건 또 어떻게 아신 거죠."

"인터뷰를 찾아봤거든요. 키와 몸무게도 알아요."

"그런 관심은 주지 않으셔도 됩니다. 상담에 관심 가진 건 대학교 입학한 후였어요. 그전엔 철학자가 되고 싶었는데 진로를 변경했거든요."

핸들을 쥔 손가락들이 그 가죽 덮개를 손끝으로 쓸어 만지기 시작했다. 어린 송아지 가죽은 부드럽고 따뜻했다. 줄곧 핸들을 쥐고 있던 손바닥 크기만큼 열기를 머금어서 살아 있는 생명체의 체온처럼 느껴지기도 했다.

부드럽고 따뜻하고, 그래서 연약한 것.

도원의 입술과 눈가를 천천히 시선으로 훑어보던 지승준의 손은 움직임을 멈추지 않았다. 둥근 핸들을 쓰다듬으면서 마모된 가죽을 손가락 끝의 감각만으로 즐겼다.

"전 아주 어렸을 때 관심을 가졌습니다. 학교도 다니기 전부터요."

지승준의 시선이 머물러 있는 입술이 열렸다.

"그렇게 어린 나이에 상담 치료에 관심을 가졌군요."

지승준은 입술 안쪽으로 언뜻 보이는 혀에 시선을 고정했다. 가죽의 겉면과는 비교할 수 없을 만큼 젖어 있는 입 안이었다.

입술은 말라 있는데 그 안쪽이 촉촉해서, 말을 할 때마다 잇몸 안쪽 살끼리 달라붙었다 떨어지는 소리가 났다. 그건 키스할 때 들을 수 있는 소리와 비슷했다.

"재능을 타고났나 봅니다."

도원의 얘기만큼이나 그 목소리, 호흡, 신체 부위의 색깔과 감각들까지 충분히 만끽하면서 지승준은 부드럽게 미소 지었다.

"재능이라기보다는…… 궁금했거든요. 눈에 보이는 상처가 있거나 병에 걸린 것도 아닌데 심각하게 시달려서, 그걸 어떻게 치료할수 있는지가 그때 당시 최대의 궁금증이었어요."

"뭐에 시달렸나요?"

"기억이요."

사적인 이야기가 될 수 있기에 더 이상 캐묻지 않는 도원을 보고, 지승준은 안경을 고쳐 썼다. 젖은 입 안을 들여다보던 시선을 거두었다.

지승준은 바뀐 신호에 맞추어 차를 느리게 출발시켰다가 우측으로 핸들을 꺾었다. 뒤에서 클랙슨 울리는 소리가 길게 이어졌지만 무시하고 인도 옆에 멈추어 섰다. 핸들 가죽을 쓰다듬던 손이 처음으로 떨어졌다. 그 손이 도원을 향했다.

"저는 저 자신을 남들에게 보이는 걸 좋아하지 않습니다. 선생님도 그런가요?"

도원의 입술에 닿을 듯 다가왔던 손은 그대로 아래를 향하더니 코트 깃을 여며 주었다. 도원은 손길을 내버려 두었다. 지승준이 질문한 것을 생각하느라 코트를 매만져 주는 손길을 친절로만 받아들이고 있었다.

"다 그렇지 않나요. 관심 받고 싶어 하는 사람이라면 모를까. 그게 아니라면 누가 날 안다는 건 불쾌하죠."

"전 좀 심해 보입니다. 병이 있어도 병이 있다고 말하고 싶지가 않네요."

"그러다 큰일 나요."

"이미 난 거 같습니다."

"의사가 병에 걸리다니. 환자들에게 신뢰를 못 받습니다."

"괜찮습니다. 그 병이 있다는 사실도 이 세상에서 딱 둘만 알거든요."

"고칠 생각 없으신가요? 고칠 생각이라면 그렇게 숨겨서 될 일이 아닌데."

"고치고 싶어요. 나도 그 새끼 못지않게 힘들거든요."

도원이 눈을 깜빡였다. 그 새끼? 젊고 똑똑한 사람이라 그런지 오만한 구석도 있는 모양이었다. 존경한다는 학자, 그것도 자신보다 연상인 어른을 앞에 두고 귀엽다느니 하는 이상한 표현을 쓰고 욕설을 내뱉는 것이 묘하게 뒤틀린 성격처럼 보였다.

코트 깃을 단정하게 여며 준 지승준이 다시 핸들을 잡았다. 핸들 가죽을 손끝으로 섬세하게 더듬던 손길이 달라졌다. 가죽을 쥐어뜯을 것처럼 세게 잡아당겼다. 얼굴에는 여전히 미소를 거두지 않은 채였다.

"선생님의 치료 과정을 지켜보고 있어요. 어떻게 되어 가는지 확인하고 싶습니다."

대리 만족이라도 느낀다는 걸까. 도원은 졸린 눈을 세차게 감았다가 떴다. 목소리가 웅얼거리듯이 새 나왔다.

"최근엔…… 논문을 쓰지 않았습니다."

"논문이 아니어도 상담은 받고 계시잖습니까."

으음. 연구소에서 하루에 두세 명 상담하는 그 일 말인가.

환자에 대한 프라이버시는 철저하게 보장되어 있어서 지승준이 어떤 환자 케이스를 말하는지 알 수 없었다.

자신의 내담자 중 아는 환자가 있어서 이야기를 들었다고 생각해야 하는지, 추측만으로는 그저 다양한 가능성을 열어 두는 게 고작이었다.

어찌 됐든 도원은 지승준의 호의를 이해했다. 요즘 젊은 의학생들이 도원의 논문을 주요 참고 자료로 삼고 있다. 미개척 분야라서 다들 관심을 갖고 달려들고 있다. 그 학문의 선두 주자라고 평가받는 도원에게 유달리 호감을 갖고 있다.

더욱이 지승준은 그 논문을 토대로 연구를 발전시켜 유럽의 시상식에 서지 않았나. 그 정도로 유능한 인재라면, 도원의 연구에 지대한 관심을 보이는 것은 어찌 보면 당연했다.

출세욕이 없다고 말했지만 도원을 쳐다보는 눈엔 나이가 어리기 때문에 숨길 수 없는 욕망이 가득했다.

야망이 아니라면 저 욕망은 대체 뭘까.

선한 미소를 지어 보일 정도로 자기 표정을 관리할 수 있는 사람이 눈빛을 관리하지 못한다. 그 정도로 자기 통제력을 벗어난 번들거리는 시선을 가졌으면서 욕망이 없는 사람이라 말하면 믿기 힘들다.

드러나는 게 싫다면서 모두 드러나고 있는 사람이다.

"당신 같은 사람을 한 명 알고 있어요."

핸들 가죽 커버를 잡아 뜯던 손이 멈추었다. 얇은 안경 테두리에 자동차들의 상향등 불빛이 맺혔다가 사라졌다.

"저 같은 사람이요?"

"욕망이 아주 큰 사람이에요."

"그 말은 저도 욕망을 추구하는 부류라는 건데요."

"음, 속에 품은 게 많아 보여서요. 제가 잘못 짚은 걸까요."

"아하하, 왜 그렇게 생각하셨나요?"

"사람을 그렇게 쳐다보면 예의가 아니니까요. 예의라는 단어를 지 선생님 정도면 잘 알 거 같아서요."

굳이 잘 보이고 싶어 하는 사람에게 그런 불온한 눈빛으로 실례를 일삼는 짓도 안 할 것 같고.

도원의 지적에 지승준은 만족스러워했다. 술에 취해서 사고가 둔해진 사람이 이 정도로 섬세하게 관찰할 수 있다면 제정신일 때의 도원은 얼마나 감각이 열려 있는 사람일지 궁금했다.

"어떤 욕망일까요. 성욕이나 식탐 같은 걸까요."

"그렇게 단순한 건 아닌 거 같은데. 아, 누가 본인을 파헤치는 걸 싫어한댔죠. 그만할게요."

"아뇨, 계속해 주세요. 선생님의 분석이라면 대환영이에요."

"그렇게 대단한 건 아닙니다. 그냥, 그쪽은 꽤 복잡한 걸 추구하는 것 같아서."

"예를 들면요?"

"예를 들면요, 계속 강조하는 그거요. 당신을 아는 게 싫다는 거.

보통 그렇게 입에 담을 정도면 반대죠. 누가 당신을 완벽하게 해석하길 바라나 보네요."

지승준의 입술 끝이 귀 양옆으로 끌어 올려졌다. 핸들 가죽을 괴롭히던 손이 기어를 바꿨다. 비상등을 켜고 인도에 멈추어 있던 차가 다시 도로로 진입했다.

내비게이션에 찍힌 도원의 오피스텔까지 얼마 남지 않았다. 상냥한 기계음이 전방 얼마에서 우회전하라고 지시했다.

"절 닮았다는 그 사람은 어떤가요? 욕망이 크다는 사람이요."

도원은 더 이상 졸음을 참기 힘든지 아예 눈을 감았다. 곧 있으면 도착하는데도 술기운을 이기지 못했다.

"사랑스러워요."

목적지에 도착했습니다. 낭랑한 여성의 목소리를 낸 내비게이션 작동이 그것으로 멈추었다.

오피스텔 건물 앞에 차를 멈추어 세운 지승준이 건물 8층을 올려다보았다. 불이 켜져 있거나 꺼져 있는 수많은 창문 중, 유독 한 지점만을 바라봤다. 도원이 사는 802호였다.

잠이 들어 쌕쌕, 고른 숨을 내쉬는 도원에게 손을 뻗었다. 이번엔 코트 깃이 아닌 입술을 만졌다.

부르튼 입술을 쓰다듬은 손가락이 입술 안쪽으로 들어왔다. 지켜보았던 젖은 혀를 손끝으로 눌렀다. 상상만큼 부드럽고 따뜻했다. 입 안에 넣은 손가락을 빼내고 침에 젖은 손가락을 두 개를 접었다 붙여 보았다. 점성이 약한 침이 짧게 늘어지다가 끊어졌다.

"선생님, 도착했습니다."

어깨를 흔드는 손길에 도원이 눈가를 비비며 차에서 내렸다. 편의점에서 지승준이 사다 준 숙취 해소 음료를 건네받으면서 오피스텔 정문으로 들어갔다. 지승준은 창문에 불이 들어올 때까지 차를 출발시키지 않았다.

802호에 불이 들어온 후에도 옆집 창은 여전히 어두웠다. 그 어둠은 오랫동안 물러나지 않았다. 인기척도 빛도 없는 802호 옆방을 확인한 지승준이 비스듬히 웃기만 했다.

"사랑스럽다고요."

도원의 타액에 젖어 있는 손가락을 비볐다. 촉촉하고 따뜻했던 입 안이 오늘은 다른 무언가로 가득 채워지는 일이 없을 것을 아쉬워했다. 추위와는 다른 의미로 상기된 두 볼을 끌어당겨 웃었다.

"아니죠. 사랑스럽다가 아니라 사랑한다고 해야죠."

지승준의 눈빛은 자동차의 헤드라이트보다 밝게 빛났다.

"그 새끼한테 더 빠져들어요. 지금보다 더. 더 많이."

14

14

지나가는 사람들이 도원에게 장난스러운 미소로 인사를 했다.

"안녕하십니까아."

인사하는 목소리가 누군가를 흉내 내듯 약간은 어눌한 발음이었다. 출근하다가 마주친 병원장부터 병동, 연구소 직원들까지. 모두 도원만 보면 고개를 모로 숙이며 인사했다.

"도 선생님, 안녕하세요오."

"안녕하십니까아."

처음엔 어리둥절하던 도원은 맹 소장에게 이유를 들을 수 있었다.

"아. 어제 자네가 술에 취해서 나와 병원장에게 고개를 모로 숙여 인사해서 그래."

충격적인 이야기에 도원의 입이 무방비하게 벌어졌다.

"……예?"

"다른 사람들은 긴장해서 눈치 보느라고 아무도 못 빠져나갔는데 자네만 예쁘게 인사하고 가 버렸지 않나.”

도원은 당황해서 머뭇거렸다. 기억이 완전히 끊어진 것은 아니었지만, 제 딴에는 평범한 인사가 남들 눈에는 그렇게 보였다니. 도원은 붉어진 볼을 감추면서 더듬거리듯이 말했다.

“아, 저. 죄송합니다.”

소장이 어깨를 옹송그렸다. 웃음을 참다 보니 어깨가 대신 떨렸다.

“도 선생 아주 애교 넘친다고 사람들이 난리야.”

“그만 놀리세요.”

“연애하는 거 아니냐고 소문이 파다하던데?”

“하아, 여기 사람들은 아주 사소한 것도 정신분석하고 행동분석을 하니 책잡힐 행동 하지 말라고 하셨던 게 무엇인지 알 것 같습니다. 그 말씀 못 지켰습니다. 죄송합니다.”

“그러게 못하는 술을 누가 그렇게 넙죽 받아 마시래.”

“그날따라 술이 잘 들어가더라고요.”

“숙취 없나.”

“약간 있습니다. 머리 아프네요.”

“그래도 지 박사가 챙겨 줘서 다행이지. 나중에 따로 만나서 고맙다고 말해 줘. 메신저로 얘기하든가.”

도원은 책상에 머리를 박은 채로 힘없이 대답했다.

“네.”

소장은 손목시계를 들여다보더니 들고 온 커피 잔을 책상에 내려놓았다. 신음인지 침음인지 모를 것을 입 밖으로 길게 내뱉는 도원을 투덕투덕 두드려 주고 나갔다.

소장의 발걸음이 가벼웠다. 콧노래를 부르면서 복도에서 마주치는 사람들에게 "안녕하십니까아."라고 큰 소리로 인사를 했다. 까르륵 웃는 간호사들 반응이 고스란히 사무실 안으로 넘어왔다. 도원은 눈을 감았다.

"아 진짜……."

책망하듯 중얼거려 보지만 그 책망의 화살은 자기 자신에게 돌아왔다. 누굴 탓하겠나. 술이 약한데도 마셔서 인사불성이 된 제 탓이다. 당분간 사람들 놀림거리로 지낼 생각에 침통해졌다.

"하아." 하고 작게 한숨을 내쉰 도원은 탁상 달력을 바라봤다. 온천을 갔다 온 지 며칠이 되었는지 셈해 보았다. 그동안 MJ로부터 연락은 없었다.

옆집은 비어 있었다. 불도 켜지지 않았다. 메모 쪽지 하나 남아 있지 않았고, 새벽까지 누군가 오고 가는 인기척도 들리지 않았다. 함께 온천을 다녀온 뒤로 감쪽같이 사라진 MJ 때문에 속만 까맣게 타들어 갔다.

온천에서 보인 불안정했던 모습이 눈에 밟혔다. 혹시라도 MJ가 돌이킬 수 없는 행동을 할까 봐 불안했다.

그때 MJ는 어둠 속 먹잇감을 노려보는 시선으로 창가를 배회했다. 그것은 쉬러 온 사람의 모습이 아니었다. 무언가를 준비하는 사람의 자세였다. 적당한 때를 기다리고 있었다. 언제 시작해도 되는지를 가늠하는 눈빛이었다.

도원은 자리에서 일어났다. 창문 커튼을 열고 밖을 내다보았다. 방송국에서 보낸 탑차가 며칠째 같은 자리에 서 있었다. 수많은 카메라와 기자들이 차 속에서 대기했다.

그들은 소장과 원장의 얼굴을 알고 있어서 그들이 출퇴근할 때마다 벌떼처럼 뛰쳐나와 마이크나 휴대용 녹음기를 들이밀었다. 경찰들이 그 몸싸움을 저지하는 데에 도움을 주기 시작한 것도 며칠 됐다.

병원과 연구소는 여전히 긴장 상태였다. 언제 어떤 식으로 일이 터질지 아무도 몰랐다. 그래서 사람들은 더 사소한 것에 집중하고 즐거움을 찾아다녔다. 잠시라도 긴장에서 벗어나고 싶어서 웃음이나 농담거리를 주워 담았다.

도원은 자신을 놀리는 사람들의 반응에 딱히 기분 나빠하지 말자고 결심한 이유를 여기에 두기로 했다. 자신이 이 긴장된 분위기에 한 줄기 숨통을 열어 줄 수 있다면 얼마든지 재밌는 이야기가 파생되어도 상관없었다.

도원은 커튼을 다시 닫았다. 몸을 돌려 모니터 앞에 앉았다. 키보드를 품으로 가져왔다. 오늘 하루 종일 들춰봤던 파일들을 다시 한번 더 확인하고는 결심한 듯 문서를 작성하기 시작했다.

[내가 아는 아버지에 대해 적습니다. MJ, 당신을 위해 내가 해 줄 수 있는 유일한 일이에요. 크랙 아니, 장진원의 사촌 동생이었던 그 사람에 대해서 말하겠습니다.]

자판을 누르던 소리가 잠시 멈추었다. 도원은 심호흡했다. 기억력엔 자신 있었다. 얼굴을 분간하는 건 남들보다 못하지만 그것은 그만큼 사람들의 외양에 관심이 없기 때문이었다.

도원이 관심 갖는 것은 그들의 목소리, 말할 때 즐겨 쓰는 단어, 이야기 흐름에 대한 태도였다.

내밀한 것에 집중하기 위해 눈에 보이는 것을 걷어 낸 도원은 장진원이 간접적으로 얘기했던 사촌 동생에 대한 이야기를 거의 정확하게 떠올릴 수 있었다.

기록으로 남기고자 한다면 부족함이 없을 정도의 이야기를 적어 두기로 했다.

[거짓 없이 씁니다. 이 이야기가 도움이 되길 진실로 바랍니다.]

정확하고 규칙적인 키보드 타자 소리가 사무실을 가득 메웠다. 깜빡이는 커서가 한 줄 아래로 내려갔을 때, 사무실 문이 느닷없이 열렸다.

"도원 선생님."

그 부름에 키보드 자판 소리가 멈추었다. 도원은 모니터에서 눈을 떼고 열린 문을 보았다.

사람들이 서 있었다. 병동 복도에서 신분증 검사를 하던 사복 경찰과 그 신분 확인을 마친 의사와 간호사들이었다. 도원은 모니터 화면에 록lock을 걸었다. 작성되던 문서가 사라지고 화면이 안전 모드로 변환되는 순간, 의사 하나가 고조된 목소리로 외쳤다.

"빨리 와 주셔야겠습니다."

자리에서 일어나는 도원에게 간호사가 가운을 건넸다. 흰 와이셔츠 위로 가운을 걸쳤다. 팔 한쪽을 끼워 넣기도 전에 사람들이 도원을 재촉했다. 도원은 슬리퍼를 갈아 신지도 못하고 사람들을 따라 밖으로 나왔다.

어디선가 비명 소리가 들렸다. 뛰어다니는 병동 직원들의 분위기가 심상치 않았다.

"무슨 일인가요?"

의사가 대답했다.

"투신한 피해자 부인이 자살했습니다."

그 자리에서 굳어 버린 도원을 의사가 잡아끌었다. 도원은 끌려 가면서 혼란스러운 표정을 지우지 못했다.

"자살이요? 병원 내에서 말입니까?"

"네. 거울을 깨서 조각으로 목을 그었어요. 규칙상 거울을 병실에 두면 안 되는데 자살 충동 증세가 전혀 없어서 예측을 못했습니다."

"그 자살 현장을 제가 지금 바로 확인해야 하는 건가요."

"유서에 선생님 얘기가 적혀 있어요."

"그게 무슨……."

"선생님과 '아버지' 얘기입니다."

심장이 바닥까지 떨어지는 듯했다. 어떤 얘기가 유서에 쓰여 있는지는 몰라도 아버지 얘기만 있을까. MJ 얘기는 없을까. 만약 그것들이 다 얽혀서 드러난다면 도원은 어디까지 안다고 해야 할까.

박 형사와 얽혔을 때 경찰을 속였었다. 경찰청까지 가서 조사를 받을 때 아무것도 모른다고 답했다. 이러면 앞뒤 이야기가 달라지게 된다. 의도적으로 경찰을 속인 것으로 밝혀질 것이다. 그러다가 경찰들이 MJ에게까지 접근한다면. 만약 정말로 그렇게 되면.

"선생님!"

도원이 다급히 숨을 들이마셨다. 고개를 돌렸다. 탑차에서 내린 기자들이 병원으로 진입하려 하고 있었다. 그들은 자신들을 막는 경비원과 대치했다.

도원은 어떻게든 침착해지려 애를 썼다. 상황에 휘둘려서는 안 된다. 이를 악물며 버려 보지만 귓가에서 쿵쿵 뛰는 심장 소리는 좀체 줄어들지 않았다.

"유서 보셨습니까."

도원의 질문에 의사는 뛰면서 대답했다.

"네. 제가 최초 발견자입니다."

"저와 아버지에 대해서 뭐라 쓰여 있었죠."

"직접 확인하시는 것이 좋겠습니다."

"뭐라고 쓰여 있었습니까."

"그게…… 저도 그게 무슨 소린지 잘 몰라서 그러니까…….'

"선생님."

"아, 네, 그러니까 무슨 머더구스 같기도 하고, 동화 같기도 한 얘기였어요. 새끼 늑대 두 마리를 키워 준 어른 양의 이야기인데, 선생님과 '아버지' 얘기는 마지막 문장에만 적혀 있었어요."

두 마리 늑대가 잠자고 있는 양 옆에 앉아서 말했다.

도원 선생님, 어서 도망쳐 봐!

아버지가 잡아먹기 전에!

복도를 돌자 저 멀리 한 남자가 서 있는 모습이 보였다. 복도 끝이 멀어서 도원을 쳐다보는지는 확신할 수 없었다. 원래 그곳에 서 있던 것처럼 그저 가만히 서서 병실로 뛰어가는 도원 무리를 바라봤다.

그가 웃었다. 반대편 복도로 걸어가기 위해 등을 돌려서 정말로 웃고 있었는지, 도원은 확신하지 못했다. 중요한 것은 그토록 사람 얼굴을 기억하지 못하는 도원이 선명하게 그 얼굴을 알아봤다는 점이다.

자동차 상향등 빛이 모여서 코끝과 입술, 턱선으로 흐르던 그 얼굴을 어떻게 잊을 수 있을까. 낮은 목소리로 자신을 부르며 당연하다는 듯이 시선을 섞어 오던 그를.

"선생님, 어서요."

도원은 복도 끝에 서 있는 남자에게서 시선을 뗐다. 병실 문을 열었다. 문을 열자마자 콧속으로 풍겨 오는 피 냄새에 뒷걸음질을 쳤다. 깨진 유리 조각들로 난장이 벌어진 바닥에 피가 고여 있었다.

여자는 피 위에 앉아 침대에 머리를 기대고 있었다. 한 손엔 커다란 유리 조각을 들고 있었다. 목과 손이 뼈가 드러날 정도로 깊게 파여 있었다. 커다랗게 홉뜬 눈은 천장을 향해 있었다. 흰자위 주변으로 실핏줄이 터져 있었다.

여자의 마지막 메시지는 편지지라든가 노트에 적혀 있지 않았다. 유서는 벽면에 쓰여 있었다. 늑대와 양의 짤막한 이야기가 유성 펜으로 휘갈겨져 있었고 몇 번이나 덧칠한 커다란 글씨가 도원에게 외치는 듯했다.

어서 도망쳐 봐!
아버지가 잡아먹기 전에!

이게 게임이라면, 지독하게 끔찍했다.

책상 위에 놓인 명패가 들어 올려졌다. 유리로 만들어진 명패에는 도원의 이름과 직업이 적혀 있었다. 음각된 검은 글씨는 둔중해 보였지만 명패를 쥐고 있는 손을 비추는 유리 면이 투명해서 가볍게도 보였다.

싸구려 플라스틱 삼각기둥 명패였다. 명패를 놓은 책상도 가구점에서 살 수 있는 기성품이다. 의자 역시 첨단 인체공학적 기술 운운하는 값비싼 물건과 달리 어디에서나 볼 수 있는 종류였다.

상패나 상장은 헌팅 트로피처럼 걸어 놓는 대신 구석진 책장 한 칸에 성의 없이 쌓아 놓았을 뿐이다.

형사는 사무실 곳곳을 예리하게 살폈다. 다른 것은 몰라도 이 사무실에 '과시'와 관련된 인격이 묻어나지 않는다는 것은 확실했다. 나이에 비해 경력과 업적을 인정받는 사람으로선 드문 특징이었다.

"피해자가 살아 있을 때 상담 치료를 거부했습니다. 상대가 도원 선생님일 때만 빼고요."

굵고 냉정한 목소리를 지닌 형사가 사무실을 둘러보면서 말했다.

"그 여성이 심리상담사여서 도원 선생님과 개인적 친분이 있나, 하고 알아봤습니다. 그건 아니더군요. 줄곧 미국에서 생활해 오다가 한국으로 들어온 지 2년밖에 안 된 분이 서울에서 나고 자란 피해 여성과 접점이 있을 리도 만무하고요."

형사는 문가에 서 있는 동료를 쳐다봤다. 폴리스 라인을 만들고 사건 현장을 지키는 인력을 제외한 네 명만이 와 있었다. 그마저도 한 명은 복도에 서서 맹강조 소장이 내뱉는 불만을 받아 주고 있었다.

"사람을 이렇게 막무가내로 가둬 놓고 신문하는 게 어디 있나?"

"아, 소장님. 서로 사정 다 아는 사이에 왜 이러십니까."

"알긴 뭘 알아, 비키게!"

"어허, 안 된다니까요."

"윗선에 다 말할 걸세! 영장도 없이 구금해서 신문하다니!"

"신문 아닙니다. 잠깐 얘기 좀 하려는 겁니다."

"얘기하는 사람을 사무실에 가둬 두나?"

"잠깐이면 돼요."

"비키라니까!"

"아, 거참, 늙은이가 힘도 좋네."

소장을 말리는 사람들 소리도 간간이 들렸다. 복도 창문에 비친 여러 사람 그림자를 보던 형사가 모니터 화면을 봤다. 록이 걸려 있었다. 모니터 화면을 도원이 볼 수 있게 돌렸다.

"비밀번호 푸세요."

도원은 땀이 고인 손바닥을 무릎께에 닦았다. 그 작은 움직임도 놓치지 않는 형사의 시선은 끈질겼다. 선선히 물러날 분위기가 아니었다.

"환자 기록이 담겨 있습니다. 외부인에게 보여 드릴 수 없습니다."

형사는 도원이 그리 대답할 줄 알았다.

"제가 왜 외부인입니까. 사건 인물과 관련된 기록이 있나 보려는 겁니다. 다른 환자는 관심 없습니다."

"그때 상담한 내용은 따로 적어 두지 않았습니다."

"알았으니까 비밀번호 푸시라고요."

"못합니다."

"선생님. 아는 분이 왜 이러실까."

"정식 조사라면 응하겠습니다만 이런 식이라면 협조할 수 없습니다."

"그래요? 우리한테 숨기는 게 있는 건 아니시고요?"

"한낱 학자가 무얼 숨기겠습니까."

"그 학자의 한낱 자료 좀 보겠다는데 너무 강경하시네요."

"차라리 영장을 가져오시는 게 낫겠습니다."

"싸우려고 온 게 아니잖아요. 쉽게 갈 수 있는 일을 복잡하게 하지 말죠, 우리."

"일을 복잡하게 하는 건 형사님입니다. 전 환자들 기록을 관리하는 사람입니다. 일이 커지면 저와 형사님 중 누가 더 곤란할 것 같습니까."

"그래서 안 보여 주시겠다."

"보여 드릴 것도 없다고 분명 말씀드렸습니다."

"보여 줄 게 없다는 사람이 이상하네요. 이 컴퓨터에 뭐 숨기고 있어요? 나 같으면 귀찮아서라도 비밀번호 풀어 주겠네."

"필요하시면 적법한 절차에 따라 병원과 연구소 책임자에게 요청해 주세요."

그 책임자가 복도에서 어린 형사와 몸싸움을 벌이고 있다는 말은 하지 않았다. 형사는 굽히지 않는 도원을 보고 책상 면만 손끝으로 톡톡 두드렸다.

모니터 화면을 다시 제 쪽으로 돌렸다. 생각나는 대로 키보드를 몇 번 두들기기 시작했다. 맞지 않는 비밀번호에 대한 경고 문구가 수차례 떠오르더니 개인보호 인증 절차 화면으로 넘어갔다.

도원이 아니면 컴퓨터를 열람할 수 없게 되었다. 그 화면을 보고도 도원은 협조할 생각이 전혀 없어 보였다. 형사는 모니터를 아예 밀어내고 도원에게 다가왔다.

"똑똑한 분이 상황 파악이 안 되나 본데."

의자에 앉아 있는 도원 앞으로 상담용 의자를 끌고 와 앉았다. 가까이에서 본 형사는 정면을 쳐다보지 못하는 사람이었다.

사시로 벌어진 눈동자가 도원을 왼쪽, 오른쪽 번갈아 가며 쳐다보았다. 두툼한 눈꺼풀에 눈동자의 윗부분이 덮여 있었다. 분명 짙은 홍채가 도원을 쳐다보고 있는데도 그 시선이 똑바르지 못하고 양옆으로 흩어졌다.

"죽은 사람이 마지막으로 이름을 남겼어. 댁 이름 말이야."

"용의자에게 남기는 메시지는 아니었습니다."

"아, 그렇긴 하지."

"제가 두 번째 피해자로 지목된 상황 아닙니까?"

"맞아, 정황만 보면 당신 아주 위험한 상황이야."

"그런데 지금 뭐 하는 겁니까. 영장도 없이 사람을 가두고 신문하고 있어요."

"이 바닥이 가끔 그래. 이해해 줘."

"무슨 이해를."

"딱 봐도 이상하잖아. 도망치라는 것도 아니고 도망쳐 봐야. 어디 한 번 도망쳐 보시지, 라는 말투라고. 그게 두 번째 피해자를 위해 주는 말투야? 둘이서 우리 몰래 뭔 얘기를 했나 본데 그게 무슨 얘긴지 좀 알아야겠으니 들려 달라고."

"언론에서도 말하던 그런 얘기뿐이었습니다. 남편이 자살이 아니라 마약 중독으로 정신 착란 상태였다는 이야기요. 부인은 그런 남편을 동정하지 않았어요. 그 마약을 어디에서 구했는지까진 얘기하지 않았지만, 남편의 불상사를 어느 정도 염두에 둔 것 같은 태도였습니다. 그뿐입니다. 제가 아는 것은요."

"그래? 그걸 게임이라고 부르는 거야?"

"네?"

"There, there, it's just a game. 침대 머리맡에 적혀 있던 문구야. 어린애를 달래는 말투로 게임이라고 하니까 여간 신경이 쓰여야 말이지. 선생님, 이건 환자 프라이버시 보호랑 아무 상관없어. 살인과 범죄에 대한 단서야. 그걸 당신이 묵인하고 있다면 감방에 처넣을 수도 있는 문제라고."

도원이 앉아 있는 의자 팔걸이를 형사가 잡아당겼다. 의자는 바퀴를 굴리며 형사에게 가까이 다가갔다. 무릎과 무릎이 만났다. 손바닥의 땀을 닦느라 물기에 젖은 정장 바지가 형사의 피 묻은 청바지에 닿았다. 드러난 것과 숨기는 것의 경계가 흐려지기 시작했다.

"무슨 게임을 벌이고 있는 걸까, 도 선생님."

젖어 가는 손바닥과 반대로 혀끝은 말라 갔다. 도원은 자신을 바라보는 어긋난 형사의 시선을 피하지 않았지만 정면도 옆모습도 아닌, 기묘하게 굴곡진 시선에 위화감을 느꼈다.

경찰은 아버지와 관련된 동호회를 뒤쫓고 있다. 그들이 어디까지 정보를 파헤쳤는지 알 수 없었다. 경찰이 이미 알고 있는 사실을 도원이 거짓으로 대답하면 속이고 기만한 죄목이 추가된다. 그리되면 사무실 문을 걸어 잠그고 얘기하는 지금보다 상황이 악화된다. 수갑을 차고 경찰서에서 조사받을 수도 있는 이야기다.

"게임은……."

도원이 잠시 뜸을 들이는 동안에도 사시는 다른 곳을 보지 않았다. 버티던 도원도 그 시선을 피해 입을 열었다.

"저를 사냥하는 일이라고 했습니다."

의자를 잡아끈 손이 팔걸이를 두드렸다.

"그 사람들이 도 선생님을 죽인다는 걸 게임으로 생각한다는 뜻인가."

알면서 묻는 것인지, 정말로 몰라서 묻는 것인지 가늠하기가 쉽지 않았다. 형사는 도원이 여태껏 만나 본 사람 중에 가장 의중을 파악하기 힘든 사람이었다.

"죽이려는 건 아닌 것 같습니다."

"도 선생님. 사람이 죽었어. 자살인지 타살인지 부검해봐야 알겠지만, 경고하듯이 남긴 유서나 지금 상황이 매우 비정상적이야. 그런데도 도 선생님은 아주 침착하네. 보통은 두 번째 희생자로 지목당하면 무서워서 떨고 제대로 생각도 못하거든. 그런데 선생은 아주 침착해. 마치 이럴 줄 안 것처럼."

도원이 피했던 시선을 다시 마주했다. 작정하고 압박 신문을 하는 형사에게 기 싸움으로 밀리면 승산이 없다.

그는 의심하는 눈을 가진 사람이다. 의심을 전제로 하는 이야기에서 빈틈을 보이면 그게 새로운 단서가 되는 법이다. 차라리 판단하기 힘든 정보를 줘야 했다.

"네, 알고 있었습니다."

"그 자살한 여성이랑 둘이서 상담할 때 미리 들었어?"

"그전부터 저를 쫓아오거나 죽이려는 움직임이 있었습니다."

"그전부터라니."

"연말에 의협 행사가 있었습니다. 그곳에서 전 납치 되었고 교통사고를 당해 정신을 잃었습니다. 눈떠 보니 집 앞이었습니다. 이미 며칠이 흐른 후였습니다. 단기 기억 상실입니다. 지금도 기억이 비어 있는 그 시기에 무슨 일이 있었는지 모릅니다. 관련 정보는 형사님이 경찰청에서 찾아보셔도 알 수 있을 겁니다."

"호오."

"경찰청 광역수사대 소속 빈유미 형사가 그 사건 담당자입니다. 동호회와 아버지, 크랙과 같은 인물들에 대한 얘기는 그녀에게 들었고요. 저는 그쪽 참고인으로서 크랙이 누구인지 찾는 걸 도와주고 있었습니다."

"그래서?"

"저 혼자 감당하기 어려운 일이라고 맹강조 소장님이 일을 도와주시기로 했습니다. 저는 손 떼고 소장님이 경찰청과 검찰에 직접 연락하고 있었습니다."

"그러니까 도 선생님은 무슨 일인가에 휘말린 걸 알고 있지만 그게 어떤 일인지 정확하겐 모른다는 거네."

"네."

"경찰청에 제공했다는 자료는 나도 봤어. 아무런 정보도 없는 형식뿐인 문서였지. 이상한 일이야. 평범한 선생님이 전혀 평범하지 않은 사건과 우연에 휘말려 있어. 이게 한 번도 아니고 말이야."

"저도 피해자입니다."

"피해자인지 아닌지는 더 조사해 봐야 알겠지. 얘들아, 찾아봐."

문가에 서 있던 젊은 형사들이 책장에서 연구 실적들을 모조리 꺼내 바닥에 늘어놓기 시작했다. 연도별, 업적별로 정리되어 있는 파일과 문서들이 한데 뒤섞였다.

학술지에서 종류별로 상을 받았던 원고 초안들도 무차별로 바닥에 던져졌다. 도원은 주먹을 움켜쥐었다. 모니터 화면을 돌리고 키보드를 품에 안겨 주는 형사를 노려보며 말했다.

"용역 깡패도 이렇겐 안 합니다."

"비밀번호 풀어 봐. 본체를 통째로 뜯어 가기 전에."

"지금 이 상황을 경찰청장에게 고발해도 되겠습니까."

"고발해. 강제로 며칠 휴가 받고 돌아오는 거겠지, 뭐."

"후회하실 겁니다."

"빈유미 형사 얘기가 나와서 말인데, 지금 그쪽 3팀이 제대로 단서를 못 잡아서 우리 1팀까지 스트레스가 이만저만이 아니야."

"지금 그 화풀이를 저한테 하시는 건 아니시고요?"

"설마 화풀이겠어. 내가 지금 농락당하는 기분이라 열 받아서 그렇지. 이게 전국에 방송되고 주말에 있을 시위로 이어질 사태라고 생각해? 아니거든. 이거 중간에서 누가 공사하고 있는 거야."

도원이 손가락 하나 움직이지 않고 붙잡고 있는 키보드를, 형사가 다시 빼앗아 그대로 집어 던졌다. 벽면에 맞고 떨어진 키보드가 둔탁한 소릴 내며 부서졌다.

파일을 뒤지던 젊은 형사들이 움찔 놀라서 쳐다보았다. 사시 형사는 책상 밑으로 허리를 숙이고 있었다. 멀티탭에서 컴퓨터 본체와 연결된 코드를 모두 뽑아내며 말했다.

"일부러 일을 키워서는 '게임'이라고 말한 데에서 감 잡았어. 아, 이거 잘하면 검찰까지 뒤집어지겠구나. 어떤 또라이 같은 새끼들이 제대로 공사하고 있구나."

자리에서 일어난 도원을 형사는 한 손으로 제압해 책상 위로 넘어트렸다. 광대뼈가 책상 면에 그대로 처박힌 도원은 눈에서 불이

나는 기분이었다.

"웃……!"

갑작스러운 충격과 통증에 시야가 어지러워져서 몸에 힘을 줄 수가 없었다. 아파서 고통스럽게 흘리는 신음 소리를 형사는 신경도 쓰지 않았다.

"뭘 봐. 자료 찾으라고 했잖아."

말려야 되지 않을까 싶어서 한마디 하려던 젊은 형사들이 다시 손을 움직였다. 형사가 도원을 억지로 일으켜 비틀거리는 그를 의자에 다시 앉혔다.

허리를 수그린 도원은 배를 쥐고 숨을 몰아쉬었다. 책상 모서리에 찍힌 아랫배의 통증이 심해서 허리를 펴지 못했다.

"기억 상실은 얼어 죽을. 아무리 단기 기억 상실이라도 그 상황이면 병원 찾고 치료받으려고 해야지. 멀쩡하게 직장에 복귀해서 일하는 걸 누가 믿어. 이상한 게 한두 가지가 아니야."

형사는 바지 뒷주머니에서 수갑을 꺼냈다. 도원 앞에 한쪽 무릎을 꿇고 쭈그려 앉아서 수그린 도원에게 수갑을 보였다. 도원이 아랫입술을 질끈 깨물었다 놓았다.

"마지막으로 물을게, '어른 양' 선생님. 늑대 두 마리 중 하나는 아버지라 불리는 존재인 거 알아. 그렇다면 나머지 하나는 누구지?"

속삭이듯 목소리가 낮아졌다.

"당신은 분명히 알고 있어. 그렇지?"

배가 아팠다. 책상 면에 부딪혔던 얼굴은 욱신거렸다. 수갑을 흔들며 겁박하는 형사는 수사에 비협조적인 용의자를 어떻게 대해야 하는지를 잘 알고 있었다. 그에 동반하는 폭력을 징계받지 않을 정도로만 적당히 조절할 줄 알았다.

그는 대화를 선점하는 기술에 능숙했다. 도원을 믿고 따르는 내 담자들과 정반대의 부류였다.

도원을 믿지 않았다. 자신의 이야기를 먼저 하는 환자와 달리 도원의 이야기를 먼저 듣고자 했다. 기다리는 상담 원칙과 달리 주변을 압박하며 을러대는 방식이었다.

형사의 손에서 빙글, 돌아가는 수갑을 쳐다보던 도원이 허리를 반듯하게 폈다. 깨진 키보드 잔해가 구두 밑창까지 굴러 들어와 있었다. 지키지 못하면 부서진다. 깨지고 분해될 것이다. 다시 조립할 수도 없는 상태로 영영 조각날지도 모른다.

키보드를 잃은 감정은 아쉽고 한스럽다는 것. 그 감정이 사람에게 옮겨 간다면 고통은 배가 될 것이다. 애착이 클수록 잃을 때의 고통이 컸다.

도원은 잃지 않는 방법에 집중했다. 형사에게 화를 내며 분노할 시간마저 아까웠다. 부서지는 것은 키보드로 족했다.

"모릅니다."

설령 저 수갑을 채우고 체포 영장을 들이밀어도 지킬 수 있는 방법을 먼저 포기할 수는 없었다. 이미 마음먹은 일이었다. 밤새 생각한 걸 행동으로 옮기는 건 약간의 용기만 있으면 가능했다.

도원은 눈에 띄게 떨리는 몸으로도 굳게 다문 입을 열지 않았다. 약간의 용기는 도원을 강하게 만들어 주었다.

"내가 해 줄 말은 이 이상 없습니다."

형사는 손가락 사이에 끼우고 돌리던 수갑을 도로 바지 주머니에 넣었다. 굽혔던 무릎을 펴고 자리에서 일어났다.

"다들 멈춰."

그 한마디가 떨어지자마자 책장에서 온갖 문서를 잡아 빼던 동작이 멈추었다. 젊은 형사들에게 사시가 턱 끝을 까딱였다. 그들은 서류를 대강 정리해서 아무렇게나 책장에 꽂아 넣었다.

문서를 강탈할 목적이 원래부터 없었다는 듯, 위협용으로만 행패를 부렸다는 것을 증명하듯, 구겨진 종이를 탁탁 두드려서 펴 주는 수고도 잊지 않았다.

"도원 선생님, 큰 실수 하신 겁니다."

코드를 뽑았던 컴퓨터 본체 역시 내버려 둔 채 사시는 부서진 키보드 잔해를 훌쩍 건너뛰었다.

"지금 숨기고 있는 게 드러나면 절대 가만히 안 있을 겁니다."

그는 젊은 형사들을 데리고 잠갔던 사무실 문을 열었다.

"나중에 다시 생각해 보시고 연락 주세요. 그게 선생님 신상에 더 좋을 겁니다."

사시는 문밖에서 실랑이를 벌이던 사람들 사이를 파고들었다. 젊은 형사들이 그 뒤를 따랐다. 복도와 로비를 지나쳐 건물을 나서자 기다리고 있던 기자들 손에서 플래시가 터졌다. 몰려드는 기자들을 무시하는 형사는 차를 타고 어디론가 가 버렸다.

연구소 측 사람들은 그제야 도원의 사무실로 뛰어 들어왔다.

어질러진 문서와 깨진 키보드 잔해로 아수라장이 된 사무실 풍경을 보고 누구도 쉽게 입을 열지 못했다. 의자에 가만히 앉아 있는 도원은 창밖을 보고 있었지만 초점이 흐렸다. 의미 없이 밖을 쳐다보며 무언가에 골몰하고 있다는 표현이 더 정확했다.

"도 선생."

소장의 목소리를 듣고 도원이 천천히 고개를 돌렸다. 오른쪽 광대와 볼이 붉게 부어올라 있었다. 그 모습을 보고 소장은 눈살을 찌푸렸다. 엉망이 된 사무실 풍경과 한 대 맞은 듯한 도원의 인상에 소장도 버럭 소리를 질렀다.

"아까 그 치들이 때린 거야? 이런 몰상식한 인간들을 봤나!"

도원이 손으로 얼굴을 만졌다. 평소보다 부풀어 있는 볼이 느껴져서 창문에 비친 모습을 확인해 보았다. 광대와 눈가가 붉었다. 부기가 빠지면 멍으로 변할 것 같았다.

"이런."

"이런, 이라는 말로 끝날 사안이 아니지. 건달도 아니고 말이야, 어디 사람을 패, 사람을 패긴!"

분에 못 이겨 씩씩거리던 맹 소장이 다시 도원을 조심스럽게 살폈다. 거울에 비친 얼굴을 만지작거리면서 한숨을 푹 내쉬는 도원은 안 그래도 하얀 얼굴이 더 창백해 보였다.

"괜찮은가."

"신경 써 주셔서 감사합니다."

"웃을 일이 아니야. 빈유미 형사에게 말해서 도와 달라고 할 수도 있어."

"그러지 마세요."

"멀쩡한 사람을 쳤는데 그 정도도 하지 말라는 게 말이 되나."

"죽은 사람의 유서에 제 이름이 적혀 있으면 누구라도 의심할 겁니다. 그 형사들 반응이 당연한 거니까요, 빈유미 씨까지 곤란하게 할 필요는 없습니다."

"멀쩡한 사람을 죄인 취급해도 유분수지."

"저 오늘 일정 없으면 먼저 퇴근해 봐도 되겠습니까."

"그래, 가도 좋아."

"내일 와서 청소하겠습니다. 선생님들, 내버려 두세요. 제가 내일 와서 할게요."

"갈 때 조심해서 들어가고. 아, 택시 불러 줄까?"

"제가 직접 잡아서 갈게요."

도원은 외투와 서류 가방을 챙겨서 사무실을 나왔다. 지나가는 소원들과 병원 직원들이 힐끔거리며 도원을 보고 있었다.

자살한 환자의 방에서 이름이 언급된 유일한 사람이라는 것만으로 이목을 끌기 충분했다.

사무실로 쳐들어온 형사만큼 도원을 의심하는 이도 있을 것이다. 죄인이나 범죄자를 대하듯 쳐다보는 시선을 견디기 힘들었다.

방송국과 신문사 관계자들로 빼곡한 병원 정문을 포기하고 뒷문으로 나갔다. 도로에서 택시를 잡고 어디 들를 것도 없이 오피스텔로 향했다.

그동안 휴대 전화로 계속 전화가 왔다. 빈유미 형사의 번호인 것도 있었고, 경찰청 번호로 바뀌기도 했다. 아무런 연락도 받지 않았다.

도원은 택시 창문에 이마를 기댔다. 차가운 유리 면으로 전해지는 겨울의 한기를 느끼기만 했다. 아직도 몸이 떨리고 있었다. 추위 때문이라고. 스스로를 납득시키면서 목구멍까지 울컥하고 치밀어 오르는 어떠한 감정을 삼켰다.

목 너머가 막힌 듯 괴로워져서 아랫입술을 사리물었다. 아픈 것이 광대인지, 아랫배인지, 입술인지 점점 분간할 수 없어졌다.

택시에서 내려서는 도망치듯 자신의 집으로 들어갔다. 아무것도 없는 텅 빈 방구석에 앉아 노트북을 켰다. 문서 편집용 프로그램을 열어 타이핑을 시작했다. 이렇게라도 하지 않으면 견디기 힘든 얼굴이었다.

[그 사람은. 장진원의 사촌 동생인 그 사람은.]

깜빡이는 커서를 보던 도원은 손을 멈추었다. 눈앞에서 키보드가 박살 나고 책상 모서리에 복부가 처박혔던 감각이 고스란히 되살아났다.

볼은 여전히 욱신거렸다. 눈을 꽉 감았다가 뜰 때마다 일그러지는 안면 위로 통증이 돋아났다.

도원은 두 다리 위에 올렸던 노트북을 바닥에 내렸다. 무릎을 세우고 벽면에 등을 기댔다. 힘없이 처진 몸을 반듯하게 세울 노력도 하지 않았다. 양팔을 무릎 위에 올리고 멍하니 천장만 바라봤다.

무섭다고 말하고 싶은데 그 말을 들어 줄 사람이 곁에 없다. 자신 때문에 누군가 죽고, 다치는 모든 것이 싫고 두려운데도 그걸 누구에게도 말할 수 없었다.

눈앞에서 관자놀이가 관통당해 죽은 박 형사. 절벽 밑으로 떨어졌을 때 느꼈던 무중력에 대한 공포. 크랙이 클럽으로 끌고 가 갖고 놀았을 때의 절망. 어디 한 번 도망쳐 보라고 웃던 시체.

모든 게 너무 끔찍했다. 왜 이런 일이 벌어졌는지 모르겠고 혼자서 감당하기도 벅찼다.

무서워, 이러지 마, 그만해, 하고 쏟아 내고 싶은 말이 많은데도 그 무엇 하나 밖으로 표출할 수 없었다. 감정보다 이성을 붙들어야 했다. 혹시라도 감정에 치우쳐 말실수를 했다가는 그 피해가 고스란히 MJ에게로 옮겨 갈 것이다.

MJ는 처음 만났을 때부터 지금까지 도원만 믿고 따랐다. 도원이 어딜 가든 눈으로 좇았다. 도원의 곁을 다른 사람에게 내주지 않았다.

그런 그를 배신하게 되는 일은 하고 싶지 않았다. 그에게 피해가 될 만한 짓을 하게 될까 봐, 어떻게든 감정을 억눌렀다. 괴로웠다. 자신을 용의자로 보던 그 사시가 눈을 감아도 좇아오는 기분이었다.

혼자 있는 지금이라면 마음 편히 감정을 표현해도 될 텐데. 도원에겐 그마저도 역부족이었다. 널브러지듯 무릎 위에 올려놓았던 팔을 끌어당겨 몸을 동그랗게 말았다.

옆에 열어 놓은 노트북 화면에서는 작성하다 만 문장이 맺음을 못하고 깜빡였다. 아랫입술을 깨물자 목 너머에서 얇고 작은 소리가 흘러나왔다.

"MJ 어디 있어요, 연락 좀 해 줘요. 나 혼자 못 견디겠어……."

인상을 찌푸릴 때보다도 눈가가 더 시큰거리고 아팠다. 도원은 두 손으로 얼굴을 덮었다. 여전히 아무 소리도 나오지 않았다.

소리는 계속해서 먹먹하게 도원의 목 너머로 숨듯이 빨려 들어갔다. 기댈 사람이 곁에 없다는 자체가 지독히도 끔찍하게 느껴지는 하루였다.

─선생님, 걔 있잖아요. 사촌 동생.

흙먼지가 요란한 하늘이 뿌옜다. 평소에는 캠퍼스를 활보하는 자전거가 많았는데 그날은 보이지 않았다. 유독 한가하게 보이는 하루였다.

학생들이 보이지 않는 오전은 그 여유로운 분위기만큼 장진원에게도 편안한 안정감을 주었다. 과장된 몸짓과 꾸며 낸 목소리로 이야기만 하던 이전과 달리, 생각이 많은 얼굴로 자연스럽게 사무실을 돌아다니고 있었다.

―걔가 얼마 전부터 괴물 가면을 쓰고 어슬렁거렸어요. 핼러윈이었잖아요. 외숙부네 가족은 그걸 귀엽게만 본 것 같아요. 사탕 주지 않으면 장난을 칠거야, 라고 말하기만 기다리는 눈치였거든요.

장진원은 벽에 걸려 있는 액자 앞에 멈추었다. 액자 속 사진 속엔 도원을 포함한 정신 분석 전공 학생들이 어깨동무를 하고 있었다.

시카고에 있는 싸구려 펍이었다. 조명이 어두워서인지 사진을 찍은 사람이 술에 취해서 카메라 노출을 조절하지 못해서인지, 사진 속 사람들 눈이 모두 적안으로 찍혀 있었다.

교수로 보이는 늙은 백인 남자만이 초점이 흔들려서 본래의 벽안 그대로였다. 사진 한 귀퉁이에 교수의 사인이 있었다. 이름이 낯익다 싶었더니 공화당 소속 하원 의원이었다.

학자 출신이었나, 라고 중얼거리면서 장진원은 그 사진 앞에 멈추어 선 채 말했다.

―귀염성 없는 성격이라 외숙부한테 장난쳐야 할 걸 동네 동물들한테 하고 다녔어요. 2번가에서 3번가까지 다 돌아다니면서 잡을 수 있는 동물들을 죽였거든요. 비둘기, 쥐, 개, 고양이. 그러다 어제 멀쩡하게 살아 있는 동물을 잡아 온 거예요. 토끼 귀를 잡고 문 앞에서 웃더라고요. 숲에서 잡았다면 맨손으로 사냥하는 재능이

있는 거고. 남이 키우던 걸 잡았다면 절도 능력이 있다고 봐야 할까요.

장진원은 새빨간 눈으로 웃고 있는 사람들에게서 시선을 뗐다. 사진 속 어수룩해 보이는 남자보다 한층 의젓해 보이는 도원을 돌아봤다. 토끼를 내밀며 한 말이 신경 쓰여서 이렇게 도원에게 얘기하지 않고는 견딜 수 없어 보였다.

―약하면 약할수록 귀엽고 사랑스럽대요. 마치 약자는 스스로의 위치를 잘 알기 때문에 다른 방면으로 생존 방식을 발달시켜 왔다는 말로 들렸어요. 힘으로 안 될 바엔 귀여운 외모로 포식자들이 잠깐 망설이도록 진화한 게 아니냐는 식으로요. 어린애들이 좀 잔인하다고는 들었는데 갠 좀 이상해요. 지배와 피지배 개념을 본능적으로 잘 안다고 해야 하나.

도원이 쥐고 있던 펜을 움직였다. 내담자의 이야기를 기록하는 당연한 절차였기에 장진원은 특별한 기색 없이 그 모습을 지켜봤다.

―정말 이상한 애죠?

이상하다고 말하는 사람에 대한 흥미와 호감이 지나쳤다. 사촌 동생이기에 관심을 갖는 것과 다른 방향이었다. 단순히 '이상해서' 이렇게 관심을 갖는 것 같지 않았다.

무슨 생각인 걸까. 도원은 손가락 사이에 끼운 펜을 두 바퀴 더 돌리며 말했다.

―그 사촌 동생이란 분에 대한 얘기를 들어 보면 위계질서나 힘의 법칙을 중시하고, 수용보다는 부정하는 식으로 가치 판단을 하는 게 특징으로 느껴집니다.

―맞아요. 머리가 좋은 편일지도 몰라요. 똑똑하면 현상을 있는

그대로 받아들이지 않는다면서요. 아무리 봐도 평범하게 생각하진 않으니까.

─지능 문제는 아닌 것 같네요. 굳이 나누자면 기질 문제죠. 무엇을 보고 겪고 느끼고 생각하느냐의 차이요.

─흐응.

─사촌 동생분이 특별한 경험을 한 적이 있나요. 지금의 성격에 영향을 미친 일 말입니다.

─외숙부가 그랬는데 사람이 죽는 모습을 눈앞에서 봤대요.

상담 내용을 기록하던 도원이 종이에서 펜을 떼고 고개를 들었다. 장진원은 대수롭지 않은 어투로 마저 말했다.

─아니, 사람을 죽이도록 시켰다고 했던가.

─자세히 말해 줄 수 있나요.

─나도 몰라요. 좋은 얘긴 아니라서 외숙부가 먼저 말해 주는 일도 없어요. 호기심에 찾아보긴 했는데 그게 동생 얘긴지도 모르겠고. 제가 아는 건 유괴 납치가 있었다는 것 정도예요. 범인이 동생을 죽이려 했고요. 그 상황에서 범인을 죽이지 않으면 동생이 죽었을 테니 어쩔 수 없었겠죠.

─죽이도록 시켰다는 건 현장에 사촌 동생분 외에도 다른 누군가가 있었던 거군요.

─동갑 남자애요. 아니, 한 살 어렸다고 했나.

─어린아이 둘이서 성인 남자 하나를 상대했다는 말이죠?

─네. 그거 때문에 충격받은 외숙부 가족이 저희 집에서 지내고 있거든요. 아마 그때 기억이 강렬해서 동생이 좀 이상한 짓을 하고 다니는 거 같기도 해요. 심리 치료를 받고 있다고는 하는데 달라지

질 않네요.

　—어려운 문제군요.

　—뭐가요?

　—진원 씨는 사람을 죽이는 것과 죽이도록 시키는 것 중 어느 게 더 충격일 거 같나요.

　—음. 일단 내 손으로 살인한 게 더 무섭지 않으려나.

　—제 생각엔 살인을 지시했고, 그 살인 장면 속 가해자와 피해자, 목격자가 모두 모여 있는 상황이 더 충격적일 거 같은데요.

　—왜죠.

　—살인을 저지를 때 평범하게 드러나는 심리적 양상은 죄책감, 공포, 두려움, 우울증, 비탄이에요. 살인을 저지른 가해자와 자신이 죽인 피해자에 대한 생각만으로 모든 감정이 압축되어 버리죠.

　—아, 이해했어요.

　—하지만 살인을 지시했을 땐 자신이 사주한 사람과 그 사주로 피해받는 사람 둘을 목격하게 되는 거예요. 경험자가 아닌 목격자의 신분이죠. 그 목격자는 가해자와 피해자 심리를 제삼자 입장에서 지켜보게 돼요.

　—지켜보는 입장이라.

　—내가 직접 죽였다면, 일이 잘못되어 내가 대신 죽을 뻔했다면, 이라는 가정을 한 번 더 하게 되는 거죠. 가정은 환상을 만들어 내요. 감정은 직접 겪은 것보다 환상 속에서 더 큰 힘을 발휘하죠.

　심각하게 쳐다보는 장진원에게 도원은 더 하고 싶은 말을 삼갔다. 살인을 사주했다는 게 얼마나 심각한 내적 양상을 이끄는지, 그것을 범죄 심리와 연결 지어 설명해 줄 필요는 없어 보였다.

사촌 동생 문제는 그 외숙부네 가족이 충분히 신경 쓰고 있을 테고, 살인 사건이라면 자신보다 유능한 전문가들이 진상을 파악하고 있을 테니 이곳에서 왈가왈부를 하는 게 무슨 소용일까.

도원은 얼마 안 되는 상담 시간을 낭비하고 싶지 않았다. 장진원 외에도 세 명의 내담자를 더 만나야 했다. 할당된 시간을 유용하게 쓰기 위해서 이야기를 바꾸었다.

—동생의 이상 행동들은 살인을 직접 경험해 본다면, 혹은 살인을 다시 보게 된다면, 이라는 가정법에 의거한 복잡한 감정 상태 같아요. 그러다가 즐거움이나 성취감으로 이어지지 않도록 동생분이 받고 있다는 상담 치료를 더 신경 써야겠네요.

—성취감으로 이어지면 어떻게 되는 거죠.

—과거에 겪은 일에 집착하겠죠.

—다시 살인을 사주하고 지켜보려 할까요?

—그런 비정상적인 행동을 하는 경우는 극히 드물어요.

—걔라면 가능할 것 같은데요.

—우리가 이렇게 얘기하는 것보다 더 능력 있는 분들이 동생을 위해 일하고 있을 겁니다.

—음.

—그러니 우리는 이만 우리 얘길 더 해 볼까요?

삐이이이익.

커다랗게 울리는 소리에 도원이 감은 눈을 떴다. 규칙적으로 들리는 전자음이 익숙하면서도 낯설어서 정신을 차리기까지 시간이 걸렸다.

모로 누워 웅크리고 있던 몸을 일으켰다. 체중이 실렸던 어깨와 가슴 부근이 뭉쳐서 아팠다. 근육이 뭉친 부분을 손으로 문지른 뒤에 휴대 전화로 손을 뻗었다.

새벽 4시 정각에 맞추어 알림 설정을 해 둔 앱을 종료시켰다. 2시간밖에 자지 못해서 정신이 멍했고 몸도 뻐근했다.

도원은 절전 모드로 바뀐 노트북 화면을 쳐다봤다. 다시 켜고 못다 적은 내용을 남겨야 하는데 피로가 쌓여 온몸이 처지기만 했다. 뭉친 근육에 이어 아무것도 먹지 못한 배를 만져 본 도원이 한숨을 내쉬었다.

이러다 또 쓰러지지.

얼마 전에 온갖 영양제를 사 두었지만 그깟 알약을 먹는다고 끼니를 대신할 수도 없는 노릇이다. 연구소에 출근하기 전까지 문서를 마저 작성하려면 빵이나 우유라도 사 먹는 게 좋았다.

지갑을 챙기고 외투를 걸쳤다. 오피스텔 건물 지상층에 있는 편의점에 갈 생각으로 슬리퍼만 신고 나왔다. 평상시에도 조용했던 건물이 유독 적막했다. 복도는 비상구 알림판만 초록색으로 빛났다.

도원이 걸어갈 때 복도의 센서 등이 반응했다. 깜빡거리며 켜진 불빛은 도원이 지나간 뒤 다시 꺼지며 어두운 복도를 조금씩 밝히다 사라지길 반복했다. 밑창이 끌리는 슬리퍼 소리만이 긴 복도 끝에 도달했다.

도원은 엘리베이터 앞에서 멈추었다. 고층에 머물러 있는 엘리베이터의 내림 버튼을 누르면서 뒤를 돌아봤다.

복도가 어둠 속에서는 묵직하게 가라앉아 있었다. 고요와 침묵이 이상하리만치 깊었다.

원래 새벽이 이렇게 조용한 걸까.

건물 밖에는 차 다니는 소리조차 들리지 않고, 사람들이 오고 가는 인기척조차 없었다. 섬뜩했다. 무언가가 튀어나와도 이상하지 않을 어둠이었다.

아니, 예민해진 거다. 잠을 못 자서 예민해진 거야. 엘리베이터를 타고 내려가면서도 도원은 꼭 다문 입술을 열지 않았다. 어째서인지 이 오피스텔과 하등 상관없는 일들이 자꾸만 떠올랐다.

—어디 도망쳐 봐. 이제 게임은 시작되었어.

유서에 적힌 내용을 유독 신경 쓰는 제 모습이 과민 반응하는 신경증 환자처럼 느껴졌다.

엘리베이터가 지상층에 도착하자마자 도원은 슬리퍼를 끌며 내렸다. 문 닫힌 엘리베이터가 위층으로 향하기 시작했다.

2층.

3층.

4층.

천천히 증가하는 숫자는 누군가가 엘리베이터를 작동시킨다는 뜻이었다. 이 새벽에 도원이 내리는 타이밍을 정확하게 이어받아서 이용할 확률은 높지 않았다. 더욱이 숫자가 8층에서 멈출 확률까지 포함하면.

우연으로 치부할 수 없는 일이었다. 도원이 탔던 8층에서 누가 다시 탔다. 엘리베이터를 움직이는 쇠밧줄 소리가 끼릭끼릭 울리기 시작했다.

8층.

7층.

6층.

목 뒤에 털들이 일어섰다. 적어지는 숫자를 본 도원이 황급히 몸을 돌렸다. 어디선가 신발 밑창의 고무 바닥면이 끼긱, 하고 멈추는 소리가 들렸다. 여러 명의 조용한 숨소리도 들리는 것 같았다.

무언가 있었다. 이 새벽에 들리면 안 되는 기척들이 한꺼번에 전해지는 것이 환각은 아니었다.

사람이 움직이면 복도 센서 등이 작동해야 하는데 어느 곳에도 불이 켜지지 않았다. 평소에 심령 현상을 믿었다면 그런 종류로 치부할 수도 있었을 텐데 불행히도 도원은 현실적인 사람이어서 기척들을 귀신이 아닌 사람의 것으로 확신했다.

벗겨지려는 슬리퍼를 고쳐 신으면서 달렸다. 달리는 도원 위로 센서 등이 피아노 건반 누르듯 차례로 켜졌다.

불 꺼진 세탁소와 카페, 안경점을 지나 모퉁이에 있는 편의점으로 향했다.

간판의 불마저 꺼진 편의점은 유리 벽 너머에서 냉장고 속 파란 불만 은은히 새어 나오고 있었다. 유통 기한이 임박한 우유와 김밥이 나란히 줄 선 채 도원을 지켜보고 있었다. 카운터 근처의 담배 광고 속 외국 남자가 도원을 응시하고 있었다.

도원은 편의점 문고리를 잡고 흔들었다. 주인이 자리를 비운 편의점 문은 잠겨 있었다. 어느 상점도 도원을 받아 주는 곳이 없었다.

멀리서 발자국 소리를 울렸다. 도원은 아직 불이 켜져 있는 복도를 돌아봤다. 이번엔 비상계단에서 무슨 소리가 들린 것 같았다.

복도, 계단, 이어서 "1층입니다." 하고 저 멀리서 엘리베이터 문이 열리는 소리까지.

심장이 미친 듯이 뛰기 시작했다. 숨을 한꺼번에 몰아쉬면서 주변을 돌아봤다. 다리가 굳어서 움직일 수가 없었다. 도망가야 한다면 어디로 가야 하는지 결정할 시간이 촉박했다.

누구지. 뭐야. 언제부터 감시하고 있던 거지. 8층에서 내린 사람이라면. 집 앞에서 숨어서 지켜보기라도 하고 있었던 걸까.

엉켜 버린 머릿속에서 도원은 건물 입구의 유리문을 붙잡았다. 열린 문틈 사이로 날카로운 새벽바람이 점퍼 속을 파고들었다. 텅 빈 도로로 뛰쳐나가 어떻게든 택시를 잡을 생각을 할 때였다.

"아!"

손목이 붙잡혔다. 그대로 몸이 뒤로 잡아당겨졌다. 순식간에 벌어진 일이었다. 도원이 유리문 손잡이를 붙잡았지만 그것을 붙들고 버틸 시간조차 주어지지 않았다. 슬리퍼가 벗겨져 유리문 밖으로 굴러떨어졌다.

비명을 지를 새도 없었다. 입이 틀어막히고 붙잡힌 손목은 허리 뒤로 꺾이듯 압박당했다. 막힌 입에서 억눌린 소리가 새어 나왔다.

몸부림치는 도원을 붙잡은 사람이 비상계단 문을 열었다. 조용히 문을 닫고 벽에 도원을 밀어붙였다.

밖에서 여러 명의 발자국 소리가 들렸다. 열려 있는 출입문과 한쪽만 굴러떨어진 슬리퍼를 발견한 듯 무언가를 의논하고 처리하는 소리가 들렸다.

도원은 눈앞이 아찔해지는 공포에 잠식당했다. 인기척에 불이 켜지는 복도와 달리 무릎 근처에서 빛나는 비상구 등이 이 계단에서 볼 수 있는 유일한 빛이었다.

도원은 입을 막은 손을 이로 물었다. 움찔 놀란 손이 떨어져 나갔다. 그 틈을 놓치지 않고 도원은 붙잡힌 팔을 잡아 뺐다. 다시 붙잡으려는 손을 밀어내면서 팔꿈치로 명치쯤을 찔러 넣었다.

상대는 타격을 받았는지 잠시 멈추었지만 닫힌 문을 열고 나가려는 도원을 다시 붙잡았다. 이번엔 아예 도원을 벽 쪽으로 돌려세웠다. 저항하는 도원을 온몸으로 붙들어 냈다. 도원이 참지 못하고 비명을 지르려 할 때였다.

"쉬, 진정해."

도원이 단숨에 멈췄다. 아무것도 보이지 않는 새까만 공간에서 두 눈만 크게 떴다.

"MJ?"

그가 도원의 귓가에 대고 속삭였다.

"쉬이."

도원이 저항을 그만두자 상대는 다시 문밖 동향에 귀를 기울였다. 사람들 인기척이 아직도 들렸다. 도원을 찾는 것이 분명했다. 무리를 나누어 밖으로 나가거나 건물 안을 뒤지려는 듯했다.

그는 손을 뻗어 조용히 비상계단 문고리를 잠갔다. 잠시 후에 누군가 잠긴 문고리를 열려고 돌리는 소리가 들렸다. 찰칵, 찰칵, 쇠가 맞부딪는 소리가 바로 옆에서 선명했다.

도원은 자신을 붙잡고 있는 사람이 숨소리조차 들리지 않을 만큼 기척을 죽이고 도원을 그 기척 죽인 몸으로 안고 있다는 것을 알게 되었다. 어둠 속에 녹아들듯이 은밀한 행동이었다.

"찾았어?"

"아니, 나간 거 같은데."

"어떻게 눈치챈 거지."

"아, 그딴 건 나중에 얘기하고 빨리 찾아봐. 이번엔 꼭 데려오라고 했단 말이야."

"건물 밖에 찾아봐."

"그럼 난 안을 살필게."

문밖에서 나던 목소리가 줄어들 때쯤 도원을 안고 있던 팔이 풀렸다. 그는 도원이 아닌 사람에게 말하기 시작했다.

"움직이기 시작했어. 확인해 봐."

도원은 보이지 않는 정면을 쳐다봤다. 무전기나 휴대 전화가 있는 듯했다. 여러 사람들과 이야기하는 듯, 그는 다양한 주제를 짚기 시작했다.

"형사 쪽이면 건들지 마. 아버지 쪽이면 잡아 와. 연구소도 안전하지 않아. 파일들이 전부 액세스되어 있었어. 쓰다 만 문서에 아버지 얘기가 적혀 있어서 급해진 모양이야. 일단 파일은 최종본이 아니어서 넘어갔어도 괜찮아. 그래. 지금 바로 갈게. 몇 명? 아아, 그 정도면 충분해. 알았어."

연락을 끊자마자 향기가 짙어졌다. 상대가 몸을 숙이면서 느껴지는 체향이었다. 차갑고 날것 그대로인, 사람보다는 동물에 가까운 살 냄새. 도원은 그 살결에 대고 숨을 깊게 들이마셨다. 다른 사람과 통화를 하던 목소리가 어느새 자신의 귓가에서 들렸다.

"사람 넷 붙여 줄게. 오늘은 집에 들어가지 말고 근처 호텔에서 자. 나중에 내가 찾아갈 테니까."

체향이 멀어지려 했다. 잠긴 문을 열고 나가려는 남자에게 도원이 손을 뻗었다. 아무것도 보이지 않아서 손에 닿는 대로 움켜쥐었다. 멱살을 잡힌 남자가 도원 쪽으로 당겨졌다. 문을 열지 못한 그에게 도원은 고개를 틀어 입을 맞췄다.

입술이 맞물려 비벼졌다. 고르지 못한 호흡이 섞였다. 무방비하게 벌어진 입술을 파고들기 위해서 도원 쪽에서 먼저 혀를 집어넣었다.

"서, 선생……."

상대가 다급히 숨을 몰아쉬는 소리가 들렸다. 도원은 개의치 않고 잇몸과 입천장을 핥았다. 입술을 떼지 않고 고개를 살짝 비틀어 다시 혀를 넣었다. 이번에는 상대의 혀를 나선처럼 꼬아 제 입 안으로 끌고 들어왔다.

축축하게 젖어 있었다. 뜨겁게 느껴지는 그 혀를 빨았다. 아주 오랜만에 접한 것처럼. 기다렸다는 것처럼. 도원은 입 안을 휘저으면서 달콤한 키스를 멈추지 않았다.

아마도 도원이 키스할 줄은 생각지도 못한 모양이었다. 상대는 멱살을 잡은 채 키스하는 도원을 멍하니 받아들이고 있을 뿐이었다. 정신을 차리고 도원에게 반응했을 땐, 이미 이성을 반쯤 잃은 상태였다.

문고리를 붙잡고 있던 손이 도원의 등허리를 안았다. 그대로 체중을 실어서 도원을 벽으로 밀어붙였다. 등 뒤에서 느껴지는 차가움에 신음하는 도원을 끌어안았다. 참고 있던 것이 폭발한 듯, 도원을 끌어안은 손에 힘이 들어갔다.

"하아, 하."

흥분한 호흡이 도원을 집어삼켰다. 먼저 혀를 내민 도원에게 적극적으로 응했고, 고개를 트는 도원을 잡아먹을 것처럼 입을 벌려서 핥았다. 계단에 젖은 소리가 메아리처럼 울렸다. 흥분을 참지 못하는 거친 날숨과 옷끼리 비벼지는 소리가 음란함을 키웠다.

도원을 안고 있기만 하던 손이 옷 속으로 들어왔다. 허리를 손톱으로 긁고, 움푹 파인 등허리를 따라 애무했다. 도원을 더 강하게 품에 끌어안았다.

도원은 그러한 손길을 온전히 받아 주었다. 아무것도 보이지 않아서 소리와 감촉에만 의지하느라 모든 감각이 예민해져 있었다.

손끝으로 더듬을 때 전해지는 체온과 귓가에 뿌려지는 숨결 모두가 그리웠다. 그리워한 만큼 절실했다. 이대로 사라져 버릴 것만 같아서, 도원은 멱살 쥔 손을 풀지 않았다.

"MJ."

도원이 부르자 신음과 탄식이 반쯤 섞인 소리가 새어 나왔다.

"하아, 하, 응, 선생님."

도원은 하체에 비벼지는 뜨거움을 고스란히 느낄 수 있었다. 발기한 국부가 부풀어서 도원을 찌르고 있었다. 옷 속으로 들어온 손이 도원의 맨 등을 지나 가슴 앞으로 돌아 나왔다. 손가락들이 유두를 꼬집어도 피하지 않았다.

도원이 욕망을 모두 받아 주자 MJ는 안달이 났다. 멈추라고 말해야 할 사람이 브레이크를 걸지 않아서 달리는 속도를 늦출 수가 없었다.

"웃, 선생님, 미안."

유두를 손으로 꼬집으며 헉헉, 거칠어진 숨을 쏟아 냈다. 도원은 가슴 끝에서 짜릿하게 느껴지는 쾌감에 숨을 헐떡였다.

"미안한 사람이 왜 그동안 연락 한 번 없었어요."

"일이, 일이 많아서."

"한 번은 말해 줄 수 있었을 텐데요. 내가 얼마나 힘들었는데."

"미안해. 나중에 설명해 주려고 했어. 하아, 선생님."

"가지 마요."

"아니, 웃, 선생님이 날 잡으면 안 되잖아."

"가지 마."

"나 지금 바로 확인해야 할 게⋯⋯."

"언제 또 온다는 말도 안 하면서 지금, 제길."

도원에게서 거친 욕설을 처음 들은 MJ가 멈칫했다. 숨소리마저 멈춘 듯했다. 도원은 울고 싶은 심정을 어떻게든 참아 냈다.

"날 지켜보고 있었어요? 그래서 지금 무슨 일 생기니까 도와준 거예요? 내가 이러면 좋아할 줄 알았어요? 날 뭐라고 생각하는 건데. 아무것도 모른 채 여기저기 쫓겨 다니는 모습을 그렇게 보고 싶었어?"

MJ가 손을 다시 움직였다. 손가락 사이에 끼우고 돌리던 유두를 세게 잡아당겼다. 도원이 "웃." 하고 신음을 낮게 흘렸다. 그 소리마저 먹고 싶다는 듯 MJ는 연신 키스를 하면서 입가를 핥아 주었다.

"아버지가 정확히 무엇을 노리는지 확인하려고 그랬어. 일부러 개입하지 않으려고 했는데 상처받은 거야? 미안해. 그러려고 한 게 아니었어. 선생님, 미안해. 나 때문에 화가 났다면 미안. 화 풀어, 응?"

비벼지는 하반신에 몸이 덜그럭거렸다. 도원은 옷 위로 비벼지는 섹스 같은 허릿짓에 숨만 바삐 내쉬었다.

"나 때문에 또 사람이 죽었어요. 내가 모든 일의 원흉이라 생각되어서 잠도 잘 못 자요. 힘들어요. 이런 말 안 하려고 했는데 이젠 뭐가 뭔지 모르겠어요. 힘들어요, MJ."

"선생님, 쉬, 미안해, 쉬이, 쉬, 화 풀어. 제발."

"아, 연락도 제대로 안 되면서."

"선생님, 선생님."

"내가 언제까지 일방적으로만 기다려야, 하웃, 아, 아파요."

"준비하던 게 마무리되면 바로 말하려고 했어. 안 그러면 선생님 생활 전반에서 티가 날 것 같거든. 선생님, 그런 거 잘 못 숨기니까."

"거봐. 날 못 믿잖아."

"아니, 아니야. 선생님 탓하려고 이런 말 하는 게 아니고, 선생님 못 믿어서 그런 것도 아니라, 더 이상 선생님이 위험한 꼴 못 봐서 일부러 그런 거야. 미안해. 내 생각이 짧았어."

"뭘 준비하는, 아."

"어떻게 해야 할지 모르겠어."

"MJ."

"미안해. 정말 미안해. 이렇게까지 힘들어하는데 내 생각만 해서. 아, 제기랄, 선생님, 선생님."

도원은 허리를 뒤로 꺾으며 물러나려 했다. 빠져나갈 수 없도록 등을 단단히 붙잡은 MJ가 도원의 볼에 쪽쪽 입을 맞추었다. 도원은 얼굴 곳곳을 빨리는 야릇한 감각에 매여 말을 제대로 할 수가 없었다.

MJ가 갑작스레 성욕을 분출해도 도원은 그것을 적당히 고삐를 잡아 세울 줄 알았고, 멈추어 설 수 있도록 MJ에게 자제력을 알려 줬었다.

언제나 충동은 MJ가 부채질했고 도원은 억제를 알려 주는 입장이었건만. 지금은 알 수 없는 욕망들이 마구 뒤섞였다.

다시 봐서 기뻤다. 자기를 보호하려고 일부러 연락하지 않은 점이 원망스럽기도 슬프기도 했다. 그러면서도 감정적으로 대응하는 도원에게 당황해서 안절부절못하는 MJ의 반응에 이율배반적으로 안심하기도 했다.

도원은 멈추지 못했다. MJ의 키스가, 그 손길이, 자신을 애달파하는 감정과 어쩔 줄 몰라 하는 몸짓이. 그것들은 도원이 줄곧 기다려 온 것이었다.

"아."

입가를 깨무는 이가 날카로웠다. 짧은 머리칼이 만져지는 머리를 양손으로 끌어안고 도원은 바지 위로 비벼지는 뜨거움과 입술을 깨물고 빠는 자극에 숨을 헐떡였다. 머리칼 밑으로 질긴 살이 자리 잡고 있었다.

고열에 피부가 훼손되어 지금은 돼지고기처럼 분홍색으로 뭉쳐진 부분. 처음에는 시선이 가는 흉터였고 이제는 도원만이 느낄 수 있는 MJ의 한 부분이었다.

MJ가 오직 자신에게만 이곳을 만질 수 있도록 허락해 주었다는 것도 알았다. 이 상처를 끌어안고 있으면 MJ가 도원의 사람이라는 확신을 느낄 수 있어서 좋았다. MJ는 자신의 사람이었다.

MJ의 고개를 들게 하고 그 흉터에 코를 묻었다. 체향이 더 짙게 풍겼다. 질긴 살의 감촉이 도원의 입술을 타고 고스란히 전해졌다. 사랑스러워서 쪽, 하고 뽀뽀를 해 주자 MJ가 몸을 부르르 떨었다.

아랫도리가 사정이라도 한 것처럼 축축해지는데도 MJ는 삽입하고 싶다는 말을 참고 있었다. 섹스에 대한 즐거움만큼이나 도원이 주는 정서적인 즐거움에 많이 길들여진 모습이었다.

조금씩 침착함을 되찾아 간 도원이 MJ를 가만히 끌어안았다. 숨소리밖에 들리지 않는 조용함에 안정감을 느꼈다.

도원은 MJ의 체온을 느끼면서 그의 머리와 목덜미를 쓰다듬었다. 꿈틀거리며 성욕을 참는 MJ의 숨결이 뜨겁게 느껴졌다.

"앞으로 말없이 떠나지 않으면 좋겠어요. 한 번만 더 그러면 정말 크게 화낼지도 몰라요."

MJ는 맹수처럼 목 너머를 울렸다.

"미안."

"우린 연인이잖아요."

"연인…… 연인이라고. 선생님과 나. 연인이라고."

"네."

"알아. 나도 그거, 연인이라는 게 뭔지 알아. 서로 사랑하는 사이야. 시간을 나누는 사이. 선생님과 내가 계속 연락해도 되는 사이."

"아뇨, 다른 건 필요 없어요. 내가 당신을 보고 싶으니까 계속 연락하라는 뜻이에요."

"선생님."

"내 사람을 내가 보고 싶어요. 당신은 내 연인이니까."

쪽, 다시금 흉터에 입을 맞추어 주었다. 도원이 쪽쪽, 볼과 눈두덩이에도 뽀뽀를 해 주었다. MJ는 입술만 꽉 깨물었다. 도원을 만져야 하는지, 도원이 자신을 계속 만지도록 내버려 둬야 하는지 잘 모른 채로 아래만 들썩였다.

"나도…… 선생님 보고 싶었어."

그 목소리가 떨리는 듯했다.

비상계단 밖에서 사람 소리가 들렸다. 도원이 흉터에 뽀뽀를 해 주는 동안 숨을 헐떡이던 MJ가 고개를 들었다. 문을 잡고 흔드는 소리가 쾅, 하고 울렸다.

도원이 몸을 움츠렸다. 자신이 누군가에게 쫓기고 있는 상황임을 상기했다. MJ까지 얽히게 된다면 일이 더 커지는 게 아닐까. 도원은 MJ의 옷만 꽉 움켜쥐었다.

불안해하는 도원을 느낀 MJ가 "시팔." 하고 낮게 욕을 하더니 으르렁거렸다.

"아이스, 방해하지 말고 꺼져."

문 너머 인기척이 멈칫했다. 아이스라는 부름에 놀란 사람은 도원이었다. 문 너머가 다시 소란해졌다. 한 사람이 아니었다. 여러 명이었다.

"잡으라고 해서 잡았다는 말하려는 건데. MJ, 너 문 잠그고 뭐 하는 거야."

"꺼지라니까."

"너무하네. 지금 너랑 그 선생님 때문에 몇 명이 움직이는지 몰라서 하는 소리냐."

"나중에 확인해 볼 테니까 지금은 꺼지라고."

"거참, 꺼지라는 소리 그만해라. 넌 왜 그렇게 선생님만 관련되면 사람들을 다 내쫓고 싶어 안달이냐. 안 괴롭히니까 적당히 좀 하자, 응? 선생님도 상황 파악해야 하지 않겠냐. 이왕 이렇게 된 거 얘기하고 보내 드려."

도원은 어둠 속에서도 시선을 눈치챘다. MJ가 쳐다보는 것이다. 아무것도 보이지 않는 저와 달리 MJ는 도원의 시선과 표정을 모두 꿰뚫고 있었다.

도원은 저를 쫓던 무리와 현재 문밖의 인기척 무리가 다른 집단이란 것만 아는 상태였다. 왜 자신이 사는 오피스텔 건물에서 자신을 중심으로 새벽에 이런 난리가 벌어지는지 알지 못했다.

상황을 파악하기 어려워하는 도원에게 MJ가 한숨을 내쉬고 간략하게 설명해 줬다.

"8층 원룸들 내가 전부 다 계약했어."

처음엔 그게 무슨 뜻인지 알지 못했다. 이해하기엔 경제적으로 너무 큰 단위의 말이었다. 멀리 있던 현실성을 차츰 느끼게 된 도원이 입을 벌렸다. 놀라서 아무 말도 못하는 사이에 MJ가 덧붙였다.

"내 대리자가 방을 계약할 때 아래랑 윗방도 함께 계약했거든. 이번에 확장했어. 웃돈 얹어 주니까 세입자들도 별말 없이 비워 줬어. 단기계약으로 몇 달만 빌리는 거라 문제될 건 없어. 선생님 옆집부터 끝집까지 전부 내 사무실이야. 이번에 그 작업한다고 연락 못하고 있었어. 미안해."

"그럼 나와 같은 건물에 있으면서 지금까지 연락도 안 한 거예요?"

"내일쯤 말하려고 했어. 오늘 병원에서 그 수첩 속 사건과 관련된 여자가 죽었다며. 그 얘기 못 들었으면 정말 내일 선생님 집 벨을 누르려고 했어. 거짓말 아냐. 믿어 줘."

"도시 생활 힘들다면서요. 사람들 많은 거 불안하다고 얘기했잖아요. 이렇게 원룸을 계약하고 사무실로 쓰는 거, 무리하는 걸로 보여요."

"선생님을 지키고 싶어. 이젠 누구한테도 쫓기거나 납치당하지 않도록 할 거야. 안전해질 때까지 내가 곁에 있고 싶어."

"MJ."

"아버지 일을 마무리 짓기까지 얼마 안 남았어. 조금만 더 있으면 선생님이랑 정말 평온하게 살 수 있어."

다시금 문을 쿵쿵 두드리는 소리가 났다. 도원이 손을 뻗어 더듬더듬 문을 열려고 하자 MJ가 그 손을 다시 붙잡았다.

입을 맞추었다. 말캉하게 넘어온 혀가 도원을 색정적으로 휘감아서 도원은 잡힌 손을 뿌리치지 않고 키스를 받아 주었다. 입술이 서로에게 붙어 있는 채로 속삭이는 물음이 들렸다.

"나 믿지?"

MJ의 물음에 도원이 고개를 끄덕였다.

"네."

망설임 없는 대답에 MJ가 행복하게 웃는 듯했다. "MJ." 하고 부르는 문 너머의 목소리를 더 이상 외면할 수 없을 때가 돼서야 도원을 품에서 놔주었다. MJ가 문을 열었다.

"선생님 안녕하세요. 하하, 오랜만이에요."

밝은 목소리로 인사하는 금발 청년은 다리에 깁스를 하고 있었다.

그는 깁스 부위가 허벅지까지 길게 올라와서 다리 하나를 완전히 쓰지 못하는 상태였다. 목발에 삐딱하게 기대어 서 있는 모습은 거동이 상당히 불편해 보였다.

오랜만에 봐서 그런지 살도 빠진 듯했고 인상도 날카롭게 변했다. 원체 유순하고 서글서글한 미소를 잘 지어서 턱선이 날카로워진 것만으로도 분위기가 많이 달라졌다.

"다리는 어쩌다가…… 아, 괜찮으세요?"

아이스는 시원하게 대답했다.

"허벅지 뼈가 나간 거라서 다 낫기까지 오래 걸린대요."

"몇 주 진단 나왔나요."

"원래 16주요."

"……이렇게 움직일 상황이 아닌 거 같은데요."

"휠체어도 있긴 한데 제가 불편해서요. 다른 데는 괜찮아요. 다리만 조심하면 돼요."

오른쪽 소매를 걷어서 화상 자국을 보여 주었다. 진물이 흐르다 굳어 버린 붉은 피부가 퍽 아파 보였다. 걱정스럽게 쳐다보는 도원에게 아이스는 씩 웃어 보이는 걸로 대신했다.

도원은 아이스에게서 시선을 떼지 못했다. 아이스는 그런 도원의 시선에 웃기만 했다. 그저, 웃을 뿐이었다.

"붙잡은 애는?"

MJ가 묻자 아이스가 대꾸했다.

"사무실로 데려갔어. 그동안 상황 파악한 거 보고하자면 이번 주말 집회 시위가 관건이야. 아버지 쪽이 그걸 아예 축제로 벌이려고 준비 중이거든."

"어떤 준비를 하고 있는지 구체적으로 알아냈어?"

"하나만 알아냈어. 상영회를 할 셈이래."

"상영회?"

"영화를 튼다는데 뭔지 모르겠어. 더 알아봐야 할 것 같아."

"언제 하는데."

"이틀 뒤."

"이틀이라."

MJ가 도원의 손을 꼭 잡고 계단 밖으로 나왔다. 밝아진 불 아래에서 도원은 비로소 MJ의 얼굴을 확인했다. 그러곤 놀라서 그 자리에 못 박힌 듯 서 버리고 말았다.

MJ는 몰골이 엉망이었다. 누군가에게 맞은 것인지 눈덩이가 시뻘겋게 부어올라 있었고, 입가는 터져 피딱지가 앉아 있었다. 광대와 볼엔 새파란 멍이 들어 있었다. 말할 때마다 상처에 침이 닿아 쓰라린지 밴드를 붙인 입가를 손으로 꾹 누르기도 했다.

도원에게 이런 모습을 보이는 게 싫은 듯했다. 입고 있는 외투의 후드를 코밑까지 눌러쓰는 것을 보니. 도원을 돌아보지도 않고 아이스와 얘기를 나눴다.

"집회 인원 몇 명 추산이냐."

"시에 신고한 인원이 2만 명 정도래. 불법 시위라고 허가가 안 난 거 같아."

"그럼 아버지가 거기다가 장난질해서 더 늘어날 수도 있는 거네."

"신고가 2만 명이니까 실제론 2배 잡아야지."

"선생님, 혹시 주말에 시청 갈 일 있으면…… 잠깐만, 선생님, 얼굴이 이게 뭐야."

MJ가 도원의 얼굴에 진 멍을 발견했다. 상처를 더 자세히 보기 위해서 뒤집어쓴 후드를 냉큼 벗었다. 상처의 크기를 따지자면 MJ가 더 컸다. 도원은 형사와 실랑이를 벌이다 볼이 살짝 멍든 정도였기에 오히려 MJ의 상처를 살폈다.

"왜 이렇게 다쳤어요?"

도원이 물어도 MJ는 들리지 않는 듯했다. MJ는 새빨갛게 충혈된 눈으로 분노를 씹어 삼키기 시작했다.

"어떤 새끼야."

"이건 아무것도 아니에요. 당신이 더 심해. 누가 이런 거예요?"

"씨팔, 어떤 새끼가 감히."

MJ가 조심스럽게 도원의 턱을 잡았다. 턱을 쥔 손이 떨리고 있었다. 아니, 정말로 이렇게 대응할 만큼 상처가 심하지 않았다. 도원이 그 손을 뿌리쳤다. MJ가 다시 턱을 잡았다.

"집에 약 있어? 아니, 있을 리가 없나. 그 휑한 집에 뭐가 있겠어."

"이건 그냥 내버려 두면 돼요. 오히려 당신을 치료해야겠어요."

지켜보던 아이스가 슬리퍼를 내밀었다. 도원은 문밖에 떨어트린 신 한 짝을 받아들었다. 아이스가 뜨끔한 눈치로 억지웃음을 지어 보였다.

"얘 얼굴은 제가 그랬어요."

도원은 연이은 충격에 또다시 경악했다. 다리 한쪽을 제대로 쓰지 못하는 아이스는 얼굴이 멀쩡했다. 어디 하나 긁힌 자국도 없다.

그런데 MJ의 얼굴만 이렇게 얻어터졌다는 건 일방적으로 때렸다는 소리 아닌가. 그게 아니면 아이스가 MJ조차 이기지 못하는 격투 능력이라도 보유하고 있다는 뜻인데. 전치 16주의 환자가 MJ를 일방적으로 때릴 능력이 대체 뭐란 말인가.

"왜 싸웠어요?"

아이스가 도원의 눈치를 살피기 시작했다.

"얘가 자꾸 선생님만 찾기에 정신 차리라고 그랬어요."

"뭐라고요?"

"서로 약속한 부분이었어요. 일 처리를 제대로 끝내면 제가 맞기로 했고, 못 끝내면 MJ가 맞기로 했어요. 보시다시피 MJ가 저한테 진 거고요."

"이게 말이 돼요? 일을 못했다고 사람을 팼다고요?"

"아, 음, 선생님. 이건 말이죠."

"사람을 때리곤 웃으면서 이런 얘기를 하고 있어요, 지금?"

입가에 드리웠던 미소가 사라졌다. 아이스는 MJ를 돌아봤다. MJ는 도원의 얼굴에 난 상처를 살피고 있었다. 눈을 떼지 못하고 있는 그에게 대신 설명해 보라고 옆구리를 쿡 찔러도 소용없어 보였다. 아이스는 한숨을 삼켰다.

"예전의 MJ는 스트레스를 받으면 어디 가서 불을 지르거나 여자를 찾아서 자고 왔어요. 그러면 며칠 안정됐거든요. 이번엔 전혀 아무것도 안 되었어요. 선생님만 찾는데, 선생님을 찾으러 갔다가 다시 아버지 쪽 표적이 되면 어떻게 하겠어요. 만나서는 안 되는 상황에서 자꾸 만나려 하니 일이 손에 잡히지 않아 하더라고요. 정신 차리라고 팬 거예요."

아니, 이건 내기 당구에 진 사람을 대하듯 할 말이 아니다. 친구 간에 의리로 보인 행동과는 차원이 다른 폭력이 무서웠다. 그 야만성을 야만적으로 느끼지 못하고 온순히 다 맞아 준 MJ의 사고 체계도 두려웠다.

MJ는 자신의 상처 따위 안중에도 없었다. 도원 얼굴에 난 멍 자국 하나에만 안절부절못했다. 도원은 MJ에게 잡힌 턱을 뿌리쳤다. 아이스에게 명령조로 말했다.

"사과해요."

"네?" 하고 되묻는 아이스를 보며 도원은 울컥, 올라오는 화를 간신히 참았다.

"MJ한테 이런 거 당장 사과해요."

어안이 벙벙한 아이스는 MJ를 다시 보았다. 도원이 알지 못하는 복잡한 사정이 얽혀 있어서 MJ가 이 모양으로 맞은 듯했지만 알 바 아니었다.

결과적으로 한 명이 폭행을 했고, MJ가 그 폭행을 당한 입장이다. 가해자가 당당히 때렸다고 외치는 걸 용납할 수 없었다. 아이스는 뒷머리를 긁적이다가 사과했다.

"미안해, MJ."

MJ는 들은 척도 하지 않았다. 도원의 멍든 얼굴만 살피고 있을 뿐이다.

"선생님, 변명해 보자면 저 지경이 될 때까지 때려 달라고 한 건 MJ였어요. 제가 친구 얼굴 털면서 즐거워하는 변태는 아니거든요."

"둘 다 정말……."

아무리 그래도 그렇지.

사람을 이렇게 패 놓고도 천진난만한 아이스도 문제고, 야만적으로 폭행당하고도 별 문제점을 느끼지 못하는 MJ도 문제다.

사람은 누구든지 일이 잘못됐을 때 불안해하고, 공포를 느끼며, 때론 슬프고 분노한다.

MJ는 이 당연한 심리 상태가 극단적으로 나아가서 섹스를 하거나 방화를 저지르던 행동으로 변질된 것이었다. 그 두 가지 대신 차선책으로 선택한 게 남에게 얻어맞는 폭력이었다.

MJ를 다시 만나면 연락을 왜 안 했냐고 한 대 때려 주려고 했는데, 막상 엉망인 얼굴을 보니 그럴 의지마저 사라졌다. 연락이 안되는 동안 자신보다 더 극심한 고통을 받은 MJ에게 화를 내지도 못했다.

"많이 아파요?"

"별로."

"나도 미안해요. 나한테 연락하지 못하는 사정이 있었을 텐데 그 걸로 투정 부렸어요. 내가 조금 더 깊게 생각했어야 하는데."

"아니. 연인 사이엔 그런 거라며. 그건 내가 잘못한 거 맞아. 일 핑계 대서 미안해."

"이 지경이 될 때까지 왜 참았어요."

"선생님이 다시는 고통받는 거 보고 싶지 않아. 나는 튼튼하니까 이런 건 잘 버티거든. 섹스나 방화를 하고 싶을 때 맞으니까 좀 참 을 만도 했고."

말을 하던 MJ의 얼굴이 차츰 붉어졌다.

"선생님이 이렇게 계속 만져 준다면 앞으로도 아이스한테 맞을 만하겠어."

그렇게 중얼거리면서 기뻐하기도 했다.

기뻐하면 안 되는데. 기뻐하지 말라고 말이라도 해 주고 싶은데.

도원은 MJ의 상처 난 얼굴을 만지던 손끝에서 힘을 뺐다. 그 미 세한 변화를 알아챈 MJ가 도원을 쳐다보던 시선을 돌려 손끝의 움 직임에 집중했다. 도원의 표정, 행동, 감정 일체를 알고 싶어서 온 신경을 곤두세운 반응이었다.

도원은 힘 빠진 손을 끝내 떼어 내지 못했다. 이런 선택을 할 수 밖에 없었던 MJ를 보자 울컥, 속에서 뜨거운 열기가 치밀었다.

할 수 있는 것은 다 하고 싶었다. 자립할 수 있게 도와주고 싶다. 괴로움을 견뎌야만 행복해질 수 있다는 비정상적인 보상 심리를 바꿔 주고 싶다.

행복은 대가가 아니다. 원한다면 누구든 얻을 수 있는 삶의 한 방식이다. 그 행복을 당연하게 여기도록 해 주겠다. 누구보다 행복이 무엇인지 잘 알도록 해 줄 것이다.

도원은 진정으로 하고 싶은 말을 속으로 삼켰다. MJ를 지키기로 했다. 여기서 그만둘 생각은 없었다.

"나 혼자 꽃이 뿌려진 길을 걷는 건 의미 없어요."

도원은 MJ의 입에 뽀뽀를 해 주었다. 어느 때보다도 확신을 담아 MJ를 안아 주었다. 신음에 가까운 숨을 나누어 쉬는 MJ를 움켜잡았다. 손아귀에서 일그러지는 옷자락을 놓지 않았다. 도원은 다짐처럼 말했다.

"낭떠러지라도 당신 손을 잡고 걷고 싶어요. 그러니까 약속할게요."

아픔도, 고통도, 잘못된 보상도 아닌 정상적인 행복을 알려 주겠다. 알려 주고 말 것이다.

"내가 당신의 약점이 아닌, 무기가 되어 줄게요."

원룸은 도원이 머무는 방과 똑같은 평수에 똑같은 구조였다. 벌집처럼 붙어 있는 오피스텔 원룸은 먹고 쉬는 목적이 아닌, 다른 방법으로 이용되고 있었다.

많은 컴퓨터가 연결되어 있는 것이 사무실에 가까운 분위기였다. 전자 기기를 붙여 놓지 않은 벽면에는 수많은 기사와 정보들이 인쇄되어 붙어 있었다.

바닥엔 테이크아웃 커피 잔들이 굴러다니고 사람이 쉴 수 있는 곳이라 봤자 접이식 매트리스와 작은 소파만 덩그마니 놓인 곳.

생각지도 못한 용도에 놀라 있는 도원에게 붙잡아 온 사람을 조사하는 장면을 보여 줄 수 있을 리가 없다.

"잡아 온 사람은 어느 사무실에 있어?"

불편한 다리를 제법 자연스럽게 움직이는 아이스가 한 남자에게 물었다. 남자는 아이스와 MJ, MJ 옆 도원까지 차례로 본 뒤 여상하게 대답했다.

"옆방에 있어. 지금 볼래?"

"흠. 나중에 볼게."

"그래도 상관은 없는데 저 사람은 누구야?"

사무실을 책임지는 남자가 도원을 가리켰다. 도원 옆에 딱 붙어서 있는 MJ를 퍽 심란한 눈으로 쳐다보는 것도 잊지 않았다.

신경을 쓸 수밖에 없을 것이다. 단순히 외부인을 데려온 것에 그치지 않고, MJ가 누구보다 눈에 띄게 그 외부인을 감쌌기 때문이다.

MJ는 도원의 손에 깍지를 끼고 있었다. 충동을 참지 못할 때마다 벽을 때리거나 물건을 집어 던지던 MJ의 손등은 빨갛게 살점이 터져 있었다.

너절해진 살갗 아래 부풀었다 터진 속살이 보기 흉했다. 다른 사람의 체온이 닿는 것만으로도 쓰라리고 아플 텐데도 도원의 손을 놓지 않았다. 겹쳐진 손가락을 움직이면서 도원의 손등을 손톱으로 긁거나 부드럽게 애무했다.

도원은 그런 MJ의 움직임을 선정적으로 받아들이지 않았다. 꿈지럭거릴 때마다 맞잡은 손에 힘을 주면서 토닥여주기만 했다.

다른 사람들 눈에는 뻔히 보이는 성적 뉘앙스를 눈치채지 못하는 남자를 어떻게 소개해야 할까. 아이스는 복잡하고 낯간지러운 소개 인사를 건너뛰었다. 현재 상황에서 필요한 말만 했다.

"붙잡아 온 애가 노리던 사람이야."

남자가 음, 하고 목 너머를 울렸다. 그는 방 안에 있는 다른 사람들을 돌아봤다.

"이 사람이 머더구스의 '어른 양'이래."

소파에 앉아 있던 사람들이 일제히 도원에게 호기심을 보였다. 도원은 저를 돌아보는 각기 다른 시선들에 당황했지만 어딘가 MJ를 닮은 듯한 분위기에 무서워하지는 않았다.

사람들은 남녀가 고루 섞여 있었고 대부분 젊었다. 개중엔 미성년자처럼 보일 만큼 어린 축에 드는 이도 있었다.

그들은 사람을 관찰하는 눈을 가졌다. MJ처럼 상대방과 자신의 우열이나 계급을 계산하는 게 일상적인 듯했다. 숨소리는 조용하고 행동은 많지 않았다. 지나치게 조심성이 많아 보였다. MJ처럼 사회성이 덜 발달되어 동물적인 감각에 의지하는 이들이었다.

도원이 종종 누군가 쳐다보는 시선을 느끼거나 기척이 없는데도 숨소리가 들리는 듯했던 것도 이들이 한 짓이라고 확신했다.

"안녕하세요."

도원이 인사하자 여자들이 웃었다. 그녀들은 도원에게 호감을 표했다.

"직접 오실 줄 몰랐어요."

"리더가 많이 얘기해 줬어요."

"맞아, 선생님 진짜 착하대요."

도원이 "리더?" 하고 물으며 MJ를 돌아봤다. MJ는 고개를 가로

저었다. 여자들은 MJ가 아닌 다른 사람을 리더라고 말했다.

"직접 본 적 있지 않나요. 새로 왔을 때 인사했다고 들었는데."

801호의 실제 계약자를 얘기하는 것 같았다. 옷장 문이 열리지 않는다며 예쁘게 웃어 보이던 사람. 온천을 향해 달리던 트럭 안에서 크랙과 아버지에 대해 말해 주던 여자.

MJ는 그녀를 자신의 대리인으로 소개했지만 실질적으로는 이 사람들을 이끄는 '리더'였던 모양이다.

도원은 MJ가 속한 집단의 계급 체계를 어렴풋이 알게 되었다. MJ를 주축으로 삼지만 실질적으로는 리더가 사람들을 지휘하고 있었다.

자기 본위로 움직이는 MJ와 달리 리더는 정상적인 사회생활이 가능한 여자였고, 전직 군인이었다는 점에서 총을 쓰는 능력과 사람들을 통솔하는 능력까지 모두 갖춘 모양이다.

아이스는 MJ를 도와주는 친구나 다름없어서 이 집단 안에 완벽하게 속하지 않았다. 그렇기에 아이스는 이질적이었다. 시선을 마주한 아이스가 특유의 능글맞은 미소를 지으면서 고개를 갸웃하는 것을 조금 씁쓸하게 바라봤다.

크랙과 대립하다가 깁스까지 한 환자이기에 아무 말 하지 않았을 뿐. 도원은 아직도 바에서 아이스에게 손이 잡혔던 때를 기억하고 있었다. 잡은 손바닥 안쪽에서 건네지던 쪽지가 크랙의 연락처였다는 사실도.

"선생님, 차 한잔할래?"

MJ가 여전히 손등을 손톱으로 긁었다. 제때 손톱 정리를 하지 못한 손끝은 굳은살로 거칠었다. 도원은 엉망인 손을 만지작거리면서 대답해 줬다.

"괜찮아요. 알려 드리고 싶은 게 있어서 왔습니다. 아버지가 어떤 사람인지 알고 있어서요. 그 내용을 정리해서 문서 파일로 만들고 있는 중입니다. 오늘 중이면 완성될 것 같아요. 이걸 여러분께 드리고 싶습니다."

그 발언에 사람들의 눈빛이 달라졌다. 그들은 서로를 빠르게 돌아보았다. 도원이 아버지에 대해 잘 알고 있고, 그 내용을 알려 주고 싶다는 말을 단번에 알아차린 반응이었다. 여자들 중 하나가 재빨리 남자들을 쳐다봤다.

"오늘 연구소 컴퓨터들 해킹한 사람 누구였지?"

단발머리 남자가 손을 들었다.

"나."

"거기 파일 전부 액세스되었다면서. 선생님 말이 그거랑 관련 있는 거야?"

연구소 컴퓨터를 해킹하고 있다는―그 말을 듣고 도원은 경악을 금치 못했지만 식은땀만 흘릴 뿐이었다― 남자가 선뜻 대답했다.

"외부 커넥션으로 선생님 컴퓨터에 저장된 모든 파일을 복사하고 있었어. 그중에 선생님이 말한 아버지 정리 파일이 있던 걸로 알아. 쓰다 만 거던데 아버지 쪽이 그걸 중요하게 생각하고 있나 봐."

"왜지? 선생님이 우리 쪽에 그 자료를 넘길까 봐?"

"선생님이 우릴 위해 움직이는 거 뻔히 알고 있는데 이제 와서 파일 하나에 집착하는 건 이상하잖아."

"혹시 이번에도 아버지 쪽 광신도가 멋대로 움직이는 건 아닐까."

"아닐걸. 크랙이 망가졌어. 아버지 쪽 의사를 광신도들에게 전할 수 있는 수단이 없어."

"아냐. 그쪽도 대리자가 있어. 우리 리더가 죽이려는 여자 있잖아."

"마약 사업하는 여자?"

"맞아. 요즘 마약 사업 쪽 엄청 추진하고 있던 걸. 이거랑 정치판이 얽혔어. 이미 그 여자가 로비스트로 정치가들이랑 치밀하게 엮였다고 했잖아. 이번 주말 시위도 경찰이나 검찰 수사력을 흔들고 약화시키려는 목적으로 알고 있고."

"그럼 그렇게 바쁜 와중에 선생님의 파일에 관심이 있다는 건."

"아주 중요한 내용이란 소리지."

사람들이 도원을 응시했다.

마약 사업, 정치판, 수사력 약화, 주말 시위, 그 시위와 연결되었던 마포대교 자살 사건과 병원 내 자살, 머더구스.

모든 게 정교하게 얽혀 있고 커다란 그림을 위한 퍼즐 조각처럼 여겨졌다. 도원이 아버지에 대해 작성하고 있는 문서 파일도 이 조각 중 하나일 가능성이 컸다.

그러나 커다란 그림에서 문서가 어떤 부분을 차지하는지는 가늠할 수 없었다. 도원이 쓰는 내용은 아주 사소했기 때문이다.

"아버지의 과거 얘기를 적고 있습니다. 그게 그렇게 중요한 건가요."

MJ가 고개를 숙이고 도원을 들여다보았다. 온천이 있던 산장에서 MJ에게 조금만 기다려 달라고 했었다. 몇 가지만 확인하고 나면 아버지의 정체를 알려 주겠다고.

MJ는 그 조건을 불만족스럽게 생각했지만, 도원이 알고 있는 사실을 억지로 캐내려고 하지 않았다. 그렇게 얌전히 도원을 따라 주었기에, 도원이 개인적으로 이렇게까지 아버지에게 닿을 수 있다고 생각했다.

도원은 MJ가 믿고 기다려 준 것이 고마워서 나긋한 목소리로 말했다.

"미국에 있었을 때, 저는 크랙의 상담자였습니다. 크랙은 한국에서 온 외숙부네 가족을 몹시 신경 쓰고 있었어요. 그 외숙부네 아들이 여러분이 말하는 '아버지'라는 존재입니다."

MJ가 눈을 굴렸다. 그는 도원의 어깨 너머 흰 벽지를 쳐다보다가 물었다.

"그 새끼가 크랙의 사촌 동생이란 말이지."

"당신과 함께 유치원 차량 납치 사건에서 마지막까지 살아남았죠. 그리고 한국에서 미국으로 넘어갔습니다. 미국에서 정신과 치료를 받았다는 얘길 크랙을 통해서 들었습니다."

"선생님은 그때 얘길 떠올리면서 문서로 정리하는 거고."

"네. 크랙 상담은 제 석사 논문 자료였습니다. 제게는 의미가 큰 자료였어요. 그때의 상담 내용은 거의 정확하게 기억하고 있습니다. 잘못된 내용을 적진 않을 거예요."

"하, 그 내용에 집착한다고. 이제 와서 새삼."

"과거가 알려지는 걸 싫어하는 걸까요."

"알려지고 말고는 상관없을 거야. 아버지가 언제부터 남의 소문을 신경 썼겠어. 오히려 소문이라는 게 너무 거대해져서 만들어진 게 아버지란 존잰데."

"아, 음. 그러면 제 문서에 집착하는 이유가 따로 있을까요."

"문서 내용에 집착한다기보다는 그 문서를 작성하는 선생님에게 신경 쓰는 것 같은데."

MJ의 목소리가 한결 낮아졌다. 흰 벽지에서 도원에게로 시선을 돌린 MJ 눈에는 도원이 자주 보아 왔던 분노가 쌓여 있었다.

"선생님이 자길 기억해 냈어. 그래, 문서가 아니라 선생님에게 집착하고 있어."

아직도 MJ는 아버지와 관련된 일을 감정적으로 받아들였다. 냉철한 판단보다 분노와 혐오, 거부감이 앞섰다.

"아버지가 이 바쁜 시기에 선생님 문서에 집착하는 이유를 알겠어. 그래, 씨팔, 알겠다고. 그 새끼가 선생님과 내가 붙어 지내는 걸 알면서도 내버려 두는 이중적인 태도를 취하는 거."

흥분 상태였다. 도원은 재빨리 MJ를 불렀다.

"MJ."

MJ는 듣지 않았다. 검게 타오르는 시선을 사방으로 굴리며 제 생각을 쏟아 뱉었다.

"사실상 자신 있는 거야. 어차피 선생님을 데려갈 수 있는 건 본인이라고 여기는 거야. 그러니까 선생님이 아버지에게 신경 쓰는 것만 집착하는 거지. 다른 거에 관심 없고."

"MJ, 너무 나갔어요. 그런 거 아니에요."

"신적 취급받는 새낄 근본에서부터 가장 인간적으로 해석하고 있는 사람이 선생님뿐이라서 그래. 나처럼 그 새끼한텐 선생님이 유일한 존재인 거야. 그 불 속에서, 그 총구 앞에서, 그 어둠 속에서, 그 새끼도 똑같은 트라우마가 생겼을 테니까."

놀라서 눈을 크게 뜨는 도원에게 MJ가 입술을 겹쳤다. 깍지 낀 손을 움켜쥐어 도망가지 못하도록 단단하게 잡고 입술을 벌렸다.

이 사이로 넘어온 혀가 도원의 입속으로 뱀 따리처럼 파고들었다. 도원이 재빨리 고개를 돌렸다. 혀끝을 이어 주던 실 같은 침이 허공에서 톡, 끊어졌다.

도원은 가빠진 숨을 헐떡였다. 마음 같아서는 일방적으로 하는 행위가 얼마나 무례한지를 알려 주어야 한다고 여기면서도, 이렇게밖에 불안감을 표출하지 못하는 MJ에게 안쓰러움이 생겼다.

어째서 좋아한다 말해도 MJ는 그 말을 온전히 믿지 못하는 것일까. 그 정도로 신뢰가 얇은 것일까.

"아버지란 존재와 MJ, 당신을 그렇게 겹쳐 볼 필요 없어요."

MJ가 젖어 있는 도원 입술을 보며 대꾸했다.

"병원에서 자살한 여자가 쓴 동화를 나도 봤어. 늑대는 두 마리야. 늑대와 여우도 아니고 똑같은 늑대 두 마리. 내가 아버지를 겹쳐 보는 게 아니지. 아버지 그 새끼가 나를 겹쳐 보는 거지."

"당신과 아버지가 서로를 동일시하는 걸 그만두었으면 좋겠어요."

"내가 그만둬도 그 새끼가 그만두지 않을 거야."

"그 사람은 날 가지고 게임을 하는 사람이에요. 당신도 그럴 생각인가요?"

"그렇게는 생각 안 해. 선생님은 전리품이 아니야."

"그러면 지금 하는 짓은 뭔데요. 내 의사는 철저하게 무시하고 있잖아요."

"무시는 그 새끼가 하는 거지!"

"그만, MJ, 그만해요."

"무슨 짓을 해서라도 내가 선생님을 포기 안 할 거 아니까! 씨팔, 절대 그만두지 않을 걸 아니까!"

"내가 MJ를 선택했잖아요. 뭘 그렇게 못 믿는 건데요."

"선생님이 그런 선택을 해도 그 새낀 신경 안 써."

"내 의지는요."

"그 새끼가 그런 걸 신경 안 쓴다고!"

"그럼 나는 이 게임에 왜 끼어 있는 겁니까."

도원의 목소리가 낮아졌다. 서늘하게 내려앉은 분위기에 씨근덕 거리던 MJ도 잠시 말을 멈추었다.

MJ의 시선이 빠르게 도원을 훑었다. 표정에 변화가 크진 않았지만 MJ이기에 도원의 사소한 감정 변화를 알아챌 수 있었다. 그것은 일종의 실망과 상실감이었다.

"애초에 내 의사를 무시할 거였으면 내가 이런 식으로 경찰 모르게 도와주지도 않았을 거예요. 내가 누굴 위해서 이러고 있는 건데."

이렇게 될 거였으면 그렇게까지 필사적이었을 이유가 무엇인가. 어차피 MJ는 믿지 않고 있는데. 앞으로 믿음을 줄 수 있기는 할까.

도원은 스스로 자문하다가 조소하듯이 피식 웃고 말았다. 잠을 2시간밖에 자지 못해서인지 머리가 잘 돌아가지 않았다. 새벽녘 감수성이 머릿속에 짙게 깔려 있어서 이성적으로 판단하기 어려웠다. 도원은 앞머리를 쓸어 넘겼다. 지친 기색이 완연했다.

"먼저 가 볼게요."

뒤돌아서는 도원을 MJ가 다급하게 붙잡았다. 도원이 손목을 돌려 빠져나가려 해도 놔주지 않았다.

"미안해. 내가 말실수했어."

"아닙니다. 제 상황을 일깨워 줘서 고맙습니다."

"선생님."

"피곤해서 머리가 잘 안 돌아가요. 나중에 다시 얘기해도 될까요. 지금은 쉬고 싶어요."

도원이 문을 열자 MJ가 도로 닫아 버렸다. 도원은 눈살을 찌푸리면서 MJ를 돌아봤다. MJ는 부르튼 입술까지 깨물면서 당황해하고 있었다.

도원은 말싸움을 하고 싶지 않았다. 여기서 감정적으로 얘기하면 둘 다 상처받기만 할 뿐이다. 한숨 자고 일어나서 개운해진 머리로 다시 생각을 정리하기로 했다.

"가 볼게요."

나가려는 도원을 품에 가뒀다.

"MJ."

답답한 듯 부르는 도원을 안고 고개를 숙였다. 도원에게 정중하게 입을 맞췄다. 결코 당신을 무시하려던 발언이 아니었다고 고해라도 하듯 깊은 키스였다.

혀뿌리부터 입천장까지 제 감각을 새기듯 치열하게 비벼 왔다. 키스는 낙인에 가까웠다. 남에게 빼앗길까 봐 조급해져서 아무 말이나 튀어나왔다고. 그리 표현하면서 당신은 내 사람이라고 도장이라도 찍는 키스였다.

"MJ, 잠깐…… 사, 사람들 다 있는데…… 응."

애무나 섹스를 닮은 키스에 도원이 뒤로 물러났다. 붙잡힌 손을 잡아 빼면서 어떻게든 MJ를 말리려 했다. MJ는 물러서지 않았다.

저항을 하느라 숨이 가빠진 도원은 여전히 입 안을 헤집는 키스에 호흡까지 곤란해졌다. 다급히 공기를 마셔 보지만 MJ는 여유를 두지 않고 맞붙인 입술을 비비며 혀를 꼬아서 뺐다.

사람들이, 사람들이 있는 데서 이렇게까지…….

도원은 현기증 때문에 생각을 잇지 못했다. 비틀거리는 도원에게서 비로소 입을 뗀 MJ가 무너지는 도원을 붙잡았다. 헉헉 하고 숨을 몰아쉬는 도원을 품에 안으면서 사람들을 돌아봤다.

"붙잡은 새끼랑 얘기 끝나면 나 불러. 선생님 방에 있을게."

키스를 흥미롭게 쳐다보던 나이 어린 몇을 제외하면 다들 그러려니 생각하는 얼굴이었다. 아이스만 여전히 커튼을 친 창문만 멀거니 바라보면서 모르쇠로 물었다.

"리더가 사업체 조사 마치고 지금 오는 중이래. 도착하면 말해 줘?"

"응. 그리고 조력자한테서 연락 와도 바로 알려 줘."

"조력자는 우리랑 연락 안 하잖아."

"아, 제길, 그럼 혹시 모르는 연락이 와도 추적하지 말고 기다리라 말해 줘."

"그럴 시간 없어."

"시간을 좀 줘. 한 시간이면 충분해."

아이스는 손목에 찬 시계를 확인했다.

"한 시간 정도는 괜찮겠지."

무슨 한 시간, 뭐가 충분하다는 건지.

도원이 묻기도 전에 MJ가 손을 잡아끌었다. 뒤도 돌아보지 않고 문을 열고 나갔다. 도원의 원룸 문을 열고 들어간 MJ는 이불도 변변찮은 휑한 방을 보고 눈살을 찌푸렸다.

아무리 보일러를 때서 온기는 유지한다지만 이런 데에서 언제까지고 도원을 재울 수는 없다. 조만간 편안한 곳으로 옮겨야겠다 생각하곤 입고 있던 외투 점퍼를 벗었다. 그것을 바닥에 깔고 그 위에 도원을 뉘었다. 도원이 입을 뗐다.

"사람들이 있는 데에서 키스하는 건 제발 그만뒀으면 좋겠어요."

부끄러움과 원망스러움이 뒤섞인 눈빛을 마주하면서 MJ는 재빠르게 말했다.

"다 아는 애들인데, 뭐."

"네?"

다 안다고? 뭘 다 알아? 이런 관계를?

도원의 얼굴이 시뻘게졌다.

"저, 저한테 그런 말 안 했잖아요. 이런 건 상의하에 말했어야죠."

"어차피 걔네는 신경 안 쓰잖아."

"그, 그건 분명히, 명백히 호기심이 가득한 얼굴이었는데요."

"부끄러워?"

MJ가 니트 티를 양손으로 잡았다. 거꾸로 뒤집어 벗은 티를 바닥 아무 데나 던져 버렸다. 희미하게 맡아지던 MJ의 살 냄새가 짙어졌다. MJ는 벗은 상체를 도원에게 기대며 부드러운 머리칼 안으로 손을 찔러 넣었다. 머리와 목덜미를 쓰다듬는 손길에 도원이 붉어진 얼굴을 들었다.

"당연한 걸 왜 물어요."

"귀여워, 선생님."

"예전에도 말했지만 당신은 부끄러움이 뭔지 배워야 할 것 같아요."

MJ는 도원의 목 부근에 고개를 묻었다. 숨을 깊게 들이마셨다. 콧등을 도원의 귀밑과 목에 비비면서 쪽쪽, 살을 물었다 놓았다.

"아이스 앞에서 먼저 뽀뽀한 건 선생님이었어."

"그건…… 이미 한 번…… 본 분이니까."

"그럼 이제 내 사람들 앞에서 아무 때나 해도 되겠네. 다들 한 번

씩은 봤으니까."

"그 뜻이 아니잖아요."

"할 수만 있다면 아버지, 그 새끼 앞에서 못 박아 버리고 싶어. 선생님을 두 번 다시 넘보지 못하게."

"MJ."

"왜 이렇게 불안하지? 선생님이 날 연인이라고 불러 줬는데도 불안해. 기분 좋아 죽겠는데도 답답해서 미칠 거 같아. 그 새낀, 나랑 선생님 사이도 알아. 내가 이렇게 좋아하는 거 분명히 알고 있어."

MJ는 조금 더 깊게 숨을 들이마셨다. 그동안 맡지 못했던 도원의 체향을 다시 머릿속에 새겨 넣으려는 듯이 말이다.

"그런데도 질투를 하지 않아. 오히려 부추기기만 하지. 그런 새끼가 선생님한테 집착은 하고. 시발, 미안해. 내가 요즘 불안해서 선생님한테 해서는 안 될 말까지 했어. 그런 말 하려던 거 아니었어. 미안해, 정말로."

도원의 옷 속으로 들어온 손이 차가웠다. 핏기가 사라진 손끝이 맨살을 더듬을 때, 도원은 소름이 돋았다. MJ의 숨결이 거칠었다. 아마도 오랫동안 참아 왔을, 손이 엉망이 되고 얼굴을 두들겨 맞을 때까지 버티고 또 버텼던 그 욕망을 더 이상은 참지 못하는 모양이었다.

머리맡에 놓인 노트북을 잠깐 바라본 도원이 속으로 시간을 계산했다. 출근 전에 다 끝내고 싶었지만 이런 상태의 MJ를 밀어내고 작업을 마저 할 자신이 없었다.

MJ를 받아 주고 문서 작성은 출근 후에 연구소에서 틈틈이 하는 수밖에 없다. 그렇게 마음속으로 결정하자 지금의 MJ에게 조금 더 집중할 수 있게 되었다.

"아버지는 내게 별 관심이 없어요. 당신이 생각하는 것만큼 그렇게 날 좋아하지도 않아요."

지켜보는 MJ를 달래듯이, 도원이 말을 이었다.

"당신 말대로 내가 아버지의 가장 깊은 곳까지 해석할 수 있는 사람이라 집착하는 거예요. 당신처럼 나를 좋아하는 애정과는 다른 의미죠. 그러니 그렇게 불안해하지 마세요. 내가 MJ를 좋아해요. 다른 사람이 아닌 당신을 좋아합니다."

좋아한다는 말은 충동을 막아 세우는 브레이크 기제였지만 이제는 어떠한 목적도 아닌 순수한 감정 표현으로만 쓰이는 말이 되었다.

도원은 MJ의 입가에 붙어 있는 밴드를 조심스럽게 떼어냈다. 찢어진 입가에 피딱지가 앉아 있었다. 물만 마셔도 쓰리고 아팠을 입가의 상처는 생각보다 깊었다. 꿰매지 않아도 될까. 흉이 지지는 않을까. 제 몸에 난 상처를 도무지 신경 쓰지 않는 그가 안타깝고 슬펐다.

왜 사랑받는 일에 자신이 없는 걸까. 무엇이 스스로를 하찮은 존재로 만들어 버린 걸까. 아프면 아프다고 말했으면 좋겠는데. 그러는 게 당연한데.

"계속 생각해 봤거든요."

MJ의 손이 도원의 바지로 내려왔다. 버클을 푸는 소리가 울렸다. 도원은 저지하지 않았다. 허벅지 안쪽으로 MJ의 손이 들어왔을 때, 도원은 다리를 비스듬히 움츠렸다. 다리 사이에서 비벼지는 손이 까슬까슬했다.

다리를 비트는 도원을 지켜보던 MJ가 눈이 마주치자 반사적으로 입술을 물었다가 놓았다.

"뭘 생각했어?"

"내가 MJ에게 도움을 줄 수 있는 게 뭔지를요."

"싱겁긴. 그냥 이대로 있어 줘. 선생님만 있으면 난 안정되니까."

"그게 문제였어요."

바지를 벗기던 MJ가 도원을 의아하게 쳐다보았다. 도원은 아무리 봐도 흉이 질 것 같은 입가의 상처에서 눈을 떼지 못했다.

쓸쓸하게 미소 지은 도원이 MJ에게 양손을 뻗었다. MJ의 목 뒤로 양팔을 감았다. 자연스럽게 몸을 웅크리게 된 MJ는 도원의 목과 어깨 사이에 고개를 묻었다. 더 이상 도원의 표정을 볼 수 없었다.

"나만 있으면 된다는 그게 문제였어요."

무슨 뜻인지 알 수 없는 말이었다. MJ는 도원을 떼어 놓으려 했지만 허리에 부드럽게 감기는 맨다리를 느끼고 모든 생각이 날아가 버렸다.

MJ는 벗겨 낸 바지를 바닥에 던졌다. 도원의 다리 사이를 만지던 손을 떼고 제 바지도 급하게 풀었다. 무릎까지 흘러내린 바지를 추스르지 않은 채 속옷 안에서 성기를 꺼내 도원과 맞닿은 국부에 성기를 비볐다.

며칠 안 해서 그런지, 도원이 먼저 다리를 감고 양팔로 끌어안아 줘서 그런지, 정신이 아득해질 만큼 기분이 좋았다.

"헉, 헉, 아, 선생님."

MJ가 도원의 사타구니 사이를 제 성기로 비볐다. 허벅지 사이로 비벼지는 성기의 감촉이 황홀해서 마치 삽입 섹스라도 하는 것처럼 허릿짓을 했다. 키스도 진득하게 하고 싶었고 가슴도 빨고 배나 옆구리에 고개를 묻고 싶었는데, 애무할 여유마저 사라졌다.

도원이 머리를 안고 있었기에 마냥 안긴 채 허리 아래만 움직였다. 도원의 성기 위에 MJ가 페니스를 맞대고 빠르게 비볐다.

뜨거운 열기와 힘찬 허릿짓에 숨결이 흐트러졌다. 도원은 힘이 빠져나가는 양팔에 억지로 힘을 주었다. 도원의 표정을 보고 싶었지만 한편으로는 꼭 끌어안고 있는 도원이 사랑스러워서 MJ는 그대로 안겨 있길 택했다.

"하으, 음, 으음…….'

도원의 귀를 물면서 살 냄새를 맡았다. 도망 다니느라 땀을 흘린 도원에게서 평소보다 짙은 체향이 풍기고 있었다. MJ에게는 더할 나위 없이 야하고 달콤한 냄새였다.

양손으로는 매끄럽게 감기는 엉덩이 살을 움켜쥐었다. 허리에 감긴 맨다리가 흠칫하는 느낌마저 좋았다.

도원은 흥분해 있었고, 먼저 섹스를 원하는 보기 드문 상태였다. MJ는 양손가락을 펼치고 도원의 엉덩이를 소리 나게 때렸다. "아" 하고 귓가에서 터지는 신음 소리가 자극적이었다. MJ는 귓불을 더 세게 깨물면서 엉덩이를 터질 듯 움켜쥐었다가 때리길 반복했다.

"선생님, 헉, 헉.'

비벼지는 도원의 성기가 부풀고 있었다. 머리를 안고 있는 팔 안쪽에도 땀이 맺히며 도원 특유의 체향이 짙어졌다.

MJ는 정신이 아찔했다. 도원의 엉덩이를 주무르다가 몇 번 때려서 도톰하게 부푼 살점을 다시 때렸다.

순간적으로 팔에서 힘이 풀린 도원이 숨죽이는 소릴 들었다. 흥분으로 젖어 가기 시작했다. MJ는 제 입에 넣어 침으로 적신 손가락으로 도원의 부푼 엉덩이 사이를 쑤셔 넣었다.

이전보다 격렬하게 꿈틀거리는 도원의 반응에 MJ는 사정하고 싶은 마음을 가까스로 억눌렀다.

구멍 안에 넣은 손가락을 흔들었다. 한 개였던 손가락이 두 개로 늘어나고 세 개가 되었다. 끝을 모아 힘을 준 손가락들이 성기처럼 도원의 몸 안쪽을 피스톤질했다.

참고 있던 신음이 터진 도원이 더 세게 MJ의 머리를 끌어안았다. MJ도 더는 참지 못하고 손가락으로 풀어 준 구멍에 터지기 일보 직전인 성기를 머리부터 밀어 넣었다.

"하으, 아."

삽입이 수월하지 않았기에 다시 빼내어 침을 손바닥에 뱉었다. 단단하게 심이 선 페니스를 침에 젖은 손바닥으로 문질러 적셨다.

흘러나오는 프리컴을 귀두 전체에 넓게 펴 바르고는 미끄러워진 페니스를 다시 조준했다. 귀두부터 힘겹게 삼키는 구멍이 좋아서, MJ는 온몸을 부르르 떨었다. 주름이 한계까지 펴진 구멍은 우물거리면서 밀고 들어온 성기를 삼키기 시작했다.

이제 익숙해질 법도 하건만 여전히 벅찼다. 뜨거운 열이 오른 입구가 뻑뻑하게 벌어져서 MJ를 받아들였다. 천천히 밀고 들어가는 동안에 도원은 몇 번이나 비명을 터뜨렸다.

MJ는 그 비명이 단순히 아프기만 한 외침이 아니란 걸 본능으로 알았다. 내벽에서부터 꿈틀거리며 애무해 주는 이 감각은 완연한 흥분이었다.

"하으, 좋아, 선생님."

MJ는 도원의 엉덩이를 다시금 때렸다. 성기가 뿌리 끝까지 파고

들어 음낭이 부어오른 엉덩이에 짓눌릴 때가 되어서야 도원의 몸에서 힘이 빠졌다.

MJ는 그 틈에 자신의 머리를 끌어안고 있는 팔을 풀었다. 상체를 일으킨 MJ는 도원의 얼굴을 마주하고 잠시 그대로 굳어 버렸다. 도원이 울고 있던 것이다.

"……선생님?"

도원이 황급히 양손으로 얼굴을 가렸다. MJ가 재빨리 그 손을 떼어 냈다. 사람들이 볼 때 그러했던 것처럼 이번에도 도원의 손가락 사이사이에 깍지를 끼고 움직일 수 없도록 결박했다.

손이 묶여 버린 도원이 고개를 옆으로 돌리며 시선을 피해 보지만 눈물 자국을 숨기진 못했다. 콧대까지 흘러내리는 눈물은 단순히 MJ의 성기를 받아들이는 고통과는 의미가 다른 듯했다.

"선생님…… 왜."

얼마나 소리를 참은 건지, 아랫입술에 피가 맺혀 있었다. 도원이 그 다친 입술을 다시 깨물면서 스스로 허리를 움직였다. 꽉 붙들고 있던 아래가 벌어졌다가 다시 맞물리는 감촉에 MJ가 신음을 흘렸다.

"아, 선생님, 아……."

온몸을 파르르 떨며 좋아하던 MJ가 도원의 손에 낀 깍지를 더 세게 잡으며 도원에게 박자를 맞췄다. 뻑뻑한 입구 때문에 움직임이 더뎠지만 꿈틀거리는 구멍이 자극적이어서 MJ는 허릿짓을 멈출 수 없었다.

"헉, 헉, 잠깐, 선생님, 잠깐만."

MJ는 이성과 상관없이 움직이는 제 몸에 당황했다. 멈추려고 했지만 멈추지 못했다. 허리를 들썩이면서 도원의 안쪽을 쑤셨고, 익숙하게 전립선을 찌를 때마다 도원이 하읔, 하고 참다못해 흘리는 신음에 이성을 잃을 뻔한 것이 한두 번이 아니었다.

MJ는 필사적으로 참으려 했다. 소용없었다. 하반신은 의지를 떠나서 도원을 더 세게 쑤셨다. 도원이 MJ의 허리에 양다리를 감고 어떻게든 받아 주고 있어서 결합부의 결속력이 강해졌다.

"시, 싫, 아, 선생님, 헉, 그만, 헉헉."

머리와 몸이 따로 움직였다. MJ는 멈추려고 할수록 더 빠르게 허리를 움직이는 자신을 보면서 정신이 혼미해졌다.

처음의 뻑뻑한 맞물림이 조금씩 부드럽게 풀려서 맞물린 살점끼리 끈적하게 달라붙었다가 떨어지는 소리가 요란해졌다. MJ의 얼굴을 따라 땀방울이 떨어졌다. 눈물에 젖어 있는 도원의 얼굴 위로 MJ의 땀이 눈물 자국과 비슷한 줄기를 만들어 냈다.

MJ가 손깍지를 풀려 하자 이번엔 도원이 움켜잡았다. 귀두까지 나왔다가 뿌리 끝까지 들어가는 피스톤질에 음란하게 젖은 마찰음이 커졌다.

"선생님, 하읔, 아, 헉, 헉, 이거 강간, 아, 헉."

어쩔 줄 몰라 하면서도 멈추지 못하는 MJ가 얼굴을 일그러트렸다. 도원은 여전히 울고 있었지만 그 말에 희미하게 웃어 주었다.

"강간을, 아아, 하아, 구분 못할 땐 언제고…… 앗, 아."

"선생, 아, 아, 아읔."

"아! 거긴, 아!"

전립선을 정확하게 짓눌린 도원이 목을 뒤로 젖혔다. 신음이 터지는 동시에 허리에 감았던 다리가 풀렸다.

바닥에 닿아 있던 등이 뜨고 허리가 바깥으로 둥글게 말렸다. 도원은 눈앞이 하얗게 변하는 강렬한 오르가슴에 숨마저 멈추고 몸을 떨었다. MJ는 제 품 안에서 가는 허리를 뒤트는 도원에게 급히 아래를 쳐올렸다.

여기였어, 여기라고.

온몸의 감각이 다리 사이로 몰려 도원이 흥분했던 곳을 쉼 없이 짓눌렀다. 도원이 느낀 지점을 집요하게 공격했다. 도원은 발끝을 동그랗게 말면서 어떻게든 그 감각에서 도망치려 했다. 그러나 몸은 이미 MJ가 주는 향락에 젖어 찰박거리는 소리를 냈다. 시작부터 절정인 섹스였다.

"하윽, 학, 학, 미치겠, 아, 선생님."

"아아! 아, MJ, 아, 너무 강해……!"

"선생님, 다 젖었어, 아, 아아! 아, 좋아, 젠장! 아!"

퍽, 퍽 쑤셔 넣던 MJ가 피스톤 속도를 높였다. 강렬한 오르가슴에서 벗어나지 못하는 도원이 온몸을 떨었다.

"아아, 아……!"

사정하지 못한 도원의 페니스가 갑작스러운 충격을 받은 듯 위로 곧추서서 흔들렸다.

아랫배를 철썩거리며 때리는 부어오른 성기가 투명한 쿠퍼액을 질질 흘리는 사이에 도원은 절정에서 온몸을 뒤틀었다. 순간적으로 온몸의 근육이 수축했다. 구멍까지 바싹 조여지며 MJ의 성기를 애무했다.

"하윽, MJ……!"

MJ는 드라이하게 절정에 달한 도원을 보면서 사정 욕구를 견뎠다. 겉으로 표출하는 사정을 하지 못한 도원은 절정 상태에서 벗어나지 못하고 그 속에서 연달아 오르가슴이 터지는 경험을 하고 있었다.

"아, 아, 아! MJ, 아! 아아!"

도원이 제 성기를 잡고 흔들려는 것을 MJ가 필사적으로 막았다. 도원에게 키스하면서 오르가슴에 묶인 몸을 성기로 꿰뚫어 더 흔들었다. 도원은 비명을 질렀다. "그만, 그만." 하고 외치는 그 몸을 붙잡아 쑤셔 박았다.

꿰뚫린 구멍이 젖어 갔다. 사정을 참은 탓에 흘러나온 MJ의 쿠퍼액인지, 지나치게 느껴 버린 도원의 몸속에서 흘러나온 것인지 구분할 수 없었다.

단지 구멍이 질척하게 젖어 버린 덕분에 피스톤질은 조금 더 수월해졌고 MJ는 그 뜨겁게 젖어 있는 감각에 황홀해져서 도원의 눈물에서 느낀 위화감을 잠시 잊었다.

"MJ, M……!"

다른 의미로 펑펑 눈물을 쏟고 있는 도원을 보면서 MJ는 살아생전 느낄 수 있는 가장 큰 황홀경을 경험했다. 다른 사람도 아닌 도원이 품에 안겨 좋아 우는 모습을 보고 있었다. 그것은 꿈에서나 상상했던 MJ만의 판타지였다.

머리카락이 젖어서 헝클어지는 모습의 도원을. 절정에서 MJ를 붙잡고 미쳐 있는 그를. 머릿속이 아닌 실제로 보고 있다.

꿈과 현실 사이에 걸쳐 앉은 느낌이었다. MJ는 그 몽환적인 느낌을 놓치고 싶지 않았다. 자신의 품 안에서 이성을 잃은 채 헐떡이는 도원은 그 모습 자체만으로도 파괴력이 컸다.

도원은 MJ의 모든 것을 부서트려 놓았다. MJ가 MJ라 불리기 위해서 쌓아 온 견고한 갑옷들이 모두 망가져 바닥으로 떨어졌다.

MJ는 자신을 옥죄고 있던 답답한 모든 것에서 해방된 기분마저 들었다. 처음으로 느껴보는 알몸 그 자체였다.

도원과 연결되어 있는 몸이 이렇게나 가볍고 황홀했다. MJ는 도원의 세계에 자신을 내맡긴 채 마지막 피치를 올렸다.

"하으, 아, 아아아!"

다시금 초점을 잃고 헐떡인 도원이 온몸을 떨었다. 지속적으로 느끼는 오르가슴에 격렬하게 경련하는 도원을 보고, MJ는 참았던 사정을 터뜨렸다. 젖은 음모들이 뒤섞일 정도로 깊게 몸을 묻고 폭발하듯 토정했다.

"흐으, 하으……!"

사정하는 순간에 MJ는 비명을 질렀다. 너무 좋아서 울 뻔한 황홀한 감각이었다.

정신이 아득해졌다. 아찔한 감각에서 겨우 벗어난 MJ가 도원을 살폈다. 도원은 정신을 잃고 흐트러진 자세 그대로 눈을 감고 있었다.

혹시 무슨 문제가 생겼는지, 덜컥 겁이 난 MJ가 도원을 살폈다. 다행히 도원의 호흡은 정상이었다. 몸에 어딘가 이상이 느껴지지도 않았다. 반복적이고 지속적으로 드라이한 오르가슴을 받아서 견디지 못하고 정신을 잃은 듯했다.

"하아, 하악. 학."

가쁘게 숨을 몰아쉰 MJ는 사정한 성기를 도원의 몸에 묻은 채 몸을 떼지 않았다. 따뜻하고 기분이 좋았다. 이렇게까지 일체감을 느껴 본 적이 없어서 안정이 되지 않았다.

MJ는 도원의 젖은 안쪽을 몇 번 성기로 문질렀다. 뜨겁고 매끄러운 느낌에 성기는 다시 흥분해서 딱딱해졌다.

도원과 연결된 몸을 돌려 누웠다. 도원을 일으켜 자신의 몸 위에 눕게 하고, 벗은 몸을 외투로 감쌌다. 연결된 안쪽이 여전히 기분 좋았다. MJ는 그 안을 천천히 문질렀다.

검붉은 기둥이 벌어진 엉덩이 사이를 소리 내며 두드렸다. MJ는 몇 번이나 소리를 냈다.

"선생님, 아 좋아, 아, 미칠 거 같아. 아."

가슴팍에 기대어 있는 얼굴을 만지작거리면서 몸을 멈추지 못했다. 기절한 사람에게 이렇게 하면 안 되는 걸 알면서도 몸이 통제 범위를 한참이나 벗어나 버렸다.

헉헉거리며 기절한 도원을 붙들고 피스톤질을 하던 MJ가 두 번째 사정을 맛봤다.

"하윽, 하악!"

MJ가 쏟아 놓은 정액이 구멍을 타고 흘러내렸다. 겨우 반으로 수축된 성기를 빼냈다. 다물리는 구멍 안에 손가락을 집어넣고 몇 번이나 그 젖어 있는 뜨거움을 만끽했다.

MJ는 도원의 몸을 한참 동안 지분거렸다. 삽입하지 못한 성기를 엉덩이 골에 끼우고 비비기도 했다.

한 번만. 딱 한 번만 더.

MJ가 도원의 다리를 직접 허리에 감았다. 벌어져서 하얀 액을 흘리는 구멍에 다시 성기를 끼워 맞췄다.

"아아, 아."

MJ의 입에서 탄성이 흘렀다. 멈출 수가 없었다. 도원이 정신을 차리길 속으로 절실하게 바랐다. 다시 정신을 차리고, 한 번만 더 그 일체감을 느끼고 싶었다.

안달이 나서 입 안이 바싹 말랐다. 어떻게든 도원을 깨우고 싶으면서도, 기절까지 한 도원을 이대로 쉬게 해야 한다는 생각이 팽팽하게 맞섰다.

눈을 뜨지 못하는 도원을 잡고 피스톤질하면서 MJ는 세 번째 사정을 했다. 이젠 다물어지지도 않는 구멍에서 하얀 액이 미끄러져 나왔다.

손가락으로 그 구멍을 막고 정액으로 가득 찬 안쪽을 휘저었다. 열기가 속에 고여 빠져나오질 못했다.

간신히 흥분이 가라앉자 MJ는 눈물에 젖어 있는 얼굴을 들여다볼 수 있었다. 가슴팍에 기대어 있는 젖은 얼굴을 닦아 주었다.

눈물과 땀에 젖어 있는 얼굴에선 시큼한 정액 냄새까지 나는 것 같았다. MJ는 눈물 자국을 손끝으로 덧그렸다. 젖은 손가락을 들여다보던 MJ가 천천히 인상을 찌푸렸다.

쌕, 쌔액, 고른 숨을 내쉬는 도원을 하염없이 바라봤다. 부드러운 볼을 만지면서, 멍이 들어 있는 광대를 조심스럽게 살피면서, 눈물을 쏟던 도원을 떠올렸다.

심란한 MJ와 달리 새근거리며 잠을 자는 도원은 아늑해 보였다. 따뜻한 물에 적신 수건으로 몸을 닦아 주어도 일어나지 않았다.

MJ는 옆에 누워 도원을 지켜보았다. 이렇게 평온하게 지켜보는 순간을 기뻐해야 할 텐데도 MJ는 찌푸린 표정을 풀 수 없었다. 입술을 달싹이다가 혼잣말처럼 중얼거렸다.

"……왜 그렇게 운 거야, 선생님."

잠든 도원의 얼굴을 바라만 보기에 새벽은 짧았다.

도마 위에서 칼을 두드리는 소리가 들렸다. 그 소리에 도원은 수면 아래 잠겨 있던 정신이 머리채를 붙잡혀 끌려 나온 것처럼 번쩍 눈을 떴다.

눈을 뜨자마자 보인 것은 익숙한 천장 벽지였다. 제 방이 확실했는데도 음식 냄새와 요리하는 소리가 낯설게 퍼졌다.

몸을 일으킨 도원은 싱크대 근처를 서성이는 MJ를 발견했다. 그는 잘게 다진 고기를 프라이팬에 간장 양념을 넣어 볶고 있었다.

작은 냄비 하나에는 쌀을 씻어 안친 냄새가 났고, 똑같은 모양의 또 다른 유리 냄비에서는 소고기와 무가 함께 끓고 있었다.

어안이 벙벙했다. 기껏해야 세탁소에서 가져온 양복 기름 냄새만 풍기던 원룸에 음식 냄새가 풍기고 있었다. 전처와 별거하기 전에나 들었을 법한 칼질 소리와 국 끓는 소리가 이상한 불협화음이 되었다.

도원은 머리를 쓸어 넘겼다. 어느 순간 기억이 끊어졌다. 연결되지 않는 기억을 더듬자 가장 마지막에 남은 장면은 MJ와 몸을 섞는 모습이었다.

섹스를 하다가 기절을 했다는 사실에 말 못할 충격을 받았다.

섹스를 하다가 기절을 하다니.

"일어났어?"

깨어난 기척을 느낀 MJ가 돌아봤다. 도원은 도둑질을 하다 들킨 사람처럼 흠칫 놀라 MJ를 올려다봤다. 가스 불을 줄인 MJ가 성큼 도원에게 다가와 자신의 외투를 입고 있는 도원을 끌어당겼다.

도원은 외투 속 알몸으로 MJ에게 안긴 채 입맞춤을 당했다. 혀를 쪽쪽 빠는 농도 짙은 모닝 키스에 도원이 정신을 차리지 못했다.

모닝 키스라는 것을 살면서 몇 번 해 본 적이 없었다. MJ와 자연스럽게 입을 맞추고 혀를 빨자 마치 부부라도 된 것처럼 기분이 이상했다. 좋기도 하고 부끄럽기도 했다. 눈을 뜨자마자 보는 사람이 MJ고, 이렇게 키스를 나눌 수 있다는 게 못내 행복했다.

혹시 이건 꿈인 걸까. 꿈도 안 꾸고 잠을 잘 잤나 싶었더니, 아직 꿈속인 걸까.

도원이 MJ의 허리를 끌어안았다. 키스에 순순히 응하다 못해 적극적으로 애정을 표현하자 MJ가 목 너머를 울렸다. 기분이 좋아서 입을 떼고도 연신 눈가를 접으면서 웃었다.

"몸은 좀 괜찮아?"

MJ가 옷 속으로 손을 집어넣었다. 엉덩이를 주무르는 손길에 꿈이 아닌 현실을 자각했다. 현실을 깨달았지만 MJ의 손을 잡아떼지 않았다. 충만한 느낌이 좋아서 내버려 두었다. 도원은 MJ에게 몸을 기댔다.

"네."

"어제 하다가 정신을 잃었어. 기억 안 나?"

"도중에 기억이 끊어진 건 알아요."

"운 건 기억나?"

"울기까지 했나요?"

눈을 휘둥그레 뜨고 올려다보는 도원에게 MJ는 다시 혀를 내밀었다. 도원이 기름한 목을 젖혀서 입술을 벌려 주었다.

입술을 타고 들어온 말캉한 혀를 핥으면서 생각해 보았지만 섹스 중에 생리적으로 눈물이 터진 일 외엔 잘 생각나지 않았다.

"선생님 말이야, 새벽에 제정신 아니었구나."

엉덩이 살을 잡았다 놓던 손이 삽입 섹스에 부어오른 항문을 두드렸다. 성기를 밀어 넣을 때는 빠끔거리면서 잘도 집어삼키던 구멍이 이젠 주름을 하나하나 꽉 다물고 파고들 여지조차 주지 않았다.

그렇게 버티면 버틸수록 MJ의 갈증만 부추겼다. 이대로 팬티를 내리고 도원의 안으로 들어가고 싶었다. 정말이지 마음껏 섹스하고 싶어 죽을 지경이었다.

네 번 정도. 아니, 다섯 번쯤. 하루만 섹스하며 보내고 싶다. 도원이 체력적으로 한 번 따라오기도 힘들어해서 자주 할 수 없는 걸 알기에 더 애가 탔다.

두 번 정도만 버텨도 소원이 없겠는데. 항문 주변을 살살 쓰다듬으면서 MJ는 도원의 마른 목에 입술 자국을 남겼다.

"밥 좀 잘 먹으면 안 될까."

한숨이 가득한 MJ의 말에 도원이 난처한 표정으로 웃었다.

"챙겨 먹는다고는 하는데 자꾸 잊네요."

"하루에 몇 끼 먹어."

"아, 음."

"그걸 왜 또 고민하고 있는 거야."

"아, 그게, 상황에 따라 달라서요. 보통 아침은 안 먹어요. 연구소 가면 카페테리아에서 라테 한 잔 먹고…… 동료들이랑 식당에서 점심을 먹기는 하는데 일이 많으면 넘기거든요."

그 말에 MJ가 눈살을 찌푸렸다.

"저녁은?"

"으음…… 저녁 먹기 전에 퇴근하면 편의점에서 김밥이나 샌드위치를 사 들고 오는 게 전부라. 야근해도 편의점 음식으로 때우고. 아, 그래도 저기 영양제 많이 사 놨으니까 건강에 이상 없을 거예요."

"그게 지금 사람이 먹고 살 열량이야?"

"제가 별로 식탐이 없나 봐요. 먹는 것에 집착을 안 해서요."

곤란한 표정으로 올려다보는 도원을 보자 화를 낼 수도 없었다. 식습관이 원래 그러한 사람을 나무라기보단 개선하는 방향으로 생각하기로 했다.

MJ는 조리대 앞으로 가 가스 불을 모두 껐다. 밥솥이 없어서 냄비에 끓인 밥을 그릇에 담았다. 고슬고슬 익은 밥이 먹을 만해 보였다. 국도 뜨고 조리한 불고기도 접시에 올렸다.

음식을 차릴 상 하나 없는 횅한 방 안 풍경에 MJ는 다시금 한숨을 내쉬었다. 벽에 기대앉은 MJ가 도원을 제 다리 사이에 앉혔다. 숟가락으로 밥을 떠서 도원의 입 안에 넣어 주고, 목 막히지 말라고 국도 한술 떠서 먹여 주었다.

명백한 아이 취급이다. 도원은 MJ의 과잉 친절에 불편한 표정을 지으면서도, 얼마 만에 먹어 보는 제대로 된 집밥인지 몰라서 거절할 말을 생각해 낼 수 없었다.

입 안으로 들어온 음식을 말없이 씹었다. 도원이 얌전히 밥을 받아먹을 때마다 MJ는 이마에 뽀뽀를 해 주었다.

이상한 분위기였다. 낯이 뜨거울 만큼 친밀한 분위기였다. 눈을 마주치기도 부끄러운 상황이 도원은 좋으면서도 심란했다.

MJ를 밀어낼 수 없는 이유는 하나였다. 눈을 떴을 때 텅 빈 방 안 풍경이 아닌, 누군가 자신을 위해 음식을 해 주는 소리와 냄새가 가득한 풍경은 정말 오랜만이어서 도원을 감성적으로 누그러트리기에 충분했던 것이다.

약간 싱겁게 간이 된 음식들이 도원의 입맛에 잘 들어맞았다. 짜지 않아서 평소 식사량보다 더 많이 먹을 수 있었다. MJ가 그러한 배려를 해 준 걸까, 속으로 생각할 때였다.

"난 선생님이 울면 뭘 어떻게 해야 할지 모르게 돼."

눈물을 쏟던 도원에게 당황했던 MJ는 한편으로는 가학심을 부추기는 미묘한 아슬아슬함에 도원을 알다가도 모를 사람처럼 생각하고 있었다.

마냥 좋아하기엔 너무 소중했고, 소중하다고 지켜 주기엔 한 번쯤 펑펑 울리고 싶은 상충된 욕구들이 뜨겁게 부딪혔다.

욕구들은 상상에만 그치지 않고 실제로 섹스를 할 때 행동으로 이어졌다. 도원의 엉덩이를 때려서 도원이 짜릿한 아픔을 느끼길 바랐고, 그 행위에 수치심과 당혹감으로 얼굴이 빨갛게 익어 가는 모습을 보는 게 좋았다.

도원의 재능과 지식을 존경하고 믿고 따르면서도 남성 성기를 이용한 쾌락이 아닌 여자처럼 다리를 벌리고 허리를 흔드는 난잡함에 흥분하길 절실히 바랐다.

도원이 단정한 양복 차림이면 언뜻 보이는 흰 복사뼈에 절로 시선이 갔다. 반듯하게 곧추선 허리와 다리는 자세가 잘 잡혔다는 생각만큼이나 애무했을 때 흐트러지는 배덕함이 몸서리치게 좋았다.

잔뜩 뒤틀린 욕구와 이성 사이에서 도원을 일관적으로 대할 수 없는 게 사실이었다.

어떻게든 지켜 주고 싶은데 어떻게든 괴롭혀 울리고 싶고.

이걸 뭐라 해야 하는지 몰라서 MJ는 한숨만 짙게 뱉었다.

"선생님이 기억도 못하는 거면, 정말 별거 아닌 걸로 운 걸 텐데, 난 선생님이 왜 울었는지 몰라서 그 이유를 추측해 보는 것만으로 잠을 못 잤어. 선생님과 관련된 일엔 지나치게 신경이 곤두서니까 선생님 보기에도 불안정해 보일 테고. 하. 나도 모르겠어, 정말."

도원은 MJ가 젓가락으로 집어서 먹여 주는 불고기를 입에 넣었다. 부드럽게 다져진 고기반찬은 몇 번 씹지 않아도 혀뿌리로 미끄러지고 식도 너머로 흘러내려 갔다. 막 바로 잠에서 깼을 때보다 머릿속이 선명해졌다.

섹스하다가 기절한 기억은 끄트머리만 간신히 떠올릴 수 있던 것과 달리 이젠 그 앞의 사건들, 이를테면 오피스텔 8층 전체가 MJ가 속한 단체의 이용지가 되었고 새벽에 어떤 일이 있었으며, 그때 도원이 느낀 심정이 무엇이었는지를 복기할 수 있었다.

그런 상황에서 MJ가 이토록 신경 쓸 정도로 울었다면, 이유는 한 가지다.

"MJ가 내게 보이는 애착이 고맙고 미안해서 울었을 거예요."

젓가락질이 멈추었다. 빤히 바라본 MJ의 얼굴은 여전히 엉망이었다. 부어오른 눈두덩이엔 빨간 핏줄이 터져 있었고, 입가에 진 상처는 꿰매지 않으면 흉이 질 만큼 깊었다.

죽은 세포들이 웅크리고 있는 것처럼 푸릇한 볼과 음식을 먹여 주는 부르튼 손까지. 보는 도원이 더 아팠다.

"당신이 아무리 다른 사람보다 튼튼한 몸을 지녔다고 해도 이렇게 다치는 건 보기 괴로워요. 그걸 당연하다는 듯이 받아들이는 태도도요."

MJ가 한참 뭔가를 생각하더니 다시금 숟가락에 밥을 얹었다.

"여자와 섹스하거나 방화하지 않으면서 넘치는 충동들을 다스리는 게 쉽지 않아."

"에너지 발산이 이전만큼 만족스럽지 않다는 거군요."

"그렇다고 여자와 섹스하고 싶은 건 아니야. 오해하지 말고."

"오해 안 해요. MJ는 나한테 거짓말한 적 없으니까. 그리고 여자랑 하고 싶다고 해도 이젠 내가 허락 안 할 테니까 말이죠."

"아, 선생님. 갑자기 그런 말 하면 내 심장에 안 좋아."

"네?"

"하여튼, 둔해 빠져서는."

도원의 머리에 MJ가 볼을 비볐다. 그 어린애 같은 애정 행각에 도원이 웃었다. MJ가 이해할 수 있는 단어들을 골라서 도원도 제 생각을 얘기했다.

"섹스나 방화 등 여러 갈래로 뿌려져 있던 리비도를 모두 회수하고 나니 그게 속에서 곪아 터질 수 있다는 걸 이해했어요. 리비도는 다른 곳으로 전이되어야 정서적으로도 건전한데 내가 제약만 만들고 전이할 대상을 제대로 알려주질 않았네요. 어떤 방향으로 표출하고 싶은지 말해 줄 수 있어요? 적합한 방법이 뭔지 같이 생각해 볼게요."

MJ는 망설이지 않고 대답했다.

"선생님이랑 같이 있고 싶어. 계속 섹스하고 싶고."

도원은 곤란함을 숨기지 못했다.

"바깥에 불을 지를 정도로 커다란 욕망을 저 하나한테만 투사하면 저는 그 리비도를 감당 못할 겁니다."

"그럼 어떻게 해?"

"개를 한 마리 새로 키워 보는 건 어떤가요. 온천을 좋아하는 만큼 실내에 스파 풀을 만들어도 되고요. 다양한 방법으로 평소 좋아하던 걸 더 즐겨 보는 방향으로 생각해 보는 거예요."

"음."

"아니면 관심 가는 운동을 다양한 레저로 확장해 본다든가."

"아직은 선생님이랑 시간 보내는 게 더 좋아."

"제가 혼자서 감당하기 벅찬 경우가 분명 생길 텐데요."

"그러니까 선생님은 밥을 제때 많이 먹으면 좋겠어."

"제, 제가 혼자서 그걸 감당하기는……."

"네 번. 아니, 네 번까지 바라지도 않을게. 두 번만. 딱 두 번만 견딜 정도로 체력을 쌓으면 안 될까?"

어디에 쓸 체력인지 말하지 않아도 알 수 있었다. 도원은 꾸준히 밥을 먹여 주는 그의 손이 가마솥에 헨젤과 그레텔을 꿰어내 넣으려는 마녀의 손길처럼 보여서 체할 것 같은 기분이었다.

입 안을 적시는 뭇국의 시원한 맛을 더 이상 즐길 수가 없었다.

"……일주일에 한 번 정도면 그 한 번 할 때 두 번 정도의 사정은 감당할 수 있을 거예요."

"농담해? 하루에 한 번이지."

"그건 고문입니다."

"하고 싶어."

"제가 식탐은 없지만 그래도 오래 살고 싶은 욕심은 있어서요."

"하루에 한 번 섹스한다고 일찍 죽을 리가 없잖아. 그럼 난 선생님을 만날 때마다 계속 이런 상태일 거야. 아이스에게 때려 달라고 매번 부탁할지도 모르겠네. 최대한 참아 보긴 하겠지만 감당 못하면 자학적인 방법이든, 뭐든 이 욕구를 해소하려 할 테고. 어쩔 수없어. 이건 내가 어떻게 다스릴 수 있는 이성적 영역이 아닌걸."

"이건 또 새로운 협박이군요."

"가장 가능성 큰 예상일 뿐인데?"

MJ는 도원의 손을 잡아 자신의 바지춤 안쪽으로 밀어 넣었다.

도원은 손바닥에 감기는 뜨거운 페니스를 느꼈다. 언제나처럼 뻣뻣하게 기립해 있었다. 속옷 안에서 축축하게 숨을 내쉬고 있었다.

핏줄이 붉게 튀어나올 만큼 흥분해서 머리를 끄떡거렸다. 언제든 삽입할 준비가 되어 있는 성난 기둥은 도원의 손길에 더욱더 팽창했다. 떼어 내려는 손을 MJ가 붙잡았다. MJ는 뜨거운 호흡을 뱉으면서 웃었다.

"좀만 만져 줘, 선생님."

MJ는 다리를 더 벌리고 도원의 양손을 끌어당겼다.

"하아, 하, 그렇게. 아, 선생님 손바닥 진짜 부드럽다. 아, 기분 좋아."

MJ는 밥그릇과 수저를 내려놓았다. 다리 사이에 앉힌 도원을 허벅지 위로 끌어올리고 바지춤을 풀었다. 밥을 먹다가 이게 무슨 해괴한 일이냐며 따지고 싶은 도원의 의사는 MJ의 입 속으로 사라졌다.

먹던 음식 맛이 입 안에 남아 역할 텐데도, MJ는 달콤한 사탕이라도 빠는 것처럼 도원의 입술과 혀를 쪽쪽 물었다 놓기만 했다.

도원 하나에게만 고착된 욕망의 크기가 혼자 감당하기엔 지나치게 컸다. 작은 물컵에 댐으로 막은 봇물을 쏟아붓는 격이었다.

MJ는 피딱지가 앉은 입술을 혀로 핥으면서 도원을 마주했다. 양손을 뻗어 도원의 엉덩이를 때렸다.

"아, 읏."

도원의 허리가 꿈틀거렸다. 기묘한 성적 긴장감에 도원은 저도 모르게 침을 삼켰다. 안 된다고 생각하면서도 몸은 어느새 MJ에게 기대어 양손으로 그의 성기를 쥐고 흔들어 주고 있었다. 엉덩이를 손바닥으로 살살 쓸어 만지다가 짝 소리가 나게 내려친 MJ가 속삭였다.

"선생님, 하아, 하. 삽입 횟수가 충분히 늘기 전까지는 이런 식으로 만져 주는 건 어때?"

삽입이 아닌 페팅이라면. 그리고 이런 식의 쾌감을 매일 느낄 수 있다면.

도원은 MJ의 가슴팍에 머리를 기댔다. MJ의 옷 안에서 발가벗고 있는 제 몸을 겹치고 두 개의 성기를 양손으로 쥐었다.

눈에 띄게 기분이 좋아진 MJ가 도원의 엉덩이를 더 세게 때렸다. 유사 섹스라도 하듯 몸을 느리게 움직이는 도원을 보며 어깨와 쇄골에 고개를 묻었다. 이로 씹는 아픔이 흥분을 불러일으켜서 도원은 그 집요한 키스를 떨쳐 내지 못했다.

"아, 아아, 아."

낮게 퍼지는 신음 소리 너머로 도원의 휴대 전화 속 알람이 울렸다. 출근 시간을 요란스럽게 알리는 기계음을 듣고도 MJ는 제 몸 위에 겹친 도원을 놔주지 않았다. 아침부터 제정신으로 허리를 야릇하게 흔드는 모습은 평소의 도원에게서 결코 볼 수 없는 모습이었으니 말이다.

"내 애착을 다른 곳으로 분산시킬 방법보다는, 선생님이 이 애착을 모두 받아들일 방법을 터득하는 게 더 빠를 거야."

가능하다면 도원이 조금 더 밝혔으면 좋겠다. 눈만 마주쳐도 엉덩이 사이를 긴장하면 금상첨화고.

뒷말은 내뱉지 않았다. 굳이 말하지 않아도 될 듯했다. 고환을 주물러 주는 손길을 받으면서 도원은 혀를 보이며 숨을 헐떡이고 있으니 말이다.

"조금 더. 조금만 더."

MJ는 숨을 몰아쉬었다.

"조금만 더 선생님에게 욕심부려도 될까."

도원이 받아 주면 받아 줄수록 더 많은 것을 원하는 MJ였다. 입에 담을 수 없는 욕심을 키스로 삼키는 수밖에 해결책이 없었다.

15

15

중요한 일은 때론 스스로 느끼기보다 남들의 반응으로 결정되기도 한다.

빠르고 조급한 말투. 좁아진 미간. 입가를 일그러트리는 반응.

그것들은 전염병처럼 순식간에 사람들을 똑같은 색으로 물들여 놓았다.

함께 걱정하고 함께 긴장하게 만들었다. 일이 손에 잡히지 않는다며 사람들과 함께 아닌 척 위장하고도 같은 것을 바라봤다. 벽에 도원의 이름을 적고 자살한 여자 이야기는 병원과 연구소의 모든 관계자들이 도원의 눈치를 보게 만들었다.

얼마 전까지만 해도 분위기 전환 삼아 도원의 사사로운 이야기를 늘어놓던 사람들이 약속이라도 한 양 입을 다물었다. 업무를 볼 때도 굳은 얼굴을 풀지 못했다. 특히 카페에서 커피를 사거나 화장실을 오갈 때면 주위의 모든 시선이 바늘처럼 도원에게 꽂혔다.

누가, 왜, 무엇을 위해서 도원을 가지고 위험한 게임을 벌이는 것일까.

도원의 전 직장 동료가 죽었던 일부터 시작하여 경찰들이 그를 겁박한 최근 일까지 모두 심상치 않은 시선으로 보고 있었다. 도원은 그 관심과 의심을 모른 척 흘려보내는 중이었다.

문서 작성을 마치고 파일을 웹 드라이브에 올린 뒤 두 다리를 펴고 기지개를 켰다. 나른하게 하품을 하다가 졸린 눈을 비볐다. 집에서 못다 한 문서 작성을 연구소에서 완료하고도 시간이 남아서 시계 초침 움직이는 모습만 멍하니 바라봤다.

도원은 자신답지 않은 행동에 스스로 피식 웃고 말았다. 평소라면 신성한 직장에서 일도 하지 않고 시간을 때울까 싶지만, 오늘은 유독 도원에게 할당된 업무가 없었다.

허구한 날 놀러 오는 소장조차 얼굴을 보이지 않았다. 할 일이 전연 없는 이유야 뻔했으므로 도원은 무료한 시간을 사적인 일을 보면서 견뎌 냈다.

의자를 젖혀 창밖을 내다봤다. 두 배로 늘어난 매스컴 차량이 주차장을 가득 메우고 있었다. 카메라와 마이크를 들고 뛰어다니던 기자들은 병원 내에 있는 브리핑 룸으로 모여들었다.

브리핑 룸에서 병원장이 기자회견을 갖기로 했다. 사건 관련자가 자살했으므로 당시 상황과 사망에 대한 정확한 원인을 발표하고 기자들의 의문점에 대답해 주는 자리가 될 것이다.

죽기 전에 남긴 머더구스와 도원에 관한 이야기는 말하지 않겠지만 이미 경찰과 검찰이 알고 있으므로 조만간 언론에도 공개가 될 일이었다.

도원이 느끼는 여유는 폭풍전야였다. 길어 봤자 2, 3일 안에 도원은 쏟아지는 플래시 세례를 받을지도 몰랐다. 수갑을 차고 영장을 받고 어디 조사실로 끌려갈지도 모를 일이다.

[소장님, 저 업무 요청 없으면 오후 반차 써도 될까요.]

도원이 사내 메신저로 맹강조에게 물었다. 자리를 비웠다는 상태 메시지가 반짝였다. 한 시간 정도 기다리며 소설책을 읽었지만 여전히 답이 없었다.

도원은 근태를 관리하는 차장에게 메시지를 보냈다.

그는 눈치가 빠른 남자였다. 상사인 맹강조 소장이 들어 주지 않을 만한 일—연차를 신청하는 사람이 몰렸을 때 중차대한 일이 있지 않은 이상 철저하게 직급을 따져 연차 신청을 수락하는 경우—과 충분히 들어 줄 수 있는 일—5분 지각했을 때 화장실에 다녀오느라 늦었다는 핑계를 대면 정상 출근으로 체크를 해 준다—을 융통성 있게 처리해 주는 사람이었다.

그런 그가 소장의 컨펌을 받지 않은 상태로 반차 신청을 승낙해 주었다. 이럴 때마다 도원은 제 입장을 상기하게 됐다. 연구소 사람들이 도원에게 닥친 일을 본인보다 더 심각하게 받아들이고 있다는 것도 눈치챌 수 있었다.

남다른 배려를 받게 된 도원은 가운을 벗고 외투를 걸쳤다. 사무실 문을 잠그고 복도를 걸었다. 만나는 사람들은 도원에게 웃으며 인사를 했지만 그뿐, 누가 봐도 퇴근하는 차림새에 대해 묻는 사람이 없었다.

도원은 자신을 둘러싼 암묵적인 질문 금지 불문율이라도 생긴 것 같다며 실없는 생각을 했다.

1층 로비로 내려가 기자들이 브리핑 룸에 몰려 있느라고 텅 비어 있는 정문을 나설 때였다.

"도원 선생님."

도원이 하얀 입김을 뱉으며 뒤를 돌아봤다. 무릎까지 내려오는 검은색 코트를 걸친 남자가 손에 장갑을 끼며 걸어오고 있었다.

목에 헐겁게 걸치고 있는 푸른색 목도리를 고쳐 매는 대신, 입김에 서리가 낀 안경을 벗었다가 다시 쓰는 남자였다. 철새를 닮은 시선이었다. 그 눈빛은 곧 떠날 사람처럼 미련이 없었다. 서늘하고 건조하기까지 했다.

분명 넘치는 욕망으로 뜨겁게 달아오르는 사람이었건만. 그 뜨거움을 어떻게 저렇게 차가운 온도로 감춘 것일까.

몇 번 마주친 적 없는 사람이지만 무테안경으로 가리지 못하는 강렬한 인상은 명확하게 기억에 남았다. 눈, 코, 입이 비율 좋게 배치된 얼굴보다도 맹렬한 시선으로 기억하는 사람이었다.

"지승준 선생님."

도원이 이름을 정확하게 불러 주자 남자는 웃어 보였다. 다가온 그가 목도리를 풀어 도원 목에 감아 주었다. 지승준이 쓰는 머스크 계열의 향수 냄새가 짙어졌다. 그 바람에 무슨 목도리냐고 물을 타이밍을 놓쳤다. 갑작스러운 호의를 경계하기엔, 도원은 사람에게 허술한 성격이었으니 말이다.

"아직 퇴근 시간이 멀었는데요, 어디 가시나 봅니다."

도원은 "아." 하고 하늘을 쳐다봤다. 맑은 하늘에 태양빛이 강했다.

"오후 반차 냈습니다. 지 선생님은요?"

"외래 근무 팀 모두 브리핑 룸에 있습니다. 저는 그곳에서 기자들 질문 받을 만한 연차가 아니라서 빠졌고요."

"그 틈에 잠시 놀러 나오셨군요."

"티가 나나요?"

"제법, 꽤 많이 본격적으로 보입니다만."

지승준 손에 들린 차 키를 가리키며 한 말이었다. 그는 고급 외제 차 엠블럼이 박힌 키홀더를 내려다보곤 웃음을 터뜨렸다.

"하하, 이거 책잡히지 않게 도원 선생님을 먼저 포섭해야겠군요. 어떠세요, 가시는 데까지 차 태워 드릴까요?"

"지 선생님은 불리할 때 곧바로 로비를 벌이는 분이셨군요."

"그 핑계로 선생님과 데이트도 해 볼까 해서요."

"본격적으로 시간을 때우겠다는 선포까지."

"마침 영상 편집도 끝났다고 연락받았거든요."

"영상 편집요?"

"네. 일종의 독립 영화라고 보면 될까요. 한 시간짜리 짧은 영상입니다. 이렇게 된 거 선생님도 같이 보시는 거 어떠세요."

"취미로 영화도 찍으시다니, 다양한 재능을 가지셨네요."

"영화라고 할 수준은 아닌 것 같지만 어쨌든 선생님께도 꽤 흥미로울 영상이긴 할 거예요."

"홈 시어터인가요."

"아뇨, 극장 상영입니다. 아시다시피 병원 분위기가 개판이잖아요. 잠깐 영화 한 편 보고 가세요."

뒷말을 굳이 숨기지 않는 지승준에게선 그 젊음에 어울리는 호기로움과 패기가 양껏 묻어났다. 그 병원과 연계된 연구소에서 일하는 도원에게 개판이라는 소릴 하다니. 젊은 나이에 학계에서 주목

받는 인재라 하니 이 정도 패기는 웃어넘겨야 할 듯싶었다.

도원은 그의 호의를 굳이 거절하지 않았다. 지승준이 조수석 문을 열어 주었기에 도원은 에스코트 받는 기분으로 자리에 앉아 안전벨트를 맸다.

"어느 대학교 소극장으로 가나요?"

개인이 영상을 상영할 만한 곳은 예술 대학 설비 정도라 생각하며 물은 말이었다. 운전석에 탄 지승준이 차에 시동을 걸었다. 기어를 바꾸는 지승준은 그런 도원의 예상을 훌쩍 뛰어넘는 대답을 해 주었다.

"압구정 CGV요."

도원이 눈을 크게 떴다.

영화관까지 빌리다니. 농담인가?

놀라서 빤히 쳐다봐도 지승준은 입꼬리를 올리며 웃기만 할 뿐이었다.

그곳에 독립 영화를 틀어 주는 상영관이 있던가. 있었던 것 같긴 한데 일반 개인 영상도 취급해 주던가.

그제야 지승준이 도원을 놀리고 있다는 생각에 달했다. 개인 영상 편집이라고 했지만 실상은 일반 상업 영화를 보러 가는 게 분명했다. 왜 그런 거짓말을 했는지 몰라도 발상 자체가 엉뚱해서 한 번은 속아 주기로 했다.

붉은 신호에 걸려 차가 멈춘 사이에 도원은 창밖으로 보이는 꽃집에 시선을 주었다.

노란 전등이 알알이 밝혀 있는 작은 꽃집에는 안개꽃과 장미처럼 도원이 아는 종류부터 홑겹의 보라색 꽃잎을 가진 대가 굵은 이름

모를 꽃까지 다양한 종류의 꽃을 전시해 두었다.

회색빛 외투를 입은 행인들과 검은 아스팔트 도로가 펼쳐진 곳에 유일하게 다양한 색으로 눈길을 사로잡는 곳이었다.

도원은 유리창에 손을 대고 꽃집을 들여다봤다. 길가의 꽃집을 보니 갑자기 MJ가 생각났다. 왜일까. 남들도 다 선물받는 그런 평범하고 예쁜 것들을 MJ에게 주고 싶은 마음이 들었다.

꽃집에 관심을 보이는 도원을 본 지승준이 신호가 바뀌자마자 갓길로 차를 붙였다.

"사셔야 한다면 잠깐 세워 두겠습니다. 다녀오세요."

도원이 지승준을 돌아봤다가 다시 차창 밖 꽃집을 쳐다봤다. 고민하는 기색이 역력한 얼굴로 한참 망설이더니 아예 지승준 쪽으로 몸을 돌렸다.

"급하지 않다면 잠깐 내려도 될까요."

"물론이죠. 다녀오세요."

"아, 그럼, 저기."

"말씀하세요."

"요즘 젊은 사람들 사이에 유행하거나 의미가 큰 꽃이 따로 있는지 물어도 되겠습니까."

안경알 너머에서 눈이 여러 번 깜빡였다. 당황스러운 것도 같고 놀랍고 신기한 것도 같은 반응이었다.

그는 도원에게서 시선을 떼지 못했다. 도원이 한 말을 속으로 몇 번이나 곱씹었다. 누군가에게 꽃을 사 줄 때 그 의미까지 고려하는 섬세함을 보자 어쩐지 절로 미소가 지어진 것이다.

"그런 유행은 없습니다."

"그럼 장미에 안개꽃이 무난하겠네요."

"의미 있는 선물을 하고 싶으시다면 꽃말 같은 걸 생각해서 꽃을 조합하는 것도 나쁘지 않겠네요."

"꽃말이요?"

"안개꽃은 순결이나 죽음, 장미는 열정, 해바라기는 짝사랑이나 오직 한 사람만 바라보겠다는 것, 왜 그런 꽃말들 있잖아요. 장미와 안개꽃은 조금 식상한 조합이니까요."

지승준이 한 가지 조합을 제안했다.

"해바라기와 안개꽃 어떠세요. 꽃말만 조합하면 죽을 때까지 당신만 바라보겠다는 의미라 꽤 로맨틱하지 않나요."

상당히 극단적이고 과격한 조합이었지만 도원은 그런 방향으로 꽃다발을 고를 수 있다는 점에 흥미를 보였다.

"죽을 때까지 당신만 바라본다."

지승준의 말을 따라 했다. 혼자 곱씹는 모습은 사랑을 처음 해 보는 소년처럼 순진한 구석마저 보였다.

이혼한 남자가 이런 순수성을 유지하는 건 반칙 아닐까. 이러니 병원이고 연구소고 도원을 매력적으로 평가하는 여성들이 온갖 구설수를 만들어 내지 않나. 사랑하는 사람이 생기면 절대 배신하지 않을 것 같고, 매 순간 연인으로서 충실하려고 노력하는 이런 태도 때문에.

푸른 목도리에 얼굴을 반쯤 묻고 곰곰이 생각하던 도원이 안전벨트를 풀었다.

"고맙습니다."

그러곤 차 밖으로 내려서 꽃집으로 향했다. 꽃집 주인과 몇 마디 얘기를 나누고서는 흰색 포장지에 싸인 꽃다발을 들고나왔다.

해바라기 다섯 송이와 그 해바라기를 감싼 안개꽃의 부피가 아주 컸다. 지나가는 사람들이 쳐다볼 정도로 활짝 피어 있는 노란 꽃을 도원이 이리저리 살폈다.

향기 없는 두 종류의 꽃이 섞여 특별한 앙상블을 자아냈다. 제일 크고 꼿꼿하게 서 있는 해바라기와 제일 작고 흐드러지게 피어 있는 안개꽃의 조합이 어울리지 않을 듯하면서도 잘 어울렸다. 한 품에 가득 들어오는 꽃다발을 들고 도원이 어렵게 차에 올라탔다.

"받으면 좋아하겠죠?"

꽃을 산 사람이 이렇게 즐거워한다. 받는 사람이 설령 꽃을 마음에 들어 하지 않아도 행복해할 것은 당연했다.

"당연하죠. 이렇게 예쁜 꽃을 받고 싫어할 사람이 어디 있겠습니까."

지승준은 기어를 바꾸었다. 출발한 차가 다리를 건너 남쪽으로 향하는 동안 도원은 꽃다발을 하염없이 바라봤다.

해바라기를 특정 지을 만한 향기는 없었지만, 싱그러운 잎 냄새와 은은하고 가볍게 날리는 꽃향기를 맡기도 했다. 새끼손톱보다 작은 안개꽃을 톡톡 건들면서 피식 웃기도 하는 걸, 지승준은 슬쩍 한 번씩 훔쳐볼 뿐이었다.

한낮의 국도는 시원하게 열려 있었다. 타이밍 좋게 붉은 신호를 피해서 달린 차는 역 근처에서 골목으로 들어갔다. 지하로 연결된 한 상영관 앞에 차를 주차했다.

꽃다발을 챙기는 도원이 스스로 문을 열고 내리기 전에 지승준이 에스코트를 해 주었다. 안 그래도 꽃을 사며 기분이 좋아진 도원이었기에 지승준의 호의 역시 스스럼없이 받아 주었다.

함께 들어간 상영관 근처 매표소엔 오늘 스크린에 올라가는 영화 목록이 적혀 있었다. 그중 예매 항목에도 없고 입간판으로 안내도 해 주지 않는 안내표가 도원의 시선을 잡아끌었다.

[상영 준비 중. 러닝 타임 60분.]

영상 편집은 핑계인 줄 알았는데 사실이었다. 지승준이 대관한 영화관이 버젓이 존재하는 것이다.

"원래는 내일 저녁에 사람들 모아 놓고 상영하려고 했습니다. 선생님 때문에 특별히 하루 먼저 볼 수 있게 한 거예요."

매표소 근처 스낵바에서 지승준이 팝콘을 사면서 말했다. 내일까지 상영 일정이 잡혀 있는 안내표를 도원은 한동안 바라봤다. 지승준이 저를 속였다고 굳게 믿고 있었기에 아마추어 영상회 수준을 웃도는 안내표를 믿기 어려웠다. 게다가 기존 영상 일정을 도원 때문에 앞당겼다니.

"저 때문에요?"

"네, 선생님 때문에요."

지승준이 팝콘 하나를 먹여 주었다. 입술을 꾹 누르는 짭조름한 버터 향기가 마를 새도 없이 이 안으로 짓눌러 들어왔다. 지승준은 팝콘 하나를 더 먹여 주며 말을 이었다.

"선생님처럼 똑똑한 분을 제가 과소평가한 부분이 있었거든요. 그렇게 완벽하게 지난 일을 기억하실 줄 몰랐어요. 정말 기쁜 일이지만 그걸 그 녀석이 보면 좀 곤란한 상황이라서요."

도원은 무슨 이야기인지 알 수 없었기에 고개를 갸웃했다. 지승준이 그런 도원을 잡아끌었다. 상영 준비 중 표시가 떠 있는 지하 3층 상영관으로 향했다.

"내일 개봉하는 걸 미리 앞당긴 거라 마스킹이 제대로 안 됐을 수 있어요. 너무 불편해하지 않으셨으면 좋겠습니다."

"음. 저기, 지승준 선생님 말씀을 이해하기 어렵네요. 저를 위해 이 영화를 준비했다는 얘기처럼 들려서요."

"제대로 이해하신 것 맞습니다."

"저는 영화를 볼 줄 모르는 사람입니다. 상영일을 앞당기는 게 정말 가능한지도 가늠 못하겠고 저 하나 때문에 일정을 바꿨다는 것도 비현실적으로 느껴져요. 이걸 모두 지 선생님이 준비하셨단 말이죠?"

"못할 게 뭐가 있나요. 재밌게 영화를 보려고 준비한 거죠. 영화는요, 어렵게 생각할 필요 없어요. 재밌고 자기 취향에 맞으면 되는 겁니다."

"전 그 취향이랄 것이 특별히 없습니다만."

"그래요? 흐음, 선생님은 서사를 중시하세요, 인물을 중시하세요?"

"소설을 볼 때는 매력 있는 이야기를 더 좋아합니다."

"그럼 이 기회에 인물의 매력도도 한번 알아보면 좋을 것 같네요."

"인물이요?"

"네. 선생님이 무척 좋아할 만한 배우가 출연하거든요."

"저기, 무슨 얘긴지 하나도 모르겠습니다."

"보면 알 거예요. 너무 걱정 마세요."

텅 빈 극장에 도원과 지승준만이 들어왔다. "마스킹 제대로 되어 있네." 하고 웃는 지승준은 좌석 정 가운데에 앉았다. 더 들어올 관객이 없는 양 외투를 옆자리에 벗어 두고 팝콘을 다리 위에 올렸다.

와그작.

팝콘 소리가 빈 극장에 유독 크게 울렸다. 도원이 지승준의 옆에 앉을 때까지도 조명은 꺼지지 않았다. 영사기가 돌아가는 소리가 들릴 때에서야 빈 좌석을 밝게 비추던 내부 조명이 꺼졌다.

관객은 둘뿐. 공연이 끝난 무대 위나 회전목마가 멈춘 가을 저녁 놀이공원처럼, 빈 극장은 그 자체만으로 섬뜩했다. 어두운 공간에서 느껴지는 것은 숨소리뿐이었다. 둘밖에 없는 영화관은 스크린을 열고 필름을 돌리기 시작했다.

와그작, 와그작.

팝콘 부서지는 소리가 커졌다. 짙어진 버터 냄새와 소금 가루가 사방으로 터지는 듯했다.

와그작, 와그작, 와그작.

스크린에 불이 들어오고 그 파란 빛이 지승준이 쓴 무테안경을 비췄다. 빛 때문에 불투명한 막이 안경 너머 눈을 가려 버렸다. 언제나 반질반질 빛나던 안구는 자취를 감추었고 기이할 정도로 요란하게 씹어 먹는 팝콘 소리만 극명해졌다.

광고는 없었다. 제작사와 투자자, 배급사를 안내하는 오프닝도 없었다.

카운트다운이 무성으로 시작되었다. 적은 숫자로 천천히 떨어지는 화면에 도원은 기시감을 느꼈다. 새벽녘, 자신을 쫓던 사람이 탄 엘리베이터가 겹쳐 보였다.

똑같은 역순의 배열이 도원을 압박했다. 카운트다운은 기계가 고장 나지 않는 이상, 누구도 멈추지 못한다. 영으로 사라져야만 한다. 그것이 예정된 결말이었다.

검게 변한 화면이 회색빛으로 밝아졌을 때, 그 속에 한 소년이

서 있었다. 어둡고 좁은 창고를 천장에 달아 둔 카메라로 촬영하고 있었다. 창고 안에는 빛 한 점 들지 않았다.

적외선 카메라도 아닌 카메라가 소년의 실루엣을 잡을 수 있는 것은 창고 구석에 놓인 컴퓨터와 모니터 화면의 밝은 불빛 덕분이었다. 모니터에서 도원이 익히 알고 있는 장면이 틀어지고 있었다.

「사람을 대하는 일은 조심스러워요. 정답이나 공식이 없어서 객관적인 학술 지표를 믿고 따르기도 위험하거든요. 특히, 상대를 알아야 그 속의 문제점을 볼 수 있는데 얼마나, 어디까지, 어떻게 알아야 할까요.」

부드럽고 나긋한 목소리는 현재 도원이 내는 목소리와 거의 흡사했다.

지금처럼 흰 가운을 입고 있었고 지금보다 앞머리가 조금 더 짧았다. 표정은 풍부하고 생기가 넘쳤다. 거울을 통해 눈가의 버석한 살점을 종종 들여다보면서 세월을 실감하는 지금과 달리, 찬 서리를 맞아도 싱그럽던 시절이다.

3부작 다큐멘터리 시리즈. 영화라고 틀어 준 영상 속에서 다큐멘터리에 녹화된 도원의 목소리가 나오고 있었다.

마른 장작처럼 창고 구석에 서 있던 소년이 모니터 화면 쪽으로 다가왔다. 그는 모니터 앞에 서서 한참이나 그 장면을 쳐다보고 있었다. 의자에 앉지도 않았다. 창고 구석에 누더기처럼 던져진 이불에 들어가지도 않았다. 그저 서서 지켜볼 뿐이었다. 눈을 떼지 않았다.

「상징계와 상상계, 실재계. 라캉이 구분하는 세상의 종류죠. 우리는 모두 상징계 속에서 살아갑니다. 어머니의 젖을 물고 빠는 순간, 내 목숨은 어머니의 젖줄 하나로 결정된다는 걸 본능이 익히죠. 아버지와 어머니가 가르쳐 준 규율과 인간 된 도리, 상식을 습득하면서 그것이 바로 우리가 인간으로 살아가야 하는 현실임을 무의식적으로 받아들이게 됩니다.」

화면 속에서 도원은 연구소 한편에 자리하고 있는 둥근 어항을 가리켰다. 물속에서 손가락만 한 열대어 두 마리가 헤엄을 치고 있었다.

「물고기에겐 물속이 상징계가 되고, 인간에게는 사람들과 부대껴 사는 삶이 상징계가 되죠. 그것이 현실 그 자체인가 물으면 아니라고 대답할 수밖에 없습니다. 인간을 규정하는 것은 또 다른 인간이 아닙니다. 물고기를 규정하기 위해 물이 반드시 필요한 것도 아니고요. '실재'는 언제나 대상 그 자체의 안쪽을 파고들어야 해요.」

사람을 볼 때 겉이 아닌 안쪽을 봐야 한다고 말했다. 화면 속 도원은 지금의 도원과 마찬가지로 사람을 대할 때 외형보다 내면에 집중했다. 많은 세월이 지났지만 변하지 않은 도원의 성격 중 하나였다.

「인간화되지 않은 인간. 인간 속에 속하지 않은 인간. 그것은 상징계에 속한 우리가 보기에 기이하고, 두렵고, 이해가 안 되고, 무섭고, 그래서 더욱 위대하고 아름다워 보이기도 해요. '실재'에 다가간 인간일수록 그의 '상징계'는 더 많은 균열이 생겨서 군데군데가 비정상적인 세상으로 보일 테니까요. '실재'는 언제나 위험합니다. 우리가 안락하다고 믿는 '상징'을 부술 수 있어요. 물고기가 물 밖에서도 살 수 있다면 무섭지 않겠어요?」

내레이터의 설명에도 소년이 이해하기 어려운 내용이었다. 그럼에도 소년은 여전히 화면 앞에 우뚝 서 있었다. 다큐멘터리 속 도원의 인터뷰가 끝난 후에야 소년은 고개를 돌렸다.

천장에 매달린 카메라를 정확하게 응시했다. 빛이 없어 그 윤곽을 구분하기는 쉽지 않았다. 고작 모니터에서 뿜어내는 빛만으로 소년의 이목구비를 파악하기는 힘들었다.

도원은 그 정도로 눈썰미가 좋은 편도 아니었다. 그러나 한눈에 알 수 있었다.

두피가 파랗게 드러날 정도로 짧게 깎은 머리. 지금보다 더 흉측하게 일그러져 있는 목과 얼굴 한쪽의 피부.

그 자국은 도원이 아는 유일무이한 흉터다. 도원만이 만질 수 있고, 입 맞출 수 있으면서 사랑스럽게 바라볼 수 있는 그 흉터.

들고 있던 꽃다발이 발아래 떨어졌다. 안개꽃은 목이 떨어져 신발 주변으로 흩뿌려졌다. 힘이 풀린 손은 덜덜 떨리기 시작했다.

도원은 심하게 흔들리는 눈으로 영상에서 시선을 떼지 못했다. 영상 속 소년은 모니터를 집어 들어 카메라를 향해 던졌고, 카메라 화면은 암전되듯 꺼져 버렸다.

화면은 똑같은 구도에서 다시 시작되었다. 소년이 몇 번이고 모니터를 집어 던져 카메라를 박살 내도 그다음 날, 또 다음 날에도 같은 시점의 영상이 이어졌다.

구석에 몸을 웅크리고 앉은 소년은 발작적으로 욕설을 퍼부었다. 때론 스트레스를 견디지 못해 제 머리를 벽에 박는가 하면 주먹이 깨질 때까지 콘크리트 벽을 미친 듯이 두드렸다.

비명을 지르고 이불을 뒤집어썼으며, 컴퓨터를 깨부쉈다.

다음 날 문을 두드리며 살려 달라고 빌었다. 컴퓨터를 깨부쉈다.

하루 24시간 반복되는 영상 속 문장을 외우고 따라 말하기도 했다. 컴퓨터를 깨부쉈다.

한 번도 앉지 않았던 의자에 앉아 바지를 벗고 성기를 흔들면서 수음을 했다. 컴퓨터를 깨부쉈다.

언제부턴가 컴퓨터는 박살 나는 대신, 음란물 동영상처럼 소년의 자위행위를 돕기 시작했다. 웃고 있는 도원의 얼굴 위로 흰 정액이 튀었다. 소년은 손끝으로 그 정액을 넓게 바르면서 도원을 만졌다. 투박한 손이 여러 차례 화면 안에서 웃고 있는 도원을 애무했다.

도원은 더 이상 지켜보지 못했다. 고개를 돌리고 피가 맺힐 만큼 아랫입술을 깨물며 지승준을 노려보았다. 온몸을 떠는 도원과 달리 그는 팝콘을 절반 이상 비운 상태였다.

"당신이었습니까."

살면서 이토록 화를 내본 적은 없었을 것이다. 자살한 여성 심리사를 만났을 때도 이 정도로 격분하지 않았다. 도원은 자신이 다스리지 못하는 감정 상태라는 게 무엇인지를 열 높은 피부와 미친 듯이 뛰고 있는 심장 소리로 느낄 수 있었다.

"당신이…… 당신이 이 모든 일을 저지른 겁니까."

와그작, 터지는 팝콘 속에 웃음소리가 섞여 들었다.

"도원 선생님이 이렇게 빨리, 적극적으로 도움을 줄 줄은 몰랐어요. 그러니 영화를 다 같이 보려던 일정도 앞당겼잖아요. 계속 보세요. 얼마나 재밌는데요."

목구멍까지 하고 싶은 말이 올라왔다. 그러나 코르크 마개가 목젖을 틀어막은 듯 아무런 소리도 나오지 않았다. 도원을 대신하여 지승준이 들뜬 목소리로 말했다.

"내 얘기를 모조리 적어서 저 녀석한테 보여 주려고 했죠. 나는 이런 사람이니까 어떻게 대응하면 좋은지를 말해 주려고 했을 거예요. 그렇게 저 녀석을 돕는 궁극적인 목적을 알아요. 저 녀석이 날 죽이려고 하니까 죽이지 못하게 생각을 바꾸도록 하려는 거잖아요. 선생님은 사랑하는 사람이 살인자가 되는 모습을 지켜볼 수 있는 사람이 아니니까."

어느샌가 도원은 울기 시작했다. 부릅뜬 눈을 타고 눈물이 흘러 신발 위로 톡톡 떨어졌다. 설움이 북받쳐 목소리를 내지 못했다.

영상 속 소년은 이제 의자에 앉아 하염없이 도원만을 보고 있었다.

어두운 창고 안에서 빛이란 존재는 모니터 화면이 전부였다. 괴로운 어린아이에 대해 곰곰이 생각하고 말해 주는 어른은 그 어둔 세상에 도원만이 유일했다. 정액과 침이 뒤범벅이 된 모니터 화면을 소년은 몇 번이나 쓰다듬으면서 의자 밖으로 벗어나지 않았다.

"이런 이런. 이건 게임일 뿐이잖아요. 울면 어떡해."

도원이 몸을 돌렸다. 극장을 벗어나려는 도원을 지승준이 붙잡았다. 뿌리치려는 손목을 더 센 힘으로 움켜쥔 채 벗어나려는 몸을 옥죄어 의자에 억지로 앉혔다. 도원은 참고 있던 말을 기어코 터뜨렸다.

"이게 게임이야? 이게 게임이냐고!"

"심각해지지 마세요."

"절대 용서 못해. 당신, 절대 용서 못해!"

"심각해지지 말라니까요. 즐겨야죠. 즐기라고 이렇게 판을 열어 준 건데."

"지승준!"

"네, 선생님."

"내가 할 수 있는 모든 수단과 방법을 동원해서 당신 계획을 망가트릴 거야. 무슨 방법을 써서라도, MJ에게 준 고통을 되돌려 주고 말 거야!"

지승준이 웃었다. 적나라한 협박에도 반질거리는 안구는 그대로였다. 오히려 도원의 입을 한 손으로 잡아 벌리고 반대편 손으로 팝콘을 집어 쑤셔 넣기까지 했다. 뱉어 내는 입을 손바닥으로 틀어막은 지승준이 얼굴을 가까이 가져왔다.

"선생님은 똑똑하니까 잘 알 거예요. 선생님이 할 수 있는 수단과 방법이 내 게임을 방해하는 동시에 저 녀석과 나를 더 끈질기게 묶어 놓는다는 것을요."

지승준의 숨소리가 거칠어졌다.

"저 녀석한테 내 얘기를 하고 싶죠? 그게 정말로 저 녀석한테 도움이 된다고 생각하세요? 지금은 그나마 나아졌다곤 하지만 언제든 영상 속 본모습으로 돌아갈 수 있어요. 선생님이 그걸 드라이브하게 될 거예요."

도원은 지승준의 손을 잡아뗐다. 입 안에 쑤셔 넣었던 팝콘이 후두둑 떨어져 내렸다. 지승준은 침과 눈물에 눅눅하게 변한 팝콘을 대신 먹었다. 고급 양식 스테이크라도 먹는 것처럼 혀로 입술까지 핥았다.

도원은 젖은 눈으로 지승준을 경멸했다. 극렬한 분노로 노려보는 도원의 시선을 참지 못한 것은 지승준이었다. 그는 고개 숙여 젖은 도원의 눈가를 핥았다. 밀어내는 도원의 손을 움켜쥐고 볼까지 쪽쪽 입을 맞췄다.

있는 힘껏 저항해도 밀려나지 않는 젊고 강한 육체가 고스란히 느껴졌다. 힘줄이 푸르게 튀어나온 남자의 손아귀 안에서 도원은 분노를 참지 못하고 말했다.

"대체 왜 이러는 건데……."

볼을 적신 눈물을 핥던 지승준이 숨을 깊게 들이마셨다. 그는 도원의 귀밑에 코를 가만히 가져갔다.

"둘이 더 사랑했으면 좋겠어요."

"왜 이러는 거냐고 묻잖아!"

"저 녀석의 세상이 오로지 선생님 하나로 가득 찼으면 좋겠어요. 선생님의 세상도 저 녀석 하나만 의미 있으면 좋겠고. 그렇게 둘이 서로가 서로의 세상으로 커져 버릴 때까지 기다리고 있어요."

"지승준!"

"세상이 선생님 하나 말고는 무의미해졌을 때, 저 녀석은 나를 죽일 거예요. 그리고 내 밑에 있는 사람들은 선생님을 죽이겠지. 그럼 저 녀석은 어떻게 될까. 모든 걸 걸어서 지키고 싶었던 선생님을 잃게 된다면 어떻게 할까, 응? 애초에 나를 죽이려는 시도조차 못하겠죠?"

"빌어먹을……!"

"왜 이러는 거냐고요? 왜 이럴 거 같아요? 선생님은 똑똑하니까 내가 왜 이러는지 알고 있을 거예요. 사람이란 게 생각보다 단순하잖아요. 날 이해하는 게 뭐가 그리 어렵겠어요."

셔츠 칼라 밑, MJ가 만들어 놓은 키스 마크를 발견한 지승준은 그 위를 자신의 입술로 덮었다. 새하얗게 질린 도원이 있는 힘껏 밀어내려 했지만 여전히 밀려나지 않았다.

스크린 속 영상은 요란해졌다. 목소리도 소년 하나에서 다른 사람들로 늘어났다.

도원도 지승준도 그 영상을 더는 볼 수 없었다. 지승준은 영상보다 더 흥미로운 눈으로 도원을 꼼꼼하게 살폈다. 너무 화가 나서 온몸을 떠는 도원을 몇 번이고 내리까는 눈으로 지켜보았다.

자신을 걷어차려는 도원의 다리를 무릎으로 찍어 내리면서 눈을 번뜩였다.

"선생님이 이 게임을 포기하면 저 녀석이 죽어. 선생님이 버티면 저 녀석은 날 죽일 테고. 선생님과 저 녀석이 날 이기지 못하면 난 선생님을 죽일 거야. 이래도 연구소에서 나에 대해 작성하던 문서를 저 녀석에게 보여 줄 생각인가요?"

붙잡힌 손을 빼낸 도원이 사정없이 지승준의 뺨을 후려갈겼다. 영상 소리보다 더 큰 마찰음이 극장 전체를 가로질렀다.

미처 대응하지 못한 지승준은 반대편으로 완전히 고개가 꺾여 버렸다. 안경은 날아가서 바닥에 내팽개쳐졌다.

뺨 한쪽이 새빨갛게 부풀어 올랐다. 굳은 표정으로 다시 도원을 내려다봤을 때, 도원은 반대편 뺨마저 있는 힘껏 후려치기 위해 손을 들고 있었다. 이번엔 지승준이 피하는 바람에 손끝으로만 뺨을 긁었을 뿐, 도원은 지승준에게 다시 붙잡혔다.

"사랑을 해요, 선생님. 지금보다 더 사랑하라고요. 지금보다 더 많이 MJ를 사랑해 줘요. MJ에게 전부를 내줘."

"……미친 새끼."

"이렇게 단정한 얼굴로 얼마나 요부 같은지 누구보다 잘 알고 있어. MJ가 당신 때문에 스스로 총을 들고 머리를 날릴 수 있을 만큼 사랑해 줘."

밀쳐 내려는 도원을 있는 힘껏 붙든 채 지승준은 눈을 크게 떴다. 수축되는 검은 눈동자와 그것을 하얗게 감싸고 있는 흰자위에 빨간 핏줄이 도드라졌다. 붉게 변한 눈이 깜빡임 없이 도원을 응시했다.

"납치, 살해 위협, 집단 강간. 난 그거보다 더한 걸 당신에게 할 수도 있어. 당신이 겪었고, 모두 미수에 그쳤던 그 일들의 강도를 높이는 건 어렵지 않아. 당신이 협조하지 않으면 난 당신을 망가트려서라도 MJ가 당신에게 미치게 만들 거야. 그보다 나은 방법이 분명히 있어. 당신도 잘 알고 있고. 선생님, MJ에겐 선생님이 목숨이고 세상이어야 해. 그렇게 만들어야 해. 무슨 뜻인지 이해하지?"

도원은 손목을 비틀어 빼냈다. 찰나에 손을 휘둘러 다시 한번 얼굴을 가격하려 했지만 그보다 지승준이 빨랐다.

지승준은 도원의 머리칼을 손으로 휘어잡았다. 고개를 뒤로 꺾어 버렸다. 도원의 몸이 휘청였다. 휘둘러지는 손을 봉쇄하고 다시금 도원의 뺨을 때렸다.

지승준을 때릴 때 들렸던 소리가 한 번 더 극장을 메웠다. 도원은 눈물을 멈추지 못했다. 빨갛게 부어오른 뺨을 내버려 둔 채 지승준을 노려보기만 했다.

지승준은 젖어 있는 도원의 뺨을 손으로 톡톡 두드리며 자리에서 일어났다. 도원의 목에 감아 주었던 제 목도리를 가져가더니 비어 있는 도원의 품 안에는 바닥에 떨어진 꽃다발을 안겨 주었다.

안개꽃이 조금 떨어지긴 했지만 풍성한 꽃다발이 비어 보일 정도는 아니었다. 지승준은 자리로 돌아가 앉았다. 손에 기름을 묻히며 다시금 팝콘을 와그작, 와그작 씹어 먹기 시작했다.

"더 보려면 보고, 그대로 가도 좋아요. 바래다주지 못하는 건 미안해요. 어딜 더 손봐야 재밌을지 생각해 봐야 하거든요. 내일 상영회에서 관객들이 즐거워해야 하니까요."

도원은 꽃을 품에 꽉 끌어안았다. 눈물이 그치지 않았다. 뜨겁게 들끓는 생각들에 잡아먹히지 않도록, 도원은 꽃을 안고 참았다. 견뎠다. 필사적으로 버텼다. 우는 눈을 돌리지 않고 영상을 바라봤다.

소년은 크랙이라고 불렸던, 도원의 내담자 장진원에게 무언가를 부탁하고 있었다.

도원이 쓴 석사 논문 『상징계의 재편성으로 나타난 우발 범죄의 노이로제』를 구해 달라 말했다. 동시에 인터뷰에서 얘기하는 정신분석학 용어와 개념을 물었다.

전문가만큼은 아니어도, 그와 관련된 상담을 받은 내력이 있는 장진원이기에 소년이 이해할 수 있는 범위에서 많은 것을 얘기해 주고 있었다.

소년은 장진원의 얘기에 귀를 기울였다. 토씨 하나 놓치지 않고 모두 받아들이고 있었다. 머리가 좋은 아이였다. 필기하지 않고도 어렵고 생소한 이야기를 빠르게 이해하고 있었다.

「난 언제쯤 여기서 나갈 수 있어?」

소년의 목소리에 도원은 다시 눈물을 터뜨렸다. 해바라기 꽃잎이 젖어 들었다. 그런 도원을 지승준이 지켜보았다. 이를 악물며 영상을 바라보는 도원을 웃으며 관찰했다.

「언제쯤 여기서 나갈 수 있느냐고 묻잖아.」

「몰라. '아버지'가 네게 뭔가를 맡겨야 나갈 수 있어.」

「아버지 핑계 대지 마. 이런 일을 네가 주도하는 걸 모를 줄 알아.」

「하하, 준비가 되면 내보내 줄 거야.」

「그동안 이 영상을 봐야 하는 이유도 안 알려 줬어.」

「그냥 보면 되지, 뭘 목적을 알려고 그래.」

「말해. 이걸 왜 보고 있어야 하는 건데?」

「귀찮게 하네. 이 영상을 보게 만든 건 내가 아닌 아버지야. 그러니 그 의도는 나도 잘 몰라. 보고 배우라는 거 아냐?」

「이 사람 만나 보고 싶어.」

「지랄한다.」

「딕도 보고 싶어. 딕에게 밥을 못 줬어. 굶어 죽었으면 네가 책임질 거야?」

「그 개새끼 내가 알 게 뭐야.」

소년은 의자를 집어 들어 던졌다. 의자에 맞은 장진원이 소년을 무차별로 폭행했다. 끔찍한 폭행에서 도원은 눈을 돌리지 않았다. 아파도 아프단 소리 한 번 내지 않고 몸을 웅크린 소년을 보았다. 어떻게든 눈물을 참으려 애썼다.

「씨팔! 어디 길거리 돌아다니며 쓰레기 주워 먹고 있겠지, 그깟 개새끼 하나에 지랄이야!」

성인 남성을 힘으로 이기기엔, 소년은 아직 덜 자랐고 약했다. 묵묵히 폭력을 견디는 것이 마치 일상이고 익숙하다는 태도였다.

소년은 그 후로도 많이 맞았고, 억지로 마약 유통에 대한 것을 배웠다.

장진원과 있을 땐 그의 이야기를 듣는 것만으로도 많은 것을 익히고 알아 갔다. 장진원이 없을 땐 모니터 앞에서 멍하니 도원을 보고 자위를 했다. 모니터를 켜 둔 채 잠을 자고 운동을 하고 빵 쪼

가리 같은 것을 먹었다.

　모니터는 한 번도 꺼지지 않았다. 어둠을 무서워해서 그 빛마저 사라지면 미쳐 날뛸 듯이 굴었다. 빛은 모니터가 전부였다. 도원은 빛 그 자체였다.

「저 사람 만날래.」

「저 사람 미국에 있어.」

「만나고 싶어.」

「미국 가야 한다고.」

「만나게 해 줘.」

「미국에 있는 사람을 어떻게 데려오냐.」

「미국 멀어?」

「멀어. 하루 동안 비행기 타야 해.」

「하루면 별거 아니네. 난 몇 달이나 어둠 속에 있는데.」

「그게 이거랑 같냐.」

「보고 싶어.」

「가서 자위나 해.」

「만나게 해 주면 뭐든 할게.」

「야, 이런 걸 뭐라고 하는지 알아? 각인이라고 하는 거야. 오리 새끼가 처음 본 사람이 지 엄만 줄 알고 쫓아다니는 거.」

「그런 거 아니야.」

「미친놈, 지가 뭘 안다고.」

「각인 같은 하찮은 거 아니야. 그 정돈 나도 알아.」

「시끄럽고 빨리 나갈 준비나 해.」

「이제 나갈 수 있어?」

「그래. 밖에 나가면 넌 지금 가진 이름으로 못 불려. 네가 하는 일의 총괄이니까 네가 하는 일, 그 자체로만 불릴 거야. 매리제인. 앞으로 네가 불릴 이름이야.」

「마음에 안 들어. 기집애 같아.」

「너 좋으라고 붙인 이름 아냐. 어서 나갈 준비 해.」

한 시간은 한 편의 이야기를 보기에 짧은 시간이었다. 영상이 끝난 후 도원은 불 꺼진 스크린만 바라봤다. 팝콘 한 통을 비운 지승준이 자리에서 일어났다.

"바래다 드릴게요."

도원은 여전히 앉아 있었다. 스크린에서 고개를 들지 않고 말하길,

"한 번 더 틀어 주세요."

이를 악물고 청한 부탁이었다. 바라보는 지승준에게 도원은 짓씹어 뱉듯이 떨리는 목소리로 간신히 말했다.

"한 번 더 보여 주세요. 부탁합니다."

지승준은 두 눈을 가느다랗게 떴다. 이를 짓씹고 말하는 도원을 한참이나 바라보더니 옆에 다시 앉았다. 그가 손을 들자 영상 편집실에서 화면을 다시 되감기 시작했다.

떨어지는 눈물은 도원의 입 안으로 미끄러지듯 굴러들어 왔다. 짭조름한 그 맛에도 도원은 이를 사리물며 생각했다.

이 영상을 봐서 뭐라도 확인할 수 있다면, 그걸로 MJ를 지킬 수 있다면, 몇 번이고 다시 볼 것이다.

도원은 오직 한 가지만 생각하며 손등으로 눈물을 닦았다.

MJ를 위해서라면 뭐든 할 것이다.

오피스텔 건물 앞에서 누군가 담배를 피우고 있었다. 담배 연기가 허공에서 찢어졌다. 냄새는 한쪽으로 몰려가듯 번졌고, 그마저도 멀리 나아가지 못한 채 바람에 난도질당했다.

도원은 피우지도 않는 담배에 무심코 눈을 주었다. 연구소와 병원에서 흡연하는 선생님은 많지 않았다.

내담자들이 비흡연자인 경우 좁은 상담실에 풍기는 냄새에 예민하게 반응했고, 직업상 그런 불쾌감을 환자들에게 심어 주어선 안 되었다.

그렇기에 살면서 특별히 관심도 줘 본 적 없는 담배를 멈추어 서서 바라볼 정도라는 건 흡연의 부작용보다 그것을 피우는 사람들의 심리에 관심이 간다는 의미였다.

담배를 피우면 정말 기분이 좋아질까. 후련해질까.

도원은 얹힌 것처럼 가슴을 툭툭 주먹으로 때렸다. 몇 번 두드려도 답답한 속이 나아질 기미가 없어 숨만 크게 내뱉었다. 여전히 명치가 아프고 눈물이 날 것 같았다.

힘없이 엘리베이터를 탔다. 엘리베이터 벽에 비스듬히 기대어 신발코만 바라봤다. 엘리베이터 벽면 거울에는 많은 것에 지친 얼굴이 비쳤다.

멍하니 있는 새 엘리베이터는 8층에 도착했다. 문이 열리자 자신의 집 현관 앞에 서 있는 MJ가 보였다. 줄곧 불안하고 초조했는지

문 앞을 서성이다가 도원을 보자 활짝 웃었다. 안도하는 기색이 역력한 얼굴로 성큼 다가왔다.

"선생님."

다정하게 부르는 목소리에 도원은 억지로 쥐어짜듯 평온을 가장한 목소리로 말했다.

"왜 나와 있어요."

"늦은 시간까지 연락 안 받아서 놀랐잖아."

"일이 있었어요. 연락 못해서 미안해요."

"음. 그런데 무슨 일 있었어? 표정이 왜 그래."

"이거 받아요."

"응? 이게 무슨⋯⋯."

구겨진 포장지 안에 멀쩡한 해바라기 다섯 송이와 듬성듬성 목이 떨어진 안개꽃이 만발해 있었다.

꽃을 건네던 도원은 이 꽃을 골라 준 게 지승준이라는 사실이 떠올라 얼굴을 무참히 일그러뜨렸다.

MJ는 꽃과 도원을 번갈아 바라봤다. 도원은 상황 파악이 되지 않아 인상을 찌푸리는 MJ에게 꽃을 건네주고 그 품을 파고들었다.

"어, 선생님?"

한 손에는 엉겁결에 꽃을 쥔 채, 다른 한 손으로는 부자연스럽게 도원의 등을 감싼 MJ는 여전히 혼란스러운 표정이었다. 꽃을 바닥에 내려놓지도 못했다. 가슴팍이 젖어 드는 게 느껴져서 그 소리 없이 쏟아 내는 눈물에 MJ는 어쩔 줄 몰라 했다.

"왜 그래, 선생님. 울지 마."

왜 우는지 묻지도 못했다. 연구소에서 오후 반차를 썼다는 얘길 들었는데 정상 퇴근 시간이 넘어서까지 집에 돌아오지 않아 얼마나 미칠 뻔했는지 설명하지도 않았다. 그러기엔 도원이 너무 힘들어 보였다.

무슨 일이 있었기에.

목 너머로 묻고 싶은 말을 간신히 삼켰다. 어설프게 안고 있던 등을 더 다정하게 끌어안았다. 떨고 있는 몸이 안타까워서 MJ는 괴로운 목소리로 말했다.

"울지 마요."

부탁을 하고 청을 해도 가슴팍은 여전히 젖어 갔다. MJ는 울상을 지었다. 도원이 준 꽃 선물을 내팽개칠 수 없기에 그저 한 팔로만 도원을 꽉 끌어안았다.

"선생님, 선생님."

애타게 불러도 도원은 고개를 들지 않았다. 뭔가가 잘못된 것 같았다. MJ도 왈칵 들이닥친 두려움에 몸을 부르르 떨었다.

이렇게까지 감정을 내보이는 사람이 아니었다. 새벽녘에도 그렇고 지금도 그렇고. 이렇게까지 우는 사람이 아니었다.

어떻게든 참고 견디는 게 익숙한 사람인데. 어째서 오늘따라 견디지 못하고 계속해서 힘겨워하는 걸까. 평소와 다른 도원의 상태가 걱정되고, 그게 자신 때문이라는 것을 말하지 않아도 알기에 MJ는 심장이 무너지는 기분이었다.

자신 때문에 도원이 힘들어하고 있다. 그럼에도 미안하다고, 당분간 자신과 연락하지 말고 안전하게 거리를 두고 생활하자는 말을 하지 못했다.

도원을 놓지 못하고 끌어안았다. 누구의 몸이 이토록 떨리는지 구분할 수 없었다. 도원이 너무 힘들어해서, MJ 역시 힘들어 죽을 것 같은 기분이었다.

"울지 마세요, 선생님."

MJ의 옷자락을 움켜쥔 도원의 손에 힘이 들어갔다. 절대 놓지 않겠다는 듯이 도원은 MJ에게 매달렸다. 그런 자신을 받아 주는 MJ가 고맙고 미안해서, 도원은 한참이나 그 품에 기대어 눈물을 쏟아 냈다.

MJ는 두상이 모난 데 없이 예쁜 편이어서 짧은 머리가 잘 어울리는 사람이었다.

한때는 화상 자국을 과시하느라 머리를 바짝 깎는다고만 생각했다. 범죄자적 특징으로만 오해했던 부분이 단순히 '머리를 관리하기 귀찮아서' 그랬다는 것을 알게 되었을 때, 도원은 속으로 얼마나 미안해했던가.

니트 올이 굵게 들어간 회색 비니를 써도 잘 어울렸다. 화상 흉터를 가리는 목적이 아니어도 충분히 멋있었다. 거울 앞에서 어슬렁거리며 차림새를 어색해하던 MJ는 검은색 마스크로 얼굴을 덮고 나서야 다소 안심한 표정을 지었다.

사람이 많은 곳을 싫어해서 도시 생활에도 예민하게 반응하던 MJ가 바깥 외출을 준비한다. 도원이 무리하지 말라고 해도 듣지 않았다. 도원이 준 꽃다발을 손에서 놓지 않고 그 꽃에 어울릴 법한 옷을 번갈아 입었다.

옷을 갈아입을 때면 바닥에 내려놓다가도 안개꽃 봉오리가 떨어지면 퍽 속상한 표정을 지었다.

두툼한 패딩 점퍼에 워커를 신은 MJ가 도원의 손을 잡아끌었다. 마스크 너머로 묻는 말은 딱, 그 나이 대 남자들이 일상적으로 다루는 화제였다.

"전에 나랑 일하는 애들이 다 같이 갔던 호프집이 있어. 개별 룸 형식이라 편했어. 가서 술 한잔할래?"

MJ가 뜻하는 '나랑 일하는 애들이 다 같이'란 오피스텔 원룸을 사무실처럼 사용하며 '아버지'에 대립하는 사람들을 뜻할 테고, 룸 형식을 편해하는 것도 그들의 특수한 사정 때문일 것이다.

그러나 속뜻을 모르고 들으면 좋아하는 사람에게 수작 한 번 걸어 보려는 가벼움으로 들리기 좋은 말이었다.

MJ에게서 그런 일상성을 발견한 도원은 체한 것 같던 속이 한결 나아진 기분이었다. 너무 숨죽여 울었다. 목 너머가 꽉 막혀 목소리가 잠긴 탓에 미약한 두통마저 느껴지고 있었다.

몸 상태가 좋지 않아서 쉬고 싶은 마음이 컸지만 MJ가 평범한 또래 남자처럼 말하는 그 한마디에 넘어갔다. 계속해서 그토록 편한 이야기만 하는 MJ를 보고 싶었다.

"있지, 선생님. 꽃 선물은 태어나서 처음 받아."

엘리베이터를 타고 내려온 MJ는 여전히 해바라기 꽃다발을 만지작거렸다. 건물을 나서는 동안에도 한 손에는 도원의 손을 쥐고 다른 손에는 꽃다발을 꼭 잡고 있었다.

"저번에 와인이랑 옷 선물도 그렇고. 선생님한테는 매번 받기만

하네.”

여전히 꽃을 살펴보는 MJ에게 도원은 잠긴 목소리로 대꾸했다.

“받아 줘서 고마워요.”

“그거 이상한 말이네. 고마워할 사람은 난데.”

“앞으로도 계속 받아 주세요.”

“나한테 뭘 더 주려고 그래.”

“줄 건 많아요. MJ에게 내가 최초로 챙겨 줄 수 있는 사람이어서 기쁩니다.”

“나 설레라고 하는 소리야?”

“이런 걸로 설레면 어떡해요.”

“그럼 선생님은 어떤 걸로 설레는데?”

“MJ랑 같이 있는 거요.”

“꾼이야, 꾼. 선생님, 모르고 그런 말 하면 정말 타고났다고밖에 할 수 없겠어. 이러니까 선생님이 인기가 많나 봐.”

MJ가 눈가를 접어 웃었다. 마스크로 얼굴 반을 가리고 있어도 즐거워하는 기색이 보였다. 찬바람에 시려 보이는 도원의 목깃을 여며 주는 손길이 가벼웠다. 호프집으로 향하는 발걸음도 경쾌했다.

평일 저녁이기에 가게엔 손님이 많지 않았다. 종업원에게 맥주와 치킨 안주를 주문한 MJ가 가장 구석진 룸으로 향했다.

문을 닫자마자 마스크를 벗고는 도원의 옆자리에 앉았다. 꽃다발은 테이블 위에 올려놓았다. 바스락 구겨졌다가 펴지는 포장지 소리를 뒤로 한 채 도원을 꼭 끌어안았다.

“나중에 날씨 풀리면 동물원 가자.”

어린이날을 맞이한 아이 같은 투정이었다. 도원은 제 딸아이보다 더 어린아이처럼 보이는 MJ를 손등부터 찬찬히 만져 주었다.

화향은 제 아빠가 바쁘고 힘든 걸 알기에 투정 부리는 일이 없었다.

유치원에 같이 가자고 조르지도 않았고, 갖고 싶은 선물을 사달라고 떼를 쓰지도 않았다. 밤늦게 퇴근한 도원을 현관문까지 쪼르르 쫓아 나와서 아빠, 하고 반갑게 맞이했지만 혹시나 아빠가 피곤해할까 봐 유치원에서 있던 일을 시시콜콜 떠들지도 않는 아이였다.

그래서 아이의 취향조차 모른 채 좋아하지도 않는 곰 인형 따위나 잔뜩 사 주는 실수를 했다.

도원은 자라난 가정에서도, 자신이 새로 만들고 꾸려 왔던 가정에서도 독립심과 자립심이 강한 사람들이 곁에 있었다. MJ처럼 욕구를 솔직하게 발설하고 원하는 타입은 없었다. 그래서 MJ를 연인으로서 잘 이해하지 못하기도 했다. 해석이 쉽지 않은 사람이어서 언제나 망설이고 지켜보는 게 먼저였다.

문득 의문이 들었다. 사람이 사람을 좋아할 때 이해의 범주는 어디까지일까.

문제가 생겼다고 회사 일을 처리하듯 반드시 짚고 넘어가야 할 필요성이 있는 걸까. 이해한다는 것은 상대방을 신경 쓰는 배려가 아니라, 너는 내게 해석되는 사람이라고 위에서 아래로 내려다보는 언어가 아닐까.

상대의 모든 것을 이해할 필요는 없지 않을까. 연인은 그저 함께 즐거운 이야기를 써 내려가는 사이일 뿐인데 그 이야기를 적기 위해서 얼마나 많은 폭력과 제약과 힘겨움이 필요한 걸까.

"선생님?"

멍하니 손등을 만져 주던 도원이 손가락을 밀어 올렸다. MJ의 소매 안쪽으로 들어간 손가락이 보드라운 살을 애무했다. 조금 더 깊게 손끝으로 더듬으면서 얼굴을 가까이 붙였다.

숨소리가 들리는 거리에서 도원은 눈을 살짝 내리깔았다. 깜빡이는 속눈썹 너머로 MJ를 응시했다. 서로를 마주한 채 도원은 입술이 닿을 듯 말 듯한 거리에서 속삭였다.

"동물원에 가면 뭘 하고 싶으세요."

MJ가 고개를 비스듬히 틀었다. 숨소리가 느껴지는 입술에 제 입을 붙였다 떼어 냈다. 쪽, 하고 울리는 뽀뽀 소리는 여느 때보다도 달콤하게 들렸다.

"늑대를 보고 싶어."

"왜 하필 늑대인가요?"

"갯과 동물이라 눈이 가. 그 습성을 보고 싶어서."

"늑대에게 특별한 습성이 있나요?"

"늑대는 무리 생활을 해. 가장 강한 수컷 알파가 평생토록 하나의 암컷과 부부로 지내고 새끼를 낳아. 무리 속 다른 늑대들은 새끼를 낳지 않는 대신 알파의 새끼들을 공동 양육해. 굉장히 사회적이고 헌신적이고, 또 아름답잖아."

새하얀 눈밭에서 검은색 털을 휘날리던 늑대 다큐멘터리를 본 적 있다며, MJ는 동경하는 눈을 깜빡였다.

"아름다웠어. 외형도, 습성도. 나도 본받고 싶어."

역시 MJ를 해석하는 건 그에게 실례되는 행위다. 도원은 이렇게 순수하고 직관적인 사람을 억지로 파헤치고 해부하는 게 얼마나 몹쓸 행동인지 자각했다.

"응, 그래요. 동물원도 가고 식물원도 가고 놀이공원도 가요. 가고 싶은 곳은 다 가요."

도원은 대답하며 붙었다 떨어지는 입술을 핥아 주었다. MJ는 도원의 속눈썹 안을 들여다보기도 하고 코끝을 이로 살짝 긁기도 하면서 입술과 입술을 맞댄 채 비볐다.

쪽쪽, 들리는 소리가 짙어졌다. MJ가 몸을 붙였다. 비벼지던 입술이 벌어지고 누가 먼저랄 것 없이 혀를 내밀었다. 가벼웠던 소리가 입 안에서 질척이는 습기로 변했다. MJ는 키스만으로 발기하고 말았다.

MJ는 기침처럼 터지는 속마음을 고스란히 내뱉고 말았다.

"선생님, 좋아해. 정말 많이 좋아해."

흥분한 목소리가 좁은 룸 안을 울렸다.

"아니, 좋아하는 걸론 부족해. 사랑해. 사랑해요."

좋아한다는 말이 너무 낡았다고 생각해서 꺼내지 않으려 하던 때가 있었다. 대체할 만한 말을 생각해 내기 전까진 좋아한다는 말 자체를 참으려 했다.

하지만 고작 찾아낸 말은 사랑한다는 말뿐. 좋다는 말보다 더 낡고 오래된 유물이지 않나. 대체할 말 따위 처음부터 있지도 않다. 좋아한다와 사랑한다는 표현은 그 한 마디로 모든 뜻을 담고 있었으니까.

"사랑해요. 사랑해. 선생님, 정말 사랑해요. 정말."

도원은 MJ의 숨결이 조금 거칠어졌다는 걸 알았다. 빠르게 뛰는 심장 소리도 옷 위로 고스란히 전해졌다. 좋아한다, 사랑한다, 말한 마디 했을 뿐인데도 신체 반응은 뚜렷했다. 성급한 혀가 끊임없이 도원의 안쪽을 파고들었다.

키스를 하다가도 도원의 냄새를 맡고 싶어서 귓가에 고개를 묻었다. 목 언저리를 핥으면서 귓불을 물었다 놓기도 했다. 반복적인 행위들이 사랑에 빠진 사람의 특징을 고스란히 보여 주고 있었다.

MJ가 온몸을 붙이며 좋아하는 감정을 토로하는 바람에 도원 역시 심장 소리가 빨라졌다. 타인의 고백을 무심히 받아들이기엔, 도원 역시 MJ에게 마음을 너무 많이 내어 준 후였다.

"나도…… 나도 사랑해요, MJ."

그 대답에 도원의 몸 위로 MJ의 몸무게가 실렸다. MJ는 도원에게서 떨어지려 하지 않았다. 조금 더 붙으려 했다. 빈틈이 없을 정도로 도원에게 몸을 숙였다.

세상에서 도원에게 가장 가까이 닿아 있는 사람이 MJ 저 하나라는 것을 확인받기 위해 MJ는 반복적으로 도원에게 키스했고, 키스를 받아 주는 도원의 반응에 몸서리치게 좋아했다.

진정이 되지 않았다. 도원이 너무 좋아서 MJ는 멈출 수가 없었다.

"하아, 선생님, 선생님을 울릴 수 있는 사람은 나 하나뿐이잖아."

키스가 깊어서 도원이 숨을 할딱였다. 다시 젖은 입술을 쪽쪽 빨면서 MJ가 조급하게 말했다.

"그런데 왜 자꾸 다른 의미로 우는 거야. 내가 좋아서 울릴 때만 울란 말이야."

"부끄러운 소릴 왜 이렇게 잘하는 겁니까."

"속상해서 그래."

"……신경 쓰이게 했다면 미안해요."

"선생님, 사랑해. 그러니까 울지 마. 선생님 울 때마다 나 진짜 죽고 싶어진단 말이야."

도원은 극단적인 반응을 보이는 MJ를 아득한 심정으로 바라봤다. 타인이 우는 모습을 보고 죽고 싶단 말을 서슴없이 내뱉는 그의 말 한마디가 아프게 꽂혔다.

싫어하는 외출을 해서라도 도원의 기분을 환기시켜 주고 싶어 안달 내는 MJ였다. 도원의 감정 변화에 따라 자신의 기분까지 변화하는 MJ의 반응에 도원은 정말로 펑펑 울고 싶은 심정이었다.

MJ의 손목을 잡고 있던 손을 떼어 냈다. 대신 MJ의 얼굴을 양손으로 부드럽게 잡았다. 정면에서 응시하는 검은 동자를 한참이나 들여다보다가 눈가와 볼에 입을 맞췄다. MJ는 기분이 좋아서 몸을 들썩였다.

"하아, 하아, 선생님."

쏟아지는 호흡이 섹스를 할 때처럼 달떠 있었다. 도원은 뜨거워진 얼굴에 입을 맞추면서 속삭였다.

"MJ, 내가 사랑하는 사람은 당신 하나예요."

"흐, 하아. 사랑해, 웃, 선생님."

"나는 내가 사랑하는 사람을 절대 포기하지 않아요. MJ가 날 밀어내지 않는 이상, 내가 먼저 당신 손을 놓는 일은 결코 없을 거예요."

"아, 아아, 선생님."

"그러니까 나는 MJ와 함께 동물원에서 늑대도 보고 싶고, 날 풀리면 한강에서 데이트도 하고 싶어요. 백화점에서 같은 옷을 사고 싶고, 밀월여행이 아니라 당당하게 해외여행도 다니고 싶어요. 내가 너무 욕심이 많은 걸까요."

"헉, 허억, 선생님, 잠깐."

"내가 사랑하는 사람이 행복해지길 바라요. 내가 꼭 그렇게 하도록 도와줄 거예요."

"잠깐, 잠깐, 한 번만 하면 안 될까? 금방 끝낼 테니까."

"부탁 하나 들어줄래요? 이번 주말에 광장에서 있을 대규모 불법 시위에 가고 싶어요. 걱정 말고 보내 줬으면 좋겠어요."

바지 버클이라도 풀고 싶어서 힘겨워하던 MJ가 충혈된 눈으로 도원을 보았다. 사랑한다는 말을 하며 몸을 바싹 달궈 놓고서는 갑자기 시위 얘기로 건너뛰었다.

MJ는 찬물이라도 맞은 것처럼 얼어붙었다. 달뜬 숨소리로 가득 찼던 목소리가 목울대를 울리며 으르렁거렸다.

"주말 시위에 아버지 신도들이 대거 참석해. 알고서 하는 소리야?"

위협적인 목소리에도 도원은 오래 고민해 온 결론을 이제 와 바꾸지 않았다.

"네, 알아요."

"알면서 어떻게 그런 말을 하는 거지. 선생님, 거기서 무슨 일이 있을지 나도 장담 못해. 그 위험한 데에 내가 선생님을 보낼 것 같아?"

"MJ, 사랑해요."

"웃, 나도 선생님 사랑해. 그래서 못 보낸다는 거잖아."

"사랑해요."

"설명을 좀 해 줘. 갑자기 왜 이러는 거야."

"그 시위에서 어떤 식으로 사냥 놀이를 벌이는지 제 눈으로 확인해야만 해서 그래요."

"선생님."

"확인하지 않으면 당신이 다쳐요."

"그걸 확인하는데 선생님이 왜 직접 참가해. 모니터링 가능한 안전한 곳도 많이 있어."

"아버지가 어떤 식으로 저를 처리하려는지, 신도들이 그 내용을 어떻게 전달받는지를 직접 겪지 않으면 모르잖아요. 무모한 짓인 거 알아요. 하지만 이게 가장 안전해요. 민간인들도 참여하는 시위에서 그들이 저를 갑자기 공격하거나 죽이려고 하지는 않을 테니까요. 오히려 그들을 따로 만나는 게 더 위험하지 않겠어요?"

또다시 울 듯한 도원을 보고 MJ가 안절부절못했다. MJ는 다시금 도원을 꼭 끌어안고 입을 맞췄다.

"타깃이 선생님이야. 무슨 덫이 있을 줄 알고 거길 간다는 거야. 나도 선생님 사랑해. 내가 더 사랑한다고. 그러니까 죽어도 못 보내."

"타깃은 내가 아니에요."

"……그게 무슨 소리야."

"타깃은 따로 있어요."

"지금까지 선생님 주변에서 벌어진 일을 알면서도 어떻게 그런 말을 할 수가 있어!"

"궁극적인 목표는 제가 아니거든요. 전 이 게임에 세팅된 놀이말에 불과합니다."

MJ의 낯빛이 굳어졌다. 좀처럼 이해할 수 없는 얼굴로 도원을 바라봤다. 그때 종업원이 밖에서 문을 두드렸다. 도원은 MJ의 어깨 너머로 종업원과 눈이 마주쳤다.

주문한 맥주와 치킨 요리를 테이블에 올려놓은 종업원이 심상찮은 MJ의 분위기에 눈치를 살피더니, 물잔과 병을 내려놓고 문을 닫았다. 노릇하게 익은 프라이드치킨 냄새가 좁은 룸을 가득 채울 때였다.

"어디서 그런 얘길 들었어? 선생님이 이용당하는 놀이 말이라는 거."

역시 눈치가 빠르다. 직관적인 사람다웠다. MJ를 어설프게 속이기는 불가능했다.

하지만 연구소에 파견 온 지승준이 MJ가 쫓는 아버지란 사실을 솔직히 털어놓을 수는 없었다. 그는 영화관에서 어린 시절의 MJ 모습을 틀어 주며 도원에게 경고했다.

아버지의 목표는 MJ의 파멸이다. 가장 고통스럽고 재활 불가능한 상태의 파멸. 차라리 죽는 게 나을 거란 생각이 들 정도로 극단적인 상황을 만들어 내려 한다.

그 극단적인 상태로 MJ를 몰아넣을 수 있는 사람이 바로 도원이었다. 도원이 위험해질수록 아버지는 원하는 것을 얻게 된다. 그러니 도원은 자신이 어디까지 위험해질지를 확인하고 싶었다.

신도들을 이용해 자신을 죽이는 것도 서슴치 않으려는 것인지, 단순히 MJ를 미치게 만들 정도로만 이용하려는 것인지.

도원을 죽이려는지 살리려는지만 알아도 아버지와 대치하는 MJ 상황을 훨씬 유리하게 바꿀 수 있다.

"당신에겐 뭐든 솔직하고 싶지만, 이번만은 어려울 것 같아요. 당신이 알리고 싶어 하지 않는 사실을 억지로 알게 되었거든요."

도원의 반응에 MJ는 숨을 씨근덕거리며 몰아쉬었다.

"그게 뭔데. 아까 날 만나자마자 울었던 거랑 관련 있는 거야? 내가 선생님한테 말하고 싶지 않은 게 어디 있겠어. 그런 거 없어. 그러니 사실대로 말해 줘. 왜 시위 현장에 직접 가고 싶어 하는 거야?"

"MJ, 나 믿어요?"

"당연하잖아! 젠장! 선생님, 자꾸 이러는 게 날 더 불안하게 한다는 거 몰라?"

"새벽에 아이스랑 당신 사람들 앞에서 말했죠? 내가 과거의 아버지를 알고 있다고. 아버지가 나한테 뭘 바라는지 알고 있어요."

"그게 뭔데."

"지금은 말할 수 없어요."

"대체 왜?"

컴퓨터로 장진원에 관한 이야기를 적어서 MJ에게 보여주려 한 것만으로, 그의 잔혹했던 과거사를 억지로 알려 준 사람이다.

MJ의 불행을 예고하며 도원의 행동을 저지했는데, 그의 경고를 무시한 채 말하기가 조심스러웠다. 도원 자신보다 MJ에게 무슨 일이 벌어질까 봐 걱정이었다.

"당신을 해치려는 사람이니까요. 내가 모든 걸 털어놓으면 당신이 위험해질지도 몰라요."

"하, 그깟 과거 때문에 그 새끼가 날 공격한다고?"

"아버지는 당신한테 뭔가를 바라고 있어요. 그게 뭔지 저도 확실하게 장담할 수가 없어요. 그래서 시위를 보고자 하는 거예요. 그들이 무엇을 위해 움직이고 최종적으로 어떻게 굴려는 지를요."

"정말로 그 시위대의 움직임을 직접 겪어 보게 되면 알 수 있는 거야?"

"그들이 아버지로부터 저를 어떻게 처리하라고 지시를 받았는지는 알 수 있을 겁니다."

MJ의 속이 들끓었다. 미쳤냐고, 죽을 뻔한 고비를 몇 번 넘겼고, 납치에 강간 미수까지 겪었는데도 이번엔 제 발로 아버지 소굴엘 들어가고 싶으냐고 외치고 싶은 목을 틀어 잠그는 것만으로도 온 신경을 곤두세워야 했다.

신중하고 생각이 많은 도원이 그 정도로 무분별한 결정을 내리지 않았으리란 사실은 안다. 도원을 믿지만…… 믿는 만큼 불안해서 참을 수가 없었다.

차라리 어디 가둬 버리고 싶어. 미움받아도 괜찮으니까 평생 안전한 곳에 데려다 놓고 싶어. 그럴 수 없다는 걸 알아서 너무 힘들어.

"내가 가지 말라고 하면 안 갈 거야?"

MJ의 그 말에 도원이 힘없이 대답했다.

"안 된다고 하면 다른 방법을 찾아봐야겠죠."

그 말에 MJ는 더 비참해졌다. 도원의 안전을 최우선으로 생각해서 모든 걸 통제한다고 해도 받아들이겠다는 것이 주먹으로 억압하는 것과 다르지 않다는 생각마저 들었다.

"……하아."

짙은 한숨을 뱉으면서 MJ는 복잡하고 불안한 시선을 어디에 둬야 좋을지 몰라 방황했다. 그런 MJ의 심경을 알아본 도원이 조심스럽게 말했다.

"지금은 어떻게 말해야 할지 모르겠지만 이거 하나만큼은 확실하게 말할게요. 설령 제가 안전하고 무사하더라도, 당신이 다치면 이렇게 돕는 게 아무 소용없다는 거요."

"나도 마찬가지야. 선생님이 위험해지면 이런 짓 다 소용없는걸."

"하하, 우리 너무 서로가 서로한테 약점 아닌가요."

"웃을 일이 아니잖아."

MJ는 도원에게서 몸을 떼어 냈다. 테이블을 건너서 반대편 자리로 이동했다. 맥주잔을 들고 물처럼 마셨다. 치킨을 한 입 뜯었지만 몇 번 씹지도 않고 삼킨 뒤론 음식에 손도 대지 않았다.

도원의 술잔까지 대신 비운 후에야 MJ가 숙였던 고개를 들었다.

"나랑 같이 움직여. 그건 절대 양보 못해."

한 발 물러난 MJ의 말에 도원이 고개를 끄덕였다.

"네. 반드시 그렇게 할게요."

"수갑이라도 구해서 선생님 손과 내 손을 연결해 놓을 거야. 확실한 안전장치 없이는 절대 혼자 돌아다니도록 내버려 두지 않을 거야."

"알겠습니다. 시키는 대로 다 할게요."

"사람들이 많이 모이는 곳이야. 아버지 세력까지 숨어들면 폭도로 변해 군중 심리를 자극할 수 있어. 그런 곳에서 선생님이 절대 눈 밖에 나는 일 없도록 할 거야. 개 목걸이를 해서라도 반드시 내 옆에 붙들어 놓을 거라고."

"응, 그렇게 해요."

"선생님한테 무슨 일 생기면 내가 죽을 거야. 무슨 뜻인지 알지?"

"압니다. 절대 당신 곁에서 벗어나지 않을게요."

"시위 현장 확인하고 나면 나한테 말해 줄 거지?"

"네, 말해 줄게요."

"그럼 됐어. 그거면 돼."

MJ가 맥주를 더 주문했다. 속이 뜨거운지, 술잔을 받자마자 반을 비웠다.

MJ는 답답한 눈으로 도원을 바라봤지만 그 시선에 의심이나 불만은 없었다. 도원을 믿고 있고, 끝까지 따르는 사람의 눈이었다. 도원이 무엇을 왜 숨기는지 몰라도 억지로 캐물으려고 하지 않았다.

도원이 울지 않으면 된다. 그거면 된다.

"선생님, 아."

뼈에 붙은 치킨 살을 맨손으로 뜯어냈다. 도원은 턱 아래까지 다가온 치킨을 온순하게 받아먹었다. MJ는 도원이 손에 기름을 묻히지 않도록 일일이 살을 발라 주었고, 직접 먹여 주었다. 술을 좋아하지 않는 도원의 잔에 물을 채워 주었다.

"술 안 좋아하니까 탄산음료라도 시켜 줄까?"

물어보는 MJ에게 도원은 괜찮다고 웃었다. 먹여 주고 받아먹는 사이에 날카로웠던 분위기가 한결 부드러워졌다.

시위 문제는 아이스와 리더에게 얘기해서 조금 더 자세히 파악해 보기로 결정한 MJ는 이 불편한 주제 대신 평범한 이야기를 입에 담았다.

"아이스가 과자를 너무 많이 사 먹어. 사무실에 빈 과자 봉지들이 얼마나 굴러다니는지. 이 자식은 왜 청소도 안 하지."

"그래요?"

"어. 거기다 대리자는 씻는 걸 너무 좋아해서 가스비가 너무 많이 나와. 근데 생각보다 수도 요금은 안 나오더라. 원래 물값이 더 싸? 고지서 같은 거 자세히 뜯어본 거 처음이라 되게 생소하더라고."

도원이 모르던 MJ의 하루는 단조로웠다. 규격화된 상자처럼 모든 게 정교하게 잘 짜여 있었다. 그리고 거의 모든 사람들과 말 한마디 제대로 나누지 않아 지루해했다.

그저 주변 사람들을 관찰하고 지켜본 이야기를 들려주는 것뿐인데도 그 이야기들을 도원에게 할 수 있다는 사실 하나만으로 행복해했다.

키득거리며 좋아하는 MJ를 보자 도원도 웃을 수 있었다. 보는 것만으로도 사랑스러웠다. MJ가 더 자주 웃었으면, 더 많이 즐거워했으면 좋겠다.

"선생님, 근데 이 꽃다발은 뭐야? 갑자기 사 와서 묻지도 못했네."

향기가 없는 두 종류의 꽃들을 보면서 도원이 대답해 줬다.

"꽃말이 좋아서 샀어요."

"꽃말이 뭔데."

"죽을 때까지 당신만 바라볼게요."

눈을 휘둥그레 뜬 MJ가 곧 얼굴을 붉혔다. 그는 비니를 눈까지 끌어내렸다. 얼굴을 가린 MJ가 한참 동안 아무 말도 없었다. 도원이 "MJ?" 하고 부른 후에야 여전히 고개를 숙인 채 말했다.

"……아이스가 영화표 사 줬어."

영화라는 말에 도원의 얼굴이 눈에 띄게 창백해졌다. 미약하게 떨리는 몸을 다잡지 못했다. 다행인 것은 MJ가 고개를 숙이고 있어서 그런 도원을 보지 못했다는 점이다.

"심야 영화야. 같이 보고 들어갈래?"

입 안이 바싹 마르는 기분이 들며 다시 목이 메어 왔다.

그 끔찍한 공간으로 다시는 들어가고 싶지 않다고 말해 주려 했다. 어두운 곳에 거대하게 들어찬 스크린으로 구역질 나는 장면을 몇 번이고 봐야 했던 고통이. 그 고통이 다시 목구멍까지 올라왔다.

붉어진 얼굴로 "씨발……." 하고 작게 욕을 내뱉으며 난생처음 해 보는 데이트 신청에 어쩔 줄 몰라 하는 MJ만 아니었다면 도원은 영화관이라는 말만으로도 싫다고 몸서리쳤을 것이다.

MJ가 고개를 들지 않길 속으로 간절히 바라면서 떨리는 목소리를 다잡았다.

"……응, 보고 가요. 고마워요, MJ."

붉어진 얼굴을 끝내 들지 못하는 MJ에게 도원은 속으로 감사를 전했다.

비참한 표정은 도원 하나로 충분했다.

16

16

MJ는 마트에서 가장 큰 생수병을 사 왔다. 입구를 잘라 넓게 벌린 후에 꽃을 꽂아 넣었다. 비어 있는 도원의 원룸 조리대는 노란색과 흰색으로 만발한 꽃으로 생기발랄해졌다. 이르게 봄이 온 풍경에 MJ가 콧노래를 흥얼거렸다.

영화관에 다녀온 후부터 MJ는 들떠 보였다. 내용도, 배우 연기도 특출 날 것 없는 영화에 흠뻑 젖어서는 집에 올 때까지 그 얘기를 멈추지 않았다.

대형 스크린과 극장 분위기를 마음에 들어 했다. 팝콘과 츄러스, 탄산음료를 맛있어했다. 꽃을 손에서 놓지 않던 MJ는 집에 와서 꽃을 물에 담가 놓은 후에도 그 즐거운 기분을 이어 갔다.

"나중에 선생님 방에 꽃을 채워 넣어야겠어. 꽃 속에 파묻힌 선생님 보고 싶다. 백합이 잘 어울릴 것 같은데."

그렇게 말했을 때 도원은 얼마나 부끄러워했던가. 들떠 있는 MJ

를 나무라지도 못하고 그가 끌어안는 손만 토닥였다.

　MJ의 요청이 늘어 갔다. 간단한 샤워도 함께하고 싶어 했다. 제 방에서 이불과 베개를 가져와 같이 자길 원했다. 도원이 입고 있는 파자마 속으로 손을 집어넣고 팬티 속에서 성기를 꺼내 만지기도 했다.

　도원이 "으응." 하고 작게 신음하면 신음하는 입술을 물고 빨면서 키득거렸다. 달콤한 분위기에 도원이 먼저 MJ의 목에 팔을 감았다.

　"눈 감아 봐요."

　순순히 따라 주는 MJ에게 도원이 이마를 맞댔다. MJ의 속눈썹을 눈으로 세면서 아이스가 때려 부기가 빠지지 않은 눈가에 입을 맞췄다. 그르렁거리며 기분 좋게 목 너머를 울리는 MJ의 입 안으로 혀를 밀어 넣었다.

　똑같은 치약 냄새가 났다. 눕기 전에 함께 마신 보리차 맛도 났다.

　몸에서 풍기는 같은 냄새, 같은 온도, 같은 감정이란 것은 그 자체만으로도 충만함을 느끼게 했다. MJ의 짧은 머리카락을 손가락으로 쓸어 넘기면서, 감았던 눈을 느리게 뜨는 MJ와 시선을 맞추면서, 도원은 몇 번이고 입술을 벌렸고, 그 안쪽에서 휘감기는 혀의 뜨거움에 취해 갔다.

　"MJ."라고 부르면 "선생님."이란 대답이 자연스럽게 따라왔다. 향기와 시선에 취했다. 도원과 MJ는 서로를 쳐다보며 서로의 몸을 만지고 서로를 불렀다. 이야기가 없어도 지루하지 않은 밤이었다.

　해가 뜰 때까지 이불 속에서 MJ와 키스를 나누던 도원은 출근 시간을 더는 미룰 수가 없어 자리에서 일어났다. 세탁소에서 찾아

온 셔츠를 입던 도원에게 MJ가 물었다.

"선생님. 내 조력자 만나 볼래?"

옷장 안에서 넥타이를 골라 온 MJ가 도원에게 다가와 칼라 깃을 세우고 넥타이를 둘렀다. 폭이 좁은 넥타이를 이런저런 방법으로 돌려 본 후에 깔끔한 윈저 노트로 완성시켰다. 세운 칼라 깃을 내려 주는 MJ에게 도원이 고개를 끄덕였다.

"당신이 좋다면 만날게요."

"만나는 게 나을 것 같아. 시위에도 직접 간다고 했으니까 이런저런 상황을 조력자랑 같이 파악하는 게 좋아."

"그런 거라면 알겠어요. 언제 어디로 가면 될까요?"

"내가 선생님 퇴근 시간에 맞춰서 연구소로 갈게."

"그건 좀 위험할 텐데요. 건물 앞에 아직 언론사들이 진을 치고 있거든요."

"걔네들은 어제 철수했어. 관심사가 주말 시위로 옮겨 갔으니까."

"그래도 만약이 있을 수 있잖아요."

"걱정 안 해도 돼. 그런 카메라에 잡혔으면 옛적에 잡혔겠지."

언제나처럼 자신하는 MJ를 도원은 걱정스레 쳐다봤다. 도원에게 정장 재킷을 입혀 주면서 MJ는 다시금 웃어 보였다.

"정말 괜찮아."

도원은 코트와 장갑도 챙겨 주며 현관까지 배웅하는 MJ의 입술에 뽀뽀를 해 주었다.

MJ는 그 뽀뽀에 보답하듯이 도원의 턱을 잡았다. 쪽쪽쪽쪽, 터지듯이 이어지는 뽀뽀가 이어졌다. 도원은 얼굴 곳곳에 내려앉히는 뽀뽀 세례를 받으면서 결국 참다못해 웃음을 터뜨렸다.

"이럴 때마다 엄마가 새로 생긴 기분이 드네요."

"엄마가 뭐야, 부인이라고 해 주든가."

"알았어요. 저녁에 봐요, 부인."

"하하하."

문밖까지 따라와서 쪽쪽, 뽀뽀를 해 주는 MJ를 간신히 떨어트려 놓았다. 도원은 연신 등 뒤를 돌아보면서 엘리베이터를 탔다.

손을 흔들어 주는 MJ를 보고 또 웃었다. 계속 웃는 자신의 모습이 낯간지러워서 엘리베이터 문이 닫혔을 때는 손으로 입가를 가리고 한참이나 붉어진 얼굴을 어찌할 줄 몰라 했지만 말이다.

오랜만에 지하 주차장 구석에 세워 놓은 자신의 차로 갔다. 한동안 홀로 서 있었던 자동차 안은 서늘했다. 작게 진동하는 엔진음도 낯설고 예각으로 꺾어 놓은 룸 미러를 똑바로 해 놓기가 무섭기도 했다.

차 안의 어둠과 한기가 자연스럽게 온몸을 긴장시켰다. 그래도 이전보다 두려움은 덜했다. 전처럼 현기증이 나거나 욕지기가 올라오지 않았다.

도원은 깊게 숨을 들이마셨다. 자기 자신뿐만 아니라, 누군가를 위해서라도 이 트라우마를 반드시 극복해야 한다고 생각하자 숨쉬기가 한결 편해졌다.

익숙했던 감촉을 떠올리며 기어를 바꿨다. 액셀러레이터도 부드럽게 밟았다. 핸들을 돌리는 손에 필요 이상으로 힘이 들어갔다. 그 점을 도원은 충분히 의식하고 있었다. 혹여나 사고가 나지 않도록 도원은 평소보다 예민하게 주변을 살폈다.

주차장을 빠져나와 밝은 도로로 진입했을 때 전화 한 통이 걸려

왔다. 오랜만에 보는 이름, 빈유미였다.

"여보세요."

핸즈프리로 돌린 휴대 전화 속에서 반가운 목소리가 들렸다.

〈선생님, 안녕하세요. 저 빈유미입니다.〉

"정말 오랜만에 목소리 듣네요."

〈그러게요. 요즘 바쁘다는 핑계로 선생님도 찾아뵙지 못했네요. 그동안 잘 지내셨어요?〉

"응, 나야 잘 지냈죠. 빈유미 씨도 목소리가 좋네. 잘 지냈어요?"

〈하하, 어디 정신없이 쫓아다니는 건 아니라서 숨 돌릴 시간은 있네요. 가끔은 좀 뛰어다니는 게 낫다 싶기도 하지만요.〉

붉은색 신호를 보고 차를 세운 도원은 핸들에서 손을 뗐다. 한 손으로 입술을 톡톡 두드리며 잠시 고민하는 기색을 보였다. 생각을 빠르게 정리한 도원이 목소리를 가다듬었다.

"광역수사대면 사건 많지 않나요. 특히나 요즘은 더요."

전화기 건너편에서 한숨 소리가 들렸다.

〈안 그래도 그 일 때문에 아침부터 전화 드렸습니다. 선생님, 시간 되시면 저랑 잠깐 만나 주실 수 있나요?〉

"아, 오늘 저녁에는 선약이 있는데요."

〈아뇨, 지금요.〉

"네?"

어느새 멈추어 있는 차 앞으로 빈유미가 섰다. 횡단보도를 건너온 그녀는 육성으로 다시금 "안녕하세요." 하고 인사하며 웃어 보였다.

소년처럼 짧게 잘랐던 커트 머리는 어느새 단발이 되어 있었다.

앞머리를 귀에 걸고 하얀 목도리 사이로 입김을 뱉는 빈유미는 꽤나 초췌한 인상이었다. 며칠 밤을 샌 건지 눈 밑은 검고 흰자위가 붉게 충혈되어 있었다.

도원은 깜짝 놀라 신호를 확인했다. 보행자 신호가 아직 켜져 있었다. 옆자리 차 문을 열어 주자 빈유미가 좌석에 앉았다. 낡은 운동화를 털면서 구겨진 바지도 손으로 주름을 폈다.

입고 있는 점퍼에는 도원이 주차장에 세워 둔 차에 처음 올라탔을 때와 같은 한기가 묻어 있었다. 그녀는 웃고 있었지만 많이 지쳐 보였다. 편의점에서 사 온 따뜻한 캔 커피를 도원에게 건네면서 억지로 밝아 보이려고 노력했다.

"술 약속이 계속 미뤄지네요. 아, 정말 마시고 싶은데."

그녀의 마른 뺨을 유심히 보던 도원이 다시 정면을 응시했다. 얼마 남지 않은 보행자 신호에 맞춰 중립에 둔 기어를 드라이브로 바꾸었다.

"술은 괜찮으니 나중에 보양식 먹으러 가요."

"그러게요. 선생님, 왜 이렇게 야위셨어요."

"저 말고 빈유미 씨가 더 먹어야 할 것 같습니다."

"다이어트 중이에요. 날 풀리면 한 사이즈 작은 원피스를 입으려고요."

"한 치수 큰 거 입어도 예쁜 사람이 그러지 마세요."

"어머, 선생님 그거 작업 멘트예요."

"그럼 더 설레라고 계속 말해야겠네요. 살 빼지 마세요. 살쪄도 되니까 빈유미 씨 잘 챙겨 먹었으면 좋겠어요."

핑계도 하필 뻔한 다이어트 핑계나 대다니.

신호를 받아 차를 출발시킨 도원은 가까운 카페 앞에서 다시 차를 세웠다. 샌드위치와 베이글을 사서 빈유미 품에 안겨 주었다. 빈유미는 샌드위치가 든 종이봉투만 만지작거렸다.

그녀는 다시 운전대를 잡은 도원을 힐끔 쳐다봤다. 고생한 기색으로 따지면 도원이 빈유미보다 못하지는 않을 터였다. 샌드위치를 반으로 나눠 먹어야 할 만큼 얼굴 옆선이 도드라져 있었다.

출근 시간이라 도로가 많이 막혔다. 그녀는 느리게 움직이는 차 속에서 바스락 소리를 내며 종이봉투를 손에 쥐었다. 음식을 먹으면서 말하기엔, 그녀는 많이 긴장되어 보였다.

"얼마 전에 최 형사님이 선생님께 무례를 저질렀다는 이야기를 들었어요."

최 형사에 대해 도원은 굳이 묻지 않았다. 이름은 처음 듣지만 누군지 짐작은 갔다. 명치끝이 아렸던 며칠 전을 잊을 수 없다. 사람을 빗겨 보던 그 시선에 모골이 송연했던 기억이 최 형사라는 말에 자연스럽게 되살아났다.

"요즘 최 형사님네 1팀하고 저희 3팀이 마찰이 좀 있었어요. 그 문제로 선생님께도 폐를 끼쳤습니다. 죄송합니다."

입술 대신 핸들 가죽을 손끝으로 톡톡 두드렸다. 도원은 마찰이 있다는 광역수사대 내부 사정과 최근 자살 사건까지 연관 지어 생각해 보았다.

빈유미가 초췌한 몰골로 출근하는 도원을 기다렸다가 차 속에서 긴히 말할 정도의 일이라면 지금과 같은 사과가 목적은 아니라는 생각이었다. 정식 면담 요청도 아닌 비공식 만남이기에 더욱더 확신할 수 있었다.

"최 형사님이라는 분이 저를 수사하기 시작한 건가요."

예리한 질문에 바스락거리던 봉지 소리가 멈추었다. 느리게 가다 서길 반복하는 도로 위에서 그 지루한 분위기에 비할 수 없는 긴장감이 빈유미 얼굴에 서렸다.

도원은 경찰청에서 일했을 때부터 빈유미를 좋아했다. 남자들의 권위와 상명하복식 절차에 여자가 쉽게 적응하기 힘들 텐데도, 곤욕을 치르면서도 포기하지 않는 끈기가 있었다.

언제나 노력했고 솔직했다. 남자들의 방식에 여성인 그녀조차 물들 기회가 많았는데도 그녀는 자신만의 원칙을 고수했다.

문제를 해결하는 데에 지름길이 없다고 믿었다. 정식 수사와 피해자를 최소화하는 범인 색출만이 그녀가 고수하는 수사의 1원칙이었다.

그것은 심성이 나쁜 사람은 지키기 어려운 올곧은 사고방식이었고, 도원은 그런 그녀의 강함을 좋아했다. 원칙을 고수하는 그녀에게 이런 식의 도둑 만남은 그른 일이다.

그럼에도 이러한 비원칙적인 일을 하는 경우는 하나였다. 어떻게든 자신 주변의 사람을 돕고 싶어 할 때다. 형사 빈유미가 아닌, 친구이자 지인이자 동료인 빈유미로서 최선을 다하고 싶어 할 때였다.

그녀가 아침에 자신의 차 앞으로 뛰어들기 전까지 얼마나 밤을 지새우며 고민했을지 알 만했다. 눈 밑의 거뭇한 기미와 푸석한 피부를 본 도원이 부드러운 목소리로 다시 말했다.

"맞군요."

빈유미가 고개를 숙였다. 귀에 걸었던 앞머리가 흘러내려 그녀의 피곤에 찌든 눈가를 가렸다.

"자세히 말해 줄 수 있나요."

"……그게."

"경찰청 내부 사정이라고 모른 척하기엔 빈유미 씨도 나도 이미 알 건 안다고 생각합니다."

"아직도 확신은 서지 않아요. 선생님께 이렇게 말씀드려도 되는지."

"내부 일을 외부 사람인 저에게 말해서 죄책감이 드나요."

"네. 이러면 안 되니까요."

"그럼 간단한 해결책이 있어요. 저를 탓하면 됩니다."

"그게 무슨 말씀이세요."

"모른 척 내버려 두면 또 박 형사님 때와 같이 이상한 일에 휘말릴 수 있잖아요. 전 발을 빼기엔 너무 깊게 들어왔고, 빈유미 씨는 이런 저를 걱정해서 여기까지 찾아오신 거니까 저를 탓하면 돼요. 저를 하루 종일 감시할 수 없는 현실적인 여건상, 제가 알고 혼자서라도 대처하는 게 아무것도 모르는 것보단 낫지 않을까요."

빈유미는 도원의 말을 곱씹었다. 말하지 않아서 예상 가능한 일을 기다리느니, 말함으로써 긍정적인 변칙이나 변수를 두는 게 낫겠다는 결론이었다.

경찰로서는 해서는 안 되는 일이지만 도원을 위해서는 충분히 할 수 있는 일이었다. 그녀는 함께 일했던 동료를 두 명이나 잃고 싶지 않았다.

"저는 크랙의 병실에 있었어요. 크랙이라고, 저번에 말씀드렸었죠. 장진원이라는 배우요. 마약 밀매 조직의 중간 연락책으로 의심되던 인물입니다."

도원은 핸들을 돌렸다. 정체된 도로에서 벗어나 골목길로 접어

들었다. 조금 돌아가겠지만 이 편이 나았다. 사방이 차로 둘러싸인 곳에 갇혀 있기보단 어린이 보호 구역이라도 느리게 굴러가는 자동차가 숨 쉬기 편했다.

"그 인물이 사고를 당해서 혼수상태였어요. 저희 팀은 마약 밀매와 방화범 뒤를 쫓고 있었고, 그 수사 과정에서 방화범에 의해 장진원이 치명적인 중상을 입은 것까지 확인했어요. 그래서 자주 그 병실 앞을 서성였어요. 정신을 차리면 바로 확인해 볼 사항들을 정리했거든요."

그녀는 크랙이 정신을 차리는 동안에 정리한 몇 가지 기록들을 말해 주었다.

방화범은 단순 방화가 아닌, 마약 생산과 유통 경로를 차단하는 형식으로 불을 질러 왔다. 이로 인해 조직과 방화범이 대치하는 상황이다.

정재계 고위급 인사 자제들이 엮인 조직은 단순히 돈이나 쾌락 이상의 가치를 추구한다.

전문 포수와 밀렵꾼들이 주축이 되어 있어서 마약을 중국과 동남아로 운송하는 경로가 확실하게 보장되어 있고, 총기류를 다룬다는 점 때문에 경찰들이 섣불리 검거 작전을 펴기 힘들다는 점 등이었다.

"크랙이 새벽에 정신을 차렸어요. 눈빛은 정상이었어요. 뇌를 다칠 가능성이 크다고 들었는데 괜찮아 보였어요. 운이 좋았던 거죠. 그리고 크랙이 절 알아봤어요. 어떻게 알았는지는 지금도 잘 모르겠어요. 추측하건대 크랙은 선생님 주변 사람들을 전부 조사한 것 같아요. 그러니까 제 이름도, 제 직업도 알고 그런 말을 한 거겠죠."

골목을 우회하여 다른 큰길로 접어선 도원의 차가 속력을 높였다.

왼쪽으로 햇살이 부서지는 한강이 길게 펼쳐져 있었다. 살얼음이 낀 강가에 이름 모를 철새들이 앉아 있었다. 사람들이 버린 쓰레기를 부리로 저으면서 언 닭 뼈를 발라 먹는 새들이었다.

부리가 빨갛게 얼어 있었다. 끝이 뭉뚝하게 깨진 새도 있었다. 그럴 리가 없는데도 철새들의 울음소리가 들리는 것 같았다. 기괴할 정도로 높고 오랫동안 울리는 환청이었다.

"크랙이 선생님에 대해서 전부 조사해 달라고 했어요."

시너와 함께 타올랐던 불꽃이 철새 울음소리에 섞여 들렸다. 불에 타 천장이 무너지던 클럽 안에서 시끄럽게 울리던 음악 소리와 몇몇 광기 섞인 사람들의 웃음소리가 도원을 향했다.

까르르르륵. 광기에 젖은 철새 울음소리였다.

도원은 눈을 꽉 감았다가 떴다. 자동차는 크게 턴을 하여 고가도로로 진입했다. 습관으로 굳어진 운전 실력이 아니었다면 어느 한 순간 사고가 나도 이상하지 않을 만큼 도원의 손끝에는 핏기가 없었다.

"윗선에 보고하셨나요."

빈유미가 고개를 들었다.

"네."

"바로 보고하신 거군요."

"죄송합니다."

"아뇨. 당연히 하셔야 하는 일을 한 거예요. 미안해하지 마세요. 수사할 땐 작은 단서라도 그냥 넘기면 안 되죠. 그게 설령 지인이 얽힌 일이라고 할지라도요."

"1팀 최 형사님께도 이 이야기가 들어갔어요. 구속 영장을 신청했다고 들었습니다."

"제 영장인가요."

"……네."

"기각될 확률은요?"

"……어려울 거예요. 병원 내에서 벌어진 자살 사건과 이번 마약 밀매 사건 모두 선생님과 관련되어 있어서요."

"제가 어떤 종류의 죄목으로 체포될지 알 수 있을까요."

"마약 밀매 조직의 조력자요."

"아아, 아버지 조력자로 영장 구속이라."

"선생님께서 얼마나 알고 계신지 모르겠지만 안 좋은 일에 휘말린 것은 알고 있습니다. 저도 제가 가능한 선에서 도와 드리고 싶어요."

"제가 아버지란 사람의 조력자는 아닙니다."

"알아요."

"박 형사님이 속해 있던 '동창회' 사람도 아니고, 구속당한다고 해도 별로 할 말이 없는 일반인이 맞아요. 정말로 아는 게 많지 않거든요."

"저도 알아요. 아는데…… 알고는 있는데 저 혼자 어떻게 할 수가 없는 상황이 되었어요. 도와 드리고 싶은데 무엇을 먼저 어떻게 도와 드려야 할지, 답답하네요. 선생님, 정말 죄송합니다."

"아니에요. 이렇게 와서 얘기해 주셔서 고마워요. 제가 어떤 상황인지 알 수 있게 해 주신 것만으로도 정말 고맙습니다."

빈유미는 도원이 화를 내거나 배신감에 상처받은 얼굴을 하더라도 모두 감내할 생각이었다. 예상과 달리 도원이 고맙다고 말했다.

어렴풋이 직감하길 도원은 이렇게 될 줄 안 듯했다. 알면서도 병원 일에 얽혔던 것이고, 마약 밀매 조직 사건과 관련이 된 것이었다.

"빈유미 씨. 나쁜 생각하지 말고 내 얘기 잘 들어요."

흠칫 놀란 그녀가 도원을 돌아봤다. 시종일관 침착한 도원은 운전 상황에서도 판단을 미루지 않았다. 그 결단엔 빈유미를 힐난하거나 자신의 상황에 연민을 가지는 불필요한 감정은 담겨 있지 않았다.

"나는 이 일에 주요하게 얽힌 사람이 맞아요. 아버지 조력자로 의심해서 영장 발부를 한다 해도 내가 해 줄 말은 아무것도 없지만 내가 조사라는 걸 받아 본 적은 없잖아요. 멀리서 보기만 했지."

같이 일한 빈유미도 아는 사실이기에 고개를 끄덕였다. 도원이 이어 말했다.

"그 조사가 얼마나 억압적일지 잘 모르겠어서 내가 헛소리하지 않고 견딜 수 있을지는 솔직히 자신 없어요. 안 그래도 요즘 정신적으로 많이 힘들어서 조금만 외압이 들어오면 예전처럼 강건하게 버티지 못할 거 같거든요."

조사 담당자가 1팀 최 형사가 된다면 도원은 구시대의 유물이라 생각했던 물리적 폭력을 감당해야 할 가능성이 컸다.

고차원적으로 사람을 괴롭혔던 최 형사의 신문 방법을 하루 종일 견딜 자신은 없었다. 그러니 수갑을 차고 조사실에 들어가기 전에 이 일을 마쳐야 했다.

"주말에 반드시 해야 할 일이 있어요. 영장이 그전에 나오더라도 난 순순히 출석할 용의가 없습니다. 다음 주 월요일에 직접 찾아갈게요."

"주말이요?"

"지켜야 하는 사람이 있어서요."

"소환에 응하지 않으면 더 심각해질 수 있어요."

"도망가지 않아요. 도망갈 필요도 없고. 난 아무 잘못 없거든요. 단지 내 선에서 처리할 수 없는 일들이 생길까 봐 그렇습니다. 날 도와주고 싶다고 하셨죠? 빈유미 씨가 곤란하지 않은 범위에서 부탁하고 싶습니다. 한 사람만 지켜 주세요."

"네?"

"내가 혹시 잘못되더라도 그 사람에겐 피해가 가지 않도록 해 주세요."

화장기 없는 얼굴이 창백하게 굳었다. 그녀는 "선생님!" 하고 비명처럼 소리를 질렀다. 도원이 어디까지 최악의 상황을 생각했는지는 몰라도, 빈유미는 그런 상황이 닥치도록 내버려 둘 생각이 없었다.

"선생님은 잘못될 일 없고요, 출석 소환도 며칠 고생하고 언론에서 이슈가 되는 걸로 그칠 거예요. 저한테 그런 말씀 하지 마세요."

"이런 일을 믿고 맡길 사람이 곁에 없어요. 빈유미 씨처럼 강하고, 소신을 지키면서, 남을 더 생각해 주는 사람 말이죠."

"제가 대체 뭘 할 수 있다고요."

"그 사람까지 수사가 넘어가지 않도록 도와주세요. 혹시나 그 사람에 관한 결정적인 정보를 찾더라도 미결 상태로 보고해 주세요. 다른 사람이어도 되니까 빈유미 씨가 파헤치지 않았으면 좋겠어요. 그게 제 부탁입니다."

"무슨 얘긴지 모르겠어요. 하나도 모르겠다고요."

"곧 알게 되실 거예요. 주말까지만 내가 경찰청 뜻대로 움직이지 않더라도 이해해 주세요. 부탁합니다."

빈유미의 입술이 떨렸다. 그녀는 다리가 가로지르는 한강물을 쳐다봤다. 반짝반짝 부서지는 겨울 햇살이 눈부셔서 한참이나 가늘게 뜬 눈으로 멍하니 그 수면을 바라보기만 했다.

세상은 이렇게 평온한데 도원의 주변은 들끓는 지옥 같다. 다치게 되고 괴롭게 될 것이 모두 정해진 수순으로 보였다.

도원을 돕지 않고 모른 척한다면 빈유미는 평생 이 일에 시달릴 것이다. 박 형사에 이어 도원까지 잃을 수는 없었다. 그녀는 단호하게 대답했다.

"사모님과 화향이는 제가 어떻게든 보호할게요."

도원은 빈유미의 말을 정정했다.

"전처와 아이는 애초에 위험할 일이 아니니까 괜찮아요. 거기까지 신경 써 주다니 고맙습니다."

"네? 사모님과 아이가 아니라면 누굴 지키시려고요?"

"제가 사랑하는 사람이요."

"아, 저기 선생님?"

"지금은 바로 얘기해 드리지 못하겠어요. 일단 약속했으니까 빈유미 씨가 지켜 주시리라 믿고, 주말 이후에 말해 드릴게요. 빈유미 씨가 곤란할 일은 정말로 없을 겁니다. 주말 지나면 아실 거예요."

"선생님, 도대체 무슨 일에 얽히신 거예요. 제가 모르는 사이에 무슨 일들이 있었던 건가요."

"음. 기가 막힌 일들에 얽혔네요."

"남 얘기 하듯 말하시는 건 변함없으시네요."

"그래야 객관적으로 생각할 수 있으니까요."

"사랑하는 그분을 위해서인가요?"

"네."

도원이 사랑이란 것에 이토록 강경한 생각을 비친 적은 없었다. 가정일에 노력하려 해도 자신 없어하고 스스로를 모자란 아비로 생각하던 도원을 알기에 지금 모습은 생소했다.

누군가를 위해서 한 치의 망설임 없이 자신을 희생하는 태도는 빈유미가 알던 도원보다 훨씬 강했고, 또 단호했다. 얼마나 많이 생각했는지 어렴풋이 알 수 있었다. 도원은 지금의 결단을 내리기까지 밤새 자지도 못하고 고민했을 게 뻔했다.

그 뜻을 빈유미는 받아들였다.

"알겠습니다. 선생님을 위해서 제가 할 수 있는 모든 걸 도와 드리도록 노력하겠습니다."

다리를 건넌 차가 도로변에 멈추어 섰다. 도원은 깊게 숨을 내뱉으면서 차 시트에 상체를 편히 기대었다. 고개만 돌려 옆자리에 앉은 빈유미를 응시했다.

아직 오지도 않은 봄을 닮은 눈동자에 빈유미가 비쳤다. 맑고 투명한 거울처럼, 빈유미의 긴장된 입가가 떨리는 모습마저 선명하게 투영되었다.

"나는 살면서 많은 걸 후회했어요. 실수도 많았고, 잘하지 못한 일도 많아요. 그래서 시달리기도 하고 괴로워도 했어요. 누구나 다 겪는 그런 고통을 저라고 의연하게 대처할 수는 없었죠."

남들을 잘 아는 만큼 자신을 모르기에 언제나 가시밭길과 꽃길을 구분하지 못했다. 맨발로 직접 밟아야만 가시와 꽃잎을 구분할 수 있었다. 뾰족한 것에 아파한 일이 꽃물에 젖어 든 발바닥을 황홀하게 지켜본 일보다 많았음을 인정했다.

"이번 일도 분명 후회할 거예요. 힘들어서 울지도 몰라요. 그래도 이렇게까지 하는 건, 이걸 포기하면 분명 제 자신을 평생 경멸할 것이기 때문이에요. 사랑하는 사람도 지키지 못하면서 내담자를 돌보는 가식적인 삶을 살고 싶지 않아요."

빈유미는 캔 커피를 만지작거렸다. 손바닥이 따뜻해지는 알루미늄 캔 온도가 사람 체온과 비슷했다. 닿는 것만으로 안정이 되는 온도였다.

너무 뜨겁지도 차갑지도 않은 익숙한 열감. 도원은 언제나 그 온도를 지킬 줄 아는 사람이었다. 빈유미가 다른 누구보다 도원을 챙기는 이유이기도 했다.

한결같은 사람이 변하는 것엔 이유가 있다. 좋든 나쁘든, 그 명확한 이유 때문에 도원의 온도가 달라졌다. 이전보다 뜨겁게 말하고 있었고, 그만큼 더 차갑고 냉정하게 생각하고 있었다.

그렇게 변한 사람은 조금 더 실수할 가능성이 있다. 망설인 끝에 하지 않아도 될 일에 용기를 낼 테니 말이다. 결정적인 때에 그런 실수는 위험을 자초하게 될 것이다.

"후회하지 않고 살 순 없잖아요."

"그렇죠?"

"하하, 선생님답지 않은 이야기네요."

"나는 모든 게 통제 가능하고 해석이 가능한 세상에서 살았어요. 일종의 평론가적 문장 속이었죠. 그러다가 얼마 전에 소설 속 문장으로 들어온 느낌이에요. 해석할 수도 없고 해석해서도 안 되는 이야기들이 넘치는 세상을 알게 되었어요. 생각했던 것보다…… 정말 아름답네요."

"선생님과 저처럼 증거와 추론을 업으로 삼는 사람에겐 굉장히 위험한 세상으로 들리는데요."

"현실은 사실이 아니죠."

"사실이 실재도 아니고요."

"무의식은 언제나 침묵하고 있어요. 나는 그 침묵이 만들어낸 균열이나 흔적을 탐구하는 사람이었는데 간과한 게 있었네요."

"그게 무엇인가요?"

"균열이 없는 사람일수록 무의식을 엿보기가 힘들어요. '아버지'는 그런 사람이에요. 균열이 너무 많아서 무의식과 상징계가 경계 없이 뒤섞인 사람도 있어요. '방화범'이 그런 사람이에요."

"……그 둘을 아시는 거예요?"

"빈유미 씨도 다음 주면 알게 될 거예요."

"선생님."

"조심히 돌아가세요. 사 드린 건 꼭 드시고요. 다이어트하지 말아요. 약속."

새끼손가락을 내미는 도원에게 빈유미는 얼떨결에 손가락을 걸었다. 도원의 가늘고 긴 손가락을 꼭 잡았다. 어린아이에게 하는 양 얽힌 손가락을 쥐고 흔든 도원이 눈가를 접으며 웃었다.

"고마워요, 빈유미 씨."

빈유미는 차에서 내렸다. 그녀를 내려놓은 차가 도로 건너편으로 멀어졌다. 빈유미는 햇살에 반짝이는 차 꽁무니에서 시선을 떼지 못한 채 품 안에 도원이 사 준 음식을 끌어안았다. 따뜻한 음식의 온도가 양팔에 감겼다.

고맙다는 인사가 평소에 듣던 것과 달랐다. 아직 고마워할 일이 벌어지지도 않았는데 미리 한 것만 같았다. 마치 이후엔 고맙다고 말할 시간이 없는 사람 같았다. 숨이 막힐 듯한 답답함에 빈유미는 다시금 한숨처럼 깊게 호흡했다. 희뿌연 입김이 허공에서 흩어졌다.

봄이 오기엔 아직은 추운 겨울이었다.

사무실 밖은 낮 동안 들렸던 인기척이 없었다. 서성이던 사람들이 사라지고 서늘한 한기만 남았다.

도원은 자리에서 일어났다. 최근 며칠간 도원은 연구소 내에서조차 사람들을 만나지 않았다. 연구소 관계자들에게 어떤 피해를 끼칠지 모르기에 정기적으로 하는 아침 회의에도 사정을 설명하고 불참해 왔다.

건물 밖에는 알게 모르게 형사들이 잠복해 있었다. 언론사에서는 병원과 연구소에 도원의 인터뷰를 요청했다. 몇몇 탐사 프로그램 피디는 끈질길 정도로 도원 주변을 맴돌았다.

도원이 내담자를 받고 상담을 할 수 없는 상황이었다. 업무에 지장이 있는 도원이 할 수 있는 일은 존재하지 않았다.

도원은 텅 빈 사무실에서 혼자 작성한 문서를 인쇄했다. 수십 페이지에 달하는 문서를 모아 책상 면에 두드려 각을 맞췄다.

책장을 살피다가 오래되어 변색되고 낡은 서류철 하나를 꺼냈다.

그 속에 담긴 문서가 중요하지 않다는 걸 확인하고는 내용물을 빼냈다. 빈 서류철에 이제 막 출력한 문서를 대신 끼워 넣었다.

10년 전 라벨 그대로를 붙여 놓고 가방 안에 담았다. 출력한 문서의 파일은 삭제하고 USB도 부숴서 쓰레기통에 집어넣었다.

의자에 앉아 아무것도 하지 않고 가만히 앉아 있기만 했다. 연락을 기다리는 중이었다. 도원이 할 수 있는 것을 모두 마무리했기에 남은 것은 적절한 시기에 적당한 때를 봐서 자료를 넘기는 일뿐이었다.

파일은 모두 삭제했지만 예약 메일로 설정한 자료는 주말이 지나면 빈유미에게 전달될 예정이니. 이 문서만 제 주인을 찾으면 된다.

컴퓨터에서 사내 메신저 알림음이 들렸다. 가만히 의자에 앉은 채 문가를 쳐다보던 도원이 모니터 화면으로 시선을 옮겼다. 사무실로 오라는 맹강조 소장의 호출 메시지가 깜빡이고 있었다. 다시금 문가를 쳐다본 도원이 시간을 확인했다. 조금 더 기다려 보기로 했다.

복도에는 퇴근하는 심리사들이 서로에게 인사하는 정겨운 소리가 울렸다. 인사하는 목소리가 줄어들 때까지 기다린 후에야 자리에서 일어났다.

컴퓨터를 끄고 외투와 가방을 챙긴 도원은 사람들이 확연히 줄어든 복도를 걸었다. 복도 끝에 자리 잡은 소장실 문을 두드렸다. 들어오라는 대답을 들은 도원이 문을 열었다.

너른 책상에 앉은 맹강조 소장이 사뭇 진지한 표정으로 종이 한 장을 들고 있었다. 도원이 제출한 장기 연차 신청서였다. 연달아 일주일가량을 신청한 도원을 보고 맹강조 소장은 몇 터럭 없는 머리를 긁적였다.

"이러면 자네도 나도 많이 곤란한 거 알지?"

도원은 변명하지 않았다.

"죄송합니다."

"어디 여행이라도 떠나려는 건가."

"정리할 필요가 있어서요."

"뭘 정리한다는 게야. 아니, 정리한다고 해도 그렇지. 다음 주 내내 연차 쓰는 게 말이 되나. 아직 상담 환자들 일정도 못 뺐는데."

"사표를 쓰려고 했는데 소장님께서 안 받아 주실 것 같아서 제가 쓸 수 있는 모든 연차를 썼습니다. 문제가 된다면 무급 휴직으로 돌리셔도 됩니다."

"무급 휴직? 사표? 허, 참."

평소 장난기 많던 소장이 심각한 표정으로 침묵했다. 가습기 소리와 시곗바늘 소리가 두 사람 사이를 메웠다. 둘 중 누구도 먼저 입을 떼지 않았다. 기다리던 도원이 한 번 더 사과했다.

"죄송합니다."

소장은 그 인사를 받아 주지 않았다. 연차 신청서를 다시 들여다보았고, 도원이 최근 며칠 동안 제출한 업무보고서를 확인했다.

기존에 있던 내담자들도 상담 일정을 취소하거나 다른 상담자에게 상담받은 내역이 드러났다. 원무과에서는 언론사의 잦은 취재 요청으로 업무에 지장이 있다는 메일을 보내기도 했다.

인터넷만 켜도 포털 사이트 사회기사면 첫 꼭지를 장식하는 게 도원과 엮인 사건이었으니 알 만했다. 컴퓨터를 끄고 도원을 불렀다.

"이리 와서 앉아 보게."

도원은 소장의 맞은편에 의자를 끌고 와 앉았다. 소장이 앉은 뒤편에 위치한 커다란 창문 너머로 노을이 지고 있었다.

스탠드 불빛보다 강한 붉은색으로 사무실 전체가 물들어 있었다. 색상이 붉어졌다 뿐, 너른 사무실은 도원이 이곳에 처음 와서 면접을 보던 때와 다를 것이 없었다.

수많은 문서가 쌓여 있었다. 톡 건들면 와르르 무너질 만큼 위태로운 문서 탑은 그들만의 순서와 법칙으로 정교하게 정돈되어 있었다.

소장이 뿌리는 향수 냄새, 양복 냄새도 곳곳에서 맡아졌다. 어쩌면 다시 못 볼 풍경을 눈에 새기고 맡지 못할 향기를 기억에 담았다. 마주 보고 이야기하는 마지막 순간이라 생각했다.

"도 선생, 요즘 힘든 거 아네. 지금까지 버텨 줘서 고맙고."

"음, 별로 한 것도 없는걸요. 오히려 저 때문에 연구소가 어수선해져서 죄송합니다."

"어수선하긴. 병원 원장과 외래 팀이 어제 얼마나 기가 막히게 인터뷰를 했다고. 방송 타면서 병원과 연구소가 홍보되기도 했는걸. 그렇게 생각하니 도원 선생 덕분이겠는데."

"그렇게 포장하지 않으셔도 됩니다만."

"진심이야. 난 도 선생이 우리 연구소를 그만두지 않았으면 좋겠네."

"그럼 어수선한 일 좀 가라앉고 다시 오는 건 어떻게 생각하시나요. 그동안 무급 휴직을 받아도 괜찮습니다."

"아 글쎄, 어수선한 일 같은 거 없대도. 도 선생은 도 선생 일을 하면 돼. 내담자들도 대다수 도 선생과 상담하고 싶어 하고 있어. 그 환자들을 버려두고 혼자 가버리는 게 얼마나 무책임한 일이야."

"제 내담자들껜 모두 다른 선생님을 소개해 드렸습니다."

"옮긴 사람은 한 명이야. 나머지는 도 선생 일정에 맞춰서 다시 온다고 했어. 자네 이렇게 무책임한 사람 아니잖은가."

도원은 무릎 위에 올린 손을 꿈지럭거렸다. 환자들을 생각하긴 했지만 우선순위에서 밀려난 것은 사실이었다. 제 앞가림하기 바빠서 일을 일단 미뤄 둔 것을 소장이 정확하게 지적해서 부끄러웠다.

도원은 꼬물거리던 손가락들을 펴고 무릎 위에 고인 땀을 닦았다. 가방 안에서 서류철을 꺼냈다. 십여 년 전 라벨이 붙은 오래된 서류철이었다. 그 안의 문서는 조금 전 인쇄를 마쳐서 종이가 아직도 따뜻했다.

"경찰이 오늘 아침에 제게 영장 발부를 신청했다고 합니다. 늦어도 내일은 결과가 나올 겁니다. 기각될 확률은 없을 것 같아요."

도원은 낡은 모서리를 손끝으로 매만지고는 숨을 한 번 크게 들이마셨다.

"관련 내용 정리한 파일입니다. 나중에 괜찮으시면 저 대신 논문으로 작성해 주실 수 있으세요? 가급적 사회적 이슈로 만들고 싶습니다."

소장은 도원이 건넨 파일을 받았다. 수십 장에 달하는 문서에는 사건 일지에 가까운 단문 기록이 적혀 있었다. 개인 정보는 철저하게 가려져 있지만 사건 상황과 내용이 충분히 충격적이었다.

어린 시절 학대받은 기록, 단체에 붙잡혀 감금당한 경험, 그 이후 벌어진 섹스 충동과 방화 충동에 관한 성질 및 충동성이 감소하게 된 치료 과정에 대한 서술 등.

소장은 등 뒤로 노을이 완전히 저물어 어둠이 깔릴 때까지 문서 내용을 꼼꼼하게 살폈다.

　도원은 부동자세로 앉아서 기다렸다. 무슨 이야기를 듣더라도 감당할 준비를 했지만 심장은 크게 뛰고 있었다. 목 너머가 바싹 타들어 가고 손발이 땀으로 축축해져서 앉아 있는 건지, 서 있는 건지도 제대로 분간 못할 정도였다.

　가슴뼈 안에서 쿵쿵 울리는 심박이 옷 밖으로도 느껴지고 있었기에, 도원은 이 얼마나 두렵고 후회스러운 일을 자처했는지를 뼈저리게 느꼈다. 마지막 종이가 넘겨졌을 때, 도원은 눈을 질끈 감았다. 소장을 똑바로 볼 수가 없었다.

　"도원 선생."

　심장이 발등 위로 떨어졌다가 튀어 올라오는 느낌이었다. 도원은 바싹 마른 입술을 벌렸다.

　"네."

　작게 떨리는 목소리를 소장도 눈치챘다. 그는 서류철을 덮으면서 도원에게 다시 내밀었다.

　"선생답지 않게 객관성이 많이 떨어지는 문장들이군. 어떻게 봐도 이 범죄자를 옹호하는 걸로 보여. 마치 이자가 법정에 서게 된다면 객관적 증거 자료로 제출하려고 하는 것처럼."

　그 말에 도원은 아랫입술을 질끈 깨물었다. 꼼꼼하게 검토한다고 했는데 노련한 맹 소장의 눈길은 피할 수 없는 모양이다.

　"내가 잘못 이해했나? 사회적 이슈로 만들어 달라고. 그러면 이 범죄자에 동정 여론이 어마어마하겠군. 그럴 목적인가. 자네 명성으로 쓰인 증거 자료라면 학계와 언론계 모두에서 굉장한 파급력을 보일 거야. 지금 이거, 의도적으로 쓴 거 맞지?"

도원은 더 이상 침묵할 수 없었다.

"맞습니다."

솔직한 대답에 소장은 굳어 있던 얼굴을 폈다. 그가 피식 웃었다. 웃는 소리만 들어도 심장이 요동치는 도원은 주먹만 움켜쥐었다.

"환자는 포기하는 게 아니야. 자네가 말한 거야."

도원은 입 안이 바싹 말랐다. 소장이 이 제의를 거부한다면 누구에게 부탁해야 할지를 생각할 때였다.

"아직 치료 중인 기록을 나보고 어떻게 논문화하라는 건가. 자네가 끝까지 담당해야 할 환자이니, 자네가 끝을 보고 자네가 직접 논문으로 발표하게. 내가 제2 저자로 도와줄 테니까, 필요한 자료는 요청하고."

도원은 감고 있던 눈을 살며시 떴다. 두려움으로 속눈썹이 파르르 떨리는데도 책상 너머의 소장은 태연했다. 그는 오히려 평소의 장난스러운 미소마저 짓고 있었다.

"아, 실은 욕심이 나서 제2 저자로 나를 끼워 달라고 한 거기도 해. 굉장히 매력적인 사례이기도 하고."

장난을 칠 때가 아니었다. 도원은 소장이 다시 손에 쥐여 준 서류철을 꽉 움켜쥐었다.

"제가 발표를 못하니까 대신 부탁드리는 겁니다."

"아니, 자네가 왜 발표를 못하나? 내년 학회엔 나랑 같이 유럽 가서 상을 쓸어 오자고."

"학자로서 신의가 떨어질 겁니다."

"학자한테 뭔 신의가 있나. 공부하는 얼간이들에게 너무 높은 도덕성을 바라는 거 아닌가."

"말씀드렸잖습니까. 저에 대한 영장 발부가 심사 중이라고요. 영장이 발부되면 전 검찰에 송치될 겁니다. 지금처럼 평범한 학자로 살 수 없겠죠. 학계에서도 저의 논문을 좋게 안 볼 거고요."

"그래서 마지막으로 자네 이름을 걸고 논문을 이슈화하려는 거군. 한탕 벌이겠다, 그 뜻이지?"

"그 정도까진 아닙니다."

"자네 죄 지었어?"

"지은 적 없습니다."

"그럼 상관없잖은가. 영장이 나오든 말든, 무고한 사람 신문하겠다는 건데 그건 걔네들이 욕 들어 먹어야지, 왜 자네 커리어에 문제가 생기겠어."

"소장님. 보셨다시피 저는 범죄자를 돕고 있습니다."

"그래, 기록이 세밀하고 상세해. 문장 실력이 아주 좋아졌더군. 프로이트가 울고 가겠어. 조금만 더 객관적인 문장으로 손보면 나무랄 데가 없겠어."

"소장님, 저는……."

"그렇게 말하면 나도 발표할 자격이 없어."

"비윤리적인 행위에 가담하여 동조한…… 네?"

"그런 일이라면 나도 자네처럼 묵인해 왔으니까. 안 그런가, 매리제인."

도원이 눈을 크게 떴다. 흐려지는 검은 눈동자는 동공이 수축하면서 호흡마저 멎었다. 들려서는 안 되는 이름을 들었다. 심장이 쪼그라들어 숨을 쉴 수 없는 지경에 이른 도원은 눈을 깜빡이는 생리적인 작용마저 할 수 없었다.

"영장 심사는 지금 들었어. 소장, 일이 제대로 처리되었다고 들었는데."

인기척도 느껴지지 않은 등 뒤에서 두 팔이 돌아 나왔다. 익숙한 체향과 온도로, 두 팔은 도원의 목을 끌어안았다. 도원을 뒤에서 끌어안은 팔의 주인이 낮지만 서늘하게 말하자 맹 소장이 대꾸했다.

"빈유미 쪽과 담당 검사 쪽은 제대로 처리된 거 맞네. 그녀는 거짓말을 못하거든. 그녀가 터치 못하는 부분에서 일이 틀어진 거겠지. 도 선생을 탐탁지 않아 하던 형사 하나가 있던데 그쪽에서 선수 쳤을 가능성이 크겠군."

"1팀 최기혁 말이지."

"똑똑하고 치밀한 형사일세. 그자가 직접 추진하고 있다면 도원 선생도 무죄로 벗어나긴 힘들 수 있어. 방금 말한 대로 범죄자의 범죄 행위에 가담한 죄질도 상당히 무겁거든."

"어떻게 해야 하지."

"일단 연차는 기각하겠네. 연구소와 병원은 도 선생과 무관하다는 걸 보여 줘야 일이 마무리되고 돌아와서도 문제없겠지."

"그리고?"

"음? 그리고, 라니."

"소장으로서가 아니라 '조력자'로서 도울 일이 더 있을 거 아냐."

도원은 자리에서 벌떡 일어났다. MJ가 목에 감고 있던 손을 치우고 뒤로 물러났다. 심장이 귀 바로 옆에서 뛰는 것처럼 들렸다. 발에도 힘이 들어가지 않아 휘청거리는 몸을 가까스로 다잡았다.

도원은 소장과 검은 코트를 입고 있는 MJ를 번갈아 가며 돌아봤다. 생각이 이어지지 못하고 자꾸만 끊어졌다. 언제부터, 어떻게 진행되고 있던 건지를 파악하기가 힘겨웠다.

다가오는 MJ를 피해 한 발자국 더 뒤로 물러서다가 벽에 등이 닿아 흠칫 놀랐다. MJ가 고개를 숙여서 도원과 눈높이를 맞췄다.

"선생님, 괜찮아?"

눈동자가 여전히 떨리고 있었다. 평온하게 앉아 있는 소장과 걱정스레 쳐다보는 MJ를 몇 번이나 번갈아 쳐다봤지만 답을 찾을 수 없었다. 도원은 자신의 허리에 감기는 팔에 이끌려 가면서 다급하게 말했다.

"어떻게 된 거예요."

"아침에 말했잖아. 오늘 '조력자'를 만나게 해 주겠다고."

도원의 시선이 갈 길을 잃고 여기저기를 배회하기 시작했다. 아직 머릿속이 정리되지 않아서 생각을 거치지 않은 문장만 토막토막 뱉어졌다.

"이건, 이건 아니었잖아요."

"놀라게 했다면 미안해."

"언제부터였어요? 소장님과 언제부터……."

"얼마 전부터. 선생님이 박 형사 사건을 혼자 처리하기 힘들어해서 소장 도움을 받기 시작했을 때부터."

"아……."

"그 사건을 경찰이 조용히 넘어갈 수 있게 도와줬어. 1팀 형사 하나가 끈질기게 물고 늘어지지 않았으면 묻힐 수 있었다고."

도원은 말이 나오지 않는 입을 뻐끔거렸다. 혼란스럽고 당황스러워서 어찌할 바를 몰랐다. 소장이 책상에서 일어나 창문에 커튼을 치기 시작했다.

어둑해진 사무실이 밀폐된 공간으로 바뀌었다. 책상 위로 동그랗게 떨어지는 스탠드 불빛 하나만 작게 빛났다. 소장은 책상에 걸터앉아 도원을 향해 말했다.

"자살한 환자가 벽에 남긴 유서는 여자 본인이 쓴 게 맞네. 도원 선생에게 아버지가 잡아먹기 전에 도망쳐 보라고 한 건 여자가 적었어. 여기서 의문점이 생기지. 잡아먹는다는 건 무슨 뜻이며 무엇으로부터 도망치라는 것인가."

여전히 이해하지 못해서 흔들리는 눈으로 쳐다보는 도원에게 소장은 평상시 짓궂은 말투 그대로를 보여 주었다.

"늑대가 양을 잡아먹는 건 죽인다는 소리네. 아니면 인간이 인간을 잡아먹는 섹슈얼적 의미로 해석할 수도 있고. 도원 선생은 두 가지로부터 도망쳐야 해. 살아야 하고, 변태적 행위에 끌려 들어가지 않아야 하지."

도원 대신 MJ가 반응했다.

"아버지 그 새끼가 선생을 얼마나 노리는지 알 수 있어?"

"모르지. 직접 만나 본 적도 없으니. 그저 지금까지 행동한 것들과 단서처럼 남기는 글을 통해서 유추만 가능하지. 장담하건대 아주 대단한 변태야. 똑똑한 변태는 범인(凡人)이 이해하기 힘든 성적 판타지가 충만하거든."

"역시 주말 시위에는 가지 않는 게 좋겠어."

"난 그 반댈세. 도원 선생은 그 시위에 반드시 가 봐야 해."

"선생님이 위험해질 것이 뻔한 곳에 어째서 가 봐야 하는 건데."

"도원 선생은 그자가 어떤 변태인지 알고 있거든. 어떤 행동으로 그 변태성을 표출하는지 직접 확인하기 전까지 신중하게 생각하는 것뿐이고. 안 그런가, 도 선생."

도원은 조금씩 잦아드는 심장 소리를 느꼈다. 놀라서 눈앞이 하얗게 변했던 당혹스러움이 줄어들자, 소장을 똑바로 쳐다볼 수 있게 되었다.

MJ의 품에서 빠져나온 도원이 소장 앞에 섰다. 책상에 기대어 앉아 있는 소장을 보면서 눈만 깜빡였다. 침착함을 되찾은 도원이 물었다.

"왜 도와주시는 겁니까."

왜. 결정적인 질문에 소장은 웃기만 했다. 그는 책상 위에 떨어진 서류철을 집어서 다시 도원 품에 안겨 주었다. 손으로 움칫 구겨 잡은 덕분에 낡아서 색이 바랜 서류철이 접혀 들어 있었다. 소장은 그 서류철을 힘주어 잡고 있는 손을 다독여 주었다.

"논문을 확장해 보세. 결정적인 인물인 '아버지'도 서술하는 거야. 숨길 것 없어. 도움이 필요하면 제2 저자인 내가 도와줄 수 있으니."

"논문 욕심 때문에 이러시는 분이 아니란 건 제가 더 잘 압니다."

"난 도 선생을 존경하네. 앞으로 우리나라에 도 선생 같은 학자가 얼마나 더 나올지도 장담 못하겠어. 더 많은 것을 이룰 수 있는 유능한 학자가 작은 돌부리에 걸려 넘어지는 걸 볼 수만은 없지. 이해해 주게. 늙으면 오지랖이 넓어지거든."

말이 없는 도원에게 소장은 상사로서 단호하게 물었다.

"아버지를 직접 만난 적 있지?"

그 물음에 MJ가 도리어 눈을 부릅뜨고 도원을 쳐다봤다. 도원은 여전히 소장을 바라본 채 고개만 끄덕였다. 성큼 다가와 무언가를 말하려는 MJ를 소장이 멈추어 세웠다. 다시 도원에게 말했다.

"아버지가 자네에게 바라는 게 뭔지 파악했나? 그걸 알아야 대책을 세울 수 있어."

도원은 손에 쥔 서류철을 더 구겨 쥐었다. 한 번도 입 밖에 꺼낸 적 없었고, 가능하다면 MJ를 위해서라도 말하지 않으려 했던 얘기였다.

MJ와 단둘이 풀어 가야만 하는 문제라면 침묵을 택했던 도원이었다. 도원이 흔들린다면 MJ도 평온하게 자신의 일을 처리할 수 없기에, 도원은 자신이 흔들리지 않을 방법만을 고심해 왔다.

그러나 소장이 도와준다면. 자신보다 노련하고 현명한 어드바이저가 있다면 이야기가 달라진다. 도원은 혼자 감당하기 버거운 일들을 학술적으로 교류하고 분석할 지원군을 얻게 된다.

MJ의 신변을 위해 주변 누구에게도 도움을 요청하지 않았지만 소장이 이 많은 이야기들을 알고 있고 도와준다면 얘기가 달라진다.

품에 안고 있는 파일을 내려놓으면서 도원은 MJ를 응시했다. 말 없이 새벽 내내 서로를 쳐다보기만 해도 좋았던 감정이 떠올랐다.

MJ를 위해서 하면 안 되는 말이면서도 그를 위해 해야만 하는 말. 곡해하지 않도록 가장 부드러운 목소리로 입을 뗐다.

"제가 죽어야 합니다."

그리고 커다랗게 떠지는 MJ의 눈을 보면서 도원은 그런 그를 달래듯 사랑스럽게 말했다.

"가장 결정적인 순간에."

17

17

가장 결정적인 순간에 죽어야 한다.

그것이 무엇을 뜻하는지 MJ는 선뜻 알아듣지 못했다. 무슨 일로 도원이 죽어야 하는가. 아니, 죽음이란 게 도원의 입에서 나올 말이 맞는가.

도원이 내뱉은 말들은 MJ의 귀를 거쳐 뇌 속에 빛처럼 쏘아졌다. 뇌를 파고든 날카로운 문장들은 휘어지고 구부러져 소용돌이치듯 돌기 시작했다.

죽음이라는 단어는 누구보다도 MJ에게 익숙한 단어였다. 기억을 거슬러 올라가 시초에 가까운 지점에 다다랐을 때 떠오르는 것은 불붙은 유괴범의 모습이었다.

일그러진 얼굴과 높은 비명 소리, 찬바람에 끊어진 숨 따위가 죽음이 무엇인지를 알려 주었다. 그리고 얼마 못 가 더 큰 불이 아가리를 벌리고 집과 부모님을 삼켰다. 잿더미만 남은 그곳에서 죽음을 본능적으로 깨달았다.

죽음은 되돌릴 수 없는 결말이었다. 그건 꼭 젖은 창고 바닥 같았다. 아무리 묻어 두고 덮어 두어도 소용없었다. 내려다보면 어느새 발목까지 죽음이 차올라 있었다. 아주 천천히, 자신도 모르는 새에 끈적거리는 그것이 발목을 타고 올라와 숨구멍을 틀어막을 것만 같았다.

언젠간 정수리까지 잠식하겠지만 지금은 아니었다. 지금은 죽음이란 걸 느끼고 싶지 않았다. 이런 섬뜩한 단어를 도원과 엮는 것은 말이 안 되었다.

"죽어야 한다고?"

충격을 받은 것은 비단 MJ만이 아니었다. 반문하는 소장의 목소리가 낮고 거칠었다. 도원만이 침착했다. 모두가 굳어서 얼어붙은 가운데에 도원만이 주변을 돌아볼 줄 알았다.

"네."

도원의 대답에도 소장은 손바닥으로 입과 턱을 문질렀다. 그는 장고 끝에 물었다.

"결정적인 순간에 죽는다는 게 무슨 의미지."

"절 죽이는 것 자체가 중요하지 않다는 뜻입니다."

"죽는 것 자체가 중요하지 않다고. 그럼 뭐가 중요하지?"

"제가 죽는 타이밍이 중요하겠죠."

"자네 목숨보다 그 상황 자체가 의미 있어야 한다는 소린가?"

"맞습니다."

"누구에게 의미가 있어야 하는데?"

"MJ에게 의미가 있어야겠죠."

"뭐?"

"그러지 않았다면 저와 MJ를 엮으면서 이 지경까지 오진 않았을 테니까요. 광장 상황을 직접 확인하고 싶습니다. 제가 가만히 있는다고 괜찮아질 상황이 아니게 되었어요. 속상하지만 지금의 저는 MJ의 약점이나 다름없으니까요."

도원의 목소리는 떨리지도 않았다. 두려워 몸을 떨기엔 이미 늦은 것처럼 보였다. 피할 수 없다면 정면에서 부딪치길 선택했다.

"그래서 이젠 자네도 전면으로 나서겠다는 건가. 이렇게 사직서를 들고 올 만큼 이 일에 모든 걸 걸겠다는 거 아닌가."

"그렇게 심오한 결의까지는 아니지만요."

"허, 결정적인 순간에 죽어야 된다는 소릴 한 사람이 심오한 결의가 아니면 뭔데?"

"어, 음, 새로운 도전이란 말은 어떻습니까?"

"세상에. 목숨을 건 도전 정신이라니."

"따지고 보면 패러글라이딩이나 스카이다이빙 같은 것도 비슷하지 않나요."

"위협당하는 상황과 익스트림 스포츠를 동급에 두는 게 어디 있어."

"무슨 일이 벌어질지 한 치 앞도 모른다는 게 비슷하죠. 가만히 있어 봤자 도움도 안 될 테고, 뭐라도 해야 하는 상황이라면 일단 겪고 나서 다시 얘기하는 게 더 낫지 않나요?"

여기까지 와서 말장난을 할 기분이냐며 맹 소장은 깊은 한숨을 내쉬었다. 그런 맹 소장을 보면서 도원은 묘한 표정을 지어 보였다. 웃는지 우는지 알 수 없는 기묘한 표정이었다.

"이런 순간에서조차 저까지 진지하게 나가면 모두가 함께 숨 막혀 죽을지도 모르잖아요."

그 말을 하면서 배시시 웃는 도원을 어떻게 받아들여야 할까. 맹 소장은 입가를 문지르던 손을 내리고 진지하게 말을 이었다.

"내가 뭐 도울 일은 없나."

"맹 소장님도 위험해질 겁니다."

"각오했네."

"이렇게까지 도와주지 않으셔도 됩니다. 지금이라도 늦지 않았어요."

"음, 글쎄. 내가 매리제인을 돕기로 한 이상, 나도 공범이나 다름없어. 이제 와서 그만둔다고 해 봤자야. 경찰 조사를 받으면 자네와 똑같은 형량을 받을걸."

"그건 절대 제가 용납 못합니다."

"하하, 자네가 용납 못하면 뭘 어쩔 건가."

"소장님이 경찰 조사를 받는 일을 애초에 만들지 않을 겁니다."

그게 당연하다는 듯, 도원은 맹 소장이 경찰 조사를 받는 일 자체를 절대 가정에 두지 않았다. 제게 무슨 일이 있더라도 맹 소장에게까지 위험한 화살이 향하는 일은 반드시 막을 생각이었다. 고민거리가 두 배로 늘어난 격이 되자, 도원은 솔직하게 제 심정을 털어놓았다.

"실은 소장님이 조력자가 되실 줄은 전혀 생각해 보지 못했습니다. 이런 일에 나서시는 분도 아니시면서 왜 그러셨어요."

"이제 와서 잘잘못을 따지기엔 늦었지. 자네나 나나 발 빼기 힘든 상황이잖아. 이왕 이렇게 된 일 잘 끝내는 방향으로 생각해 보자고. 자, 아까 하던 얘기 마저 해 보지. 자네가 죽어야 한다고 확신하는 근거가 있나?"

도원은 대답 대신 조심스럽게 MJ를 쳐다봤다. 그는 고개를 반쯤 숙인 채 뭔가를 생각하고 있었다.

평소 MJ 성격이라면 도원이 스스로 위급한 상황임을 공표했을 때 미쳐서 날뛰어야 정상일 것이다. 그 정상적인 패턴과 전연 다른 반응에 도원도 솔직히 혼란스러웠다.

MJ를 옆에 두고 얼마나 더 자세한 이야기를 해도 되는지 쉽게 판단이 서지 않았다. 지금이라도 말을 중단하고 일단 MJ를 설득해야 하는 게 맞지 않을까. 한참 고민한 끝에 MJ의 분위기를 살피며 입을 열었다.

"동호회 사람들은 사냥 놀이를 하고 있습니다. 그 사냥의 가장 큰 트로피가 바로 저입니다."

"그 사냥을 주도하는 게 아버지란 말이지."

"네."

"자네를 괴롭히는 이유를 매리제인을 유혹하기 위한 미끼 정도로 생각했는데, 그보다 깊은 뜻이 있는 건가?"

"아버지는 MJ를 자신과 동일시하고 있어요."

"그래, 내게 준 이 논문에서도 그 단서를 찾을 수 있어. 같은 트라우마를 겪었기 때문인가 본데."

"음, 저도 그런 줄 알았는데 아닌 것 같습니다."

"그럼 무엇인가?"

"같은 일을 겪은 동질감 이상으로 동일시하고 있어요. 아버지는 MJ를 또 다른 자기 자신으로 생각하고 있습니다."

"도플갱어 취급인가."

"비슷합니다. 언캐니Uncanny: 어린 시절 겪은 불안과 환상 같은 억압된 정신이 두렵고 낯설고 기이한 감정을 불러일으키는 것를 느끼는 대상으로 여기거든요. MJ가 겪는 것을 대리 만족 이상으로 즐거워하면서도 그를 끔찍하게 여기죠."

"어린 시절의 충격적인 경험이 그런 식으로 정신에 깊숙하게 박힌 게로군. 자신 대신 적을 죽인 매리제인의 강함을 제 강함처럼 동경하고 자랑스러워하면서도, 궁극적으론 적을 심판한 사람이 자기 자신이 아니었기 때문에 언제나 매리제인보다 자신이 약할 수 있다는 가능성에 괴로워하는 것 말이야."

"맞습니다. 그래서 그는 MJ를 파괴하고 싶었을 거예요. 자신보다 강한 존재가 남아 있는 걸 절대 못 견뎌 하는 성격이니까요."

"어떤 성격이기에?"

"심각한 나르시시스트예요."

"나르시시스트? 자기애가 상당한가?"

"자신에 대한 믿음이 절대적이에요. 스스로를 강력하게 믿고 있어요. 자신의 생각과 결정이 틀릴 리 없다고 확신하거든요. 그래서 다른 사람들이 자신을 동경하고 추종하는 상황을 즐기고 있죠. 똑똑한 사람이라서 그런 동경과 추종을 순식간에 종교적으로 승화해 버리기까지 했어요."

"그래서 매리제인이란 존재를 내버려 둘 수가 없는 거군. 자신보다 강력한 존재가 남아 있다고 인정해 버리는 꼴이잖아. 어떻게든 매리제인을 통제하려 했겠군. 자네 논문에서처럼 매리제인을 감금해 놓고 폭력을 쓰고 마약 운반책으로 이용하면서 억압한 거였어."

혼잣말처럼 중얼거리는 맹 소장에게 도원이 고개를 끄덕여 보였다.

"MJ는 그 모든 억압을 버티고 극복했어요. 심지어 아버지에게 대적할 세력까지 만들었고요. 그래서 다른 방향으로 MJ를 망가트리려고 해요."

"그게……."

맹 소장이 도원을 심각하게 바라봤다. 맹 소장의 눈빛을 도원이 읽어 냈다.

"네, 맞습니다."

도원은 어설프게 웃어 보였다.

"그게 저입니다. 저를 MJ의 가장 특별한 존재로 만들어서 궁극적인 순간에 없애는 방식입니다."

말이 끝나기도 전에 쿵, 하는 소리가 울렸다. 도원과 소장이 MJ를 동시에 돌아봤다. MJ가 벽에 주먹을 내려쳤다. 분위기가 심상치 않았다. 고개를 숙이고 있어서 표정이 거의 보이지 않았지만, MJ는 그 어느 때보다도 살기를 내뱉고 있었다.

"MJ?"

도원이 불러도 대답하지 않았다. MJ는 다시 한번 맨벽을 주먹으로 내리쳤다. 쿵, 하고 벽 속을 통과하는 진동음이 제법 컸다. 주먹이 새빨갛게 변했지만 MJ는 아랫입술만 깨물며 숨만 거칠게 내쉬었다.

MJ는 멀미를 느끼고 있었다. 속이 뒤집히는지 손바닥으로 입을 가리고 다시 벽을 쳤다. 쿵쿵, 이번에는 짧게 두 번이었다. 곧 헛구역질을 했다.

쿵쿵쿵.

세 번으로 주먹질이 늘어났다. 주먹질은 휴지기 없이 벽을 무차

별적으로 두드리기 시작했다.

쿵쿵쿵쿵쿵쿵.

새빨개진 주먹에 피가 맺히고 있었다.

MJ의 시선은 잘 닦인 바닥을 향해 있었다. 부릅뜬 눈은 실핏줄이 도드라져 새빨갛게 익어 있었다. 맞물린 이 사이가 떨리면서 단단한 돌멩이가 부딪는 소리가 들렸다. 도원이 황급히 MJ에게 다가갔다. 소장은 MJ의 히스테릭한 반응을 주의 깊게 바라보면서 말했다.

"도 선생은 아버지를 직접 만난 게야. 맞지?"

도원은 MJ의 빨개진 손을 붙잡아 내렸다. 어쩔 줄 몰라 하면서 MJ를 살폈다. 맹 소장의 질문에 대답하지 못하자 질문이 되풀이되었다.

"그 정도로 자세히 아버지를 알고 그에 대한 계획을 준비하겠다는 말을 한 걸 보면, 도 선생은 아버지를 직접 만난 거야, 맞지?"

"소장님, 그 얘기는 나중에 하면 안 될까요. MJ가……."

"나중이 어디 있나. 지금 얘기하게. 누군지 나한테 말해 줬으면 좋겠어. 내가 모르는 사람이라도 괜찮네. 어떤 존재인지 알아야 해서 묻는 말이니까."

"MJ는 자기 조절이 어려운 사람입니다. 지금은 이 사람을 살피는 게 더 중요해요."

"아버지란 자와 직접 대면할 때도 그럴 건가. 매리제인이 그 정도도 조절 못하면 대면하지도 못하게 만들어야 해."

"하지만……."

"아버지 얘기를 듣는 것만으로 스트레스받을 정도면 그에게 복수를 생각할 게 아니라 치료를 받아야지. 그 정도 준비도 안 된 상태에서 뭘 맞서겠다는 거야?"

도원은 MJ와 소장을 번갈아 바라봤다. MJ는 아직도 바닥을 내려다보며 숨을 씨근덕거렸다. 곧 흥분 상태에 돌입할 것만 같아서 보는 사람 마음을 조마조마하게 만들었다.

MJ를 언제까지 보살필 거냐며 거리 두기도 치료의 일종이라 말하는 소장의 냉철함에 도원은 반박할 수 없었다. 환자와의 거리 두기에 실패하여 MJ와 이런 관계가 된 것을 부정할 수 없었기 때문이다.

"……아버지는."

MJ가 주먹을 다시 내리치려 했다. 도원은 그 손을 꽉 잡고 말했다.

"소장님도 아는 사람입니다."

맹 소장의 한쪽 눈썹이 꿈틀거렸다.

"그게 무슨 뜻인가."

"지 박사입니다."

소장은 입을 벙긋거릴 뿐, 아무 말도 하지 못했다. 그는 눈을 부릅뜨고 믿을 수 없는 듯 굳어 버렸다.

지승준을 처음 만났던 유럽 세미나에서의 일을 떠올려 보았다.

호텔에서 새벽까지 술 대작을 하던 친근감 있던 생활을, 자살 사건으로 환자를 수용하면서 외래 진료 팀과 협업을 하게 되었던 과정을, "국내에서 도원 박사님의 논문을 가장 잘 확장한 사람은 저일 것입니다."라고 자랑스럽게 웃던 모습을.

지승준과 맞물려 있던 기억들이 빠른 속도로 지나갔다.

"뭐야, 그럼 지 박사가 다 알고 나한테 접근했다는 소리야?"

지승준과 도원의 연결 고리들은 사소하지만 정교하게 맞물려 있었다. 깊게 신경 쓰지 않으면 우연으로 치부할 수 있을 만큼 연결 고리는 미묘했다. 지승준이 도원에게 접근한 것도 모두 계획된 것이었을까. 알 수는 없었다. 계획했다면 어디서부터 준비했는지 파악하기도 불가능했다.

외래 진료 팀일까. 아님 그 전에 만난 유럽 세미나일까. 그것도 아니라면 도원이 미국에서 논문을 발표하고 인터뷰를 했을 때부터 일까.

지승준의 집착적인 관심이 언제부터 시작된 것인지 아무도 모른다. 그저 얼마나 사전에 준비하고 치밀하게 생각하면 이런 일이 가능하단 것인지 두려울 따름이었다. 소장이 입을 뗐다.

"지 박사가 맞는가. 정말 그가 이 모든 일의 배후라는 '아버지'란 말인가."

"그가 아니라면 제 모든 추론과 준비는 헛수고가 되겠지만요."

"경찰에 말하면 안 되나?"

"어려울 겁니다."

"어째서인가. 경찰도 아버지를 쫓고 있잖은가."

"지승준이 아버지라는 증거가 없습니다."

"그를 수사하게 만들면 증거를 찾을 수 있을 걸세. 빈유미 형사에게 말해 보는 게 어떤가. 자네를 신뢰하니 농담으로 치부하진 않을 텐데."

"지 박사를 수색할 증거조차 없는걸요. 게다가 제보자가 저러면, 이미 구속 영장 심사가 들어간 저를 검경이 신뢰하지도 않을 테고요."

"내가 말해 볼까?"

"아닙니다. 소장님은 절대 전면에 나서지 않으셨으면 합니다. 소장님마저 위험해지시면 제가 중심을 잃고 말 겁니다.”

“……그래, 무슨 뜻인지 알겠네.”

“조심스러워질 수밖에 없는 걸 이해해 주세요. 소장님을 비롯해서 무고한 분들이 얽혀서 위험해지는 일만큼은 최대한 피하고 싶습니다. 저를 타깃으로 벌어진 일이니 제 선에서 해결할 수 있었으면 합니다. 그래서 그동안 아무에게도 말하지 않았던 것이기도 합니다.”

소장은 도원의 입장을 이해했다. 도원이 MJ와 얽힌 시간이 적지 않은데, 그 누구에게도 MJ에 관한 이야기를 하지 않았다.

MJ를 내담자로서 보호하고 싶은 생각도 있었을 테고, 그보다 깊은 관계가 된 후에는 아버지에게 휘말린 부정적인 상황을 타개할 수 있도록 도와주려는 생각도 있었을 테다. 그리고 무엇보다도 MJ의 이야기를 꺼내어 주변 사람들에게 폐를 끼치고 싶어 하지 않았다.

처제가 위협을 당해 이혼을 한 것과 경찰청에서 친하게 지냈던 동료의 죽음을 눈앞에서 봤었기에 더는 주변 사람이 휘말리길 꺼려할 만했다. 나서서 도원을 도와줬다가 오히려 그의 짐이 되지는 않을는지 걱정하는 소장은 고개를 끄덕였다. 조력자라고 불려도 그 역할에 한계가 있을 수밖에 없었다.

복잡한 심정으로 MJ에게 시선을 주었다. 그의 의견을 물으려 했다. 자신이 어디까지 개입할지, 도원의 제안이 무모하지는 않은지를 MJ의 판단에 맡기려 했다.

“MJ?”

소장은 이상한 낌새를 느꼈다. 여전히 고개를 숙이고 있는 그는 벽을 칠 때보다 더욱 비정상적으로 보였다.

나무 인형처럼 뻣뻣하게 서 있는 MJ는 모든 감각을 차단한 사람 같았다. 바닥을 내려다보는 시선은 죽은 시체처럼 미동이 없었다. 숨을 쉬는지 모를 만큼 가슴팍과 코 부근의 움직임이 보이지 않았다.

　화상 자국이 희미한 볼이 경련하고 있었다. 손끝이 하얗게 질려 있었다. 심상치 않았다. 맹 소장은 도원으로 하여금 MJ를 보도록 눈짓했다. MJ를 돌아본 도원 역시 목각 인형처럼 굳어 있는 MJ의 모습에 적잖이 당황했다.

　"MJ? MJ, 괜찮아요?"

　도원이 그를 조심스럽게 불렀다. MJ는 고개를 들지 않았다. 바닥만 노려보았다. 도원은 MJ의 손을 있는 힘껏 잡았다. MJ를 올려다보며 그의 표정을 눈 한 번 깜짝이지 않고 바라봤다.

　죽을 것만 같아서. MJ가 이대로 정말 숨을 못 쉬고 죽을 것만 같아서.

　도원의 목소리가 절박해졌다.

　"MJ, 날 봐요. 나 봐 봐요."

　MJ는 반응 없었다.

　"MJ!"

　MJ가 비로소 입을 뗐다.

　"지금이라도 그 새끼 사무실에 찾아가야겠어."

　중얼거린 MJ가 고개를 들었다. 그의 눈은 반질거리는 광기로 가득했다.

　"그 새끼만 죽이면 되는 거잖아. 지승준, 그 새끼 말이야."

　"MJ, 그런 말 하라고 내가 이야기를 꺼낸 게 아니잖아요."

　"아니, 맞아. 그 새끼 이름이랑 직업도 알았으니 충분해. 내가 죽일게."

도원이 황급히 말리려 했다. MJ가 그런 도원을 끌어안았다. 숨을 쉬기 답답해서 새된 목소리를 뱉는 도원을 놓지 않았다. MJ의 시선은 여전히 광기로 뒤범벅되어 있었다.

"죽이면 다 끝날 거야. 그게 답이야, 선생님."

─아버지가 선생님한테 집착하는 거? 글쎄, 나도 잘 모르겠지만 그냥 너한테서 선생님을 뺏고 싶어 하는 거 아닐까? 솔직히 너는 살면서 선생님한테만 집착했잖아. 다른 건 다 포기해도 선생님은 포기 안 했잖아. 네가 살아가는 이유라고 밝힐 정도였고, 실제로도 그 선생님 중심으로만 생각하고 행동하잖아. 널 직접 공격하는 것보다 선생님을 노리는 게 쉽지 않겠냐.

아이스의 말이 귓전을 떠돌았다. 도원이 계속해서 표적이 되는 일에 스트레스를 받은 MJ를 위해서 그는 몇 마디를 거들었다.

─널 망가트리면서 선생님을 가질 수 있다면 일석이조일 거야. 아버지가 유일하게 인정하는 게 너랑 선생님이야. 특히 선생님의 지적인 부분에 성욕을 느끼는 사이코지. 넌 선생님의 벗은 몸을 보고 좆을 벌떡 세우겠지만 아버지는 선생님 논문 읽으면서 세울걸? 아, 물론 추측이니까 그런 무시무시한 표정 짓지 말고.

MJ가 죽음을 최초로 경험한 것은 모두 아버지 덕분이었다. MJ는 자신이 살기 위해 상대를 죽여야 했다. 총구를 눈앞에 들이밀었던 유괴범의 새빨간 눈을 잊을 수 없었다. 옷 속을 파고드는 산속의 찬바람보다 더 큰 공포가 어린 MJ의 오금을 저리게 했다.

아버지는 MJ를 방패막이 삼았다. 뒤에 서서 속삭이듯 말했었다.

—죽여, 죽이란 말이야, 죽이지 않으면 우리가 죽어!

정말 그렇게 악마적으로 속삭인 게 맞는지, 기억이 왜곡되어 흉측하고 섬뜩한 목소리가 덧입혀졌는지는 알 수 없었다. 그저 MJ는 그 목소리를 따라서 라이터를 들었을 뿐이었다.

—죽이라고, 죽여, 죽여, 죽여, 죽여!

라이터를 당겨 불을 켰을 때 등 뒤에서 외치던 비명이 웃음소리로 바뀌었다.

비명은 눈앞의 성인 남자로 옮겨갔다. 불에 타는 입 밖으로 더 끔찍한 울부짖음이 쏟아졌다. 허공으로 쏘아 올리는 총소리와 비명, 등 뒤에서 자지러지게 웃는 웃음소리가 뒤섞이면서 손에 들고 있던 라이터를 놓쳤다.

떨어진 불씨가 낙엽 위로 흩어지며 사방에 불이 붙었다. 메마른 겨울 나뭇가지가 단풍나무보다 더 붉게, 벚나무보다 더 흐드러지게 너울거렸다.

불꽃, 그래, 그 불이 모든 근원의 씨앗이었다. 불이 자신을 이렇게 만들어 버렸다.

불, 불꽃, 젖은 땅에 처박힌 라이터 불꽃, 하늘에서 떨어진 별똥별, 무당이 술을 들고 춤을 추듯 양팔을 흔드는 불붙은 나무, 잦아든 불꽃, 일어난 불꽃, 누웠다가 잠이 든 불과 꽃, 불씨가 뭉쳐 꽃으로 만개한 밤, 불에 녹아 쓰러지는 남자의 시체 위에 붉은 꽃 대신 MJ, 자신을 놓고 싶다는 충동까지.

그 붉은색이 눈 속에 박혀서 오랫동안 따라다녔다. 집 안 창고에 던져진 MJ는 악몽과도 같은 환상들을 보면서 이대로라면 미칠지도 모른다는 생각을 했다.

땅이 젖어 있다는 감각은 창도 문도 없는 창고에서 손바닥으로만 알았다. 손금이 진흙에 더러워지자 가장 짧은 생명선이 화풀이를 하는 것만 같았다. 울지 않으려고 어둠을 노려볼 때마다 어둠이 말을 걸었다.

'씨발. 이렇게 살 거면 그냥 뒈졌으면 좋겠어. 남자에게 불을 붙이는 대신 총구에 아가리를 벌려 물고 총알 터지는 소리를 들었어야 하는데.'

등 뒤에서 속삭이던 '아버지'와 똑같은 목소리로, 창고 속 어둠은 매번 MJ를 극단까지 밀어붙였다.

'죽여. 죽이란 말이야. 씨팔. 죽이라니까. 다 죽여 버려! 너를 이렇게 만든 새끼들을 다 죽이라고! 부모? 알게 뭐야. 너를 키운 건 그 좆 달린 남자와 유방 달린 여자가 아니라고. 널 키운 건 8할이 어둠이고 2할이 불이야. 너를 까마득히 잠식하면서 만개하는 꽃처럼 피우는 게 바로 어둠과 불이라고. 이걸 정말 몰라서 망설이는 거야?'

등 뒤에서 '죽여. 죽여, 죽여!' 하고 속삭이며 웃던 목소리가 MJ의 몸속으로 들어온 것만 같았다. 귀로 듣던 목소리가 어느새 배 속에서 올라오는 기분이었다.

그 목소리가 제 처지를 얼마나 비웃었는지 모른다. 창고에는 악몽이 형상화된 온갖 것들이 넘실거렸다.

호랑이나 늑대가 무리를 지어 우르르 다가왔다. 벽을 기어 다니는 거미는 하이힐을 신은 여덟 다리를 꼬아 앉았다. 부모님의 안방에 걸려 있던 사슴 머리는 뿔 대신 솟아오른 페니스 두 덩이로 수음하려 했다.

어둠 속에서 몰려온 돼지 무리 중 하나가 '배고파?' 하고 제 젖을 물리는데, 배가 고파서 환상 속 그 돼지 젖만 쪽쪽 빨지 않았나.

어둠 속 악몽을 몰아낸 것이 그 끔찍한 불꽃이었다. 눈앞에서 송두리째 사람과 나무를 태웠던 공포의 근원을 가져오지 않으면 창고 안에서 착란적으로 벌어지는 온갖 환상을 견딜 수가 없었다.

'거봐. 널 키운 게 이것들이라니까. 좆같은 부모가 아니라 이것들이라고. 두려움이 널 키웠어. 죽음이 널 키운 거야.'

어느새 MJ는 제 입으로 그렇게 말하기 시작했다.

—맞아. 날 키운 건 이것들이야.

불꽃. 불과 꽃. 그 무섭고 아름다운 것이 어쩔 땐 사람을 죽이고, 어쩔 땐 정신병이 걸릴 것 같던 MJ를 돌봐 주기도 했을 때, MJ는 그 시뻘건 꽃을 노려보았다.

무서움을 곁에 두어야만 살 수 있다면 그렇게라도 끝까지 살아남겠다고. 오로지 잡아먹고 재를 토하면서 누군가를 파괴해야만 살아남을 수 있는 불꽃의 법칙을 배웠을 때, '아버지'란 존재가 다시금 MJ를 어둠 속에 가두었다.

빛이라고는 오로지 파란 모니터 화면밖에 없는 곳에서 도원을 만났다. 상대를 파괴하거나, 불태워 재만 남기는 것만 알던 MJ에게 처음으로 다른 방식으로도 어둠을 몰아낼 수 있다는 것을 알려 준 사람이었다.

그는 진정한 빛이 무엇인지 알려 주었다. 주변을 잡아먹고 토해 내는 불꽃이 유일한 것이 아니란 것을 알려 주었다. 반짝이는 빛이 모니터 화면의 기계 장치적 특성이라는 걸 알면서도, 도원이 그 빛 자체로 인식되었다.

불씨가 따라붙어야만 꽃을 느낄 수 있던 세계가 아니었다. 빛으로도 꽃을 이룰 수 있는 세계를 알려 준 사람이다. 불꽃보다 밝고 환한 빛이 무엇인지 알려 준 사람.

그 빛이 어떤 식으로 어둠을 몰아내고, 설령 몰아내지 못하더라도 어둠 속에서 어떻게 버텨야 하는지를 알려 준, 그런 사람.

'죽여. 죽여. 죽여. 죽여!'

등 뒤에서 웃으며 내뱉던 그 목소리는 어느새 MJ의 것이 되었다. 유괴범을 향해 내뱉던 아버지의 음색은 아버지를 향해 내뱉는 MJ의 목소리로 변했다.

'죽여, 죽이란 말이야. 죽이지 않으면 내가. 아니 빛이 죽어! 빛이 사라지면 앞으로 살 수 있을 것 같아? 불을 대신할 빛을 찾았으니, 빛을 대신할 뭔가를 다시 찾으면 된다고 생각해? 그렇다면 생각해 봐. 어둠을 밝힐 수 있는 건 불과 빛뿐이야. 또 뭐가 있는데? 뭐가 있다고 생각해? 불꽃이었던 딕이 죽었어. 이번엔 빛인 선생님까지 죽을지도 몰라. 또다시 어둠 속에서 돼지 젖이나 빨면서 살래? 그럴 거면 왜 살아? 자살하고 말지. 죽여 죽여 죽여! 아버지를 못 죽여서 빛마저 잃게 되면 스스로 죽어 버리라고!'

"……J."

'아버지가 선전 포고했어. 선생님을 죽이겠다고. 셋 중 누군가 반드시 죽을 수밖에 없다면 아버지를 죽여야 해. 네가 죽을 수는 없잖아? 선생님을 희생할 거야? 아니잖아, 이 악몽을 언제까지 견딜 수 있다고 생각해? 언제까지 버틸래? 너는 사는 게 버티는 거야?
그게 사는 거야?'

"······M······ J."

'이번엔 아버지 차례야. 나락을 알려 줘. 지옥을 경험하게 해 줘.
불도 빛도 없는 곳에서 저 자신조차 보지 못하게 만들어야 해. 그
게 마지막 방법이라는 거 알잖아. 다시 말할게. 잊지 말라고. 이게
네가 할 일이야. 뼛속까지 새겨 넣어. 이 글자만이 너를 살게 한다
는 것을.'

죽여죽여죽여죽여죽여죽여죽여죽여죽여죽여죽여죽여죽여
죽여죽여죽여죽여죽여죽여죽여죽여죽여죽여죽여죽여죽여죽
여죽여죽여죽여죽여죽여죽여죽여죽여죽여죽여죽여죽여죽여
죽여죽여죽여죽여죽여죽여죽여죽여죽여죽여죽여죽여죽여죽
여죽여죽여죽여죽여죽여죽여죽여죽여죽여죽여죽여죽여죽여
죽여죽여죽여죽여죽여죽여죽여죽여죽여죽여죽여죽여죽여죽
여죽여죽여죽여죽여죽여죽여죽여죽여죽여죽여죽여죽여죽여
죽여죽여죽여죽여죽여죽여죽여죽여죽여죽여죽여죽여죽여죽
여죽여죽여죽여죽여죽여죽여죽여죽여죽여죽여죽여죽여죽여
죽여죽여죽여죽여죽여죽······.

"MJ!"

볼에 도원의 손이 닿자, MJ의 몸이 흠칫 떨렸다. 볼에 닿은 손
가락 끝을 중심으로 얼어 있던 MJ의 몸에 물결치듯 따뜻함이 퍼졌
다. 이지러져 있던 눈앞의 붉은 화염이 사라지고 세상이 본래의 색
깔을 서서히 되찾아 갔다.

굳은 손끝이 움찔거렸다. 바닥만 내려다보던 실핏줄이 불거진 눈

을 비로소 깜빡였다. 오랫동안 깜빡이지 않은 눈꺼풀 너머로 시큰한 눈물이 차올랐다. 속눈썹에 맺힌 눈물이 툭, 하고 바닥으로 떨어진 순간에 고개를 들었다.

신발 위로 MJ의 눈물이 떨어졌다. 그 눈물을 본 도원은 입을 살짝 벌린 채 굳어 버렸다. 놀라서 MJ를 바라보고만 있었다. 입술을 간신히 달싹이지만 목소리는 나오지 않았다.

자신의 반응에 명백하게 동요한 도원을 보자, MJ는 발밑에서 넘실거리던 기억과 감정이 뒤섞인 늪에서 간신히 건져진 기분이 들었다.

도원의 손이 닿은 순간 현기증처럼 몰려들었던 목소리가 사라졌다. 자신을 어둠 속으로 내몰아 죽음만을 외치던 아버지 아니, 제 목소리가 사라지자 비로소 숨을 쉴 수 있었다.

깊은 바다에서 건져 올려진 기분이었다. 숨 쉬는 게 괴로워질 때마다 도원이 이따금 숨이 되어 주고 있어서 도저히 놓을 수가 없었다.

도원에게 말할 수가 없었다. 당신은 어둠에 갇힌 나한테 빛이고, 내가 나를 통제하지 못할 때 고삐가 되어 주고, 늪에 빠졌을 때 숨결이 되어 준다고.

크랙은 이것을 새끼 오리가 어미를 따라다니는 각인 같은 것이라 했지만 아니었다. 각인과는 달랐다. 각인처럼 머릿속에 새겨진 기억이 아니었다.

남들과 다른 방식으로, 때로는 누군가의 강제에 의해 인식하게 된 죽음과 삶의 경계에서 죽는 것보다는 살아도 된다고 말을 걸어 준 존재였다.

각인이 아닌 결핍. 그래, 영영 결핍으로 남을 수밖에 없는 부분을 유일하게 채워 줄 수 있는 존재였다.

MJ는 바싹 마른 입술을 열었다. 뒤엉켜서 넘실거리는 감정들을 어떻게 말해야 할지 엄두조차 나지 않았다. 그 감정을 거르고 걸러서 마지막 정제해서 내뱉는 게 고작 흔해 빠진 문장이었다. 남들도 다 할 수 있는 그 말을 뱉는 게 전부였다.

"아무 일도 없을 거야. 나쁜 일은 내가 다 막아 줄게."

억눌린 목소리로 내뱉은 선언을 들으면서도 도원은 걱정스러운 시선을 지우지 못했다.

MJ는 바닥을 내려다볼 때처럼, 눈 한 번 깜짝하지 않고 도원을 바라봤다. 주먹을 움켜쥐고만 있었다. 미친 듯이 뱉고 싶은 도원을 향한 감정과 삶의 의미를 하나도 입에 담을 수가 없었다.

잘못 말했다가 이대로 놓칠까 봐, MJ는 필사적으로 입을 다물었다. 도원이 먼저 만져 주는 손길에 기대는 것 이상을 욕심내지 않으려고 이를 앙다물었다.

오랫동안 깜빡이지 않은 눈꺼풀을 움직였을 때, 다시 한번 시큰한 눈물이 맺혔다. 이번엔 굴러떨어져 도원의 손톱을 적시는 눈물방울에 도원은 어렵사리 입을 뗐다.

"……같이 하기로 했잖아요."

도원은 MJ가 너무 힘들어 보여서 으스러지게 안고 있는 그의 팔에 답답함을 호소할 수도 없었다.

"아버지에게 대항하는 것도…… 같이 해요. 혼자 결정하지 말아요. 제발, MJ. 날 떼어 놓고 혼자 결정하는 건 이제 그만뒀으면 좋겠어요."

대답하지 않는 MJ에게서 도원은 시선을 떼지 않았다.

"아버지에 대한 얘기를 미리 말하지 못해서 미안해요. 아버지와 만난 이야기를 쉽게 꺼낼 수가 없었어요. 당신이 이런 반응을 보일까 봐, 걱정돼서."

저 하나만 조심스럽게 살피는 도원을 보자, 진정되었던 심장 밑바닥이 드세게 요동칠 것만 같았다.

소장이 MJ를 돕고 있다는 사실만으로도 충격적이고 걱정이 앞서야 할 사람은 그 순간에도 MJ의 심정을 헤아리고 있었다.

자신이 왜 이런 상황에서 아버지 얘기를 꺼낼 수밖에 없었는지를 충분히 납득 가능하도록 말해 주고 있었다. 신경 써야 할 게 한두 가지가 아닐 텐데도, MJ를 최우선에 두고 오감을 곤두세웠다.

착란적인 생각에 잠겨 있다가 건져 올려진 MJ는 제 심정을 전달할 방법을 알지 못했다.

정리되지 않은 머릿속이 한꺼번에 뭉쳐졌다가 풀어졌다. 뒤엉켜서 색색의 불꽃이 튀었다. 어둠을 밝히던 불과 달리, MJ의 마음을 까마득하게 태우는 저온의 끈질긴 불씨였다.

"시위에 갔다 오면 모든 걸 말하려 했어요. 조금 앞당겨졌을 뿐이지만 그래도 계속 숨기고 있던 건 미안해요. 아버지는…… 아버지는 지금 당장 찾아가서 해결하려는 편이 더 위험할 수 있어요. 난 MJ가 이제 위험한 일을 하지 않았으면 해서…… 내가 잘못 생각한 걸까요?"

이런 식으로, 이런 식으로 도원에게 집착하면 안 되는데. 도원이 조금 위험해지더라도 해결책이 있다면 믿고 따라 줘야 하는데.

모두 MJ에게 불가능한 것들이었다. 도원을 위험하게 해서라도 자신의 문제를 풀고 싶은 욕심이 없었다. 한때는 도원을 통해서 어떻게든 강박증을 치료하고 싶었지만 이젠 도원에게 도움을 받는다는 것 자체가 현재의 MJ에게는 불가능해져 버렸다.

도원이 그저 안락하고 행복하길 바랐다.

자신의 곁을 떠나지 않기를. 아무것도 하지 않아도 되니까 제발 그대로 있어 주기를.

"MJ."

그게 얼마나 도원이라는 존재를 억압하는지 알기 때문에 말하지 못할 뿐이었다. 속으로는 수천 번도 더 말하고 싶었다.

선생님 다 때려치워. 다 때려치웠으면 좋겠어. 내가 죽어도 되니까 선생님은. 선생님은 아무 데도 가지 마. 그냥, 죽을 때까지 내 곁에만 있어 줘.

아무것도 몰랐던 때로 돌아갔으면 좋겠어. 선생님 기억을 다 지워 버리고 싶어. 내가 어떤 사람인지, 나랑 얽히면서 무슨 일을 겪었는지, 앞으로 뭘 준비하고 싶어 하는지, 다 잊었으면 좋겠어.

"……MJ."

아무것도 몰랐던 때로 돌아가서 차라리 날 보며 두려워 몸을 떠는 게 나았는데. 아니…… 아니, 그건 아니야. 아니야, 싫어. 선생님이 나를 두렵게 보는 건 싫어. 연인이라고 다정하게 봐 주는 게 좋아. 사랑한다고 말해 주는 게 좋아.

이게 더 좋아. 이걸 포기할 수 없어. 하지만 이걸 포기하지 않으면 선생님은 계속해서 위험해질 텐데. 어떻게 견디지. 어떻게 해야 하지.

MJ는 여전히 아무 말도 할 수가 없었다. 다행히도 도원은 상대방의 반응을, 특히나 MJ의 행동에 언제나 주의를 기울여 주는 사람이었다.

비이성적인 MJ의 반응에 이상을 감지하고는 MJ에게 닿은 손길을 쉽게 거두거나 파고들어 캐묻지 않았다. 오히려 나머지 손을 뻗어 MJ의 양쪽 볼을 감싸 주고 한참이나 들여다보며 MJ를 안정시켰다.

부릅뜬 눈을 천천히 감는 MJ를 확인하고 나서야 도원이 고개를 돌렸다.

소장과 눈이 마주쳤다. 소장은 MJ의 모습에 적잖이 놀란 표정이었다. 심각할 정도로 불안정해 보이는 것을 확인하고, 그 심각함을 도원이 컨트롤해 주는 것에 말을 아꼈다. MJ의 불안정한 지점을 건드릴까 봐 도원과 아버지에 대해 이야기를 이어 갈 수도 없었다.

소장은 자리에서 일어나 커튼을 살짝 걷었다. 어두워진 바깥은 하늘에 낀 구름으로 달빛조차 내리지 않는 밤이 되어 있었다. 소장은 MJ를 자극할 만한 말을 아끼면서 필요한 이야기만 도원에게 건넸다.

"주말 시위는 나도 찾아가도록 하겠네."

도원이 망설임 없이 대답했다.

"아닙니다. 저와 MJ가 준비하겠습니다. 현장에는 절대 오지 마세요."

"그래도 가만히 소식만 기다리기엔 불안해서 그래."

"정 그러시면 주말에 제 오피스텔로 오시겠어요? 근처에 MJ 측 사무실이 있어서, 바로바로 체크하실 수 있으실 겁니다."

"오, 그게 좋겠어."

"혹시나 감시하는 경찰이나 아버지 측 사람이 있어서 소장님 신변이 위협당하거나 노출될 것 같으면 바로 연락드리겠습니다."

"으음. 도 선생."

"네?"

"무리하지 말게."

"아, 네?"

"자네는 자주 무리를 해서, 본인이 한계를 느끼고서야 그만두는 성향인 것 같아. 그전에 힘들면 힘들다 말하면서 페이스를 조절하면 좋겠네. 혹시 주변에서 그렇게 잡아 주는 사람이 없어서 무조건 달리기만 했다면."

소장은 MJ를 바라봤다.

"이번엔 곁에 있는 사람을 생각해서라도 무리할 때마다 스스로를 점검했으면 좋겠어."

도원은 머뭇거렸다. 나이만 늘어나는 어린애처럼 느껴져서 부끄럽기도 했다. 소장이 해 준 말은 평범했고, 싱겁다며 넘어갈 수도 있는 말이었지만 그 온정에 더욱 머뭇거리게 되었다.

도원이 MJ를 생각하는 만큼, MJ가 도원을 안전하게 책임지길 바라는 마음에 소장은 그를 불렀다.

"매리제인."

MJ가 소장을 돌아봤다. MJ의 얼굴에서 천천히 손을 떼어 낸 도원도 소장을 바라봤다. 소장은 책상에 비스듬히 기대어 앉아 말했다.

"도원 선생, 잠깐 자리 좀 비켜 주게. 매리제인과 할 얘기가 있어."

그 말에 도원이 불안함을 숨기지 못했다. MJ가 평소보다 더 불안 증세가 심했기 때문에 도원은 이 살얼음판 같은 MJ의 표면을 깨트리고 싶지 않았다.

"다음에 얘기하면 안 될까요?"

"거참, 엄청 챙기네."

"그, 그게 아니라……."

도원 역시 평소답지 않은 모습을 많이 보였다. 덕분에 얼굴이 붉어져서 쩔쩔매는 도원에게 소장은 "에휴." 하고 한숨을 내쉬었다.

"길게 얘기하진 않을 거네. 걱정 말고 나가 있게."

도원은 그래도 쉽게 자리를 떠나지 못했다. MJ를 돌아봤다. 도원의 따뜻한 손을 만지작거리던 MJ가 입을 벌리고 느릿하게 말했다.

"선생님. 주차장에 대기하고 있는 차가 있어. 그쪽에서 선생님을 먼저 알아볼 테니까 걱정 말고 먼저 오피스텔에 가 있어. 내일 시위 현장의 동선이라든가 일정이나 계획도 정리했을 테니까 직접 봐 봐. 아이스한테는 미리 말해 둘게. 선생님이 요청하는 정보는 모두 공개해 주라고."

MJ까지 이렇게 말하는 걸 보니 자리를 피해 주는 게 맞는 듯싶었다. 도원은 고개를 끄덕이며 문을 열었다. 그 후에도 몇 번 망설였지만 더 이상 묻지 않고 소장실을 나갔다.

복도 너머로 들리던 발자국 소리가 멀어졌다. 도원에게서 시선을 떼지 못하던 MJ의 눈빛이 차츰 냉정해지기 시작했다.

도원을 향해 표현되던 어쩔 줄 모르는 감정은 사라졌다. 차갑고 냉정한 포식자로 돌아온 눈빛이 소장을 향했다.

인간에게 동족 살인과 식인이 허용된다면 MJ는 피라미드 최상단에 위치하는 포식자가 될 사람이었다.

그에겐 경계가 없었다. 예의와 배려의 거리 재기를 하지 못했다. 상대를 오로지 죽이지 않고 살려 준다는 아량만으로 대하는 사람이었다.

포식자가 먹잇감의 사정을 고려할 필요는 전혀 없었다. 그의 사고방식은 단순하고 본능적이었다.

그렇기에 소장은 MJ만큼이나 강한 포식자로 군림하는 아버지에 대해 그리고 최상층의 짐승 두 마리가 서로 다른 목표로 노리고 있는 연약한 토끼 같은 먹잇감이 될 수밖에 없는 도원에 대해 한마디 거들 수밖에 없었다.

"동물의 세계에선 말이지, 두 마리의 우두머리는 존재하지 않아. 알파는 한 무리에 한 마리여야 하거든."

MJ는 미간을 찌푸렸다.

"하고 싶은 말이 뭐야?"

"아버지가 자네와 같은 알파라면 서열 정리의 필요성을 느낄 것이네. 알파는 무리에서 하나이기에 알파라고 불리지 않나. 다른 알파의 세력과 재물을 전리품으로 얻으려는 사고방식은 당연한 것이지. 그 최상의 가치에 도원 선생을 두고 이런 전쟁 같은 게임을 벌이는 건 좀 너무하지만 말이야."

"그러니까 하고 싶은 말이 뭐냐고."

"아버지의 목표는 뚜렷해. 자네를 제거하는 일이야. 그 일을 위해 최상의 전리품이라 생각한 도원 선생마저도 희생하려 하고 있어. 그럼 묻겠네. 자네 목표는 뭐지?"

대답은 조금의 망설임도 없이 들려왔다.

"아버지를 죽이는 거."

그러나 망설임 없이 뱉어진 대답 속에서 소장은 결정적인 약점을 발견했다.

"그렇다면 도원 선생은?"

"털끝 하나도 손대지 못하게 지킬 거야."

"그 말이 모순이란 건 알고 있겠지."

MJ는 눈가를 찡그린 채 소장을 바라봤다. MJ가 이 부분까지는 깊게 생각하지 못했음을 확신한 소장은 말을 이었다.

"아버지를 죽여야 하는 순간에 도원 선생이 희생당할 수 있다면 자네는 어떤 선택을 할 겐가."

벙긋했던 입이 다물렸다. MJ의 표정은 한순간에 험악하게 변했다. 상상만으로도 불쾌함에 치를 떨었다. 온몸을 부르르 떨면서 격렬한 혐오감을 표했다.

"그런 상황은 애초에 만들지도 않아."

그의 확신에 소장이 전면으로 반박했다.

"지 박사라면 그걸 염두에 두고 판을 벌일 것일세. 똑똑한 사람이거든."

"그럴 상황은 애초에 없을 거라고 말하잖아!"

"자네가 그러니까 도원 선생도 불안해지는 걸세. 아버지의 목표는 뚜렷해. 자넬 처리하는 거야. 그러기 위해 어떤 희생도 각오하고 있어. 그렇다면 자네는? 그 정도도 생각 않고 덤비는 건 아니겠지?"

"당연한 소리 하지 마! 선생님을 희생하면서까지 아버지를 죽이려는 건 아니니까!"

"그렇다면 도원 선생을 지키기 위해 자네 세력의 사람들은 희생할 수 있는가."

"대체 이런 걸 물어보는 이유가 뭐야?"

"아버지는 자신이 가진 모든 장기짝을 희생해서라도 목표를 이루려 하고 있어. 자네는 어느 것 하나 희생하지 않고 지키면서 상대와 동일한 목표를 이루려 하지. 누가 이길 거 같나. 내가 보기엔 아버지 쪽이 훨씬 가능성이 커 보이는데."

MJ는 주먹을 움켜쥐었다. 당장이라도 소장을 한 대 칠 것만 같았다.

결정적인 문제점을 지적당한 사람의 방어 기제였다. 보통 사람이라면 얼굴을 붉히거나 당황해서 목소리를 높였을 부분을, MJ는 익숙한 폭력으로 대처하려 했다.

책상에 걸터앉은 소장이 그 여느 때보다도 날카로운 시선으로 응시하지 않았더라면, 그 허실하고 사람 좋아 보이는 장년 남성의 부드러움을 만만하게 여겼을지도 모른다.

"아버지를 죽일 거면 그와 동일한 마음가짐으로 덤벼. 자네 곁에 있는 모든 사람을 희생해서라도 그의 숨통을 확실히 끊어 놓아. 그럴 수 없다면 자네 욕심은 포기하고 곁에 있는 사람을 지키기 위해 판을 다시 짜. 전자를 선택하면 난 경찰에 자네를 신고할 것이고, 후자를 선택하면 자네를 위해 내 모든 노력과 시간을 제공할 걸세."

욕심을 포기하라고. 아버지를 죽이는 일을 그만두라고.

그것이 애초에 마음가짐으로 일단락 지을 수 있는 문제였다면 여기까지 일을 끌고 오지도 않았을 것이다. 기억이란 것이 존재하던 어린 시절부터 아버지란 존재가 MJ의 삶을 송두리째 망가트렸다.

어린아이들이 어둠 속에서 부기맨이라는 환상의 존재를 무서워했다면 MJ는 실질적인 생존을 생각해야 했다.

부모님을 모두 희생해서라도 놓지 못하는 불의 힘에 집착하여 방화와 섹스를 삶의 일부분처럼 여겨야 했다.

간신히 그러한 비틀린 삶에서 벗어날 수 있도록 도원이라는 빛의 따사로움을 알게 되었는데, 아버지를 죽이지 않으면 그 빛이 언제 사그라져 영원한 어둠의 나락으로 MJ를 처박을지 모를 일이었다.

도원을 죽이기로 공표한 아버지를 먼저 선수 쳐서 죽이지 않으면 도원을 지킬 수가 없다. 이 모든 것이 얽혀 있는 일을 소장의 말처럼 마음가짐의 문제로 삼을 수 없었다. 어느 하나를 선택하고 달려 나가기는 불가능했다.

한쪽을 죽여야만 가장 소중한 것을 지킬 수 있다. 소중한 것을 지키지 못한 채 목표만을 이룬다면. 반대로 소중한 것을 지키기 위해 목표를 이루지 못한다면. 그렇게 된다면.

"내일 아침까지야. 시위 현장에 가기 전에 내가 전화를 할 걸세. 그때도 지금처럼 대답을 하지 못하면 도원 선생을 현장에 절대 보내지 않겠어. 자네 일에서 손을 떼게 만들 걸세. 강제로 1년간 유럽으로 보내 버리면 되는 일이거든."

MJ는 말없이 소장을 노려보았다. 검고 짙게 깔린 시선의 끝자락엔 숨기지 못하는 분노와 당혹감이 들끓고 있었다.

극심한 스트레스를 받는 상담 환자들과 동일한 반응이었다. MJ는 선택할 수 없는 문제를 선택하라고 강요당했다. 이런 식의 치료는 환자를 자극하여 충동을 드라이브하고, 폭력을 부추기는 부정적인 자극이 된다는 것을 알면서도 소장은 물러나지 않았다.

"도 선생이 희생당하는 건 절대 두고 볼 수 없네. 그러려고 자넬 도와주는 거니까 생각 잘 하는 게 좋을 거야."

한 사람이 인생의 한 부분을 선택하라는 강요에 스트레스를 받는 것보다는 도원이 잘못 짜인 판에서 희생당하지 않는 일이 우선이었다.

"어?"

문밖을 지나다니던 사람들이 갑자기 웅성거렸다.

"누가 불 껐어요?"

문 너머에서 사람들이 작게 웅성거리는 소리가 들렸다.

"정전인 것 같은데요."

"어머, 왜 갑자기요?"

"경비실에 연락해 볼게요."

그들의 목소리가 작게 울려 퍼졌다. 캄캄한 바깥의 어둠이 건물을 감싸고 있어서 복도에 닿는 빛이 없었다. 복도는 초록색 비상구 안내판만 반짝이는 어둠에 물들었다.

"죽일 거야."

끼익, 소릴 내며 사무실 문고리가 열렸다. 움직이는 소리는 들리지 않았다. 발자국도 스치는 옷자락 소리도 없었다. 몸을 낮추고 먹잇감을 향해 다가가는 포식자의 그것처럼 조용하기만 했다.

"씨팔, 죽일 거야. 죽일 거라고, 죽일 거야……."

어둠 속에서 스산하게 울리는 MJ의 목소리에 소장은 쥐 죽은 듯 숨을 참고 있었다. 정전된 사무실에 불이 들어오기 전까지 움직일 수 없었다.

불이 들어와 다시금 환해진 사무실에 MJ는 보이지 않았다. 그가 남긴 살기와 살의만이 사무실에 스산하게 남아 있었다.

소장은 아무것도 확신할 수 없는 얼굴로 불 켜진 복도만 멍하니 바라봤다. 안전장치 없는 폭탄이란 이렇게 위험한 것이구나, 를 새삼스럽게 생각하면서.

영상은 실시간으로 송출되었다. 집회에 잠입한 이가 찍은 영상이었다. 계정에 접속해 있는 사람들은 그의 안경에 매립된 카메라 렌즈를 통해서 현장을 지켜보았다.

흘러내린 앞머리를 쓸어 넘겨 시야를 확보할 때마다 카메라 렌즈가 흔들렸다. 카메라가 찍어 내는 주변 풍경이 계정에 접속한 사람들 컴퓨터 화면에 똑같이 복사되었다.

화면 속에서는 시종일관 사람들의 웃음소리가 들렸다. 영화관으로 추측되는 공간엔 전면 스크린으로 쏘아지는 영상을 지켜보는 사람이 전무했다.

사람들은 각자 손에 쥔 잔에 음료를 담아 마시면서 옷을 벗었다. 팝콘에 뿌려진 흰색 가루만 손바닥에 털어서 코로 흡입하기도 했다. 구석에선 남녀가 섹스를 하기도 했다. 다리를 활짝 벌린 사람들이 소리를 지르고 있었다.

[영상 집회에 제공한 마약의 종류만 아홉 가지가 넘어.]

계정에 접속한 사람들이 카메라로 송출되는 화면에 대한 이야기를 나누었다. 아이스를 비롯한 네 사람은 집회와 관련된 정보를 빠르게 주고받았다.

[영상은 예상했던 대로 MJ의 감금 시절이야.]

[MJ는 이 영상 알아?]

[몰라. 얘기하지 말자.]

[이걸 '전야제'라는 형식으로 집회에서 튼 이유도 역겨워.]

[MJ를 놀이 대상으로 생각하는 거지. 자신들을 위협하는 외로운 검은 늑대의 실체는 모니터 속 남자를 보면서 수음이나 하는 유아 퇴행적인 사람이라고 갖고 노는 거야.]

소돔과 고모라처럼 그 타락을 즐기고자 '아버지' 밑에 모여 마약을 한다. 사냥 동호회의 이름으로 갖은 짐승과 사람을 사냥한다. 섹스도 정서적인 결합보다는 유희거리로서의 자극에 더 몰두한다.

그들에겐 남의 고통이나 괴로움도 팝콘을 먹으면서 구경할 이야깃거리에 불과했다. 자신들의 즐거움을 위해서 MJ가 몇 달, 몇 년 동안 감금당하고 폭력을 당했는지는 중요하지 않았다.

MJ의 삶을 짓누른 고통뿐인 순간은 그들에게 한낱 놀잇거리에 불과했다. 서로 약을 하며 섹스를 하고 눈요기를 하는 하찮고 저급한 놀잇거리 말이다.

[이 사람들이 내일 시위에서 무슨 짓을 벌일지 모르겠어.]

[그 시위 진짜 진행되는 거 맞아? 시에서 허가하지 않아 불법 시위가 되었다고 들었어. 그럼 경찰 배치 병력도 만만치 않은 거 아냐?]

[그럴걸. 시위 진압도 강경할 거라고 예고했거든. 그런 곳에 무기를 든 아버지 쪽 사람이 간다면 목표는 너무 명확해 보이네. 시위를 폭력 사태로 만들려는 거야.]

[사냥 동호회 사람들이 총을 쏠까? 경찰까지 발포하는 거 아니겠지?]

[그럼 진짜 걷잡을 수 없을 텐데. 거기 MJ가 아끼는 선생도 직접 참여한다며. 너무 위험하지 않아?]

[말리자. 계획을 취소하고 지켜보는 게 좋을 것 같아.]

[아이스, 네가 MJ에게 말해 봐.]

[아이스? 왜 대답이 없어?]

빠르게 업데이트되는 메신저 창을 바라보면서도, 아이스는 말을 거들지 않았다. 아이스는 영상과 메신저 창을 내버려 둔 채 의자를 뒤로 돌렸다. 그는 조금도 의심받지 않을 얼굴로, 이를테면 언제나처럼 살짝 미소 띤 부드러운 표정으로 문 앞에 서 있는 여자를 바라봤다.

여자는 책상 위 스탠드 불빛이 닿지 않는 곳에 서 있었다. 그림자에 지워진 표정에서 그녀 특유의 부드러운 친절이 묻어났다. 다정한 성정 덕에 호오 없이 누구에게나 긍정적인 평가를 받곤 하던 여자였지만 오늘따라 그런 그녀의 미소가 삭막했다.

모두에게 '리더'라고 불리는 여자였지만 어쩐지 리더답지 않은 분위기였다. 아이스는 보고 있던 태블릿 PC를 테이블에 내려놓고 리더에게 물었다.

"언제 왔어? 왔으면 왔다고 얘기하지."

리더는 가만히 서서 한동안 아이스를 바라보고 있었다. 그런 리더의 태도에 아이스는 불안해하거나 어리둥절한 표정을 짓지 않았다. 아이스는 철저하게 아이스다운 분위기를 유지했다. 언제나처럼 가볍고 발랄했다. 그는 눈가를 비스듬히 접어 보이면서 웃었다.

"리더, 나한테 새삼 반하면 안 돼. 그렇게 쳐다보면 부끄럽잖아."

손으로 턱을 괴면서 사근사근 웃어 보이는 아이스에게 리더가 입을 뗐다.

"지승준이란 사람, 찾아볼 수 있어?"

아이스가 눈을 깜빡였다. "음" 하고 목뒤를 울린 그가 물었다.

"누군지 알아야 찾지."

그 말에 리더가 피식, 비웃는 것도 같았다.

"알면서 모르는 척하는 거야?"

"에이, 설마. 정말 모르는데."

"하여튼 너, 이럴 때 보면 대단해."

"엇, 반하면 안 되는데."

"대단해서 언제까지 대단해질 수 있나 시험하고 싶기도 하단 말이지."

"나 지금 무슨 시험 받는 거 같다?"

"눈치도 빨라."

"하하, 리더, 정말로 날 의심해서 떠보는 말 아니지?"

"떠보면 어떻게 할 건데? 네가 떠본다고 걸리는 사람인가?"

"뭐, 그렇긴 하지만. 이렇게 대놓고 의심하니까 기분 이상하잖아."

"지승준이라고, 도원 박사의 연구소로 외래 진료 왔던 팀 소속 정신과 의사가 있어. 지금 찾아봐 줘."

리더의 분위기를 가만히 지켜보던 아이스도 덩달아 어깨를 으쓱였다.

"지금은 조금 어려워. 그리즐리가 영상 집회에 잠입해서 실시간으로 화면을 송출해 주고 있어. 사람들이랑 이거에 대해서 얘기해 봐야 할 거 같은데."

그녀가 벗은 점퍼를 소파 등받이에 올려놓고 다가왔다. 피부에 달라붙은 얇은 긴팔 티에서 진한 땀 냄새가 풍겼다. 이 추운 날 어디에서 뜀박질이라도 하고 온 걸까, 오해할 정도로 습기가 눅진했다.

그녀는 사람들에게 보고하지 않고 종종 혼자 나가서 이렇게 땀에 젖어 오곤 했다. 여름이든, 겨울이든 상관없이 육체가 긴장 상태를 유지하고 있었다. 그녀가 아주 오랜 세월 동안에 혼자서 무언가를 뒤쫓고 있다는 사실을 아이스는 기억해 냈다. 그리고 매번 허탕을 친다는 것까지도.

"그리즐리랑 메신저에 참여한 애들한테 따로 보고서 올려 달라고 해 줘. 너는 지승준이란 사람 찾아보고."

"나가서 뭔가 단서를 잡아 온 거야?"

"아니, MJ가 시켰어. 바로 알아보래."

"으음. 시위 끝나고 찾아보면 안 될까."

"이게 제일 중요해. 다른 일 제쳐 놓고 이거부터 확인해."

"그 사람이 누군데 그래."

"지승준이란 사람이 아버지거든."

휘둥그레 눈을 뜬 아이스가 "어……." 하고 말끝을 흐렸다. 그런 아이스의 반응을 단 하나도 놓치지 않고 지켜보는 리더였다.

그녀가 다정한 가면 너머에 얼마나 많은 의심과 의혹을 품고 있는지는, 아이스도 잘 아는 터였다. 리더는 MJ가 아니면 누구도 믿지 않았다. 그것이 MJ의 친구이자 오랜 세월 같이 일해 온 아이스라 할지라도 말이다.

아이스는 눈썹 위에서 살랑거리는 금발 머리를 만지작거렸다. 잦은 탈색과 염색으로 머리끝이 갈라져 있었다. 파마를 했다가 풀기를 반복하면서 모근도 약해져 머리칼은 윤기 없이 부스스했다.

빛을 받으면 알알이 구슬이 달린 듯 반짝였고, 빗질을 할라치면 도중에 끊어져 잘려 버리는 탓에 그의 금발은 관리되지 못한 거대한 무덤처럼 보였다.

무덤을 제초하는 심정으로 앞머리를 만지작거리던 아이스가 허리를 의자에 기대었다. 성인 남성의 무게를 온전히 받아 낸 의자가 끼익거리며 울었다. 젖은 빨랫감의 심정으로 의자에 몸을 기댄 아이스는 고개만 돌려 리더를 바라봤다.

"알았어, 찾아볼게. 정신과 의사란 말이지. 도원 선생님이랑 안면이 있는."

그녀가 어깨 너머로 고개를 돌리고 덧붙였다.

"사진부터 확인해 줘. 크랙의 병원에서 만난 남자가 아버지였어. 그 사람이 지승준이란 사람과 실제로 얼굴이 일치하는지 확인해 볼게."

"크랙의 병원?"

"너한텐 말 안 했었나. 상황 파악하려고 직접 갔다가 아버지를 만났어. 그가 내 몸에 장난질을 해 놨거든."

"그게 무슨 소리야? 너 무슨 험한 일 당했어?"

"별거 아니야. 흉터는 오래 가겠지만."

그녀는 땀에 젖어 있는 윗옷을 들추어 가슴 밑까지 속살을 보였다. 부끄러워하는 기색조차 보이지 않는 얼굴로 배와 옆구리에 난 도질되어 있는 칼자국을 보여 주었다.

아이스의 표정이 굳었다. 만지작거리던 머리칼에서 손을 떼어 냈다.

There, there, it's just a game.

영어로 적혀 있는 그 문장이 문신과도 같은 흉터로 깊게 새겨져 있었다.

리더는 들추었던 옷을 내리고 몸을 돌려 남쪽 벽 앞에 멈추었다.

동료들과 몇 날 며칠 밤을 새서 준비한 계획표가 벽 한 면을 모두 덮고 있었다. 그들과 함께 계획한 안은 물론, 직접 현장 답사로 찍어 온 사진들이 곳곳에 붙어 있었다. 설명하지 않으면 누구도 쉽게 이해하기 힘든 암호화된 코드가 적힌 포스트잇이 지도에 붙어 있기도 했다.

그것들을 읽어 내리는 리더의 눈은 그림자에 가려져 잘 보이지 않았다. 굳어 있는 입매만이 구분되었다. 아이스는 그런 리더를 주의 깊게 바라보면서 말했다.

"있지, 리더. 리더도 알다시피 내가 워낙 딴생각이 많은 종자잖아. 그래서 나 같은 부류는 바로 알아보는 놀라운 안테나가 정수리에 장착되어 있어. 이 안테나가 리더를 콕콕 찌르네. 리더가 이상한 채널을 켜고 있다고 콕콕 찔러. 내가 잘못 알고 있는 거면 좋겠는데 말이야."

리더는 여전히 포스트잇에 적힌 정보들만 확인하고 있었다. 아이스가 눈을 가늘게 떴다.

"몸을 그렇게 만든 아버지의 정체를 앞에 두고도 냉정하게 계획표를 되짚어 보다니. 뭔가 중요한 게 있나 봐. 뭔지 나도 알려 주라. 혼자만 움직이면 내가 백업하기도 쉽지 않아."

그 말에 비로소 리더가 뒤를 돌아봤다. 여전히 그녀의 얼굴엔 다정한 미소가 걸려 있었다. 그런데도 이상하게 오싹했다. 아이스는 모골이 송연해지는 그 웃음에 잠시 멈칫했다.

"아이스, 그런 식으로 얼마나 MJ랑 그 밑의 애들을 등쳐 먹었는지 모르겠지만 나한테까지 그러는 건 위험한 일이야."

"에이, 누가 등을 쳐먹었다고 그래. 말하는 것도 참 서운하네. 그냥 궁금해서 그렇지. 우리 소중한 리더가 무슨 생각을 하나 해서.”

“가끔 생각하지만 넌 예민한 건지 둔한 건지 모르겠어.”

“이럴 때도 있고 저럴 때도 있다고 생각해. 사람이란 게 항상 일관되진 못하잖아.”

“넌 지나치게 이랬다가 저랬다가 해서 문제라는 거 알지?”

“별수 있나. 내가 이 조직에서 하는 일이 그런 건데.”

“그러다가 신뢰나 믿음을 잃으면 너도 피곤해질 거야.”

“앗, 그거 나한테 경고하는 거야? 내가 요즘 리더한테 밉보일 만한 짓을 한 것 같지 않은데.”

“정말 그렇게 생각해?”

“너무 무섭다, 그렇게 경계하지 말아 줘. 우리 한배 탔잖아.”

“구명보트 키를 혼자만 쥐고 있는 사람하고 한배를 탔다고는 생각하지 않지만.”

“에이, 그러지 말라니까.”

리더는 포스트잇 하나를 떼어 가지고 와 소파에 앉았다. 종이에는 삼정 빌딩에 관한 계획이 적혀 있었다. 삼정 빌딩은 6년째 종합 쇼핑몰로 개발하고 있는 곳이다. 시공업체가 연이어 세 군데 부도가 나면서 완공되지 못한 건축물이었다.

서울 광장에서 도보로 20분 거리에 있는 건물. 시위대의 동선과는 겹치지 않는 곳. 명백한 목적을 가지지 않는 이상, 실수로라도 합판 패널을 세워 출입을 통제한 미완공 건축물로 들어오는 일은 없을 것이었다.

“MJ는 언제 온다고 말했어?”

“말 없었어.”

"아이스, 이럼 우리 둘 다 피곤해지는데."

"정말이야. 오늘 조력자를 만나러 간다는 얘긴 들었지만 그 외엔 아무것도 몰라."

"정말?"

"응, 정말."

웃고 있는 아이스의 얼굴 옆으로 태블릿 PC가 날아왔다. 귓가를 스친 평평한 기계가 그대로 벽에 고꾸라졌다. 거대한 파열음과 함께 액정이 깨지고 부품들이 날아갔다.

움찔하는 아이스의 턱밑으로 불쑥 손이 들어왔다. 멱살을 잡은 손은 아이스를 그대로 테이블 위까지 끌어당겨 패대기를 쳐 버렸다. 신속한 솜씨를 다리에 큰 부상을 입었던 아이스가 따라갈 수 있을 리 만무했다.

"헉! 자, 잠깐, 잠깐, 리더!"

갑작스러운 제압에 아이스는 고통 섞인 비명을 터뜨렸다. 리더는 아이스의 멱살을 쥔 손을 비틀며 말했다.

"최근에 MJ가 그 선생 일 때문에 제정신이 아니야. 우리가 예측한 것 이상으로 그 사람 주변에 큰일이 너무 많이 터지고 있어. 이 정도로 위험한 일은 사전에 준비되어 있지 않으면 벌어지기 쉽지 않아. 누군가 그 사람에 대한 정보를 아버지 측에 흘리고 있다는 소리밖에 안 되거든."

아이스는 작게 기침을 하며 항변하기 시작했다.

"그 말은 내가 의심된다는 건데. 난 끄나풀이 아니야. 정말이야."

"잘 들어. 아버지가 노리는 건 MJ와 도원 선생이고 우리가 노리는 건 아버지야. 서로 이해관계가 맞물려 있으니 지켜 줄 건 지켜 주자고. 내 말이 무슨 뜻인지 알지?"

"알아."

"정말이지?"

"안다니까."

리더가 고개를 숙였다. 아이스가 보고 있던 모니터 화면을 응시했다. 전야제라는 이름으로 어린 시절의 MJ를 화면 가득 틀어 놓고, 그걸 구경하는 사람들의 미친 짓거리가 아직도 송출되고 있었다.

리더는 아이스의 멱살을 풀어 주었다. 저급한 화면도 닫아 버린 뒤 아이스에게 명령했다.

"도원 선생이 내일 신을 운동화, 입을 옷, 핸드폰 모두 가져올 수 있어?"

"챙겨 올게."

"위치 추적기와 도청기도 준비해 줘."

"선생님 물건에 달려고? MJ가 알면 난리를 칠 텐데."

"MJ한테도 말할 거야. 선생님이 스스로 몸을 지킬 수 있게 총이라도 쥐여 주고 싶은 심정이거든. 사용법은 네가 알려 줘. 무슨 일이 생기면 어디로 도망쳐야 하는지도 모두 알려 줘."

"우리 계획을 공유하잔 거지. 그 사람이 이 정도로 우리 일에 개입되는 걸 MJ가 정말 허락할까."

"안 하더라도 하게 만들어야지."

"미움받을 거야."

"아이스, 네가 잘하는 거잖아?"

"진짜 너무한다니까. 나 혼자 미움받으라고 판 까는 거 봐. 여기서도 욕먹고, 저기서도 욕먹고, 내 입장 좀 봐주라."

"너 그런 역할이잖아? 새삼스럽긴."

"언제는 박쥐처럼 굴지 말라면서, 지금은 박쥐 짓을 하라고 등을 떠미네."

"그 정도 분별은 할 줄 아는 사람이 왜 약한 척일까."

아이스는 어깨를 으쓱였다. 미움받는 게 싫다는 사람치고는 지나치게 아무렇지 않아 하는 태도였지만 말이다.

MJ가 이 무리와 도원을 지킬 수 있다면 최선이겠지만 일이라는 게 그렇게 준비한 대로만 흘러가는 법은 아니었다.

선택해야 할 순간이 온다면 무리는 단 하나만을 선택할 것이다. 리더도, 아이스도, 메신저 창에 있는 사람들과 전야제 영상을 보내주는 그리즐리도, 아버지를 죽이기 위해 MJ를 보호할 것이다. 그것에 설령 도원의 희생이 따르더라도.

"리더가 날 의심하는 건 괜찮지만 이거 하나는 알아줬으면 좋겠어."

도원의 희생으로 MJ가 재기 불능이 되더라도 무리는 움직일 것이다. 도원을 희생해서라도 MJ를 지켜야 한다면 누구도 그 의견에 반대하는 사람은 없을 것이다.

이것이 MJ 측 사람들이 그를 위해 존속하는 이유다.

"나는 MJ는 배신하지 않을 거야. 그래도 함께 지낸 정이 있는데 쉽게 돌아설까 봐. 나 그 정도로 쓰레긴 아니야. 그렇지만 도원 선생은 장담 못하겠네. 리더와 MJ와 나는 한배를 탔다고 생각하지만 글쎄, 그 선생님은 좀 다르잖아? 만약에 선생님을 희생시켜야 한다면 망설이지 않을 거야."

아이스는 언제나처럼 예쁘게 웃어 보였다.

"필요하다면 난 선생님에게 단 위치 추적기를 끌 수도 있고, 우리의 이동 경로를 공유하지 않을 수도 있어. 리더가 말했다시피, 여기서 내 역할이란 게 그런 거니까."

🌀

MJ는 커피포트에 물을 담았다. 물이 끓는 동안에 찬장 선반에서 드립용 원두와 필터, 컵을 준비했다.

끓는 물이 종이 필터에 담긴 분쇄된 원두 가루를 녹였다. 짙은 향이 피어올랐다. 향은 싱크대와 조리대를 건너 도원이 자고 있는 침대까지 번져 나갔다.

여느 때와 다름없는 평온한 주말 아침이었다. 세상모르고 자는 어린아이 같은 도원이나, 그런 도원을 보면서 여유롭게 커피를 타는 MJ 모두 평범한 사람처럼 일상을 흘려보내고 있었다.

진해진 커피 향을 느낀 도원은 눈가를 움찔거렸다. 평생을 입에 달고 살았을 음료의 향에 반사적으로 반응하는 모습이 묘하게 귀여웠다.

MJ는 폭신한 이불에 감싸여 쌔근쌔근 잠을 자는 도원에게서 시선을 떼지 못했다. 침대에 누워있는 연인을 보는 것만으로도 입가에 미소가 걸렸다.

〈2시에 시작이야.〉

인이어를 통해 아이스의 목소리가 울려 퍼졌다. MJ는 그 소리를 들으면서도 여전히 도원의 머리카락을 만지작거렸다.

〈을지로부터 청계천을 따라 행진할 예정이래. 무엇보다 정오부터 비 소식이 있거든. 아주 좋은 소식이야. 우비를 입으면 정체를 더 숨기기 편하잖아. 아니, 그건 아버지 측도 마찬가지니까 더 헷갈리려나.〉

MJ가 낮은 목소리로 받아쳤다.

"우리는 몇 시에 출발할 건데?"

〈2시간 뒤에 출발하자.〉

"다른 애들은."

〈어제저녁부터 다 현장에 나가 있어. 곳곳에 잠복해 있어서 급하게 출발할 필요는 없을 거 같아.〉

"삼정 빌딩은 체크해 놨어?"

〈응, 루트 다 정리했어.〉

"좋아, 출발하기 전에 다시 전화할게."

〈그때까지 네 방에 있게?〉

"응."

〈옆방으로 건너와. 다시 한번 더 일정 조율하자.〉

"됐어, 내 움직임엔 변동 없으니까 조율할 거 있으면 너희들 거만 변경해."

〈따로 뭐 준비하는 거 있냐.〉

"아니."

〈그렇다면 출발 전까지 쉬어. 조금 이따가 네 방 벨 누를게.〉

전화를 끊고 이어폰을 뽑았다. 시간을 들여 내린 커피 잔을 챙겨와 침대에 걸터앉았다. 더욱 짙어진 커피 향기 때문일까. 눈가를 찌푸리며 잠과 현실의 경계에서 흔들리던 도원이 눈을 떴다.

긴 속눈썹을 느리게 깜빡였다. 나른함이 그의 얼굴에 진 커튼 그

림자만큼이나 길게 묻어나고 있었다. 멍한 눈으로 바라보는 시선에
MJ는 갈비뼈 안쪽이 간지러웠다.

귀여워, 못 참겠어.

그렇게 생각하며 도원 위로 몸을 숙였다. 도원의 얼굴 양옆을 손
으로 짚고 팔꿈치를 구부려 도원의 이마에 입술을 내려 앉혔다.
쪽, 하는 짧은 키스 소리가 여운도 없이 사라졌다. 다정하고 사랑
스러운 입맞춤에 도원이 본능적으로 반응했다.

도원은 양팔로 MJ의 목뒤를 감았다. 제 품으로 끌어당기는 힘에
MJ는 참지 못하고 소리를 내어 웃었다.

도원의 적극적인 행동이 얼마나 사랑스러운지를, 당사자만 모르
는 게 귀여워서 가만히 내버려 둘 수가 없었다.

"잘 잤어?"

MJ의 짧은 머리카락을 만지작거리면서 도원이 졸린 눈을 깜빡
거렸다.

"세상모르고 잤어요."

"아직도 졸려 보이네."

"응, 졸려요."

"어떡할까. 2시간 남았는데 더 재워 줄까. 아, 재우기 싫은데."

MJ는 도원의 볼에 쪽쪽, 소리를 내어 뽀뽀를 해 주었다. 뽀뽀를
할 때 살짝 눈을 감는 도원의 반응이 어린아이 같았다. 이젠 셀 수
없을 정도로 한 키스인데 아직도 두 눈을 똑바로 보지 못했다.

MJ는 이번엔 눈가에 입을 맞추었다. 반쯤 뜨려던 눈을 도로 감
아 버리는 도원의 반응에 MJ는 한 번 뽀뽀해도 될 것을 두 번, 세
번 연속해서 쪽쪽 소릴 내며 입을 맞췄다.

"자지 마."

MJ가 귓가에 대고 속삭이자 도원이 몸을 뒤척거렸다.

"2시간 남았다면서요."

"그걸 잠자면서 낭비하긴 아깝잖아."

"음, 그럼 어디 갈까요?"

"어디 가기엔 부족하고."

"그럼 뭐 하고 싶으세요?"

"이거 봐라. 선생님, 알면서 모르는 척하는 거지?"

"네?"

되묻는 얼굴은 응큼함과 거리가 멀었다.

이렇게 자각이 없어서야.

MJ는 여전히 멍한 눈으로 올려다보는 도원에게서 시선을 떼지 못했다. 도원의 볼에 아예 입을 묻고 살갗을 빨았다. "으응." 하고 탄성과 신음 사이에서 도원이 목을 울렸다.

"간지러워요."

그러면서 기름한 목을 반대편으로 돌리는 것이 자극적으로 느껴졌다. 곧게 뻗은 쇄골이 더욱 부각되는 몸짓에 MJ는 마른침을 삼켰다.

부스스한 머리카락을 넘겨 반듯하게 드러난 이마에는 베갯잇 자국이 나 있었다.

철없이 잠든 어린아이 같은 인상을 주는데도, MJ는 그의 품에 안기고 싶었다. 그가 머리를 쓰다듬어 주면 좋겠다는 생각을 멈추지 못했다.

덩치 큰 남자가 어리광을 부리면 얼마나 흉할지 알기에 그러지 못할 뿐, 이미 머릿속에서는 도원이 저를 토닥토닥 두드려 주는 상상이 골백번도 더 반복된 뒤였다.

손끝이 간지러웠다. 폐 속에 깃털들이 잔뜩 들어차서 흔들리는 기분이었다.

오늘따라 왜 이렇게 사랑스러울까. 조력자를 만났을 때 보인 도원의 행동 때문일까.

어떻게든 MJ를 위해 애쓰던 그 모습이 망막에 맺혀 지워지질 않았다. 그렇게 힘들어하면서도 힘든 내색을 안 하려고 웃어 보이던 안쓰러움까지 잊을 수 있을 리가 없었다.

도원이 그토록 필사적으로 아버지의 정체를 숨기던 것이 모두 MJ의 안위를 위해서였다는 것을 알았을 때, MJ는 도원을 끌어안은 팔을 풀 수가 없었다.

사람이 이렇게 사랑스러울 수 있는 걸까. 그게 정말 가능한 걸까. 도원에게 다가가면 다가갈수록 왜 이렇게 갈증이 커지는 걸까.

"나 커피 마셔도 돼요?"

도원이 테이블에 놓인 커피 잔으로 손을 뻗었다. MJ는 이불을 살짝 들추었다. 흐트러진 차림새의 도원을 내려다보고는 더 이상 참지 못했다.

"2시간 동안 어디 나가는 건 무리겠지."

티셔츠를 벗는 MJ를 보고 도원은 커피를 마시다 말고 멈칫했다.

"옷을 왜 벗어요?"

"귀여워, 선생님."

"아니 그게…… 귀엽다면서 뭐 하는 건가요."

"그러니까 누가 그렇게 귀여우래."

"저기, MJ?"

"가볍게 할게."

"그건 가벼운 행위가 절대 될 수가…… 아, MJ, 나 커피……."

뜨거운 커피로 혀끝만 적신 채 도원이 당황해서 쩔쩔맸다.

"흘려요. 조심해야, 아, 응."

간신히 커피를 흘리지 않고 테이블 위에 잔을 내려놓았다.

셔츠 속으로 들어오는 손이 도원의 살갗을 애무했다. 손바닥에 감기는 부드러운 감촉에 MJ의 숨결이 거칠어졌다.

MJ가 손끝을 세워 유두를 어루만졌다. 그에게 시도 때도 없이 희롱당한 탓에 이제는 그 손길만 닿아도 말랑거리는 가슴 끝이 뾰족하게 솟아올랐다.

"그렇게 많이 만졌는데도 어색해하네. 여기 봐 봐. 빨갛게 부풀었어."

도원의 입에서 가느다랗게 신음이 새어 나왔다.

"부, 부끄럽게 왜 그런 말을 하는 건데요."

"흐응, 부끄러워? 별걸 다 했는데 아직도 부끄러워?"

"아, 잠시, 읏!"

"이런 거보다 더한 것도 했잖아. 왜 부끄러워하고 그래."

"이건 반칙이잖아요, 아, 응."

웃음기 가득한 목소리로 말하는 MJ를 볼 때마다 도원은 붉어진 얼굴을 어찌해야 좋을지 몰랐다. 제 몸의 변화에 퍽 당황스러워했다. 여전히 가슴을 자극당하는 행위가 낯설어서 허리를 뒤틀기도 했다.

그러면서도 MJ에게 하나둘 길들여지는 과정이 싫지 않아 보였다. 요즘엔 오히려 침을 꼴깍 삼키면서 MJ의 다음 애무를 기다리지 않던가.

"선생님도 남자 맞네. 아침이라서 이렇게 건강하잖아."

가슴을 주무르는 손과 달리, 왼손은 도원의 바지 속을 헤집고 있었다.

국부에 달라붙은 얇은 속옷 위를 손바닥으로 문지르고 주물렀다. 도원은 가는 허리를 뒤로 젖히면서 숨을 헐떡였다. 반쯤 발기한 성기를 속옷 위로 잡고 미끄러지듯 훑어 내렸다. 그 자극적인 애무를 아무렇지 않게 웃어넘길 수가 없었다.

도원은 낮게 숨을 골랐다. MJ를 밀어낸다는 선택지는 생각도 하지 않는 얼굴이었다.

예전처럼 부끄러워서 몸을 사리기보다는, 어떻게 해야 MJ와 더 행복하게 몸을 맞댈 수 있는지를 생각하는 시간이 많아진 듯했다.

도원은 MJ의 머리카락을 손으로 쓸어 넘기고 화상 자국에 입을 맞추었다. MJ는 기분이 좋아서 목을 그르릉, 낮게 울렸다.

도원이 상처에 키스를 해 줄 때마다 몸이 달아올랐다. 애간장이 끓어서 어쩔 줄을 모를 지경이었다.

더 빨아 줘, 더 핥아 줘, 더 키스해 줘.

그렇게 조르고 싶었다. 들썩이는 MJ를 보면서 도원이 얼굴을 붉혔다. 온몸으로 좋아한다고 말하는 MJ를 도원도 더는 외면하지 않았다.

"내가 MJ를 정말 좋아하나 봐요. 나한테 이러는 거 기분 좋아요."

그 말에 MJ는 깊은숨을 들이마셨다.

"정말?"

"네, 왜 이렇게 좋지……."

"아, 미치겠네. 선생님, 아직 잠 안 깬 거 아니지?"

"이렇게 예쁜 MJ를 앞에 두고 꿈과 현실을 구분 못할 리 없잖아요. 아…… 아닌가. 꿈인가."

"맙소사, 선생님."

MJ는 참지 못하고 도원의 셔츠를 벗겼다. 옷자락을 익숙하게 벗겨 낸 뒤 벗은 몸을 끌어안으며 왼쪽 가슴에 볼을 비볐다.

볼을 비빌 때마다 볼록 솟은 유두가 탄력 있게 흔들렸다. 볼에 쓸리는 유두가 움찔거리자 도원의 눈가도 함께 떨렸다.

"다 씹고 싶어, 다 빨고 싶어서 미치겠어. 왜 해도 해도 만족을 할 수가 없지. 좋아한다는 말을 들어도 미치겠네, 아, 선생님."

MJ는 붉게 부푼 유두를 입에 머금고 어린아이처럼 가슴을 빨았다. 연인을 위한 애무라기보다는 입 안의 강한 흡입력으로 돌기를 물어뜯는 행위에 가까웠다.

젖이 나올 리도 없는데 볼이 홀쭉해질 정도로 가슴을 빨았다. 타액에 젖은 가슴이 빨리고, 다른 한쪽은 손바닥과 손가락 사이에서 굴려졌다.

밝은 아침 햇살에 떠다니던 방 안의 먼지가 도원의 부스스한 머리칼에 하나둘 달라붙었다. 마른 햇살 냄새가 날 것만 같아서, MJ는 도원의 가슴에 코를 묻고 숨을 크게 들이마셨다.

사랑스러워서 입을 뗄 수가 없었다. 모조리 핥아서 삼키고 싶었다. 그런 욕망을 도원이 부추겼다.

"아…… 응, MJ, 입 안 뜨거워."

눈가까지 붉어져서 그런 말을 하는 게 어디 있을까. MJ는 혀를 내밀어 부푼 유두를 희롱했다.

"내 입 안 좋아?"

그런 걸 물을 줄은 몰랐기에 도원은 몸만 바르작거렸다. 얼굴에 이어 가슴까지 붉어지는 부끄러움 많은 연인 탓에 MJ의 애욕만 부채질당했다.

오늘은 바쁜 날이고 시간이 많지 않다는 걸 알지만, 그런 것 때문에 도원과의 행복한 시간을 미루고 싶지 않았다.

사랑을 알아 가는 도원 때문에 MJ는 욕심을 부리게 되었다. 도원이 MJ를 사랑하면서 어디까지 MJ를 원하는지를 확인받고 싶었다.

도원이 제 자신을 MJ에게 전부 내줄 것만 같아서 MJ는 그러한 도원을 초조하게 열망하게 되었다.

"……MJ, 나도 빨아 줄까요?"

도원의 입에서 나온 자극적인 말에 MJ가 목울대를 크게 울렸다.

제 침에 젖어서 붉게 부풀어 오른 가슴을 쪽쪽 빨면서 도원을 한참이나 바라봤다. 도원이 더 많은 걸 밝히고 야해졌으면 좋겠다고 생각했지만 정작 그런 순간이 오면 면역이 없어서 여유고 뭐고 없이 도원에게 달려들 것만 같았다.

지금만 해도 빨아 준다는 한마디에 흥분해서 저도 모르게 바지와 속옷을 벗으려 들지 않나.

MJ는 간신히 숨을 고르면서 이성을 잃지 않으려고 노력했다. 반쯤 벗다 만 속옷 속으로 도원의 손을 끌어왔다. 거칠고 습한 음모 사이로 도원의 손가락이 파고들었다.

손끝이 습기 많은 살을 어루만졌다. 음낭의 주름 하나까지 쓸어만지는 손길에 MJ는 숨을 헐떡였다.

"빠는 거, 흐으, 그거 말고, 내가 넣으면 안 될까."

MJ는 도원의 손에 대고 느리게 허리를 움직였다. 도원이 페니스와 음낭을 양손으로 조심스럽게 만져 주기에 그 부드러운 손바닥의 감촉을 즐겼다.

MJ는 도원의 옷을 하나씩 벗겼다. 은은하게 풍기는 커피 향 때문에 도원의 몸이 더 달게 느껴졌다. 눈을 느리게 깜빡이며 쳐다보는 저 시선마저 모두 입 안에 넣고 사탕처럼 굴리고 싶었다.

"하아, 응, 콘돔이랑 젤 가져오면 넣게 해 줄게요."

바지와 속옷을 벗기고 드러난 엉덩이를, MJ는 양손으로 주물렀다. 손안에 감기는 탄력 있는 살덩어리를 자신의 것인 양 가지고 놀았다.

옷 속에 가려져 있던 도원의 살 냄새가 짙어져서 좋아 죽을 것만 같았다. 도원이 먼저 섹스를 오케이한 것도 드문 일이고, 이렇게 자유롭게 만지는 것도 행복했다. MJ는 욕심껏 말하기 시작했다.

"안에다 싸는 건 안 돼?"

"그, 그런 말은 좀 걸러서 해요."

"선생님 벌어진 구멍에서 흘러나오는 거 보면 엄청 흥분되는데."

"그, 오늘은 안 돼요. 오늘 말고 다음에 그렇게 해 줄게요."

"왜에. 한 번이라도 제대로 하자."

"그러기엔 제 몸이……."

"횟수가 중요한 게 아니잖아. 아니, 중요하긴 한데, 선생님이 내 횟수를 다 못 맞춰 줄 거면 한 번이라도 제대로 하고 싶어. 그게 나아. 선생님한테도 나한테도."

"……아침부터 너무 자극이 크면 힘들어서 그래요."

"나와 섹스하는 게 자극이 커?"

"MJ는 너무, 그러니까……."

"너무?"

"너무 적나라해서…… 그……."

"아하. 그게 좋단 말이지."

"아, 그게 좋긴 한데. 아뇨, 내 말은 그런 방식은 너무 자극이 크니까 아침부터 하기엔 적합하지 않은 것 같다고요."

"아침이니까 더 좋은 거지. 저녁에 하면 피곤하잖아."

"그, 그게……."

격렬한 삽입 섹스보다는 부드러운 애무와 키스가 있는 가벼운 페팅을 바랐던 도원이기에 난감함을 감출 수가 없었다.

그런 도원의 사정을 알 리 없는 MJ였다. MJ는 제 성기를 도원이 두 손으로 잡을 수 있게 자세를 고쳐 앉았다. 곱슬한 음모 사이에서 두터운 기둥이 천천히 기립하기 시작했다. 뻣뻣하게 솟아오르다 못해 아랫배에 붙을 정도로 곧추섰다.

껍질을 벗은 매끈한 귀두가 빨갛게 익어 가기 시작했다. 한쪽 방향으로 약간 기울어진 기둥에는 점차 흥분하는 핏줄이 힘줄처럼 붉게 튀어나왔다.

주름진 껍질 사이사이에서 짙은 짐승 냄새가 풍겼다. 사람의 몸에서 나는 것과는 다른 성질의 체향이었다. 영역 표시를 하는 포식자들의 그것을 상상하게 만드는 냄새였다. 방 안을 가득 채운 커피향보다 짙어져 도원의 후각을 마비시켰다.

도원은 자신이 남근 애호가는 아니라고 생각했지만 MJ의 이것만큼은 참을 수 없이 탐스럽다는 사실을 인정했다. 아침이니까 페팅을 선호한다는 핑계도 순식간에 잊어버리고 다리 사이를 움찔거렸다.

양손에 가득 잡히는 이것이 제 것이라는 생각만으로 몸이 달아올랐다. 이걸 다른 사람에게 사용하는 모습을 상상하는 것만으로 질투가 났다.

그 사실을 알면 MJ는 한심하게 볼지도 모른다. 연인의 부정을 목도하여 질투하는 것이 아니라, 상상 속의 가정과 싸우는 꼴이 얼마나 우스울까.

그런 것을 염려해야 할 만큼 도원은 MJ의 성기를 원하고 있었다. 성기가 표출하는 모든 욕정과 사랑을 원했다. 그래서 최대한 냉정하고 차분하게 MJ의 성기를 손에 쥐고 흔들었지만 더 짙어진 살 냄새와 손끝으로 느껴지는 불거진 핏줄의 감촉이 도원을 흔들었다.

냉정하게 유지하고 싶었던 이성이 헐겁게 쌓아 올린 모래성이 되는 일은 순식간이었다.

"하아, 하, 선생님, 손끝으로 거기, 응, 그렇게 문질러 줘."

부드러운 귀두 끝에 엄지가 비벼졌다. 귀두 구멍이 벌어졌다 오므라들면서 자극에 어쩔 줄 몰라 했다.

MJ가 헉헉거리며 거칠어진 숨을 삼켰다. 도원의 촉각과 후각과 미각이 온통 뜨겁고 두터운 기둥에 향해 있었다. 정신이 멍해지는 것만 같았다. 이걸 갖고 싶어서 MJ를 애타게 쳐다봤다.

"하아, 하, 선생님."

애타는 건 도원만이 아니었다. MJ가 더 심했다. 도원의 손 안에서 이미 사정할 것만 같았다.

"선생님, 응?"

콘돔도, 젤도 없지만 하고 싶었다. 얼른 도원의 안으로 들어가고 싶었다. 도원의 몸에 무리가 될 텐데도 욕심을 버릴 수가 없었다.

"천천히 할 거죠?"

도원의 오케이 사인에 MJ는 간신히 잡고 있던 고삐를 놔 버렸다.

"응."

대답과는 전혀 다르게 그의 양손이 광포하게 도원의 허리를 붙잡았다. "앗." 하는 작은 신음 소리를 귀로 음미하기도 전에 도원을 바싹 끌어당겨 엎드리게 만들었다. 엉덩이를 들게 했다. 이불과 베개를 양손으로 꼭 쥔 도원은 이어진 자극에 허리를 떨면서 숨을 참았다.

짜악, 손바닥이 엉덩이를 세게 때렸다. 고통과 함께 짜릿하게 번지는 쾌감에 도원이 고개를 젖히며 움찔했다.

이불을 잡은 손등이 덜덜 떨렸다. 손끝이 하얗게 변할 정도로 이불을 세게 움켜쥐었다. 저릿한 아픔이 척추를 타고 올라와 뇌수를 두드리는 기분이었다.

정수리를 두드리는 이 짜릿한 쾌감을 뭐라 불러야 할까. 허리를 조금 더 휘면서 저도 모르게 엉덩이를 들었다. 두 번째 타격감이 든 것은 바로 그때였다.

"아, 응."

순식간에 볼기짝에 붉은 손자국이 남았는데도 도원은 발갛게 달아오른 얼굴로 숨만 헐떡였다. 꼬리뼈에서부터 올라온 고통 섞인 쾌감이 정수리에서 작은 폭죽을 터뜨렸다.

짜악, 하고 세 번째 타격이 들어왔을 때, 도원은 조금씩 단단해지는 자신의 성기를 볼 수 있었다. 힘이 뻣뻣하게 들어가기 시작한 성기가 이불 위로 묽은 물을 톡, 하고 떨어트렸다. 명백하게 흥분한 제 몸 상태에 이젠 놀랄 겨를도 없었다.

"하아, 아, 응."

도원은 베개에 묻은 고개를 옆으로 틀어 MJ를 돌아봤다. 엉덩이를 살짝 흔드는 도원의 행동은 이성으로 자정되지 않는 본능, 그 본능을 넘어서는 쾌락의 유희에 닿아 있었다.

"하아, 하, 선생님, 넣어 줘? 더 때려 줘? 뭐 해 줄까, 응?"

"아, MJ."

"흐으, 죽겠네, 아, 선생님, 죽겠다고, 진짜."

흥분한 MJ를 보고 도원의 숨결도 덩달아 거칠어졌다. 눈가까지 발갛게 익은 도원은 흐트러진 머리카락 아래에서 안달 내는 표정을 애써 감추려고 노력하고 있었다.

MJ는 도원을 홀린 눈으로 바라봤다. 도원이 내밀고 있는 엉덩이에 빨간 손자국이 나 있는 것을 황홀하게 바라봤다.

붉은 볼기짝 사이에서 구멍이 뻐끔거렸다. 본능적으로 MJ를 원하는 그 발칙한 구멍에 MJ의 이성도 점차 옅어졌다. 만져 주지도 않은 구멍이 떨리고 있었다. MJ의 인내심을 시험하기엔 지나치게 자극적인 모습들이었다.

"엉덩이가, 하아, 선생님 여기가 그렇게 좋아? 응?"

손으로 볼기 양쪽 살을 쥐고 흔들었다. 도원은 이불을 더 꼭 쥐었다. 수치스러워서 등도 빨갛게 익었는데, 무릎에 힘을 주고 허리를 더 들어 보였다.

가는 허리가 곡선을 만들며 휘어지는 모습은 MJ에게 더할 나위 없는 충동을 부추겼다.

도원이 이렇게 야했던가. 이젠 MJ가 자신에게 무슨 짓을 하든 모두 받아들일 준비가 되어 있는 것만 같았다.

"나, 날 이렇게 만든 건 당신이잖아요."

"아, 젠장, 선생님, 너무 귀여워."

"읏, 못 참겠어요, 손가락이라도 좋으니까……."

"한 번에 박아 줄 수도 있어."

"콘돔이랑 젤……."

"아니, 그거 말고. 안에다 직접 싸게 해 주면 제대로 쑤셔 줄게."

도원이 입을 벌린 채 숨을 헐떡였다. 이성이 말리고 있었다. 서울 광장을 뛰어다닐 수도 있는 일정에 삽입 섹스를 해서 몸이 불편해지면 누굴 탓하겠느냐고.

차라리 일이 마무리된 후에 여유롭게 섹스를 하는 것이 더 좋을지도 모른다. 여유가 생긴다면 MJ와 하고 싶은 것들이 많았다.

케이블 타이로 손목을 묶고 싶었다. MJ가 해 주는 구속을 몸이 받아들인 상태에서 삽입당하고 싶었다. 눈을 가린다거나 욕조 안에서 참방거리는 물살에 떠밀리듯 안기고 싶었다.

끈에 묶인다면. MJ만이 풀어 줄 수 있는 개 목걸이를 한다면. 발목에 족쇄를 찬다면. 그 다양한 구속구 안에서 정말로 MJ에게만 구속된 듯한 느낌을 받을 수 있다면.

MJ와 섹스를 하면 할수록 그에게 종속되고 싶고, 구속되고 싶어하는 욕구가 커져서 도원을 욕구 불만의 상태로 만들고 있었다.

처음에는 무서웠다. 이러다가 자기 자신을 잃게 될 것만 같아서 필사적으로 외면했다. MJ에게 엉덩이를 맞아도 엉덩이에 성감대가 있나 보다, 하고 자기 합리화를 하고 말았다. 지금은 아니었다.

MJ는 강압적인 섹스를 하더라도 도원을 전유(專有)하는 방식으로 결코 취하지 않았다. 꽃을 꺾어서 꽃병에 담기보다는 뿌리째 떠서 화분에 옮겨 물을 줄 사람이었다.

그는 '해도 된다'라는 명령이 떨어져야만 움직였다. '하지 말라'는 이야기를 들으면 즉시 멈추었다. 성욕을 억제하지 못해서 굶주린 개처럼 입 밖으로 침을 흘리고 신음을 쏟아 뱉을지언정, 강제로 성기를 몸 안에 밀어 넣으려 하지 않았다.

마치 섹스할 때는 계약을 맺는 기분이었다. 오케이 사인이 떨어져야만 합의된 섹스를 할 수 있다는 계약. MJ는 도원과 연인이 된 후로 그 계약을 단 한 번도 어긴 적이 없었다.

엉덩이가 아닌 다른 곳을 맞고 싶다는 생각도 했다. 위험하고 아플 텐데도 상대가 MJ라면 허벅지든, 성기든, 어디든 맞거나 깨물리는 경험을 하고 싶었다.

난잡한 머릿속을 들키면 MJ가 경멸할지도 모르기에 최대한 내색하지 않아 왔건만. 강한 삽입 섹스를 선전포고하는 MJ의 말을 외면할 수가 없었다. 도원은 바싹 마른 입술로 결국 거절의 말을 뱉지 못했다.

"너무, 너무 심하게만 아니라면……."

중얼거리던 도원이 말을 바꿨다.

"아니, 심하게 해도 괜찮은데…… 웃, 그러니까……."

아직 익숙하지 않아서 갈피를 못 잡는 도원의 모습에 MJ가 먼저 인내심이 끊어졌다. 손자국이 시뻘겋게 난 엉덩이 안에 침으로 적신 손가락을 밀어 넣었다.

"하응, 아, 아."

갈팡질팡하던 도원도 그 자극에 신음을 토하며 더 이상 '하지 말라'는 말을 할 수 없게 되었다.

지난 새벽까지 섹스를 했던 탓인지 구멍은 경직되어 있지 않았다. 부드럽게 풀어져 있었다. MJ가 입 안에 손가락을 넣고 돌려서 침으로 적신 것을 천천히 밀어 넣을 때도 빼꼼, 열린 구멍이 아플 정도로 고통을 호소하지는 않았다.

오히려 왜 하루 종일 혼자 내버려 두었느냐고, MJ의 손가락을 반겼다. 가지런한 손톱과 다른 곳보다 두터운 마디를 환영하듯 오물거리며 삼켜 버렸다.

강한 섹스를 원하는 것은 도원이었다. 그러나 생각보다 더 심하게 MJ와의 섹스에 환희하는 몸의 반응을 도원 스스로가 따라가지 못했다.

왜 이렇게 좋아하는 거야. 이렇게 좋아해서 정말 섹스 중독자라도 되면 어쩌려고.

도원은 당혹스러워 발끝만 오므렸다. 이러면 정말로 누구의 시선이 있든, 장소가 어디든 MJ와의 섹스에 환장한 사람처럼 보일 것만 같아서 온몸이 붉게 타올랐다.

"시, 싫어, MJ."

말과 달리 허리가 더 들렸다. 정말 싫은 것은 그와의 섹스가 아니었다. 황홀한 섹스를 깨닫고 일상적인 생활에도 지장을 맞게 될 만큼 자신이 밝힘증 환자가 되지 않을까, 하는 걱정이었다.

"싫어? 응?"

"싫……."

"이렇게 엉덩이를 흔들면서?"

"MJ, 그건……."

MJ가 웃었다. 부끄럽고 당황스러워서 어찌할 바를 몰라 하는 도원이 실은 이젠 MJ가 원하면 섹스에 거부감이 없다는 사실에 기분이 좋았다.

여전히 몸과 머리가 따로 작동하는 도원이기에 자신이 납득하기 어려운 감정을 느끼면 섹스하기 '싫다'고는 말하지만 내벽에서부터 뜨겁게 휘감기는 구멍의 이야기는 달랐다.

계속 넣어 줘, 계속 박아 줘, 계속, 계속 아무 생각 없이 섹스하고 싶어.

그렇게 말하고 있었다. 누군가가 이렇게나 열렬하게 자신을 바라고 원하고 있다는 것을 확인받는 것만으로도 MJ는 복잡했던 머릿속이 청명해지는 기분마저 들었다.

마약보다 심한 중독이었다. 머릿속을 MJ라는 색깔로 가득 물들여 버린 듯한 효과도 상당했다. 이래서 다들 무언가에 중독이 되면 정신을 못 차리는 것이라고 이해할 수 있게 되었다.

MJ는 자신이 도원 한정으로 애정 결핍을 느끼는 환자가 아닐까 하는 생각을 했다. 도원이 저를 좋아하고 애정을 준다는 확신을 끊임없이 받고 싶어 했다. 본의 아니게 도원을 괴롭히는 형상이 되어 버린 것은 물론 문제였다.

그 괴롭힘이 수치심을 주는 형벌의 형식으로 이어지고 있었다. 자꾸만 도원을 시험하고, 조금 더 어려운 부탁을 하게 되었다.

도원이 어디까지 자신을 받아 줄 수 있는지, 어디에서 버티지 못하는지를 알아야 브레이크를 걸 텐데도, 도원이 끝없이 받아 주기만 할 뿐, 거부하질 않아 조금씩 도를 넘게 되었다.

이렇게 괴롭히면 안 되는데, 멈추기가 쉽지 않았다.

"하아, 하으으, 미치겠어."

"하으, 으, 응."

"선생님 미치겠다고. 제기랄, 선생님."

"아앗, 아, MJ……."

얼굴에 이어 가슴까지 붉은빛이 번져 나간 도원은 그 자체만으로
도 사랑스러웠다. 그래도 정신적으로 힘들어하는 내담자들을 편안
하게 해 주는 것이 목표인 직업을 가진 사람인데, 어쩌다 이렇게까
지 사회적인 경계의 틈이 벌어진 것일까.

"하으응, 아, 아."

도원은 입을 벌렸다. 몸 안으로 끝없이 밀고 들어오는 손가락들
의 움직임에 그 경계선마저 지워졌다.

누가 보면 어떡해. 변태로 알 거야. 이렇게 남자의 손가락을 엉
덩이에 꽂고 즐거워하는 사람처럼 취급당하면 앞으로 사회생활은
어쩌려고. 이런 데에 길들여지면 어떡하라고.

머릿속 이성들이 끊임없이 도원을 말리고 당부해도 도원은 그들
이 붙잡는 손을 놓치고 말았다. 도원의 손을 잡은 것은 MJ였다. 검
붉게 타오르는 성기 모양의 손가락. 도원의 온몸을 들쑤시는 쾌감
이었다.

"하웃, 아!"

도원이 침대 헤드를 손으로 밀어내듯 버티고 소리를 질렀다. 천
천히 밀고 들어오던 손가락이 예고도 없이 두 개로 늘어나 가장 안
쪽을 쑤셨다.

도원이 미처 숨기지 못하는 신음과 함께 헤드 쪽으로 몸을 부딪쳤다.

도원은 몸을 웅크렸다. 허리와 꼬리뼈가 떨렸다. 도원이 젖은 입술을 벌린 채 숨을 헐떡이고 있었다. MJ는 굶주린 짐승처럼 그런 도원에게서 한 번도 눈을 떼지 않았다.

밝은 아침 햇살의 싱그러움도 침대 위를 침범하지 못했다. 침대 위만 다른 세상이 되어 있었다.

그것은 아주 깊고 짙은 늪이었다. 안개가 자욱하게 깔렸다. 숨을 쉬는 것만으로도 몸속이 젖어 드는 곳이었다.

섹스에 목말라 마른침을 삼키는 MJ와 그 성적 감각에 서서히 빠져드는 도원의 분위기는 그 자체만으로 아슬아슬했다.

협의한 섹스인데도 강제성이 느껴졌다. 거칠게 파고든 손가락에 도원은 흥분하여 주변 공기를 뜨겁게 달궜다.

압박적인 분위기에 도원은 흥분하고 있었다. 피지배적인 상황에서 흥분하는 도원의 성 취향은 MJ도 잘 알고 있었다. 그것이 얼마나 위험하고 위태로운지 본인만 몰라서 더 애가 닳았다.

혹여나 이런 모습을 다른 사람이 알까 봐. 아버지가, 혹시나 그가 이런 도원을 데려가 더 깊은 성적 자극 속으로 빠트려 정신을 잃게 할까 봐. 자신에게서 뺏어 갈까 봐.

"그, 그만, MJ, 아파, 아, 아."

아버지를 생각한 것만으로도 도원을 괴롭히듯 강하게 밀어붙이게 되었다. 초조함이었다. 도원이 MJ를 좋아한다는 걸 잘 알고 있지만, 그 마음을 누군가 강제로 뺏어 갈 것만 같아서 불안함이 극에 달했다.

죽여 버릴 거야. 죽일 거야. 어떻게든 죽일 거야.

현실에 균열이 생긴다 하여 그것이 환상이 되는 것이 아닌데, 조절이 쉽지 않았다.

도원만을 사랑해도 아쉬운 시간에 아버지를 향한 경멸과 불안함이 폭발하듯 흘러나왔다. 감각들이 뒤섞였다. 똑같은 뜨거움이었지만, 도원을 향한 감정과 그렇지 않은 감정들이 엉망진창으로 뒤섞였다.

죽일 거라고. 죽여 버릴 거야.

손가락을 빼낸 자리에 부풀어 오른 성기를 밀어 넣었다. 구멍을 한계까지 벌리며 꾸역꾸역 밀고 들어오는 뜨거움에 도원이 숨을 멈추었다.

고개를 뒤로 젖히면서 온몸을 압박해 오는 감각을 받아들이려 애썼다. 감당하기 어려워 보이는 그 크기를 찢어질 듯 말 듯, 꿈틀거리는 구멍이 삼키고 있었다.

"하응, 아, 아앗."

허벅지 안쪽이 떨릴 정도로 강한 충격이었다. 그럼에도 구멍은 비로소 자신을 채워 주는 그 자체에 환호하고 있었다.

성기만큼이나 뜨거워진 내벽이 MJ를 반겼다. 물고 놔주질 않았다. 어서 더 움직여 줘, 비어 있는 안을 가득 채워 줘, 라고 속삭이는 것만 같았다.

"흐아, 아, 선생님, 하아, 진짜 좋아, 아, 젠장."

서서히 밀려들어 온 성기는 도원의 마른 아랫배를 도톰하게 부풀어 오르게 만들었다.

안이 가득 차서 단단하고 볼록해진 부위를 MJ가 손으로 쓰다듬었다. 도원이 몸서리를 쳤다. 목 뒤의 솜털이 쭈뼛 설 정도로 자극을 받고 있었다.

배 속까지 깊게 박히다 못해 피부 밖으로 그 흔적이 드러나는 삽입에 도원은 눈가를 파르르 떨었다. 도원은 발끝에 감긴 이불을 간신히 밀어내면서 흐느꼈다.

"하, 하응, 깊어……."

MJ가 느리게 뒤로 몸을 뺐다가 앞으로 밀어 넣었다. 그 충격에 도원의 몸이 들썩였다.

흔들리는 머리카락들을 보면서 MJ는 마른 입술을 혀로 축였다. 손바닥으로 도원의 옆얼굴을 쓸어 만졌다. 언제나 정상위로 서로만 바라보며 꼭 끌어안고 섹스를 해 왔다. 후배위는 익숙하지 않을 것이다.

한쪽은 네 발로 몸을 웅크리고 한쪽은 그런 웅크린 몸 위에 포개어져서 허리를 들썩이고 있으니, 익숙하지 않은 체위가 짐승들의 교접처럼 느껴져서 또 다른 자극이 되고 있었다.

파도가 이는 거처럼 MJ는 어깨에서부터 허벅지까지 부드럽게 몸을 흔들었다. 잘게 쪼개진 근육들이 각자 움직였다. MJ를 끝까지 품은 도원 역시 이불을 움켜쥐면서 허벅지 안쪽을 파르르 떨었다.

도원은 벌어진 틈을 메우듯 구멍을 조였다. MJ는 늪으로 빨려 들어가는 기분이었다. 꿈틀거리며 귀두 끝에서 성기 뿌리까지 애무해 주는 내벽의 움직임에 생각이라는 것을 길게 이어 갈 수 없었다.

"웃, 으응, MJ, 아!"

온전히 밀어붙이는 힘을 두 팔과 다리로 버텨야만 하는 도원이 숨을 헐떡였다. MJ는 몸을 숙여 도원의 허리를 양손으로 꽉 잡았다. 움켜쥔 힘에 도원이 짤막하게 비명을 질렀다.

"아, 안 돼, 아!"

MJ의 머릿속이 정전을 맞이했다. 직무를 유기한 뇌의 작용 대신 하반신이 움직였다. 허리가 붙잡힌 도원은 어디로도 도망가지 못한 채 MJ가 흔드는 움직임에 맞춰 몸을 흔들었다.

엉덩이 사이가 양옆으로 벌어졌다. 붉어진 구멍을 그보다 빨간색으로 헐떡이는 성기가 들락거렸다. 젤의 도움이 없이도 구멍은 축축하게 젖어 갔다. 손자국이 난 엉덩이는 장골까지 깊게 맞부딪히는 피스톤질에 붉은 자국을 더 넓게 적셔 갔다.

도원의 전신이 발갛게 달아올랐다. 벌어진 입을 다물지 못하고 체온보다 뜨거운 숨을 쏟아 냈다. 아프고 힘겨운 자세에 짧게나마 비명이 섞였지만, 그보다 큰 쾌감에 눈꺼풀이 덜덜 떨리고 있었다.

"흐, 흐으, 선생님, 선생님, 아, 아, 젠장, 하아으…….."

MJ는 좋아서 어쩔 줄을 몰랐다. 허리를 잡고 있던 손을 올려서 씹고 빨아서 부풀어 오른 가슴을 마구잡이로 주물렀다. 손자국이 벌겋게 나는 가슴을 내려다보면서 도원은 삼키지 못한 침을 턱 밑으로 흘렸다.

흥분해서 다리에 힘이 풀려 자꾸만 주저앉으려는 도원을 억지로 잡아당기며 블록처럼 몸을 맞추었다.

벌리고 있는 도원의 입에 제 성기를 밀어 넣고 싶은 욕구와 뜨겁게 감싸는 내벽에 심취해 몇 번이고 사정하고 싶은 욕구, 도원의 발간 몸을 혀로 온통 빨고 싶으면서도 그의 엉덩이나 허벅지를 소리 나게 때리면서 흥분시키고 싶다는 생각이 뒤섞였다.

MJ는 몸이 네 개쯤으로 분열되어 온통 도원을 감싸고 싶다는 생각으로 젖어 들었다. 벌어진 입에도 성기를 물리고, 조였다 풀어지는 밑구멍에도 성기를 물리고, 양손에도 하나씩 들려 주고 싶었다.

물고 빨고 흔들어서 도원을 자신의 액체로 적시고 싶어 안달을 냈다.

도원에게 파고들면 파고들수록 욕망은 성난 파도가 되었다.

충족되어야 할 결핍은 그 빈자리만 더욱 부각되었다. 도원이 자신을 좋아하고, 많이 생각해 주고, 누구보다 우선순위로 사랑해 준다는 걸 알면서도 도원을 빼앗길 것 같은 불안감이 몸집을 불렸다.

도원에게 가까이 다가갈수록 그에게 도취되어서 세상 모든 것을 적으로 돌리고 있었다. 도원을 누구에게도 빼앗기고 싶지 않아서 세상의 반응에 예민해졌다. 그 마음을 억제할 수가 없었다.

"하아, 학, 미치겠, 아흑, 선생님, 사랑해요. 제발."

정제되지 않은 말이 입 밖으로 쏟아져 나왔다. 헐떡이며 숨을 몰아쉬던 도원이 파르르 떨리는 속눈썹 사이로 MJ를 돌아봤다.

누구보다 섹스에 목말라하고 자기 자신을 혐오하며 자기 파괴적인 행동을 보여 왔던 MJ가 여느 때보다 격렬한 타나토스Thanatos: 죽음의 본능. 공격성을 비롯한 파괴적인 모든 본능을 내포하며, 삶의 본능인 에로스(Eros)와 대립한다.를 보이고 있었다.

언제나 끝을 생각하며 사는 사람이어서, 섹스의 환희와 내면적 충만을 액면 그대로 받아들이지 못하고 절박해지는 모양이었다.

섹스의 절정을 삶의 절정인 죽음과 동일시하는 사람처럼. 섹스의 절정에 도달하고 싶지만 그럼으로써 자신이나 상대가 죽어 버릴까 봐 두려워하는 것처럼.

MJ의 절박함에 도원은 차마 힘들다는 말을 할 수가 없었다.

MJ는 도원을 침대 위로 눌렀다. 엉덩이만 번쩍 치켜든 자세가 되었다. 몸의 무게 중심이 흐트러진 도원이 침대 헤드와 벽을 짚고 간신히 버텼다. 오금이 접히고 엉덩이가 벌어지며 교합은 더욱 깊어졌다.

"아!"

터지는 신음을 참지 못한 도원이 온몸을 들썩이며 안절부절못했다. 정수리까지 쾅쾅 두드리는 격렬한 피스톤질에 시선마저 혼미해졌다.

"하아, 하읏, 선생님, 내가, 내가 살인자가 되어도 날 사랑해 줄 수 있어?"

전립선을 정확하게 자극했다. 만져 준 적 없는 도원의 성기가 멋대로 부풀어 귀두 끝으로 진한 농도의 흰 액체를 흘렸다.

쌀 것만 같았다. 정액인지, 오줌인지, 그 무엇인지 구분 못하고 아무것이나 몸 밖으로 배출해 낼 것만 같았다.

도원은 멋대로 투명한 액체를 흘리는 성기에서 눈을 뗐다. 초점이 멀리에 있는 MJ의 눈을 돌아봤다. 정염으로 가득한 그 시선에 몸을 떨었다.

"당신이 괴물이 되어도…… 읏, 사랑할 겁니다."

"흐으, 흐으, 흐아, 아."

"물론, 아, 그럴 일은 절대 없어요."

"하아, 학, 나와, 나올 거 같아."

"절대 없으니까, 아응, 거, 겁먹지 말아요."

"아, 미치겠어, 아, 선생님, 아, 하으."

"안에 싸도 되니까, 앗……."

"선생님, 하윽, 선생님 먼저 보내고."

"아, 잠깐, MJ, 아!"

MJ는 도원의 어깨를 이로 깨물었다. 도원을 양팔에 가두고 허리를 빠른 속도로 쳐올렸다. 음란한 마찰음이 더욱 커졌다. 침대가 삐거덕, 불안한 소리로 울렸다.

MJ는 발갛게 달아오른 눈으로 도원에게서 시선을 떼지 못했다. 도원이 느끼는 오르가슴을 지켜보고, 그가 고개를 뒤로 젖히면서 숨을 멈출 때까지 밀어붙였다. MJ, 하고 간헐적으로 뱉어지는 목소리에 홀려 갔다.

질질 흘려 내던 성기 끝에서 정액이 멀리 분출되었다. 아득해지는 절정에 MJ의 품에 안긴 몸이 파르르 떨렸다. 사출하는 순간이 얼마나 자극적인지를 알기에 지금까지 MJ는 도원이 사출할 땐 잠시 피스톤질을 멈추어 주곤 했지만, 이번에는 그러지 못했다.

절정은 시간 차이로 찾아왔다. 도원은 절정에 달하고 사정을 하는 극도의 향락을 마음껏 즐기지도 못했다. MJ가 쉬지 않고 밀어붙였다.

강렬한 피스톤질에 정신이 날아갈 것만 같았다. 싸고 있는데도 몸속에 MJ가 박혔다. 절정에 달한 순간을 느낄 새도 없이 온몸에 다시 자극이 가해졌다.

자극은 계속해서 이어졌다. 사정하는 것과는 별도로 MJ가 몸 안을 길들였다. 그만, 이라는 말도 뱉지 못했다. 이미 정액을 쏟아 내는 성기가 이젠 쥐어짤 정액이 없는데도 액체를 흘렸다.

오줌처럼 노랗지는 않았다. 조금 더 투명하고, 냄새가 나지 않는, 기묘한 물이었다.

"하읔, 학, 악, MJ, 아, 아!"

성기 밖으로 흘러내린 물이 이미 쏟아 낸 정액과 섞여 도원의 몸을 적셨다. 배꼽에 고이고, 허벅지에 튀어 흘러내렸다.

말간 액체가 이불과 침대보를 적셨다. 눈앞에서 하얀 포말이 부서지는 듯한 아득함에 도원은 온몸을 파들파들 떨었다.

헉헉거리며 밀어붙인 MJ가 몸 안에서 뜨겁게 사출하는 것을 느끼는 순간에야 비로소 저 멀리 밀려났던 정신이 차츰 제 몸으로 되돌아왔다.

정액에 섞인 투명한 물은 MJ가 세 차례 더, 내벽에 사정을 하고 난 후에야 멈추었다.

어느 때보다도 난잡하고, 제정신이 아닌 듯한 섹스에 도원은 멍한 표정을 지우지 못했다. 왈칵, 눈물이 날 것 같은 얼굴이었다.

"MJ, MJ……."

뭐가 어떻게 된 건지도 모른 채, 도원은 MJ를 끌어안았다. 사정 후 크기가 줄어든 성기가 몸에서 빠져나가자 벌어진 구멍을 타고 흰 물이 흘렀다.

뻐끔거리며 탐욕스럽게 MJ의 삽입을 다시금 기다리는 몸의 반응을 느끼면서, 도원은 MJ를 더 세게 끌어안았다.

"MJ……."

무슨 심정인지 몰랐다. 어떤 감정으로 MJ를 대해야 하는지도 알지 못했다.

그저 짐승에 준하는 난잡한 섹스를 해도 MJ가 좋았고, 온몸이 부서질 듯이 힘겨워도 MJ와 대책 없이 몸을 섞는 것에 자신을 맡겨 버리게 되고, 그가 사랑한다고 고백할 때마다 그 사랑을 어떻게 되돌려 줘야 할지 몰라 전전긍긍하게 됐다.

책으로도 배운 적 없는 심리였다. 스스로 분석할 수가 없었다. 자신이 왜 이러는지 알지 못했다. MJ만 찾고 싶고, 그와 함께 있고 싶고, 이렇게 꼭 붙들고 있는 게 행복했다.

이걸 책에서는 뭐라고 부르는지 보지 못했다. 이걸 그나마 가까운 형태로 말할 수 있다면, 생각나는 건 한마디였다.

"사랑해요."

양팔 안에서 파르르 떨고 있는 MJ를 힘껏 안으면서 도원은 눈을 감았다. MJ가 섹스의 절정을 그저 황홀한 즐거움으로 느꼈으면 했다. 섹스를 타나토스적인 절박함이 아닌 가벼운 유희로 알았으면 했다.

사랑이 그렇게 절망적이지 않다는 걸 어떡해야 MJ에게 알려 줄 수 있는 걸까. 어떡해야 죽음을 생각하지 않아도 되는 사랑을 알게 할 수 있을까.

몸 곳곳에 튄 액체들과는 다른 뜨거움이 가슴팍을 적셨다. 먼저 사랑해 준 사람은 MJ였다. 그의 절박한 사랑을 도저히 외면할 수가 없었다. 그래서 도원은 다시금 제 결심이 틀리지 않다는 것을 믿었다.

"사랑해요, MJ, 날 먼저 사랑해 줘서 고마워요."

MJ는 누구도 죽이지 않고, 죽임당하지 않을 것이다.

먼저 다가와 시작한 사람은 MJ였다.

그러니 마지막까지 지켜 주는 것은 도원, 자신이 할 일이었다.

[매리제인, 나는 지금 외출을 준비하고 있다네. 일요일엔 안사람과 함께 골프를 치면서 데이트를 즐기기 때문에 이번처럼 개인적으로 외출하는 건 아주 드문 일이야. 안사람이 섭섭해 하는 얼굴을 보면 나도 퍽 미안해져서 말이지.

그래도 내가 존경하고 아끼는 도 선생과 관련된 일인데 그 정도는 감수해야 하지 않겠나. 전화를 한다고 어제 말했건만 연락을 받지 않아서 생각이 많아지는군.

많이 생각해 봤다네. 여러 가지 경우의 수를 따졌을 때 내가 선택할 수 있는 것은 많지 않아 보여.

그래서 도 선생 오피스텔이라든가 자네 사무실에 방문하는 것은 보류하겠네. 나는 두 사람의 발목을 잡고 싶지 않아. 짐이 되는 것은 사양이네.

혹시나 계획에 변수가 생겨서 경찰이나 아버지 측이 내 쪽으로 찾아온다고 해도 일전에 보여 준 가이드라인에 맞게끔 행동할 것이니 크게 걱정하지는 말고.

나는 자네가 생각하는 것 이상으로 다양한 사람들의 도움을 받을 수 있다네. 이번 일로 도 선생이 걱정할 만한 사태가 벌어지진 않을 걸세.

그러니 도 선생이 불안해한다면 이렇게 말해 줘도 좋아. 맹강조는 논문 표절이 아니면 사회에서 매장되기 쉽지 않은 사람이라고.

물론, 대통령이 직접 찾아오는 공로를 세운 도 선생도 마찬가지겠지만.

어제 자네를 압박한 이유는 하나네. 자네도 도 선생도, 순간적인 판단으로 선택을 번복하는 실수를 하지 않길 바라서야.

누군가 희생되거나 다치더라도 충분히 납득하고 감당할 수 있는 경우에 행동으로 옮겨 줬으면 해. 그러지 않으면 남은 사람이 일상생활을 유지하기 힘들 걸세. 부탁하겠네. 도 선생도, 자네도, 멀쩡하면 좋겠군. 그래야만 해.

명심하게. 둘이 하나로 묶인 이상 둘 다 문제가 생기거나 둘 다 문제 자체가 없어야 해. 한쪽이라도 발생하면, 남은 사람이 더 고통스러울 거야.

자네가 준 이 휴대 전화는 파기하여 처분하겠네.

연락은 자네와 도 선생이 멀쩡하게 나를 찾아온 이후에 받겠네.

몸조심하게.]

〈3권에서 계속〉

매리제인 2

초판 인쇄 2019년 6월 25일
초판 발행 2019년 7월 5일

지은이 G바겐
펴낸이 신현호
편집부장 예숙영
책임편집 박상희
편집디자인 한방울
영업·관리 김민원 조인희
물류 이순우 최준혁 박찬수

펴낸곳 ㈜디앤씨미디어
출판등록 2002년 5월 1일 제117-90-51792호
주소 서울시 구로구 디지털로 26길 111 JnK디지털타워 503호
대표전화 (02)333-2513 팩스 (02)333-2514
전자우편 dncbooks@dncmedia.co.kr
디앤씨북스 블로그 http://blog.naver.com/dncbooks

ISBN 979-11-264-4827-2 (04810)
ISBN 979-11-264-4825-8 (세트)